U0679834

西南音樂研究中心「范鎮雅樂改制實踐及思想研究」（XNYY2022013）項目資助
四川思想家研究中心「北宋范鎮禮樂思想研究」（SXJZX2022-008）項目資助

東齋記事校證

（北宋）范鎮　撰
劉術　校證

曲斌題

巴蜀書社

圖書在版編目(CIP)數據

東齋記事校證/(北宋)范鎮撰;劉術校證. —成都:巴蜀書社,2023.9

ISBN 978－7－5531－2035－5

Ⅰ.①東… Ⅱ.①范… ②劉… Ⅲ.①筆記－作品集－中國－北宋 ②中國歷史－史料－北宋 Ⅳ.①I264.41 ②K244.066

中國國家版本館 CIP 數據核字(2023)第 122143 號

東齋記事校證

DONGZHAI JISHI JIAOZHENG

(北宋)范　鎮　撰　　劉　術　校證

策劃編輯　張照華
責任編輯　張照華　張紅義
封面設計　木之雨
出　　版　巴蜀書社
　　　　　(成都市錦江區三色路 238 號新華之星 A 座 36 樓
　　　　　郵編 610023)
　　　　　總編室電話:(028)86361843
網　　址　http://www.bsbook.com
發　　行　巴蜀書社
　　　　　發行科電話:(028)86361856
經　　銷　新華書店
照　　排　成都木之雨文化傳播有限公司
印　　刷　四川宏豐印務有限公司(028)85726655　13689082673
成品尺寸　160mm×235mm
印　　張　32.75
字　　數　650 千
版　　次　2023 年 9 月第 1 版
印　　次　2023 年 9 月第 1 次印刷
書　　號　ISBN 978－7－5531－2035－5
定　　價　98.00 元

凡例

一　本書以《文淵閣四庫全書》本爲底本，以《類説》本、《説郛》本、《守山閣叢書》本、《墨海金壺叢書》本、鮑庭博抄校本和中華書局整理本爲校本。同時，作爲參校者還有歷代引用《東齋記事》諸書，如江少虞《類苑》、孫逢吉《職官分紀》、謝維新《事類備要》、佚名《錦繡萬花谷》、佚名《翰苑新書集》、朱熹《五朝名臣言行録》、祝穆《事文類聚》等。由於《四庫全書》本亦是從類書《永樂大典》中輯佚而成，故底本條目誤收者，徑行删去，底本條目不完整者，選擇他書引用更優者作爲正文條目，將四庫本原文置於校記中加以説明。底本條目詞句明顯錯誤者，徑行改正，在校記中説明改正緣由及底本中原作『某』。本爲一條目，四庫本割裂而分别置於多條者，合并爲一條，校記中説明之。

二　爲便於校證引用，《文淵閣四庫全書》本簡稱『四庫本』，《守山閣叢書》本簡稱『守山閣本』，《墨海金壺叢書》本簡稱『墨海金壺本』，中華書局一九八〇年出版的《唐宋史料筆記叢書》整理本簡稱『整理本』，大象出版社二〇〇三年出版的《全宋筆記》本簡稱『全宋筆記本』。

三　本書參考了《叢書集成初編》本、中華書局整理本和《全宋筆記》本現代標點及校勘成果，因避免繁瑣，凡對上述三書標點和校勘參考者，不出校；凡與三書不同者，引用材料説明之。

四　輯佚部分。『補遺』仍從四庫本，但對其所補條目不完整者，用他書所引替换之，在校記中説明，且録底本原文以資比較。『輯遺』從中華書局整理本所輯，對其輯入證據不足但又不能證明其非的條目姑從其舊，出校説明之。新輯入條目作爲『續輯』附於後。

五　對於他書引用《東齋記事》或他書記載與底本條目文句相異者，在校記中標出。

六　注釋條目，主要以第一次出現者出注，但後文再次出現則主要注與該條目有關者。

七　底本之俗體字、异體字，直接改爲規範繁體字，不出案語和校語。

八　《東齋記事》文句并不難讀，因此本書的注重點在考辨條目所記史實的正誤；將條目所記之事的其他异説列出；將條目中所記之事采其他文獻詳述之。所涉人物，主要徵引《隆平集》《東都事略》《宋史》等書的相關傳記，略有删節，同時注明能够顯示該人生平的其他傳記、墓志銘等文獻及出處，供讀者檢索閲讀。

九　注文徵引主要是宋代典籍，但前於宋及後於宋之文獻也多有采録。凡本書徵引文獻均置於『引用書目』。注文中引用文獻僅出書名、卷數，時代、作者、版本等詳見『引用書目』。

十　附録部分主要在於提供作者和本書的相關文獻。

整理前言

一　本書作者

本書作者范鎮，字景仁，成都華陽人，世稱『范蜀公』。生於大中祥符元年（一〇〇八），卒於元祐三年（一〇八八），年八十一歲。其先自長安徙蜀，曾祖范昌祐，祖范璲，父范度。兄弟共三人，長兄范鎡，次兄范鍇。范鎮四歲時，父親去世，七歲時母親去世。天聖四年（一〇二六），薛奎知益州，范鎮爲其門下士。天聖六年（一〇二八）三月，薛奎回京任職，攜鎮進京。寶元元年（一〇三八），以禮部試第一中進士，釋褐爲新安主薄。不久，宋綬薦其任職國子監，後因王舉正薦，除館閣校勘。慶曆五年（一〇四五），與歐陽修、宋祁等人一道參與編修《新唐書》。皇祐元年（一〇四九），除直秘閣。次年，與司馬光一道參與胡瑗主導的雅樂修訂。至和元年（一〇五四），以起居舍人知諫院。嘉祐三年（一〇五八），知制誥。五年，《新唐書》成，遷爲翰林學士。治平元年（一〇六四），因草制失誤，罷翰林學士，遷給事中。次年，復翰林學士。三年，因反對宋英宗追尊濮安懿王事罷翰林學士，知陳州。神宗即位，遷禮部侍郎，復翰林學士。熙寧二年（一〇六九），遷户部侍郎，知通進銀臺司。熙寧三年（一〇七〇），因反對王安石青苗法，罷知通進銀臺司。十月薦蘇軾、孔文仲爲諫官，未果，致仕。致仕後，居開封東郊東園，以詩酒自娱。元豐二年（一〇七九），蘇軾因烏臺詩案下獄，范鎮上書營救，未果。次年六月，與劉几、楊傑一道改訂雅樂。同年，移居許昌。哲宗即位，司馬光拜相，欲啓用范鎮，再三强之，不起。元祐二年（一〇八七），提舉嵩山崇福宫。三年，上所成《樂書》并圖法和所製樂器。閏十二月一日卒於許昌，享年八十一歲，贈右金紫光禄大夫，謚『忠文』。四年八月葬于汝州襄城縣。

范鎮一生著述甚豐，參與修撰《新唐書》《仁宗實録》《玉牒》《日曆》《類篇》。有詩文集一百卷、《諫垣集》十卷、《内制集》三十卷、《外制集》十卷、《正書》三卷、《樂書》三卷、《國朝韵對》三卷、《國朝事始》一卷、《東齋記事》十卷、《刀筆》八卷、《國朝蒙求》二卷、《樂議》《使北録》等。與周沆合編《六家謚法》二十卷。

二　本書的寫作時間及流傳情況

關於本書的寫作時間問題。作者在自序中云：『予既謝事，日於所居之東齋燕坐，多暇，追憶館閣中及在侍從時交游語言，與夫里俗傳説，因纂集之，目爲《東齋記事》。』范鎮致仕在熙寧三年十月，之後退居位於開封東郊名『東園』的園第，以讀書賦詩自娱，直至元豐三年移居許昌。《類苑》卷五十九、《類説》卷二十二引《東齋記事》有『疥有五德』條，云：『世言，疥有五德：不上面，仁也；喜得於人，義也；令人兩手指擦，禮也；生指罅骨節間，智也；癢必以時，信也。予嘗患此，自十一歲至於十九歲方愈。今六十有六，復患，知五德爲最詳，故録之。』范鎮生於大中祥符元年（一〇〇八），由『今六十有六』可以推知，撰述此條在熙寧六年（一〇七三）。由此可見，范鎮在熙寧年間就已經開始寫作此書。故《東齋記事》寫作的大致時間在熙寧三年十月至元豐三年之間。

關於本書的流傳問題。本書完成後，至宋徽宗崇寧二年（一一〇三），因黨禁即遭到禁毁。《宋十朝綱要》卷十六載：『（崇寧二年）四月丁巳，詔焚蘇軾集。己巳，詔焚蘇洵、蘇轍、黄庭堅、張耒、晁補之、秦觀、馬涓文集，范祖禹《唐鑑》，范鎮《東齋記事》諸事書。』李燾《續資治通鑑長編》也記此事，惜已佚，但其被改編的文本存於楊仲良《皇宋通鑒長編紀事本末》卷一百二十一中，云：『（徽宗崇寧二年四月乙亥）詔三蘇、黄、張、晁、秦及馬涓文集、范祖禹《唐鑑》、范鎮《東齋記事》、劉攽《詩話》、僧文瑩《湘山野録》等印板，悉行焚毁。』直至靖康元年（一一二六），欽宗詔除元祐黨籍、學術之禁，《東齋記事》纔能够再次流行。南宋時期，《郡齋讀書志》《直齋書録解題》《遂初堂書目》均著録之，而類書、筆記等亦多引用，

《續資治通鑑長編》等史書也多據此以考訂史實。元代，《文獻通考·經籍考》《宋史·藝文志》均著録。元末明初，陶宗儀在《説郛》卷三十一收録《東齋記事》十則，在書名之下，陶宗儀小注云『十卷』，但在『賢女』條後又注云『此條今本未見』。可見其在選録《東齋記事》入《説郛》時是使用的『十卷』本，且與其注中所云『今本』有差异。因爲按常理推斷，如果陶宗儀是采用『今本』，那麽他需要采用輯録他書的方式將『賢女』條收録，但『今本』顯然不止十條，故他衹在收録十條的情况下，不可能捨近求遠還要到他書中輯録『今本』所没有的一則。因此，陶宗儀所據以作爲收録底本的《東齋記事》當是完整的『十卷本』。

明初永樂元年至六年（一四〇三——一四〇八）編撰《永樂大典》時多有徵引，從四庫館臣於《永樂大典》中輯録《東齋記事》來看，《永樂大典》并非將《東齋記事》集中收録，而衹是將其條目零散地分布於各條之中，且并非整部收録。四庫館臣從《永樂大典》所輯之《東齋記事》及現存殘本《永樂大典》均未見《説郛》所引『賢女』條，説明《永樂大典》的編者或未見陶宗儀所據之『十卷本』，或未收録『賢女』條。故，明初《永樂大典》的編者是否見到《東齋記事》的完整本無法確定。

正統六年（一四四一）楊士奇編撰《文淵閣書目》時，却云：『范蜀公《東齋記事》一部一册，闕』，《文淵閣書目》所收之書是在元代内閣所藏宋、金、元典籍基礎之上，又廣求遺書後編寫而成。可見，在正統年間，《東齋記事》已不常見，或已亡佚。

清代四庫館臣『采輯《永樂大典》所收，以類編次，厘爲五卷，又江少虞《事實類苑》、曾慥《類説》亦多引之，今删除重複，續爲《補遺》一卷』。此後産生諸本皆據此本而成。

三　本書的現存版本

（一）《類説》本。《類説》，曾慥編，完成於宋高宗紹興六年（一一三六）。《四庫全書總目提要·類説提要》評價該書云：『取自漢以來百家小説，采掇事實，編纂成書。』『其書體例，略仿馬總《意林》，每一書各删削原文，而取其奇麗之語，仍存原目於條首。』『每書雖經節録，其存於今者以原本相較，未嘗改竄一詞。』《類説》卷二十二收録范鎮《東齋記事》，共五十五條，每條有曾慥所加題名。該書乃《東齋記事》在宋欽宗靖康元年（一一二六）解禁後隨即被收録，乃現存諸書最早較系統收録《東齋記事》的著作。作爲類書，作者對所收之書略有删改，但存其大節。因此，《類説》本《東齋記事》值得關注。

（二）《説郛》本。《説郛》是元末明初陶宗儀所編之叢書，但所收之書多爲節本。卷三十一收入范鎮《東齋記事》，共十條。其中『賢女』條，四庫本未見。其他九條雖見於四庫本，但具校勘價值。

（三）文淵閣《四庫全書》本。四庫館臣在編撰《四庫全書》的過程中，『采輯《永樂大典》所收，以類編次，厘爲五卷，又江少虞《事實類苑》、曾慥《類説》亦多引之，今删除重複，續爲《補遺》一卷』。其後所出諸本均以此本爲祖本。

現存殘本《永樂大典》有《東齋記事》十二條，將其與四庫本相應條目對照，僅四條文字完全一樣。其餘八條，兩者存在一定差异，其不同有如下情形：

其一，四庫本比殘本《永樂大典》所收《東齋記事》條目更加完整。如《永樂大典》卷二萬四百七十八引《東齋記事》：『殿前司捧日、天武，馬軍司龍衛，步虎司神衛，謂之上四軍。各有左右厢，厢各三軍。』四庫本卷二：『殿前司捧日、天武軍司，龍衛步軍司，神衛馬軍司，謂之上四軍。合左右厢，厢各三軍，每軍五指揮，各有都指揮使一員，都虞候副之。又有第四軍，以處所退年高者，無都指揮使，止有都虞候。殿前司又有神勇、宣武、驍騎各上下軍二十指揮，又有寧朔、驍勝各十指揮，虎翼左右各三軍，軍各十指揮，并有都指揮使、都虞候。馬軍司有雲騎、武騎各十指揮。步軍司有虎翼左右各三軍，軍十指揮，每軍各有都指揮使一員，都虞候副之。遇轉員，各以次遷補。凡遷至軍指揮使、遥領團練，員溢，即上落軍職爲正、副使之本任。其老疾若有過，爲御前忠佐馬步軍都軍頭、副都軍頭，隸軍頭司；甚者，黜爲外州軍馬步軍都指揮。』出現這種情况可能在於《永樂大典》多處收録《東齋記事》此條目，但由於文獻來源不同，致使詳略不同，而四庫館臣在輯録時選擇了更加完整的條目。

其二，四庫本删改《永樂大典》所收條目文字。如《永樂大典》卷八百二十二引《東齋記事》：『黄筌、黄居寀、居寶，蜀之名畫手也，尤善爲毛翎。其家多養鷹鶻，觀其神俊以橫寫之，故得其真。後，子孫有棄其畫業，而事田臘飛放者，既多養鷹鶻，則買鼠以飼之。又其後世有捕鼠爲業者。其所置習不可不慎。人家置博奕之具者，子孫無不爲博奕。藏書者，子孫無不讀書。置習豈可以不慎哉！予嘗爲梅聖俞言，聖俞作詩以紀其事。』而四庫本卷四輯録此條時，删『居寶』『故得其真』『其所置習不可不慎』『飛放』等字句；『橫寫』校正爲『模寫』。

其三，四庫本校正《永樂大典》所收條目文字。如《永樂大典》卷八千五百六十九引《東齋記事》『李景初』條，末句『致結』，四庫本校正爲『致詰』。《永樂大典》卷八千五百六十九引《東齋記事》『曾魯公』條，『既悟』，四庫本校正爲『既寤』。《永樂大典》卷七千五百十八引《東齋記事》『胡孫倉』條，『抱持其下』，四庫本校正爲『抱持而下』。從現存殘本《永樂大典》所收《東齋記事》條目來看，四庫館臣對其所作的校正比較準確。

（四）鮑廷博抄校本。根據此本書末所撰跋語『嘉慶辛酉三月借嘉禾沈比部帶湖先生藏本對寫，十三日校於知不足齋』，可知其爲清藏書家鮑廷博於嘉慶六年（一八〇一）三月借沈叔埏藏本對寫并校正。沈叔埏，浙江秀水人，曾任《四庫全書》武英殿分校官，在職期間抄録出部分四庫書副本，所藏《東齋記事》即由文淵閣《四庫全書》抄録而來，訛、脱、衍、倒情況較多，後被鮑廷博借出抄校，内容多有修正，但仍有部分脱訛。此鮑廷博抄校本《東齋記事》爲五卷并《補遺》一卷，以《四庫提要》冠之卷首，收有范鎮原序，書末載有跋語，并以蘇軾所撰《范景仁墓志銘》作爲附録。現藏於國家圖書館。

（五）《墨海金壺》本。《墨海金壺》爲清人張海鵬於嘉慶二十二年（一八一七）輯刻而成的一部綜合性叢書。《東齋記事》收録在《墨海金壺》子部，以《四庫提要》冠之卷首，并有范鎮自序，爲張海鵬據所見文瀾閣《四庫全書》本刊刻。和文淵閣《四庫全書》本相比，卷一多『禮部貢院試進士日』『嘉祐中進士奏名訖』二條，此二條又見《夢溪筆談》，同時其他文獻引此二條均言來自《夢溪筆談》。卷一少『仁宗時書詔未嘗改易』條，此條《類苑》卷四、《類説》卷二十二均言其出自《東齋記事》。可見，當是文瀾閣本誤增或誤删條目，而《墨海金壺》本沿襲其誤。

（六）《守山閣叢書》本。《守山閣叢書》，錢熙祚於清道光二十四年（一八四四）據《墨海金壺》殘版和文瀾閣《四庫全書》而成。前有道光二十三年胡培翚序、道光二十四年阮元序、民國十年劉承乾序。胡序稱其精擇審校，『足以津逮後學』；阮序贊之『其采擇讎校之功，迴出諸學叢書之上矣』。該本《東齋記事》注有『金山錢熙祚錫之校』的字樣。此本前有范鎮自序，次有《四庫提要》，正文五卷，《補遺》一卷。因此本乃據《墨海金壺》本殘版和文瀾閣《四庫全書》本而成，在條目方面，沿襲了底本的錯誤。但此本經過了錢熙祚精心的讎校，其校勘成果值得參考。

（七）《叢書集成初編》本。《叢書集成初編》，王雲五主編，張元濟輯録，一九三五年至一九三七年由商務印書館陸續出版。此本據《守山閣叢書》本排印而成。前有《四庫提要》，次有范鎮自序。正文五卷，《補遺》一卷。此本爲《東齋記事》第一個排印本。内容上僅是對《守山閣叢書》本的因襲，并没有對其做進一步的整理。

（八）中華書局整理本。一九八〇年中華書局出版了由裴汝誠、許沛藻點校的《東齋記事》，該本『以《守山閣叢書》本爲底本，以《墨海金壺》本對校，并參考了《類苑》《類説》《宋史》《續資治通鑑長編》，以及其他筆記、文集』。新輯佚文三十七條，其中十四條置於校勘記中，二十三條作爲附録一，又以《范景仁墓志銘》《宋史·范鎮傳》作爲附録二，《四庫提要》作爲附録三。前有范鎮自序，卷一至卷五和《補遺》均有校勘記。新輯入佚文在每條末尾注明出處、卷數，未作校勘記。該本乃本書第一次現代標點，對底本所收條目進行較詳細的校勘，新輯佚文三十七條。但此本也有一些問題值得商榷。此本『以守山閣本爲底本，以《墨海金壺》本對校』，但此二本同爲一個版本系統，且未參考此二本源頭的文瀾閣《四庫全書》本。文瀾閣

《四庫全書》本是據文淵閣《四庫全書》本而成，且在成書過程中，對後者進行了不恰當的增删。故底本以文淵閣《四庫全書》本爲主，以守山閣本對校更合適。另外，此本在標點、校勘和部分輯佚條目的準確性方面還可以商榷。

（九）《全宋筆記》本。二〇〇三年大象出版社出版了燕永成在裴汝誠、許沛藻點校基礎上加以整理的新點校本。該本『以文淵閣《四庫全書》本爲底本，底本《補遺》部分，逐條添注出處，并分别校以今天能見到的有關史籍、類書。新輯得的底本以外的佚文，編爲集外佚文一卷』。此本在中華書局整理本輯佚的基礎上，新輯『蜀之漁家養鸕鷀』條。校勘記也主要依據前者而成。

四 關於本書的整理

（一）底本選擇

本次整理，選擇文淵閣《四庫全書》本作爲底本，以《類説》本、《説郛》本、《墨海金壺》本、《守山閣叢書》本、鮑廷博抄校本、中華書局整理本爲校本，參考宋代以來的類書、筆記、别集、史書等。

之所以選擇文淵閣本作爲底本，在於《類説》本、《説郛》本雖時間較早，但均爲節選本，條目遠少於四庫本。四庫館臣在編撰《四庫全書》的過程中，『采輯《永樂大典》所收，以類編次，釐爲五卷，又江少虞《事實類苑》、曾慥《類説》亦多引之，今删除重複，續爲《補遺》一卷』。《墨海金壺》本、《守山閣叢書》本、中華書局整理本均爲文瀾閣四庫本系統，但文瀾閣本也是據文淵閣本而成，衹是增删了部分條目。據考察，增加的條目并非來自《東齋記事》，而删去的條目確屬本書。因此，從版本系統的源流以及文本來看，文淵閣本是此後産生諸本的祖本，且所有條目更加全面和準確，作爲底本更加合適。《守山閣叢書》本雖在諸本中評價甚高，但主要體現在文句方面的校勘精審，作爲對校本爲確。

（二）校勘

由於本書底本輯自類書《永樂大典》，且新輯佚文也多出自類書或他書徵引，故本書的校勘主要在於列出异文。凡是能够引用他書證明底本有誤者，詳細列出他書材料以證明之。同時全面參考了已出諸本的校勘成果。

因《東齋記事》原本已經亡佚，現存諸本多是據類書、筆記、史書等文獻輯佚而成，故存在某一條目來源不同、其文本詳略有較大差异的問題。本書在校勘時則儘可能全面羅列同一條目的不同佚文并予以説明。

（三）注釋

因《東齋記事》文字并不難讀，因此，本書注釋着重於人物、事件和名物的箋釋。對於人物的介紹，主要以《隆平集》《東都事略》《宋史》等書的傳記以及該人的墓志銘等資料爲主加以删削而成。例如卷一對李漢超的注釋，則是删改了《東都事略》卷二十九《李漢超傳》，同時還指出了《名臣碑傳琬琰集》下卷五、《隆平集》卷十六、《宋史》卷二百七十三以及徐鉉爲其所作的《李公德政碑文》等相關綫索，供讀者察考。對於没有現存傳記或墓志銘等文獻的人物，則儘可能徵引資料對其予以介紹。例如對蜀人張及的注釋，由於現存文獻中并没有較爲系統的對張及的介紹，故本書據《乖崖集》（卷八《送進士張及赴舉序》）、《宋會要輯稿》《續資治通鑑長編》諸書對其進行注釋。在對人物進行注釋時重點考察與該條記載事件相關的人物經歷。

對於書中所記史實，注釋時儘可能加以考辨，凡是能够證明范鎮所記有誤者，徵引史料予以證明，給予明確的意見。例如：卷一『李大長公主言許希者善針』，引《長編》等史料證明『李大長公主』當爲太宗第八女『魏國大長公主』。對於有异説者，則儘可能列出諸種异説以備讀者參考。對於記載較爲簡略者，則徵引其他相關史料對其進行詳細的説明，讀者不用查找他書則可將相關事件予以全面的瞭解。如記『賞花釣魚宴』事，范鎮所記較爲簡略，則引《長編》和《南宋館閣録》對此事進行詳細説明。

（四）輯佚

由於現存《東齋記事》已爲殘本，儘可能窮盡性地輯録現存文獻中所存《東齋記事》的條目成爲整理本書的重要任務，文淵閣本前五卷輯録自《永樂大典》，又據他書輯佚一卷。中華書局整理本在四庫館臣輯佚的基礎上再輯二十三條。《全宋筆記》本增輯一條。本書首先對四庫本和中華書局整理本的輯佚條目進行了考察。其中將四庫本《補遺》和整理本《輯佚》中所輯部分條目和正文中相關條目合并爲完整的一條，同時將輯佚的部分條目替换成更加完整和更接近范鎮原書的條目。另外，本書新輯佚文十八條。

本書的出版離不開巴蜀書社張照華先生專業而熱情的工作，在此表示感謝。因個人水平有限，加之底本爲輯佚本，錯訛較多，校證中難免有失當之處，敬請讀者批評指正。

劉　術

二〇二三年三月

目録

自序[一]

予嘗與修《唐史》[二]，見唐之士人著書以述當時之事，後數百年有可考正者甚多。而近代以來蓋希矣，惟楊文公《談苑》[三]、歐陽永叔《歸田録》[四]，然各記所聞而尚有漏略者。予既謝事，日於所居之東齋燕坐，多暇，追憶館閣中及在侍從時交游語言，與夫里俗傳説，因纂集之，目爲《東齋記事》[五]。其蜀之人士與其風物爲最詳者，亦耳目之熟也。至若鬼神夢卜率收録而不遺之者，蓋取其有戒於人耳。

【校證】

〔一〕《自序》底本失收，據《墨海金壺》本補。

〔二〕《續資治通鑑長編》（以下簡稱《長編》）卷一百五十六：（慶曆五年閏五月）庚子，度支員外郎、集賢校理兼天章閣侍講、史館檢討曾公亮，宗正丞、崇文院檢討兼天章閣侍講趙師民，殿中丞、集賢校理何中立，校書郎宋敏求，大理寺丞、館閣校勘范鎮，大理寺丞、國子監直講邵必，并爲編修《唐書》官。

《歐陽文忠公集・表奏書啓四六集》卷二《辭轉禮部侍郎札子》：臣伏思聖恩所

及，必以臣近進《唐書》了畢。凡與修書官并均睿澤，竊緣臣與他修書官不同。檢會宋祁、范鎮到局，各及一十七年，王疇一十五年，宋敏求、吕夏卿、劉羲叟并各十年已上，内列傳一百五十卷并是宋祁一面刊修，一部書中三分居二。范鎮、王疇、吕夏卿、劉羲叟并從初置局便編纂故事，分成卷草，用功最多。

〔三〕《直齋書録解題》卷十一：《楊文公談苑》八卷，丞相宋庠公序所録楊文公億言論。初，文公里人黄鑑從公游，纂其异聞奇説，名《南陽談藪》，宋公删其重複，分爲二十一門，改曰《談苑》。

〔四〕《直齋書録解題》卷十一：《歸田録》二卷，歐陽修撰。或言公爲此録，未傳而序先出，裕陵索之，其中本載時事及所經歷見聞，不敢以進，旋爲此本，而初本竟不復出，未知信否？公自爲序，略曰：『《歸田録》者，朝廷之遺事、史官之所不記，與夫士大夫談笑之餘而可録者，録之以備閑居之覽也。』又曰：『唐李肇《國史補序》云，言報應、叙鬼神、述夢卜、近怪异，悉去之；記事實、探物理、辨疑惑、示勸戒、采風俗、助談笑，則書之。餘之所録，大抵以肇爲法，而小异於肇者，不書人之過惡，以爲職非史官，而掩惡揚善，君子之志也。覽者詳之。』

〔五〕按：范鎮熙寧三年十月五上《請致仕疏》後致仕，仍居開封東郊，其園第名『東園』，直到元豐三年從京師移居許昌之前一直住於此。故據作者自序，《東齋記事》當主要作於此期間。

東齋記事卷一

劉尚書涣〔一〕嘗言：宣祖〔二〕初自河朔南來，至杜家莊院，雪甚，避於門下。久之，看莊院人私竊飯之。數日，見其狀貌〔三〕奇偉兼勤謹，乃白主人。主人出見，而亦愛之，遂留於莊院。纍月〔四〕，家人商議，欲以爲四娘子舍居之婿〔五〕。四娘子即昭憲皇太后〔六〕也。其後生兩天子，爲天下之母。〔七〕定宗廟大計，其兆蓋發於避雪之時。聖人之生，必有其符，信哉！

【校證】

〔一〕劉尚書涣：即劉涣，字仲章，保州保塞人。以父任監并州倉。天聖中，涣謂天子年加長，乃慨然上書，請太后還政，章獻震怒，議黥面配台州，吕夷簡、薛奎力救得免，章獻崩，擢右正言，後知澶州，以工部尚書致仕。（《名賢氏族言行類稿》卷三十）

〔二〕宣祖：即趙弘殷，涿郡人。宋太祖趙匡胤之父。周顯德中，宣祖貴，贈敬左驍騎衛上將軍。宣祖少驍勇，善騎射，事趙王王鎔，爲鎔將五百騎援唐莊宗於河上，有功。莊宗愛其勇，留典禁軍。漢乾祐中，討王景於鳳翔，會蜀兵來援，戰於陳倉。始合，矢集左目，氣彌盛，奮擊大敗之，以功遷護聖都指揮使。周廣順末，改鐵騎第一軍都指揮使，轉右廂都指揮，領岳州防禦使。從征淮南，前軍却，吴人來乘，宣祖邀擊，敗之。顯德三年，督軍平揚州，與世宗會壽春。壽春賣餅家餅薄小，世宗怒，執十餘輩將誅之，宣祖固諫得釋。纍官檢校司徒、天水縣男，與太祖分典禁兵，一時榮之。卒，贈武清軍節度使、太尉。宋太祖建隆元年三月壬戌，追尊皇考周龍捷左廂都指揮使、岳州防禦使弘殷謚曰『昭武』，廟號『宣祖』，陵曰『安陵』。（《宋史》卷一；《長編》卷一）

〔三〕狀貌：《説郛》本作『相貌』。

〔四〕纍月：《説郛》本作『纍數月』。

〔五〕舍居之婿：即入贅之婿。《岳陽風土記》云：湖湘之民，生男往往多作贅，生女反招婿舍居。

〔六〕昭憲皇太后：即宋太祖母昭憲杜太后，定州安喜人也。父爽，贈太師。母范氏，生五子三女，太后居長。既笄，歸於宣祖。治家嚴毅有禮法。生邕王光濟、太祖、太宗、秦王廷美、夔王光贊、燕國陳國二長公主。周顯德中，太祖爲定國軍節度使，封南陽郡太夫人。及太祖自陳橋還京師，人走報太后曰：『點檢已作天子。』太后曰：『吾兒素有大志，今果然。』太祖即位，尊爲皇太后。太祖拜太后於堂上，衆皆賀。太后愀然不樂，左右進曰：『臣聞「母以子貴」，今子爲天子，胡爲不樂？』太后曰：『吾聞「爲君難」，天子置身兆庶之上，若治得其道，則此位可尊；苟或失馭，求爲匹夫不可得，是吾所以憂也。』太祖再拜曰：『謹受教。』建隆二年，太后不豫，太祖侍藥餌不離左右。疾亟，召趙普入受遺命。太后因問太祖曰：『汝知所以得天下乎？』太祖嗚噎不能對。太后固問之，太祖曰：『臣所以得天下者，皆祖考及太后之積慶也。』太后曰：『不然，正由周世宗使幼兒主天下耳。使周氏有長君，天下豈爲汝有乎？汝百歲後當傳位於汝弟。四海至廣，萬幾至衆，能立長君，社稷之福也。』太祖頓首泣曰：『敢不如教。』太后顧謂趙普曰：『爾同記吾言，不可違也。』命普於榻前爲約誓書，普於紙尾書『臣普書』。藏之金匱，命謹密宫人掌之。太后崩於滋德殿，年六十，謚曰『明憲』。葬安陵，神主祔享太廟。乾德二年，更謚『昭憲』，合祔安陵。（《宋史》卷二百四十二）

〔七〕其後生兩天子，爲天下之母：《説郛》本作『其後后生兩天子，爲天下之養』。

太祖時，李漢超〔一〕鎮關南，馬仁瑀〔二〕守瀛州，韓令坤〔三〕常山，賀惟忠〔四〕易州，何繼筠〔五〕棣州，郭進〔六〕西山，武守琪〔七〕晋陽，李謙溥〔八〕隰州，李繼勳〔九〕昭義，趙贊〔十〕延州，姚内斌〔十一〕慶州，董遵誨〔十二〕環州，王彦升〔十三〕原州，馮繼業〔十四〕靈武。筦榷之利，悉以與之，其貿易則免其徵税。故邊臣皆富於財，以養死士，以募諜者，敵人〔十五〕情狀、山川道路，罔不備見而周知之。故十餘年無西、北之憂也。〔十六〕

【校證】

〔一〕李漢超：字顯忠，雲中人。始事鄴帥范延光，不爲其所知。又事鄆帥高行周，雖知之而不甚親也。會周世宗鎮澶淵，漢超遂委質焉。仕周至殿前都虞候。宋興，遷恩州團練使，從平李重進，以功領齊州防禦使、關南兵馬都監。漢超在關南，人有訟漢超强取其女爲妾及貸而不償者。太祖召而問之，曰：『汝女可適何人？』曰：『農家也。』又問：『漢超未至關南，契丹如何？』曰：『歲苦侵暴。』曰：『今復爾耶？』曰：『否。』太祖曰：『漢超，朕之貴臣也，爲其妾不猶愈於農婦乎？使漢超不守關南，尚能保汝家之所有乎？』責而遣之。密使諭漢超曰：『亟還其女并所貸，朕姑貰汝，勿復爲也。不足於用，何不以告朕耶？』漢超感泣，誓以死報。齊棣鹽海之利，數倍它郡，何繼筠在棣，漢超在齊，皆得用以養士，而朝廷不計其所費。在郡凡十七年，有善政，齊人愛之，嘗詣闕求立碑。太祖命率更令徐鉉爲文以賜。太平興國初，除應州觀察使，判齊州。明年，卒於屯所。贈太尉、忠武軍節度使。漢超善撫士卒，與之絶甘分少。死之日，軍中皆殞涕。子守恩，官至隴州刺史，部芻粟旱海，爲賊所

邀，死之。（《東都事略》卷二十九）

《名臣碑傳琬琰集》下卷五、《隆平集》卷十六、《宋史》卷二百七十三亦有傳。太祖命徐鉉爲其作德政碑，名《大宋推誠宣力翊戴功臣金紫光禄大夫檢校司徒使持節齊州諸軍事齊州刺史充本州防禦使河隄等使關南兵馬都監兼御史大夫上柱國隴西郡開國侯食邑一千九百户李公德政碑文》，收入徐鉉《徐公文集》卷二十五。

〔二〕馬仁瑀：大名夏津人。少不好學，與群兒戲，必爲行陳之狀，自稱將軍。日與之約，鞭其後期者，群兒畏服。及長，善射。周太祖鎮鄴，仁瑀年十六，因求見帳下，太祖留置左右。廣順初，補内殿直。世宗即位，會太原劉崇入寇，世宗親征，擢仁瑀爲弓箭控鶴直指揮使。又從征淮南，以功遷内殿直都虞候。又從平三關。恭帝即位，仁瑀從太祖北伐。宋興，以佐命功遷貴州刺史，爲鐵騎右厢虎捷、左厢都指揮使，領扶州團練使。從平澤、潞，以功領常州防禦使，改岳州、漢州。初，詔仁瑀領荆湖諸郡，不數歲，復其地，朝廷將平蜀，又以仁瑀領川峽諸郡，亦皆蕩平。薛居正知貢舉，仁瑀以貢士屬之，爲御史所劾。又坐與后族忿争，出爲密州防禦使。太祖征太原，命仁瑀巡邊，敵聞其威名，不敢出。遷瀛州防禦使。移知遼州，從征太原有功。又從征范陽，擊敵於盧龍北，師還，遷朔州觀察使，判瀛州。七年，卒，年五十，贈河西觀察使。（《東都事略》卷二十九）

《隆平集》卷十七、《宋史》卷二百七十三亦有傳。

〔三〕韓令坤：磁州武安人。令坤少隸周太祖帳下，世宗即位，爲殿前都虞候。高平之戰，以功領容州團練使。世宗征太原，以令坤爲都校，以功拜武定軍節度使。世宗伐淮甸，命令坤等十二將率兵以從襲揚州，將吏聞周師至，開門以迎之。令坤整衆而入，市不易肆，人甚悦，徙鎮鎮安。又從世宗北征，有功。恭帝即位，爲侍衛馬步軍都虞候。國初，移鎮天平，加侍衛親軍都指揮使、同平章事。太祖親征李筠，令坤率兵屯河陽，澤、潞平，以功加兼侍中。從討李重進，改鎮成德，卒年四十六。令坤有才略，識治道。與太祖同事周，情好親密。鎮常山，凡七年，北邊以寧。太祖聞其卒，甚悼惜之。追封南陽郡王。（《東都事略》卷十九）

《宋史》卷二百五十一亦有傳。

〔四〕賀惟忠：忻州人。初隸周世宗，藩邸召補供奉官，不辭而去。世宗怒，不復用。宋興，始授儀鸞副使，令知易州。捍禦有功，遷正使。太祖駐常山，以爲刺史，兼易、定、祁等州都巡檢使。嘗中流矢，創發而卒。惟忠知書曉兵法，撫士卒得其心，威名震北敵。故十餘年契丹不敢南牧云。（《東都事略》卷二十九）

《隆平集》卷十六、《宋史》卷二百七十三亦有傳。

〔五〕何繼筠：字化龍，河南人。父福進，仕後唐，至周，官至天平軍節度使。福進節制鎮州，繼筠補牙職，以偏師出土門，與并人戰，斬首數千級，以功除刺史。契丹入邊，又擊敗之。世宗征瓦橋關，命繼筠以所部出百井道以破并寇。宋興，以繼筠爲棣州團練使、關南兵馬都監加防禦使。太祖征太原，繼筠奪并人汾河橋，又敗其衆於城下，擒其將張環、石斌以獻。開寶三年，太祖親征太原，以功拜建武軍節度使。繼筠屢以少擊衆，在塞上二十年，敵人畏其名，繢其像而拜之。卒年五十一，贈侍中。

（《東都事略》卷二十九）

〔六〕郭進：《隆平集》卷十六、《宋史》卷二百七十三亦有傳。深州博野人。少貧賤，依邢州鉅鹿富人家傭作，有膂力，多結豪俠飲博人。有欲殺之者，富人婦竺氏陰告之，乃至晋陽，漢高祖留之帳下。北寇居安陽，高祖遣進拒戰，敵敗走，以功除刺史。及德光盜京師，復北歸，進請以奇兵間道入洺州，因定河北諸郡。仕周，改登州刺史。郡多寇盜，進悉爲剪除，吏民願紀其事，命近臣撰文賜之。改刺衞州，河朔盜匿汲郡山閒者稍衆，閒出攘奪，久不能滅。進往攻勦，絶之，民以安居。於是，郡民又請立碑紀其事。改洺州團練使，有善政。郡民又請立碑，詔左拾遺鄭起爲文以賜。太祖將征澤、潞，遷本州防禦使，充西山巡檢，以備并寇。嘗領兵與曹彬、王全斌入太原境，獲數千人。太祖征太原，以進爲河東道、忻、代等州行營馬步軍都監，招徠山後諸州民三萬七千餘口。太平興國初，領雲州觀察使，判邢州。太宗征太原，命進控石嶺關。契丹來援，進擊敗之，并人喪氣。時田欽祚護石嶺軍，恣爲奸利，以他事侵進。進剛直不能辨，乃自經死。年五十八，贈安國軍節度使。（《東都事略》卷二十九）

《名臣碑傳琬琰集》下卷五、《隆平集》卷十六、《宋史》卷二百七十三亦有傳。

〔七〕武守琪：生平事迹不詳。

〔八〕李謙溥：字德明，太原人。少通《左氏春秋》，仕晋爲供奉官，至周任刺史，嘗監晋州兵，以偏師屢挫太原，而屠城略地功爲多，隰州闕守，謙溥攝州事。至則濬城隍，嚴兵備，未旬日而并人至，方盛暑，謙溥服絺綌，揮羽扇，引二小吏登城徐步。并人望之，勒兵不敢動。因以敢死士百人，夜縋城銜枚薄賊營，破之，逐北數千里，斬首千餘級。爲澶州巡檢，改丹州刺史。建隆初，移慈州。復移隰州刺史，築保安、平同等寨。開寶中，召爲濟州團練使，會邊將失律，復以謙溥還涖隰州。其後，以疾至京師，卒，年六十二。（《東都事略》卷二十九）

《隆平集》卷十六、《宋史》卷二百七十三亦有傳。

〔九〕李繼勳：大名元城人。周祖領鎮，選隸帳下。廣順初，補禁軍列校，纍遷至虎捷左廂都指揮使、領永州防禦使。顯德初，遷侍衛步軍都指揮使、領昭武軍節度。歲餘，改領曹州。世宗親征淮上，令繼勳領兵屯壽州城南，進洞屋、雲梯，以攻其城。繼勳怠於守禦，爲其所敗，死者數萬，梯、屋悉皆被焚。召歸闕，出爲河陽三城節度。議者以爲失責帥之義。及再幸壽春回，左授繼勳右武衛大將軍，又以其掌書記陳南金禆贊無狀，并黜之。顯德四年冬，復從世宗南征，及次迎鑾，即命繼勳帥黑龍船三十艘於江口灘，敗吴兵數百，獲戰船二艘，以功遷左領軍衛上將軍。七月，改右羽林統軍。六年春，世宗幸滄州，以繼勳爲戰棹左廂都部署，前澤州刺史劉洪副之，俄權知邢州。恭帝即位，授安國軍節度，加檢校太傅。宋初，加檢校太尉。太祖平澤、潞，繼勳朝於行在，即以爲昭義軍節度。五年，加同平章事。開寶二年，太祖親征河東，命繼勳爲行營前軍都部署。三年春，移鎮大名。太平興國初，加兼侍中。俄以疾求歸洛陽，許之，賜錢千萬，白金萬兩。是秋，上表乞骸骨，拜太子太師致仕，朝會許綴中書門下班。尋卒，年六十二，贈中書令。（《宋史》卷二百五十四）

〔十〕趙贊：字元輔，幽薊人。父延壽，尚後唐明宗公主，《五代史》有傳、贊。七歲應神童，明宗賜童子及第，附長興春榜。延壽守上黨，并其父德鈞皆陷契丹，贊獨與母在洛陽。晋祖由契丹援，立命贊奉母北歸。贊在晋末，受北朝僞河中節度使，北主歸，得留鎮河中。漢祖起晋陽，贊因勸進，改京兆尹。周世宗征淮南，留贊與諸將圍壽陽，諸將皆敗，贊獨有功，及移軍，尺椽片瓦無棄者。淮南平，贊功居多。乾德初，授晋州刺史兼建隆軍節度使。太宗即位，來朝而卒，贈侍中。（《隆平集》卷十六）

《宋史》卷二百五十四亦有傳。

〔十一〕姚内斌：盧龍人。少仕契丹，周顯德末，世宗北征，太祖將兵至瓦橋關，内斌爲關使，開門請降。世宗以爲汝州刺史。國初，從平李筠，改刺虢州。太祖以西鄙爲憂，以内斌爲慶州刺史，戎不敢犯塞，號内斌爲虎。蓋畏其勇也。在慶州積十餘年，卒，年六十四。（《東都事略》卷二十九）

《隆平集》卷十六、《宋史》卷二百七十三亦有傳。

〔十二〕董遵誨：范陽人。父宗本，事幽帥趙延壽，爲延壽所惡，遂舉家奔太原。漢高祖得之，以宗本爲隨州刺史。遵誨補牙校，有方略，善禦夷狄。周世宗時，從韓通討秦鳳，擒蜀招討使王鸞，攻淮南，下合肥。又從韓通平雄、霸二州，以功至驍武指揮使。太祖以西戎近邊，使守通遠軍，凡十四年。蕃漢悦附，許以便宜制軍事。太平興國六年，卒，年五十六。（《東都事略》卷二十九）

《宋史》卷二百七十三亦有傳。

〔十三〕王彦升：字光烈，蜀人。後唐平蜀，徙家洛陽。周顯德末，爲散員指揮使。從太祖北伐，至陳橋，以軍中推戴而還。時，韓通爲侍衛親軍副都指揮使，在殿閤聞變，皇懼而歸。彦升遇通於路，策馬逐之，通馳入其第，門未及闔，爲彦升所害。太祖聞通死，大怒，乃出彦升，爲唐州刺史。久之，徙原州防禦使。彦升殘忍，在原州，戎人有犯漢法者，會賓客，則引而前，以手捽其耳，大嚼，沃以卮酒，前後所啗數百人。并塞數年，戎人畏之，無犬吠之警，卒，年五十八。（《東都事略》卷三十）

《隆平集》卷十六、《宋史》卷二百五十亦有傳。

〔十四〕馮繼業：字嗣宗，大名人。父暉，朔方節度使，封衞王，《五代史》有傳。繼業敏惠有度量，以父任補朔方軍節院使、牙内都虞候。周廣順初，暉疾，繼業圖殺其兄繼勳。暉卒，遂代其父位，爲朔方軍留後，遷節度使。建隆初來朝。開寶二年，拜靖難軍節度使，改鎮定國。太平興國初，封梁國公，遂留京師，卒，年五十一。贈侍中。（《東都事略》卷二十八）

《宋史》卷二百五十三亦有傳。

〔十五〕敵人：《類苑》卷一引《東齋記事》作『夷人』。

〔十六〕此條所記之事亦見《長編》卷一百三十八：慶曆二年十月戊辰，御史中丞賈昌朝上疏，言：『太祖命李漢超鎮關南，馬仁瑀守瀛州，韓令坤鎮常山，賀惟忠守易州，何繼筠領棣州，郭進控西山，武守琪戍晉陽，李謙溥守隰州，李繼筠鎮昭義，趙贊領延州，姚内斌守慶州，董遵誨屯環州，王彦升守原州，馮繼業鎮靈武，筦榷之利，悉輸軍中，仍聽貿易，而免其徵税，召募勇士以爲牙爪。故邊臣富於財，得以養死力爲間諜，外蕃情狀，無不預知者。二十年間，無西、北之憂，善用將帥，精於覘候之所致也。』

太祖征河東，絳州薛化光上言：『凡伐木，先去枝葉，後取根柢。今河東外有契丹之援，内有人户供輸，竊恐歲月間未能下矣。宜於太原北石嶺山，及河北界西山東〔一〕静陽村、樂平鎮、黄澤關、百井社，各建城寨，扼契丹援兵；遷其部内人户於西京、襄、鄧、唐、汝州，給閑田使自耕種，絶其供饋。如此，不數年間，可平定矣。』其後，卒用其策而下河東。〔二〕化光，簡肅公之父，後贈中書令〔三〕。

【校證】

〔一〕界西山東：四庫本、守山閣叢書本、墨海金壺本均作『兩界山東』。《類苑》卷十三『薛化光』條引《東齋記事》作『兩界東山』，『山』『東』二字乙，應爲『兩界山東』。中華書局整理本作『界西山東』。《長編》開寶二年閏五月己未條亦記此事，李燾自注云，此條據范鎮《東齋記事》而成。《長編》宋本、撮要本卷十均作『界西山東』，《續通鑑》卷五、《太平治迹統類》卷二亦俱作『界西山東』。據改。

〔二〕此事亦見《長編》卷十：『（開寶二年閏五月）己未，徙太原民萬餘家於山東、河南，給粟。庚申，分命使者十七人，發禁軍護送之。因屯於鎮、潞等州，用絳人薛化光之策也。』

〔三〕後贈中書令：歐陽修《資政殿學士尚書户部侍郎簡肅薛公墓志銘》：『公既貴，贈其曾祖而下三室，曰太保、太傅、太師。』《尚書駕部員外郎致仕薛君墓志銘》：『尚書駕部員外郎致仕薛君諱長孺，字元卿，絳州正平人也。贈太傅諱温瑜之曾孫，殿中丞贈太師諱化光之孫。』薛長儒乃薛奎之侄。可見，薛化光後贈官爲太師，而非范鎮此條所記之『中書令』。

太祖一日御後殿慮囚〔一〕，内有一囚告：『念臣是官家鄰人。』太祖以爲燕、薊鄰人，遣問之。乃云：『臣住東華門外。』太祖笑而宥之。

【校證】

〔一〕慮囚：録囚也。《漢書注》卷七十一，顔師古注『録囚』云：『省録之，知其情狀，有冤滯與不也。今云慮囚，本録聲之去者耳。音力具反，而近俗不曉其意，訛其文，遂爲思慮之慮，失其源矣。行音下更反。』

曹利用〔一〕先賜進士出身，而後除僕射，〔二〕乃知進士之爲貴也如此。

【校證】

〔一〕曹利用：字用之，趙州人。以父遺恩授殿前承旨，轉右班殿直、鄜延路走馬承受公事。景德初，授閤門祗候，假崇儀副使，奉書以使契丹。還，擢東上閤門使、忠州刺史。四年，宜州軍校陳進反，命利用爲廣南安撫使。賊平，遷引進使，纍遷嘉州防禦使、鄜延路兵馬總管。大中祥符七年，拜樞密副使，久之，加宣徽北院使，改同知樞密院，遂知院事。天禧中，拜樞密使加同平章事。皇太子權聽軍國事，議令輔臣兼東宫官。兼太子少保，進右僕射，封韓國公。仁宗即位，加左僕射兼侍中、武寧軍節度使，進封魯國公。天聖三年，加司空。五年，改封鄆國公。明年，改鎮保平。又明年，其從子左侍禁汭爲趙州監押，趙人告其逆謀，遂罷，以本官兼侍中判鄧州。及汭誅，降左千牛衛上將軍，知隨州。又坐私貸景靈宫公用錢，貶崇信軍節度副使、房州安置。至襄州，内臣楊懷敏逼使自縊，以疫暴卒聞，年五十九。贈太傅，曰『襄悼』。（《東都事略》卷五十）

《名臣碑傳琬琰集》下卷五、《隆平集》卷十、《宋史》卷二百九十亦有傳。

〔二〕據《長編》卷九十七，『天禧五年三月壬寅，輔臣以天章閣成，并進秩。曹利用爲右僕射。』同書卷九十八：『乾興元年二月丙寅，樞密使曹利用加左僕射并兼侍中。』但未見賜其進士出身的記載，李燾在《長編》卷九十七引《東齋記事》此條後也言：『不知鎮何所據，附傳、正傳俱無之，當考』。

景德中，李迪〔一〕、賈邊皆舉進士，有名當時，及就省試，主文咸欲取之，既而二人皆不與。取其卷視之，迪以賦落韵，邊以《當仁不讓於師論》以『師』爲『衆』，與注疏异說。乃爲奏，具道所以，乞特收試。時王文正公〔二〕爲相，議曰：『迪雖犯不考，然出於不意，其過可恕。如邊特立异說，此漸不可啓，將令後生務爲穿鑿，破壞科場舊格。』遂收迪而黜邊。〔三〕

【校證】

〔一〕李迪：字復古，濮州鄄城人。少從柳開學爲古文，開曰：『此公輔器也。』舉進士第一，除將作監丞，通判徐州，代還，直史館，爲開封府發解官。真宗東封泰山，以迪通判兗州，既而坐前發解舉人失當，降監海州鹽稅。明年，以右司諫知鄆州，再遷吏部員外郎，爲三司鹽鐵副使，遂知制誥。真宗幸亳州，爲留守判官。亳升節制，以迪知亳州。代還，知永興軍，尋除陝西都轉運使，召爲翰林學士。天禧元年，拜給事中、參知政事。東宫建，以迪爲太子少傅，迪辭以太宗時未嘗立保傅，遂止兼賓客，加禮部侍郎。寇準罷相，真宗欲相迪，迪固辭。一日對滋福殿，皇太子出拜上前曰：『蒙以賓客爲宰相。』真宗顧迪曰：『復何辭邪？』乃拜吏部侍郎兼太子少傅、同中書門下平章事、集賢殿大學士。真宗不豫，令皇太子總軍國事。時二府并進秩，乃遷迪中書侍郎兼尚書左丞。罷爲户部侍郎。翌日，知鄆州。貶衡州團練副使。丁謂竄，起爲秘書監，知舒州，徙江寧府，又徙青、兖二州，復兵部侍郎，知河南府。以尚書左丞知河陽。明道元年，遷工部尚書。章獻崩，召爲資政殿大學士，判尚書都省。未幾，復拜同中書門下平章事、集賢殿大學士。景祐二年，罷爲刑部尚書，知亳州，改知相州，尋爲資政殿大學士、翰林侍讀學士，留京師。降太常卿，知密州。復刑部尚書，知徐州，改户部尚書，知兖州，復資政殿大學士。是時元昊反，契丹背盟，迪請臨邊，拜彰信軍節度使、判天雄軍，徙青州。引老，以太子太傅致仕，卒，年七十七，贈司空，謚曰『文定』。（《東都事略》卷五十一）

《名臣碑傳琬琰集》下卷三、《隆平集》卷五、《宋史》卷三百一十亦有傳。張方平作《大宋故推誠保德崇仁守正翊戴功臣開府儀同三司太子太傅致仕上柱國隴西郡開國公食邑八千一百户食實封二千四百户贈司空侍中謚文定李公神道碑銘（并序）》，收入《樂全集》卷三十六。

〔二〕王文正公：即王旦，字子明，大名莘人。舉進士，爲大理評事。知臨江縣，再遷殿中丞，通判鄭、濠二州。王禹偁薦其才，旦亦獻其所爲文章，得直史館，拜右正言。知制誥趙昌言參知政事，旦以婿避嫌，改集賢殿修撰。昌言罷，復知制誥。真宗即位，拜中書舍人。咸平三年，拜給事中，同知樞密院事。明年，以工部侍郎參知政事。景德三年，拜工部尚書、同中書門下平章事、集賢殿大學士、監修國史。天書降，爲天書儀仗使，東封泰山，西祀汾陰，俱爲大禮使。纍遷右僕射、昭文館大學士。聖祖降，爲玉清奉聖像大禮使。真宗以兖州壽丘爲聖祖降生之地，建景靈宫，以旦爲朝修使。宫成，册拜司空，進司徒，遷太保。旦在政府十八年，以病求罷。真宗不得已，拜太尉兼侍中，五日一朝，遇軍國大事不以時參决。以疾懇辭，册拜太尉、玉清昭應宫使。薨，年六十一，贈太師、尚書令、魏國公，謚曰『文正』。乾興元年配享真宗廟廷。（《東都事略》卷四十）

《隆平集》卷四、《名賢氏族言行類稿》卷二十四、《宋史》卷二百八十二亦有傳。歐陽修作《太尉文正王公神道碑銘并序》，收入《歐陽文忠公集》卷二十二。

〔三〕此條所記之事詳見《長編》卷五十九：（景德二年三月）甲寅，上御崇政殿親試禮部奏名舉人，得進士李迪以下二百四十六人，第爲五等。第一、第二、第三等賜及第，第四、第五等同出身。又得特奏名五舉以上一百十一人，第爲三等，并賜同進士、三傳、學究出身。翌日，試諸科，得九經以下五百七十人，第爲三等，并賜本科及第、出身、同出身。又得特奏名諸科三禮以下七十五人，第爲三等，賜同學究出身，授試銜官。上謂宰相曰：『昨親閲考官所定試卷，意其入末等者過多，即别令詳考，往往合格。比緣臨試多士，糊名校覆，務於精當，而考官不諭朕意，過抑等第，欲自明絶私，甚無謂也。迪所試最優。李諮亦有可觀，聞其幼年，母爲父所棄，歸舅族，諮日夕號泣，求還其母，乃至絶葷茹素以禱祈；又能刻苦爲學，自取名級，亦可嘉也。』以迪爲將作監丞，諮及夏侯麟爲大理評事，通判諸州。進士第一等爲試校書郎、知令録，餘爲判司、簿尉。迪，濮州人；諮，新喻人也。先是，迪與賈邊皆有聲場屋，及禮部奏名，而兩人皆不與，考官取其文觀之，迪賦落韵，邊論《當仁不讓於師》，以『師』爲『衆』，與注疏异，特奏令就御試。參知政事王旦議落韵者，失於不詳審耳；捨注疏而立异論，輒不可許，恐士子從今放蕩無所準的。遂取迪而黜邊。當時朝論，大率如此。

蔡文忠公齊〔一〕狀元及第，真宗視其形貌秀偉，舉止安重，顧謂寇萊公〔二〕曰：『得人矣！』因詔金吾給騶從，傳呼〔三〕。狀元給騶從，始於此也。〔四〕

【校證】

〔一〕蔡文忠公齊：即蔡齊，字子思，其先洛陽人。舉進士，冠甲科，真宗觀齊舉止端雅，顧輔臣寇準曰：『得人矣。』特詔金吾給騶從，狀頭給騶從，自齊始也。除將作監丞，通判兖州，徙濰州，除直集賢院，遷右正言。仁宗即位，改右司諫，同修起居注，兼侍御史知雜事。改三司户部副使，使契丹。還，知制誥、翰林學士加侍讀學士。以龍圖閣直學士知河南府，改密州。徙知應天府，除御史中丞。復爲龍圖閣直學士，擢三司使，拜樞密副使。遷禮部侍郎、參知政事。與宰相吕夷簡論事不合，罷爲户部侍郎。久之，出知潁州，卒，年五十二，謚曰『忠肅』，改曰『文忠』。（《東都事略》卷五十三）

《隆平集》卷七、《宋史》卷二百八十六亦有傳。范仲淹作《户部侍郎贈兵部尚書蔡公墓志銘》，收入《范文正公集》卷一十二。

〔二〕寇萊公：即寇準，字平仲，華州下邽人。少力學，有器識，舉進士爲巴東令。在巴東五年，不得代。又宰成安。遷殿中丞，通判鄆州。召試左正言、直史館，爲三司度支推官。會詔百官言邊事，準極陳利害，太宗深器之，擢樞密直學士。淳化二年，拜左諫議大夫、樞密副使，改同知樞密院事。與張遜不協，罷知青州。五年，召爲參知政事，加給事中。咸平初，徙河陽，改同州，又徙鳳翔府。轉刑部侍郎，知開封府，遷兵部侍郎，爲三司使。景德元年，拜同中書門下平章事、集賢殿大學士。加中書侍郎兼工部尚書。三年，以刑部尚書罷知陜州，遷户部尚書，知天雄軍，入判尚書都省。真宗幸亳州，以準留守京師。大中祥符七年，拜同平章事，充樞密使。八年，罷爲武勝軍節度使，同平章事。踰月，判河南府，徙判永興軍。天禧元年，爲山南東道節度使。三年，復拜中書侍郎，兼吏部尚書、同中書門下平章事、集賢殿大學士，進右僕射。劉后參政，罷爲太子太傅，封萊國公。踰月，楊崇勳等告内侍周懷政謀廢皇后，奉真宗爲太上皇而傳位太子，復用準爲相。懷政既事泄被誅，又降準爲太常卿，知相州，徙安州，貶道州司馬，再貶雷州司户參軍。踰年，徙衡州司馬。卒，年六十三。贈中書令、萊國公，謚曰『忠湣』。（《東都事略》卷四十一）《隆平集》卷四、《宋史》卷二百八十一亦有傳。孫抃奉詔作《寇忠湣公準旌忠之碑》，收入《名臣碑傳琬琰集》上集卷二。

〔三〕騶從：古代顯貴大官出門時，前導或後隨的騎馬侍從。傳呼：古代大官出行時，由侍衛高呼閑人回避的一種威儀。

〔四〕《類説》卷二十二引《東齋記事》、《談苑》卷四於『蔡文忠』前均有『祥符八年』四字；《説郛》本作『大中祥符八年』。《類説》及《談苑》引《東齋記事》，『真宗』均作『上』字。

《事文類聚》前集卷二十六『傳呼狀元』條引《東齋遺事》（按《東齋記事》异名），文略异，云：『蔡齊，字子思，真宗臨軒策士，夜夢殿下有菜，一苗甚盛，與殿基相高。及拆第一卷蔡齊，上見其狀堂堂，曰：得人矣。詔金吾給衛士七人清道。尋詔，自今第一人及第，令給七人當直，許出入則兩對引唱。傳呼狀元始於此也。』此事亦見《宋朝事實》卷十四：蔡齊，大中祥符八年舉進士第一。真宗臨軒，見其舉止端重，顧謂宰相寇準曰：『得人矣。』特詔金吾給騶從，使傳呼道上，因以爲例。

祥符中，〔一〕楊文公〔二〕以母疾，不俟報，歸陽翟。初，真皇欲立莊獻〔三〕爲皇后，文公不草詔，莊獻既立，不自安，乃托母疾而行。上猶親封藥，加以金帛賜之。〔四〕

【校證】

〔一〕此條《永樂大典》卷一萬三千四百九十六引《東齋記事》作：『真宗欲立章獻爲后，楊文公不草制。章獻既立，楊文公億不自安，托母疾而去。』

〔二〕楊文公：即楊億，字大年，建州浦城人。年十一以童子召對，以爲秘書省正字。淳化中，命讀書秘閣，遷光禄寺丞，直集賢院。真宗即位，拜右正言，修《太宗實録》。出知處州，召還，拜左司諫、知制誥。景德初，同王欽若修《册府元龜》。大中祥符初，爲翰林學士。億有别墅在陽翟，億母往視之，會母病，億不俟報而行，讒者以爲慢朝廷。億素體羸，至是以病聞，乃授太常少卿，分司西京。進秘書監，起知汝州。會加玉皇聖號，召爲寶册參詳儀制副使。天禧二年，遷工部侍郎，知貢舉。坐譴，降秘書監。母喪，詔起復，爲翰林學士。億嘗代寇準草奏，請皇太子親政，斥丁謂等奸邪事，準既逐，億亦憂畏而卒。年四十七。景祐元年，樞密使王晦叔上其事，仁宗嘉嘆，詔贈禮部尚書，謚曰『文』。（《東都事略》卷四十七）

《名臣碑傳琬琰集》下卷七、《隆平集》卷十三、《宋史》卷三百五亦有傳。

〔三〕莊獻：即章獻明肅劉皇后。其先家太原，後徙益州，爲華陽人。祖延慶，在晋、漢間爲右驍衛大將軍；父通，虎捷都指揮使、嘉州刺史，從征太原，道卒。后，通第二女也。初，母龐夢月入懷，已而有娠，遂生后。后在繈褓而孤，鞠於外氏。善播鞀。蜀人龔美者，以鍛銀爲業，攜之入京師。后年十五入襄邸，王乳母秦國夫人性嚴整，因爲太宗言之，令王斥去。王不得已，置之王宫指使張耆家。太宗崩，真宗即位，入爲美人。以其無宗族，乃更以美爲兄弟，改姓劉。大中祥符中，爲修儀，進德妃。自章穆崩，真宗欲立爲皇后，大臣多以爲不可，帝卒立之。李宸妃生仁宗，后以爲己子，與楊淑妃撫禮甚至。后性警悟，曉書史，聞朝廷事，能記其本末。真宗退朝，閱天下封奏，多至中夜，后皆預聞。宫闈事有問，輒傳引故實以對。天禧四年，帝久疾居宫中，事多决於后。宰相寇準密議奏請皇太子監國，以謀泄罷相，用丁謂代之。既而，入内都知周懷政謀廢后殺謂，復用準以輔太子。客省使楊崇勳、内殿承制楊懷吉詣謂告，謂夜乘犢車，挾崇勳、懷吉造樞密使曹利用謀。明日，誅懷政，貶準衡州司馬。於是詔皇太子開資善堂，引大臣决天下事，后裁制於内。真宗崩，遺詔尊后爲皇太后，軍國重事，權取處分。謂等請太后御别殿，太后遣張景宗、雷允恭諭曰：『皇帝視事，當朝夕在側，何須别御一殿？』於是請帝與太后五日一御承明殿，帝位左，太后位右，垂簾决事。議已定，太后忽出手書，第欲禁中閲章奏，遇大事即召對輔臣。其謀出於丁謂，非太后意也。謂既貶，馮拯等三上奏，請如初議。帝亦以爲言，於是始同御承明殿。百官表賀，太后哀慟。有司請制令稱『吾』，以生日爲長寧節，出入御大安輦，鳴鞭侍衛如乘輿。令天下避太后父諱。群臣上尊號曰應元崇德仁壽慈聖太后，御文德殿受册。天聖五年正旦，太后御會慶殿。群臣及契丹使者班廷中，帝再拜跪上壽。是歲郊祀前，出手書諭百官，毋請加尊號。禮成，帝率百官恭謝如元日。七年冬至，天子又率百官上壽，范仲淹力言其非，不聽。九月，詔長寧節百官賜衣，天下賜宴，皆如乾元節。明道元年冬至，復御文德殿。有司陳黄麾仗，設宫架、登歌、二舞。明年，帝親耕籍田，太后亦謁太廟，乘玉輅，服褘衣、九龍花釵冠，齋於廟。質明，服衮衣，十章，减宗彝、藻，去劍，冠儀天，前後垂珠翠十旒。薦獻七室，皇太妃亞獻，皇后終獻。加上尊號曰應天齊聖顯功崇德慈仁保壽太后。是

歲崩，年六十五。謚曰『章獻明肅』，葬於永定陵之西北。（《宋史》卷二百四十二）

〔四〕《類説》卷二十二引《東齋記事》，於『祥符中』三字後有『司天楊浩奏侍臣當有逃去者翌日』十四字，『真皇』作『上』字。

此事詳見《長編》卷八十：（大中祥符六年六月己巳）翰林學士、户部郎中、知制誥楊億嘗草答契丹書，云『鄰壤交歡』，上自注其側，作『朽壤』『鼠壤』『糞壤』等字，億遽改爲『鄰境』。明日，引唐故事，學士草制有所改爲不稱職，亟求罷，上慰諭之。他日，謂輔臣曰：『楊億真有氣性，不通商量。』及議册皇后，上欲得億草制，使丁謂諭旨，億難之。因請三代，謂曰：『大年勉爲此，不憂不富貴。』億曰：『如此富貴，亦非所願也。』乃命它學士草制。億雖頻忤旨，恩禮猶不衰。王欽若、陳彭年等深害之，益加譖毀。上意稍怠，億嘗入直，忽被召至禁中，既見，賜坐，從容顧問，徐出文稿數篋，以示億，曰：『卿識朕書迹乎？此皆朕自起草，未嘗命臣下代作也。』億皇恐不知所對，頓首再拜趨出，知譖者之言得行，即謀退遁。億有别墅在陽翟，億母往視之，會得疾，億遂留謁告榜子與孔目吏，中夕奔去。先一日，上聞億母病，遣使者以湯藥、金幣賜之，使者及門，則億既亡去矣。朝論諠然，以爲不可，上亦謂輔臣王旦等曰：『億侍從官，安得如此自便？』旦曰：『億本寒士，先帝賞其詞學，寘諸館殿，陛下拔擢至此。責以公議，誠爲罪人。賴陛下矜容，不然，顛躓久矣。然近職不可居外地，今當罷之。』上終愛其才，踰月，命弗下。

真皇時，置天慶觀。〔一〕張鄧公士遜〔二〕爲廣南東路轉運使，會詔天下置天慶觀，公因請即舊觀爲之，以紓天下土木之勞。詔如其請。〔三〕

【校證】

〔一〕《宋朝事實》卷七：大中祥符二年十月，詔曰：『朕欽崇至道，誕受元符，庶敦清浄之風，永洽淳熙之化。式營仙館，以介民禧。宜令諸路州府軍縣開擇官地，建道觀，或改舊宫觀，名題而崇葺之，以奉三清玉皇，并以天慶爲額。』

〔二〕張鄧公士遜：即張士遜，字順之，光化軍人。舉進士爲鄖鄉簿，遷射洪令。歲旱，禱白崖山神，即雨。士遜立，須雨足乃去，蜀人异之。轉運使檄士遜治郪，射洪民遮道，馬不得去，乃聽還。改襄邑令，又知邵武縣，除御史臺推直官，遷監察御史。江南轉運使缺，中書進擬數人，真宗自除士遜焉。徙廣東。當是時，天下置天慶觀，士遜言：『今營造競起，遠近不勝其擾，請因諸舊觀爲之。』詔如其請。移漕河北，久之，遷爲壽春郡王友，除直史館。又爲王府諮議參軍。仁宗爲皇太子，遷右諫議大夫兼右庶子，又爲賓客，遷樞密直學士。既而，兩府大臣皆領東宫官，遂换太子詹事。

天禧五年，擢拜樞密副使，纍遷尚書左丞。拜禮部尚書、同中書門下平章事。明年，罷知江寧府。居二年，朝京師，除定國軍節度使，知許州，復拜中書侍郎，兼刑部尚書、同平章事、集賢殿大學士。呂夷簡罷相，進士遜門下侍郎、昭文館大學士，爲章獻明肅皇后、章懿皇后山陵使。罷爲左僕射，知河南府。除山南東道節度使、同平章事。改判陳州，徙河南。明年，陳堯佐罷，復拜士遜門下侍郎兼兵部尚書、同平章事、昭文館大學士，封郢國公。士遜年老不自安，乃七上章請老，優拜太傅，進封鄧國公，致仕。宰相謝事，自士遜始也。士遜就第，十年而薨，年八十六，贈太師、中書令，謚曰『文懿』。（《東都事略》卷五十二）《隆平集》卷五、《宋史》卷三百一十一亦有傳。宋祁爲其作碑文，名《張文懿公士遜舊德之碑》，收入《景文集》卷五十七。

〔三〕此事亦見《長編》卷七十二：（大中祥符二年十月）甲午，詔諸路、州、府、軍、監、關、縣擇官地建道觀，并以『天慶』爲額，民有願捨地備材創蓋者亦聽。先是，道教之行，時罕習尚，惟江西、劍南人素崇重。及是，天下始徧有道像矣。殿中侍御史張士遜上言：『今營造競起，遠近不勝其擾，願因諸舊觀爲之。』詔從其請。

真宗東封，放梁固〔一〕以下進士及第；〔二〕祀后土汾陰，放張師德〔三〕以下進士及第。〔四〕固，

狀元梁顥〔五〕子。師德亦狀元張去華〔六〕子。魏野〔七〕以詩賀曰：『封禪汾陰連歲榜，狀元俱是狀元兒。』〔八〕

【校證】

〔一〕梁固：字仲堅。幼有志節，嘗著《漢春秋》，顥器賞之。初，以顥遺蔭，賜進士出身。服闋，詣登聞院讓前命，願赴鄉舉，許之。大中祥符元年，舉服勤詞學科，擢甲第。解褐將作監丞、同判密州，就遷著作佐郎。歸朝，改著作郎、直史館，賜緋。歷户部判官、判户部勾院。爲人氣調俊爽，善與人交，疏財慷慨，尚氣義，明於吏道。馬元方領三司，臨事粗率，固摭其曠闕之狀，屢請對條奏。嘗詔鞫獄，時稱平審。天禧大禮成，奏頌甚工。無幾卒，年三十三。有集十卷。（《宋史》卷二百九十六）

〔二〕此事詳見《長編》卷七十一：（大中祥符二年六月）先是，工部侍郎張秉、知制誥周起以所試服勤詞學、經明行修合格人名聞。詔工部侍郎馮起、給事中薛映、龍圖閣待制戚綸、陳彭年鎖宿於秘閣，覆考定之。庚戌，上御崇政殿親試，仍別録本考較，取《玉篇》中字爲號，始令第進士程試爲五等，曰『上次』，曰『中上』，曰『中次』，曰『下上』，曰『下次』。取考官、覆考官所定試卷參較等第，有不同者，命再考之。考訖，又付右僕射張齊賢等詳審，仍以高第十卷付宰相重定。賜進士梁固等二十六人及第，同出身者三人，同三禮出身者二人，九經、五經、三禮、學究、明法及第者四十八人，同出身者六人。第五人以上除官，同元年榜；餘爲試銜知縣、判司簿尉。固，顥之子也，初以顥遺廕進士出身。服除，詣登聞，讓前命，願赴鄉貢，許之。

〔三〕張師德：字尚賢。真宗祀汾陰，知河南府薛映薦其學行，又獻《汾陰大禮頌》於行在。是歲，舉進士亦爲第一，時人榮之。除將作監丞、通判耀州。遷秘書省著作郎、集賢校理、判三司都理欠憑由司。建言：『有逋負官物而被繫，本非侵盗，若煢獨貧病無以自償，願特蠲之。』帝用其言。嘗奏事殿中，帝訪以時事，而條對甚備。帝喜曰：『朕藩邸知卿父名，今又知卿才。』其後每遣使，帝輒曰：『張師德可用。』契丹、高麗使來，多以師德主之。天禧初，安撫淮南，苦風眩，改判司農寺。擢右正言、知制誥，判尚書刑部。頃之，出知潁州，遷刑部員外郎、判大理寺，爲群牧使、景靈宫判官，再遷吏部郎中。以疾，知鄧州，徙汝州，拜左諫議大夫，罷知制誥。師德孝謹有家法，不交權貴，時相頗不悦之。然亦多病，在西掖九年不遷，卒於官。有文集十卷。子景憲，爲太中大夫。（《宋史》卷三百六）

〔四〕此事詳見《長編》卷七十六：（大中祥符四年十一月）先是，汾陰赦書，舉服勤詞學、經明行修之士，如東封例，惟不覆考。丙子，上御崇政殿親試，進士扣殿檻請諭詩賦論題所出，上令録示之，始令賦論中不得用小臣儒生字。又以冬晝景短，罷常務不決。即令引試，内出新定條制：舉人納試卷，内臣收之，先付編排官去其卷首鄉貫狀，以字號第之，付彌封官謄寫校勘，用御書院印，始付考官，定等訖，復彌封送覆考官，再定等。編排官閲其同异，未同者再考之；如復不同，即以相附近者爲定。始取鄉貫狀字號合之，乃第其姓名差次并試卷以聞，遂臨軒唱第。其考第之制，學識優長、詞理精絶爲第一等，才思該通、文理周密爲第二等，文理俱通爲第三等，文理中平爲第四等，文理疏淺爲第五等，自餘率如貢院舊制。賜進士張師德等二十一人及第，十人同出身；諸科及第者四十二人，同出身者八人。師德，去華子也。

〔五〕《容齋四筆》卷十四：梁公字太素，雍熙二年延試甲科，景德元年以翰林學士知開封府，暴疾，卒年四十二。

〔六〕張去華：字信臣，開封襄邑人。幼勵學，敏於屬辭，以蔭補太廟齋郎。周世宗平淮南，去華時年十八，慨然嘆曰：『兵戰未息，民事不修，非馭國持久之術。』因著《南征賦》《治民論》，獻於行在。召試，授御史臺主簿。建隆初，始攜文游京師，大爲李昉所稱。明年，舉進士甲科，即拜秘書郎、直史館。荆湖平，命通判道州。代還，知磁、乾二州，選爲益州通判，遷起居舍人、知鳳翔府。從太宗征太原，監隨駕左藏庫，就命爲京東轉運使。歷左司員外郎、禮部郎中。太平興國七年，爲江南轉運使。雍熙中，王師討幽州，去華督宋州饋運至拒馬河，就命掌河北轉運事。三年，知陝州，未行，著《大政要録》三十篇以獻，上覽而嘉之，詔書褒美，賜綵五十匹，因留不遣。會許王尹京，命爲開封府判官。逾歲，就拜左諫議大夫。貶安州司馬。歲餘，召授將作少監、知興元府，未行，改晉州。遷秘書少監、知許州。真宗嗣位，復拜左諫議大夫。未幾，遷給事中、知杭州。咸平二年，徙蘇州。景德元年，改工部侍郎致仕。三年，卒，年六十九。（《宋史》卷三百六）

〔七〕魏野：字仲先，陝州陝人。世爲農。母嘗夢引袂於月中承兔得之，因有娠，遂生野。及長，嗜吟咏，不求聞達。居州之東郊，手植竹樹，清泉環繞，旁對雲山，景趣幽絶。鑿土袤丈，曰樂天洞，前爲草堂，彈琴其中，好事者多載酒肴從之游，嘯咏終日。前後郡守，雖武臣舊相，皆所禮遇，或親造謁。趙昌言性尤倨傲，特署賓次，戒閽吏野至即報。野不喜巾幘，無貴賤，皆紗帽白衣以見，出則跨白驢。過客居士往來留題命詁，纍宿而去。野爲詩精苦，有唐人風格，多警策句。所有《草堂集》十卷，大中祥符初契丹使至，嘗言本國得其上帙，願求全部，詔與之。祀汾陰歲，與李瀆并被薦，遣陝令王希招之，野上言曰：『陛下告成天地，延聘岩藪，臣實愚戇，資性慵拙，幸逢聖世，獲安故里，早樂吟咏，實匪風騷，豈意天慈，曲垂搜引。但以嘗嬰心疾，尤疏禮節，麋鹿之性，頓纓則狂，豈可瞻對殿墀，仰奉清燕。望回過聽，許令愚守，則畎畝之間，永荷帝力。』詔州縣長吏常加存撫，又遣使圖其所居觀之。五年四月，復遣内侍存問。天禧三年十二月，無疾而卒，年六十。州上其狀。四年正月，詔曰：『國家舉旌賞之命，以輝丘園，申恤贈之恩，用慰泉壤，所以褒逸民而厚風俗也。故陝州處士魏野，服膺儒素，刻意篇章，顧詞格之清新，爲士流之推許，而能篤淳古之行，慕肥遁之風。頃屬時巡，嘗加聘召，懇陳誠志，願遂《考槃》。及此淪亡，載深嗟悼！蘭臺清秩，追飾幽扃，厚其賻助之資，寬以復除之命。諒惟優禮，式顯令名。魂而有知，歆此殊渥。可特贈秘書省著作郎，賻其家帛二十匹，米三十斛，州縣常加存恤，二税外免其差徭。』瀆即野中表兄也。瀆卒訃至，野哭之慟，謂其子曰：『吾不可去，去必不至。』第遣其子赴之，裁六日而野亦卒，時甚异焉。（《宋史》卷四百五十七）

〔八〕魏野《東觀集》卷二《聞張師德狀元登第因以寄賀兼陳梁固狀元》：『科場消息到柴扉，皇宋風流事可知。封禪汾陰連歲榜，狀元俱是狀元兒。』

此條所記之事《澠水燕談録》卷六更詳，其文云：祥符二年，真宗東封岱山。六月，放梁固已下進士三十一人及第。四年，祀後土於汾陰。十一月放張師德已下三十一人及第。固，雍熙二年狀元顥之子。師德，建隆二年狀元去華之子。兩家父子狀元，當時士大夫榮之。甘棠魏處士野聞而以詩賀之，曰：『封禪汾陰連歲榜，狀元俱是狀元兒。』

真皇時，以任密學中正〔一〕知成都府，代張尚書咏〔二〕。或以爲不可。時王文正公爲相，上責問之，對曰：『非中正不能守咏之規矩，它人往往妄有變更矣。』上是之，言者亦服王公之能用人也。〔三〕

【校證】

〔一〕任中正：字慶之，曹州濟陰人。少舉進士，爲池州推官，遷大理評事，通判邵州，改濮州。翰林學士錢若水嘗薦其才，遷著作佐郎，通判大名府，遷江南轉運副使。真宗即位，擢監察御史，徙兩浙轉運使。民飢，中正發官廩以振之，代還，知并州。纍遷兵部員外郎、直史館、河北轉運使，拜樞密直學士，知益州代張咏。在郡五載，遵咏條教，人用便之。又知并州，權知開封府，拜工部侍郎、樞密副使，改同知院事。又改副使，進兵部侍郎、參知政事。仁宗爲皇太子，以尚書左丞兼賓客。仁宗即位，遷兵部尚書。中正與丁謂善，謂敗，中正力營救之。謂既竄，而中正亦降太子賓客，知鄆州，徙曹州，復禮部尚書。丁母憂，哀毀而卒，年六十六。贈左僕射，謚曰『康懿』。（《東都事略》卷四十四）

《隆平集》卷六、《宋史》卷二百八十八亦有傳。

〔二〕張咏：字復之，濮州鄄城人。舉進士，知崇陽縣，又知浚儀縣。稍遷太常博士，爲荆湖北路轉運使。入覲，除虞部郎中，授樞密直學士，同知銀臺封駁司。出知成都府，時李順亂後，寇掠之際，民多脅從，咏移文諭以朝廷恩信，使各歸田里。咏曰：『前日李順脅民爲賊，今日吾化賊爲民，不亦可乎？』後廣武卒劉旴謀作亂，掠懷安，破漢州及永康軍。蜀州招安使上官正頓師不進，咏以言激正，勉其親行，仍盛爲供帳餞之。酒酣，舉爵謂將校曰：『爾曹受國厚恩，此行當直抵寇壘，平蕩醜類。若曠日持久，此地即爾死所矣。』正懼，由是遂取勝。其爲政，恩威并用，蜀民畏而愛之。初，蜀士知向學而不樂仕宦，咏察郡人張及、李畋、張逵者，皆有學行，爲鄉里所服，遂延奬加禮，敦勉就舉，而三人者悉登科。於是，蜀之學者知勸，文風日振。咏在蜀采訪民間事，悉得其實。嘗曰：『詢君子得君子，詢小人得小人，各就其黨詢之，則事無不審矣。』入拜給事中，爲御史中丞。以工部侍郎出知杭州。知永興軍，真宗以咏在蜀治行優异，復命知益州，仍加刑部侍郎。真宗遣使傳諭曰：『得卿治蜀，朕無西顧憂。』歸朝求知潁州。真宗乃命知升州。轉工部尚書，進禮部。出知陳州。卒，年七十，贈右僕射，謚曰『忠定』。（《東都事略》卷四十五）

《隆平集》卷十三、《宋史》卷二百九十三亦有傳。

〔三〕此事詳見《長編》卷六十三：（景德三年六月甲午）知益州張咏歲滿，朝議欲以兵部員外郎、直史館任中正代之。中正前知梓州，又新自契丹使還，上恐其憚於遠適，令中書召問。中正曰：『益部重地，國家委使，敢不竭誠以報。』上嘉其自效。壬寅，擢拜樞密直學士、工部郎中、知益州。酒務舊委牙校，而三司許州豪增課奪之，中正爲論於朝，詔復委牙校如故，仍特遣使諭旨。在郡凡五歲，遵咏條教，人用便之。宰相王旦初擬中正代咏，議者多云不可，上亦以詰旦，旦曰：『非中正不能守咏規矩，他人往往妄有變更矣。』上是其言，久之，衆乃服旦能用人也。

天聖三年，漢州德陽縣均渠鄉民張勝家析木，有『天下太平』字，因進上之。朝廷賜以茶、綵，仍改鄉名太平。〔一〕

【校證】

〔一〕此事亦見《長編》卷一百三：（天聖三年四月）癸酉，改漢州德陽縣均渠鄉爲太平鄉。初，邑民張勝家析木，有文曰『天下太平』，因以獻，故改之。仍賜勝茶、帛。

太平興國六年，司天〔一〕言：『五福太一，〔二〕自甲申年入黄室巽宫，在吴分。』仍於京城東南蘇村作東太一宮。〔三〕至天聖六年，又言：『戊辰自黄室趣蜀分。』乃於八角鎮築西太一宮。〔四〕春夏秋冬四立日，更遣知制誥、舍人率祠官往祠之。〔五〕一日，宋元憲公〔六〕祠東太一宫，見殿廡欹倒踈漏，因問道士。答曰：『孤寒太一幸舍人奏聞完修之。』時西太一宫新建，室宇宏麗，供具嚴飭，故道士因目東太一宫爲孤寒太一。

【校證】

〔一〕司天：官司司天監的簡稱。其職掌爲掌察天文祥异、鐘鼓刻漏、稽定曆數，供諸壇祠祀神名位版，每年預造曆以頒於四方。

〔二〕五福太一：《夢溪筆談》卷三：十神太一：一曰太一，次曰五福太一，三曰天一太一，四曰地太一，五曰君基太一，六曰臣基太一，七曰民基太一，八曰大游太一，九曰九氣太一，十曰十神太一。唯太一最尊，更無别名，止謂之太一。三年一移，後人以其别無名，遂對大游而謂之小游太一，此出於後人誤加之。京師東西太一宫正殿祠五福，而太一乃在廊廡，甚爲失序。

〔三〕此事亦見《長編》卷二十二：（太平興國六年十月甲午）蘇州言，太一宫成。先是，方士言五福太一，天之貴神也。行度所至之國民受其福，以數推之，當在吴、越分。故令築宫以祀之。

《長編》卷二十四：（太平興國八年五月丁巳）司天春官正襄城楚芝蘭上言：『京師帝王之都，百神所集。今城之東南，一舍而近，有地名蘇村，若於此爲五福太一作宫，則萬乘可以親謁，有司便於祇事。何爲遠趨江水以蘇臺爲吴分乎？』議者不能奪。丁卯，詔從芝蘭議，徙建太一宫於蘇村，東上閤門使樂陵趙鎔督其役，仍令芝蘭及樞密直學士張齊賢同定祭法。

《春明退朝録》：太宗時，建東太一宫於蘇邸，遂列十殿，而五福、君綦二太一處前，冠通天冠，服絳紗袍，餘皆道冠霓衣。

〔四〕此事亦見《長編》卷一百六：（天聖六年三月）壬戌，詔於順天門外八角鎮建西太一宫。司天言五福太一在黄室宫，吴、越分，凡四十五年，今當自黄室宫趨黄庭宫，梁、蜀分。故也。

《事物紀原》卷七：天聖六年三月，司曆言：『五福太一，自雍熙元年甲申及今四十五年，太一行綦，當入蜀郡之坤宫，曰黄庭。可於國城西南，别建祈宫。』於是，詔擇八角鎖池，建西太一宫。

《春明退朝録》：天聖中，建西太一宫，前殿處五福、君綦、大游三太一，亦用通天絳紗之制，餘亦道冠霓衣。

〔五〕《文昌雜録》卷四：祠部每歲祠祭……立春，祭東太一宫；立夏、立冬祭中太一宫；立秋，祭西太一宫。

〔六〕宋元憲公：即宋庠，字公序，安州人。舉進士，開封、禮部皆第一人。天聖元年，賜進士及第，與弟同有時名，以詩賦爲學者所宗，謂之『二宋』。庠初名郊，李淑因對言於上曰：『郊，交也。姓與國號同而名交，非所宜。』仁宗語之更焉。纍擢知制誥、翰林學士。寶元二年參知政事。出知揚州，加資政殿學士。慶曆五年，復參知政事。八年，樞密使。皇祐元年，與文彦博同相。二年，罷爲觀文殿學士，知河南府，徙許州、河陽。嘉祐三年，同平章事、樞密使，封莒國公。五年，罷，以使相判鄭州，徙相州。英宗即位，移鎮，加檢校太師、鄭國公、景靈宫使。屢請老不許，出判亳州。其請不已，乃以司空致仕。卒，年七十，謚『元憲』。（《隆平集》卷五《東都事略》卷六十五、《宋史》卷二百八十四亦有傳。王珪作《推誠保德崇仁守正忠亮佐運翊戴功臣開府儀同三司守司空致仕上柱國鄭國公食邑一萬一千六百户贈太尉兼侍中宋元憲公神道碑銘》，收入《華陽集》卷四十八。

天聖中，童謡云：『曹門好，有好好，曹門高，有高高。』其後，今太皇太后爲皇后，太皇太后姓曹氏〔一〕。英宗皇帝即位，而高太后爲皇后，高后〔二〕，曹氏之所出。前史載謡言者，信哉，不可忽也。

【校證】

〔一〕曹氏：即慈聖光獻曹皇后，真定人，樞密使、周武惠王彬之孫也。明道二年，郭后廢，詔聘入宫。景祐元年九月，册爲皇后。性慈儉，重稼穡，常於禁苑種穀、親蠶，善飛帛書。慶曆八年閏正月，帝將以望夕再張燈，后諫止。後三日，衛卒數人作亂，夜越屋叩寢殿。后方侍帝，聞變遽起。帝欲出，后閉閤擁持，趣呼都知王守忠使引兵入。賊傷宫嬪殿下，聲徹帝所，宦者以乳嫗歐小女子紿奏，后叱之曰：『賊在近殺人，敢妄言耶！』后度賊必縱火，陰遣人挈水踵其後，果舉炬焚簾，水隨滅之。是夕，所遣宦侍，后皆親剪其髮，諭之曰：『明日行賞，用是爲驗。』故争盡死力，賊即禽滅。閤内妾與卒亂當誅，祈哀幸姬，姬言之帝，貸其死。后具衣冠見，請論如法，曰：『不如是，無以肅清禁掖。』帝命坐，后不可，立請，移數刻，卒誅之。張妃怙寵上僭，欲假后蓋出游。帝使自來請，后與之，無靳色。妃喜，還以告，帝曰：『國家文物儀章，上下有秩，汝張之而出，外廷不汝置。』妃不懌而輟。英宗方四歲，育禁中，后拊鞠周盡；迨入爲嗣子，贊策居多。帝夜暴疾崩，后悉斂諸門鑰寘於前，召皇子入。及明，宰臣韓琦等至，奉英宗即位，尊后爲皇太后。帝感疾，請權同處分軍國事，御内東門小殿聽政。大臣日奏事有疑未决者，則曰『公輩更議之』，未嘗出己意。頗涉經史，多援以决事。中外章奏日數十，一一能紀綱要。檢柅曹氏及左右臣僕，毫分不以假借，宮省肅然。明年夏，帝疾益愈，即命撤簾還政，帝持書久不下，及秋始行之。敕有司崇峻典禮，以弟佾同中書門下平章事。神宗立，尊爲太皇太后，名宮曰慶壽。帝致極誠孝，所以承迎娛悦，無所不盡，從行登覲，每先后策掖。后亦慈愛天至，或退朝稍晚，必自至屏扆候矚，間親持膳飲以食帝。外家男子，舊毋得入謁。后春秋高，佾亦老，帝數言宜使入見，輒不許。他日，佾侍帝，帝復爲請，乃許之，因偕詣后閤。少焉，帝先起，若令佾得伸親親意。后遽曰：『此非汝所當得留。』趣遣出。晚得水疾，侍醫莫能治。元豐二年冬，疾甚，帝視疾寢門，衣不解帶。旬日崩，年六十四。帝推恩曹氏，拜佾中書令，進官者四十餘人。初，王安石當國，變亂舊章，后乘間語神宗，謂祖宗法度不宜輕改。熙寧宗祀前數日，帝至后所，后曰：『吾昔聞民間疾苦，必以告仁宗，因赦行之，今亦當爾。』帝曰：『今無他事。』后曰：『吾聞民間甚苦青苗、助役，宜罷之。安石誠有才學，然怨之者甚衆，帝欲愛惜保全之，不若暫出之於外。』帝悚聽，垂欲止，復爲安石所持，遂不果。帝嘗有意於燕薊，已與大臣定議，乃詣慶壽宫白其事。后曰：『儲蓄賜予備乎？鎧仗士卒精乎？』帝曰：『固已辦之矣。』后曰：『事體至大，吉凶悔吝生乎動，得之不過南面受賀而已；萬一不諧，則生靈所係，未易以言。苟可取之，太祖、太宗收復久矣，何待今日。』帝曰：『敢不受教。』蘇軾以詩得罪，下御史獄，人以爲必死。后違豫中聞之，謂帝曰：『嘗憶仁宗以制科得軾兄弟，喜曰：「吾爲子孫得兩宰相。」今聞軾以作詩繫獄，得非仇人中傷之乎？捃至於詩，其過微矣。吾疾勢已篤，不可以冤濫致傷中和，宜熟察之。』帝涕泣，軾由此得免。及崩，帝哀慕毁瘠，殆不勝喪。有司上謚，葬於永昭陵。（《宋史》卷二百四十二）

〔二〕高后：即宋英宗宣仁聖烈高皇后，亳州蒙城人。曾祖瓊，祖繼勳，皆有勳王室，至節度使。母曹氏，慈聖光獻妃姊也，故后少鞠宫中。時英宗亦在帝所，與后年同，仁宗謂慈聖，异日必以爲配。既長，遂成昏濮邸。生神宗皇帝、岐王顥、嘉王頵、壽康公主。治平二年册爲皇后。后弟内殿崇班士林，供奉久，帝欲遷其官，后謝曰：『士林獲升朝籍，分量已過，豈宜援先后家比？』辭之。神宗立，尊爲皇太后，居寶慈宫。帝纍欲爲高氏營大第，后不許。久之，但斥望春門外隙地以賜，凡營繕百役費，悉出寶慈，不調大農一錢。元豐八年，帝不豫，浸劇，宰執王珪等入問疾，乞立延安郡王爲皇太子，太后權同聽政，帝頷之。珪等見太后簾下。后泣，撫王曰：『兒孝順，自官家服藥，未嘗去左右，書佛經以祈福，喜學書，已誦《論語》七卷，絶不好弄。』乃令王出簾外見珪等，珪等再拜謝且賀。是日降制，立爲皇太子。初，岐、嘉二王日問起居，至是，令毋輒入。又陰敕中人梁惟簡，使其妻製十歲兒一黄袍，懷以來，蓋密爲踐阼倉卒備也。哲宗嗣位，尊爲太皇太后。驛召司馬光、吕公著，未至，迎問今日設施所宜先。未及條上，已散遣修京城役夫，減皇城覘卒，止禁庭工技，廢導洛司，出近侍尤亡狀者。戒中外毋苛斂，寬民間保户馬。事由中旨，王珪等弗預知。又起文彦博於既老，遣使勞諸途，諭以復祖宗法度爲先務，且令亟疏可用者。從父遵裕坐西征失律抵罪，蔡確欲獻諛以固位，乞復其官。后曰：『遵裕靈武之役，塗炭百萬，先帝中夜得報，起環榻行，徹旦不能寐，聖情自是驚悸，馴致大故，禍由遵裕，得免刑誅，幸矣。先帝肉未冷，吾何敢顧私恩而違天下公議！』確悚慄而止。光、公著至，并命爲相，使同心輔政，一時知名士彙進於廷。凡熙寧以來政事弗便者，次第罷之。於是以常平舊式改青苗，以嘉祐差役參募役，除市易之法，逭茶鹽之禁舉邊寨不毛之地以賜西戎，而宇内復安。契丹主戒其臣下，復勿生事於疆埸，曰：『南朝盡行仁宗之政矣。』蔡確坐《車蓋亭》詩謫嶺表，后謂大臣曰：『元豐之末，吾以今皇帝所書佛經出示人，是時惟王珪曾奏賀，遂定儲極。且以子繼父，有何間言？而確自謂有定策大功，妄扇事端，規爲异時眩惑地。吾不忍明言，姑托訕上爲名逐之耳。此宗社大計，奸邪怨謗所不暇恤也。』廷試舉人，有司請循天聖故事，帝后皆御殿，后止之。又請受册寶於文德，后曰：『母后當陽，非國家美事，况天子正衙，豈所當御？就崇政足矣。』上元燈宴，后母當入觀，止之曰：『夫人登樓，上必加禮，是由吾故而越典制，於心殊不安。』但令賜之燈燭，遂歲以爲常。侄公繪、公紀當轉觀察使，力遏之。帝請至再，僅遷一秩，終后之世不敢改。又以官冗當汰，詔損外氏恩四之一，以爲宫掖先。臨政九年，朝廷清明，華夏綏定。宋用臣等既被斥，祈神宗乳媪入言之，冀得復用。后見其來，曰：『汝來何爲？得非爲用臣等游説乎？且汝尚欲如曩日，求内降幹撓國政耶？若復爾，吾即斬汝。』媪大懼，不敢出一言。自是内降遂絶，力行故事，抑絶外家私恩。文思院奉上之物，無問巨細，終身不取其一。人以爲女中堯、舜。元祐八年九月，屬疾崩，年六十二。後二年，章惇、蔡卞、邢恕始造爲不根之謗，皇太后、太妃力辨其誣，事乃已。語在《恕傳》。至高宗時，昭暴惇、卞、恕罪，褒録后家，贈曹夫人爲魏、魯國夫人，弟士遜、士林及公繪、公紀皆追王，擢從孫世則節度使。他受恩者，又十餘人云。（《宋史》卷二百四十二）

賞花釣魚會〔一〕賦詩，往往有宿搆者。天聖中，永興軍進『山水』石，適置會，命賦山水石，其間多荒惡者，蓋出其不意耳。中坐優人入戲，各執筆若吟咏狀。其一人忽僕於界石上，衆扶掖起之，既起，曰：『數日來作一首賞花釣魚詩，準備應制，却被這石頭擦倒。』左右皆大笑。翌日，降出其詩，令中書銓定。秘閣校理韓羲最爲鄙惡，落職，與外任。〔二〕初，永興造磚塔，姜遵〔三〕知府多采石以代磚甓及燒灰，管内碑碣爲之一空。〔四〕得是石不敢毁，來獻。其石蓋榻狀也，書『山水』二字，鑱之字可數尺，筆勢雄健。施枕簟其上，水流其間，潺潺有聲。蓋開元中所作也，今在清暉殿。

【校證】

〔一〕《長編》卷二十六：（雍熙二年四月丙子）召宰相，參知政事，樞密，三司使，翰林，樞密直學士，尚書省四品、兩省五品以上，三館學士，宴於後苑，賞花釣魚，張樂賜飲，命群臣賦詩、習射。自是每歲皆然。賞花釣魚曲宴，始於是也。

〔二〕此事亦見《長編》卷一百九：（天聖八年三月）壬申，幸後苑賞花釣魚，觀唐明皇『山水』字石於清輝殿，命從官皆賦詩，遂燕太清樓。每歲賞花釣魚所賦詩，或預備，及是出不意，坐多窘者，優人以爲戲，左右皆大笑。翌日，盡取詩付中書，第其優劣。度支員外郎、秘閣校理韓羲所賦獨鄙惡，落職，降司封員外郎，同判冀州。《曲洧舊聞》卷九：仁宗燕太清樓，命館閣賦明皇山水石，上稱琪爲善。詔中書第其優劣，琪獨賜褒詔。術按：琪乃王琪，時爲集賢校理。其詩名《清輝殿觀唐明皇山水石字歌應制》，文云：皇家四葉恢聖功，天臨日燭清華戎。漢條静治洽柔教，堯心稽古開神聰。有唐英主稱好文，仙毫灑落驅風雲。壯哉山水有奇字，焕乎八法存翠琘。自從棄置咸陽道，蘚駁煙滋委宫草。天開神贊會休辰，甄改再作皇居寶。如何淪廢三百春，迎逢睿鑒來紫宸。奎鈎粲粲光華動，群玉森森氣象新。丹御春妍瑞靄深，文粱藻棟結芳林。鴻翔鳳翥徑方文，杯流泉涌蒙親臨。鯫臣榮幸從金輿，鈎婉魂驚拭目初。多慚攬筆非清藻，唯慶千齡際帝圖。

〔三〕姜遵：字從式，淄州人。舉進士，爲蓬萊尉。嘗知廬陵縣，召爲監察御史，遷殿中侍御史。遵與知吉州高惠連有隙，惠連言遵前在廬陵受賄，請逮治。詰遵往對，卒無狀，猶降通判延州，入爲侍御史。青州大姓麻氏，其富冠四方。契丹之寇澶淵也，兵至臨淄，麻氏率莊人千餘據堡自保，鄉里賴之全濟者甚衆。敵退，麻氏斂器械盡輸官，留什二三以衛其家。家既富饒，宗族横於齊。麻士瑶有孫侄懦弱，士瑶恐其分財，幽餓而死。遵發其事，因索其家，獲兵器及玉小印，乃奏：『麻氏大富，縱横臨淄，齊人懼伏，私蓄禁兵，刻玉寶，將圖不軌。』詔按實誅之，麻氏遂衰，而遵由是以擊搏知名。知邢州，徙滑州，爲京西轉運使。復入爲侍御史知雜事。踰年，爲三司副使，以右諫議大夫知永興軍。章獻皇后嘗營建浮圖，遵毀漢唐以來碑碣代磚甓，躬督成之，因獲進用。天聖七年，召拜樞密副使，遷給事中。卒，年六十八，贈吏部侍郎。遵爲吏尚嚴，故所莅必震肅云。（《東都事略》卷五十四）

《隆平集》卷十、《宋史》卷二百八十八亦有傳。

〔四〕此事亦見《澠水燕談録》卷八：長安故都多古碑石。景祐初，莊獻太后遣中使建塔城中。時姜遵知永興，盡力於塔材，漢唐公卿墓石十亡八九。

《長編》卷一百十七：（景祐二年八月辛未）又詔陝西諸州前代名臣墳墓碑碣、林木，委官司常檢視，從知永興軍陳堯佐之言也。初，莊獻遣官起浮居於京兆城中，姜遵盡毀古碑碣爲用。堯佐奏曰：『唐賢臣墓石，十且亡七八矣。始其子孫意美石善書，欲傳千載，而一旦與磚甓同，誠亦可惜，其未毀者，願敕所在完護。』

賞花釣魚宴，〔一〕舊制，三館〔二〕惟直館預坐，校理以下賦詩而退。太宗時，李宗諤〔三〕爲校理，作詩云：『戴了宫花賦了詩，不容重見赭黄衣。無聊却出宫門去，還似當年下第歸。』上即令赴宴，自是，校理而下皆與會也。〔四〕

【校證】

〔一〕四庫本、守山閣本此條唯『賞花釣魚宴，舊制，三館惟直館預坐，校理以下賦詩而退』句，文意未了，疑有脱落。但《類説》卷二十二引《東齋記事》、《談苑》卷四均有『太宗時』下五十五字。前後文意貼合，故從《類説》所引。

〔二〕《麟臺故事》卷一：國初循前代之制，以昭文館、史館、集賢院爲三館，通名之曰崇文院。

〔三〕李宗諤：字昌武。七歲能屬文，恥以父任得官，獨由鄉舉，既第進士，授校書郎。

明年，獻文自薦，遷秘書郎、集賢校理、同修起居注。真宗即位，拜起居舍人。從幸大名，遷知制誥。景德二年，爲翰林學士，官至右諫議大夫。卒，年四十九。真宗甚悼之，謂宰相曰：『國朝將相，能以聲名自立，不墜門閥者，惟昉與曹彬家爾。宗諤方期大用，不幸短命，深可惜也。』宗諤有文集六十卷，内外制集四十卷，又有《家傳》《談録》行於世。（《東都事略》卷三十二）

《隆平集》卷四、《宋史》卷二百六十五亦有傳。

〔四〕此事亦見《長編》卷三十一：（淳化元年二月）辛酉，詔自今游宴，宣召館職，其集賢、秘閣校理等并令預會。先是，上宴射苑中，三館學士悉預，李宗諤任集賢校理，閣門吏拒之，不得入。宗諤獻詩述其事，故有是詔。國家因唐制，建昭文、史館、集賢院於禁中。昭文、集賢置大學士、直學士；史館置監修國史、修撰、直館，昭文亦置直館，集賢又有修撰、校理之職，名數雖异，而職務略同。閤門拒校理不得預宴，蓋吏失之也。

《南宋館閣録》卷六引《館閣録》：淳化元年二月，詔，自今游宴，宣召直館，其集賢校理并令預會。初，李宗諤爲集賢校理，校理之職自興國後罕有任者，會賞花後苑，有司第令直館赴會，宗諤不得預。翌日，獻詩陳情，遂許陪宴。祖宗時，每時序游幸，皆賜宴飲，或雨雪休應亦就崇文賜宴。中興後，惟天申節宴，聞喜宴正字以上皆赴。

道家有金龍玉簡〔一〕，學士院撰文，具一歲中齋醮數〔二〕，投於名山洞府。天聖中，仁宗皇帝以其險遠窮僻，難賫送醮祭之具，頗爲州縣之擾，乃下道録院〔三〕裁損，纔留二十處，餘悉罷之〔四〕。河南府平陽洞〔五〕、台州赤城山玉京洞〔六〕、江寧府華陽洞〔七〕、舒州潛山司真洞〔八〕、杭州大滌洞〔九〕、鼎州桃源洞〔十〕、常州張公洞〔十一〕、南康軍廬山咏真洞〔十二〕、建州武夷山昇真洞〔十三〕、潭州南岳朱陵洞〔十四〕、江州馬當山上水府、太平州中水府、潤州金山下水府、杭州錢塘江水府、河陽濟瀆北海水府〔十五〕、鳳翔府聖湫仙游潭〔十六〕、河中府百丈泓龍潭〔十七〕、杭州天目山龍潭、華州車湘潭〔十八〕。所罷處不可悉記。〔十九〕予嘗於學士院取金龍玉簡視之，金龍以銅制，玉簡以階石〔二十〕制。

【校證】

〔一〕金龍玉簡：是帝王道教投龍儀中的兩種重要信物。投龍儀，又稱投簡儀、投龍簡，是在舉行齋醮科儀祈福禳灾之後，將滿載祈者願望的玉簡，與金龍一起投入名山大川、岳瀆水府，金龍爲驛騎，負載簡文上達神靈。

〔二〕《類苑》卷十八、卷三十三引《東齋記事》，無『數』字。

〔三〕道録院：官司名，掌管在京及諸路宫觀道士。道録院設提舉官，其下設左、右街正道録，副道録，首座，都監、鑑義。

〔四〕《長編》卷一百三：（天聖三年九月）乙酉，上諭輔臣曰：『每遣中使往名山洞府投龍簡，如聞多在僻遠，其齋送祭醮之具，頗以擾民，自今其罷之。』《宋會要輯稿》禮一八：（天聖）三年九月六日，帝宣諭：『内近臣南中勾當回，言諸處名山洞府投送金龍玉簡，每開啓道場，頗有煩擾，不得清净。速令分祈諸路投龍處所，仍今後不開建道場。』宰臣王曾等曰：『亦聞投龍之處，每建道場，預差人夫般送齋料物色，踰越山嶺，煩擾貧民。或如聖意，今後務從簡省。實爲至當。』《長編》卷一百四：『（天聖四年十二月）辛巳，道録院上所定名山洞府歲投龍簡者二十處，餘悉罷之。』

〔五〕平陽洞：《（嘉靖）河南通志》卷六：『平陽洞，在濟源縣西石村里。』《（嘉慶）續濟源縣志》卷十二：『邑西玉陽山平陽洞爲唐玉真公主棲息地，明皇題其額曰平陽洞府，别署其門曰靈都觀。相傳公主修道既久，白日飛昇。』

〔六〕玉京洞：《（嘉定）赤城志》卷二十一：『玉京洞在縣北七里赤城山右，蓋第六洞天，茅司命所治，或號太上玉清天，或號玉真清平天，或號上清玉平天。按道書云：天尊在元都玉京山説法，令衆仙居此。又《會稽記》云：赤城山有玉室璿臺，許邁嘗居之，因與王羲之書云，自天台山至臨海多有金臺玉室，仙人芝草。《赤城事實》又載，晋柏碩因馳獵深入，見其中有名花异草，香氣不凡。又《徐靈府小録》云：其下別有洞臺，方二百里，魏夫人所治，南馳縉雲，北接四明，東距溟渤，西通剡川，中有日月三辰，瑶花芝草。自晋宋梁隋暨唐天寶，嘗望秩焉。國朝咸平天聖中，投金龍玉簡，頃歲爲人竊去。今堙塞不全矣。側有道人洞，其中二石穴險不可躋。」

〔七〕華陽洞：《六朝事迹編類》卷下：「華陽洞，舊經云：即第八金壇大洞天也。唐改爲太平觀，在句容縣東南四十里，茅山之側。」

〔八〕司真洞：《輿地紀勝》卷四十六：「淮南有潜霍者，古之南岳也。徐鍇《潜山詩序》：潜山，司命真君之府，司真洞天在焉。仙聖靈异，秘不可測。」

〔九〕大滌洞：在杭州大滌山。《洞霄圖志》卷二：「大滌洞，在宫（按：洞霄宫）西北半里。《茅君傳》云，第三十四洞天，名大滌玄蓋之天，周迴四百里，内有日月分精，金堂玉室。仙官校灾祥之所。姜真人主之，與華陽林屋邃道暗通。相傳玄同先生入游，見龍鱗异境，花木鮮繁，自華陽而歸。洞門石鼓，廣可尋丈，扣之逄逄有聲。自此上下，皆平如刻削，兩旁崖石，委曲夾道。中間一石，若柱倒懸，因以隔凡名之。過柱一穴如竇，内濶丈餘，中有圓井無底，惟聞浪浪水聲，乃歷代朝廷遣使投龍璧之處也。常有白鼠長二尺許，游於高崖。崖上産草，名玉芝，餌之長生。郡志所載云爾。今洞中石潤如玉，竹蒼黑色，行路屈折，僅通人。至隔凡而止，每投龍簡，則命童子穿竇以入雲，其中深杳不可測也。所謂白鼠、玉芝則稀有見者，豈在人緣契邪。』

〔十〕桃源洞：《（嘉靖）常德府志》卷二：『桃源山，縣（按：桃源縣）南三十里烏頭村，約高五里，周圍三十二里。山下有桃川宫，宫邊有梧桐樹根，其大數十圍，可坐十餘人。相傳，瞿仙飛昇于此宫後，約百餘步，有煉丹臺，其即桃源洞，秦人避亂處。』

〔十一〕張公洞：《（咸淳）重修毗陵志》卷十五：『張公洞，在縣（按：宜興縣）東南五十五里，高六十仞，麓周五里。三面皆飛崖絶壁，不可躋攀，惟北嚮一竇，廣踰四尋，嵌空可入。觀者秉炬歷百磴至燒香臺。石色碧緑，如抹乳髓滴瀝，有仙人房元武石奇怪萬狀，時有石燕相飛擊。行約三里，南望小洞通徹于外，徑此而出。南唐韓熙載記，洞靈觀援《白龜經》曰：天下福地七十有二，此居五十八。道書亦云，第五十八福地，庚桑公治之，即庚桑楚也。《風土記》云：漢天師道陵得道之地。元符間，逸士王繹來游，謂洞以張公名者，非道陵，乃第四代輔光也。且有詩云：高士宸居隔紫烟，洞中金闕暗相連。輔光竈冷留香壤，太素淵清涌玉泉。後夜雲歸雪浪濕，未明人起月華鮮。秋光不老巖前麓，到此偷閑亦自賢。俗傳以爲張果果，唐武后時人。按《東漢郡國志》，陽羨屬吴郡，郭璞注云：縣有張公山洞，密有二室，晉已有此名，非果明矣。唐李栖筠、皇甫冉，南唐潘佑皆有詩留石壁間。」

〔十二〕咏真洞：《輿地紀勝》卷二十五：「咏真洞，《真誥》：洞天三十六，此其一也。在尋陽观後，乃唐正元間女冠蔡尋真所隱之處。」

〔十三〕昇真洞：《武夷山志》卷六：「昇真洞，又名仙蜕巖。大王峰東壁，廣數丈，中置磁鋼五，皆盛蜕骨。鋼皆雷紋，其一在石窖，窖口反狹於鋼，竟不知何自入也。又有四船，俯仰相覆，亦盛骨函，船皆圓木刳成，半枕於洞口。骨函二十有餘，空者數函，鄉人謂禱雨者取蜕骨下，易以新函返故處，而骨仍入舊函云。洞外有木板，縱横插於巖際，相傳爲虹橋板。」

〔十四〕朱陵洞：《南岳小録》：「朱陵洞，即三茅洞天，在九仙宫正西三里。有石巖，下有平石，方二丈。是舊時投金簡之所。傳云，朱陵洞之東門也。」《衡岳志》卷一：「朱陵洞，在紫蓋峰下。道家三十六洞天第三洞也。《六帖》云：衡山者，朱陵之靈臺，大虚之寶洞。其山上有泉，至洞門如垂簾狀，又名珠簾洞。今俗呼水簾洞。」

〔十五〕按：「河陽濟瀆北海水府」實爲「河陽濟瀆、北海水府」兩處。濟瀆乃江、河、淮、濟四瀆之一，隋開皇二年，文帝頒詔在濟水源頭修建「濟瀆廟」以祭濟水神。唐初，因東、西、南、北四海之北海「遠在大漠，艱於祭祀」，唐人《濟瀆北海祭器碑》有云『有唐六葉，海内晏然，堰革，崇乎祀典。封茲瀆爲清源公，建祠於泉之初源也。置瀆令一員，祝史一人，齋郎六人，執魚鑰備灑掃。其北海封爲廣澤王，立壇附於水之濱矣』。從此，在濟源濟瀆廟之後建北海祠以祭北海神廣澤王。宋人李至亦言，『祭北海廣澤王、濟瀆清源公，并於孟州北海，就濟瀆廟。』孟州，唐會昌三年置，轄孟縣、温縣、濟源等。可見，唐宋均在濟源濟瀆廟祠祭濟瀆神和北海神。從現存明英宗天順四年刻繪的濟瀆廟廟圖可以看出，當時的濟瀆廟建築群由四組建築組成。前爲濟瀆廟，祭祀濟水神；後爲北海祠，祭祀北海神；東有御香院；西有天慶宫。建築群後面爲園林，中有小北海和龍池，此即歷代投金龍玉簡之處。二〇〇三年七月在此出土了宋神宗於熙寧元年遣大臣詔誥濟水神時所投送之玉簡。綜上，河陽濟瀆北海水府位於今濟源市濟瀆廟，乃濟瀆水府和北海水府共同之處所，雖然兩處水府同處一地，但兩水府的職能却有差异。故『河陽濟瀆、北海水府』實爲兩處水府。此乃符范鎮所記二十之數。

〔十六〕仙游潭：《長安志》卷十八：『仙游潭，在縣南三十里，闊二丈。其水黑色，相傳號五龍潭，每歲降中使投金龍。』

〔十七〕泓龍潭：《（萬曆）平陽府志》卷一：『泓龍潭，在蒲州東四十里，龍祥觀後。旱則取水，禱雨多應。』

〔十八〕車湘潭：亦稱『車箱潭』。《華岳全集》卷二：『車箱潭，在仙谷内十里，乃太極總仙洞直下。宋仁宗明道中，每歲遣使投金龍玉簡。宋徽宗崇寧二年，封豐潤侯。按《水府記》云，天下一十八處水府，華山車箱潭乃第七水府也。與東云、南海、温江同，皆投金龍玉簡之處。』《宋會要輯稿》禮二〇：『車箱潭龍祠，在華陰縣。徽宗崇寧三年封豐潤侯廟。』

〔十九〕此事亦見《清波雜志》卷九『洞府投簡』條：『天下名山洞府，河南府平陽洞、台州赤城山玉京洞、江寧府華陽洞、舒州灊山司真洞、杭州大滌洞、鼎州桃源洞、常州張公洞、南康軍廬山咏真洞、建州武夷山昇真洞、南岳朱陵洞、江州馬當山上水府、太平州中水府、潤州金山下水府、杭州錢唐江水府、河陽濟瀆北海水府、鳳翔府聖湫仙游潭、河中府百丈泓龍潭、杭州天目山龍潭、華州車湘潭。初，朝廷以每歲投龍簡，而洞府多在僻遠處，其齎送祭醮之具，頗以爲擾。天聖間，下道録院，定歲投龍簡凡二十處，餘皆罷之。』

〔二十〕《雲林石譜》卷中：『階石，階州白石產深土中，性甚輭，扣之或有聲，大者廣數尺，工人就穴中鐫刻佛像諸物，見風即勁，以滑石末治，令光潤，或磨礱爲板，裝製研屏，瑩潔可喜，凡内府遣投金龍玉簡於名山福地，多用此石，以朱書之。』

天聖中，雄州民妻張氏户絶〔一〕，有田産。於法〔二〕當給三分之一與其出嫁女，其二分雖有同居外甥，然其估緡錢萬餘，當奏聽裁。仁皇曰：『此皆細民自營者，無利其没入，悉以還之。』是時，王沂公〔三〕爲宰相，吕文靖公〔四〕、魯肅簡公〔五〕參知政事，極贊美之。〔六〕

【校證】

〔一〕户絶：指作爲國家的一個納税單位的『户』的消失。一個有男性家長的户稱爲課户；一個没有親生或領養子嗣的寡婦家庭則稱爲女户，當她死後，她的家庭也成爲絶户。

〔二〕《宋會要輯稿》食貨六一：（景德）四年七月，審刑院言：『詳定户絶條旨。今後户絶之家，如無在室女、有出嫁女者，將資豹莊宅物色除殯葬營齋外，三分與一分。如無出嫁女，即給與出嫁親姑姊妹、侄一分。餘二分，若亡人在日，親屬及入舍婿、義男、隨母男等自來同居，營業佃蒔，至户絶人身亡及三年已上者，二分店宅豹物莊田，并給爲主。如無出嫁姑姊妹侄，并全與同居之人。若同居未及三年，及户絶之人孑然無同居者，并納官莊田，依今文，均與近親。如無近親，即均與從來佃蒔或分種之人承税爲主。若亡人遺囑證驗分明，依遺囑施行。』從之。

〔三〕王沂公：即王曾，字孝先，青州益都人。咸平中，登進士甲科。纍擢知制誥、翰林學士。大中祥符九年參知政事。時王欽若方挾祥瑞迎合人主意，陰排异己者，以細故罷曾政事。天禧中，復參知政事兼太子賓客。仁宗即位，以爲宰相，忤太后意，罷知青州。景祐二年復相，封沂國公，與吕夷簡議論不協，求退出，判鄆州，加資政殿大學士。卒，年六十，贈侍中，謚『文正』。有文集五十卷。（《隆平集》卷五）

《東都事略》卷五十一、《宋史》卷三百一十亦有傳。宋祁作《文正王公墓志銘》，收入《景文集》卷五十八。

〔四〕吕文靖公：即吕夷簡，字坦夫，壽州人。曾祖夢奇，後唐爲工部侍郎。咸平三年，夷簡登進士第，纍擢知制誥、龍圖閣直學士。仁宗即位，除參知政事。天聖六年拜相，明道二年罷，是年復相。景祐二年封申國公，四年罷，以使相判許州，徙天雄軍。未幾復相。慶曆元年，進封許國公，判樞密院。以判院太重，改兼樞密使。二年，以病特進司空、平章軍國重事。上憂之，翦髭賜以療其疾。夷簡薦富弼等數人可大用，因再辭位。進司徒，固請老，以太尉致仕。卒，年六十六。贈太師、中書令，謚『文靖』，賜御篆碑額曰：懷忠之碑。（《隆平集》卷五）

《東都事略》卷五十二、《宋史》卷三百一十一亦有傳。張方平作《故推誠保德宣忠亮節崇仁協恭守正翊戴功臣開府儀同三司守太尉致仕上柱國許國公食邑一萬八千四百户食實封七千六百户贈太師中書令謚文靖吕公神道碑銘》，收入《樂全集》卷三十六。

〔五〕魯肅簡公：即魯宗道，字貫之，亳州人。少孤，苦學，以文謁戚綸，綸器异之。舉進士。爲定遠尉，又爲海鹽令。疏治東南舊港口，導海水至邑下，人以爲利，號『魯公浦』。天禧元年，詔兩省置諫官六員，不兼他職，考所言以爲殿最。宗道與劉煜同選，自通判河陽擢爲右正言，諫章由閤門始得進而罕賜對，宗道請得面論事而上奏通進司，自是爲故事。仁宗爲皇太子，除右諭德。踰年，遷左諭德。以直龍圖閣奉使契丹。仁宗即位，章獻明肅皇后同聽政，除宗道龍圖閣直學士，判流内。雷允恭擅移山陵，詔宗道與吕夷簡按視。還，拜右諫議大夫、參知政事，遷禮部侍郎。天聖七年薨於位，贈兵部尚書，謚曰『肅簡』。（《東都事略》卷五十三）

《隆平集》卷六、《宋史》卷二百八十六亦有傳。

〔六〕此事亦見《長編》卷一百六：（天聖六年二月）甲午，雄州言民妻張氏户絶，田産於法當給三分之一與其出嫁女，其二分雖有同居外甥，然其估爲緡錢萬餘，當奏聽裁。上曰：『此皆編户，朝夕自營者，毋利其没入，悉令均給之。』宰相王曾，參知政事吕夷簡、魯宗道咸贊曰：『非至仁何以得此也。』

故事，翰林侍讀學士〔一〕無帶出外者，張知白〔二〕罷參知政事，授此職，知大名府，〔三〕然非歷

二府而出者不得焉。寶元中，梅詢〔四〕始帶知鄭州，改許州，自後兩制遂爲例也。〔五〕

【校證】

〔一〕翰林侍讀學士：《類苑》卷二十七、《事類備要》後集卷二十三、《職官分紀》卷十五、《翰苑新書前集》卷十一、《事文類聚》遺集卷三引《東齋記事》，均作「侍讀學士」，無「翰林」二字。

〔二〕張知白：字用晦，滄州人。端拱二年登進士第，纍遷龍圖閣待制、御史中丞。大中祥符九年參知政事。天禧二年罷爲侍讀學士，知大名府。仁宗即位，召爲樞密副使。天聖三年拜相，六年薨於位，贈太傅、中書令，謚「文節」。無子。景德初，周伯星見，百官稱賀。知白獨以爲：「人君當修德以應天，星之見伏，何所繫焉？」因極陳治道之要。又以朝廷重内官輕外官，引唐李嶠議，請選臺閣，分典藩郡，仍自請補外。真宗以知白居侍從，不許。及固請，乃以知青州。初，知白參知政事，爲宰相王欽若所排。及知南京，欽若謫分司南京，衆謂必報之，而知白待之加厚。其在相位，清約如寒士，慎重名器，人服其公。（《隆平集》卷五）

《東都事略》卷五十一、《宋史》卷三百一十亦有傳。

〔三〕此事詳見《長編》卷九十二：（天禧二年辛丑）工部侍郎、參知政事張知白與宰相王欽若議論多相失，因稱疾辭位。丙午，罷爲刑部侍郎、翰林侍讀學士、知天雄軍，上賦詩餞之。輔臣以雜學士出藩，并翰林侍讀學士外使，皆自知白始。

〔四〕梅詢：字昌言，宣州宣城人。舉進士，爲利豐監判官，知仁和縣。咸平三年，與考進士於崇政殿。真宗過殿廬中，一見詢偉然，以爲奇，召試中書，直集賢院。遷三司户部判官。於是屢言西邊事，真宗益器其材，欲以知制誥。宰相李沆以其躁競，不可。乃已。其後繼遷，卒爲潘羅支所困，而朝廷以兩鎮授德明，德明頓首謝罪，河西平。真宗亦幸澶淵，盟契丹，而河北之兵亦解，天下無事矣。詢既見疏不用，流落於外幾二十年。初，坐斷田訟失實，通判杭州，嘗知蘇、濠、鄂、楚、壽、陝六州。又爲兩浙、荆湖、陝西轉運使，坐事貶池州。至天聖六年，復直集賢院，改直昭文館，知荆南府。召還，爲龍圖閣待制，以龍圖閣直學士知并州，進樞密直學士，遷左諫議大夫。入知通進銀臺司，改翰林侍讀學士，爲群牧使。遷給事中，出知許州。卒，年七十八。（《東都事略》卷四十八）

《宋史》卷三百一亦有傳。歐陽修作《梅給事詢墓志銘》，收入《歐陽文忠公集》卷二十七。

〔五〕此事亦見《長編》卷一百二十四：（寶元二年）八月癸亥，翰林侍讀學士、給事中梅詢知許州。詢以足疾請外補也。故事，侍讀學士無出外者。天禧中，張知白罷參知政事，領此職，出知大名府。非歷二府而出者，自詢始。詢性卞急，好進取，而侈於奉養，至老不衰。然數爲朝廷言兵。初貶濠州，夢人告曰：『呂丞相至矣。』既而，呂夷簡通判州事，故詢待遇特厚。其後，援詢於廢斥中，以至貴顯，夷簡之力也。

景祐元年，仁皇感疾，屢更翰林醫不愈。李大長公主〔一〕言許希〔二〕者善針，遂召使針，三進針而愈，擢希尚藥奉御〔三〕，賜予甚厚。希謝恩舞蹈訖，又西〔四〕嚮而拜。上遣人問之，對：『謝其師扁鵲。』乃詔修扁鵲廟。是時，山東顏太初作詩美其不忘本〔五〕，而刺譏士大夫都貴位、享厚禄，而不知尊孔子。〔六〕

【校證】

〔一〕李大長公主：當爲『魏國大長公主』。《長編》卷一百十五：『（景祐元年九月）始上不豫，侍醫數進藥不效，人心憂恐。魏國大長公主薦翰林醫學許希。』《宋史》卷四百六十二：景祐元年，仁宗不豫，侍醫數進藥，不效，人心憂恐。冀國大長公主薦希，希診曰：『針心下包絡之間，可亟愈。』

按：宋初四帝之公主封魏國大長公主者有四人，其中宋太宗第八女乾興元年二月進封冀國大長公主，明道元年十一月改封魏國大長公主，皇祐三年六月薨；仁宗第三女安壽公主治平元年五月追封魏國長公主，慶曆二年五月薨，年僅三歲；仁宗第四女寶和公主嘉祐四年十二月追封爲魏國大長公主，慶曆三年八月薨，年僅三歲；仁宗第十二女寶壽公主元豐五年十二月改封魏國大長公主，但景祐元年還未出生。故，進李希者衹可能是太宗第八女。《宋史》作『冀國大長公主』是從景祐元年封號而言，《長編》作『魏國大長公主』則是從明道元年改封而言。實則二書所言爲同一人。

〔二〕許希：開封人。以醫爲業，補翰林醫學。景祐元年，仁宗不豫，侍醫數進藥，不效，人心憂恐。冀國大長公主薦希，希診曰：『針心下包絡之間，可亟愈。』左右争以爲不可，諸黄門祈以身試，試之，無所害。遂以針進，而帝疾愈。命爲翰林醫官，賜緋衣、銀魚及器幣。希拜謝已，又西嚮拜，帝問其故，對曰：『扁鵲，臣師也。今者非臣之功，殆臣師之賜，安敢忘師乎？』乃請以所得金興扁鵲廟。帝爲築廟於城西隅，封靈應侯。其後廟益完，學醫者歸趨之，因立太醫局於其旁。希至殿中省尚藥奉御，卒。著《神應針經要訣》行於世。録其子宗道至内殿崇班。（《宋史》卷四百六十二）

〔三〕《文獻通考》卷五十五：宋制，翰林醫官院使、副各二人，并領院事，以尚藥奉御充，或有加諸司使者。直院四人，尚藥奉御六人，醫官、醫學祗候無定員。掌供奉醫藥及承詔視療衆疾之事。

〔四〕西：四庫本作『東』，據《長編》卷一百十五、《宋文鑒》卷十六收顏太初《許希》一詩、《宋史》卷四百四十二《顏太初傳》、《宋史》卷四百六十二《許希傳》改。

〔五〕顏太初：字醇之，徐州彭城人，顏子四十七世孫。少博學，有雋才，慷慨好義。喜爲詩，多譏切時事。天聖中，亳州衛真令黎德潤爲吏誣構，死獄中，太初以詩發其冤，覽者壯之。文宣公孔聖祐卒，無子，除襲封且十年。是時有醫許希以針愈仁宗疾，拜賜已，西嚮拜扁鵲曰『不敢忘師也！』帝爲封扁鵲神應侯，立祠城西。太初作《許希》詩，指聖祐事以諷在位，又致書參知政事蔡齊，齊爲言於上，遂以聖祐弟襲封。山東人范諷、石延年、劉潛之徒喜豪放劇飲，不循禮法，後生多慕之，太初作《東州逸黨》詩，孔道輔深器之。太初中進士後，爲莒縣尉，因事忤轉運使，投劾去。久之，補閬中主簿。時范諷以罪貶，同黨皆坐斥，齊與道輔薦太初，上其嘗所爲詩，召試中書，言者以爲此嘲譏之辭，遂報改臨晋主簿。前此有太常博士宋武通判同州，與守争事，恚死，守憾之，捃構其子以罪，發狂亦死，父子寓骨僧舍。時守方貴顯，無敢爲直冤，太初因事至同州，葬武父子，蘇舜欽表其事於墓左。後移應天府户曹參軍、南京國子監説書，卒。著書號《洙南子》，所居在梟、繹兩山之間，號梟繹處士。有集十卷，《淳曜聯英》二十卷。子復，嘉祐中，本郡敦遣至京師，召試舍人院，爲奉議郎。（《宋史》卷四百四十二）

顔太初所作《許希》詩，其文云：針工許希，下蔡人。住梁門西市三十年。及天聖中，皇躬遺裕，有内戚達其姓名，上召見，三進針而疾平。面授尚藥奉御，其賜予不可勝紀，謝恩畢，西嚮而拜。上詢其故，奏曰：『臣拜本師扁鵲也。』上惜其用心不忘本，給錢五十萬，爲立祠，封曰『靈應侯』。或曰，人生乎世，慎乎習。希失其習者也，使希不習醫而習儒，其遇主之日不忘先師明矣。若然，則讀書爲儒，乘時取富貴，高冠長劍，昂昂廟堂之上，自負自得，不知素王之力者，許希之罪人也。因爲詩云：京城名利塗，車馬相奔馳。其間取富貴，往往輸巫醫。前後十數輩，身没名已隳。獨有許希者，藴蓄何瑰奇。始自下蔡來，所處尤喧卑。西市三十年，汨汨無人知。一朝仗至藝，驟登文石墀。三針愈上疾，神速不移時。酬以六尚官，著藉通端闈。旌以三品服，佩紫垂金龜。於時稱謝畢，西嚮復陳儀。當寧驚且問，歷歷宣其辭。臣傳扁鵲術，遇主今得施。特此一展謝，臣心不自私。主上惜其意，擊賞爲嘘唏。仍給水衡錢，國西命立祠。復加靈應號，金額照華榱。自此輦轂下，求禱何祁祁。我過慶成坊，見之心且悲。秦醫術雖妙，五腑及四肢。所習得其人，千齡祀不虧。魯聖術至大，帝道與民彝。所習非其人，一朝反相持。小吏師荀况，竊爲辯説資。作相勸焚書，詐云愚蚩蚩。後之爲儒者，其心皆李斯。昔在布衣日，動守先王規。朝談十二經，夕誦三百詩。依憑稽古力，榮進無他歧。及居廟堂上，劍長冠峩巍。自謂天所賦，焉知有宣尼。宣尼斷襲封，十經寒暑移。他姓爲邑官，鄉老皆驚疑。上章寢不報，九重遭面欺。諫官不舉失，御史不言非。盡爲許希笑，得路忘先師。（《宋文鑒》卷十六）

〔六〕此事亦見《長編》卷一百十五：（慶曆四年六月）始上不豫，侍醫數進藥不效，人心憂恐。魏國大長公主薦翰林醫學許希，診曰：『針心下包絡之間，可亟愈。』左右争言不可。諸黄門請身試之，無所害，遂以針進，上疾愈。九月戊子，授希翰林醫官，仍賜緋衣、銀魚及器幣。希拜謝已，又西嚮拜。帝問其故，對曰：『扁鵲，臣師也，今者非臣之功，殆臣師之賜，敢忘所師乎！』乃請以所得金創扁鵲廟，爲築廟於城西隅，封神應侯。其後廟益完，學醫者歸趨之，因立太醫局於其旁。希，開封人也。

《類苑》卷四十八引范鎮《蒙求》：天聖中，仁宗不豫，國醫進藥久未效。或有薦許希善用針者，召使治之，三針而疾愈，所謂興龍穴者是也。仁宗大喜，遽命官之，賜予甚厚。希既謝上，復西北再拜。仁宗怪問之。希曰：『臣師扁鵲廟所在也。』仁宗嘉之。是時，孔子之後久失封爵，故顏太初作《許希》詩以諷之。於是，詔訪孔子四十七代孫襲文宣王。

慶曆三年，澧州獻木，有文曰：『太平之道。』〔一〕予嘗於天章閣下觀瑞物，見橐木板有北斗文，仍有輔星，形勢曲折，文采燦然。

【校證】

〔一〕此事詳見《長編》卷一百四十五：（慶曆三年十二月）澧州獻瑞木，有文曰『太平之道』。諫官歐陽修言：『知州馮載，本是武人，不識事體，便爲祥瑞，以媚朝廷。臣謂前世號稱太平者，須是四海晏然，萬物得所。方今西羌叛逆，未平之患在前；北敵驕淩，藏伏之禍在後。一患未滅，一患已萌。加以西則瀘戎，南則湖、嶺，凡與邊庭連接，無一處無事。而又内則百姓困敝，盜賊縱横。昨京西、陝西出兵八九千人，捕數百人之盜，不能一時翦滅，祇是僅能潰散，然却於别處結集。今張海雖死，而達州軍賊已數百人，又殺使臣，其勢不小。興州又奏八九千人，州縣惶惶，何以存濟？以臣視之，乃是四海騷然，萬物失所，實未見太平之象。臣聞天道貴信，示人不欺，臣不敢遠引他事，祇以今年内事驗之。昨夏秋之間，太白經天，纍月不滅，金木相掩，近在端門。考於星占，皆是天下大兵將起之象，豈有纔出大兵之象，又出太平之字？一歲之内，前後頓殊。星象麗天，昇不虚出，宜於戒懼，常合修省，而草木萬類，變化無常，不可信憑。臣又思，若使木文不僞，實是天生，則亦有深意，蓋其文止曰『太平之道』，其意可推也。夫自古帝王，致太平皆自有道，得其道則太平，失其道則危亂。臣視方今，但見其失，未見其得也。願陛下憂勤萬務，舉賢納善，常如近日，不生逸豫，則三二歲間，漸期修理。若以前賊張海等小衰，便謂後賊不足憂；以近京得雪，便謂天下大豐熟；見北敵不舉兵，便謂必無事；見西賊通使，便謂可罷兵。指望太平，漸生安逸，則此瑞木，乃誤事之妖木爾。臣頃見太平州曾進芝草者，今又進瑞木，竊慮四方相效，争造妖妄。其所進瑞木，伏乞更不宜示臣僚。仍乞速詔天下州軍，告以興兵纍年，四海困敝，方今當責己憂勞之際，凡有奇獸、异禽、草木之類，并不得進獻。所以彰示明德，感勵臣民。』詔諸祥瑞不許進獻，聽申禮部知。

《公是集》卷四十九《瑞木頌并序》：慶曆三年，澧州獻瑞木，有文曰『太平之道』。澧州澧陽縣男子楊修伐道旁大樹，賣之主人，主人析以爲薪，見其中有書四字，曰『太平之道』。字體茂美，白黑分明，如筆墨所爲者，异之，不敢蓄於家，以告太守，驗問所見百餘人，詞皆同，乃獻之天子。

後唐明宗置端明殿學士。太平興國中，改端明爲文明，以程羽〔一〕爲文明殿學士，位在樞密副使之下〔二〕。明道元年，改承明爲端明〔三〕。二年，除宋宣獻公〔四〕爲學士，與文明之職并存，而降其班序。〔五〕是歲，又改殿曰延和〔六〕。慶曆七年，以真宗謚號，改文明爲紫宸〔七〕，而丁文簡公度〔八〕爲紫宸殿學士。既而言者以爲紫宸非臣下所稱，乃以延和爲觀文殿〔九〕，而以丁爲觀文殿學士相繼，以賈文元公昌朝〔十〕爲大學士，仍詔自今非嘗爲宰相者勿除。

【校證】

〔一〕程羽：字仲遠，深州陸澤人。少好學，舉進士爲陽穀簿，歷虞鄉、醴泉、新都三縣令，有善政。開寶中，擢著作郎，出知興州，改興元府。太宗爲開封尹，以羽爲判官。太宗即位，拜給事中，知開封府。未幾，出知成都府。爲政寬簡，蜀人便之。以兵部侍郎致仕，卒，年七十三，贈禮部尚書。羽性淳厚，涖事循謹，太宗稱其長者。（《東都事略》卷一百十二）

《宋史》卷二百六十二亦有傳。

〔二〕此事亦見《長編》卷二十一：（太平興國五年正月）庚寅，以禮部侍郎程羽爲文明殿學士，序立於樞密副使之下。文明殿學士，即端明殿學士也，國初雖改殿名，而學士領職如故，於是并改焉。文明殿學士自羽始。

〔三〕此事詳見《長編》卷一百十一：（明道元年）冬十月甲辰，改崇德殿曰紫宸，長春殿曰垂拱，滋福殿曰皇儀，會慶殿曰集英，承明殿曰端明，延慶殿曰福寧，崇徽殿曰寶慈，天和殿曰觀文，大寧門曰宣祐，宣和門曰迎陽，左、右勤政門曰左、右嘉福。

〔四〕宋宣獻公：即宋綬，字公垂，隨州平棘人。綬幼聰警，其外祖楊徽之器愛之。以徽之遺恩，授太常寺太祝。年方十五，召試中書，真宗奇其文，聽於秘閣讀書。久之，召試學士院，爲集賢校理，與父皐同在館閣，世以爲榮。真宗祠太清宫，以綬僉書亳州判官事，入爲左正言。擢知制誥，爲翰林學士兼侍讀。章獻皇后命綬擇前代文字可以贊孝養、補政治者以上，遂録唐謝偃《惟皇戒德武》《孝經論語節要》、唐太宗所撰《帝範》、開元臣僚所獻《政典》《君臣正理論》上之。同修國史。忤章獻意，改龍圖閣學士，出知應天府。章獻崩，復入翰林，爲學士兼侍讀。詔綬定章獻明肅、章懿二后祔廟禮。仁宗從其議，加端明殿學士。景祐四年，罷爲尚書左丞、資政殿學士，留侍經筵。明年，加大學士，知河南府。俄召知樞密院事，遷兵部尚書，改參知政事。未幾而卒，年五十，贈司徒兼侍中，謚曰『宣獻』。（《東都事略》卷五十七）《隆平集》卷七、《宋史》卷二百九十一亦有傳。

〔五〕此事詳見《長編》卷一百十三：（明道二年八月）丁巳，置端明殿學士，班翰林、資政學士之下，以翰林侍讀學士、兼龍圖閣學士宋綬爲之。太平興國五年，改端明殿學士爲文明殿學士，班樞密副使之下，自程羽、李昉後，不復除授。承明既灾，更命新殿曰端明，於是復置學士，與文明之職并見，而班益降矣，然訖無拜文明殿學士者。綬固辭端明，不聽，請解龍圖閣，許之。

〔六〕《長編》卷一百十三：（明道二年十一月）甲寅，改正陽門曰宣德，天安殿曰大慶，端明殿曰延和。

〔七〕《長編》卷一百六十一：（慶曆七年八月）戊午，改文明殿學士爲紫宸殿學士。文明殿，禁中已無之，學士自程羽、李昉後亦不以除授，而『文明』二字又出真宗謚，故改之。用參知政事宋庠議也。

〔八〕丁文簡公度：即丁度，字公雅，開封人。力學有守。大中祥符四年，登服勤詞學科。纍擢知制誥、翰林學士兼侍讀，加承旨。在翰林凡七年。仁宗問用人以才與資孰先，對曰：『承平時宜用才。』諫官孫甫乃言度請間自求柄用。上諭輔臣曰：『度侍從十五年，數論天下事，未嘗及其私，甫何從得此？』遂除工部侍郎、樞密副使，時慶曆五年。明年，改參知政事。八年，罷爲紫宸殿學士、翰林侍讀學士，進觀文殿學士。積官至尚書右丞。卒，年六十四，贈吏部尚書，謚『文簡』。（《隆平集》卷八）《東都事略》卷六十三、《宋史》卷二百九十二亦有傳。孫抃奉詔爲其作《丁文簡公度崇儒之碑》，收入《名臣碑傳琬琰集》上卷三。

〔九〕《長編》卷一百六十四：（慶曆八年四月）初，改文明殿學士爲紫宸殿學士，丁度罷政，首以命之。御史何郯言紫宸不可爲官稱。五月乙巳，詔改舊延恩殿爲觀文殿，仍改紫宸殿學士爲觀文殿學士，班次如舊制。

〔十〕賈文元公昌朝：即賈昌朝，字子明，真定人。天禧元年獻頌召試，賜同進士出身。景祐元年，初置崇政殿説書，以授昌朝。而天章閣置侍讀，亦自昌朝始。纍擢知制誥、龍圖閣直學士、權知開封府、御史中丞。慶曆三年參知政事，四年樞密使，五年拜相，七年除使相、判大名府。王則平，加檢校太師，封安國公。楊偕言賊發所部，不當賞，弗聽。皇祐元年徙鄭州，留以觀文殿大學士判都省。又求補外，除右僕射使、侍中，判鄭州。辭僕射、侍中，改使相。二年，母喪去位。四年，除故官。召對經筵講《易》。出判許州，移大名。嘉祐元年樞密使，仍同平章事。三年，諫官、御史言昌朝别爲客位以待宦官，又釋其矯制者。罪雖無實，罷爲使、侍中、景靈宫使。七年，復判大名府。英宗即位，加左僕射、鳳翔尹、魏國公。治平元年求還使、侍中，不許。二年改觀文殿大學士，判都省，卒，年六十八，謚『文元』。（《隆平集》卷五）

《東都事略》卷六十、《宋史》卷二百八十五亦有傳。王珪作《賈昌朝墓志銘》，收入《華陽集》卷五六。

慶曆八年後，〔一〕以茶、鹽、香藥、見錢爲四税，沿邊用之。茶、鹽、香藥爲三税，近里州軍

用之。議者謂四税與見錢之法，皆不可常守，必視邊計之厚薄，與其物價之高下，以時而變通之，乃可也。〔二〕

【校證】

〔一〕《類苑》卷二十一引《東齋記事》：『河北入中糧草舊用見錢。慶曆八年後，以茶、鹽、香藥、見錢爲四説，緣邊用之。茶、鹽、香藥爲三説，近里州軍用之。商旅不時得錢，賤市交鈔，而貴糴糧斛。由是物價翔貴，米斗七百，甚者至千錢。緣邊所入至少，而京師償價倍多，其利盡歸於富商矣。皇祐二年，茶交引舊賣百千者，得錢六十五千，至是止二十千。香一斤賣三千八百者，止得六百。鹽賣百千者，止得六十千。至三年，復更用見錢，而令商旅自便，買鹽、茶、香藥，議者謂四説三説，與見錢之法皆不可常守，必視邊計之薄厚，與物價之高下，以時而變通之，乃可也。』《類苑》所引比四庫本爲詳。

〔二〕詳見《長編》卷一百六十五：（慶曆八年十二月）丙子，詔三司，河北沿邊州軍客人入中糧草，改行四税之法。每以一百貫爲率，在京支錢三十貫，香藥、象牙十五貫；在外支鹽十貫，茶四十貫。初，權發遣鹽鐵判官董沔言：『竊以今之天下，亦端拱、淳化之天下，今之賦税，不加耗於前。方端拱、淳化時，祖宗北伐燕、薊，西討靈、夏，以至真宗朝，二邊未和，用兵數十年，然猶帑藏充實，人民富庶，何以至其然哉，行三稅入中之法爾。自西人擾邊，國用不足，民力大匱，得非廢三稅之法耶！語曰：「變而不如前，易而多所敗者，不可不復也。」請依舊行三稅以救財用困乏之弊。』乃下三司議，因言：『自見錢法行，京師之錢，入少出多。慶曆七年，榷貨務緡錢入百十九萬，出二百七十六萬。以此較之，恐無以贍給，請如沔議。』舊法，每一百貫支見錢三十貫，香藥、象牙三十貫，茶引四十貫。至是加以南末鹽爲四税而行之。沔，平陰人也。

《宋會要輯稿》食貨三六：皇祐三年二月，詔三司：河北沿邊州軍入中糧草，復行見錢之法。初，知定州韓琦及河北都轉運司皆言河北行四説、三説之法不便，下三司詳定新議。而乃言自慶曆八年，河北沿邊始廢見錢入中，而以茶、鹽、香藥、見錢作四説，近里州軍即依康定二年敕作三説，由是便糴州軍例增穀價，所給交抄皆是爲富室賤價收蓄，轉取厚利，以致米斗七百，甚者千錢。沿邊所入至少，而京師償價倍多。自改法以來至皇祐二年，凡得穀二百二十八萬四千七百八十九碩，草五十六萬六千四百二十九束，而給錢一百九十五萬六千五百三十五貫，茶、鹽、香藥一千二百九十五萬三千八百二十一貫，緣茶、鹽、香藥民所資有限，且以榷貨務見課較之，即歲費不過五百萬貫，民間既積壓不售，價日益損，而公私兩失之。其茶場交引舊法，賣百千者得錢六十五千，今止二十千；香一斤賣三千八百者，今止五六百；鹽一百八斤舊賣百千者，今止六十千。其利害灼然可見。請以河北沿邊州軍糧草從景祐三年敕，并以見錢入便，其茶、鹽、香藥亦許如舊法算買。朝廷既從其議，又以前用三説、四説，豪商大賈多蓄積以牟厚利，三司卒稽留爲奸，至是商旅齎抄至，更不用交引户保，直令榷貨務給錢，亦不關三司諸案，以絶其弊也。

《韓魏公集》卷十三：自慶曆八年，沿邊始廢見錢。入中而以茶、鹽、香藥、見錢作四税，近里州郡即依康定二年敕作三税。由是便糴州軍積滯文鈔至多，商賈不行。又爲富室賤價收蓄，轉取厚利，以至穀價增貴，米斗七百甚者千錢。公以軍儲漸窘，言四税三税之法不便，前後章十上。至是，始有詔河北沿邊入中糧草復行見錢之法，衆議皆以爲便。

慶曆八年，南岳瑞應峰〔一〕前，一夕大雷雨，平地涌木若龜然，頭足皆具，高二尺，圍一丈。〔二〕

【校證】

〔一〕瑞應峰：《南岳總勝集》卷上：瑞應峰，上有大木，根柯蹣跚，隆起如龜狀，驟見者可憚。因建壽星殿以爲祝聖之所，下有南臺寺。

〔二〕《文獻通考》卷二百九十九亦記此事，云：（慶曆）八年九月甲子，潭州南岳南臺寺瑞應峰前，一夕雷雨，平地涌木若龜，首足具，高二尺，圍一丈。

慶曆初，萬勝軍〔一〕皆市井罷軟新應募者，西賊易之，而素畏虎翼。是時，麟府路兵馬鈐轄張亢〔二〕修建寧寨，更其旗幟。賊見萬勝旗幟，不知其虎翼軍也，先犯之。萬弩齊發，賊奔潰，斬首二千餘級。遂築建寧、清塞、百勝、中候、鎮川五堡。亢之智謀，大率如此。〔三〕

【校證】

〔一〕《長編》卷一百三十二：（慶曆元年七月）壬戌，置萬勝軍二十指揮，選神勇、宣武、虎翼諸軍之在營，年四十五以下者爲之，立神勇之上。

〔二〕張亢：字公壽，濮州人。天禧二年登進士第，以通判鎮戎軍。常上言元昊喜誅殺，勢必難制，宜爲邊備。又論西北攻守。繼而契丹聚兵幽、涿間，遂擢如京使，知安肅軍。因入奏言，其主孱而歲歉，方藉金帛之賜，特懼中國見伐而爲此耳。卒不敢動，如亢言。自是數歷西北邊任，積官至客省使、眉州防禦使、徐州總管，卒，年六十三。子杰、黯、君、烈、黨。寶元間，夏賊破豐州，圍府州，及解去，屯瑠璃堡，縱游騎擾邊，鄜府閉壘二年矣。亢受命爲并代都鈐轄、麟府軍馬事，至城下，示以敕，始開關。亢入，命不復閉，縱民庶出入。時雖有禁卒數千，皆畏怯，無鬥志。亢乃募役卒取敢戰者，得數百人，使擊賊，有以首級獻者必厚賞之。禁卒慙，始請效死。亢度其可用，遂命擊瑠璃堡而破之，士氣益振。明年，詔遣中使督亢護麟、府郊賞物錢。賊鈔略不得，乃悉衆邀其歸路。亢以三千敗賊數萬衆。既而亢築建寧寨，度賊必至，虎翼軍驍勇，賊人所畏，而萬勝軍疲怯，敵常易之，故更去兩軍旗幟。賊果出爭，亟趨萬勝而先犯之，不知乃虎翼也，賊大潰，斬首二千餘級，不敢復出。未踰月，築成清塞、百勝、中候、建寧、鎮川五堡，而麟府之路始通。亢復奏以所通特一徑，請更增竝邊諸柵，以安河外。議未下，徙知瀛州，復除并、代副總管。御史梁堅劾亢以庫金於成都市易。奪官，降爲鈐轄。夏人與北敵戰河外，乃復副總管知代州。范仲淹宣撫河東，因奏使亢就總前議增築諸柵事。經略使明鎬移文止之，亢不聽，不閱時，諸寨成，遂自劾違鎬節制，朝廷不問。蕃漢歸者數千户，歲減戍卒萬人。徙知瀛州，言城小而人衆，請廣其東南關爲緩急備。安撫使夏竦惡其在陝西不附己，遂沮止，其後築城之如亢議。徙渭州，陝西轉運使奏亢擅減三司郊賞物估值，會竦入爲樞密使，遂奪亢防禦使。御史宋禧又以市易事言，奪引進使。久之，陝西轉運使言亢市易非自入，始還將作監，復防禦使，遷客省使、知環州。坐與鄰守會境上經夕，降曹州鈐轄。亢輕財好施，不拘小節，宴賞過侈，雖市易猶不能給。然軍政嚴整，所至有風力，蕃漢多圖其像瞻祀之。仁宗常語侍臣曰：『夏人陷豐州，麟、府之間震擾，亢築堡寨以護民耕牧，築城以包水泉，又增大高陽城，使民有以自保，民思愛之不忘，宜特贈亢遂州觀察使。（《隆平集》卷十九）

《宋史》卷三百二十四亦有傳。韓琦作《故客省使眉州防禦使贈遂州觀察使張公墓志銘》，收入《安陽集》卷四十七。

〔三〕此事詳見《長編》卷一百三十六：（慶曆二年五月）西上閤門使、忠州刺史、并代鈐轄、專管勾麟府軍馬張亢領果州團練使，爲高陽關鈐轄。初，麟州猶未通，饋路閉隔，敕亢自護南郊賞物送麟州，賊既不得鈔，遂以兵數萬趨柏子寨邀我歸路。亢所將纔三千人，亢激怒之曰：『若等已陷死地，前鬥則生，不然，爲賊所屠無餘也。』士皆感勵。會天大風，順風擊之，斬首六萬餘級，相蹂躪赴崖谷死者，不可勝計，奪馬千餘匹。乃修建寧寨，賊數出争，遂戰於兔毛川。亢以大陣抗賊，而使驍將張岊以短兵强弩數千伏山後。亢以萬勝軍皆京師新募市井無賴子弟，疲耎不能戰，遇賊必走，賊目曰『東軍』，素易之，而虎翼卒勇悍，陰易其旗以誤賊。賊果趣東軍而值虎翼卒，搏戰良久，發伏，賊大潰，斬首二千餘級。不踰月，築清塞、百勝、中候、建寧、鎮川五堡，麟州路始通。亢復奏：『今所通特往來之徑爾，旁皆虛空無所阻。若增築并邊諸柵以相維持，則可以廣田牧，河外勢益强。』議未下，而朝廷慮契丹將渝盟，乃徙亢高陽。

真宗皇帝嚴於醮祭之事，其表章則用『昭受乾符之寶』。〔一〕其後，大内火，〔二〕寶亡，止用『御前之寶』。慶曆中，下學士院定其文曰：『皇帝欽崇國祀之寶。』醮祠則用之。〔三〕

【校證】

〔一〕《長編》卷九十：（天禧元年十二月）壬午，新作『皇帝昭受乾符之寶』，召輔臣詣滋福殿同觀。初，祭醮祠表皆用『御前之寶』，上以爲未盡恭恪，故改制焉。《宋史》卷一百五十四：真宗即位，作皇帝受命寶，文曰『皇帝恭膺天命之寶』。大中祥符元年五月，詳定所言：『按玉牒、玉册，用皇帝受命寶印之，納玉匱於石，以天下同文之印封之。今封禪泰山，請依舊制，别造玉寶一枚，方寸二分，文同受命寶。其封石，用天下同文之印，舊史元無制度，今請用金鑄，大小同御前之寶，以「天下同文之寶」爲文。所有緣寶法物，亦請依式製造。』從之。天禧元年十二月，召輔臣於滋福殿，觀新刻『五岳聖帝玉寶』及『皇帝昭受乾符之寶』，命擇日迎導赴會靈觀奉安。其寶并金柙玉鈕，製作精妙。真宗以奏章上帝，承前皆用『御前之寶』，以理未順，故改用『昭受乾符之寶』。

〔二〕《長編》卷一百十一：（明道元年八月）壬戌，修文德殿成。是夜，大内火，延燔崇德、長春、滋福、會慶、崇徽、天和、承明、延慶八殿。上與皇太后避火於苑中。癸亥，移御延福宫。庚寅，重作寶册，命參知政事陳堯佐書皇帝受命册寶，參知政事薛奎書尊號册寶，宰臣張士遜書上爲皇太子册寶，參知政事晏殊書皇太后尊號册寶，以舊册寶爲宫火所焚也。既而有司言重作册寶，其沿寶法物，凡用黄金二千七百兩，詔易以銀而金塗之。

〔三〕《長編》卷一百六十五：（慶曆八年十一月）己亥，作『皇帝欽崇國祀之寶』，真宗嘗爲『昭受乾符之寶』，凡齋醮表章用焉。及大内火，寶焚，止用『御前之寶』。於是下學士院定其文，命宰相陳執中書，付有司别刻之。

慶曆中，興學。〔一〕一日，判監諸學官〔二〕皆會，石守道〔三〕言於坐曰：『蜀生有何群〔四〕者，祇知有仁義，不知有寒餓。』遂館於家。是時，諫官、御史言以賦取士，無益於治，而群尤致力助之。下兩制〔五〕議。兩制以爲賦、詩用之久，且祖宗故事不可廢。群聞之大慟，焚其生平所爲賦百篇，誓不復舉進士，又以戒其子雲。其後，何聖從〔六〕薦之，賜號安逸處士。〔七〕群，果州西充縣人。

【校證】

〔一〕《長編》卷一百四十七：（慶曆四年三月）范仲淹等意欲復古勸學，數言興學校，本行實。詔近臣議。於是翰林學士宋祁，御史中丞王拱辰，知制誥張方平、歐陽修，殿中侍御史梅摯，天章閣侍講曾公亮、王洙，右正言孫甫、監察御史劉湜等合奏曰：『伏奉詔書議，夫取士當求其實，用人當盡其才。今教不本於學校，士不察於鄉里，則不能覈名實；有司束以聲病，學者專於記誦，則不足盡人材。此獻議者所共以爲言也。謹參考衆說，擇其便於今者，莫若使士皆土著而教之於學校，然後州縣察其履行，則學者修飭矣。故爲設立學舍，保明舉送之法。夫上之所好，下之所趨也。今先策論，則文詞者留心於治亂矣；簡程式，則閎博者得以馳騁矣；問大義，則執經者不專於記誦矣。其詩賦之未能自肆者雜用今體，經術之未能亟通者尚如舊科，則中常之人，皆可勉及矣。此所謂盡人之材者也。故爲先策論過落，簡詩賦考式，問諸科大義之法，此數者其大要也。其州郡彌封謄録，進士、諸科貼經之類，皆苛細而無益，一切罷之。法行則申之以賞罰。如此，養士有本，取才不遺，爲治之本也。』乙亥，詔曰：『儒者通天地人之理，明古今治亂之源，可謂博矣。然學者不得騁其說，而有司務先聲病章句以拘牽之，則夫英俊奇偉之士，何以奮焉？士有純明樸茂之美，而無敎學養成之法，其飭身勵節者，使與不肖之人雜而并進，則夫懿德敏行之賢，何以見焉？此取士之甚弊，而學者自以爲患，議者屢以爲言。比令詳酌，仍詔政事府參定。皆謂本學校以教之，然後可求其行實；先策論，則辨理者得盡其説；簡程式，則閎博者可見其才。至於經術之家，稍增新制，兼行舊式，以勉中人。煩法細文，一皆罷去。明其賞罰，俾各勸焉。如此，則待才之意周，取人之道廣。夫遇人以薄者，不可責其厚也。今朕建學興善，以尊子大夫之行；而更制革弊，以盡學者之才。教育之方，勤亦至矣。有司其務嚴訓導，精察舉，以稱朕意。學者其進德修業，無失其時。凡所科條，可爲永式。』其令曰：『州若縣皆立學，本道使者選屬部官爲教授，三年而代；選於吏員不足，取於鄉里宿學有道業者，三年無私譴，以名聞。士須在學習業三百日，乃聽預秋賦；舊嘗充賦者，百日而止。親老無兼侍，取保任，聽學於家，而令試於州者相保任。所禁有七：曰隱憂匿服；曰嘗犯刑責；曰行虧孝弟，有狀可指；曰明觸憲法，兩經贖罰，或不經贖罰，而爲害鄉黨；曰籍非本土，假户冒名；曰父祖幹十惡四等以上罪；曰工商雜類，或嘗爲僧道。皆不得預。進士試三場，先策，次論，次詩賦，通考爲去取，而罷帖經墨義。又以舊制用詞賦，聲病偶切，立爲考式，一字違忤，已在黜格，使博識之士，臨文拘忌，俯就規檢，美文善意，鬱而不伸。如白居易《性習相近遠賦》、獨孤綬《放馴象賦》，皆當時試禮部，對偶之外，自有義意可觀，宜許倣唐體，使馳騁於其間。士子通經術，願對大義者，試十道，以曉析意義爲通，五通爲中格；三史科取其明史意，而文理可采者；明法科試斷案，假立甲乙罪，合律令，知法意，文理優，爲上等。』

〔二〕《文獻通考》卷五十七：宋國子監判監事二人，以兩制或帶職朝官充，凡監事皆總之。直講八人，以京官、選人充，掌以經術教授諸生。丞一人，以京朝官或選人充，掌錢穀出納之事。主簿一人，以京官或選人充，掌文簿以勾考其出納。監生無定員。元豐正官名，置祭酒、司業、丞、簿各一人，太學博士十人，正、録各五人，武學博士二人，律學博士、正名一人。祭酒掌國子、太學、武學、律學、小學之政令，司業爲之貳，丞參預監事。凡諸生之隸於太學者，立三舍法。

〔三〕石守道：即石介，字守道，兖州人。先世農家，父丙始仕，至太常博士。介，天聖八年登進士第，久之，爲國子監直講。以杜衍薦，改太子中允。韓琦除直集賢院，出通判濮州。卒，年四十一。初，介自嘉州軍事判官丁父母憂，躬耕徂徠山，葬五世之未葬者七十喪，魯人謂之徂徠先生。介篤學，氣節勁正。嘗謂：『時無不可爲，不在其位，則行其言，言見用，利天下，不必出諸已。言不用，獲禍至死而不悔。』故其文章陳古今治亂成敗，以指切當世，無所諱忌。在太學教諸生，聞朝廷美政則歌誦之，否則刺譏之。宰相吕夷簡以疾罷，而杜衍代夏竦樞密使，范仲淹、富弼、韓琦樞密副使，歐陽修、余靖、蔡襄爲諫官。介曰：『此盛事也，歌誦，吾職，其可已乎？』乃作慶曆四德詩，分别邪正，專斥夏竦。泰山孫復謂之曰：『子禍始於此矣。』其後，徐州孔直温有逆謀，搜其家得介書。而或謂介詐死，投契丹矣。夏竦請發其棺驗視，又有請羈管其子弟。久之始釋。歐陽修作詩以悼之。（《隆平集》卷十五）

《東都事略》卷一百十三、《宋史》卷四百三十二亦有傳。歐陽修作《徂徠先生石介墓志銘》，收入《歐陽文忠公集》卷三十四。

〔四〕何群：西充人，嗜古學，喜激揚論議，雖業進士，非其好也。慶曆中，石介在太學，四方諸生來學者數千人，群亦自蜀至。方講官會諸生講，介曰：『生等知何群乎？群日思爲仁義而已，不知寒飢之切己也。』衆皆注仰之。介因館群於其家，使弟子推以爲學長。群愈自刻厲，著書數十篇，與人言，未嘗下意曲從。同舍人目群爲白衣御史。群嘗言：『今之士，語言傥易，舉止惰肆者，其衣冠不如古之嚴。』因請復古衣冠。又上書言：『三代取士，皆本於鄉里而先行義。後世專以文辭就，文辭中害道者莫甚於賦，請罷去。』介贊美其説。會諫官、御史亦言以賦取士無益治道，下兩制議，皆以爲進士科始隋歷唐數百年，將相多出此，不爲不得人，且祖宗行之已久，不可廢也。群聞其説不行，乃慟哭，取平生所爲賦八百篇焚之。講官視群賦既多且工，以爲不情，黜出太學。群徑歸，遂不復舉進士。（《長編》卷一百九十）

〔五〕兩制：内制和外制的合稱。指中書舍人與翰林學士。

〔六〕何聖從：即何郯，字聖從，成都人。舉進士，由太常博士爲監察御史，遷殿中，擢侍御史知雜。居職三年，以親老乞郡，除直龍圖閣、知漢州。就遷集賢殿修撰、知梓州，進天章閣待制，入判銀臺司。殿中丞龍昌期上所注書，賜章服。郯言：『昌期，异端之學，不宜崇長。』詔追所賜。文彦博少從昌期學，惡郯言，出爲龍圖閣直學士、河東都轉運使，劾奏故相梁適帥太原職事多弛，適徙河陽。又劾内侍蘇安静爲都鈐轄怙寵不法，而安静亦降爲河中府鈐轄。英宗即位，移知永興軍，徙河南府。召還，判三班院、知梓州。後提舉玉局觀，以尚書右丞致仕，卒，年六十九。（《東都事略》卷七十五）

《宋史》卷三百二十二亦有傳。

〔七〕《長編》卷一百九十：（嘉祐四年十一月）賜果州草澤何群安逸處士。

慶曆中，廣南西路區希範〔一〕以白崖山蠻蒙趕内寇，破環州及諸寨。時天章杜待制杞〔二〕，自西京轉運使徙廣西。既至，得宜州人吴香等爲鄉導，攻白崖等寨，復環州，因説降之。大犒以牛酒，既醉，伏兵發，擒誅六百餘人。後三日，始得希範，醢之，以賜溪洞諸蠻；取其心肝，繪爲五藏圖，傳於世。其間有眇目者，則肝缺漏。是時，梅公儀摯〔三〕爲御史，言杞殺降，失朝廷大信，請加罪。朝廷録其功，止加戒諭而已。〔四〕其後，杞知慶州，〔五〕一日方據廁，見希範等前訴，叱謂曰：『若反人，於法當誅，尚何訴爲！』未幾而卒。殺降，古人所忌，杞知之，心常自疑，及其衰，乃見爲祟，無足怪也。〔六〕

【校證】

〔一〕區希範：環州人。嘗舉進士試禮部。景祐五年，應募討安化州蠻，詣登聞鼓院，進狀求録用，下宜州勘會。知州馮伸已言其妄邀功賞，遂送全州編管。既而遁歸，與其族百餘人謀舉兵殺伸已以叛。乃殺牛，建壇場，祭天神，推白崖山酋蒙趕爲帝，叔區正辭爲奉天開基建國桂王，而自爲神武定國令公，桂牧。皆北嚮再拜，以爲天命。又以區丕績爲宰相，區志全爲都統使，崔盈爲節度使，區世庸爲飛天神聖將軍，蒙懷爲百勝將軍，譚護爲突陣將軍，甘徹爲龍路將軍，吴程爲蜂毒將軍，廖陳爲游奕將軍，蒙愕爲雷行將軍，共僞補三十餘人，聚衆二千餘人。慶曆四年，攻陷環州，得其印，遂以環州爲武成軍，繼破帶溪、普義寨，下鎮寧州等處。宜州捉賊李德用，出韓婆嶺擊破之，獲其僞將崔盈、譚護二人。希範遂入保荔波洞，間出拒官軍。明年，詔西京轉運使杜杞加直集賢院，爲廣西轉運使兼安撫事。杞至宜州，得州人吴香、獄囚區世宏及攝官區曄、進士曹子華，往説諭之。又率兵破白崖、黄泥、九居山等寨及其五峒，斬首千餘級，復環州，焚其積聚。蒙趕等大怒，率其徒隨香出降，杞犒以牛酒六百餘人，始與盟。置曼陁羅花酒中，既昏醉，悉殺之。後三日，得希範及區丕績等十數人，割希範腹，繢其五藏爲圖，而醢以賜諸溪峒，餘悉就戮。（《隆平集》卷二十）

〔二〕杜杞：字偉長。父鎬，蔭補將作監主簿，知建陽縣。强敏有才。閩俗，老而生子輒不舉。杞使五保相察，犯者得重罪。纍遷尚書虞部員外郎、知横州。改通判真州，徙知解州，權發遣度支判官。盗起京西，掠商、鄧、均、房，焚光化軍，授京西轉運、按察使。居數月，賊平。會廣西區希範誘白崖山蠻蒙趕反，有衆數千，襲破環州、帶溪普義鎮寧寨，嶺外騷然。擢刑部員外郎、直集賢院、廣南西路轉運按察安撫使。行次真州，先遣急遞以書諭蠻，聽其自新。次宜州，蠻無至者。杞得州校，出獄囚，脱其械，使入洞説賊，不聽。乃勒兵攻破白崖、黄坭、九居山寨及五峒，焚毁積聚，斬首百餘級，復環州。賊散走，希範走荔波洞，杞遣使誘之，趕來降。杞謂將佐曰：『賊以窮蹙降我，威不足制則恩不能懷，所以數叛，不如盡殺之。』乃擊牛馬，爲曼陀羅酒，大會環州，伏兵發，誅七十餘人。後三日，又得希範，醢之以遺諸蠻，因老病而釋者，纔百餘人。御史梅摯劾杞殺降失信，詔戒諭之，爲兩浙轉運使。明年，徙河北，拜天章閣待制、環慶路經略安撫使、知慶州。杞上言：『殺降者臣也，得罪不敢辭。將吏勞未録，臣未敢受命。』因爲行賞。蕃酋率衆千餘内附，夏人以兵索酋而劫邊户，掠馬牛，有詔責杞。杞言：『彼違誓舉兵，酋不可與。』因移檄夏人，不償所掠，則酋不可得，既而兵亦罷去。杞性强記，博覽書傳，通陰陽數術之學，自言吾年四十六死矣。一日據厠，見希範與趕在前訴冤，叱曰：『爾狂僭叛命，法當誅，尚敢訴邪！』未幾卒。有奏議十二卷。（《宋史》卷三百）

歐陽修作《杜待制杞墓志》，收入《歐陽文忠公集》卷三十。

〔三〕梅摯：字公儀，成都新繁人。舉進士，稍遷太常博士，知蘇州。二浙饑，官貸種食。已而督償之，摯曰：『貸民所以爲惠也，反撓民，可乎？』奏請緩期輸之。慶曆中，爲御史，權知諫院。元昊納款，石元孫來歸，議者欲援赦釋之。摯不可，曰：『元孫不能死行陳，今不誅，何以厲將臣哉。』李用和除宣徽南院使，不數日，又除同平章事。摯言：『國初杜審瓊，國舅也，官止大將軍。李繼隆，功臣也，晚年方得使相。陛下豈可以名器而私外戚哉。』又言：『張堯佐緣宫掖以進，恐上累聖德。』仁宗曰：『梅摯言事殊有體。』爲三司户部副使，以事出知海州，徙蘇州，入爲三司度支副使，拜天章閣待制、陝西都轉運使，遷龍圖閣直學士、知滑州。州歲調民以備河，民甚困，摯以州兵代之，而民獲休息。入知三班院，出知杭州，仁宗賜詩以寵其行，徙江寧府，拜右諫議大夫，移知河中府。卒，年六十五。摯資性純厚，不爲矯厲之行，平居未嘗問家業云。（《東都事略》卷七十五）

《宋史》卷二百九十八亦有傳。

〔四〕此事詳見《長編》卷一百五十五：（慶曆五年三月）甲子，廣西轉運使杜杞言宜州蠻賊平。杞初行至真州，先遣急遞以檄諭蠻賊，聽其自新，比至宜州，蠻無至者。杞得州校吴香及獄囚區世宏，脱其械，與衣帶，使入峒説諭，不聽。乃勒兵攻破白崖、黄泥、九居山寨及五峒，焚毁積聚，斬首百餘級，復環州。區希範與蒙趕散走，杞使香招趕出降。杞謂將佐曰：『蠻依險阻，威不足制，則恩不能懷，所以數叛。今特以窮蹙來降，後必復動，莫如盡殺之，以絶後患。』乃擊牛馬，爲蔓陁羅酒，大會環州，坐中伏兵發，擒誅七十餘人，晝五藏爲圖。釋尪病、被脅與非因敗而降者百餘人。後三日，又得希範，醢以遺諸溪洞。初，區希範入保荔波洞，間出與官軍鬥。及杞至環州，使攝官區曄、進士曾子華、宜州押司官吴香誘其黨六百餘人，始與之盟，置蔓陀羅酒中，既昏醉，稍呼起問勞，至則推僕後廡下。比暮，衆始覺，驚走，而門有守兵不得出，遂盡禽殺之。後三日，得蒙趕、區希範、區丕績等十數人，割其腹，繢爲五藏圖，仍醢之以賜諸溪洞。

〔五〕《長編》卷一百六十四：（慶曆八年四月甲戌）河北轉運使、兵部員外郎、直集賢院杜杞爲天章閣待制、環慶都部署、經略安撫使兼知慶州。

〔六〕《類苑》卷七十三引《東齋記事》此條末還有『石普常以過譴僕，命家人殺之。家人不敢，陰解其縛，令逸去。後普病，即見僕爲怪。家人白：「當時實不殺，而陰縱之使去。」普不信，然時時見之。其家諸處尋訪，得僕，示之，遂不復見。蓋心有所念，則目有所見，凡事物之變，人情之違戾，皆出於疑也。』共九十二字。考其文意，前後連貫，可見原本爲一條，四庫本佚去後半段，《類苑》所引爲佳。

皇祐末，邕州白氣亘天，江水泛溢。〔一〕司户參軍孔宗旦〔二〕白於知州陳珙宜備邊，珙不聽。未幾而儂智高内寇，破邕、貴、横、賀、潯、藤、梧、封、康、端十州，圍廣州，殺將吏張忠等數十人。〔三〕最後，遣狄公青〔四〕以蕃落五百騎敗於邕州歸仁鋪，凡得首級五千三百四十一，築爲京觀。初，謡言云：『農家種，糴家收。』至是爲狄公所敗。

【校證】

〔一〕《澠水燕談録》卷六：皇祐二年，陳珙知邕州。冬至日，珙旦坐廳事，僚吏方集，有白虹貫庭，自天屬地。明年五月，龍鬥於城南江中，馳逐往來。久之，江水暴漲。未幾，儂智高陷二廣。前此，陶弼以詩貽楊畋，請爲備，云：『虹頭穿府署，龍角陷城門也。』

〔二〕孔宗旦：兖州人。爲邕州司户參軍，儂智高潛聚衆溪峒，時州有白氣起庭中，江水溢，宗旦以爲兵象，度智高必反，以書告知州陳拱，不聽。皇祐四年，遂舉兵寇邕、横、貴、龔、封、藤、梧、康、端等州。賊之未至。曹覲以州無兵備，遂募敢死士五百人以守城，而鄰城已爲避賊計，遂紿以書曰：『賊止期得邕、貴而已，豈肯離巢穴遠來耶？慎勿張皇驚擾也。』覲以爲然，乃縱所募去。而賊至，又勸使之走。覲叱之曰：『先諫議以忠義自持，吾豈苟生而貽辱先人者耶？』俾妻子逃匿民間，自佩郡印與兵馬監押陳曄率州兵百餘人禦賊，力不勝，遂爲賊所執，同郡胥及二卒，命人錮守之。胥欲與俱亡，不可，遂授二卒印，使懷去。不食三日，賊諭欲用之，覲叱曰：『犬彘敢爾耶。』遂遇害，投尸水中。趙師旦亦嘗先遣人覘賊，還報曰：『諸州長吏皆棄城去矣。』師旦曰：『汝亦欲吾去耶？』乃索得諜者三人，斬以徇。而賊將及城下，因語妻子曰：『留此俱死，無益也。』付以郡印，令避難山谷間。明日賊大至，州兵止三百人。師旦與兵馬監押馬貴力戰，矢盡，還坐堂上。智高擁衆入，師旦罵曰：『朝廷負若耶？大兵且至，戮汝無遺類。』智高怒，并貴害之。始賊既破横州，宗旦遣其家屬依桂州曰：『吾有官守，不得去，無爲俱死也。』及州破，宗旦被執，賊有用之之意，宗旦慢罵不已，以及於禍。宗旦嘗宦京東，頗爲監司耳目，摧辱士人，爲衆所惡，臨難乃能立節如此。祖無擇以其事聞於朝，而恤典頗厚。趙師旦之妻生子數日而避賊，棄之草中，三日猶不死，復取而育之。曹覲死，其妻及幼子聞而死，封、康二州民爲二守立廟，歲時祀之。（《隆平集》卷十五）

《宋史》卷四百四十六亦有傳。

〔三〕《涑水記聞》卷十三對此事記之頗詳，其文云：儂智高世爲廣源州酋長，後屬交趾，稱廣源州節度使。有金坑，交趾賦斂無厭，州人苦之。智高桀黠難制，交趾惡之，以兵掩獲其父，留交趾以爲質，智高不得已，歲輸金貨甚多。久之，父死，智高怨交趾，且恐終爲所滅，乃叛交趾，過江，徙居安德州，遣使詣邕州求朝命爲補刺史。朝廷以智高叛交趾而來，恐疆埸生事，却而不受。智高由是怨，數入爲盜。先是，禮賓使亓贇坐事出爲洪州都指揮使，會赦，有薦其材勇，前所坐簿，可收使，詔除御前忠佐，將兵戍邕州。贇欲邀奇功，深入其境，兵敗，爲智高所擒，恐智高殺之，乃給言：『我來非戰也，朝廷遣我招安汝耳。不期部下人不相知，誤相與鬥，遂至於此。』因諭以禍福。智高喜，以爲然，遣其黨數十人隨贇至邕州，不敢復求刺史，但乞通貢朝廷。邕州言狀，朝廷以贇妄入其境，取敗，爲賊所擒，又欲脱死，妄許其朝貢，爲國生事，罪之，黜爲全州都指揮使，智高之人皆却還。智高大恨，且以朝廷及交趾皆不納，窮無所歸，遂謀作亂。有黄師宓者，廣州人，以販金常往來智高所，因爲之畫取廣州之計，智高悦之，以爲謀主。是時，武臣陳珙知邕州，智高陰結珙左右，珙不之知。皇祐四年四月，智高悉發所部之人及老弱盡空，沿江而下，凡戰兵七千餘人。五月乙巳朔，奄至邕，珙閉城拒之，城中之人爲内應，賊遂陷邕州，執珙等官吏，皆殺之。司户參軍孔宗旦罵賊而死。智高自稱仁惠皇帝，改元啓歷，沿江東下。横、貴、潯、龔、藤、梧、康、封、端諸州無城栅，皆望風奔潰，不二旬，至廣州。知廣州仲簡性愚且狠，賊未至時，僚佐請爲之備，皆不聽。至遣兵出戰，賊使勇士數十人，以青黛塗面，跳躍上岸，廣州兵皆奔潰。先是，廣州地皆蜆殼，不可築城，前知州魏瓘以甓爲之，其中甚隘小，僅可容府署、倉庫而已。百姓驚走，輦金寶入城，簡閉門拒之，曰：『我城中無物，猶恐賊來，况聚金寶於城中耶？』城外人皆號哭，金寶悉爲賊所掠，簡遂閉門拒守。轉運使王罕時巡按至梅州，聞之，亟還番禺。鄉村無賴少年，乘賊勢互相剽掠，州縣不能制，民遮馬自訴者甚衆。罕乃下馬，召諸老人坐而問之，曰：『汝曹嘗經此變乎？』對曰：『昔陳進之亂，民間亦如是。時有縣令籍民間强壯者，悉令自衛鄉里，無得他適。於是鄰村亦不能侵暴鄰村，一境獨安。』罕即遍移牒州縣，用其策，且斬爲暴者數人，民間始安。罕既入城，鈐轄侍其淵等共修守備。賊掠得海船崑崙奴，使登樓車以瞰城中，又琢石令圓以爲礮，每發輒殺數人，晝夜攻城，五十餘日，不剋而去。時提點刑獄鮑軻欲遷其家置嶺北，至南雄州，知州責而留之。軻乃詗廣州聞，日有所奏。罕在圍城中，無奏章。賊退，朝廷賞軻而責罕，罕坐左遷。

《皇朝編年備要》卷十四：先是，智高復貢金函書，請内屬。知邕州陳珙上聞，不報。時邕州庭中有白氣而江水溢，司户孔宗旦以爲兵象，度智高必反，以書告珙，不聽。智高既不得請，又與交趾爲仇，且擅山澤之利，遂招納亡命，數出敝衣易穀食，紿言洞中飢，部落離散，故邕不設備。智高乃與廣州進士黄師宓及其黨日夜謀入寇。一夕，焚其巢穴，紿衆曰：『平生積聚，今爲天火所焚，無以爲生計，窮矣。當拔邕州，據廣州以自王，否則兵死。』是月，率衆五千沿江東下，攻破邕州横江寨，張日新等死之。陷邕州，都監張立、司户孔宗旦罵賊而死，珙以下皆遇害。於是，智高即州僞建大南国，僭號仁惠皇帝，改年啓曆，赦境内。師宓等皆稱中國官名，進陷横、貴、龔、藤、梧、封、康、端州，惟封州守臣曹覲、康州守臣趙師旦、監押馬貴戰死，諸州守臣張仲、李植、江滋、丁寶臣并遁。

〔四〕狄青：字漢臣，汾州人。初爲騎御馬小底，後隸拱聖軍，選爲散直。元昊叛，擇爲延州指揮使。前後二十五戰，中流矢者八，嘗破金湯城，略宥州，屠咩、歲香、毛奴、尚羅等族，燔積聚數萬，收族帳二千餘，生口五千餘。又城橋子穀，築招安等堡寨，以功遷至澶州刺史，纍擢加節鉞。皇祐四年樞密副使，以宣徽南院使宣撫荆湖南北，經制廣南東西路盜賊。五年，平廣源州蠻儂智高。還，復樞密副使。是年，陞樞密使。嘉祐元年，以言者謂青家數有光怪，罷爲使相、河中尹、知陳州。髭發疽，卒，年五十，贈中書令，謚『武襄』。（《隆平集》卷十一）

《東都事略》卷六十二、《宋史》卷二百九十亦有傳。王珪作《狄武襄公神道碑銘》，收入《華陽集》卷四十七。余靖作《宋故狄令公墓銘》，收入《武溪集》卷一十九。

至和二年，〔一〕封孔子四十七代孔宗願爲文宣公。〔二〕祖擇之〔三〕言：『前代封孔子之後者，在漢、魏曰褒成〔四〕、宗聖〔五〕，在晉、宋曰奉聖〔六〕，後魏曰崇聖〔七〕，北齊曰恭聖〔八〕，後周及隋封鄒國〔九〕，唐初曰褒聖〔十〕，開元中謚孔子爲文宣王，遂封其後爲文宣公〔十一〕。是以祖謚而加後嗣也。』〔十二〕乃下學士院更定美號，而改封宗願爲衍聖公。〔十三〕

【校證】

〔一〕本條用《類苑》卷三十二引《東齋記事》。四庫本原作『仁宗至和二年，封孔子四十七代孫孔宗願爲文宣公，尋改封孔宗願爲衍聖公。』此句顯係從《類苑》所引文句刪改而成，故從《類苑》本。

〔二〕按：封孔宗願爲文宣公當在景祐二年十二月，而非至和二年，范鎮所記有誤。《長編》卷一百十七：『太平興國三年，初以文宣王四十四代孫宜襲封文宣公，宜卒於雍熙三年。至道末，乃以宜子延世襲封，延世卒於景德初，子聖祐尚幼。天禧五年，始命聖祐襲封，聖祐卒且十年，無子，遂除襲封。彭城顔太初因許希請立扁鵲廟，作詩指除襲封事，諷在位者得路，反忘先師。又致書參知政事蔡齊，齊爲言於上。』據《長編》卷一百十五，許希爲仁宗治病并請立扁鵲廟在景祐元年九月戊子，顔太初隨後作《許希》詩，有『後之爲儒者，其心皆李斯。昔在布衣日，動守先王規。朝談十二經，夕誦三百詩。依憑稽古力，榮進無他岐。及居廟堂上，劍長冠峨巍。自謂天所賦，焉知有宣尼。宣尼斷襲封，十經寒暑移。他姓爲邑官，鄉老皆驚疑。上章寢不報，九重遭面欺。諫官不舉失，御史不言非。盡爲許希笑，得路忘先師。』以諷之。隨後，『（景祐二年十二月）辛未，詔聖祐弟北海縣尉宗願爲國子監主簿，襲封文宣公。』（《長編》卷一百十七）又，《佛祖統紀》卷四十五亦載『（景祐二年）十一月，詔孔宗願襲封文宣公。』（十一月誤，當爲十二月）。《通鑑續編》卷六：『（景祐二年十二月）詔，孔宗願襲封文宣公。』《宋史》卷一百一十九：『仁宗景祐二年，詔以孔子四十六世孫、北海尉宗願爲國子監主簿，襲封文宣公。』

又，孔宗願實爲孔子第四十六代孫，而非四十七代。按《佛祖統紀》卷五十二、孔傳《東家雜記》卷下、《黄氏日鈔》卷三十二等文獻所記孔子後代襲封次序，四十六代孫爲孔聖祐，四十七代孫爲孔若蒙。但在孔聖祐和孔若蒙之間，受襲封者還有一人，即孔宗願。關於宗願的世次，《佛祖統紀》卷四十五：『敕封孔子四十六代孫宗願爲衍聖公。』《鷄肋編》卷中：『改封至聖文宣王四十六代孫宗願爲衍聖公。』《宋史》卷一百一十九：『仁宗景祐二年詔以孔子四十六世孫北海尉宗愿爲國子監主簿，襲封文宣公。』而金人孔元措在《孔氏祖庭廣記》卷一中，將孔子四十六代孫定爲孔聖佑和孔宗愿二人。但祖無擇、范鎮等人却認爲孔宗愿乃孔氏第四十七代。之所以存在這種差异，是因爲『四十六代聖祐襲封文宣公，無嗣，以堂弟宗愿承襲，與聖祐共爲一代』。（《黄氏日鈔》卷三十二）范鎮將孔宗愿定爲孔子四十七代孫，可能未考慮四十六代孔聖祐和孔宗愿爲堂兄弟，實爲同代，而衹考慮襲封的人次數。但從代際來看，孔宗愿確爲四十六代。

〔三〕祖擇之：即祖無擇，字擇之，上蔡人。進士高第。歷知南康軍、海州，提點淮南廣東刑獄、廣南轉運使，入直集賢院。時封孔子後爲文宣公，無擇言：『前代所封曰宗聖，曰奉聖，曰崇聖，曰恭聖，曰褒聖；唐開元中，尊孔子爲文宣王，遂以祖謚而加後嗣，非禮也。』於是下近臣議，改爲衍聖公。出知袁州。同修起居注、知制誥，加龍圖閣直學士、權知開封府，進學士，知鄭、杭二州。神宗立，知通進銀臺司。謫忠正軍節度副使。尋復光禄卿、秘書監、集賢院學士，主管西京御史臺，移知信陽軍，卒。（《東都事略》卷七十六）

《宋史》卷三百三十一亦有傳。

〔四〕《資治通鑑》卷二十八：『（漢宣帝初元五年三月）賜霸爵關内侯，號褒成君。』按：

『霸』即孔霸，孔子第十二世孫。

《資治通鑑》卷三十五：（漢成帝元始元年五月丙午）封褒成君孔霸曾孫均爲褒成侯，奉孔子祀。

〔五〕《資治通鑑》卷六十九：（魏文帝黄初）二年，春正月，以議郎孔羡爲宗聖侯，奉孔子祀。

〔六〕《晋書》卷十九：（西晋）武帝泰始三年十一月，改封宗聖侯孔震爲奉聖亭侯。又詔太學及魯國四時備三牲以祀孔子。

《宋書》卷十七：（東晋）明帝太寧三年，詔給事奉聖亭侯孔亭四時祠孔子，祭宜如泰始故事。亭五代孫繼之博塞無度，常以祭直顧進，替慢不祀。宋文帝元嘉八年，有司奏奪爵。至十九年，又授孔隱之。兄子熙先謀逆，又失爵。二十八年，更以孔惠雲爲奉聖侯。後有重疾，失爵。孝武大明二年，又以孔邁爲奉聖侯。邁卒，子莠嗣，有罪，失爵。

〔七〕《魏書》卷七：（北魏孝文帝延興三年四月）壬子，詔以孔子二十八世孫魯郡孔乘爲崇聖大夫，給十户以供灑掃。

〔八〕《北史》卷七：（北齊文宣帝天保元年）六月辛巳，詔改封崇聖侯孔長爲恭聖侯，邑一百户，以奉孔子祀，并下魯郡，以時修葺廟宇。

〔九〕《周書》卷七：（北周静帝大象二年）三月丁亥，詔曰：『盛德之後，是稱不絶，功施於民，義昭祀典。孔子德惟藏往，道實生知，以大聖之才，屬千古之運，載弘儒業，式叙彝倫。至如幽贊天人之理，裁成禮樂之務，故以作範百王，垂風萬葉。朕欽承寶曆，服膺教義，眷言洙、泗，懷道滋深。且褒成啓號，雖彰故實，旌崇聖績，猶有闕如。可追封爲鄒國公，邑數準舊。并立後承襲。别於京師置廟，以時祭享。』

〔十〕《新唐書》卷十五：（唐高祖）武德二年，始詔國子學立周公、孔子廟。七年，高祖釋奠焉，以周公爲先聖，孔子配。九年，封孔子之後爲褒聖侯。

〔十一〕《新唐書》卷十五：（唐玄宗開元）二十七年，詔夫子既稱先聖，可謚曰『文宣王』，遣三公持節册命，以其嗣爲文宣公。

〔十二〕祚擇之之言，見其至和二年四月所上之《上仁宗論孔宗願襲文宣公》，其文云：臣伏見至聖文宣王四十七代孫孔宗願襲封文宣公，乃是其人未死，已賜謚矣。臣切觀前史，孔子之後，襲封者衆，在漢、魏則曰褒成、褒聖、宗聖。在晋、宋曰奉聖。後魏曰崇聖。北齊曰恭聖。後周及隋封以鄒國。唐初曰褒聖。或爲君，或爲侯，爲公，爲大夫，使奉祭祀。唯漢平帝追謚孔子爲褒成宣尼公，遂以均爲褒成君。至唐開元二十七年，追謚爲文宣王。又以其後爲文宣公。是皆以祖之美謚而加後嗣。生而謚之，不經甚矣。欲乞明詔，有司詳求古訓，或封以小國，或取尊儒褒聖之義，

別定美號，加以封爵，著於令式，使千古之下無以加於我朝之盛典也。（《諸臣奏議》卷九十一）

是時，劉敞也上《上仁宗論孔宗願襲文宣公》，其文云：臣等謹按，漢元帝初元元年，以師孔霸爲關内侯，食邑八百户，號褒成君，而霸上書求奉孔子祭祀。元帝下詔曰：『其令師褒成君、關内侯霸以所食八百户祀孔子。』及霸卒，子福嗣。福卒，子房嗣。房卒，子莽嗣。皆稱褒成君。至平帝元光二年，始更以二千户，封莽爲褒成侯，而追謚孔子曰褒成宣尼公。以此觀之，則褒成者，國也。宣尼者，謚也。公侯者，爵也。褒成宣尼公者，猶曰河間獻王云爾。蓋推宣尼以爲褒成祖，非用褒成以爲宣尼謚也。唐世不深察此義，以褒成爲夫子之謚，因疑霸等號封褒成者，皆襲其祖之舊耳。故遂封夫子文宣王，而爵其後文宣公。考校本末，甚失事理，因循承襲，至今不改。先帝既封泰山，親祠闕里，又加文宣以至聖之號，則人倫之極致，盛德之顯名盡在此矣。尤非其子孫臣庶所宜襲處而稱之者也。臣等以謂，無擇議是，可用其文宣王四十七代孫孔宗願，伏乞改賜爵名，若褒成、奉聖之比，上足以尊顯先聖有不可階之勢，下不失優异孔氏，使得守繼世之業，改唐之失，法漢之舊。《傳》曰：『必也正名。』又曰：『正稽古立事，可以永年。』此類之謂也。（《公是集》卷三十二）

〔十三〕《長編》卷一百七十九：（至和二年三月乙亥）詔封孔子後爲衍聖公。初，太常博士祖無擇言：『文宣王四十七代孫孔宗願襲封文宣公。按前史，孔子之後襲封者，在漢、魏曰褒成、褒宗、尊聖，在晋、宋曰奉聖，後魏曰崇聖，北齊曰恭聖，後周及隋，并封以鄒國。唐初曰褒聖，開元中，始追謚孔子爲文宣王，又以其後爲文宣公。然祖謚不可加後嗣，乞詔有司更定美號。』乃下兩制定更封宗願，而令世襲焉。《皇朝編年備要》卷十五亦載：（至和二年）三月，孔宗願封衍聖公。

嘉祐元年五月二十四日昏時，二星相繼西流，一出天江〔一〕，一出天市〔二〕。劉仲更〔三〕曰：『出天江者主大水，出天市者主散財。』未幾，都城大水，居民室廬及軍營漂流者不知幾千萬區。〔四〕天變不虚發也如此。〔五〕

【校證】

〔一〕天江：星名。《晋書》卷十一：『天津九星，横河中，一曰天漢，一曰天江。』

〔二〕天市：星名。《漢書》卷二十六：『東宫蒼龍，房、心。心爲明堂，大星天王，前後星子屬。不欲直，直，王失計。房爲天府，曰天駟。其陰，右驂。旁有兩星曰衿。衿北一星曰舝。東北曲十二星曰旗。旗中四星曰天市。天市中星衆者實，其中虚則耗。

房南衆星曰騎官。』

〔三〕劉仲更：即劉羲叟，字仲更，澤州晋城人。歐陽修使河東，薦其學術該博，擢試大理評事、趙州推官，留修《唐書》。羲叟强記，於經史百家無不通曉，至於國朝典故，財賦、刑名、兵械、鍾律皆知其要。其樂事、星曆、數術尤過人。嘗以春秋時變异合之，以《洪範》灾應斥古人所强合者。著書十數篇，視日月星辰以占國家休祥多應也。《唐書》成，授崇文院檢討，未謝而卒。（《東都事略》卷六十六）范鎮作《劉檢討羲叟墓志銘》，收入《隆平集》卷十五、《宋史》卷四百三十二亦有傳。

〔四〕此事詳見《長編》卷一百八十二：（嘉祐元年六月）時，京師自五月大雨不止，水冒安上門，門關折，壞官私廬舍數萬區，城中繫栰渡人，命輔臣分行諸門；而諸路亦奏江河决溢，河北尤甚，民多流亡，令所在賑救之。水始發，馬軍都指揮使范恪受詔障朱雀門，知開封府王素違詔止之曰：『方上不豫，軍民廬舍多覆壓，奈何障門以惑衆，且使後來者不入耶？』知諫院范鎮言：『臣伏見河東、河北、京東西、陝西、湖北、兩川州郡俱奏水灾，京師積雨，社稷壇壝輒壞，平原出水，衝折都門，以至宰臣領徒監總隄役，其爲灾變，可謂大矣。然而灾變之起，必有所以，消伏灾變，亦宜有術。伏乞陛下問大臣灾變所起之因，及所以消伏之術。仍詔兩制、臺閣常參官極言得失，陛下躬親裁擇，以塞天變。庶幾招徠善祥，以福天下。』

〔五〕此條亦見於范鎮《上仁宗論彗出主兵乞速定大議係第七狀》，云：『臣伏見五月二十四日昏時，二星相繼西流，一出天江，一出天市，出天江者主大水，出天市者主散財。當是時，朝廷不知觀天之變以圖消復，又不爲防以備其灾纔。及一月，而都城大水，居民室廬及軍營漂壞者不知幾十萬區，大變之不虛發也如此。』（《諸臣奏議》卷三十）

嘉祐七年十二月二十三日，召近臣天章閣〔一〕下觀書、閱瑞物。上親作飛白書〔二〕，令左右搢笏以觀。又令禹玉〔三〕跋尾〔四〕，人賜一紙。既而置酒群玉殿，上謂群臣曰：『今天下無事，故與卿等樂飲。』中坐賜詩，群臣皆和。又賜太宗時斑竹管筆〔五〕、李廷珪墨〔六〕、陳遠握墨、陳朗麝團墨，再就坐。終宴，更大盞，取鹿頭酒〔七〕視封，遣内侍滿斟偏勸。韓魏公琦〔八〕一舉而盡，又勸一盃。盧公彥〔九〕平生不飲，亦釂一巨盃。又分上前香藥增諸飣中，各令持歸。至二十六日，温州進柑子，復置會，自臺諫、三館臣僚悉預，因宣諭：『前日太草草，故再爲此會。』其禮數一如前，但不賦詩矣。〔十〕

【校證】

〔一〕《長編》卷九十六：（天禧四年十一月）庚申，内出聖製七百二十二卷示輔臣。壬戌，宰臣等言：『聖製已約分部帙，望令雕板摹印，頒賜館閣，及道釋經藏名山勝境。乃命内臣規度禁中嚴净之所，别創殿閣緘藏。』詔可。尋於龍圖閣後修築，命入内都知張景宗、副都知鄧守恩管勾，是爲天章閣。

《長編》卷九十七：（天禧五年三月）戊戌，天章閣成，群臣稱賀。庚子，奉安御集、御書于天章閣，遂宴輔臣閣下。

〔二〕飛白書：一種書法字體，簡稱爲『飛白』。筆勢飛舉，筆畫中有空白無墨之處，絲絲露白，有如枯筆寫成的模樣。《尚書故實》云：『飛白書始於蔡邕，在鴻門見匠人施堊箒，遂創意焉。』

〔三〕禹玉：即王珪，字禹玉，成都華陽人，後徙舒。舉進士甲科，通判揚州。召直集賢院，爲鹽鐵判官、修起居注。接伴契丹使，北使過魏，舊皆盛服入。至是，欲便服，妄云衣冠在後乘。珪命取授之，使者愧謝。遂爲賀正旦使。進知制誥、知審官院，爲翰林學士、知開封府。遭母憂，除喪，復爲學士，兼侍讀學士。嘉祐立皇子，中書召珪作詔，珪曰：『此大事也，非面受旨不可。』明日請對，曰：『海内望此舉久矣，果出自聖意乎？』仁宗曰：『朕意决矣。』珪再拜賀，始退而草詔。歐陽修聞而嘆曰：『真學士也。』帝宴寶文閣，作飛白書分侍臣，命珪識歲月姓名。再宴群玉，又使爲序，以所御筆、墨、牋、硯賜之。英宗在位之四年，忽召至蘂珠殿，傳詔令兼端明殿學士。神宗即位，遷學士承旨。熙寧三年，拜參知政事。九年，進同中書門下平章事、集賢殿大學士。元豐官制行，由禮部侍郎超授銀青光禄大夫。五年，正三省官名，拜尚書左僕射兼門下侍郎，以蔡確爲右僕射。八年，帝有疾，珪白皇太后，請立延安郡王爲太子。太子立，是爲哲宗。進珪金紫光禄大夫，封岐國公。五月，卒於位，年六十七。特輟朝五日，賻金帛五千，贈太師，謚曰『文恭』。賜壽昌甲第。（《宋史》卷三百一十二）《東都事略》卷八十亦有傳。李清臣作《王文恭公珪神道碑》，收入《名臣碑傳琬琰集》上卷八。

〔四〕此跋尾，即王珪《御製龍圖天章閣觀三聖御書詩序》，其文云：臣讀《詩》至《小雅》之正見，周之盛時，樂賢人之在位，而君道益自尊顯。既飲食之，又有笙簧鼓舞幣帛侑酬之禮，恩勤返復以盡其歡心。且君能下其臣，則爲臣者未有不感發忠誠，思以歸報乎上。上下相交，四海蒙澤，以致太平，使國家萬壽之福無期極，其詩傳於後代，猶歌而取法，顧匪盛德之事歟。嘉祐七年冬十有二月戊申，皇帝乘暇日延群臣觀三聖神翰於龍圖天章閣，玩心文明，藻思濬發，遂賦觀書之詩。又幸寶文閣，親爲飛白書，使左右縱觀，若驚鸞翥鳳，與夫煙雲布濩之象，莫不回薄於筆下，蓋天縱之能，世莫得以曾闚也。因以其書分賜從臣，於是尚方給筆札，臣琦等二十有八人咸賡宸唱以進，既置酒群玉殿上，猶慊然有未盡意。越壬子再召，觀方國貢所瑞物，其木石皆有文，實天所以啓宋永命之符。又陳先朝述作之文，載披載繹以示祖宗稽古之學而百王之絶儗也。已而，復燕群玉殿，乃大合樂，其初有詔曰：『幸天下久無事，今日之樂期與卿等共之，唯盡醉勿復辭。』遂出禁中肴醴芳花异香瑰奇未見之物，觴每行，必命釂者至於三四，衣冠愉愉，不知涵濡君德之醉也。臣伏思陛下臨御四十有一年，未始少近宫室苑囿，歌鐘狗馬之娱。一朝游思清閒，君臣相與終日飲酒，而不失其正，雖有周盛時之詩，臣愚竊恐未能遠過也。自昔帝王游觀之盛，固有刻諸金石以傳於無窮，矧兹希闊之遇哉。臣與游禁林，又塵太史氏之職，恭承明詔，敢拜稽首揚鴻休。臣謹序。（《華陽集》卷四十六）

〔五〕《太平廣記》卷二百引《北夢瑣言》：『昔梁元帝爲湘東王時，好學著書，常記録忠臣義士及文章之美者。筆有三品，或以金銀雕飾，或用斑竹爲管，忠孝全者用金管書之，德行清粹者用銀筆書之，文章贍麗者以斑竹書之。故湘東之譽振於江表。』

唐人李德裕有《斑竹管賦并序》，文云：『余寓居郊外精舍，有湘中守贈以斑竹筆管，奇彩爛然，愛玩不足，因爲小賦以報之。山合遝兮瀟湘曲，水潺湲兮出幽谷。緣層嶺兮茂奇篠，夾澄瀾兮聳修竹。鷓鴣起兮鉤輈，白猿悲兮斷續。實璀璨兮來鳳，根連延兮倚鹿。往者二妃不從，獨處兹岑。望蒼梧兮日遠，撫瑶琴兮怨深。灑思淚兮珠已盡，染翠莖兮苔更侵。何精誠之感物，遂散漫於幽林。爰有良牧采之巖址，表貞節於苦寒。見虚心於君子，始裁截以成管。因天姿而具美，疑貝錦之濯波。似餘霞之散綺，自我放逐塊然巖中。泰初憂而絶筆，殷浩默而書空。忽有客以贈鯉，遂起予以雕蟲。念楚人之所賦，實周詩之變風。昔漢代方侈，增其炳焕，綴明璣以爲柙，飾文犀以爲玩。徒有貴於繁華，竟何資於藻翰。曾不知擇美於江潭，訪奇於湘岸，况乃彤管有煒，列於詩人。周得之以操牘，張得之以書紳。惟兹物之日用，與造化之齊均。方資此以終老，永躬耕於典墳。』（《李文饒别集》卷二）

梅堯臣有《斑竹管筆》詩，云：『翠管江潭竹，斑斑紅淚滋。束毫何勁直，在橐許操持。欲寫湘靈怨，堪傳虞舜辭。蔚然君子器，安用俗人知。』（《宛陵先生集》卷五）

〔六〕《苕溪漁隱叢話》後集卷三十引《遯齋閑覽》：唐末墨工李超與其子廷珪，自易水渡江，遷居歙州，本姓奚，江南賜姓李氏。廷珪始名庭邽，其後改之，故世有奚庭珪墨，又有李廷珪墨，或有作李廷邦字者。李超墨亦不精，庭珪之弟庭寬，庭寬之子承晏，承晏之子文用，文用之長子爾明，次子爾光，爾光之子丕基，皆能世其業，然皆不及庭珪。祥符中，治昭應宫，用庭珪墨爲染飾，今人所有皆其時餘物耳。

〔七〕《本草綱目》卷二十五：鹿頭酒，治虚勞不足、消渴、夜夢鬼物，補益精氣。鹿頭煮爛，搗泥，連汁和麴米釀酒。飲，少入葱椒。

〔八〕韓魏公琦：即韓琦，字稚圭，相州安陽人。琦風骨秀异，弱冠舉進士，名在第二。授將作監丞、通判淄州，入直集賢院、監左藏庫。歷開封府推官、三司度支判官，拜右司諫。權知制誥。益、利歲饑，爲體量安撫使。趙元昊反，琦適自蜀歸，論西師形勢甚悉，即命爲陝西安撫使。進樞密直學士。因任福兵敗奪一官，知秦州，尋復之。會四路置帥，以琦兼秦鳳經略安撫、招討使。慶曆二年，與三帥皆换觀察使，范仲淹、龐籍、王沿不肯拜，琦獨受不辭。未幾，還舊職，爲陝西四路經略安撫、招討使，屯涇州。琦與范仲淹在兵間久，名重一時，人心歸之，朝廷倚以爲重，故天下稱爲『韓范』。元昊稱臣，召爲樞密副使。以資政殿學士知揚州，徙鄆州、成德軍、定州。兼安撫使，進大學士，又加觀文殿學士。拜武康軍節度使、知并州。久之，求知相州。嘉祐元年，召爲三司使，未至，迎拜樞密使。三年六月，拜同中書門下平章事、集賢殿大學士。六年閏八月，遷昭文館大學士、監修國史，封儀國公。英宗嗣位，以琦爲仁宗山陵使，加門下侍郎，進封衛國公。太后還政，拜琦右僕射，封魏國公。神宗立，拜司空兼侍中，爲英宗山陵使。除鎮安武勝軍節度使、司徒兼侍中、判相州。會種諤擅取綏州，西邊俶擾，改判永興軍，經略陝西。熙寧元年七月，復請相州以歸。河北地震、河决，徙判大名府，充安撫使，得便宜從事。六年，還判相州。

八年，换節永興軍，再任，未拜而薨，年六十八。贈尚書令，謚曰『忠獻』，配享英宗廟庭。（《宋史》卷三百一十二）

《東都事略》卷六十九亦有傳。陳薦作《宋故推忠宣德崇仁保順守正協恭贊治純誠亮節佐運翊戴功臣永興軍節度管内觀察處置等使開府儀同三司守司徒檢校太師兼侍中行京兆尹判相州軍州事兼管内勸農使上柱國魏國公食邑一萬六千八百户食實封六千五百户贈尚書令謚忠獻配享英宗廟廷韓公墓志銘并序》，收入清人武億所編之《安陽縣金石録》卷六。

〔九〕盧公彦：即盧士宗，字公彦，濰州昌樂人。舉五經，歷審刑院詳議、編敕删定官，提點江西刑獄。侍講楊安國以經術薦之，仁宗御延和殿，詔講官悉升殿聽其講《易》。明日，復命講『泰卦』，又召經筵官及僕射賈昌朝聽之。授天章閣侍講，賜三品服，加直龍圖閣、天章閣待制、判流内銓。李參、郭申錫有决河訟，詔士宗劾之。士宗言兩人皆爲時用，有罪當驗問，不宜逮鞫。於是但黜申錫爲州。進龍圖閣直學士、知審刑院、通進銀臺司。仁宗神主祔廟，禮院請以太祖、太宗爲一世，而增一室以備天子事七世之禮。詔兩制與禮官考議，孫抃等欲如之。士宗以爲：『在禮，太祖之廟，萬世不毁；其餘昭穆，親盡即毁，示有終也。自漢以來，天子受命之初，太祖尚在三昭、三穆之次，祀四世或六世，其以上之主，屬雖尊於太祖，親盡則遷。故漢元帝之世，瘞太上廟主於國，魏明帝遷處士主於園邑，晉武、惠祔廟，遷征西、豫章府君。大抵過六世則遷其主，蓋太祖已正東嚮之位，則并三昭三穆爲七世矣。唐高祖初祀四世，太宗增祀六世，太宗祔廟則遷弘農府君，高宗祔廟又遷宣宗，皆前世成法，惟明皇九廟祀八世，於事爲不經。今大行祔廟，僖祖親盡當遷，於典禮爲合，不當添展一室。』詔抃等再議，卒從八室之說。議者咎之。出知青州，入辭，英宗曰：『學士忠純之操，朕所素知，豈當久處外。』命再對，及見，論知人安民之要，勸帝守祖宗法。御史言其罕通吏事，且衰病，改沂州。熙寧初，以禮部侍郎致仕，卒，年七十一。士宗以儒者長刑名之學，而主於仁恕，故在刑部審刑，前後十數年。（《宋史》卷三百三十）

〔十〕《長編》卷一百九十七：（嘉祐七年十二月）丙申，幸龍圖、天章閣，召輔臣、近侍、三司副使、臺諫官、皇子、宗室、駙馬都尉、主兵官觀祖宗御書。又幸寶文閣，爲飛白書，分賜從臣。下逮館閣，作觀書詩，韓琦等屬和。遂宴群玉殿，傳詔學士王珪撰詩序，刊石於閣。庚子，再會於天章閣觀瑞物，復宴群玉殿。帝曰：『天下久無事，今日之樂，與卿等共之，宜盡醉勿辭。』賜禁中花、金盤、香藥，又召韓琦至御榻前，别賜酒一卮。從臣霑醉，至暮而罷。

《皇朝編年備要》卷十六《十二月幸龍圖天章閣》：召輔臣、從官、皇子、宗室、主兵官觀祖宗御書。又幸寶文閣，爲飛白書，分賜從臣。遂燕群玉殿。未幾，再召從臣於天章閣觀瑞物，復燕群玉殿，上曰：『天下久無事，今日之樂與卿等共之，宜盡醉勿辭。』又召宰臣韓琦至榻前，別賜酒一卮。從臣霑醉，至暮而罷。

《太平治迹統類》卷六：（嘉祐）七年冬丙申，幸龍圖、天章閣，召輔臣、近侍、三司副使、臺諫官、皇子、宗室、駙馬都尉、主兵官觀祖宗御書。又幸寶文閣，爲飛白，分賜從臣。下逮館閣，作觀書詩，韓琦等屬和。遂宴群玉殿，傳詔學士王珪撰詩序，刊石於閣。庚子，再會於天章閣，觀瑞物。復宴群玉殿，帝曰：『天下久無事，今日之樂，與卿等共之，宜盡醉勿辭。』賜禁中花、金盤、香藥。又召韓琦至御榻前，賜酒一卮，從臣俱，至暮而罷。

蔡襄《群玉殿曲宴記》：嘉祐七年十二月二十七日，上幸天章閣，召輔臣、近侍。出太宗《游藝集》、真宗文集以示之。又出瑞物。石之類五：一曰『趙二十一帝』；二曰『真君王萬歲』；三曰『天下太平』，石本如拳，皆隱起成字；四曰佛像石，一面平，有黑理如浮屠像；五曰軟石，狀如界尺，可長五六寸，持其兩端而曲之。木之類一（按，當作『二』）：不知何木，長一尺許，中分之，白質黑文，曰大連宋。竹斷兩節，直剖之，雙絃屬上下，命曰君臣合歡竹。龍鳳卵二：鳳卵可容三升，龍卵可一升，皆中空，以黄金飾之，爲瓶狀。金珠之類四：生金山一，重七斤十四兩，嵌嵓峭突，有山狀。丹砂一，重十二斤八兩，色黑若鐵，間有芙蓉頭。七星珠一，徑寸之四分，有北斗星文，旁出輔星，皆隆如粟粒。馬蹄金三，漢武帝詔所製，以應祥瑞者。凡一十三種。既已移幸寶文閣，親書飛白四十餘字，遍賜群臣。遂宴於群玉殿。是日，名香珍餌，金縷彩花，皆自中出，宣諭『以太平無事，卿等盡醉』。乃索鹿頭酒，易以大杯。丞相韓公得金蕉葉，一引空杯。上舉醆以屬曰：『可更飲否？』又引一杯。上喜甚，左右顧，令盡飲，恩意隆厚。伏惟陛下臨御天下四十一年，宴享之勤，未有如群玉曲宴之盛。群臣感激際會，咸進詩歌，稱咏其事。明年正月八日，翰林學士、尚書吏部郎中、知制誥、權三司使臣蔡某謹記。（《端明集》卷二十）

按：據以上文獻及王珪《御製龍圖天章閣觀三聖御書詩序》可知，范鎮此條所記有誤。具體爲：『閱瑞物』發生在庚子日，而非丙申日；『上親作飛白書』發生在寶文閣，而非天章閣；『上謂群臣』之語乃仁宗召集此次活動詔書之語，而非丙申日在群玉殿對群臣親言；韓魏公飲酒及分香藥兩事亦均發生在庚子日，而非丙申日。

仁宗時，〔一〕書詔未嘗改易。慶曆七年春，旱，楊億甫〔二〕草詔，既進，上以罪己之詞未至，改云：『乃自去冬時雪不降，今春大旱，赤地千里，天威震動，以戒朕躬。茲用屈己下賢，歸誠上叩，冀高穹之降監，憫下民之無辜，與其降疾於人，不若移灾於朕。自今避殿減膳，許中外實封言事。』後三日，賈魏相〔三〕、吴春卿〔四〕罷樞密副使。〔五〕又詔罷出獵。〔六〕明日，又詔南郊毋得上尊號。二十七日，幸西太一宫祈雨，日色方熾，上命撤蓋，既還，乃雨。又明日，宰相、參知政事降官。是日，遂大雨。上作《喜雨》詩賜二府。

【校證】

〔一〕此條用《類苑》卷四引《東齋記事》。《類説》卷二十三引《東齋記事》作『仁宗時，書詔未嘗改易。慶曆七年春，旱，楊億甫草詔，既進，上以罪己之詞未至，改云：「乃自去冬時雪不降，今春大旱，赤地千里，天感朕勤，以戒朕躬。兹用屈己下賢，歸誠上叩，冀高穹之降監，憫下民之無辜，與其降疾於人，不若移灾於朕。自今避殿減膳，許中外實封言事。」』四庫本作『仁宗時，書詔未嘗改易。慶曆七年春，旱。楊隱甫草詔。既進，上以罪己之詞未至，改云：「冀高穹之降監，憫下民之無辜，與其降疾於人，不若移灾於朕。」』可見，四庫本顯係删改《類苑》《類説》所引之文。又《類苑》餘文，考其文意，乃前後一貫，實爲一體。故從《類苑》。

〔二〕按：『楊億甫』當爲『楊隱甫』。四庫本作『楊隱甫』。《長編》卷一百六十：『（慶曆七年三月癸巳）詔曰：「自冬訖春，旱暵未已，五種弗入，農失作業。朕惟灾變之來，應不虛發，殆不敏不明以幹上帝之怒，咎自朕致，民實何愆，與其降疾於人，不若移灾於朕。自今避正殿，減常膳，中外臣僚指當世切務，實封條上，三事大夫，其協心交儆，稱予震懼之意焉。」上每命學士草詔，未嘗有所增損。至是楊察當筆，既進詔草，以爲未盡罪己之意，令更爲此詔。』《耆舊續聞》卷五引此條作『慶曆七年春，旱，楊察隱甫草詔，既進』云云。由此可知，草詔者乃楊察，而非楊億，察字隱甫，故『楊億甫』應爲『楊隱甫』之訛。

楊隱甫：即楊察，字隱甫，其先成都人。景祐元年，登進士甲科，纍擢知制誥、龍圖閣待制、翰林學士加承旨，三入翰林。又嘗兼龍圖學士，權知開封府，御史中丞，兩除三司使，卒年四十六，贈禮部尚書，謚『宣懿』。無子，以兄之子登爲後。察七歲始能言，爲文敏贍，典内外制有體要，吏術簡而中理。初爲江東轉運使，部吏頗易其年少，及摘奸伏，一路懾慄。任中執法，言臺屬供奉殿中，巡糾不法，必得通古今治亂良直之臣。今舉格太密，公坐細故，皆所不取，恐英偉之士，或有所遺。知成都，餌鍾乳數片，癰發内潰而逝。有文集二十卷。（《隆平集》卷十四）

《東都事略》卷六十四、《宋史》卷二百九十五亦有傳。

〔三〕賈魏相：即賈昌朝。

〔四〕吴春卿：即吴育，字春卿，建州人。天聖五年登進士甲科，又舉賢良方正入等，屢歷外官，始擢知制誥、翰林學士。慶曆五年除樞密副使。是年，參知政事。六年，復樞密副使。七年，罷，知許州，徙蔡州，加資政殿學士，知河南府。徙陝州、永興軍。丁父憂，服除，召兼翰林侍讀學士。以疾辭，改知汝州，又辭，以集賢院學士判西京留司御史臺。皇祐五年，加資政殿大學士，判西京提舉醴泉觀，判都省，除宣徽南院使、判延州。疾復作，請便郡，知河中府，徙河南府，卒於資政殿大學士、尚書右丞。年五十五，贈吏部尚書，謚『正肅』。（《隆平集》卷八）

《東都事略》卷六十三、《宋史》卷二百九十一亦有傳。

〔五〕按：《長編》卷一百五十七：『（慶曆五年十月）庚辰，賈昌朝罷兼樞密使。』《長編》卷一百六十：『（慶曆七年三月）乙未，工部侍郎、平章事賈昌朝罷爲武勝節度使、同平章事、判大名府、兼北京留守司、河北安撫使；樞密副使、右諫議大夫吴育爲給事中，歸班。昌朝與育數争論帝前，論者多不直昌朝。時方閔雨，昌朝引漢灾异册免三公故事，上表乞罷，而御史中丞高若訥在經筵，帝問以旱故，若訥因言陰陽不和，責在宰相，《洪範》「大臣不肅，則雨不時若」。帝用其言，即罷昌朝等，尋復命育知許州。』故，范鎮此條所記慶曆七年『賈魏相、吴春卿罷樞密副使』誤，此年賈昌朝罷工部侍郎、平章事，而吴育罷樞密副使。

〔六〕『罷出獵』事詳見《長編》卷一百六十：（慶曆七年三月）上因李柬之建議，再畋近郊。南城之役，衛士不及整而歸以夜，有雉殞於殿中，諫者以爲不祥。是月乙亥，詔將復出，諫者甚衆，御史何郯言：『古者天子具四時之田，所以講威武而勤遠略，不圖事游戲而翫細娱，載之策書，具有典法。前日伏聞法駕將獵近郊，中外之人，聽者頗惑。良以去歲車駕已嘗出畋，群臣抗言，隨即停罷，忽茲再舉，未諭聖心。伏以陛下繼統以來，動遵法度，不喜弋獵，不數豫游，恭儉之風足邁前古，而今之舉事，固必有因。豈陛下以宇内有年，方隅無事，故於農隙以講武經，欲爲都邑游觀之盛乎，抑有獻議者，謂田獵之事，具有禮文，行之以時，蓋舉墜典，則嚮者諫止之言不足顧乎？若聖意果然如是先定，則非愚臣之所敢議也。然其中事有切於利害者，尚可得而言焉。恭自真宗皇帝即位之後，遂下詔書，罷放五坊鷹鶻，獵事不講，踰四十年，校聯之籍，率非宿將，士卒久不便習其事，官司又不素詳其儀，倉卒而行，必多曠闕。竊聞去歲乘輿之出，往返甚勞，一日之間，殆馳百里，而又兵衛不肅，警蹕不嚴，從官不及侍行，有司不暇供億，逮於暮夜，始入都門，此豈非士不習其事，官不詳其儀而致然歟！而況以騎乘而有疾馳之勞，在原野而弛嚴衛之備，或御者蹉跌，變生銜烟，愚民迷誤，犯及車塵，臣子之罪，將何贖焉！雖則仁聖之資，固有神靈之衛，然不可不備非常。且西北二隅，變故難測，豈無奸僞，雜於稠人廣衆之中。由是而言，益可深慮。傳曰：「千金之子，坐不垂堂。」矧於萬乘之尊乎。賈誼曰：

「射獵之娱，與安危之機孰急?」今不獵猛敵而獵田彘，不搏强寇而搏蓄兔，翫細娱而不圖大患，非所以爲安也。伏望陛下罷省出游，無重過舉，遵烈考詔書之旨，念前良警戒之規，優游養神，樂過從禽，拱揖在御，慮無乘危，則宗廟生靈，實有攸賴。臣職當言責，理合開陳，罔逃嚴誅，貴少有補。』編修唐書官王疇，亦陳十事以諫。是日，有詔罷出獵。

嘉祐中，交趾貢麒麟二，予嘗於殿廷中與觀，狀如水牛，身披肉甲，鼻端一角，食生芻果瓜。每飼之，必先以杖擊其角，然後食之。是時，中外言非麟者衆。田元均況〔一〕爲樞密使，言非麟，又歷引諸書所載形狀，皆無此獸，恐爲遠人所欺。卒以爲异獸詔答之。〔二〕予嘗見陳公弼〔三〕言，榮州楊氏家水牛生子類此，蓋牛入水而蛟龍感之以生也。

【校證】

〔一〕田元均況：即田況，字元均，其先京兆人，後徙居信都。況初舉進士，賜同學究出身，不就。天聖八年登進士第，又舉賢良方正科入等，纍擢知制誥、龍圖閣直學士、龍圖閣學士、翰林學士，兩爲三司使。至和元年，樞密副使。嘉祐三年，樞密使。四年，以疾免，除尚書左丞、觀文殿學士。以太子少傅致仕。卒，年五十九，贈太子太

保。（《隆平集》卷十一）

《東都事略》卷七十一、《宋史》卷二百九十二亦有傳。范純仁作《太子太保宣簡田公》碑銘，收入《范忠宣公文集》卷十六。

〔二〕此事詳見《長編》卷一百八十七：（嘉祐三年六月）丁卯，交阯貢异獸二。初，本國稱貢麟，狀如水牛，身被肉甲，鼻端有角，食生芻果瓜，必先以杖擊然後食。既至，而樞密使田況言：『昨南雄州簽判、屯田員外郎齊唐奏此獸頗與書史所載不同。儻非麒麟，則朝廷殆爲蠻夷所詐。』又，知虔州、比部郎中杜植亦奏：『廣州嘗有蕃商辨之曰：「此乃山犀爾。」』謹按《符瑞圖》：麟，仁獸也，麕身、牛尾、一角，角端有肉。今交阯所獻，不類麕身而有甲，必知非麟，但不能識其名。昔宋太始末，武進有獸見，一角、羊頭、龍翼、馬足，父老亦莫之識。蓋异物，雖中原或有之。《爾雅》釋麕，大如麃，牛尾、一角；驨，如馬，一角；麐，麕身、牛尾、一角；又，兕，似牛，一角，青色，重千斤。然皆不言身有鱗甲。《廣志》云：符枝如麟，皮有鱗甲。此雖近之，而形乃如牛，又恐非是。故在外之臣，屢有章奏辨之。然不知朝廷本以遠夷利朝貢以示綏來，非以獲麟爲瑞也。請宣諭交阯進奉人，及回降詔書，但云得所進异獸，不言麒麟，足使殊俗不能我欺，又不失朝廷懷遠之意。』乃詔止稱异獸云。術按，據《長編》，『歷引諸書』者乃杜植，而非田況，范鎮所記不確。

《夢溪筆談》卷二十一：至和中，交趾獻麟，如牛而大，通身皆大鱗，首有一角。考之記傳，與麟不類，當時有謂之山犀者。然犀不言有鱗，莫知其的。詔欲謂之麟，則慮夷獠見欺，不謂之麟，未有以質之，止謂之异獸，最爲慎重有體。今以予觀之，殆天祿也。按《後漢書》：『靈帝中平三年，鑄天祿蝦蟆于平津門外。』注云：『天祿，獸名。今鄧州南陽縣北崇資碑旁兩獸，鐫其膊，一曰天祿，一曰辟邪。』元豐中，予過鄧境，聞此石獸尚在，使人墨其所刻天祿、辟邪字觀之，似篆似隸，其獸有角鬣，大鱗如手掌。南豐曾阜爲南陽令，題宗資碑陰云：『二獸膊之所刻獨在，製作精巧，高七八尺，尾鬣皆鱗甲，莫知何而名此也。』今詳其形，甚類交趾所獻异獸，知其必天祿也。術按，沈括云『至和中』，誤，當爲『嘉祐中』，所記獻麟事與范鎮所記乃同一事。

〔三〕陳公弼：即陳希亮，字公弼，其先京兆人。唐廣明中，違難遷眉州青神之東山。希亮幼孤好學，年十六，將從師，其兄難之，使治錢息三十餘萬，希亮悉召取錢者，焚其券而去。業成，乃召兄子庸、諭使學，遂俱中天聖八年進士第，里人表其間曰『三俊』。初爲大理評事、知長沙縣。再遷殿中丞，徙知鄠縣。還太常博士。以母老，願折資爲縣侍親，於是知臨津縣。母終，服除，爲開封府司録司事。因趙宇事落職，後起知房州。歷知宿、滑、曹、壽四州提點江東河北刑獄，入爲開封府判官。久之，爲

京西、京東轉運使，知鳳翔府。卒年六十四。（《宋史》卷二百九十八）

《東都事略》卷七十五亦有傳。蘇軾有《陳公弼傳》，收入《東坡集》卷三十三。范鎮作《陳少卿希亮墓志銘》，收入《名臣碑傳琬琰集》中集卷三十一。姚燧作《宋太常少卿陳公神道碑》，收入《牧庵集》卷一十三。

仁皇朝，内侍張宗禮無爲山燒香，得古柏圍數丈，中空可以施卧榻坐墩。予目爲自然庵。其上枝葉欝然，前有竹徑，設童子如迎客之狀，甚可愛賞。〔一〕

【校證】

〔一〕喬松年《蘿藦亭札記》卷八引《東齋記事》作：『内侍張宗禮得古柏，圍數丈，中空，可以施卧榻坐墩。予目爲自然庵。』

崇政殿之西有延義閣，南嚮，迎陽門之北有邇英閣，東嚮，皆講讀之所也。仁宗皇帝即位，多御延義。每初講讀或講讀終篇，則宣兩府大臣同聽，賜御書或遂賜宴。〔二〕其後，不復御延義，專御邇英。凡春以二月中至端午罷，秋以八月中至冬至罷。講讀官移門上賜食，俟後殿公事退，繫鞵以入。宣坐賜茶，就南壁下以次坐，復以次起講讀。又宣坐賜湯，其禮數優渥，雖執政大臣亦莫得與也。仁宗朝，講讀官侍邇英者皆立，每問事則衆人齊對，頗紛紜。乃詔皆坐，惟當讀者以次立，而記注亦坐。〔二〕石昌言揚休〔三〕奏：『記注官當立侍，密邇德音以詳記録，不可坐。』遂令立侍。〔四〕

【校證】

〔一〕《長編》卷一百十六：（景祐二年正月）癸丑，置邇英、延義二閣，寫《尚書·無逸》篇於屏。邇英在迎陽門之北，東嚮。延義在崇政殿之西，北嚮。是日，御延義閣，召輔臣觀盛度進讀唐詩，賈昌朝講《春秋》。既而，曲燕崇政殿。

〔二〕《長編》卷一百七十六：（至和元年八月）戊午，知制誥賈黯言：『陛下日御邇英閣，召侍臣講讀經史，其咨訪之際，動關政體，而史臣不得與聞，臣竊惜之。欲乞令修起居注官入侍閣中，事有可書，隨即記録。』從之，賜坐於御坐西南。

〔三〕石昌言揚休：即石揚休，字昌言，眉州眉山人。少孤，自力學，舉進士高第，爲同州觀察推官，知中牟縣。民賦役重，而富人隸太常爲樂工者六十餘人，揚休皆罷之。爲秘閣校理，以太常博士爲開封府推官，歷三司度支鹽鐵判官。坐前在開封常失盜，出知宿州，復爲度支判官、修起居注。初，記注官與講讀之臣皆得侍坐邇英閣，揚休奏：『史官當立上之左右，與聞聖言，不可坐。』仁宗從其言。遷刑部員外郎、知制誥。卒年六十三。（《東都事略》卷六十四）《宋史》卷二百九十九亦有傳。范鎮作《石工部揚休墓志》，收入《名臣碑傳琬琰集》中卷十六。

〔四〕《長編》卷一百七十九：（至和二年三月）丁卯，詔修起居注自今每御邇英閣，立於講讀官之次。初，賈黯請左右史入閣記事，上賜坐於御榻西南。至是，修起居注石揚休言，恐上時有宣諭咨訪，而坐遠不悉聞，因令立侍焉。此條，底本原作兩條，『仁宗朝』至『遂令立侍』爲上一條；『崇政殿之西』至『雖執政大臣亦莫得與也』爲下一條。今據《職官分紀》卷十五『翰林侍讀 翰林侍講』條引《東齋記事》改。

仁宗當暑月不揮扇，鎮侍邇英閣，嘗〔一〕見左右以拂子〔二〕祛蚊蠅而已。冬不御爐，每御殿，則於朵殿〔三〕設爐以御寒氣，寒甚，則於殿之兩隅設之。醫者云：體備中和之氣則然矣。

【校證】

〔一〕嘗：《類苑》卷五引《東齋記事》，作『常』。

〔二〕拂子：即拂麈，用以撣拭塵埃和驅趕蚊蠅的器具。

〔三〕朵殿：指殿之東西側堂。

仁宗皇帝好雅樂，又嚴天地宗廟祭祠之事及崇奉神御，故中外言樂者不可勝計，置局而修製亦屢焉，其費不貲〔一〕。宦侍建言修飾神御，歲月不絶，然爲之終身不衰〔二〕。慶曆中，陝西用兵後，有建請出田獵以耀武功，四方以鷹犬來獻，惟恐居後。然出獵者一再而止。帝王之好豈可以不慎哉。好雅樂祭祠之事，人争以雅樂祭祠之事奉己，未必皆得其當，然好之終身不衰，不害也。方下令校獵，而人争以田獵鷹犬來奉己，一再而遂止。仁皇帝誠知所好矣，不然者，何以廟號曰『仁』哉。

【校證】

〔一〕《宋史》卷一百二十六：仁宗留意音律，判太常燕肅言器久不諧，復以朴準考正。時李照以知音聞，謂朴準高五律，與古制殊，請依神瞽法鑄編鐘。既成，遂請改定雅樂，乃下三律，煉白石爲磬，範中金爲鐘，圖三辰、五靈爲器之飾，故景祐中有李照樂。未幾，諫官、御史交論其非，竟復舊制。其後詔侍從、禮官參定聲律，阮逸、胡瑗實預其事，更造鐘磬，止下一律，樂名《大安》。乃試考擊，鐘聲弇鬱震掉，不和滋甚，遂獨用之常祀、朝會焉，故皇祐中有阮逸樂。

〔二〕宋仁宗『修飾神御』之事，在此略舉數例，以見一般。《長編》卷一百：（天聖元年二月）丁巳，命知制詔張師德奉安太祖、太宗御容於南京鴻慶宫，神御殿新成也。

《長編》卷一百二：（天聖二年七月）己酉，初幸啓聖禪院，朝拜太宗神御。前在諒闇，用禮儀院奏，但遣輔臣酌獻也。《長編》卷一百十三：（明道二年十月）戊午，奉安章獻明肅太后神御於慈孝寺彰德殿，章懿太后神御於景靈宫廣孝殿。《長編》卷一百十六：（景祐二年正月）己酉，改長寧宫爲廣聖宫。宫在禁中，前殿有道家天神之象。後起觀閣以奉真宗神御，占宫城之西北隅。《長編》卷一百十七：（景祐三年八月）丙寅，幸奉先資福禪院謁宣祖神御殿。《長編》卷一百五十九：（慶曆六年八月）乙亥，太平興國寺重修太祖神御。開先殿成，上飛白書榜，迎天章閣神御奉安，命宰相賈昌朝爲禮儀使。《長編》卷一百六十七：（皇祐元年七月）丙辰，召二府及兩制、臺諫官、宗室等謁真宗御容于沈德妃位，德妃居資善堂之南，新作神御殿成，故也。八月丁亥，詔近臣、宗室、臺諫官詣廣聖宫朝拜真宗神御殿，以殿新成也。

仁皇末年，有鵲巢於宣德門山棚〔一〕上，毁而復纍者再。識者咸以爲异。

【校證】

〔一〕《東京夢華録》卷六：正月十五日元宵，大内前自歲前冬至後，開封府絞縛山棚，立木正對宣德樓，游人已集御街兩廊下。奇術异能，歌舞百戲，鱗鱗相切，樂聲嘈雜十餘里。擊丸、蹴踘、踏索、上竿、趙野人倒吃冷淘、張九哥吞鐵劍、李外寧藥法傀儡、小健兒吐五色水、旋燒泥丸子、大特落灰藥、楇柮兒雜劇、温大頭、小曹嵇琴、黨千簫管、孫四燒煉藥方、王十二作劇術、鄒遇、田地廣雜扮、蘇十、孟宣築球、尹常賣《五代史》、劉百禽蟲蟻、楊文秀鼓笛。更有猴呈百戲、魚跳刀門、使喚蜂蝶、追呼螻蟻。其餘賣藥、賣卦、沙書地謎，奇巧百端，日新耳目。至正月七日，人使朝辭出門，燈山上彩，金碧相射，錦繡交輝。面北悉以綵結山𣛮，上皆畫神仙故事。或坊市賣藥賣卦之人，橫列三門，各有彩結、金書大牌，中曰『都門道』，左右曰『左右禁衛之門』，上有大牌曰『宣和與民同樂』。綵山左右以綵結文殊、普賢，跨獅子、白象，各於手指出水五道，其手搖動。用轆轤絞水上燈山尖高處，用木櫃貯之，逐時放下，如瀑布狀。又於左右門上，各以草把縛成戲龍之狀，用青幕遮籠，草上密置燈燭數萬盞，望之蜿蜒如雙龍飛走。自燈山至宣德門樓橫大街，約百餘丈，用棘刺圍繞，謂之『棘盆』，内設兩長竿，高數十丈，以繒綵結束，紙糊百戲人物，懸於竿上，風動宛若飛仙。内設樂棚，差衙前樂人作樂雜戲，并左右軍百戲在其中，駕坐一時呈拽。宣德樓上，皆垂黄緣簾，中一位乃御座。用黄羅設一彩棚，御龍直執黄蓋掌扇，列於簾外。兩朵樓各掛燈球一枚，約方圓丈餘，内燃椽燭，簾内亦作樂。宫嬪嬉笑之聲，下聞於外。樓下用枋木壘成露臺一所，綵結欄檻，兩邊皆禁衛排立，錦袍襆頭簪賜花，執骨朵子，面此樂棚、教坊、鈞容直、露臺弟子，更互雜劇。近門亦有内等子班直排立。萬姓皆在露臺下觀看，樂人時引萬姓山呼。

仁宗正月十四日御樓，〔一〕遣中使傳宣從官，曰：『朕非好游觀，與民同樂。』翌日，蔡君謨〔二〕獻詩云：『高列千峰寶炬森，端門方喜翠華臨。宸游不爲三元〔三〕夕，樂事還同萬衆心。天上清光留此夜，人間和氣閣春陰。要知盡慶華封祝〔四〕，四十餘年惠愛深。』

【校證】

〔一〕此條用《歲時廣記》卷十一、《事文類聚》卷七、《詩話總龜》卷十七引《東齋録》（按《東齋記事》别稱。）四庫本作『正月十四日，上御樓，遣中使傳宣從官曰：「朕非好游觀，蓋與萬民同樂。」翌日，蔡君謨獻詩紀其事。』顯係删去蔡君謨詩而成。今從《歲時廣記》《事文類聚》《詩話總龜》所引。《歲時廣記》卷十：『本朝太宗時，三元不禁夜。上元御乾元門，中元、下元御東華門，而上元游觀獨盛，冠於前代。』吕原明《歲時雜記》云：『真宗以前御東華門或御角樓。自仁宗來，唯御正陽門，即宣德門。』

〔二〕蔡君謨：即蔡襄，字君謨，興化軍仙游人。舉進士，歷漳州判官、西京留守推官。

改著作佐郎、館閣校勘。遷秘書丞、知諫院兼修起居注。仁宗以天下久安而西師無功，慨然厭兵，思正百度，排群議進用二三大臣。又詔增置諫官四員，襄在選中。以右正言直史館知福州，以便親遂爲福建路轉運使。以父憂去官，服除，復修起居注。遷起居舍人、知制誥。遷龍圖閣直學士，知開封府，進樞密直學士、知泉州。徙福州，復移泉州。召拜翰林學士、三司使。拜端明殿學士，遷禮部侍郎、知杭州。以疾卒，年五十六，贈禮部侍郎。（《東都事略》卷七十五）《宋史》卷三百二十亦有傳。歐陽修作《端明殿學士蔡公墓志銘》，收入《歐陽文忠公集》卷三十五。

〔三〕三元：以夏曆正月十五日爲上元節，七月十五日爲中元節，十月十五日爲下元節，合稱『三元』。

〔四〕華封祝：《莊子外篇·天地篇》：堯觀乎華。華封人曰：『嘻，聖人！請祝聖人。』『使聖人壽。』堯曰：『辭。』『使聖人富。』堯曰：『辭。』『使聖人多男子。』堯曰：『辭。』封人曰：『壽、富、多男子，人之所欲也。女獨不欲，何邪？』堯曰：『多男子則多懼，富則多事，壽則多辱。是三者，非所以養德也，故辭。』封人曰：『始也，我以女爲聖人邪，今然君子也。天生萬民，必授之職。多男子而授之職，則何懼之有！富而使人分之，則何事之有！夫聖人，鶉居而鷇食，鳥行而無彰；天下有道，則與物皆昌；天下無道，則修德就閑；千歲厭世，去而上仙；乘彼白雲，至於帝鄉；三患莫至，身常無殃；則何辱之有！』

治平三年春，有星孛〔一〕出營、室，歷於虛、危〔二〕。術者占曰：『營、室衛分，濮水出，主宗廟祭祠事；虛、危齊分，上受命之國，主墳墓哭泣〔三〕。』踰年，而『熙寧』改元矣〔四〕。天之告人，豈不昭昭然哉。

【校證】

〔一〕星孛：我國古代對彗星的稱呼。

〔二〕營、室、虛、危：指二十八宿之營宿、室宿、虛宿、危宿。中國古代天文學家把天空中可見的星分成二十八組，叫做二十八宿，東西南北四方各七宿。東方蒼龍七宿是角、亢、氐、房、心、尾、箕；北方玄武七宿是斗、牛、女、虛、危、室、壁；西方白虎七宿是奎、婁、胃、昴、畢、觜、參；南方朱雀七宿是井、鬼、柳、星、張、翼、軫。

《長編》卷二百七：（治平三年三月）己未，彗星晨見於壁，長七尺許。

《宋史》卷十三：（治平三年三月）庚申，彗星晨見於室。

〔三〕《吕氏春秋》卷十三：北方白玄天，其星婺、女、虛、危、營、室。北方十一月建子，水之中也。水色黑，故曰玄天也。婺、女亦越之分野。虛、危齊分野。營、室衞分野。

〔四〕治平四年正月丁巳，英宗崩於福寧殿，神宗即位。次年正月甲戌，詔改元『熙寧』。

故事，郊廟讀祝册官至御名必起，上至郊宫更衣，詣壇下，百官皆回班迎鑾。英宗皇帝初告廟，詔讀册官無起〔一〕；及詣壇下，詔百官勿回班〔二〕。所以見事宗廟之精意也。

【校證】

〔一〕無起：《宋朝事實》卷五、《類苑》卷十八均作『毋起』。

〔二〕《長編》卷二百六：（治平二年十一月）壬申，祀天地於圜丘，以太祖配，大赦。故事，親祠，皇帝將就版位，祠官皆回班嚮上，須就位乃復，侍臣跪讀册至御名則興。至是，始詔以專奉祠事，勿回班，讀册至御名勿興。

《文獻通考》卷七十一：英宗治平二年，合祭天地於南郊，以太祖配。故事，皇帝將就版位，祠官回班嚮，皇帝須就位乃復。侍臣跪讀册，至御名則興。至是，詔以尊奉祠，勿回班及興。

予嘗修玉牒〔一〕，知國家慶緒〔二〕之繁衍。治平中，宗室四千餘人，男女相半，在亡亦相半。命親王置翊善〔三〕、侍講、記室，餘則逐宫院置都講教授。歲時有喜慶，則燕崇政殿或太清樓。命之射，課其書札，或試以歌詩，擇其能者而推賜器幣，以旌勸之。景祐三年，始置大宗正司，以濮王及彰化軍節度觀察留後守節領其事。有所奏請，不得專達，必經宗正司詳酌而後以聞。所以勉進其敦睦，而糾正其愆違也〔四〕。其後增置講書官四員，别置小學教授一十二員〔五〕，又增同知大宗正一員〔六〕，而置官益多，其疎屬又聽其出外官，則自勵而向學者彌衆矣。

【校證】

〔一〕《源流至論》卷四：玉牒之書何記乎？記大事也。以紀帝系，以載曆數，以籍昭穆，蓋將綿天地、亘古今爲不朽傳也。以書政令，以記户口，以别封城，蓋將以理亂興衰之大驗，固與之爲消長也。有大制誥，有大册命，凡關於事之大者，皆録之。又將使進退取捨予奪廢置，揆之人情，而安布之册書而信也。嗚呼，亦重矣。故瑶編金軸，崇藻飾也。寶鑰縹囊，謹緘護也。耆儒宿學，假以歲月，重成書也。編摩告備，寵以優爵，示有敬也。是書之隆重如此，則關係治體而寄其深長無窮之意者，顧不多哉。愚嘗考設官之本末，爲書之沿革，與夫圖籍之或分或合，藏籍之有始有縱，有可得而論者。蓋唐玉牒，本宗正之職，開成始别置官，其倣唐制，或以宗正卿領其事，或命知制誥掌其職。與夫以學士典領者，咸平、祥符、熙寧之制也。其分隸宗正，與夫置使以領者，元豐、大觀之制也。其提舉以宰臣，充修以侍從，纂修以宗正卿，少而下則星，於紹興之初者如此。其不置修書檢耐，獨以少卿、丞、編修，既而宰臣提舉，而修書之一員仍舊，則見於紹興之末者如此。在乾道則以參樞提舉，初不專係於宰相任，今日則提舉有監修，有修玉牒，有檢討，皆以宰臣侍從也。官兼至於纂修，則卿、丞、簿皆與，此則玉牒設官之本末也。皇唐玉牒之號，肇於開成，爲書一百一十卷者，李衢、林寶所撰也。其襲唐憲度，用編年法者，咸平之制也。其以成書十年一進者，熙寧之制也。照用日曆，指定修書，則又見於熙寧者如此。以玉牒、聖政抄送史院，則見於元符者如此。其在舊制，所書之條例者，凡十有一，其在紹興以來臣僚所定之條例凡九。若親祠，若游幸，若大除拜，若大慶賞，若皇子、公主之出降、封册，若大事之類，皆大書特書，此則玉牒爲書之沿革也。唐始置圖譜官，其□自武德者，柳芳之所撰也。其譜自永徽者，柳景之所續也。於是永秦有譜，天潢源泒有圖，在我國朝至道時，則梁周輪所編也。在祥符時，則始屬玉牒，趙世長所請也。於是，皇屬有籍，仙源積慶有圖，宗藩慶係有録，其曰：宗枝屬籍者，蓋皇屬藉也。迨至紹興，合而一之，謂之仙源慶係屬籍總要，此則玉牒圖譜之分合也。纂修之所則，咸平始纂於秘閣，既而祥符建殿於新寺，既又修於編修院之西閣，所以便國史也。嘉祐則修於宗正寺，熙寧則於三班院。既而從編修院者，乾用禘符之舊也。元豐則以隸宗寺。紹興中，間始特建以纂修之所。既而并於宗寺者，用元豐之舊也。屬籍之樓，見於咸平慶籍之堂，創於景德，曰圖，曰録，歲以供龍圖、天章、寶文者則舊制也。是則置局藏籍之終始也。噫！觀祖宗之所已書，知祖宗之所由治，謹方來之所未書，异方來之所大治，必也。麟趾振振，螽羽蟄蟄，而後無愧。於帝系、曆數、昭穆之譜，朝廷清明，民初阜安，而後無愧於政令、封域、户口之記。衆正翔集，群邪晛消，而後無愧於册拜、制誥之書。萬世可法，天下可誦，鋪張對天之閎休，揚厲無前之偉績，愚願拭目以觀。

〔二〕慶緒：對皇家宗室的敬稱。

〔三〕《事物紀原》卷五：翊善，宋朝王府之官多省不置，别置翊善。曰某王府翊善，蓋古上傅之任而輕其名位也。《宋朝會要》曰：太平興國中始置也。又云：八年三月以戴元爲衛王府，閻象爲廣平王府，楊可法等爲皇太子翊善，蓋自此始也。

〔四〕《長編》卷一百十九：（景祐三年七月）乙未，初置大宗正司，以寧江節度使允讓知大宗正事，彰化留後守節同知大宗正事，仍賜器幣、襲衣、金帶、鞍馬。時，諸王子孫衆多，既聚居睦親宅，故於祖宗後各擇一人使司訓導，糾違失。凡宗族之政令，皆關掌奏，事毋得專達，先詳視可否以聞。

〔五〕《長編》卷二百二：（治平元年六月乙亥）增置宗室學官。詔曰：『以宗枝甚衆，而誘導之方未至，故命近臣舉有學行之士，爲之教授。《傳》不云乎：「少成若天性，習慣如自然。」蓋子弟之學，非尊屬勉勵，則莫知勸。若不率教，其令尊屬同以名白大宗正司；教授不職，大宗正司察舉以聞。』宗室自率府、副率以上八百餘人，其奉朝請者四百餘人，而教學之官六員而已，始命增置。凡皇族年三十以上者百三十人，置講書四員；年十五以上者三百九人，增置教授五員；年十四以下者，别置小學教授十二員。并舊六員，爲二十七員，以分教之。上謂韓琦等曰：『凡事之行，患於漸久而怠廢，况爲學之道，尤戒中止。諸宗室之幼者，仍須本位尊長，常加率勵，庶不懈惰。可召舍人諭此意，作詔戒勉之。』故有是詔。

〔六〕《長編》卷二百二：（治平元年六月）上既命增置宗室學官，以爲宗室數倍於前，而宗正司事亦滋多。丁未，復增置同知大宗正事一員，以左龍武衛大將軍、寧州防禦使宗惠爲懷州團練使，領其職，且降詔申警之。宗惠，允升子也。上在藩邸，凡宗室人材能否皆詳知之，頗賢宗惠，故擢用焉。謝日，告以選任之意。宗惠乃即所居築堂曰『聞義』，日與學士大夫講肄其間，以身倡率宗屬。兩召對延和殿，許條奏朝政，由御藥院進入。舊制，大宗正司止領宗室事，宗室女中人主之，内外僕使隸管勾所。宗惠請悉罷去，總於宗正，人以爲便。

周之鬴，〔一〕深尺内方尺而圓其外，其實六斗四升，積百三萬六千八百分，千二百八十龠之實也。深尺者，十寸之尺也；内方尺者，八寸之尺也；圓其外者，圓方相往來之數也。其庣一寸者，深也；其耳三寸者，深也。由是而規圓之，以圓函方之法也。必以圓而函方者，欲其聲之圓也；必爲耳於左右者，欲其聲之不韵也，亦猶鍾之有乳也。漢斛之法，方尺而圓其外，庣旁九厘五毫、其實十斗，積百六十二萬分，二千龠之實也。不言深而言方者，無分寸之别也；圓其外者，亦相生之數也。其上爲斛，其下爲斗，左耳爲升，右耳爲合。云耳者，謂升合如耳形，附於斛之左右也。今胡瑗〔二〕之升合皆方制之，而斛方一尺，深一尺六寸二分，是以方分置算而然也。龠其狀似爵者，謂圓如爵也。今之龠方一寸，深八分一厘，亦以方分置算也。上三下二者，謂斛在上并升合爲三也，斗在下并龠爲二也。圓而函方斛之形也，上下皆然也。今上以圓函方，下爲方斗而已。左一右二者，升在上而左，合在上、龠在下而俱右也。今合、龠俱在上而龠俯。自聶崇義〔三〕失之於前，而胡瑗、阮逸〔四〕踵之於後也。夫鬴、斛非是，而欲考正黄鐘，安可得也。

【校證】

〔一〕此條用《類苑》卷二十、《翼玄》卷三引《東齋記事》。四庫本無『周之鬴』至『亦猶鍾之有乳也』之文，考末句『夫鬴、斛非是』，可知此條必有『周之鬴』句，故從《類苑》所引之文。

鬴：春秋戰國時量器名，亦是容量單位，标準不一。

〔二〕胡瑗：字翼之，泰州海陵人。以經術教授吴中，年四十餘。景祐初，更定雅樂，詔求知音者。范仲淹薦瑗，白衣對崇政殿。與鎮東軍節度推官阮逸同較鐘律，分造鐘磬各一虡。以一黍之廣爲分，以制尺，律徑三分四厘六毫四絲，圍十分三厘九毫三絲。又以大黍纍尺，小黍實龠。丁度等以爲非古制，罷之。授瑗試秘書省校書郎。范仲淹經略陝西，辟丹州推官。以保寧節度推官教授湖州。瑗教人有法，科條纖悉備具，以身先之。雖盛暑必公服坐堂上，嚴師弟子之禮。視諸生如其子弟，諸生亦信愛如其父兄。從之游者常數百人。慶曆中，興太學，下湖州取其法，著爲令。召爲諸王宫教授，辭疾不行。爲太子中舍，以殿中丞致仕。皇祐中，更鑄太常鐘磬，驛召瑗、逸，與近臣、太常官議於秘閣，遂典作樂事。復以大理評事兼太常寺主簿，辭不就。歲餘，授光禄寺丞、國子監直講。樂成，遷大理寺丞，賜緋衣銀魚。瑗既居太學，其徒益衆，太學至不能容，取旁官舍處之。禮部所得士，瑗弟子十常居四五，隨材高下，喜自修飭，衣服容止，往往相類，人遇之雖不識，皆知其瑗弟子也。嘉祐初，擢太子中允、天章閣侍講，仍治太學。既而疾不能朝，以太常博士致仕，歸老於家。諸生與朝士祖餞東門外，時以爲榮。既卒，詔賻其家。（《宋史》卷四百三十二）

歐陽修作《胡先生墓表》，收入《歐陽文忠公集》卷二十五；蔡襄作《太常博士致仕胡君墓志》，收入《蔡忠惠集》卷三十三。

〔三〕聶崇義：河南洛陽人。少舉三《禮》，善禮學，通經旨。漢乾祐中，爲國子《禮記》博士，校定《公羊春秋》。周顯德中，遷國子司業兼太常博士。世宗將禘于太廟，言者以宗廟無祧主，不當行禘祫之禮。崇義援引魏晋以來故事，以爲當行。且言：『祭者，是追養之道，以時移節變，孝子感而思親，故薦以首時，祭以仲月，間以禘祫，序以昭穆，乃禮之經也。非謂宗廟備與未備也。』世宗從其議。又詔崇義參定郊廟、器玉。崇義因取《三禮圖》再加考正，至國初上之。未幾，崇義卒，《三禮圖》遂行於世。崇義爲學官，掌禮儀，世推其該贍云。（《東都事略》卷一百十三）

《宋史》卷四百三十一亦有傳。

〔四〕阮逸：字天隱，福建建陽人。天聖五年進士，調鎮江軍節度推官。景祐初，詔天下有深達鐘律者，所在以名聞。知杭州鄭向言逸通知古樂，上其所撰《樂論》十二篇，并律管十三。召詣闕命，同禮賓副使鄧保信、湖州鄉貢進士胡瑗校定舊鐘律。逸專主分方法，取上黨秬黍，大者纍度求尺，製黄鐘之律，復進《周禮》度量議。詔翰林學士丁度等詳考得失，度等言逸以大黍纍尺，小黍實龠，自戾本法。而度量議欲先鑄嘉量，然後取尺度，權衡法亦疏舛，不可依用。右相韓琦復論逸與瑗、保信所造鐘律違經乖古。逸乃上言：『臣前蒙召對，言王朴律高，而李照鐘下。竊睹御製《樂髓新經·歷代度量衡》篇，言《隋書》依《漢志》黍尺制管，或不容千二百，或不啻九寸之長，此則班志已後，歷代無有符合者，惟蔡邕銅龠，本得於《周禮》遺範，邕自知音，所以祇傳銅龠積成嘉則，是聲中黄鐘而律本定矣。謂管有大小長短者，蓋嘉量既成，即以量聲定尺也。今議者但争《漢志》黍尺無準之法，殊不知鐘有鈞石量衡之制，臣所以獨執《周禮》鑄嘉量者，以其方尺、深尺，則度可見也。其容一鬴，則量可見也。其重一鈞，則衡可見也。聲中黄鐘之宫，則律可見也。既律管量衡如此符合，則制管歌聲其中必矣。臣見鑄成銅甌，欲乞再限半月，更鑄嘉量。』乃取李照新鐘就加修整，務合周制鐘量遺法，復下度等參定。度等皆以爲非，詔悉罷之。然猶鑄造推恩，除逸鎮安軍節度掌書記。康定元年，入爲太子中允，上《鐘律制議》并圖三卷。慶曆初，遷太常寺丞。三年，始置武學，以逸爲武學教授。已而學廢，改兼國子監丞。尋爲睦親宅教會，與宗室倡和。逸有『易立泰山石，難枯上林柳』句，怨家造逸謀不軌，方下吏治，而逸復坐他事，遂除名勒停，竄遠州。皇祐二年，將祀明堂，言者以爲鎛鐘特磬，未協音律。復召逸，赴大樂所，同太常寺定鐘磬制度。明年十二月，鑄成，召兩府及侍臣觀新樂於紫宸殿，賜名大安。然逸視舊樂止下一律，而鐘聲弇鬱震悼，不和滋甚。五年，詔南郊姑用舊樂，其新定大安樂惟用之常祀及朝會。逸以制律成，復勒停，爲户部屯田員外郎。既而翰林學士胡宿言『新樂未施郊廟，先用於朝會，非先王薦上帝配祖考之意』。仁宗以爲然，逸樂遂不復用。（《宋史翼》卷二十三）

燕龍圖肅判太常寺，〔一〕建言今之樂太高，始下詔天下求知音者。〔二〕李照言樂比古高五律〔三〕，而胡瑗、阮逸相繼出矣。李照之樂，以縱黍纍尺，黍細而尺長，律之容乃千七百三十黍。胡瑗以横黍纍尺，黍大而尺短，律之容千二百黍，而空徑乃三分四厘六毫。空徑三分四厘六毫，與容千七百三十黍，皆失於以尺而生律也。阮逸又欲以量而求音，皆非也。最後有成都房庶者，亦言今之樂高五律，蓋用唐樂而知之。自收方響〔四〕一、笛一。皆唐樂也。其法以律生尺，而黍用一稃二米。是時，無二米黍，據見黍爲律。雖無千七百三十黍之謬，與三分四厘六毫之差，然其聲纔下三律，蓋黍細爾，其法則是矣。王原叔洙〔五〕、胡瑗大不喜其説。朝廷但授庶試秘書省校書郎，不究其説而止。庶，元齡〔六〕之後，其爲人簡脱，嘗與鄉薦，然好音，宋子京祁、田元均况皆薦而召之。〔七〕是時，丁正臣亦收牙笛二，與庶笛同。予嘗於雄州王臨處得北界笛一，比太常樂下四律、教坊樂下二律，猶高於唐樂一律。又嘗於才元〔十〕處得并州銅尺一，比太府尺長三分，以之定律，與唐樂聲同。太府尺定律與北界笛同，二者必有一得也。若得真黍，用房庶法爲律以考之，其爲至當不疑矣。真黍，一稃二米者。

【校證】

〔一〕四庫本本條與以下兩條原爲一條，據《類苑》卷十九引此三條，末尾有『并東齋記事』五字，可見原本應爲多條。又考文意，分爲三條爲確。

燕龍圖肅：即燕肅，字穆之，青州人。少聰警。舉進士，爲鳳翔觀察推官，知臨邛縣，又知考城，通判河南府。召爲監察御史，遷殿中侍御史、提點廣西刑獄，徙廣東，知越、明二州。入爲定王府記室參軍，擢龍圖閣待制、知審刑院。先是天下疑獄雖聽奏，而州郡懼得罪不敢讞，故冤獄常多。肅建請諸路疑獄皆聽讞，有不當者釋其罪，自是全活者衆。判太常寺，建議考正雅樂，自肅始。改龍圖閣直學士、知潁州，徙鄧州，以禮部侍郎致仕，卒，年八十。（《東都事略》卷六十）

《宋史》卷二百九十八亦有傳。

〔二〕此事詳見《長編》卷一百十五：（景祐元年十月）壬午，命龍圖閣待制燕肅、集賢校理李照、直史館宋祁同按試王朴律準。肅時判太常寺，建言舊太常鐘磬皆設色，每三歲親祠，則重飾之。歲既久，所塗積厚，聲益不協，故有是命。帝親閱視律準，題其背以屬太常。肅等即取鐘磬刻滌考擊，用律準按試，其聲皆合。

〔三〕《長編》卷一百十六：（景祐二年二月）戊午，御延福宮臨閱，奏郊廟五十一曲。因問李照樂何如，照對樂音高。命詳陳之，照乃建言：『王朴律準，視古樂高五律，視禁坊樂高二律，擊黃鐘則爲仲吕，擊夾鐘則爲夷則，是冬興夏令，春召秋氣。蓋五代之亂，雅樂廢壞，朴創意造律準，不合古法，用之本朝，卒無福應。又編鐘、鎛鐘，無大小輕重厚薄長短之差，銅錫不精，聲韵失美。大者陵，小者抑，非中度之器。相傳以爲唐舊鐘，亦有朴所製者。昔軒轅氏命伶倫截竹爲律，復令神瞽協其中聲，然後聲應鳳鳴，而管之參差亦如鳳翅，其樂傳之夐古，不刊之法也。願聽臣依神瞽律法，試鑄編鐘一虡，可使度量權衡協和。』有詔許之，仍就錫慶院鑄。

〔四〕《樂書》卷一百三十四：方響之制，蓋出於梁之銅磬，形長九寸，廣二寸，上圓下方，其數十六，重行編之而不設業，倚於虡上以代鐘磬。凡十六聲，比十二律餘四清聲爾，抑又編縣之次，與雅樂鐘磬异。下格以左爲首，其一黃鐘，其二太蔟，其三姑洗，其四仲吕，其五蕤賓，其六林鐘，其七南吕，其八無射。上格以右爲首，其一應鍾，其二黃鍾之清，其三太蔟之清，其四姑洗之清，其五仲吕之清，其六大吕，其七夷則，其八夾鐘，此其大凡也。後世或以鐵爲之，教坊燕樂用焉，非古制也。非可施之公庭，用之民間，可也。今民間所用纔三四寸爾。

〔五〕王原叔洙：即王洙，字源叔，應天府人。天聖二年登進士第，纍擢知制誥、翰林學士。以兄子堯臣參知政事，權翰林侍讀學士。卒，年六十。子力臣、欽臣、陟臣、曾臣。所著傳十卷，雜文千有餘篇。洙博覽强記，學問過人。圖緯、方技、陰陽、五行、算數、音律、詁訓、篆隸之學，無所不通。兩爲天章閣侍講。常與胡瑗定樂制，更造鐘磬，而無形制容受之别，既成，卒不可用。預修《崇文總目》《集韵》《祖宗故事》《五朝武經聖略》《鄉兵制度》。在太常，主温成葬事，由員外除翰林學士。及避親，以一學士權二學士。故事，侍講無兼領者，嘗爲諫官范鎮論奏之。其卒，賜謚曰『文』。吳中復等言官不應得謚，乃止。（《隆平集》卷十四）

《宋史》卷二百九十四亦有傳。歐陽修作《王翰林洙墓志銘》，收入《歐陽文忠公集》卷三十一。

〔六〕元齡：即房玄齡。

〔七〕此事詳見《長編》卷一百七十一：（皇祐三年十二月甲辰）益州鄉貢進士房庶爲試校書郎。庶，成都人，宋祁嘗上所著《樂書補亡》二卷，田況自蜀還，亦言其知音。既召赴闕，庶自言：『嘗得古本《漢志》，云度起於黄鐘之長，以子穀秬黍中者一黍之起，積一千二百黍之廣，度之九十分，黄鐘之長，一爲一分。今文脱「之起積一千二百黍」八字，故自前世以來，纍黍爲尺以制律，是律生於尺，尺非起於黄鐘也。且《漢志》「一爲一分」者，蓋九十分之一，後儒誤以一黍爲一分，其法非是。當以秬黍中者一千二百實管中，黍盡，得九十分，爲黄鐘之長，九寸加一以爲尺，則律定矣。』直秘閣范鎮是之，乃爲言曰：『李照以縱黍纍尺，管空徑三分，容黍千七百三十；胡瑗以横黍纍尺，管容黍一千二百，而空徑三分四厘六豪；是皆以尺生律，不合古法。今庶所言，實千二百黍於管，以爲黄鐘之長，就取三分以爲空徑，則無容受不合之差，校前二説爲是。蓋纍黍爲尺，始失之於《隋書》，當時議者以其容受不合，棄而不用。及隋平陳，得古樂器，高祖聞而嘆曰：「華夏舊聲也。」遂傳用之。唐祖孝孫、張文收號稱知音，亦不能更造尺律，止沿隋之古樂，制定聲器。朝廷久以鐘律未正，屢下詔書，博訪群議，冀有所獲。今庶所言，以律生尺，誠衆論所不及，請如其法，試造尺律，更以古器參考，當得其真。』乃詔王洙與鎮同於修制所如庶説造律、尺、籥。律徑三分，圍九分，長九十分；籥徑九分，深一寸；尺起黄鐘之長加十分，而律容千二百黍。初，庶言太常樂高古樂五律，比律成，纔下三律，以爲今所用黍，非古所謂一稃二米黍也。尺比横黍所累者，長一寸四分。庶又言：『古有五音，而今無正徵音。國家以火德王，徵屬火，不宜闕。今以旋相五行相生法，得徵音。』又言：『《尚書》「同律、度、量、衡」，所以齊一風俗。今太常教坊、鈞容及天下州縣，各自爲律，非書同律之義。且古者帝王巡狩方岳，以考禮樂同异，以行誅賞。謂宜頒格律，自京師及州縣，無容輒异，有擅高下者論之。』帝召輔臣觀庶所進律、尺、籥，又令庶自陳其法，因問律吕旋相爲宫事，令撰圖以進。其説以五正、二變配五音，迭相爲主，衍之成八十四調。舊以宫、徵、商、羽、角五音，次第配七聲，然後加變宫、變徵二聲以足之。庶推以旋相之法，謂五行相戾，非是，當改變徵爲變羽，易變爲閏，隨音加之，則十二月各以其律爲宫，而五行相生，終始無窮。詔以其圖送詳定所。庶又論吹律以聽軍聲者，謂以五行逆順，可以知吉凶，先儒之説略矣。是時胡瑗等制樂已有定議，特推恩而遣之。鎮爲論於執政曰：『今律之與尺，所以不得其真，由纍黍爲之也。纍黍爲之者，史之脱文也。古人豈以難曉不合之法，書之於史，以爲後世惑乎，殆不然也。易曉而必合也，房庶之法是矣。今庶自言其法，依古以律而起尺，其長與空徑、與容受、與一千二百黍之數，無不合之差。誠如庶言，此至真之法也。且黄鐘之實一千二百黍，積實分八百一十，於演算法圓積之，則空徑三分，圍九分，長九十分，積實八百一十分，此古律也。律體本圓，圓積之是也。今律方積之，則空徑三分四厘六豪，比古大矣。故圍十分三厘八豪，而其長止七十六分二厘，積實亦八百一十分。律體本不方，方積之，非也。其空徑三分，圍九分，長九十分，積實八百一十分，非外來者也。皆起於律也。以一黍而起於尺，與一千二百黍之起於律，皆取於黍。今議者獨於律則謂之索虛而求分，亦非也。其空徑三分，圍九分，長九十分之起於律，與空徑三分四厘六豪，圍十分三厘八豪，長七十六分二厘之起於尺，古今之法，疏密之課，其不同較然可見，何所疑哉？若以謂工作既久而復改爲，則淹久歲月，計費益廣，又非朝廷製作之意也。其淹久而費廣者，爲之不敏也。今庶言太常樂無姑洗、夾鐘、太簇等數律，就令其律與其說相應，鐘磬每編纔易數枚，因舊而圖新，敏而爲之，則旬月之功也，又何淹久而廣費哉？』執政不聽。

〔八〕才元：即李大臨，字才元，成都華陽人。登進士第，爲絳州推官。杜衍安撫河東，薦爲國子監直講、睦親宅講書。文彥博薦爲秘閣校理。考試舉人，誤收失聲韵者，責監滁州稅。未幾，還故職。以親老，請知廣安軍，徙邛州。還，爲群牧判官、開封府推官。神宗雅知其名，擢修起居注，進知制誥、糾察在京刑獄。因言青苗法事，以工部郎中出知汝州。徙知梓州，加集賢殿修撰，復天章閣待制。甫七十，致仕。七年而卒。（《宋史》卷三百三十一）

世嘗言王朴〔一〕爲知樂，而不知樂之壞自朴始也。初，太常鐘磬皆無欵志，朴用橫黍尺制律，命其鐘磬而志刻之。太祖患樂太高，和峴〔二〕用影表尺，八寸尺也〔三〕，故樂比唐爲高五律矣。今太常鑄鐘〔四〕最大者，聲中唐之黃鐘，志刻乃云林鐘〔五〕，餘鐘率皆如此。李照則多鑱鑿舊鐘以合其律，而鐘磬又不如朴時，雖非本聲，而其器尚完也。惜哉！

【校證】

〔一〕王朴：字文伯，東平人也。少舉進士，爲校書郎，依漢樞密使楊邠。周世宗鎮澶州，朴爲節度掌書記。世宗爲開封尹，拜朴右拾遺，爲推官。世宗即位，遷比部郎中，獻《平邊策》，遷左諫議大夫，知開封府事。歲中，遷左散騎常侍，充端明殿學士。顯德三年，世宗征淮，以朴爲東京副留守。還，拜户部侍郎、樞密副使，遷樞密使。四年，再征淮，以朴留守京師。顯德二年，詔朴校定大曆，乃削去近世符天流俗不經之學，設通、經、統三法，以歲軌離交朔望周變率策之數，步日月五星，爲《欽天曆》。六年，又詔朴考正雅樂，朴以謂十二律管互吹，難得其真，乃依京房爲律準，以九尺之弦十三，依管長短寸分設柱，用七聲爲均，樂成而和。六年春，世宗遣朴行視汴口，作斗門，還，過故相李穀第，疾作，朴於坐上，輿歸而卒，年五十四。世宗臨其喪，以玉鉞叩地，大慟者數四。贈侍中。（《新五代史》卷三十一）《舊五代史》卷一百二十八亦有傳。

〔二〕和峴：字晦仁，開封浚儀人。父凝，晋宰相、太子太傅、魯國公。七歲，以門蔭爲左千牛備身，遷著作佐郎。漢乾祐初，加朝散階。十六登朝爲著作郎。丁父憂，服闋，拜太常丞。建隆初，授太常博士，從祀南郊，贊導乘輿，進退閑雅。俄拜刑部員外郎兼博士，仍判太常寺。乾德三年春，初剋夔州，以内衣庫使李光睿權知州，峴通判州事。代還，是歲十二月十四日戊戌臘，有司以七日辛卯蠟百神，峴獻議正之。四年，南郊，峴建議望燎位置爟火。開寶初，遷司勳員外郎、權知泗州，判吏部南曹，歷夔、晋二州通判。九年，江南平，受詔采訪。太宗即位，遷主客郎中。太平興國二年，知兖州，改京東轉運使。峴性苛刻鄙吝，好殖財，復輕侮人，嘗以官船載私貨販易規利。初爲判官鄭同度論奏，既而彰信軍節度劉遇亦上言，按得實，坐削籍，配隸汝州。六年，起爲太常丞，分司西京，復階勳章服。端拱初，上躬耕籍田，峴奉留司賀表至闕下，因以其所著《奉常集》五卷、《秘閣集》二十卷、《注釋武成王廟贊》五卷奏御，上甚嘉之，復授主客郎中，判太常寺兼禮儀院事。是秋得暴疾，卒，年五十六。（《宋史》卷四百三十九）

〔三〕八寸尺也：《類苑》卷十九引《東齋記事》作『纔能下一律』。據蔡襄《乞用新樂於郊廟札子》：『太祖皇帝每謂雅樂聲□□於哀思□合中和，因詔和峴討論，以影表尺比王朴所定尺加四分，遂造十二律管，校其聲，下朴所定樂一律。』《類苑》所引爲確。

〔四〕《事物紀原》卷二：鎛鐘，隋《音樂志》曰：鎛鐘，即黄帝所命伶倫鑄十二鐘，和五音者也。《宋朝會要》載，馮元等議曰：昔黄帝命伶倫與營援鑄十二鐘，以調月律。今鎛鐘是也。

〔五〕《樂書》卷九十九：林鍾長六寸，圍九分，積實五百四十分，三分益一，上生太蔟。黄鍾始陽，林鍾始陰，萬物萎昧於未，而林鍾未之氣也。以數則陽寡陰衆，以氣則陽散陰聚。曰林衆也，鍾聚也。豈主二陰，長言之歟。今夫五事，以思爲主，五行以土爲主，土行雖分旺四季，其正位實在於未。又有君之道焉。故劉歆曰：林君也。《詩》云：『有壬有林。』卿大夫謂之任君，謂之林義，本諸此。《國語》曰：『四間林鍾，和展百事，俾莫不任肅純恪也。』豈以中和之聲有盡於是歟。又謂之函鍾者，以未爲地統有含洪之義也。故《周禮》凡樂函鍾爲宫，夏日至於澤中之方丘奏之地，示可得而禮矣。司馬遷曰：萬物就死，氣林林然。梁武帝曰：『林徵音，陽也。鍾羽音，陰也。』豈其然乎。

司馬君實内翰光於予莫逆之交也，惟議樂爲不相合。君實以胡瑗一黍廣爲尺，而後制律；予用房庶一黍之起，積一千二百黍之廣爲律，而後生尺。律之法曰凡律圍九分，以尺而生律者，律爲十分三厘八毫矣。以其不合，又變而爲方分，其差謬處不可一二數也。以律生尺，九十分黄鐘之長，加十分以爲尺。凡律皆徑三分，圍九分，長九十分，積實八百一十分。自九十分三分損益之，而十二律長短相形矣。自八百一十分三分損益之，而十二律積實相通矣。往在館閣時，決於同舍，同舍莫能決，遂奕棋以決之，君實不勝，乃定。其後二十年，君實爲西京留臺[一]，予往候之，不持他書，唯持所撰《樂語》[二]八篇示之。争論者數夕，莫能決，又投壺以決之，予不勝。君實讙曰：『大樂還魂矣！』凡半月，卒不得要領而歸。豈所見然邪，將戲謔邪，抑遂其所執不欲改之邪，俱不可得而知也。是必戲謔矣。按：《宋史》稱鎮於樂尤注意，獨主房庶以律生尺之説，與司馬光辨難，凡數萬言。神宗時，嘗詔鎮與劉几定樂。鎮曰：『定樂必先正律。』帝雖然之，而劉几即用李照樂加四清聲，而奏樂成，詔罷局，并賜鎮。鎮曰：『此劉几樂也，臣何與焉。』至哲宗朝，乃請太府銅爲之，逾年成，比李照樂下一律有奇。帝及太后御延和殿，召執政同閱視，下之太常。樂奏三日而鎮逝。[三]

【校證】

〔一〕《皇朝編年備要》卷十九：（熙寧四年二月）以司馬光判西京留臺。光時自永興移知許州。初，光在永興，宣撫司請修城壁，内郡亦如邊郡，光奏罷之。又請屯兵長安、河中、邠州。光言，歲凶無以供億。宣撫司賦民造乾糧□飯，光以爲昔嘗造，後無用腐弃之，民力可惜。又奏，灾傷地分所欠青苗錢，許寄閣牒所屬，未得依司農寺指揮催理。詔提舉司催理，如司農寺，指揮不得施行牒。光知言不用，乞判西京留司。御史臺不報。又上章言：『臣之不才，最出群臣之下，先見不如吕誨，公直不如范純仁、程顥，敢言不如蘇軾、孔文仲，勇决不如范鎮。誨於安石始知政事之時，已知安石爲奸邪，謂其必敗亂天下。純仁與顥與安石素厚，安石拔之處清要，及睹安石所爲，不敢顧私恩廢公議，極言其短。軾與文仲疏遠小臣，乃敢不避陛下雷霆之威，安石虎狼之怒，上書對策，指陳其失，隳官獲譴無所顧忌。安石熒惑陛下，以佞爲忠，以忠爲佞，以是爲非，以非爲是。鎮不勝憤懣，抗章極言，自乞致仕，甘受醜詆，杜門家居。』又言：『陛下惟安石之言是信，安石以爲賢則賢，以爲愚則愚，以爲是則是，以爲非則非。』上曰：『未用論其言與否，如光者常在左右，人主自可無過。』光力辭許州，固請留臺，久之，乃從其請。光自此絶口不復論新法。

〔二〕樂語：嘗爲『樂論』。《三朝名臣言行録》卷五引《東齋記事》作『樂論』。范鎮《樂論》自序云：『臣昔爲禮官，從諸儒難問樂之差謬，凡十餘事。厥初未習，不能不小牴牾。後考《周官》《王制》、司馬遷《書》、班氏《志》，得其法，流通貫穿，悉取舊書，去其牴牾，掇其要，作爲八論。』

〔三〕四庫本卷一至卷五有按語者凡八條九處，其中涉及字詞校勘的有五處，注音一處，考辨原書所述一處，補充原書二處。四庫館臣在本書提要中云：『今所存諸條，句下如「張繪注曰：京板作張綸」之類，凡有數處，是當時刊本且不一而足矣。』由此可見，按語并非四庫館臣所加。四庫本卷一至卷五抄録自明永樂六年（一四〇八）成書的《永樂大典》，而《永樂大典》也是據他書抄録而成。故這些按語來自於《永樂大典》所抄之對象，也即是四庫館臣所云的『當時刊本』。

皇祐中，再定雅樂〔一〕。胡瑗鑄十二鐘〔二〕，大小輕重如一。其狀類鐸，爲大環，鑄盤龍、蹲熊、辟邪其上，爲之旋蟲〔三〕，而平繫之，故其聲欝而不發。又陝西鑄大錢，民以爲患〔四〕。是冬，日食心、宿〔五〕。劉羲叟謂予曰：『上將感心腹之疾，是與周景王同占也。』予初不信然之，尋使契丹，還至雄州，聞上得心腹之疾矣。歸問其故，羲叟曰：『景王鑄大泉，〔六〕又鑄無射，而爲大林，所謂「害金再興」者也。〔七〕是時，日亦食於心，〔八〕而景王得是疾，故曰與景王同占。』噫！羲叟而不言，則左邱明所載伶州鳩之語〔九〕爲誣矣。是羲叟不獨爲知術數，其發揚邱明功亦爲不細。羲叟字仲更，澤州人，以修《唐書》授崇文院檢討，未及謝，瘡發背而卒。〔十〕

【校證】

〔一〕此次定雅樂事見《長編》卷一百六十九：（皇祐二年閏十一月）丁巳，内出手詔：『朕聞古者作樂，本以薦上帝，配祖考。三五之盛，不相沿襲，然必大平始克明備。周武受命，至成王時始大合樂；漢初亦沿舊樂，至武帝時始定泰一、后土樂詩；光武中興，至明帝時始改大予之名；唐高祖造邦，至太宗時孝孫、文收定鐘律，明皇方成唐樂。是知經啓善述，禮樂重事，須三四世聲文乃定。國初亦循用王朴、竇儼所定周樂，太祖患其聲高，遂令和峴減下一律。真宗始議隨月轉律之法，屢加按覈，然念樂經久墜，學士罕專，歷古研覃，亦未究緒。頃雖博加訪求，終未有知聲、知經司信之人。嘗爲改更，未適茲意。宜委中書門下，集兩制及太常禮樂官，將天地、五方、神州、日月、宗廟、社蜡祭享所用登歌、宫縣，審定聲律是非，按古合今，調諧中和，使經久可用，以發揚祖宗之功德。朕何憚改爲，但審聲驗書，二學鮮并，互詆胸臆，無所援據，慨然希古，靡忘於懷！』於是，中書門下集兩制、太常官，置局於秘閣，詳定大樂。翰林學士承旨王堯臣等言，天章閣待制趙師民博通古今，願令預詳定，及乞借參知政事高若訥所校十五等古尺。并從之。

《長編》卷一百七十：（皇祐三年正月）甲午，詔曰：『韶、夏、濩、武，帝王殊稱，漢樂曰大予，唐舞爲七德，制名象德，朕所慕焉。前詔執事考正鐘律，定一代之述作，章祖宗之謨烈，而稱號缺然，未副其實。其令兩制及禮官，參稽典制，議定國朝大樂名，中書門下審加詳閲以聞。』初，胡瑗請太祖廟舞用干戚，太宗廟兼用干羽，真宗廟用羽籥，以象三聖功德。然議者以爲國朝七廟之舞名雖不同，而干羽并用，又廟制與古异。及瑗建言，止降詔定樂名而已。

〔二〕《長編》卷一百六十九：『（皇祐二年）十一月乙酉，召太子中舍致仕胡瑗赴大樂所，同定鐘磬制度。先是，親閲大樂，而言者以爲鎛鐘、特磬大小與古制度未合。詔令改作，而太常言瑗素曉音律，故召之。』胡瑗鑄鐘當在此時。

〔三〕旋蠡：即旋螺。指像螺殼一樣迴轉高起的紋路。宋人張掄《紹興内府古器評·周虯紐鍾》：『是器銘文，磨滅不可識，故作旋螺之狀。』

〔四〕《長編》卷一百八十九：（嘉祐四年二月）己卯，詔：『如聞陝西民間多濫鑄大錢，以至市易不通。其以見行當三大銅錢、大鐵錢并當小鐵錢之二。本路官員已支三月俸者，即計其數貼支。』先是，議者欲變大鐵錢當一，提點刑獄、祠部員外郎、集賢校理陸詵言：『民間素重小銅錢而賤大鐵錢，他日以一當三猶輕之，今令與小錢均直，則大錢必廢。請以一當二，則公私所損無幾，而商賈可以通行，兼盜鑄計其物直無贏，則必自止。而陝西舊藏饒州大錢，聞緣民間久不敢用，今既無盜鑄，則亦可以兼行，四者皆便。』又言既更錢法，前日民負官緡者，法應加數追納，望三分蠲其一。詔悉行之。自是盜鑄乃止。然令數變，兵民耗於資用，類多咨怨，久之始定。

〔五〕《長編》卷一百七十五：『（皇祐五年）冬十月丙申朔，日有食之。』

〔六〕《漢書·食貨志》卷二十四下：周景王時患錢輕，將更鑄大錢，單穆公曰：『不可。古者天降災戾，於是乎量資幣，權輕重，以救民。民患輕，則爲之作重幣以行之，於是有母權子而行，民皆得焉。若不堪重，則多作輕而行之，亦不廢重，於是乎有子權母而行，小大利之。今王廢輕而作重，民失其資，能無匱乎？民若匱，王用將有所乏；乏將厚取於民；民不給，將有遠志，是離民也。且絶民以實王府，猶塞川原爲潢洿也，竭亡日矣。王其圖之。』弗聽，卒鑄大錢，文曰『寶貨』，肉好皆有周郭，以勸農澹不足，百姓蒙利焉。

〔七〕《國語》卷三：（周景王）二十三年，王將鑄無射而爲之大林。單穆公曰：『不可。作重幣以絶民資，又鑄大鐘以鮮其繼。若積聚既喪，又鮮其繼，生何以殖？且夫鐘不過以動聲，若無射有林，耳弗及也。夫鐘聲以爲耳也，耳所不及，非鐘聲也。猶目所不見，不可以爲目也。夫目之察度也，不過步武尺寸之間；其察色也，不過墨丈尋常之間。耳之察和也，在清濁之間；其察清濁也，不過一人之所勝。是故先王之制鐘也，大不出鈞，重不過石。律度量衡於是乎生，小大器用於是乎出，故聖人愼之。今王作鐘也，聽之弗及，比之不度，鐘聲不可以知和，制度不可以出節，無益於樂而鮮民財，將焉用之！夫樂不過以聽耳，而美不過以觀目。若聽樂而震，觀美而眩，患莫甚焉。夫耳目，心之樞機也，故必聽和而視正。聽和則聰，視正則明。聰則言聽，明則德昭。聽言昭德，則能思慮純固。以言德於民，民歆而德之，則歸心焉。上得民心以殖義方，是以作無不濟，求無不獲。然則能樂。夫耳內和聲，而口出美言，以爲憲令，而布諸民，正之以度量，民以心力，從之不倦，成事不貳，樂之至也。口内味而耳内聲，聲味生氣。氣在口爲言，在目爲明。言以信名，明以時動。名以成政，動以殖生。政成生殖，樂之至也。若視聽不和，而有震眩，則味入不精，不精則氣佚，氣佚則不和。於是乎有狂悖之言，有眩惑之明，有轉易之名，有過慝之度。出令不信，刑政放紛，動不順時，民無據依，不知所力，各有離心。上失其民，作則不濟，求則不獲，其何以能樂？三年之中，而有離民之器二焉，國其危哉！』王弗聽，問之伶州鳩。對曰：『臣之守官弗及也。臣聞之，琴瑟尚宫，鐘尚羽，石尚角，匏竹利制，大不逾宫，細不過羽。夫宫，音之主也，第以及羽。聖人保樂而愛財，財以備器，樂以殖財，故樂器重者從細，輕者從大。是以金尚羽，石尚角，瓦絲尚宫，匏竹尚議，革木一聲。夫政象樂，樂從和，和從平。聲以和樂，律以平聲。金石以動之，絲竹以行之，詩以道之，歌以咏之，匏以宣之，瓦以贊之，革木以節之。物得其常曰樂極，極之所集曰聲，聲應相保曰和，細大不逾曰平。如是，而鑄之金，磨之石，係之絲木，越之匏竹，節之鼓而行之，以遂八風。於是乎氣無滯陰，亦無散陽，陰陽序次，風雨時至，嘉生繁祉，人民和利，物備而樂成，上下不罷，故曰樂正。今細過其主妨於正，用物過度妨於財，正害財匱妨於樂。細抑大陵，不容於耳，非和也。聽聲越遠，非平也。妨正匱財，聲不和平，非宗官之所司也。夫有和平之聲，則有蕃殖之財。於是乎道之以中德，咏之以中音，德音不愆以合神人，神是以寧，民是以聽。若夫匱財用、罷民力以逞淫心，聽之不和，比之不度，無益於教而離民怒神，非臣之所聞也。』王不聽，卒鑄大鐘。二十四年，鐘成，伶人告和。王謂伶州鳩曰：『鐘果和矣。』對曰：『未可知也。』王曰：『何故？』對曰：『上作器，民備樂之，則爲和。今財亡民罷，莫不怨恨，臣不知其和也。且民所曹好，鮮其不濟也。其所曹惡，鮮其不廢也。故諺曰：「衆心成城，衆口鑠金。」三年之中而害金再興焉，懼一之廢也。』王曰：『爾老耄矣，何知？』二十五年，王崩，鐘不和。

〔八〕《左傳》卷五十：（昭公二十一年）秋七月壬午朔，日有食之。公問於梓慎曰：『是何物也，禍福何爲？』對曰：『二至二分，日有食之，不爲灾。日月之行也，分，同道也；至，相過也。其他月則爲灾，陽不克也，故常爲水。』於是叔輒哭日食。昭子曰：『子叔將死，非所哭也。』

〔九〕《左傳》卷五十：（昭公）二十一年春，天王將鑄無射。泠州鳩曰：『王其以心疾死乎？夫樂，天子之職也。夫音，樂之輿也。而鐘，音之器也。天子省風以作樂，器以鐘之，輿以行之。小者不窕，大者不□瓠，則和於物，物和則嘉成。故和聲入於耳而藏於心，心億則樂。窕則不鹹，總則不容，心是以感，感實生疾。今鐘□瓠矣，王心弗堪，其能久乎？』

〔十〕范鎮《劉檢討羲叟墓志銘》：君諱羲叟，字仲更，澤州晋城人……預修《唐書》《律曆》《天文》《五行志》，尋充編修官。遷澤州軍事推官、昭德軍節度推官，改著作佐郎。嘉祐二年，以母喪罷，有詔就第編修。既釋服，還職，明年而書成，授崇文院檢討。未入謝，以病卒，年四十四，實五年八月壬戌也。（《名臣碑傳琬琰集》中卷三十八）

鼓，《周禮》：『雷鼓鼓神祀，靈鼓鼓社祭，路鼓鼓鬼享。』〔一〕康成云：『雷鼓，八面鼓也。靈鼓，六面鼓也。路鼓，四面鼓也。』鼓之數不見於經，然神有尊卑，則其數有多寡隆殺，理或然也。〔二〕必漢時尚然，所以康成云。然幾面鼓，猶言幾兩車、幾區宅、幾壥田也。而唐開元中，蜀人有繪圖以獻者，一鼓而爲八面、六面、四面，既不可考擊，乃於縣内别置散鼓。國朝仍之，郊社宗廟設而不作。景祐中，馮章靖公〔三〕言雷鼓、靈鼓、路鼓并當考擊，而散鼓請準乾德四年詔廢不用。〔四〕然不言鼓之制非是，甚可怪也。

【校證】

〔一〕《周禮》卷三《地官司徒》：鼓人掌教六鼓、四金之音聲。以節聲樂，以和軍旅，以正田役，教爲鼓而辨其聲用。以雷鼓鼓神祀，以靈鼓鼓社祭，以路鼓鼓鬼享，以鼖鼓鼓軍事，以鼛鼓鼓役事，以晋鼓鼓金奏。以金錞和鼓，以金鐲節鼓，以金鐃止鼓，以金鐸通鼓。凡祭祀百物之神，鼓兵舞、帗舞者。凡軍旅，夜鼓鼜，軍動則鼓其衆。田役亦如之。救日月，則詔王鼓。大喪，則詔大僕鼓。

〔二〕《周禮疏》卷十二：疏：『以雷』至『神祀』。釋曰：天神稱祀，地祇稱祭，宗廟稱享。案下靈鼓鼓社祭，又案《大司樂》以靈鼓祭澤中之方丘，大地祇與社同鼓，則但是地祇，無問大小，皆用靈鼓，則此雷鼓鼓神祀，但是天神，皆用雷鼓也。注『雷鼓』至『神也』。釋曰：鄭知雷鼓八面者，雖無正文，案：韗人爲皋陶，有晋鼓、鼖鼓、皋鼓，三者非祭祀之鼓，皆兩面，則路鼓祭宗廟，宜四面；靈鼓祭地祇，尊於宗廟，宜六面；雷鼓祀天神，又尊於地祇，宜八面。故知義然也。

〔三〕馮章靖公：即馮元，字道宗。三世仕嶺南爲日官，劉鋹入朝，爲保章正。元少好學，崔頤正、孫奭授以《五經大義》，舉進士，爲江陰尉。會詔擇明經補學官，自陳通五經。謝泌領銓筦，詰之曰：『古者治一經或至皓首，子能盡通之耶？』對曰：『達者一以貫之。』泌喜其對，因問以疑義，隨輒辨析，遂以爲國子監直講。真宗召元講《易·泰卦》，元因推：『君道至尊，臣道至卑，而能上下交感，所以輔相天地，裁成萬物也。』真宗悦，除直龍圖閣。直閣官名，蓋始此也。仁宗爲皇太子，擢右諭德。及即位，遷龍圖閣直學士兼侍講，判國子監。故事，國子監必宿儒典領，元與孫奭并命，輿議大服。未幾，爲龍圖閣學士，修《三朝正史》，遂入翰林爲學士。護葬章懿皇后于洪福院，及葬永定陵，發，壙中有水，罷知揚州。宰相王曾爲言：『元，東宮舊臣，不宜以細故棄外。』即召爲翰林學士、侍讀，遷户部侍郎。卒，年六十三，贈户部尚書，謚曰『章靖』。（《東都事略》卷四十六）

《隆平集》卷十四、《宋史》卷二百九十四亦有傳。

〔四〕《長編》卷一百十七：（景祐二年七月）先是，修撰樂書所上言，縣設建鼓，初不考擊，又無三鼗，且舊用諸鼓率多陋敝。於是敕馮元等詳求典故。甲辰，元等言：『建鼓四，今皆具而不擊，别設四散鼓於縣閒擊之，以代建鼓。乾德四年，秘書監尹拙上言：「散鼓不詳所置之由，且於古無文，去之便。」時雖奏可，而散鼓於今仍在。又雷鼓、靈鼓、路鼓，雖擊之皆不成聲，故常賴散鼓以爲樂節，而雷鼗、靈鼗、路鼗闕而未制。今既修正雅樂，謂宜申敕大匠改作諸鼓，使考擊有聲。及創爲三鼗，如古之制，使先播之，以通三鼓。罷四散鼓，如乾德詔書。』奏可。

自唐開元時，父卒衆子在，嫡孫不傳重〔一〕，以其不襲封也。然不知至於服紀則有所不齊。國朝亦著於禮令。景祐中，石資政中立卒，〔二〕衆子在，嫡孫不傳重。未幾，而衆子卒，其家奏：『嫡孫合與不合傳重。』下禮院議。〔三〕於是宋景文公判太常，不疑〔四〕、次道〔五〕與予爲禮官，景文公遂令三人各爲議狀。不疑曰：『初當傳重，不傳重誤也。宜改正之，使追爲服。』次道則用《江都集禮》〔六〕以爲當接服，若曰：『父死衆子在，嫡孫不傳重，衆子死，嫡孫服，嫡孫死，衆孫接服，是一尊親爲兩等服也。』予謂：『石氏之孫宜依禮令不傳重，且爲本服。自今而後別著令，父死衆子在，嫡孫傳重，然後得禮之正。』〔七〕又爲不疑難曰：『石氏子當傳重，就令石氏子於服中犯刑，如何處之？必以見行法、見行禮處之也，豈可旋更禮法，使變朞服而傳重，加以重刑也。』又爲次道難曰：『衆子死，嫡孫接服，嫡孫死，衆孫接服，是何异家人共犯，止坐尊長，尊長方決而死，乃令次家長接續，足其杖數邪，是無此理也。』然景文從次道議，仍請著爲令。其後，衆子在，嫡孫請傳重者，聽傳重；其不請者，則不傳重。豈禮之意哉。〔八〕

【校證】

〔一〕傳重：指以喪祭及宗廟之重責傳之於孫。古代宗法嚴嫡庶之别，若嫡子殘疾死亡，或子庶而孫嫡，即以孫繼祖。由祖言之，謂之傳重，由孫言之，謂之承重。

〔二〕按：『景祐中』當爲『皇祐中』。宋祁《石太傅墓志銘》載：『皇祐元年八月乙酉，太子少師致仕、石公中立薨於京師，年七十八。』《長編》卷一百六十七：『（皇祐元年八月乙酉）太子少師致仕石中立卒，贈太子太傅，謚「文定」。』

石資政中立：即石中立，字表臣。年十三而孤。性疏曠，好諧謔，人不以爲怒。

初補西頭供奉官，後五年，改光禄寺丞。家財悉推與諸父，無所愛。擢直集賢院，與李宗諤、楊億、劉筠、陳越相厚善。校讎秘書，凡更中立者，人争傳之。判三司理欠、憑由司。帝幸亳，命修所過圖經。爲鹽鐵判官，纍遷尚書禮部侍郎，判吏部南曹。注釋御集，爲檢閱官。改判户部句院，遷户部郎中、史館修撰，糾察在京刑獄。以吏部郎中、知制誥領審官院。又同知禮部貢舉，判集賢院。坐舉官不當，落史館修撰，罷審官院。頃之，復糾察刑獄，領三班院。歷右諫議大夫、給事中，入爲翰林學士，判秘閣。會知制誥并知貢舉，詔中立與張觀兼行外制，遷尚書禮部侍郎，爲學士承旨兼龍圖閣學士。景祐四年，拜參知政事。明年，灾异數見，諫官韓琦言：『中立在位，喜詼笑，非大臣體。』與王隨、陳堯佐、韓億皆罷，以户部侍郎爲資政殿學士，領通進銀臺司，判尚書都省，進大學士。遷吏部侍郎、提舉祥源觀，以太子少傅致仕，遷少師。卒，贈太子太傅，謚『文定』。（《宋史》卷二百六十三）

《東都事略》卷三十二、《隆平集》卷九有傳，附於其父石熙載之後。宋祁作《石太傅墓志銘》，收入《宋景文集》卷五十九。

〔三〕《長編》卷一百六十七：（皇祐元年）大理評事石祖仁奏，叔從簡爲祖父中立服後四十日亡，乞下禮院定承祖父重服。

〔四〕不疑：即邵必，字不疑。舉進士，爲上元主簿。國子監立石經，必善篆隸，召充直講。選爲《唐書》編修官。必以史出衆手，非古人撰述之體，辭不就。進集賢校理、同知太常禮院。徙尚書省。出知常州，召爲開封府推官。坐在常州日杖人至死，責監邵武税，然杖者實不死。久之，知高郵軍，提點淮南刑獄，爲京西轉運使。必居官震厲風采，始至郡，惟一赴宴集；行部，但一受酒食之饋。以爲數會聚則人情狎，多受饋則不能行事，非使者體也。入修起居注、知制誥。雄州種木道上，契丹遣人夜伐去，又數漁界河中。事聞，命必往使，必以理折契丹，屈之。還，知諫院。編仁宗御集成，遷寶文閣直學士、權三司使，加龍圖閣學士、知成都。卒於道，年六十四。

（《宋史》卷三百一十七）

〔五〕次道：即宋敏求，字次道。由秘書省正字歷館閣校勘，坐赴蘇舜欽進奏院會，出爲僉書集慶軍判官。時修《唐書》，以敏求爲編修官，復校勘，纍擢知制誥，修撰《仁宗實録》。英宗在殯，有言宗室可嫁娶者，敏求以爲不可。既踰年，又有言者，敏求言：『宗室義服，變服而練，可以嫁娶矣。』以前後議异，降秩一等，出知絳州。《實録》成，遷右諫議大夫，復知制誥。在職六年，王安石用事，以御史中丞吕公著嘗奏論青苗之害，罷中丞。敏求當制，而安石改制進呈，敏求即請解職，未聽。李定自秀州判官除御史裏行，敏求又封還其詞頭，曰：『御史之官，舊制須兩任通判方許奏舉。後以資任相當者少，始許舉通判未滿任者。今定自幕職便處以糾繩之地，臣恐弗循官制之舊，未厭群議。』再請解職，遂罷。久之，爲史館修撰、集賢院學士，遷龍圖閣直學士，修國史。卒，年六十一。（《東都事略》卷五十七）《宋史》卷二百九十一亦有傳。范鎮作《宋諫議敏求墓志銘》，收入《名臣碑傳琬琰集》中集卷十六。蘇頌作《龍圖閣直學士修國史宋公神道碑》，收入《蘇魏公集》卷五十一。

〔六〕《江都集禮》：隋人潘徽所撰之禮書。其撰述之由及該書詳情，《江都集禮序》載之甚詳，文云：『禮之爲用至矣。大與天地同節，明與日月齊照，源開三本，體合四端。巢居穴處之前，即萌其理，龜文鳥迹以後，稍顯其事。雖情存簡易，意非玉帛，而夏造殷因，可得知也。至如秩宗三禮之職，司徒五禮之官，邦國以和，人神惟敬，道德仁義，非此莫成，進退俯仰，去茲安適！若璽印塗，猶防止水，豈直譬彼耕耨，均斯粉澤而已哉！自世屬坑焚，時移漢、魏，叔孫通之碩解，高堂隆之博識，專門者霧集，製作者風馳，節文頗備，枝條互起。皇帝負扆垂旒，辨方正位，纂勛、華之曆象，綴文、武之憲章。車書之所會通，觸境斯應，雲雨之所霑潤，無思不韙。東探石簣之符，西蠹羽陵之策，鳴鑾太室，偃伯靈臺，樂備五常，禮兼八代。上柱國、太尉、揚州總管、晉王握珪璋之寶，履神明之德，隆化贊傑，藏用顯仁。地居周、邵，業冠河、楚，允文允武，多才多藝。戎衣而籠關塞，朝服而掃江湖，收杞梓之才，闢康莊之館。加以佃漁六學，網羅百氏，繼稷下之絶軌，弘泗上之淪風，賾無隱而不探，事有難而必綜。至於采標緑錯，華垂丹篆，刑名長短，儒、墨是非，書圃翰林之域，理窟談叢之內，謁者所求之餘，侍醫所校之逸，莫不澄涇辨渭，拾珠棄蚌。以爲質文遞改，損益不同，明堂、曲臺之記，南宫、東觀之説，鄭、王、徐、賀之荅，崔、譙、何、庾之論，簡牒雖盈，菁華蓋鮮。乃以宣條暇日，聽訟餘晨，娱情窺寶之鄉，凝相觀濤之岸，總括油素，躬披緗縹，芟蕪刈楚，振領提綱，去其繁雜，撮其指要，勒成一家，名曰《江都集禮》。凡十二帙，一百二十卷，取方月數，用比星周，軍國之義存焉，人倫之紀備矣。昔者龜、蒙令後，睢、涣名藩，誠復出警入蹕，擬乘輿之制度，建羈載旂，用天子之禮樂。求諸述作，未聞茲典。方可韜之頴水，副彼名山，見刻石之非工，嗤懸金之已陋。是知沛三通論，不獨擅於前修，寧朔新書，更追慚於往册。徽幸棲仁岳，忝游聖海，謬承恩獎，敢叙該博之致云。』（《隋書》卷七十六）

〔七〕《宋會要輯稿》禮三六：（皇祐元年十一月）范鎮議曰：『按經無接服，非禮也。始於徐邈、何承天、司馬操之説，而古未之行也。今祖仁以嫡長孫，固當傳重也，始喪而傳重可也，其叔已傳重，叔死而接服，不可也。就使祖仁接服，不幸而祖仁又死，須它孫繼之。制禮之意若是其不决乎？是不然也。故聖人不言接服，其不言者，不許之也。庾蔚之以爲邈、承天、操未見其據者，此也。然則如之何而可？宜以本服主喪，服除而止，母在則練服主祭可也。』

〔八〕《長編》卷一百六十七：（皇祐元年）大理評事石祖仁奏，叔從簡爲祖父中立服後四十日亡，乞下禮院定承祖父重服。禮官范鎮議經無接服，祖仁宜以本服主喪，服除而止；母在，則練服主祭。宋敏求引《通典》司馬操駁徐邈議，當承重。曰：『自《開元禮》已前，嫡孫爲祖，雖祖之衆子在，亦服斬衰三年。且前代嫡孫卒，則次孫承重，況從簡爲中子已卒，而祖仁爲嫡孫？古者重嫡孫，正貴所傳，其爲後者皆服三年，以主虞、練、祥、禫之祭。且三年之喪，必以日月之久而服之有變也。今中立未及葬，未卒哭，從簡以卒，是日月未久，而服未經變也。或謂已服期，今不當改服斬，而爲重制。按《儀禮》：「子嫁，反在父之室，爲父三年」。鄭康成注：「謂遭喪而出者，始服齊衰期，出而虞，則受以三年之喪」。杜佑號通儒，引其義，附前問答之次。況徐邈、范宣之説，操已駁之，是明服可再制。又舉葬必有服，祖仁宜解官，因其葬而制斬衰服三年。後有如其類而已葬者，用再喪制服，請著爲定式。』從之。

故事，武臣不持喪。韓玉汝〔一〕奏請持喪，下兩制、臺諫官議。唐子方介〔二〕爲御史中丞，〔三〕

其屬皆不欲令持喪。是時，會議於玉堂後廊，子方曰：『今日不可高論也。』歐陽永叔勃然曰：『父母死而令持服，安得爲高。』孫夢得抃〔四〕坐予傍，不覺嘆曰：『儁人也！率然一言，亦中於理。』兩制與臺諫官，竟爲兩議以上。遂詔閤門祇候、内殿崇班已上持服，供奉官以下不持。〔五〕是則官高者得爲父母服，官卑者不爲服，無官者將何以處之乎。

【校證】

〔一〕韓玉汝：即韓縝，字玉汝。登進士第，簽書南京判官。劉沆薦其才，命編修三班敕。前此，武臣不執親喪。縝建言：『三年之服，古今通制；晋襄衰墨從戎，事出一時。』遂著令，自崇班以上聽持服。爲殿中侍御史。遷侍御史、度支判官，出爲兩浙、淮南轉運使；移河北。入知審官西院、直舍人院。以兄絳執政，改集賢殿修撰、鹽鐵副使，以天章閣待制知秦州。久之，還待制、知瀛州。熙寧七年，遼使蕭禧來議代北地界。召縝館客，遂報聘，令持圖牒致遼主，不克見而還。知開封府，禧再至，復館之。詔乘驛詣河東，與禧分畫，以分水嶺爲界。復命，賜襲衣、金帶，爲樞密都承旨，還龍圖閣直學士。元豐五年，官制行，易太中大夫、同知樞密，進知院事。哲宗立，拜尚書右僕射兼中書侍郎。元祐元年，罷爲觀文殿大學士、知潁昌府。移永興、河南，拜安武軍節度使、知太原府，易節奉寧軍。請老，爲西太一宮使，以太子太保致仕。紹聖四年卒，年七十九。贈司空，謚曰『莊敏』。（《宋史》卷三百一十五）《東都事略》卷五十八亦有傳。

〔二〕唐子方介：即唐介，字子方，荆南人。舉進士，爲武陵尉，又爲沅江令，遷著作佐郎、知任丘縣，通判德州，爲御史裏行。因諫張堯佐除官事，貶介春州别駕，改英州别駕。尋徙監郴州税，通判潭州，復召爲殿中侍御史。除直集賢院、開封府推官。出知揚州。歷江東轉運使、江淮發運使、三司度支副使。除天章閣待制、知諫院。出知洪州。明年，爲龍圖閣直學士、河北都轉運使，徙瀛州。英宗時，召爲御史中丞。居數日，又以爲龍圖閣學士，知太原府。神宗即位，遷給事中，權三司使，遂拜參知政事。卒，年六十，贈禮部尚書，謚曰『質肅』。（《東都事略》卷七十四）《宋史》卷三百一十六亦有傳。劉摯《唐質肅神道碑》，收入《忠肅集》卷十一；王珪作《推忠佐理功臣正奉大夫行給事中參知政事上護軍魯國郡開國公食邑二千三百户食實封四百户賜紫金魚袋贈禮部尚書謚質肅唐公墓志銘》，收入《華陽集》卷五十七。

〔三〕御史中丞：《類説》卷二十二引《東齋記事》作『諫官』。《長編》卷一百八十九：『（嘉祐四年二月）戊辰，度支副使户部員外郎唐介爲天章閣待制、知諫院。』

〔四〕孫夢得抃：即孫抃，字夢得，眉州人。六世祖長孺，喜藏書，爲樓而置其上，蜀人號爲書樓孫家。天聖六年登進士甲科，纍擢知制誥、翰林學士。皇祐中，權御史中丞。制下，諫官奏抃非糾繩才。抃手疏言：『方今士人趨進者多，廉退者少。以善求事爲精神，以能訐人爲風采。捷給若嗇夫，謂之有議論。刻深若酷吏，謂之有政事。諫官所謂才者，無乃在是乎？若然，臣誠不能也。』仁宗察其言，趣視事。其後，仁宗欲用耆舊，故擢抃參知政事、樞密副使。抃年雖未高，而浸益昏忘，語言舉止，人以爲笑。御史韓縝彈奏，遂罷政事，以太子少傅致事。卒，年六十九，謚『文懿』。（《隆平集》卷九）

《東都事略》卷七十一、《宋史》卷二百九十二亦有傳。蘇頌作《太子少傅致仕贈太子太保孫公墓志銘》，收入《蘇魏公集》卷五十五。

〔五〕《長編》卷一百九十：（嘉祐四年九月）丙午，詔：『帶閤門祇候使臣、内殿崇班以上，太子率府率及正刺史以上，遭父母喪及嫡子孫承重者，并聽解官行服；其元係軍班出職及見管軍若路分部署、鈐轄、都監，極邊知州軍縣、城寨主、都監、同巡檢，并給假百日，追起之；供奉官以下仍舊制，願行服者聽。宗室解官給全俸。』先是，判三班院韓縝言，今武臣遭父母喪不得解官行服，非天下之通制。下臺諫官詳定，而具爲令。

殿前司〔一〕捧日、天武，馬軍司〔二〕龍衛，步軍司〔三〕神衛，謂之上四軍。各有左右廂，廂各三軍。〔四〕每軍五指揮，各有都指揮使一員，都虞候副之。又有第四軍，〔五〕以處所退年高者，無都指揮使，止有都虞候。殿前司又有神勇、宣武、驍騎，各上下軍，二十指揮；〔六〕又有寧朔、驍勝，各十指揮；虎翼左右各三軍〔七〕，軍各十指揮，并有都指揮使、都虞候。馬軍司〔八〕有雲騎、武騎，各十指揮。步軍司有虎翼左右各三軍〔九〕，軍十指揮，每軍各有都指揮使一員，都虞候副之。遇轉員〔十〕，各以次遷補。凡遷至軍指揮使〔十一〕、遙領團練。員溢，即從上落軍職，爲正團練使、刺使之本任〔十二〕。其老疾若有過，爲御前忠佐馬步軍都軍頭、副都軍頭、隸軍頭司；甚者，黜爲外州軍馬步軍都指揮。

【校證】

〔一〕此條《永樂大典》卷二萬四百七十八引《東齋記事》作：『殿前司捧日、天武，馬軍司龍衛，步虎司神衛，謂之上四軍。各有左右廂，廂各三軍。』

殿前司：都指揮使、副都指揮使、都虞候各一人。掌殿前諸班直及步騎諸指揮之名籍，凡統制、訓練、番衛、戍守、遷補、賞罰，皆總其政令。而有都點檢、副都點檢之名，在都指揮之上，後不復置，入則侍衛殿陛，出則扈從乘輿，大禮則提點編排，整肅禁衛鹵簿儀仗，掌宿衛之事，都指揮使以節度使爲之。而副都指揮使、都虞候以刺史以上充。資序淺則主管本司公事，馬步軍亦如之。備則通治，闕則互攝。凡軍事皆行以法，而治其獄訟。若情不中法，則稟奏聽旨。騎軍有殿前指揮使、内殿直、散員、散指揮、散都頭、散祗候、金槍班、東西班、散直、鈞容直及捧日以下諸軍指揮，步軍有御龍直、骨朵子直、弓箭直、弩直及天武以下諸軍指揮。諸班有都虞候指揮使、都軍使、都知、副都知、押班。御龍諸直，有四直都虞候，本直各有虞候、指揮使、副指揮使、都頭、副都頭、十將、將虞候。騎軍、步軍，有捧日、天武左右四廂都指揮使，捧日、天武左右廂各有都指揮使。每軍有都指揮使、都虞候，每指揮有指揮使、副指揮使，每都有軍使、副兵馬使、十將、將虞候、承局、押官，各以其職隸於殿前司。（《宋史》卷一百六十六）

〔二〕馬軍司：馬軍都指揮使一人，以節度使充。副都指揮使、都虞候皆無定員，副都指揮使以觀察使以上充，都虞候以防禦使以上充。掌騎兵之名籍及訓練之政令。所領馬軍，自龍衛而下，有左右四廂都指揮使。龍衛左右廂，各有都指揮使，每軍有都指揮使、都虞候。每指揮有指揮使、副指揮使。每都有軍使、副兵馬使十將。將虞候、承局、押官各以其職，隸於馬軍司。（《文獻通考》卷五十八）

〔三〕步軍司：都指揮使、副都指揮使、都虞候各一人。掌步軍諸指揮之名籍，凡統制、訓練、番衛、戍守、遷補、賞罰，皆總其政令；侍衛扈從，及大禮宿衛，如殿前司。

所領步軍、自神衛而下有左右四廂都指揮使，左右廂各有都指揮使。每軍有都指揮使、都虞候，每指揮有指揮使、副指揮使、每都有都頭、副都頭、十將、將、虞候、承勾、押官，各以其職隸於步軍司。政和四年，詔以步軍都指揮使、步軍副都指揮使在正任觀察使之上，虞候在正任防禦使之上。（《宋史》卷一百六十六）

〔四〕四庫本原作『殿前司捧日、天武軍司、龍衛步軍司、神衛馬軍司謂之上四軍。合左右廂，廂各三軍。』據王益之《歷代職源撮要》引《東齋記事》、《長編》卷九十九、《皇朝編年備要》卷八改。

〔五〕《長編》卷九十九作『捧日、天武、龍、神衛又有第四軍』。

〔六〕二十指揮：《職官分紀》卷三十五引《東齋記事》、《長編》卷九十九、《皇朝編年備要》卷八作『軍十指揮』。

〔七〕虎翼左右各三軍：《職官分紀》卷三十五引《東齋記事》同。《長編》卷九十九、《皇朝編年備要》卷八作『虎翼左右各五軍』。

〔八〕馬軍司：四庫本作『馬軍使』。據《長編》卷九十九、《皇朝編年備要》卷八改。

〔九〕步軍司有虎翼左右各三軍：《職官分紀》卷三十五引《東齋記事》同。《長編》卷九十九、《皇朝編年備要》卷八作『步軍司則有虎翼左右，各五軍』。

〔十〕宋代將校歲滿依次升遷，稱『轉員』。《宋史》卷一百九十六：自殿前、侍衛馬步軍校，每遇大禮後，各以次遷，謂之『轉員』。轉員至軍都指揮使，又遷則遥領刺史，又遷爲厢都指揮使，遥領團練使。員溢，即從上罷軍職，爲正團練使、刺史之本任，或有他州總管、鈐轄。其老疾若過失者，爲御前忠佐馬軍都軍頭、副都軍頭，隸軍頭司。其黜，則爲外州馬步軍都指揮使。凡軍主闕，以軍都指揮使遞遷；餘闕，以諸軍都虞候、指揮使、副指揮使、行首、軍使、副行首、副兵馬使、十將遞遷。凡將校，一軍營止補十人，其厢都指揮使、軍都指揮使、都虞候、指揮使，營主其一，即闕其三。殿前左右班都虞候遥領刺史，即與捧日軍都指揮使通，以次遷捧日、龍衛厢都指揮使，仍遥領團練使。若員溢，即爲正刺史補外，他如諸軍例遞遷。

〔十一〕遷至軍指揮使：《長編》卷九十九、《宋史》卷一百九十六作『遷至軍都指揮使』。

〔十二〕四庫本作『爲正刺使之本任』，《職官分紀》卷三十五引《東齋記事》同。但《長編》卷九十九、《皇朝編年備要》卷八、《宋史》卷一百九十六作『爲正團練使、刺使之本任，或爲他州部署、鈐轄』。據改。

禁衛凡五重〔一〕，親從官爲一重，寬衣天武官〔二〕爲一重，御龍弓箭直、弩直爲一重，御龍骨朵子直爲一重，御龍直爲一重。凡入禁衛〔三〕一重，徒一年，至三年止，誤者減二等。〔四〕傅卞嘗誤入禁衛，定私罪〔五〕，永叔再爲論奏爲公罪〔六〕，得應制舉。〔七〕

【校證】

〔一〕禁衛凡五重：四庫本原作『禁衛凡五百里』。據《類苑》卷三十三引《東齋記事》、《長編》卷一百十六改。

〔二〕寬衣天武官：《類苑》卷三十三引《東齋記事》無『寬衣』二字。《小學紺珠》卷九引《東齋記事》：『禁衛五重，親從官、天武官、御龍弓箭直弩直、御龍骨朵子直、御龍直。』

〔三〕禁衛：《類苑》卷三十三引《東齋記事》作『禁圍』。《夢溪筆談》卷二十四：『車駕行幸，前驅謂之隊，則古之清道也。其次衛仗，衛仗者視闌入宮門法，則古之外仗也，其中謂之禁圍。』《山堂考索》續集卷二十五：『宋朝循唐制，禁衛五重，一親從官，二天武官，三御龍宮箭直，四御龍骨朵直，五御龍直。其中謂之禁圍，闌入者有罪。』

〔四〕《長編》卷一百十六：（景祐二年五月）辛巳，審刑院、大理寺言：『奉詔詳定衛入禁衛條。按禁衛凡五重：親從官爲一重，寬衣天武官爲一重，御龍弓箭直、弩直爲一重，御龍骨朵子直爲一重，御龍直爲一重，今比附律令，請以衛入從外第一重徒一年，每重加一等，罪止徒二年，誤者減二等。』從之。

〔五〕私罪：《刑統》卷二：『私罪，謂私自犯，及對制詐不以實，受請枉法之類。』

〔六〕公罪：《刑統》卷二：『公罪，謂緣公事致罪，而無私曲者。』

〔七〕《趙清獻公文集》卷七《奏狀乞釋傳卞罪（十月十日）》：臣伏見國子博士傳卞，近因所乘馬驚逸，衝冒禁衛，係憲臺勘鞫法寺議讞次。竊緣卞經明行修，士譽推服，今其所犯衆知詿誤，《書》曰：『眚災肆赦。』《易》曰：『赦過宥罪。』此皆聖賢用忠恕之道，以謂凡人孽非自作，以過誤而舊釁者，則赦之而勿疑。伏惟陛下至仁至聖，堯舜其心，凡百用刑，必原情實。臣愚欲乞聖旨指揮，明卞之誤，釋卞之罪，申恩屈法，則容廣大之德，日益隆盛也。（詔傳卞罰銅八斤，理爲公屏。）

周諫議湛善射弩，〔一〕十發十中的，隔屋射亦然。嘗謂予曰：『其法雖由審固，然亦自有神用。今以架縛弩，施箭其上，往往不中，至於用神之專，無不向的，非神用而何。』湛爲鹽鐵判官，三司文帳煩夥，吏胥蔽欺，若不可究者，爲之立勘同法，歲減天下計帳七千道。又括天下隱户三十三萬，發其詭號凡十二種。〔二〕湖南之民掠良人，〔三〕踰嶺賣爲奴婢，湛爲廣東提點刑獄〔四〕，下令提溺，及令自陳，得男女一千六百餘人，還其家，而世少知之。蓋古良吏也。

【校證】

〔一〕此條據《類苑》卷二十二引《東齋記事》并。此條四庫本原分爲三條，『周諫議湛善射弩』至『非神用而何』在卷二，『湛爲鹽鐵判官』至『凡十二種』在卷三，『湖南之民掠良人』至句尾在卷三。考《類苑》所引，文義連貫，顯係三條原即爲一整體，故從《類苑》，將四庫本卷三的兩條合并於此。

周諫議湛：即周湛，字文淵，其先汝陰人。天禧二年登進士第，歷内外官。善治劇，初若不留意，已而皆得其要。纍擢至右諫議大夫、知相州。卒，年七十一。子璟、玘。戎州俗，不服藥而救疾以巫。湛爲通判，刻方書於石，民始知藥之驗。江湖民多略良人，鬻嶺外爲奴婢，湛提點廣東路刑獄，許其自陳，得還鄉者千數。徙京西路，罷鄧州美陽堰役夫，歲數十萬，前此利止及圭田而不及民故也。江西民喜訟，多竊去案牘，而州縣不能制。湛爲轉運使，爲立千文架閣法，以歲月爲次，嚴其遺失之罪，朝廷頒諸路爲法，至今不易。又命諸縣據籍括詭名户，一路推究，三十餘萬以免追擾之。徙夔州路，蠲雲安鹽井虚課，而省其輸薪之患。知襄州，鄽中皆以竹，居民多侵官衢，故多火灾，湛命驗券而正其經界，仍易竹以瓦，後不能改。任三司鹽鐵判官，立勘同法，歲減天下計帳七千道，遷户部副使，覆校軍大將功罪，發運司保送而遷者減常之半，善隔屋射弩，發必中的，人服其妙。（《隆平集》卷十四）

《宋史》卷三百亦有傳。

〔二〕按：《隆平集》卷十四《周湛傳》：『湛爲轉運使……命諸縣據籍括詭名户，一路推究，三十餘萬以免追擾之。』《宋史》卷三百《周湛傳》：『（周湛）爲江南西路轉運使……以徭賦不均，百姓巧於避匿，因條其詭名挾佃之類十二事，且許民自言，凡括隱户三十萬。』可見，周湛括隱户、發詭號在江南西路轉運使任上，而非范鎮所記之鹽鐵判官任上。

〔三〕湖南之民：《隆平集·周湛傳》《宋史·周湛傳》以及《仕學規範》卷十五均作『江湖之民』。

〔四〕提點刑獄：官名。掌察所部之獄訟而平其曲直，所至審問囚徒，詳覈案牘，凡禁繫淹延而不決，盗竊逋竄而不獲，皆劾以聞，及舉刺官吏之事。舊制，參用武臣。熙寧初，神宗以武臣不足以察所部人材，罷之。六年，置諸路提刑司檢法官。紹聖初，以提刑兼坑冶事。宣和初，詔江西、廣東增置武提刑一員，然遇闕帥，不許武憲兼攝。中興，以盗賊未衰，諸路無武臣提刑處，權添置一員，建炎四年罷。紹興初，兩浙路以疆封闊遠，差提刑二員，淮南東路罷提刑，令提舉茶鹽官兼領，蓋因事之煩簡而損益焉。乾道六年，詔諸路分置武臣提刑一員。須選差公廉曉習法令、民事之人，如無聽闕，其後稍横，遂不復除。八年，用臣僚言，諸路經總製錢并委提點刑獄官督責。嘉定十五年，臣僚言：『廣西所部州軍最多，提刑合照元降指揮，分上下半年，就鬱林州與静江府兩處置司，無使僻地貧民有冤莫吐。』從之。其屬有檢法官、幹辦官。

（《宋史》卷一百六十七）

元昊叛時，[一]楊侍讀偕[二]進神楯、劈陣刀，嘗以步卒五百人試於殿廷。其法，外環以車，內比以楯，楯刻獸狀，設機使開闔，所以驚馬，亦以御箭，當時人皆非笑之。[三]其後王吉[四]陣於兔毛川，賊以鐵鷂子來陣，弓弩不可施放，乃以劈陣刀披其甲、豁馬膁[五]，馬奔逸，墮崖壑死者不可勝計。自陝西用兵，惟兔毛川勝捷者，由劈陣刀也。鐵鷂子，賊中謂之鐵林騎，士以索貫穿於馬上，雖死不墮，以豪族子、親信者爲之。

【校證】

〔一〕此條亦見於《永樂大典》卷一萬三千四百五十一引《東齋記事》，文同。

〔二〕楊侍讀偕：即楊偕，字次公，坊州中部人。偕少從种放學於終南山，舉進士，釋褐坊州軍事推官、知汧源縣，再調漢州軍事判官。數上書論時政，又上所著文論。召試學士院，不中，改永興軍節度推官。又上書論陝西邊事，復召試，不赴，即遷秘書省著作佐郎，爲審刑院詳議官，再遷太常博士。宋綬薦爲監察御史，改殿中侍御史。與曹修古連疏，言劉從德遺奏恩太濫，貶太常博士、監舒州稅。以尚書祠部員外郎知光州，改侍御史，爲三司度支判官。富民陳氏女選入宮，將以爲后，偕上疏諫上。以尚書户部員外郎兼侍御史知雜事。判吏部流内銓，徙三司度支副使，擢天章閣待制、河北轉運使。明年，丁母憂，願終制，不許，進龍圖閣直學士、知河中府。徙陝州，又徙河東都轉運使。進樞密直學士、知并州。明年，改左司郎中、本路經略安撫招討使，賜錢五十萬。罷知邢州，徙滄州。求面論兵事，召還，令間日入對。偕在并州日，嘗論《八陣圖》及進神楯、劈陣刀，其法外環以車，内比以楯。至是，帝命以步卒五百，如其法布陣於庭，善之，乃下其法於諸路。其後王吉果用偕刀、楯，敗元昊於兔毛川。久之，還翰林侍讀學士、知審官院，復以爲左司郎中。求知越州，道改杭州。還，判太常、司農寺，改右諫議大夫。請老，以尚書工部侍郎致仕。於其歸，特賜宴。嘗召問，賜不拜。卒，遺奏《兵論》一篇，帝憐之，特贈兵部侍郎。（《宋史》卷三百）

歐陽修作《翰林侍讀學士右諫議大夫楊公墓志銘》，收入《歐陽文忠公集》卷二十九。

〔三〕《長編》卷一百三十二：（慶曆元年六月）丙午，知并州楊偕遣曲陽主簿楊拯獻《龍虎八陣圖》及所製神楯、劈陣刀、手刀、鐵連枷、鐵簡。且言：『龍虎八陣，有奇有正，有進有止，遠則射，近則以刀、楯擊之。彼蕃騎雖衆，見神楯之异，必遽奔潰，然後以驍騎夾擊，無不勝者。蓋歷代用兵，未有經慮及此。其陣法臣已授拯，拯頗知兵，望特賜召問，此神妙之機願藏秘府。』帝閲於崇政殿，降詔獎諭，擢拯幕職官。其後，言者以爲器重大，緩急難用云。

〔四〕《類苑》卷五十六『王吉』條：慶曆初，趙元昊圍麟州二十七日，城中無井，掘地以貯雨水。至是水竭，知州苗繼宣拍泥以塗稿，積備火箭。賊有諜者，潛入城中，出告元昊，城中水已竭，不過二日，當破。元昊望見塗積，曰：『城中無水，何暇塗積？』斬諜者，解圍去麟州之圍。苗繼宣募吏民有能通信求援於外者，通引官王吉應募。繼宣問：『須幾人從行？』吉曰：『今虜騎百重，無所用衆。』請髠髮，衣袒服，挾弓矢，賫糗糧，詐爲胡人，夜縋而出，遇虜問，則爲胡語答之，兩晝夜，然後出虜寨之外，走詣府州告急，府州遣將兵救之。吉復間道入城，城中皆呼萬歲，及圍解，詔除吉奉職本州指使。吉嘗從都監王凱及中貴人將兵數千人，卒遇虜數萬騎，中貴人惶恐以手帛自經。吉曰：『官何患不得死？何不且令王吉與虜戰，若吉不勝，死未晚也。』因使其左右數人守中貴人，曰：『貴人有不虞，當盡斬若屬。』因將所部先登，射殺虜大將，虜衆大奔，衆軍乘之，虜墜崖死者萬餘人。奏上，凱自侍禁除禮賓使、本路鈐轄。吉自奉職除禮賓副使。王吉嘗與夏虜戰，其子文宣年十八，從行，戰罷不見文宣。其麾下請入虜中求之，吉止之曰：『此兒爲王吉之子，而爲虜所獲，尚何以求爲？』頃之，文宣挈二首以至，吉乃喜曰：『如此真我子也。』吉每與虜戰，所發不過一矢，即捨弓肉袒而入，手殺數人，然後返白。及其張弓挾矢之時，直往抱之，使彼倉卒無以拒我，則成擒矣。吾前後數十戰，未嘗發兩矢也。時又有張節與吉齊名，皆不至顯官而卒。

〔五〕膁：通『肷』，指獸類身體兩旁肋骨和胯骨之間的部分。

范恪〔一〕在陝西亦爲有功，常挽一石七斗力弓，其箭鏃如鏵，謂之鏵弓。箭羽間勒其官稱、姓名，往往一箭貫二人者，賊甚畏之。〔二〕

【校證】

〔一〕范恪：字許國，開封人。初名全，少隸軍籍於許州，選入捧日軍，又選爲殿前指揮使，歷行門、龍旗直、散員押班。康定元年，元昊數寇邊。試武伎，擢内殿崇班、慶州北路都巡檢使，與攻白豹城，破之。既還，夏人遣騎襲其後。恪設伏崖險，敵半度，邀擊之，斬首四百級，生獲七十餘人。以功遷内殿承制。嘗會諸道兵攻十二盤暨咄當、迷子寨，中流矢，督戰愈力。視砲石中有火爨者，恪取號於衆曰：『賊矢石盡，用竈下甓矣。』於是士卒争奮，果先得城。遷供備庫副使。恪有弓勝一石七斗，其箭鏃如鏵，名曰鏵弓。又於羽間識其官稱、姓氏，凡所發必中，至一箭貫二人。他日，取蕉蒿寨歸，恪獨殿後，爲數千騎所襲。恪視矢箙止有二鏵，即爲引滿之勢，賊遽却。嘗與總管杜惟序、鈐轄高繼隆將兵分討漢乞、薛馬、都嵬等三寨，恪先破都嵬，而繼隆圍薛馬不能下，恪馳往取之，既又援惟序下漢乞寨。改左騏驥副使。虜犯大順城，諸將皆閉城自守。恪率兵一千餘，戰剋之。改宫苑副使、環慶路兵馬都監，因特召見。仁宗謂曰：『適有邊奏，賊犯高平軍劉璠堡，可乘驛亟往。』遂遷禮賓使、榮州刺史、環慶路鈐轄，手詔令趣范仲淹麾下起兵赴援。恪晝夜兼行，比至平凉，賊已解。頃之，遷洛苑使，權秦鳳路兵馬總管。恪驍勇善射，臨難敢前，故數有戰功，自龍、神衛四廂都指揮使纍遷至侍衛親軍馬步軍副都指揮使，歷坊州刺史、解州防禦、宣州觀察使、保信軍節度觀察留後，以疾出爲永興軍路副都總管，數月卒，贈昭化軍節度使。（《宋史》卷三百二十三）

《隆平集》卷十九亦有傳。

〔二〕亦見《玉海》卷一百五十：康定元年，范恪試武技，爲慶州北路巡檢。恪有弓勝一石七斗，其箭鐵如鏵，名曰鏵弓。又於箭羽間識其官稱、姓氏，臨敵所發必中，至一箭貫二人，虜畏之。

東齋記事卷三

丁文簡公度嘗言：『舉進士時，以制誥文〔一〕爲贄卷。』既而復自笑曰：『是不揆〔二〕也。』然其後爲知制誥、翰林學士、參知政事，蓋其所存者，從來有素矣〔三〕。初，舉人居鄉，必以文卷投贄先進，自糊名後，其禮寖衰。〔四〕賈許公爲御史中丞，又奏罷公卷，〔五〕而士子之禮都亡矣。

【校證】

〔一〕制誥文：《類苑》卷九、《職官分紀》卷七、《錦繡萬花谷》後集卷十一、《類説》卷二十二引《東齋記事》均作『制誥』。

制誥文：指承命草擬的詔令。贄卷：也稱『行卷』，唐宋時期應試者於考前將自己的詩文寫於卷軸内，呈給達官貴人冀求延譽介紹。

〔二〕不揆：自謙之詞。不自量之意。

〔三〕蓋其所存者，從來有素矣：《類苑》卷九、《職官分紀》卷七、《錦繡萬花谷》後集卷十一、《類説》卷二十二引《東齋記事》均作『亦見其所存有素矣』。

〔四〕《長編》卷三十三：（淳化三年）三月戊戌，上御崇政殿，覆試合格進士。先是，胡旦、蘇易簡、王世則、梁灝、陳堯叟皆以所試先成，擢上第。由是，士争習浮華，尚敏速，或一刻數詩，或一日十賦。將作監丞莆田陳靖上疏，請糊名考校，以革其弊，上嘉納之。于是，召兩省、三館文學之士，始令糊名考校，第其優劣，以分等級。内出《巵言日出賦》題，試者駭异，不能措詞，相率扣殿檻上請。會稽錢易，時年十七，日未中，所試三題皆就，言者指其輕俊，特黜之。得汝陽孫何以下凡三百二人，并賜及第，五十一人同出身。上諭之曰：『爾等各負志業，中我廷選，效官之外，更勵精文翰，勿墜前功也。』何等旅拜稱謝。

〔五〕按：《長編》卷一百三十二：『（慶曆元年五月庚午）權三司使、知制誥賈昌朝爲龍圖閣直學士、權知開封。』《長編》卷一百三十三：『（慶曆元年八月）丁亥，詔罷天下舉人納公卷。初，權知開封府賈昌朝言，唐以來禮部采名譽，觀素業，故預投公卷。今有彌封、謄録，一切考論試篇爲公卷者可罷。詔從之。』《長編》卷一百三十四：『（慶曆元年十二月壬辰）龍圖閣直學士兼侍講、禮部郎中、權知開封府賈昌朝爲右諫議大夫、權御史中丞。』由此可見，賈昌朝『奏罷公卷』在慶曆元年八月丁亥之前，其時并未任御史中丞，而是任龍圖閣直學士、權知開封府。范鎮所記誤。

薛簡肅〔一〕贄謁馮魏公，〔二〕首篇有『囊書空自負，早晚達明君』句。馮曰：『不知秀才所負何事。』讀至第三篇《春》詩，云：『千林如有喜，一氣自無私。』乃曰：『秀才所負者此也。』

【校證】

〔一〕《詩人玉屑》卷十『薛簡肅公』條、《類説》卷二十二、《五朝名臣言行録》卷五引《東齋記事》，均作：薛簡肅公舉進士時，贄謁馮魏公，首篇有『囊書空自負，早晚達明君』之句。馮掩卷而謂之曰：『不知秀才所負何事。』讀至第三篇《春》詩，云：『千林如有喜，一氣自無私。』乃曰：『秀才所負者如此。』

薛簡肅：即薛奎，字宿藝，絳州人。父化光，善命術，奎生，知其必至公輔。淳化中，奎登進士第，多歷外官。向敏中薦其才，纍擢至龍圖閣待制、御史中丞、龍圖閣學士、三司使。天聖七年參知政事。章獻太后崩，大臣皆罷，獨留奎，欲以爲相。而苦喘疾，數辭位，除資政殿學士，判都省。卒，年六十八，贈兵部尚書，謚『簡肅』。奎持身端重，論不苟合。善知人，范仲淹、明鎬、龐籍在下位時，奎皆以公輔許之，卒如其言。天禧初，自淮南轉運副使疏真、揚漕河，廢三堰，舟楫便之。嘗館伴契丹使蕭從順，從順言，漢使至契丹，皆見太后，今請入見。奎曰：『皇太后垂簾聽政，雖本朝臣僚亦未嘗見也。』乃不敢請。知益州，蜀人以張咏比之。仁宗嘗謂輔臣曰：『臣之事君，多見有始而無終者。』奎曰：『保終始者，豈獨臣下？如唐開元勵精爲治，而天下晏然。及其既久，放意荒侈，以至大亂。此不可不監也。』上深納之。時邊臣言，伺知契丹將大入寇，輔臣俱言擇將備邊之策。奎獨曰：『先帝與彼約合，歲遺爲厚，彼必不敢輕背約。願持重。』已而邊報果妄。太后謁太廟，欲被黻冕。奎固執不可。及太后崩，上謂輔臣曰：『太后大漸，且不能言，數引衣示朕，殆意在黻冕乎？』奎曰：『然服之何以見先帝也？』卒以后服斂。（《隆平集》卷七）《東都事略》卷五十三、《宋史》卷二百八十六亦有傳。歐陽修作《薛簡肅公奎墓志銘》，收入《歐陽文忠公集》卷二十六。

〔二〕馮魏公：即馮拯，字道濟，河陽人。太平興國二年登進士第，咸平中擢樞密直學士，明年同知樞密院事，景德初改簽書，明年參知政事。久之，以疾丐罷。大中祥符四年知河南府，七年除御史中丞。又以疾除户部尚書、知陳州。天禧四年拜相，五年進右僕射。仁宗即位，遷司空兼侍中。天聖初罷相，授節制、檢校太尉兼侍中、判河南府。卒，年六十六。贈太師、中書令，謚『文懿』。（《隆平集》卷四）《東都事略》卷五十、《宋史》卷二百八十五亦有傳。宋綬作《宋故推誠同德崇仁守正保節翊戴功臣武勝軍節度鄧州管内觀察處置等使開府儀同三司檢校太尉兼侍中使持節鄧州諸軍事行鄧州刺史判河南府西京留守上柱國魏國公食邑一萬一千七百户食實封肆仟陸百户贈太師中書令謚曰文懿馮公墓志銘并序》，收入郭茂育、劉繼寶編著之《宋代墓志輯釋》。

夏英公竦[一]嘗言：『楊文公文如錦繡屏風，但無骨耳。』議者謂：『英公文譬諸泉水，迅急湍悍，至於浩蕩汪洋，則不如文公也。』

【校證】

[一]夏英公竦：即夏竦，字子喬，江州人。父承皓，太平興國初，上平晉策，補右侍禁，與北敵戰，歿於河朔。竦以父死事恩，授潤州丹陽縣主簿。景德四年，舉賢良方正科入等。仁宗封慶國公，宰臣王旦薦竦才，遂命教書資善堂，纍擢知制誥。與妻楊訟，左遷。天聖中，復知制誥，遷翰林學士，又兼龍圖閣學士。五年樞密副使，七年參知政事，與宰相呂夷簡不協，徙樞密副使。明道二年，罷爲禮部尚書，知潁州。景祐三年，爲三司使。元昊叛，建節知永興軍，徙涇州。明年，兼陝西安撫、經略、招討等使。還，判永興軍，進宣徽南院使。與陳執中共事不協，徙鄜州。又徙河中府。慶曆二年，以爲樞密使。諫官、御史皆言竦奸邪，在陝西怯於用兵，今用之，則邊將之志墮矣。凡十八疏，罷之本鎮。言尚不已，乃改吏部尚書，知亳州。明年，除資政殿大學士。又明年，復宣徽南院使、河陽三城節度使，判并州。又明年，加使相、判大明

府，又明年召爲宰相。言者又以爲常與宰臣陳執中不協，不可共事，乃改樞密使，封英國公。慶曆八年，罷知河南府。皇祐九年，加侍中。明堂恩，移鎮武寧、徐州大都督府長史，改封鄭國公。明年，以疾求歸。卒，年六十七，贈太師、中書令。初謚文正，考功劉敞以爲世謂竦奸邪，謚『文正』未允，公議改曰『文莊』。（《隆平集》卷十一）

《東都事略》卷五十四、《宋史》卷二百八十三亦有傳。王珪作《夏文莊公竦神道碑銘》，收入《華陽集》卷四十七。

王文正公之爲相也，王沂公爲知制誥，吕許公爲太常博士、知濱州，沂公嘗見文正公，問：『君識太常博士吕夷簡否？』沂公曰：『不識也。』他日復見，復問之。沂公曰：『見朝士多稱其才者。』凡三見三問，乃曰：『此人异日當與公同秉國政。』是時，沂公既有名當世，頗以器業自許，中不能平，因曰：『公識之邪？』曰：『不識也。』問：『然則何以知？』曰：『吾見其奏請爾。』沂公猶不信，强應曰：『諾。』其後，丁晋公既敗，沂公先在中書，而許公自知開封府除參知政事，二人卒同秉政。沂公乃爲許公言之，問其當時奏請，乃不税農器等事也〔一〕。

【校證】

〔一〕《故推誠保德宣忠亮節崇仁協恭守正翊戴功臣開府儀同三司守太尉致仕上柱國許國公食邑一萬八千四百户食實封七千六百户贈太師中書令謚文靖吕公神道碑銘（并序）》：濱城并河水羡溢爲害，寇萊公鎮魏，請擇守於朝上諭宰司，而以公行。到郡，循隄防，究民利病，平繇省賦，拯諸墊昏，暇日閱徵簿，見田鎛之算，曰：『先儒有言，王道本於農，此何名哉。』表請除之。（《樂全集》卷三十六）《長編》卷八十一：（大中祥符六年）初，知濱州吕夷簡上言，請免河北農器之税。上曰：『務穡勸耕，古之道也。豈獨河北哉。』癸卯，詔諸路勿税農器，尋命夷簡提點兩浙路刑獄。

李參〔一〕自荆南召，欲以爲三司使〔二〕，參政孫夢得抃固執不可，曰：『此人爲主計〔三〕，外臺〔四〕承風刻剥，則天下之人益困弊矣。』由是遂改授群牧使。〔五〕

【校證】

〔一〕李參：字清臣，鄆州須城人。以廕知鹽山縣。通判定州。知荆門軍，歷知興元府，淮南、京西、陝西轉運使。召爲鹽鐵副使，以右諫議大夫爲河北都轉運使。與安撫使郭申錫相視決河，議不協；又與真定吕溱相惡，二人皆得罪，參移使河東，知荆南。嘉祐七年，召爲三司使，參知政事孫抃曰：『參爲主計，外臺將承風刻剥天下，天下之民困矣。』乃改群牧使。詔王安石、王陶置局經度國計，參言：『官各有職，臣若不任事，當從廢黜。不然，乞罷此局。』從之。治平初，加集賢院學士、知瀛州，賜黄金百兩。帥臣有賜自參始。再遷樞密直學士、知秦州。以疾解邊任，判西京御史臺，起知曹、濮二州。神宗久知其才，書姓名於殿柱。以知永興軍，不行，卒，年七十四。（《宋史》卷三百三十）

〔二〕《宋史》卷一百六十二《職官志》：三司之職，國初沿五代之制，置使以總國計，應四方貢賦之入，朝廷之預，一歸三司。通管鹽鐵、度支、户部，號曰計省，位亞執政，目爲計相。其恩數廪禄，與參、樞同。太平興國八年，分置三使。淳化四年，復置使一員，總領三部。又分天下爲十道：曰河南，河東，關西，劍南，淮南，江南東、西，兩浙，廣南。在京東曰左計，京西曰右計，置使二員分掌。俄又置總計使判左、右計事，左、右計使判十道事，凡干涉計度者，三使通議之。五年，罷十道左右計使，復置三部使。咸平六年，罷三部使，復置三司一員。闕正使，則以給、諫以上權使事。使一人，以兩省五品以上及知制誥、雜學士、學士充。亦有輔臣罷政出外，召還充使者。使闕，則有權使事；又闕，則有權發遣公事。掌邦國財用之大計，總鹽鐵、度支、户部之事，以經天下財賦而均其出入焉。鹽鐵，掌天下山澤之貨，關市、河渠、軍器之事，以資邦國之用。度支，掌天下財賦之數，每歲均其有無，制其出入，以計邦國之用。户部，掌天下户口、税賦之籍，榷酒、工作、衣儲之事，以供邦國之用。

〔三〕主計：官名，主管國家財賦。《史記·張丞相列傳》：『（張蒼）遷爲計相，一月，更以列侯爲主計四歲。』司馬貞索隱：『謂改計相之名，更名主計也。』後泛指主管財政的官吏。《宋故右中奉大夫直秘閣致仕朱公墓志銘》：『國朝主計之臣，以轉運使分隸諸道，而户部領其要。』三司使通管鹽鐵、度支、户部，號曰計省，位亞執政，目爲計相。

〔四〕外臺：官名。後漢刺史，爲州郡的長官，置别駕、治中，諸曹掾屬，號爲外臺。後代指監司爲外臺，御史爲内臺。

〔五〕群牧使：群牧司制置使的省稱。『宋有群牧司制置使（景德四年置）、使、制使、都監、判官。制置使一人，以樞密使、副爲之（明道二年罷，未幾復置）。使一人，以兩省以上充（使，舊一員。皇祐初，以翰林學士、吏部郎中梁適爲同群牧使，時彭乘已爲使，適員外置也）。副使一人，以内侍都知充。都監二人，以諸司使充。判官二人，以京朝官充。掌内外厩牧之事，周知國馬之政，而察其登耗。凡受宣詔、文牒，則以時下於院、監。大事則制置使同簽，小事則專遣其副使。都監不備置，判官、都監每歲更出諸州巡坊監，點印國馬之蕃息者。左、右騏驥院句當官各三人，以諸司使、副及内侍充，掌牧養國馬，以供乘輿及頒賜王公群臣、蕃夷國信給騎、軍廄置之用。天駟左、右四監，監官各一人。左、右天廄坊，監官各一人。牧養上、下監官各一人，并以三班使臣充。乳酪院，以句當左騏驥官兼，掌供尚食乳餅酥酪之事。藥蜜庫，監官二人，以京朝官充，掌受糖蜜藥物，以供馬醫之用。佑馬司，句當官三人，以内侍押班、諸司使副充，掌閲諸州所市馬，平其直。車營、致遠務，監官三人，以京朝官、諸司使副充，掌養飼驢、牛，以駕車乘。駝坊，監官二人，以三班使臣充，掌牧養橐駝。皮剥所，監官二人，以三班使臣充，掌割剥馬牛諸畜之死者。』（《文獻通考》卷五十六）

此條所記之事詳見蘇頌《孫文懿公抃行狀》：『一日，政府集議擢李參爲三司使，公時以故後至，預聞之，徐曰：「方今民力弊困久矣，宜得敦厚有學術之人使主邦計，庶幾可以寬民保衆，苟於趣辦應卒之才，則誅斂掊克，無所不至，如此民何所措手足乎？」前議遂止。』（《名臣碑傳琬琰集》中卷四十五）《長編》卷一百九十六：（嘉祐七年五月）己未，知荆南府、工部侍郎李參爲群牧使。執政初議，欲用參爲三司使。孫抃獨不可，曰：『此人若主計，外臺承風刻削，則天下益困敝矣。』乃不果用。

陝西路轉運使請永興軍、秦、坊、同〔一〕在京板無同字。等州官置醋坊。王沂公言：『榷酤之法，蓋出於前代之不得已。今經費之〔二〕廣，未能省去，官自造醋，細民益見侵奪也。』〔三〕

【校證】

〔一〕同：《長編》卷一百四、《宋會要輯稿》食貨二〇、《仕學規範》卷十九均不載『同州』，四庫本小注『在京板無同字』。『同』字疑衍。

〔二〕之：《長編》卷一百四、《宋會要輯稿》食貨二〇均作『至』字。

〔三〕此事亦見《長編》卷一百四：（天聖四年七月乙丑）罷永興軍、秦、坊等州新醋務。初，轉運司言：『民間買官糟造醋，頗有遺利，已置務榷之請，推其法天下。』王曾曰：『榷酒，蓋出於前代之不得已。今以經費至廣，未能省去，若又榷醋，則甚矣。』故罷之。

《宋會要輯稿》食貨二〇：（天聖）四年七月，三司言：『陝府西轉運司狀：永興軍、秦、坊等州，自來衹令人户買糟造醋沽賣，各獲厚利入己。已牒逐州軍差官，截日官自置務醖造沽賣，候收到課利，别具供申。』宰臣王曾等奏：『榷酤之法，起自前代，已是曲取民利，蓋以軍國贍用，經費至廣，未能除去。今復醖醋，尤更瑣細。欲祇令永興軍、秦、坊州召人買撲酤賣，并其餘州軍并不得官置醋坊。』帝曰：

『此事尤可行，速與指揮。』

夏秋沿納之物〔一〕，如鹽、麴之類，名件〔二〕煩碎〔三〕。慶曆中，有司建議并合歸一名，以省帳鈔。〔四〕程文簡爲三司使〔五〕，獨以爲仍舊爲便；若没其舊名，异日不知，或再取〔六〕鹽麴，則致重復。此亦善慮事也。〔七〕

【校證】

〔一〕沿納之物：《閒適劇談》卷二：前代剥民之政，衹巧立名色。昔五代時，正賦之外，如江南諸郡，釀酒則有麴引錢，别輸未三斗授鹽一斤，則曰鹽米，供軍須則有鞋錢，入官則有蔆米，諸類總謂之沿納之物。

〔二〕名件：名目。

〔三〕煩碎：《類苑》卷二十三、《五朝名臣言行録》卷六、《文獻通考》卷三引《東齋記事》均作『頗碎』。

〔四〕按：『慶曆中』有誤。程琳於景祐元年五月至景祐四年四月爲三司使。『有司建議』之事必發生在程琳任三司使的景祐四年四月之前。又，《長編》卷一百十三載：『（明道二年十月壬戌）自唐以來，民計田輸賦外，增取他物，復折爲賦，所謂雜變之賦者也，亦謂之沿納。而名品煩細，其類不一，官司歲附帳籍，并緣侵擾，民以爲患。帝躬耕籍田，因詔三司沿納物以類并合。於是，三司請悉除諸名品，并爲一物，夏秋歲入，第分麤細二色。百姓便之。』可知，『有司建議』發生在程琳任三司使的景祐元年的前一年，即明道二年。而『慶曆中』程琳早已卸任三司使之職了。故『慶曆中』應爲『明道二年』。

〔五〕程文簡：即程琳，字天球，永寧軍人。真宗大中祥符四年，舉服勤詞學科中選。仁宗景祐元年五月至景祐四年四月，爲三司使。

〔六〕取：《類苑》卷二十三、《夢溪筆談》卷十一、《仕學規範》卷二十、《五朝名臣言行録》卷六、《文獻通考》卷三引《東齋記事》均作『敷』。

〔七〕《長編》卷一百十四：（景祐元年五月）乙丑，翰林侍讀學士、兼龍圖閣學士、工部侍郎、權知開封府程琳爲三司使。丙寅，詔自今三司使在職未久，毋得非次更易。於是，琳在三司閲四年，遂得政。或請募人輸粟京師以罷江、淮漕運，琳曰：『如猾商邀價而粟不至，奈何？』先是，三司并合田賦沿納諸名品爲一物，琳謂：『藉使牛皮、食鹽、地錢合爲一，穀、麥、黍、豆合爲一，易於勾校可也。然後世有興利之臣，復用舊名增之，是重困民無已時也。』琳在三司，尤謹出入，禁中有所取，輒覆奏罷之。内侍表言琳顓，琳聞之，自直於上曰：『三司財賦，皆朝廷有也，臣爲陛下惜耳，於臣何有？』上然之。明道二年十月，并諸名品爲一物，既已施行，琳但有此議論耳。

韓持國知潁川府〔一〕，時彦以狀元及第〔二〕，每稱狀元，持國怒曰：『狀元無官耶？』自此呼爲簽判。彦終身銜之。馬涓巨濟亦以狀元及第，爲秦簽，〔三〕亦呼狀元。秦帥吕晋伯〔四〕曰：『狀元者，及第未除也。既爲判官，不可曰狀元。』巨濟媿謝。〔五〕

【校證】

〔一〕按：『潁川府』當爲『潁昌府』。《涑水記聞》卷十三：『元豐五年，韓持國知潁昌府，官滿，有旨許令持國再任。』《長編》卷三百二十九：『（元豐五年八月）甲寅，詔知潁昌府資政殿學士韓維再任。』邵伯温《聞見録》卷十四亦記此事，作『韓持國大資知潁昌府，時彦以狀元及第爲簽判』云云。《長編》卷三百二：『許州，元豐三年正月中升爲潁昌府。』

〔二〕時彦：字邦美，開封人。元豐二年狀元及第，簽書潁昌判官，入爲秘書省正字，纍至集賢校理。紹聖中，遷右司員外郎。使遼失職，坐廢，旋復校理，提點河東刑獄。蹇序辰使遼還，又坐前受賜增拜，隱不言，復停官。徽宗立，召爲吏部員外郎，擢起居舍人，改太常少卿，以直龍圖閣爲河東轉運使，加集賢殿修撰、知廣州。未行，拜吏部侍郎，徙户部，爲開封尹。异時都城苦多盗，捕得，則皆亡卒，吏憚於移問，往往略之。彦始請一以公憑爲驗，否則拘繫之以俟報，坊邑少安，獄屢空。數月，遷工部尚書，進吏部，卒。（《宋史》卷三百五十四）

〔三〕《長編》卷四百五十六：『（元祐六年三月）壬午，御集英殿，賜進士諸科馬涓以下及第、出身、同出身，假承務郎、文學總六百有二人。涓，閬中人也。』同月『乙未，及第進士馬涓爲承事郎，簽書雄武軍節度判官』。

〔四〕按：吕晋伯當爲吕進伯。《長編》卷四百四十四：『（元祐五年六月辛酉）知陝州吕大忠爲直龍圖閣，知秦州。』馬涓，元祐六年狀元及第，同年三月乙未，『及第進士馬涓爲承事郎、簽書雄武軍節度判官』。（《長編》卷四百五十九）可見，《東齋記事》此條所謂『吕晋伯』者，即是吕大忠。《東都事略》卷九十二、《名賢氏族言行類稿》卷三十六、《宋史》卷三百四十均作『吕大忠，字進伯。』朱熹《伊洛淵源録》卷八亦記此事，作『馬涓巨濟狀元及第，爲秦州簽判，初呼狀元。吕進伯爲帥，謂之曰』云云。可見，吕進伯爲確。

吕進伯：即吕大忠，字進伯，吕大防兄也。舉進士，韓絳宣撫陝西，以大忠提舉永興路義勇。改秘書丞，檢詳樞密院吏、兵房文字。令條義勇利害。爲僉書定國軍判官。熙寧七年，遣太常少卿劉忱議河東地界，大忠遭父喪，起復知代州。虜使蕭素、梁穎設次於本朝地，而輒據主位。大忠不從，於是移次於長城北。易西上閤門使、知石州。大忠數與素、穎會，屢以理折之，稍屈。契丹復使蕭禧來聘，召執政及大忠議。大忠進曰：『彼遣使來，即與代北之地。若有一使曰魏王英弼來盡索關南地，亦與之乎？』神宗默然，議卒不決。大忠請終喪。其後卒以分水嶺爲界云。元豐初，除河北路轉運判官，上生財、養民十二事。移淮南西路提點刑獄。哲宗即位，爲陝西轉運副使，移知陝州，除直龍圖閣、知秦州，遷寶文閣待制。遷寶文閣直學士、知渭州。坐事降待制，知同州。俄致仕，卒，復寶文閣直學士。（《東都事略》卷九十一）

《宋史》卷三百四十有傳。蘇昞作《宋故追復寶文閣直學士朝散大夫致仕呂公之墓》。

〔五〕詳見《聞見前録》卷十四：韓持國大資知潁昌府，時彥以狀元及第，爲簽判。初見持國，通謁者稱『狀元』，持國怒曰：『狀元無官耶？』自此呼時彥簽判云，彥終身銜之。馬涓巨濟亦以狀元及第爲秦州簽判，初呼狀元，呂晉伯爲帥，謂之曰：『狀元云者，及第未除官也。既爲判官，不可曰狀元也。』巨濟愧謝，晉伯又謂巨濟曰『科舉之學既無用，修身爲己之學其勉之』時，謝良佐顯道作州學教授，顯道爲伊川程氏之學。晉伯每屈車騎，同巨濟過之，則顯道爲講《論語》，晉伯正襟肅容聽之，曰：『聖人言行在焉，吾不敢不肅。』又數以公事案牘委巨濟詳覆，且曰：『修身爲己之學，不可後；爲政治民其可不知？』巨濟自以爲得師，後立朝爲臺官有聲，每曰：『吕公數載之恩也。』賢於時彦遠矣。（按，『晉伯』當爲『進伯』。）

《湘山野録》〔一〕載：『胡旦〔二〕乞入見，王沂公奏旦瞽廢，乞送中書問求見之因。至堂，沂公與諸相具門生禮，列拜，旦長揖而坐。』〔三〕中書堂，宰相治事之地，表儀百辟者在是。外臣乞對，送中書引問，自有公禮，何暇講師生之私敬。旦於都堂，巍然受諸相之拜而不辭，决無此理。予於秘閣嘗見其《演聖通論》〔四〕，甚有出於人者，而所爲如此，豈不惜哉。

【校證】

〔一〕《郡齋讀書志》卷三下：《湘山野録》，四卷。皇朝熙寧中，僧文瑩撰，記國朝故事。

〔二〕胡旦：字周父，渤海人。舉進士第一，通判升州，代還，遷左拾遺、直史館。上書言時政利病，出爲淮東轉運副使，徙知海州。盧多遜既貶，趙普罷相，其夏河决韓村，尋復塞。旦獻《河平頌》，有『逆遜投遠，奸普屏外』之語，太宗怒，貶商州團練副使。乃上《平燕八議》，起爲右補闕，修國史。有翟馬周者，旦與之善。馬周上書排毁執政，因自薦可爲大臣，又舉才任公輔者十人，其辭頗壯。當時皆指旦所爲，太宗怒，流馬周海島，貶旦坊州團練副使，徙絳州。淳化五年，直集賢院，復知制誥、史館修撰。旦與中官王繼恩善，事連宫禁，貶安遠行軍司馬，又削籍流潯州。移通州團練副使，又移滁州，分司西京。又以爲保信軍節度副使。久之，通判襄州。未幾，喪明，以秘書少監致仕。居襄州，遷秘書監，卒，年八十旦。（《東都事略》卷三十八）

《宋史》卷四百三十二亦有傳。

〔三〕《湘山野録》原文爲：胡文監旦喪明，歲久，忽襄陽奏入，胡某欲詣闕乞見。真宗許之。既到闕，王沂公曾在中書，謂諸公曰：『此老利吻，若獲對，必妄計時政。』因先奏曰：『胡某瞽廢日久，廷陛蹈舞失容，恐取笑於仗衞，乞令送中書問求見之因。』真宗令中人閤門傳宣，送旦於中書，或有陳叙，具封章奏上。胡知必廟堂術也。至堂方及席，沂公與諸相具諸生之禮，列拜於前，旦但長揖。方坐，沂公問曰：『丈近目疾增損如何？』胡曰：『近亦稍減，見相公、參政衹可三二分來人。』其凉德率此。再問所來之事，堅乞引對。中人再傳聖語，既無計，但言襄陽元書乞賜一見。諸相曰：『此必不可得。』急具札子奏，批下，奉聖旨依奏，乞見宜不允。

〔四〕《直齋書録解題》卷三：《演聖通論》，六十卷，知制誥渤海胡旦周父撰。《易》十七、

《書》七、《詩》十、《禮記》十六、《春秋》十，其第一卷爲目録。旦，太平興國三年進士第一人，恃才輕躁，纍坐擯斥，晚尤黷貨，持吏短長，爲時論所薄，然其學亦博矣。

國朝言水利者，惟乾州刺史張綸〔一〕爲有績效之最。天禧末，爲江、淮發運副使，築高郵北漕河長堤二百里，旁錮石爲距，分十闥以泄横流。泰州有捍海堰，久廢不治，與范希文經畫修復之，遂命兼知泰州。〔二〕堰成，復租户萬二千六百。〔三〕州人復爲立生祠。〔四〕

【校證】

〔一〕四庫本作『張繪』，其下有小注『京板作張綸』。『張綸』確，據改。張綸：字公信，潁州汝陰人也。嘗舉進士不中，補三班奉職，稍遷閤門祗侯。爲益、彭、簡等州巡檢使，擢荆湖提點刑獄。辰州溪洞蠻寇邊，以綸知辰州。綸至，築蓬山驛路，賊不得通，方遁去。又修新興寨，鑿井導泉以便民，徙渭州。又徙鎮戎軍，蠻復寇邊，爲辰、澧、鼎州緣邊巡檢安撫使。諭蠻酋以禍福。使修貢，仍令還所掠民。綸遣官與之盟，刻石於境上。天禧中，爲江淮發運副使。居二歲，增米八十萬，復置鹽場於杭、秀、海三州，增歲課百五十萬。疏五渠，導太湖入於海。復租米六十萬，開長蘆西河以避覆舟之患。又築高郵北漕河隄二百里，旁錮以巨石爲十閘以洩横流。又修復泰州捍海堰，因命兼權知泰州。堰成，復逋户三千六百，民爲立生祠。纍遷東上閤門使，歷知泰、滄、瀛州。拜乾州刺史，再知滄州，徙潁州，卒，年七十五。（《東都事略》卷一百十二）《隆平集》卷十九、《宋史》卷四百二十六亦有傳。范仲淹作《宋故乾州刺史張公神道碑》，收入《范文正公文集》卷十一。

〔二〕築捍海堰事，詳見《長編》卷一百四：（天聖四年八月）丁亥，詔修泰州捍海堰。先是，堰久廢不治，歲患海濤冒民田，監西溪鹽稅范仲淹言於發運副使張綸，請修復之。綸奏以仲淹知興化縣，總其役。難者謂濤患息則積潦，必爲災，綸曰：『濤之患十九，而潦之災十一，獲多亡少，豈不可乎。』役既興，會大雨雪，驚濤洶洶且至，役夫散走，旋濘而死者百餘人。衆讙言堰不可復，詔遣中使按視，將罷之。又詔淮南轉運使胡令儀同仲淹度其可否，令儀力主仲淹議。而仲淹尋以憂去，猶爲書抵綸，言復堰之利。綸表三請，願身自總役。乃命綸兼權知泰州，築堰自小海寨東南至耿莊，凡一百八十里，而於運河置閘，納潮水以通漕。踰年堰成，流逋歸者二千六百餘户，民爲綸立生祠。令儀及綸各遷官。

〔三〕按：『復租户萬二千七百』當爲『復逋户二千六百』。四庫本、守山閣本《東齋記事》作『堰成，復租户萬二千六百』。《長編》卷一百四：『堰成，流逋歸者二千六百餘户，民爲綸立祠。』《宋通鑑長編紀事本末》卷三十：『堰成，流傭歸者二千六百餘户，民爲綸立生祠。』《宋史·張綸傳》：『成堰，復逋户二千六百，州民利之，爲立生祠。』《隆平集·張綸傳》：『堰城，復逋户三千六百，州民爲立生祠。』《東都事略·張綸傳》：『堰成，復逋户三千六百民，爲立生祠。』其中『流逋歸者』『流傭歸者』和『復逋户』義略同，均有因災荒流離在外而欠交賦税，歸還重新成爲交税者之意。而『租户』意爲租種官田或民田者，與此文意不合。據以上文獻記載，歸還的逋户有『二千六百』和『三千六百』兩種説法。又據范仲淹爲張綸所作之《宋故乾州刺史張公神道碑》：『堰成，復逋户二千有六百，郡民建生祠以報公。』因此事乃范仲淹與張綸合作親歷之事，此數當確，同時范公也用了『逋户』一詞來指代歸復之人口。綜上，『租户』當爲『逋户』，『萬二千七百』當爲『二千六百』。

〔四〕『州人復爲立生祠』句，泰州百姓此前并未爲張綸立過生祠，故加『復』字後之句意，與事實不符，疑『復』字衍。

陳公弼知潭州長沙縣。部僧有海印者，多識權貴人，數撓政違法，奪民園池，更數令莫敢治。公弼捕笞之，以園池還民。又知虔州雩都縣，毁淫祠數百區，勒巫覡爲良民七十餘家。〔一〕

【校證】

〔一〕范鎮《陳少卿希亮墓志銘》：（陳公弼）知潭州長沙縣，部僧海印者。多識權貴人，數撓政爲不法，奪民園池，更數令莫敢治。君至，捕治笞之，以園池還民。郴州竹場有僞爲券給輸户送官者，事覺，輸户當死，君察其非辜挺出之，已而，果得真造僞者。再遷殿中丞。徙知虔州雩都。雩都之俗，疾病不醫，一諉於鬼。君毁淫祠數百區，勒巫覡爲良民七十餘家，而民始得近醫藥。（《名臣碑傳琬琰集》中卷三十）

任廟朝初，〔一〕薛簡肅公知開封，上新即位，時章獻臨朝，一切以嚴治人，謂之『薛出油』。〔二〕其後知成都，歲豐人樂，隨其俗與之游嬉，作《何處春游好》詩十首，自號『薛春游』，欲換前所稱謂也。〔三〕姜樞密遵、魯肅簡公亦以嚴稱，時目姜爲『姜擦子』〔四〕，魯爲『魯魚頭公』〔五〕。

【校證】

〔一〕此條據《類説》卷二十二、《類苑》卷六十七引《東齋記事》改。四庫本原作：『仁皇初，薛簡肅公知開封府，上新即大位，莊獻臨朝，一切以嚴治，人謂之「薛出油」。其後移知成都，歲豐人樂，隨其俗與之嬉游，作何處春游好詩十首，自號「薛春游」，欲换前所稱也。』考『姜樞密遵、魯肅簡公亦以嚴稱』句之文意，顯係與前文爲一整體，故從《類説》《類苑》。

〔二〕《長編》卷一百：（天聖元年四月）己亥，以吏部郎中、龍圖閣待制薛奎權知開封府。奎爲政嚴敏，擊斷無所貸，人相與畏憚，至私與俚語，目爲『薛出油』。語上達，帝因問，奎謝曰：『臣知擊奸，安避此？』上益加重。

〔三〕薛奎知益州在天聖四年三月至天聖六年三月。《長編》卷一百四：『（天聖四年三月）己卯，徙知秦州、右諫議大夫、集賢院學士薛奎，知益州。』《長編》卷一百六：『（天聖六年三月）辛酉，以樞密直學士、右諫議大夫、知益州薛奎爲龍圖閣直學士、權三司使公事。』

〔四〕《長編》卷一百六：（天聖六年三月）癸丑，以右諫議大夫、知永興軍姜遵爲樞密副使。遵長於吏事，其治尚嚴猛，所誅殘者甚衆，時人號爲『姜擦子』。

〔五〕《國老談苑》卷二：魯宗道爲參政，以忠鯁自任。嘗與宰執議事，時有不合者，宗道堅執不回，或議少有异，則還諍不已，然多從宗道所論。時人謂曰『魚頭公』。蓋以骨鯁目之也。

薛簡肅公時，布一匹三百文，依其價，春給以錢，而秋令納布，民初甚善一作喜之。今布千錢，增其價纔至四百。其後，轉運使務多其數，富者至數百匹，貧亦不下二三十匹，而貧富俱不憀〔一〕矣。

【校證】

〔一〕憀：依賴。《淮南子》卷十五：『上下不相寧，吏民不相憀。』

鳳州貧民不能葬者，棄尸水中。雍慎微〔一〕爲推官，以俸錢市曠地使之葬。慎微，名明遠，閬州人，所至有惠政。其知櫟陽縣〔二〕也，涇水舊釃三渠，置斗門若干，第六、第七門久廢不治，而歲役百夫者凡三十年，白府罷之。粟邑鎮〔三〕税歲六十萬，不登者三十年，奏減四十萬。清州〔四〕户絶絲歲千餘兩，代輸者八十年，斥賣之。此所以〔五〕見其宿抱之所存。子子方〔六〕，尚書度支員外郎。

【校證】

〔一〕雍慎微：即雍明遠，字慎微，閬州南部縣人。景祐元年甲戌張唐卿榜進士。曾知櫟陽縣。

〔二〕櫟陽縣：《長安志》卷十七：『櫟陽縣，本秦舊縣，獻公自雍徙居焉。漢高帝元年，項羽以司馬欣爲塞王，都櫟陽。二年，高帝爲漢王，還都櫟陽。七年，徙都長安。高帝既葬太上皇於萬年陵，遂分櫟陽置萬年縣，以爲陵邑，治櫟陽城中。故櫟陽城亦名萬年城。王莽改曰師亭。後漢省櫟陽入萬年。後魏孝文太和二十二年，析萬年置鄣縣。宣武景明元年，又析置廣陽縣，屬馮翊郡。周明帝二年，省萬年入廣陽、高陵二縣，更於長安城中別置萬年縣，廣陽仍隸馮翊郡。隋開皇三年罷郡，以廣陽隸雍州。唐武德元年，改爲櫟陽。二年，析置粟邑縣。貞觀八年，廢粟邑入焉。天授二年，隸鴻州。大足元年，還雍州。』

〔三〕粟邑鎮：《長安志》卷十七：粟邑鎮，在櫟陽縣東北三十四里石川河東。

〔四〕清州：《長安志》卷十七：清州鄉，在櫟陽縣西北管奉尊里。

〔五〕所以：守山閣本作『足以』。

〔六〕子方：即雍子方。歷任開封府推官、尚書度支員外郎、太常博士、秘閣校理、祠部員外郎、提點成都府路刑獄兼常平等事。

張職方其〔一〕知江陰軍，吏盜錢三百萬〔二〕，蓋二十年矣，發其奸，捕繫數十人。轉運使趙廓〔三〕謂曰：『此應賞典，願竄吾名以聞〔四〕。』其慘然〔五〕曰：『殺人以求賞，可乎？』悉召吏，諭以：『償錢則貸出之，不然則爾死矣。』吏之親屬聞者，争出錢以償，十日乃足。乃推二人已死者爲首，餘悉貸之不問。廓愧起嘆曰：『公長者，非吾所及也。』其，簡肅公之婿〔六〕。

【校證】

〔一〕張職方其：即張其，生平不詳。薛奎之婿。歐陽修《薛簡肅公奎墓志銘》作『張奇』。

〔二〕三百萬：《自警編》卷八、《仁獄類編》卷二、《言行龜鑒》卷六均作『三百貫』。《厚德録》卷二引《東齋記事》作『三百萬』。

〔三〕趙廓：生平不詳。《長編》卷八十六：『大中祥符九年二月戊寅，太子右贊善大夫趙廓，權宗正丞事。』《長編》卷一百八：天聖七年九月甲戌，司封員外郎趙廓言：『前判大理寺，每集定急案，唯本案官繫書，而他法官不與，恐不能盡心。請自今悉令簽書，若議刑有失，則并坐之。』從之。

〔四〕願竄吾名以聞：《自警編》卷八、《仁獄類編》卷二、《牧津》卷三十四均作『願竄吏，吾當以聞。』

〔五〕慘然：形容心裏悲痛的樣子。《太玄經》卷三：『慘然，懷憂故不快也。』

〔六〕歐陽修《薛簡肅公奎墓志銘》：『女五人，長適故職方員外郎張奇。』

王景彝〔一〕之父博文〔二〕爲樞密副使，月餘而卒。〔三〕景彝亦爲樞密副使，月餘亦卒。〔四〕人甚异之。故事，初入二府者，三數月而後辦理事，景彝纔到，即點檢辦理。英皇甚注意禮貌之，何天奪之速也。

【校證】

〔一〕王景彝：即王疇，字景彝。以父任將作監主簿。天聖八年登進士第，纍擢知制誥、御史中丞、翰林學士。治平元年，樞密副使。至二年二月，共五十五日而薨，年五十九，謚『忠簡』。嘉祐末，英宗疾稍愈，未出，疇請以時御朝。又請謁祠廟會，宰執亦請，上從之，遂聽政焉。未幾大用。知制誥錢公輔言，疇資望輕淺，在臺素餐。上用疇而出公輔焉。疇容服莊潔，坐立嶷然，吏治審密，文辭嚴麗。任中執法，屢言事，亦或見用。其時多有顧望者。至和初，爲開封府判官，宦者李允良疑人毒死其叔父，訴請發棺驗視。疇獨曰：『驗而無實，是無故暴人尸，此安知非允良有奸？』既而窮治，果引伏與叔家有怨。（《隆平集》卷十）

《宋史》卷二百九十一亦有傳。

〔二〕博文：即王博文，字仲明，曹州人。十六善屬文，應舉開封，以迴文詩百篇投試卷場屋中，謂之『王迴文』。知廬州劉蒙叟薦，召試舍人院，除壽州安豐主簿。又以知制誥陳堯咨薦，召試中書，賜進士出身，累擢至龍圖閣待制，進龍圖閣直學士、樞密直學士、龍圖閣學士，兩權三司使。寶元元年同知樞密院事，二十六日而薨，年七十，贈吏部侍郎。子因、略、疇、時。天禧四年，詔博文按朱能、王先僞『乾祐天書』事，連逮者衆，惟治首惡，脅從者請皆得減死論。其後，章獻太后怒曹利用，而博文與内侍羅崇勳鞫曹汭獄於真定府。汭伏誅，議者或謂博文致之。沿邊軍民逃入蕃部擒致者，有錦袍銀帶茶綵之賞。間有自歸而爲蕃部所得，亦不能免，法皆處斬。博文遺習事者持信紙密招之，至則驗而貸其罪，減誅死者甚衆。詔加褒諭，仍推行其法於諸邊郡。（《隆平集》卷十）

《宋史》卷二百九十一亦有傳。

〔三〕《長編》卷一百二十一：（寶元元年三月戊戌）龍圖閣直學士、給事中、權三司使王博文，龍圖閣直學士、工部侍郎、知永興軍陳執中爲右諫議大夫，并同知樞密院事。

《長編》卷一百二十二：（寶元元年四月）癸酉，給事中、同知樞密院事王博文卒。始，博文爲三司使，言於上曰：『臣且死，不得復望兩府之門。』因泣下，上憐之，後數日，與陳執中并命，位樞密凡三十六日死。

〔四〕《長編》卷二百三：（治平元年十二月）丙午，翰林學士、禮部侍郎王疇爲樞密副使。上嘗謂輔臣曰：『疇善文章。』歐陽修曰：『其人亦勁直，但不爲赫赫之名耳。』

一日晚，御小殿，召疇草詔，因從容談中外事，語移時。上喜曰：『卿清直好學，朕知之久矣，非今日也。』不數日，遂有是命。疇辭不敢拜，上遣内侍趣疇入，御延和殿以俟之，日已昳，須疇入，乃歸。

《長編》卷二百四：（治平二年二月）癸卯，樞密副使、禮部侍郎王疇卒。疇始病，上謂胡宿曰：『卿可遣子弟往問之。』及病革，又敕内侍挾太醫診視。及還，以不起聞。上嗟悼久之，即欲臨奠，以命官祈雨致齋故，翌日乃出。賜白金三千兩，贈兵部尚書，謚『忠愨』。疇妻梅氏方娠，上命其家曰：『即生男女悉以聞。』及生，女子也，上又命其及適人，以其婿名聞。他日謂輔臣曰：『王疇可惜！朕於西府初得此人，而遽爾淪喪，豈國之不幸邪！』疇好治容服，坐立嶷然，言必以文，未嘗慢戲。吏治審密，文辭嚴整可喜。其執法以言事，然於時不能無顧望。執政纔五十日，終於位，及所享壽類其父䎖云。

治平元年甲辰十二月，吴奎〔一〕罷樞密副使。奎自嘉祐七年三月除樞密副使，纍遷禮部侍郎。〔二〕是年十二月，以父憂去位，在樞府凡三年。明年起復，奎子大理評事〔三〕，見於延和殿，面諭齋詔賜奎，而奎固辭，從之。〔四〕

【校證】

〔一〕吴奎：字長文，濰州北海人。性强記，於書無所不讀。舉五經，至大理丞，監京東排岸。再遷殿中丞，策賢良方正入等，擢太常博士、通判陳州。入爲右司諫，改起居舍人，同知諫院。唐介論文彦博，指奎爲黨，出知密州。加直集賢院，徙兩浙轉運使。入判登聞檢院、同修起居注、知制誥。奉使契丹，會其主加稱號，要入賀。奎以使事有職，不爲往。歸遇契丹使於塗，契丹以金冠爲重，紗冠次之。故事，使者相見，其衣服重輕必相當。至是，使者服紗冠，而要奎盛服。奎殺其儀以見，坐是出知壽州。至和三年，大水，詔中外言得失。奎上疏，拜翰林學士，權開封府。居三月，治聲赫然。除端明殿學士、知成都府，以親辭，改鄆州。復還翰林，拜樞密副使。治平中，丁父憂，居喪毁瘠，廬於墓側，歲時潔嚴祭祀，不爲浮屠事。神宗初立，奎適終制，以故職還朝。踰月，參知政事。御史中丞王陶，以論文德不押班事詆韓琦，奎狀其過。詔除陶翰林學士，奎執不可。陶又疏奎阿附。陶既出，奎亦以資政殿大學士知青州。司馬光諫曰：『奎名望清重，今爲陶絀奎，恐大臣皆不自安，各求引去。陛下新即位，於四方觀聽非宜。』帝乃召奎歸中書。及琦罷相，竟出知青州。明年薨，年五十八。贈兵部尚書，謚曰『文肅』。（《宋史》卷三百一十六）《東都事略》卷七十三亦有傳。劉攽作《吴公墓志銘》，收入《彭城集》卷三十七。

〔二〕《長編》卷一百九十六：『（嘉祐七年三月乙卯）翰林學士、右司郎中、知制誥、權知開封府吴奎爲右諫議大夫、樞密副使。』《長編》卷二百一：『（治平元年閏五月戊辰）樞密副使胡宿、吴奎爲禮部侍郎。』

〔三〕《宋宰輔編年録》卷六：『奎子』前有『仍召』二字，文意更順。

〔四〕《長編》卷二百四：（治平二年二月）己未，起復前禮部侍郎、樞密副使吴奎領故官職，奎固辭，不許。奎遣其子大理評事璟奉表懇辭，上意必起之。韓琦曰：『近年兩府大臣文彦博、賈昌朝、富弼各乞終喪，奎必不肯起。』歐陽修曰：『若邊境有急，金革從事，則不容免。』上曰：『方此西邊未寧，奎何自遂其私也？』五月辛酉，乃詔璟於延和殿，面諭齋詔賜奎，奎終辭，上許之。詔令月給俸錢之半，奎固辭不受。《吴公墓志銘》：『會丁父憂去，既卒，哭。天子必欲起之，再使内臣往。又召公子男璟上殿諭旨，故事所未嘗有也。公固請終喪。上不得已。許之。召給半俸，用璟爲鄆州判官。公又辭俸，許之。』（《彭城集》卷三十七）

王景彝性嚴謹，與予同在《唐書》局，十餘年如一日，〔一〕春、夏、秋、冬各有衣服，歲歲未嘗更，而常若新置。至綿衣則皆有，分兩帖子綴於其上，視其輕重厚薄，以時換易。有僕曰王用，呼即在前，冬月往往立睡於幄後，其不敢懈如此。一日，送食於其家，官中器用，悉典解使之，督索旬日而後得，而景彝卒不知。是則效小謹者，不可不察其大過。嚴之蔽，惟小謹之悦，至於大過，則不聞。可不監哉。

【校證】

〔一〕《長編》卷一百五十五：『（慶曆五年五月）己未，翰林學士、兼龍圖閣學士、判集賢院王堯臣，翰林學士、史館修撰張方平，侍讀學士、兼龍圖閣學士、判史館修撰余靖，并同刊修《唐書》。』此乃修《唐書》之始。《長編》卷一百五十六：『（慶曆五年閏五月）庚子，度支員外郎、集賢校理兼天章閣侍講、史館檢討曾公亮，宗正丞、崇文院檢討兼天章閣侍講趙師民，殿中丞、集賢校理何□立，校書郎宋敏求，大理寺丞、館閣校勘范鎮，大理寺丞、國子監直講邵必，并爲編修《唐書》官。必以爲史出衆手非是，卒辭之。』《長編》卷一百六十：『（慶曆七年六月）庚午，命參知政事丁度提舉編修《唐書》。』《長編》卷一百六十六：『（皇祐元年六月壬午）改命同刊修《唐書》、翰林侍讀學士宋祁爲刊修官。』《長編》卷一百九十二：『（嘉祐五年七月）戊戌，翰林學士歐陽修等上所修《唐書》二百五十卷，刊修及編修官皆進秩或加職，仍賜器幣有差。』《唐書》修撰前後共計十六年。

王景彝嘗謂予曰：〔一〕『立朝當以一人爲法。』予曰：『君法何人？』曰：『曾明仲〔二〕。』然謹約爲近，而嚴過之，其福壽固弗逮也。

【校證】

〔一〕此條《類説》卷二十二引《東齋記事》作：『或問王景彝：「立朝當以何人爲法。」曰：「曾明仲」。然謹約爲近，而嚴過之，福壽弗逮也。』

〔二〕曾明仲：即曾公亮，字明仲，泉州晋江人。舉進士甲科，知會稽縣。坐父買田境中，謫監湖州酒。久之，爲國子監直講，改諸王府侍講。歲滿，當用故事試館職，獨獻所爲文，授集賢校理、天章閣侍講、修起居注。擢天章閣待制，賜金紫。遂知制誥兼史館修撰，爲翰林學士、判三班院。以端明殿學士知鄭州。復入爲翰林學士、知開封府。未幾，擢給事中、參知政事。加禮部侍郎，除樞密使。嘉祐六年，拜吏部侍郎、同中書門下平章事、集賢殿大學士。熙寧二年，進昭文館大學士，纍封魯國公。以老避位，三年九月，拜司空兼侍中、河陽三城節度使、集禧觀使。明年，起判永興軍。以太傅致仕。元豐元年卒，年八十。帝臨哭，輟朝三日，贈太師、中書令，謚曰『宣靖』，配享英宗廟庭。（《宋史》卷三百一十二）《東都事略》卷六十九亦有傳。

水部郎中〔一〕薛宗孺〔二〕嘗舉崔庠充京官。後庠犯贓，宗孺知淄州，京東轉運司差官取勘〔三〕。久之，會赦當釋。是時，歐陽永叔參知政事，特奏不與原免。〔四〕議者以爲永叔避嫌則審矣，自計無乃過乎。使宗孺自爲過惡，雖奏不原可矣，今止坐失舉，而不原赦，亦太傷恩。故宗孺銜之特深，以爲一謫争兩覃恩、兩奏薦。宗孺，簡肅公之侄，强幹人也。

【校證】

〔一〕水部郎中：《宋史》卷一百六十三：『水部郎中，掌溝洫、津梁、舟楫、漕運之事。凡堤防决溢，疏導壅底，以時約束而計度其歲用之物。修治不如法者，罰之；規畫措置爲民利者，賞之。分案六，置吏十有三。紹興纍減吏額，四司通置三十三人。』

〔二〕按：薛宗孺當爲薛良孺。《長編》卷二百九：『（宋英宗治平四年三月）有薛良孺者，修妻之從弟也，坐舉官被劾，會赦免，而修乃言不可以臣故徼幸，乞特不原，良孺竟坐免官，怨修切齒。』《宋朝編年備要》卷十七：『修妻之從弟薛良孺被劾，修言不可以臣故原貸，良孺怨修，因誣修以帷薄事。』《宋史》卷三百四十三《蔣之奇傳》：『修妻弟薛良孺，得罪，怨修。』歐陽修《國子博士薛君墓志銘并序》：『君諱良孺，字得之，姓薛氏，絳州正平人也。少孤，育於其叔父，是爲簡肅公。』而范鎮此條載：『宗孺，簡肅公之侄。』

薛良孺生平見歐陽修《國子博士薛君墓志銘并序》：君諱良孺，字得之，姓薛氏，絳州正平人也。少孤，育於其叔父，是爲簡肅公。以公蔭，爲將作監主簿、太常寺奉禮郎、大理評事、將作監丞、大理寺丞，遷太子右贊善大夫、殿中丞。嘗知秦州清水縣，縣雜蕃夷，君爲簡其政令，示之必信，蕃夷畏愛，歲滿罷去，人甚思之。其後簽書通利軍判官公事，與其軍守争事，坐停官。久之，復爲殿中丞，遷國子博士，監陳州清酒務。嘉祐八年二月甲午，以疾卒於官舍，享年四十有六。宋興百年，薛姓五顯，而簡肅公以清德直節聞。故其家法嚴，而子弟多賢材。君爲人開爽明秀，幼爲簡肅公所愛，若己子。長工書，作歌詩。嘗一舉進士，不中，以蔭補，例監庫務，無所施其能。一爲民政，遂有聲。平居喜飲酒談笑，與其親戚朋友歡然，未嘗有怨惡。其在通利，與其軍守所争皆公事。既廢，無懟色，至卒窮以死，豁如也。嗚呼，可哀也已！曾祖贈太傅諱温瑜。祖贈太師諱化光。父右班殿直、贈左驍衛大將軍諱睦。君娶張氏，故樞密直學士逸之女，封仁壽縣君，先君二歲而卒。子男一人，曰遜。女三人，長適大理評事王正甫，次適太常寺太祝王端甫，次尚幼。治平三年二月乙酉，其孤遜舉其喪，合葬於絳州正平縣清原鄉周村原。將葬，廬陵歐陽修曰：餘，薛氏婿也，與君游而賢其人，宜有以哀之。乃爲之銘曰：維古才子兮，出於名族。嗟吾得之兮，既哲而淑。有能不施兮，不遐以趣。卒困於艱兮，泰乎自足。絳水深長兮，

山崗起伏。利我後人兮，安於吉蔔。（歐陽修《歐陽文忠公集》卷三四）

〔三〕取勘：審理。蔡襄《乞責罰醫官》：『臣切見近寶和光公主及公主相繼夭殤，供藥醫官已聞下開封府取勘者。』（《端明集》卷二十八）

〔四〕《長編》卷二百九：（宋英宗治平四年三月）先是，監察御史劉庠劾參知政事歐陽修入臨福寧殿，衰服下衣紫衣。上寢其奏，遣使諭修令易之。朝論以濮王追崇事疾修者衆，欲擊去之，其道無由。有薛良孺者，修妻之從弟也，坐舉官被劾，會赦免，而修乃言不可以臣故徼幸，乞特不原，良孺竟坐免官，怨修切齒。修長子發，娶鹽鐵副使吴充女，良孺因謗修帷薄，事連吴氏。

蔡君謨嘗言：〔一〕『宋宣獻公未嘗素談〔二〕。在河南時〔三〕，衆官聚廳慮囚，公問之曰：「汝與某人素有何冤？」囚不能對。坐上官吏以俗語問之，囚始能對。』又云：『宋元憲公近之和氣拂拂然襲人，景文公則英采秀發。三人者，久視之無一點塵氣，真神仙中人也。』

【校證】

〔一〕此條《類說》卷二十二《宣獻未嘗素談》條引《東齋記事》作：『宋宣獻公未嘗素談。在河南，聚廳慮囚，公曰：「汝與何人素有何冤？」囚不能對。坐上官更以俗語問之，囚始能答。宋元憲公近之和氣拂拂然襲人，景文公則英采秀發，三人者久視之，無一點塵神仙中人也。』

〔二〕素談：守山閣本作『俗談』。『俗談』乃用俗語表達之意。《類説》卷二十九《俗談》：『俗之誤談，何限呼郡刺史爲刺使，謂般涉爲官陟，謂茜爲塹，食魚謂鱖爲桂，以鮓鸞爲詬，人振鼻爲噴涕，呿口爲愛富，殊不知噴嚏爲噫音，隘藏府氣噫出也。又呼熨斗爲醞，剪刀爲箭，羃爲幕，禮爲理，保爲補，褒爲捕，暴爲步，觸類甚多，不可悉數。』從本條下文『公問之曰：汝與某人素有何冤？囚不能對。坐上官吏以俗語問之，囚始能對。』可知，『俗談』爲確。

〔三〕宋綬在河南的時間是天聖九年十月至明道二年四月，前後共三年。《長編》卷一百十：『（天聖九年十月戊寅）以翰林學士兼侍讀學士宋綬爲龍圖閣學士、知應天府。』《長編》卷一百十二：『（明道二年四月癸丑）召知應天府、龍圖閣學士、刑部侍郎宋綬，通判陳州、太常博士、秘閣校理范仲淹赴闕。』《長編》卷一百十三：『（明道二年八月）丁巳，置端明殿學士，班翰林、資政學士之下，以翰林侍讀學士、兼龍圖閣學士宋綬爲之。』

王武恭公德用，〔一〕寬厚善撫御，其狀貌魁偉，而面色正黑，雖匹夫下卒、閭巷小兒、外至遠荒君長，皆知其名，識與不識，稱之曰『黑王公』〔二〕。皇祐末，仁宗以爲樞密使，而以富韓公爲宰相，是冬契丹使至，公爲伴射。〔三〕使者曰：『以公爲樞密使，富公爲相，得人矣。』上聞甚喜。〔四〕

【校證】

〔一〕《澠水燕談録》卷二亦有此條。《類苑》卷五十五、《錦繡萬花谷》卷十五、《五朝名臣言行録》卷八、《事文類聚》後集卷十八均作引自《澠水燕談録》。現存文獻未見作引自《東齋記事》者，疑四庫本誤輯，今仍其舊。

王武恭公德用：即王德用，字元輔，王超之子也。始超爲懷州防禦使，補德用爲牙内都指揮使。以將家子宿衛真宗，爲内殿直、殿前左班都虞候、捧日左厢指揮使，纍遷英州團練使。仁宗即位，改博州團練使，知廣信軍。徙冀州，積官至步軍副都指揮使，桂、福二州觀察使。明道二年拜簽書樞密院事，遂爲副使。明年，以奉國軍留後同知院事。又明年，領安德軍節度使。又明年，加宣徽南院使。寶元二年，罷爲武寧軍節度使。初，翰林學士蘇紳嘗疏德用宅枕乾崗、貌類藝祖者，既而御史中丞孔道輔又以紳之言劾奏之，降左千牛衛上將軍，知隨州。德用疏言：『宅枕乾崗，陛下所賜。貌類藝祖，父母所生。』既貶黜，士皆爲之懼。久之，徙知曹州。復保静軍留後，知青州。未行，而契丹聚兵境上，乃拜德用保静軍節度使，知澶州。復宣徽南院使，判成德軍，徙判定州，又徙陳、孟二州。召還，復判相州，拜同中書門下平章事。判澶州，徙鄭州封祁國公。還爲會靈觀使。已而復判鄭州，徙澶州，改鎮集慶，封冀國公。以太子太師致仕，復起爲河陽三城節度使，同平章事，判鄭州。皇祐六年，拜樞密使，徙封魯。是時，仁宗以富弼爲宰相。是歲，契丹使者來，德用與之射，使者曰：『天子以公典樞密，而用富公爲相，得人矣。』仁宗聞之，賜德用弓一、矢五十。嘉祐元年，復請老，爲景靈宫使，徙鎮忠武。卒，年七十八，贈太尉、中書令。謚曰『武恭』。（《東都事略》卷六十二）

《隆平集》卷十一、《宋史》卷二百七十八亦有傳。歐陽修作《忠武軍節度使同中書門下平章事武恭王公神道碑銘并序》，收入《歐陽文忠公集》卷二十三。

〔二〕黑王公：《長編》卷一百七十二、《石林燕語》卷七、《宋宰輔編年録》卷五等均作『黑王相公』。

〔三〕按：『皇祐末』有誤，應爲『至和末』。《長編》卷一百七十六：『（至和元年三月戊辰）河陽三城節度使、同平章事、判鄭州王德用爲樞密使。』《長編》卷一百八十四：『（嘉祐元年十一月）辛巳，樞密使、河陽三城節度使、同平章事王德用罷樞密使，爲忠武節度使、同平章事、景靈宫使。』可見，王德用任樞密使在至和元年三月至嘉祐元年十一月。

富弼至和二年六月始任宰相。《長編》卷一百八十：『（至和二年六月戊戌）平章事、昭文館大學士，宣徽南院使、判并州富弼爲户部侍郎、平章事、集賢殿大學士。』

《長編》卷一百八十一：『（至和二年十二月）庚子，契丹遣右宣徽使左金吾衛上將軍蕭運、翰林學士給事中史館修撰史運來獻遺留物。己酉，契丹國母遣林牙保靜節度使蕭袞、文州觀察使知客省使杜宗鄂，契丹遣崇儀節度使耶律達、益州觀察留後劉日亨來賀正旦。又遣林牙右領軍衛上將軍蕭鏐、歸州觀察使寇忠來謝册立。』

由此可知，『仁宗以爲樞密使，而以富韓公爲宰相，是冬契丹使至』乃在至和二年。至和年號僅兩年。《隆平集》卷十一《王德用傳》：『至和末，富弼爲相，契丹使來，命德用伴射。』可見，『皇祐末』不確，應爲『至和末』。

〔四〕此事亦見歐陽修《忠武軍節度使同中書門下平章事武恭王公神道碑銘并序》：『是歲，契丹使者來，公與之射，使者曰：「天子以公典樞密，而用富公爲相，得人矣。」語聞上喜，賜公御弓一，矢五十。』《宋史》卷二百七十九《王德用傳》：『至和元年，遂以爲樞密使，命入謁拜。明年，富弼相，契丹使耶律防至，德用與防射玉津園，防曰：「天子以公典樞密，而用富公爲相，將相皆得人矣。」帝聞之喜，賜弓一，矢五十。』

狄青初爲延州指揮使，〔一〕與西賊大小二十五戰，帶銅面具被髮出入行陣間。凡八中箭，纍至涇原路招討副使。上未識其面，欲召見之，會戎寇邊急，上令圖其形以進，後爲樞密使。是時，予爲諫官，人有相侵，夜吟：『漢似胡兒胡似漢，改頭換面總一般，祇在汾河川子畔。』以爲青汾河人，面有刺字，不肯滅去，又姓狄，爲漢人，此歌爲是人作也，爲不疑矣，欲予言。予應之曰：『此唐太宗殺李君羨事〔二〕，上安肯爲之。近世有以王德用貌類藝祖、宅枕乾崗爲言者，疏入不報，卒亦無事。』〔三〕其人語塞。嗚呼！前世如此被誅者甚衆，哀夫。

【校證】

〔一〕此條據《類苑》卷五十五引《東齋記事》改，四庫本作『狄武襄公青，初爲延州指揮使，與西賊大小二十五戰，每戰帶銅面具，被髮出入行陣間。凡八中箭，纍官至涇原路招討副使。上未識其面，欲召見之，會邊報甚急，上令圖其形以進，其後爲樞密使。』考《類苑》所引之『是時，予爲諫官』等句，顯係和前文爲一整體。又《類說》卷二十二引《東齋記事》作：『狄青汾河人，面有刺字不肯滅去，爲樞密使。有以謠讖告予者，曰：「漢似胡人胡似漢，改頭換面總一般，祇在汾河川子畔。」予曰：「此唐太宗殺李君羨事，上安肯爲之。近世有以王德用貌類藝祖、宅枕乾崗爲言者，疏入不報，卒亦無事。」其人語塞。嗚呼！前世如此被誅者甚衆，哀夫。』故從《類苑》。

〔二〕『唐太宗殺李君羨事』見《新唐書》卷九十四：貞觀初，太白數晝見，太史占曰『女主昌』。又謠言『當有女武王者』。會内宴，爲酒令，各言小字，君羨自陳曰『五娘子』。帝愕然，因笑曰：『何物女子，乃此健邪！』又君羨官邑屬縣皆『武』也，忌之。未幾，出爲華州刺史。會御史劾奏君羨與狂人爲妖言，謀不軌，下詔誅之。天授中，家屬詣闕訴冤，武后亦欲自詫，詔復其官爵，以禮改葬。

〔三〕《長編》卷一百二十三：（寶元二年五月己酉）宣徽南院使、定國節度使、知樞密院事王德用，狀貌雄毅，面黑，而頸以下白晳，人皆异之。其居第在泰寧坊，直宫城北隅。開封府推官蘇紳嘗疏：『德用宅枕乾崗，貌類藝祖。』帝匿其疏不下。御史中丞孔道輔繼言之，語與紳同，且謂德用得士心，不宜久典機密。壬子，罷爲武寧節度使，赴本鎮。德用尋以居第獻，詔隸芳林園，給其直。

張鄧公嘗謂予曰：〔一〕『某舉進士時，寇萊公同游相國寺，前詣一卜肆。卜者曰：「二人皆宰相也。」既出，逢張相齊賢〔二〕、王相隨〔三〕，復往詣之。卜者大驚曰：「一日之内，而有四人宰相。」相顧大笑而退。因是，卜者聲望日消，亦不復有人問之，卒窮餓以死。』四人其後皆爲宰相，共欲爲之作傳，未能也。是時，鄧公已致仕，猶能道其姓名。今予則又忘其姓名矣。其人亦可哀哉。

【校證】

〔一〕此條《耆舊續聞》卷七、《事類備要》前集卷五十五、《事文類聚》前集卷三十八、《記纂淵海》卷八十七均作引自范鎮《蒙求》一書。《猗覺寮雜記》卷下：『《東齋記事》載，本朝張鄧公、寇萊公、張齊賢、王隨同詣卜肆，卜者驚，以爲皆宰相。亦何見之明也。』疑范鎮兩書均載此事。

〔二〕張相齊賢：即張齊賢，曹州人，徙居洛陽，自言慕唐李大亮爲人，故字師亮。乾德間，應科舉不中選。太平興國二年，登進士第，纍擢至簽書樞密院、樞密副使、參知政事。淳化二年，拜相。咸平初，復相。屢進位至左右僕射，請老，以司空致仕。（《隆平集》卷四）

〔三〕王相隨：即王隨，字子正，河陽人。舉進士，爲將作監丞，通判同州，代還，直史館，出爲京西轉運使。徙淮南，召還爲侍御史知雜事，擢知制誥。隨於詞命非所長

《東都事略》卷三十二、《宋史》卷二百六十五亦有傳。

也，出知應天府，徙揚州。未幾，除知開封府。仁宗爲皇太子，拜右庶子。周懷政得罪，隨坐假與白金，落知制誥，改給事中，知杭州。復降爲秘書少監，知通州。久之，復給事中，遷龍圖閣直學士、知秦州。徙河南府，入爲御史中丞，遷翰林學士。明道二年，除户部侍郎，參知政事。景祐中，進吏部侍郎、知樞密院事、遂拜門下侍郎、同中書門下平章事、昭文館大學士。以灾异，援漢故事請罷，除彰信軍節度使、同平章事，判河陽。卒，年六十七，贈中書令，謚曰『章惠』。（《東都事略》卷五十六）

《隆平集》卷五、《宋史》卷三百一十一亦有傳。

文潞公謂予言，〔一〕初及第，授大理評事，知絳州翼城縣〔二〕。未赴任，有客李本者，三見訪而後得見之，且言：『某有婿爲縣中巡檢，幸公庇之。』又言曰：『某非獨公奉干〔三〕，亦有以奉助。某嘗知其邑，户口衆，人猾難治。』因出一策，文字皆景迹人姓名，其首姓張。比潞公至，姓張人事已敗，縣未能結正。簿、尉皆云：『某等在此，各歲餘，豈無過失爲此人所持，幸君之來，必辨之矣。』於是，公盡得其奸狀，上于州，決配之。邑人皆悚畏。其次即石務均也。初，王章惠公隨舉進士時，甚貧，游於翼城，逋人飯鑼〔四〕，執而入縣。務均之父爲縣吏，爲償錢，又飯之，館之於其家，而母尤所加禮。一日，務均醉，令王起舞，不中節，毆之。王遂去，明年登第，久之，爲河東轉運使。務均恐懼逃竄，然王豈有意害之乎？小人自隱如此也。至是事敗，潞公捕之，急往投王。王已爲御史中丞矣。未幾，封一鋌銀至縣，葬務均之母，事少解。尋而王爲參知政事，奏務均教練使，而務均亦改行自修，終公之任，邑中無敢肆横者。以此見潞公之才，新及第已能疾惡而屏除之矣。又見王公長厚而不忘一飯之恩也。

【校證】

〔一〕此據《類苑》卷二十三引《東齋記事》并。此條四庫本原分爲兩條，分別在《補遺》和卷三之中。其文分別爲『文潞公嘗言，初及第，授大理評事，知絳州翼城縣。未赴任，有客李本者，三見訪而後得見之，且言：「某有婿爲縣中巡檢，幸公庇之。」又言曰：「某非獨敢奉干，亦有以奉助。」因出一策，文字皆影迹人姓名，其首姓張。比潞公至，姓張人事已敗，縣未能結正。簿、尉皆云：「某等在此各歲餘，豈無過失爲此人所持，計君之來，必辦之矣。」於是，盡得其奸狀，上於州，决配之。邑人皆悚畏。』『王章惠公隨，舉進士時甚貧，游於翼城，逋人飯，執而入縣。石務均之父爲縣吏，爲償錢，又飯之，館之於其家，而其母尤所加禮。一日，務均醉毆之，王遂去。明年登第，久之，爲河東轉運使，務均恐懼逃竄。然隨豈有害之意乎。至是事敗，文潞公爲縣，捕之，急往投隨，隨已爲御史中丞矣。未幾，封一鋌銀至縣，葬務均之母，事少解。至隨爲參知政事，奏務均教練使，務均亦改行自修。王公長厚，而不忘一飯之恩也如此。』考《類苑》所引『其次即石務均也』句，顯係承接前文『其首姓張』而言，且『至是事敗，潞公捕之』，也是指石務均與張姓人一起所犯之事。可見，《類苑》所引方纔完整，故將四庫本割裂爲兩條之文合爲一條。文從《類苑》。

〔二〕文彦博於宋仁宗天聖五年中王堯臣榜進士甲等，授大理評事，知絳州翼城縣。《文潞公文集》卷十二《絳州翼城縣新修至聖文宣王廟碑記》：『聖宋四葉，上繼明之五年，某以進士舉中甲科，得大理評事，宰是邑。秋八月二十九日始涖事。』

〔三〕奉干：也作奉幹，向人請教的敬辭。《廣陵集》卷十八：『以書奉幹尊丈。』《西游記》第二十六回：『老孫此來，有一事奉幹，未知允否？』

〔四〕按：『逋人飯鏹』，四庫本《東齋記事》、《自警編》卷四無『鏹』字。『逋』乃拖欠之意。『鏹』乃錢串之意，後多指銀子或銀錠。『逋人飯鏹』即拖欠別人的飯錢。文意通暢，而四庫本『逋人飯』則文意不明。元人胡炳文《純正蒙求》卷下引作『逋人飯錢』，與《類苑》所引意同。

石資政中立，好談諧，樂易人也。楊文公一日置酒，作絶句招之，末云：『好把長鞭便一揮。』石立〔一〕其僕，即和云：『尋常不召猶相造，況是今朝得指揮。』其談諧敏捷，類皆如此。又嘗於文公家會葬，坐客乃執政、貴游子弟，皆服白襴衫〔二〕，或羅或絹有差等。中立坐而大慟，人問其故，曰：『憶吾父。』又問之，曰：『父在時，當得羅襴衫也。』蓋見執政子弟服羅，而石止服絹。坐中皆大笑。石之父熙載京板有『太宗時』三字。嘗爲樞密副使〔三〕。

【校證】

〔一〕立：《類苑》卷六十三、《吟窗雜録》卷四十八引《東齋記事》、《説郛》本均作『留』。

〔二〕《宋史》卷一百五十三：襴衫，以白細布爲之，圓領大袖，下施横襴爲裳，腰間有辟積。進士及國子生、州縣生服之。

〔三〕《長編》卷二十：太平興國四年，春正月丁亥，以右補闕石熙載爲兵部員外郎、樞密直學士。癸巳，以樞密直學士石熙載簽署院事，仍賜宅一區，簽署樞密院事自熙載始。

《長編》卷二十二：（太平興國六年九月丙午）以樞密副使、刑部侍郎石熙載爲户部尚書充樞密使。用文資正官充樞密使，自熙載始也。

景祐中，有輕薄子，以古人二十字詩〔一〕益成二十八字，嘲謔云：『仲昌故國三千里，宗道深宮二十年。殿院一聲河滿子，龍圖雙淚落君前。』龍圖者，王博文也。嘗更大藩鎮、開封知府、三司使任使〔二〕。一日對上，京板有『前』字。因叙勳歷〔三〕之久，不覺淚下。殿院者，蕭定基〔四〕也，爲殿中侍御史，與韓魏公、吴春卿、王君貺〔五〕同發解。開封府舉人作《何滿子》曲嘲之。因奏事，上問之，令誦一過〔六〕。宗道者，王宗道也，爲諸宫教授及講書凡二十餘年〔七〕，輒於上前自訴在宗藩二十餘年，求進用。仲昌者，章郇公之從子。論科場不公，郇公奏聞，牒歸建州。〔八〕當時人以爲，雖用古人詩句，而切中一時之事，盛傳以爲笑樂。〔九〕

【校證】

〔一〕古人二十字詩：即唐人張祜《宫詞》，云：『故國三千里，深宫二十年。一聲河滿子，雙淚落君前。』

〔二〕任使：《類苑》卷六十三、《詩話總龜》卷三十六引《東齋記事》均無『任使』二字。

〔三〕勳歷：《三國志·魏志·管寧傳》有『優賢揚歷，垂聲千載』。裴松之注：『《今文尚書》曰「優賢揚歷」，謂揚其所歷試。』後以『勳歷』指仕宦經歷。宋人陳亮《問答》：『惟我本朝於天下之賢者，必使之勳歷中外，養其資望，而後至於大用。』

〔四〕蕭定基生平詳見王安石爲其所撰之神道碑《故淮南江浙荆湖南北等路制置茶鹽礬酒税兼都大發運副使贈尚書工部侍郎蕭公神道碑》，其文云：蕭氏，故長沙人也。去馬氏亂，遷江南，又爲廬陵人。公曾祖諱霽，仕李氏，終洪州武寧縣令。祖諱焕，考諱良輔，皆不仕。公諱定基，字守一。用天禧三年進士，補岳州軍事推官，以母夫人陳氏喪罷。後除虔州觀察推官。人饑，説州將以便宜糴倉米，秋糴償之，所救活甚多。監納潭州茶米，舉者十八人，遷大理寺丞，知臨江軍新喻縣，移監成都府市買務。蜀引二江溉諸縣田，多少有約。李順爲亂時，成都大豪樊氏盜約，改一晝夜爲六，由此他縣歲賂樊氏，縣乃得其餘水。訟二十年不決，轉運使以屬公。公曰：『約所以爲均，即不均，約不可恃也。』乃親決水，視一晝夜，而樊氏縣水有餘，樊氏即伏罪，諸縣得水如故約。轉運使以爲能，舉知黎州。州近蠻，出善馬，异時勢人多以托守，公一拒絶，蠻大喜。於是纍遷至太常博士，以博士召兼監察御史里行。成都王畯請鑄小鐵錢爲大錢，當十。鑄十得三，是廢十得三十也。公疏以爲不便，而畯議詘。中貴人妄告兩浙轉運使罪，以公往治，直之。蘄州王蒙正恃勢賂横猾，誣屬縣長罪死，又以公往治，告隨吏曰：『蒙正賂汝，受之，以告我。』蒙正果賂吏直三百萬，公因以正其獄。仁宗欲官公一子，公乃以讓其隨吏，除開封府判官。於是自監察再遷至侍御史，除江西水陸計度轉運使，奏事稱上意，賜三品服。三司税賦鵰鶖羽，民入一尺，費餘百錢，奏以鵜鶘代之。宜州蠻爲寇，乃移廣西，兼安撫，公馳至，問所以反，曰：『吾知之矣！』乃蒐諸州澄海忠敢士萬人，守要害。戒諸將，賊至乃擊，歸則已。蠻不復動。明年，邕州甲洞與永平寨將秦珏争銀冶，殺珏反，邊大擾，公曰：『蠻何敢？是必珏有以致之。』問之果然。乃廢銀冶，誅道賊熟户數十人。又移交州，討殺珏者，而邊遂定。仁宗曰：『邊吏好生事，蕭某如此，可召用。』三司度支判官王琪使江、淮、浙，議鹽酒事，請公俱往，乃除三司鹽鐵判官，與琪俱使江、淮、浙，議鹽酒事。至吉州，除江淮浙荆湖制置發運副使。以官卒於家，享年五十四，實慶曆二年五月十四日。以其年九月二十日，葬廬陵儒行鄉故舍之原。公寬厚寡欲，内行孝友，稱於鄉里。尤知爲吏，在所皆有聲績。夫人河陽縣君毛氏。五男子：汝礪、汝諧、汝器、汝士、汝奭，皆進士。（《臨川先生文集》卷八十九。）

〔五〕王君貺：即王拱辰，字君貺，開封咸平人。初名拱壽，年十九，舉進士第一，仁宗改賜今名。除將作監丞、通判懷州，遷直集賢院、同知太常禮院。歷三司鹽鐵判官、修起居注，改右正言、知制誥。慶曆元年，益、梓饑，以拱辰爲安撫使。遷起居舍人、知開封府，以右諫議大夫、權御史中丞。除翰林學士爲三司使。改翰林侍讀學士，知鄭、澶、瀛三州，留守西京，除翰林學士承旨，拜三司使。契丹使還，除宣徽北院使。因趙抃奏其使契丹失言，罷爲端明殿學士、知永興軍，帥秦、定二州，再守西京，移北京。神宗即位，出守南京，徙河陽，再守西京，召還爲西太一宫使。元豐初，爲宣徽南院使，再守北京。拜安武軍節度使，改鎮彰德。卒，年七十四，贈開府儀同三司，謚曰『懿恪』。（《東都事略》卷七十四）

《宋史》卷三百一十八亦有傳。

〔六〕過：《類苑》卷六十三引《東齋記事》、《南臺舊聞》卷十五引《東齋記》，以及鮑廷博抄校本均爲『遍』字。

〔七〕《帝學》卷四：『景祐元年正月丁亥，太常博士、崇文院檢討王宗道爲崇政殿説書。』《長編》卷一百十九：『（景祐三年十月）乙未，以祠部員外郎、崇文院檢討、崇政殿説書、國子監直講王宗道爲睦親宅講書，仍兼國子監講説。十二月庚戌，詔睦親宅講書王宗道，楊中和赴北宅講書。』《長編》卷一百二十：『（景祐四年）三月甲戌，以祠部員外郎、崇文院檢討王宗道兼天章閣侍講。』

〔八〕《長編》卷一百二十：（景祐四年十月）乙未，同知樞密院事章得象言，開封府進士章仲昌，臣鄉里疏屬，實無藝業，近聞訟訴發解不公事，請牒歸其家，從之。時鎖廳，應舉人特多，開封府投牒者至數百，國子監及諸州不在焉。及出榜，而宰相陳堯佐之子博古爲解元，參知政事韓億子孫四人皆無落者，故嘲謗群起。然殿中侍御史蕭定基與直集賢院韓琦、吴育、王拱辰實司試事，非有所私也。

〔九〕此事詳見《涑水記聞》卷三：先朝時，鎖廳舉進士者，時有一人，以爲奇异。試不中者，皆有責罰，爲私罪。其後，詔文官聽應兩舉，武官一舉，不中者不復責罰。景祐四年，鎖廳人最盛，開封府投牒者至數百人，國子監及諸州者不在焉。是時，陳堯佐爲宰相，韓億爲樞密副使，既而解榜出，堯佐子博古爲解元，億子孫四人皆無落者。衆議喧然，作《河滿子》以嘲之，流聞達於禁中。殿中侍御史蕭定基時掌謄録，因奏事，上問《河滿子》之詞，定基因誦之。先是，天章閣待制范仲淹坐言事，左遷饒州。王宫待制王宗道因奏事，自陳爲王府官二十年不遷，詔改除龍圖閣學士。權三司使王博文言於上曰：『臣老且死，不復得望兩府之門。』因涕下。上憐之，數日遂爲樞密副使。當時輕薄者取張祜詩，益其文以嘲之曰：『天章故國三千里，學士深宫二十年。殿院一聲《河滿子》，龍圖雙淚落君前。』於是，詔令後鎖廳應舉人與白衣別試，各十人中解三人，在外者衆試於轉運司，恐其妨白衣解額故也。

東齋記事卷四

成都府學有周公禮殿及孔子像在其中。其上壁畫三皇五帝及三代以來君臣，〔一〕即晋王右軍《與蜀守帖》，求三皇五帝畫像是也。〔二〕其柱鍾會隸書刻其上。〔三〕其屋制甚古，非近世所爲者，相傳以爲秦、漢以來有也。殿下有二堂，曰温故，曰時習，東西相對。堂各有碑，碑曰：『左生某、右生某』，皆隸書，亦西漢時諸生姓名也。〔四〕其門屋東西畫麟、鳳，蓋取感麟嘆鳳〔五〕之義。其畫甚精，亦不知何代所爲。蔣密學堂謁廟，令圬墁之。〔六〕莫測所謂也。其西有文翁石室。其南有高朕石室，比文翁石室差大，皆有石像。〔七〕『朕』或以爲『勝』，宋温之璋〔八〕洗石以辨之，乃『朕』字也。音持稟反。相傳東漢人也。〔九〕殿之南面有石刻九經，蓋孟氏時所爲，又爲淺廊覆之，皆可讀也。〔十〕周公禮殿乃古之學，祀周公爲先聖，孔子爲先師。至唐明皇，始以孔子爲先聖也。

【校證】

〔一〕《益州名畫録》引《益州學館記》云：『獻帝興平元年，陳留高朕爲益州太守，更葺成都玉堂石室。東别創一石室，自爲周公禮殿。其壁上圖畫上古、盤古、李老等神，及歷代帝王之像。梁上又畫仲尼七十二弟子、三皇以來名臣。』

〔二〕《山谷別集》卷十二《題右軍帖後》：『右軍與周益州書凡三十許帖。』按，『蜀守』即『周益州』周撫，字道和。穆帝永和三年，桓温攻成都，李勢降，以撫爲益州刺史，彭模擊范賁，獲之，益州平，封建城公。在官十年，卒，蜀人廟祠之。』該帖唐代張彦遠《法書要録》卷十收，其文爲：『知有漢時講堂在，是漢和帝時立此，知畫三皇五帝以來備有，書又精妙，甚可觀也。彼有能畫者不？欲摹取，當可得不？須具告。往在都見諸葛《禺百》，曾具問蜀中事，云成都城池門屋樓觀，皆是秦時司馬錯所修，令人遠想慨然。爲爾不信，一一示，爲欲廣异聞。』

〔三〕《成都文類》卷四李石《府學十咏》之《殿柱記》：『范蜀公云：「其柱鍾會書刻其上」。按，會與鄧艾同入蜀，在咸熙元年甲申，距漢獻興平元年甲戌凡七十一年矣。艾蓋追文翁、高君之美而書也。』《殿柱記》收入《成都文類》卷三十，其文云：『漢初平五年，倉龍甲戌，旻□季月，修舊築周公禮殿。始自文翁應期鑿度，開建頖宫。立堂布觀，廟門相鈎。□司幔延，公辟相承。至於甲午，故府梓潼文君增造吏寺二百餘間。四百年之際，變异蠭起。旋機離常，玉衡失統，强桀并兼，人懷僥幸，戰兵雷合，民散失命。烈火飛炎，一都之舍，官民寺室，同日一朝，合爲灰炭，獨留文翁石室廟門之兩觀。禮樂崩墕，風俗混亂。誦讀已絶，倚席離散。夫禮興則民壽，樂興則國化。郡將陳留高君節符典境，迄斯十有三載。會直擾亂，□慮匡救，濟民塗炭。閔斯丘虚，□□□冠。學者表儀，□□□□，大小推誠，興復第館。八音克諧，鬼方來觀。爲後昌基，□神不□。』

〔四〕李石《府學十咏》之《左右生題名》云：『范蜀公云：西漢時，諸生姓名：文學、祭酒、典學從事各一人，司儀、主事各一人，左生七十三人，右生三十人，可考者僅百許人。』歐陽修《集古録跋尾》卷二《後漢文翁學生題名》：『右漢文翁學生題名，凡一百有八人，文學、祭酒、典學從事各一人，司儀、主事各二人，左生七十三人，右生三十人。文翁在蜀教學之盛爲漢稱首。其弟子著籍者何止於此，蓋其磨滅之餘所存者此爾。治平元年六月二十日書。』

〔五〕感麟：又作傷麟，語出《公羊傳·哀公十四年》：『麟者仁獸也，有王者則至，無王者則不至。有以告者，曰：「有麇而角者。」孔子曰：「孰爲來哉！孰爲來哉！」反袂拭面，涕沾袍……西狩獲麟，孔子曰：「吾道窮矣！」』嘆鳳：語出《論語·子罕》：『子曰：「鳳鳥不至，河不出圖，吾已矣夫！」』後以『傷麟嘆鳳』來感嘆生不得其時，不能施行正道。唐玄宗《經鄒魯祭孔子而嘆之》：『嘆鳳嗟身否，傷麟怨道窮。』

〔六〕蔣密學堂：即蔣堂，字希魯，常州宜興人。舉進士，爲楚州團練推官，嘗知臨川縣，通判眉州，久之，知泗州，召拜監察御史，遷侍御史。未幾，出爲江東轉運使，徙河南，兼發運使。歲薦部吏二百人，或謂曰：『一有謬舉，且得罪，何以多爲？』堂曰：『拔十得四五，亦足以報國矣。』坐失按舉，降知越州。州有鑑湖，溉田八千頃，前此爲郡者聽民自占，既而多爲豪右所不便，水利浸耗。堂條上所不便，奏復之。徙蘇州，入爲鹽鐵副使，安撫梓夔路，拜天章閣待制、制置發運使。知洪州、應天府，又知杭州。遷樞密直學士、知益州。漢文翁石室在孔子廟中，堂因廣其舍爲學宫，選屬官與鄉老之賢者以教諸生，士人翕然稱之。徙知河中府，復知杭、蘇二州，以禮部侍郎致仕。卒，年七十五。（《東都事略》卷六十）

《宋史》卷二百九十八亦有傳。胡宿作《宋故朝散大夫尚書禮部侍郎致仕上柱國樂安縣開國侯食邑一千三百户賜紫金魚袋贈吏部侍郎蔣公神道碑》，收入《文恭集》卷三十九。

《長編》卷一百五十三：『（慶曆四年十二月）甲辰，龍圖閣直學士、吏部員外郎、知秦州文彦博爲樞密直學士、知益州，代蔣堂也。初，晏殊欲用堂代楊日嚴，王舉正謂不如明鎬，争纍日不得，卒用堂。會詔天下建學，漢文翁石室存孔子廟中，堂因廣其舍爲學宫，選屬官以教諸生，士人翕然稱之。日嚴在蜀有能名，堂不喜之，於是節游燕，减厨傳，專尚寬縱，頗變日嚴之政。又建銅壺閣，其制宏敞，而材不預具，功既半，乃伐喬木於蜀先主惠陵、江瀆祠，又毁后土及劉禪祠，蜀人浸不悦，獄訟滋多。久之，反私官妓，爲清議所嗤。日嚴時在朝，因進對，從容言遠方所宜撫安之，無容變法以生事。故不竢歲滿，亟徙堂知河中府。』由此可知，蔣堂知成都在慶曆四年，范鎮此條所記其『謁廟』事當發生在他興建學宫時。

〔七〕《華陽國志》卷三：『始，文翁立文學精舍、講堂，作石室，在城南。永初後，堂遇火。太守陳留高眹更修立，又增造二石室。州奪郡文學爲州學，郡更於夷里橋南岸道東邊起文學，有女墻。其道西城，故錦官也。錦江織錦濯其中則鮮明，他江則不好，故命曰錦里也。』《蜀故》卷七：『文翁立講堂，作石室，在城南。初，堂遇火，太守更修立。又增立二石室。《華陽國志》：「堂焚於晚漢，高眹復興完之。」後人又作眹像，以配文翁。』

〔八〕宋温之璋：即宋璋，字温之，成都犀浦人。其父字易從，贈殿中丞。其母爲仁壽太君李氏，其弟名李瑄。治平年間爲太常博士。與范鎮友善，多有詩文唱和。有《錦里玉堂編》五卷。

〔九〕宋璋所辨之字，亦有异説，今存於此，以備考。董逌《廣川書跋》卷五《周公禮殿記》：『此《記》在成都學舍，顔有意撰。昔廬江文翁治蜀，初立學成都，作講堂，石室開二堂，左温故，右時習。復作周公禮殿，畫孔子像。蓋古者以周公爲先聖，孔子爲先師，故學必祀周公，以孔子配之。自開元後，制度廢棄，惟此存爾，可以考也。其後，遇灾，太守陳留高朕修立，增二石室。更於夷里橋，今學石室，一爲高朕。朕自有功學者，故其室至今與文翁俱傳。在漢爲蜀守，以勸學爲本，二人之存爾，可以不廢也。昔人嘗疑朕非制，名可稱於臣下者，自秦漢天子所爲稱，豈復可存耶。流俗謂爲高勝，至宋璋洗視，知爲高朕，范蜀公嘗爲人道之甚詳。余嘗至其處求字畫，得之，實爲朕字。知在漢猶未有嫌，不必曲辨朕爲勝也。蜀書有高勝，爲鄞縣人。昔人疑其爲守，非也。魏文帝時，夏侯霸爲右將軍，霸父朕嘗仕於漢，可信也。』

〔十〕范成大《石經始末記》：趙清獻公《成都記》，僞蜀相毋昭裔，捐俸金，取九經琢石於學宮。而或又云：毋立裔依太和舊本，令張德釗書。國朝皇祐中，田元均補刻公羊高、穀梁赤二傳，然後十二經始全。至宣和間，席升獻又刻孟軻書參焉。今考之，僞相實毋昭裔也。《孝經》《論語》《爾雅》廣政甲辰歲，張德釗書。《周易》辛亥歲，陽鈞孫逢吉書。《尚書》周德正書。《周禮》孫朋吉書。《毛詩》《禮記》《儀禮》張紹文書。《左氏傳》不志何人書，而詳字闕其畫，亦必爲蜀人所書。然則蜀之立石蓋十經，其書者不獨德釗，而能盡用太和本，固已可嘉。凡歷八年，其石千數，昭裔獨辨之尤偉然也。（《全蜀藝文志》卷三十六）

武侯廟柏，其色若牙然，白而光澤，不復生枝葉〔二〕矣。杜工部甫云：『黛色參天二千尺。』〔二〕其言蓋過，今纔十丈。古之詩人，好大其事，率如此也。工部詩及段相國文昌記〔三〕石龕於廟堂中。

【校證】

〔一〕不復生枝葉：《錢注杜詩》卷六、《廣群芳譜》卷七十一引《東齋記事》，作『尚復生枝葉』。田況《儒林公議》載：『成都劉備廟側，有諸葛武侯祠，前有大柏，圍數丈。唐相段文昌有詩，石刻在焉。唐末漸枯瘁，歷王建、孟知祥二僞國，不復生，然亦不敢伐之。皇朝乾德五年丁卯夏五月，枯柯再生，時人异焉。三國至乾德初，歷年一千二百餘，枯而復生。予皇祐初守成都，又八十年矣，新枝聳雲，并舊枯幹并存，若虬龍之形。』從田況的記載可知，武侯廟柏在宋初即枯而復生，到田況知成都府的皇祐年間，更是『新枝聳雲』。范鎮與田況時代相當，自不會看到『不復生枝葉』的情況。又范鎮有《武侯廟柏》詩，有『滿葉是清霜』『可憐青青姿』等句。可見『不復生枝葉』和事實不符，『尚復生枝葉』既能表達枝葉繁茂的事實，同時還有枯而復生之意。

〔二〕詩出杜甫《古柏行》，全詩爲：『孔明廟前有老柏，柯如青銅根如石。霜皮溜雨四十圍，黛色參天二千尺。君臣已與時際會，樹木猶爲人愛惜。雲來氣接巫峽長，月出寒通雪山白。憶昨路繞錦亭東，先主武侯同閟宫。崔嵬枝幹郊原古，窈窕丹青户牖空。落落盤踞雖得地，冥冥孤高多烈風。扶持自是神明力，正直原因造化工。大厦如傾要梁棟，萬牛回首丘山重。不露文章世已驚，未辭翦伐誰能送？苦心豈免容螻蟻，香葉終經宿鸞鳳。志士幽人莫怨嗟，古來材大難爲用。』

〔三〕段相國文昌：即段文昌，字墨卿，西河人。高祖志玄，陪葬昭陵，圖形淩煙閣。祖德皎，贈給事中。父諤，循州刺史，贈左僕射。文昌家於荆州，倜儻有氣義，節度使裴冑知之而不能用。韋皋在蜀，表授校書郎。李吉甫刺忠州，文昌嘗以文幹之。及吉甫居相位，與裴垍同加獎擢，授登封尉、集賢校理。俄拜監察御史，遷左補闕，改祠部員外郎。元和十一年，守本官，充翰林學士。文昌，武元衡之子婿也。元衡與宰相韋貫之不協，憲宗欲召文昌爲學士，貫之奏曰：『文昌志尚不修，不可擢居近密。』至是貫之罷相，李逢吉乃用文昌爲學士，轉祠部郎中，賜緋，依前充職。十四年，加知制誥。十五年，穆宗即位，正拜中書舍人，尋拜中書侍郎、平章事。長慶元年，拜章請退。朝廷以文昌少在西蜀，詔授西川節度使、同中書門下平章事。文昌素洽蜀人之情，至是以寛政爲治，嚴静有斷，蠻夷畏服。二年，雲南入寇，黔中觀察使崔元略上言，朝廷憂之，乃詔文昌御備。文昌走一介之使以喻之，蠻寇即退。敬宗即位，徵拜刑部尚書，轉兵部，兼判左丞事。文宗即位，遷御史大夫，尋檢校尚書右僕射、揚州大都督府長史、同平章事、淮南節度使。大和四年，移鎮荆南。文昌於荆、蜀皆有先祖故第，至是贖爲浮圖祠。又以先人墳墓在荆州，别營居第以置祖禰影堂，歲時伏臘，良辰美景享薦之。徹祭，即以音聲歌舞繼之，如事生者，搢紳非焉。六年，復爲劍南西川節度。九年三月，賜春衣中使至，受宣畢，無疾而卒，年六十三，贈太尉。有文集三十卷。文昌布素之時，所向不偶。及其達也，揚歷顯重，出入將相，洎二十年。其服飾玩好、歌童妓女，苟悦於心，無所愛惜，乃至奢侈過度，物議貶之。子成式。（《舊唐書》卷一百六十七）

《新唐書》卷八十九有傳，附《段志玄傳》後。

此『記』乃段文昌《諸葛武侯廟古柏文》，文云：『是草木有异，於草木則靈。武侯祠前，柏壽千齡。盤根擁門，勢如龍形。含碧太空，散霧虚庭。合抱在於旁枝，駢梢葉之青青；百尋及於半身，蓄風雷之冥冥。攢柯垂陰，分翠間明。忽如虬螭，向空争行。上承翔雲，孤鸞時鳴；下蔭芳苔，凡草不生。古色天風，蒼蒼泠泠。曾到靈山，老柏縱横。亦有大者，莫之與京。於惟武侯，佐蜀有程。神其不昏，表此爲禎。斯廟斯柏，實播芳馨。』（《成都文類》卷四十九）

大慈寺〔一〕御容院有唐明皇鑄像在焉，〔二〕又有壁畫《明皇按樂十眉圖》。〔三〕其地有瑞草紋，謂之瑞草地，亦謂之花錦地。張乖崖公〔四〕嘗令剗平之，封其門户，後五日開，復生如故。灎澦堆在夔州江中，傳者云：『與成都石筍〔五〕根相連，往時石筍下熾火，而灎澦水沸。』蓋妄也。或云出《圖經》。

【校證】

〔一〕大慈寺：《佛祖統紀》卷四十：『上皇（按即唐玄宗）駐蹕成都，内侍高力士奏，城南市有僧英幹，於廣衢施粥以救貧餒，願國運再清，剋復疆土，欲於府東立寺爲國崇福。上皇悦，御書大聖慈寺額，賜田一千畝。勑新羅全禪師爲立規制，凡九十六院，八千五百區。』

〔二〕《益州名畫録》卷下：『道士陳若愚者，左蜀人也。師張素卿畫，遂衣道士服。師事素卿，受其筆法。王氏永平廢興聖觀爲軍營。其觀有五金鑄天尊形明皇御容一軀，移在大聖慈寺御容院供養。』

〔三〕《明皇按樂十眉圖》：《施注蘇詩》卷二十一：『《川畫十眉圖序》：蛾眉、翠黛、卧蠶、捧心、偃月、復月、觔點、柳葉、遠山、八字是爲十眉。《成都古今集記》：明皇御容院有宋藝畫《美人侍明皇翠眉十種》，世多傳寫，以爲贈玩。』

劉迎《藤齋小集·題十眉圖》：『寶箱拂塵金鐝膝，周昉丹青見真筆。春風曾憶賦妖嬈，人共畫圖成十一。燭奴香底花光凝，錚錚鐵響聞三更。車聲雷動不通語，眼態波横空送情。鑾雲盤鶴遼天潤，犀玉依依對書札。人生何處不相逢，還醉武陵溪上月。』（《兩宋名賢小集》卷三百六十三）

《青山集》卷四《明皇十眉圖》：『明皇逸事傳十眉，正是唐家零落時。霓裳曲調雖依舊，阿鑾終不似楊妃。畫工貌得非無意，欲使流傳警來世。翠翹紅紛尚争春，隱約香風起仙袂。六龍真馭竟何之，泰陵荒草長狐狸。空將妙筆勸樽酒，醉覺人間萬事非。』

〔四〕張乖崖公：即張咏。淳化五年至咸平元年、咸平六年至景德三年兩次知益州。

〔五〕《後漢書注》卷八十二：『武擔山在今益州，成都縣北百二十步。揚雄《蜀王本紀》云，武都丈夫化爲女子，顔色美絶，蓋山精也。蜀王納以爲妃，無幾，物故。乃發卒之武都，擔土葬於成都郭中，號曰武擔，以石作鏡一枚，表其墓。《華陽國志》曰，王哀念之，遣五丁之武都擔土爲妃作塚，蓋地數畝，高七丈，其石俗今名爲石笱。』

劍門山〔一〕崖壁，相傳有志公和尚〔二〕隱像，戴笠，以拄杖擔經，望之宛然如真。又傳有白檀立崖石上，若雪色然。予慶曆末得告歸〔三〕，過劍門關。關使羅君天錫遺予香數兩，且言：『有一卒曾爲井匠，由崖縫中以兩肘拐石而上，伐一巨枝，乃枯柏也。』其香酷烈，非常柏之類。二物者幾千百年，行人往來無不瞻仰，至天錫時始知爲柏，則志公亦可知矣。

【校證】

〔一〕劍門山：《明一統志》卷六十八：大劍山，在劍州北二十五里，一名梁山。《山海經》高梁之山，西接岷嶓，東引荆衡。劉儀鳳《劍閣記》云：梁山之險，蜀所恃，以爲外户，即此其山。峭壁中斷，兩崖相嵚如門之闢，如劍之植。故又名劍門山。

〔二〕志公和尚：即釋保志，本姓朱，金城人。少出家，止京師道林寺，師事沙門僧儉爲和上，修習禪業。至宋太始初，忽如僻异。居止無定，飲食無時，髮長數寸，常跣行街巷。執一錫杖，杖頭掛剪刀及鏡，或掛一兩匹帛。齊建元中，稍見异迹，數日不食，亦無飢容。與人言語，始若難曉，後皆效驗。時或賦詩，言如讖記。京土士庶皆共事之。齊武帝謂其惑衆，收駐建康。明旦人見其入市，還檢獄中，志猶在焉。志語獄吏：『門外有兩輿食來，金鉢盛飯，汝可取之。』既而齊文慧太子、竟陵王子良并送食餉志，果如其言。建康令吕文顯以事聞武帝，帝即迎入，居之後堂。一時屏除内宴，志亦隨衆出。既而景陽山上，猶有一志，與七僧俱，帝怒遣推檢，失所在。閽吏啓云：『志久出在省，方以墨塗其身。』時僧正法獻，欲以一衣遺志，遣使於龍光、罽賓二寺求之，并云：『昨宿，旦去。』又至其常所造厲侯伯家尋之，伯云：『志昨在此行道，旦眠未覺。』使還以告獻，方知其分身三處宿焉。志常盛冬袒行。沙門寶亮欲以衲衣遺之，未及發言，志忽來引衲而去。又時就人求生魚鱠，人爲辦覓，致飽乃去。還視盆中，魚游活如故。志後假武帝神力，見高帝於地下，常受錐刀之苦，帝自是永廢錐刀。齊衛尉胡諧病，請志，志往疏云：『明屈。』明日竟不往。是日諧亡，載尸還宅。志云：『明屈者，明日尸出也。』齊太尉司馬殷齊之隨陳顯達鎮江州，辭志，志畫紙作一樹，樹上有烏，語云：『急時可登此。』後顯達逆即，留齊之鎮州。及敗，齊之叛入廬山，追騎將及，齊之見林中有一樹，樹上有烏，如志所畫，悟而登之，烏竟不飛。追者見烏，謂無人而反，卒以見免。齊屯騎桑偃將欲謀反，往詣志，志遥見而走，大呼云：『圍臺城，欲反逆，斫頭破腹。』後未旬事發，偃叛往朱方，爲人所得，果斫頭破腹。梁鄱陽忠烈王，嘗屈志來第會，忽令覓荆子甚急，既得，安之門上，莫測所以。少時，王便出爲荆州刺史，其預鑒之明，此類非一。志多去來興皇、净名兩寺。及今上龍興，甚見崇禮。先是，齊時多禁志出入，今上即位，下詔曰：『志公迹拘塵垢，神游冥寂。水火不能燋濡，蛇虎不能侵懼，語其佛理，則聲聞以上，談其隱倫，則遁仙高者。豈得以俗士常情，空相拘制。何其鄙狹一至於此。自今行道來往隨意出入，勿得復禁。』志自是多出入禁内。天監五年冬，旱，雩祭備至，而未降雨。志忽上啓云：『志病不差，就官乞治。若不啓百，官應得鞭杖，願於華光殿講《勝鬘》請雨。』上即使沙門法雲講《勝鬘》，講竟，夜便大雪。志又云：『須一盆水，加刀其上。』俄而雨大降，高下皆足。上嘗問志云：『弟子煩惑未除，何以治之？』答云：『十二。』識者以爲十二因緣治惑藥也。又問十二之旨，答云：『旨在書字時節刻漏中。』識者以爲書之在十二時中。又問：『弟子何時得靜心修習？』答云：『安樂禁。』識者以爲禁者止也，至安樂時乃止耳。後法雲於華林寺講《法華》，至『假使黑風』，志忽問風之有無，答云：『世諦故有，第一義則無也。』志往復三四番，便笑云：『若體是假有，此亦不可解，難可解。』其辭旨隱没，類皆如此。有陳御虜者，舉家事志甚篤。志嘗爲其現真形，光相如菩薩像焉。志知名顯奇四十餘載，士女恭事者數不可稱。至天監十三年冬，於臺後堂謂人曰：『菩薩將去。』未及旬日，無疾而終。尸骸香軟，形貌熙悦。臨亡，燃一燭，以付後閤舍人吴慶，慶即啓聞，上嘆曰：『大師不復留矣，燭者將以後事屬我乎。』因厚加殯送，葬於鍾山獨龍之阜，仍於墓所立開善精舍。勅陸倕製銘辭於塚内，王筠勒碑文於寺門。傳其遺像，處處存焉。初，志顯迹之始，年可五六十許，而終亦不老。人咸莫測其年。有徐捷道者，居于京師九日臺北。自言是志外勇弟，小志四年，計志亡時應年九十七矣。（《高僧傳》卷十）

〔三〕《漁隱叢話》卷二十八引《迂叟詩話》，云：『范景仁鎮喜爲詩，年六十三致仕。一朝思鄉里，遂輕行入蜀。故人李才元大臨知梓州，景仁枉道過之。歸至成都，日與鄉人樂飲，散財於親舊之貧者。遂游峨眉、青城山，下巫峽，出荆門。凡朞歲乃還京師。在道作詩凡三百五篇，其一聯云：「不學鄉人誇駟馬，未饒吾祖泛扁舟。」此二事，他人所不能用也。』范鎮《峨眉壽聖院寫真贊》序云：『余既致仕之六年，熙寧八年，自京師還成都。遂游峨眉，極登覽之勝。』

告歸：指官吏請假而歸之意。《端明集》卷十五《論東南事宜疏》：『臣近者蒙恩賜，告歸覲父母。』

嚴仙觀〔一〕即嚴君平〔二〕拔宅仙處〔三〕。今其地可一二頃，陷尺許，謂之嚴仙觀。至今有拖腸鼠〔四〕，相傳當時墮地者遺種。又云，嚴卜真人乘鶴上升之地，南宋〔五〕元嘉三年建，有七星巖。

【校證】

〔一〕嚴仙觀：又名嚴真觀。洪遵《泉志》卷十四引趙抃《成都記》：『嚴真觀，漢嚴君平宅也。內有井，名曰通仙。《耆舊傳》云，此井與漢州綿竹縣君平宅中井相通。近歲有人淘井，得銅錢三文，徑可二寸，因恍惚不安，投錢井中立愈。或曰，此君平擲卦錢也。』《雲笈七籤》卷一百二十二：『成都卜肆支機石，即海客攜來自天河所得，織女令問嚴君平者也。君平卜肆即今成都小西門之北，福感寺南嚴真觀是也。有嚴君通仙井，《圖經》謂之嚴仙井及支機石存焉。』《方輿勝覽》卷五十一：『君平宅在府城西，今爲嚴真觀，一名君平宅。肆其後，有井名通仙，相傳君平所浚。』

〔二〕嚴君平：即嚴遵。《華陽國志》卷十：嚴遵，字君平，成都人也。雅性澹泊，學業加妙，專精大《易》，耽於《老》《莊》。常卜筮於市，假蓍龜以教。與人子卜，教以孝；與人弟卜，教以悌；與人臣卜，教以忠。於是風移俗易，上下茲和。日閲數人，得百錢，則閉肆下簾，授《老》《莊》。著《指歸》，爲道書之宗。揚雄少師之，稱其德。杜陵李强爲益州刺史，謂雄曰：『吾真得君平矣。』雄曰：『君但可見，不能屈也。』强以爲不然。至州，修禮交遵，遵見之，强服其清高而不敢屈也。嘆曰：『揚子雲真知人也』。年九十卒。雄稱之曰：『不慕夷即由矣』，『不作苟見，不治苟得，久幽而不改其操，雖隨、和何以加諸。』

皇甫謐《高士傳》卷中亦有其傳，云：嚴遵，字君平，蜀人也。隱居不仕，常賣卜於成都市，日得百錢以自給。卜訖則閉肆，下簾以著書爲事。揚雄少從之游，屢稱其德。李强爲益州牧，喜曰：『吾得君平爲從事，足矣。』雄曰：『君可備禮與相見，其人不可屈也。』王鳳請交，不許。蜀有富人羅冲者，問君平曰：『君何以不仕？』君平曰：『無以自發。』冲爲君平具車馬衣糧。君平曰：『吾病耳，非不足也。我有餘而子不足，奈何以不足奉有餘。』冲曰：『吾有萬金，子無儋石。乃云有餘不亦謬乎？』君平曰：『不然，吾前宿子家，人定而役未息，晝夜汲汲，未嘗有足。今我以卜爲業，不下牀而錢自至，猶餘數百，塵埃厚寸不知所用，此非我有餘而子不足邪？』冲大慙。君平嘆曰：『益我貨者，損我神。生我名者，殺我身。故不仕也。』時人服之。

〔三〕按：『拔宅仙處』疑爲『拔宅升仙處』。《益州名畫録》卷中載，宋代成都著名畫家石恪畫有《嚴君平拔宅升仙圖》。

〔四〕《三洞群仙録》卷九引《仙傳拾遺》：『唐公昉師李八百得其神丹，遂舉家拔宅升天，鷄犬皆去，唯鼠空中自墜，腸出，一月三易其腸。』劉敬叔《異苑》卷三：『唐鼠，形如鼠，稍長，青黑色，腹邊有餘物如腸。時亦汙落，亦名易腸鼠。昔仙人唐昉拔宅升天，鷄犬皆去，唯鼠墜下不死，而腸出數寸，三年易之。俗呼爲唐鼠，城固、川中有之。』

〔五〕南宋：此指南朝劉宋王朝。

初，孟氏時〔一〕，蜀之邑里常患盜，眉州陳氏常依青神縣東山以避之。蜀既平，公弼〔二〕之祖母史氏議徙族於邑中，乃西過江。〔三〕擲金釵中流，曰：『今聖天子在上，吾不復過此。』以與賊爲仇也。噫！婦人女子乃知喜治如此，況賢哲乎。可以見一方之人情也。〔四〕

【校證】

〔一〕孟氏時：指孟知祥，孟昶父子所建之後蜀時期。

〔二〕公弼：即陳公弼，傳見卷二。

〔三〕江：此指岷江。岷江穿眉州青神縣而過。

〔四〕此事亦見范鎮《陳少卿希亮墓志銘》：初，自唐之亂，歷王、孟世，蜀之邑里多盜，故君家依山以自固。宋興，蜀既平，祖夫人史氏議徙邑中，乃西過江，擲金釵中流，曰：『今聖人在上，天下一統，吾不復過此。』以與賊爲仇。（《名臣碑傳琬琰録》中卷三十）

淳化中，張鄧公士遜爲梓州射洪縣令，會歲旱，禱於白崖山〔一〕陸使君祠〔二〕，遂雨。公立庭下，若聽命然，須雨足，乃退。蜀人刻石記其事於祠中。〔三〕

【校證】

〔一〕白崖山：《元和郡縣志》卷三十四：『白崖山，在梓州射洪縣南十五里。』

〔二〕陸使君祠：《蜀中廣記》卷二十九引《梓州志》：『白厓即玉屏山，下有陸使君祠。使君諱弼，梁代謫瀘州刺史，卒於官，櫬過射洪之玉屏山而舟覆，瀘人哀之，爲立廟於此。土人呼曰白崖廟，宋世賜號顯惠，《梁書》有傳。』

《事物紀原》卷七《靈濟公》條：『在梓州射洪縣，即瀘州刺史陸弼神也。弼貶瀘州，有善政，卒，土人爲立廟，水旱請禱。僞蜀封洪濟王，大中祥符六年九月，詔封號靈濟公也。』《建炎以來繫年要録》卷九十九：『（紹興六年二月）加封梁瀘州刺史陸弼爲靈濟昭烈王。』

《夷堅丁志》卷十四《白崖神》條：梓潼射洪縣白崖陸使君祠，舊傳云姓陸，名弼，終於梁瀘州刺史，今廟食益盛。政和八年十月七日，蜀人迪功郎郭時，自昌州歸臨邛，過宿瀨川驛。夢爲二吏所召，行數里，至官府，極宏麗。廳事對設二錦茵，廷下侍衛肅然。頃之，朱紫吏十輩，擁一神人，紫袍金帶，引時對立。時愕眙未及言。神顧曰：『且易服。』乃退如西廡。吏云：『王自言與君有同年家契，當受君拜，曷爲不言？王甚不樂。』時曰：『王爲誰？』曰：『射洪顯惠廟神，昔年瀘南安撫使、英州刺史王公也。其子雲，今爲簡州守。』時始悟與雲實同年進士，甚懼。曰：『然則欲謝不敏，且致拜可乎？』吏曰：『可再揖。』至茵次，通叙委曲，因再拜，神喜，跪受勞問，如世間禮，遂就坐。神曰：『吾入蜀逾二紀矣。曩過陸使君廟，留詩曰：「瀘洲刺史非遷謫，合是龍歸舊洞來。」一時傳誦，指爲讖策。暨以言事得罪，棄官謝世，獲居於此，獨恨王氏族人無知者。藉子之簡州，告吾兒。』時敬諾。寤後六日，至簡池。謁太守，弗獲，不得告。明年，過資州，復夢神召見，責其食言。時愧謝，神曰：『是行必爲我言之。吾近數有功於民，不久亦稍增秩禮命矣。』時既覺，兼程至簡，以手書達所夢。太守感泣，訪手澤於家，而得其詩。王公名獻可，字補之。自文階易武，仕至諸司使、英州刺史、知瀘南而卒。豈非代陸公爲白崖神乎？龍歸洞之事，見於廟記，宣和七年，宇文虚中與雲同在河北宣撫幕府，爲作記云。

〔三〕此事亦見《曲洧舊聞》卷三：張文懿雖爲小官，而憂民出於至誠。在射洪，禱雨於白崖山陸使君之廟，與神約曰：『神有靈，即賜甘澤。不然，咎在令，當曝死。』乃立於烈日中，意貌端慤。俄頃，有雲起西北，霎䨏四合，雨大沾足。父老咨异，因爲立生祠焉。

胡宿《文恭集》卷四十《太傅致仕鄧國公張公行狀》亦記有此事：（張士遜）除射洪長。蜀盜甫平，瘡痍迄起，賦重俗惡，不堪長治。或恤公曰：『得射洪何哀，盍易他邑。』公曰：『事不避難，志不求易，有民與社，吾何懼焉。』至即安集勞徠，恩意甚著。夏旱，郡邑馳禱，靡神不舉。公初至邑，齋祓外，次禱於白崖山陸使君之祠。既奠而跧，斂版以俟。時陽驕熾，天無纖陰，須臾繁雲大合，而雨連屬三日，遠近霑足，涓辰報貺，刻文識其祠下。

初，〔一〕蜀人雖知向學，而不樂仕宦。張公咏察其有聞於鄉里者，得張及〔二〕、李畋〔三〕、張逵，屢召與語民間事，往往延入卧内，從容欵曲，故公於民情無不察者，三人之佐也。其後，三人皆薦於朝，俱爲員外郎，而蜀人自此寖多仕宦也。〔四〕

【校證】

〔一〕《類苑》卷九、《五朝名臣言行録》卷三均以此條出自《湘山野録》。

〔二〕張及：字之元，成都華陽人。第進士，官殿中丞，出爲武功、臨邛二縣令。天禧初官太常博士、監察御史，天禧二年八月出監高郵軍税。歷官侍御史、判三司鹽鐵勾院，乾興初兼發遣祠部，出爲淮南轉運使。（見張咏《乖崖集》卷八《送進士張及赴舉序》，《宋會要輯稿》職官一三之二〇，《長編》卷九二、九九。）

〔三〕李畋：字渭卿，自號谷子。少師任奉古，博通經史，以著述爲志。性静退，不樂仕進，士大夫多稱之，爲張乖崖所器。少日一出庭試，後隱居永康軍白沙山，後生從之，學者甚衆。任中正薦，乞賜處士之號，詔以爲試校書郎。淩策又薦之，召授試懷寧主簿，國子監説書，改大理丞，知泉州惠安縣。久之，以先所著未成，再乞國子監説書，以終其業。著《孔子弟子傳贊》六十卷上之，得知榮州，秩滿，以國子博士致仕。畋撰《道德經疏》二十卷，《張乖崖語録》二卷，《谷子》三十卷，歌詩雜文七

十卷，年九十。（《澠水燕譚録》卷六）

《郡齋讀書志》卷三下：《該聞録》十卷，皇朝李畋撰。畋，蜀人，張咏客也，與范鎮友善。熙寧中致事，歸，與門人賓客燕談，衮衮忘倦。門人請編録，遂以《該聞》爲目。又有雜詩十二篇係于後。

〔四〕《類苑》卷五十七引《忠定公語録》：蜀中士子，舊好古文，不事舉業，迨十五年，無一預解名者。景德元年，李畋與同門生張及、張逵詣州請解，先於承引司通姓名，下桑梓狀，公判云：『入試一日前，陳桑梓二拜。』旁小注云：『不得喝。』畋與同人却就客次，具襴鞹，各贄事業十卷，啓狀一通。公坐廳，衣朝服鞾履，客將着衫鞾，遣接事業。公遍閲啓狀，迴報云：『承見示至業，未公試謝來。』尋差節度推官韋宿充試官，試官申乞差監試官，公判云：『知州親監。』一日前，承引司復申桑梓狀，公判云：『免桑梓客將引上廳客禮。』及試日，公送牌印付通判廳曰：『今爲國家試舉人，如有生事，則報來。』臨試時，始問韋宿曰：『今日試何題目？』對曰：『試上善若水賦，秋風生桂枝詩。』公曰：『詩題陳熟，改試朝日蓮詩。』次日又問曰：『今日試何論？』對曰：『試禹稷之功王者事業，州郡豈合問他？吾曾見州郡中策舉人，問國家時務事，此亦非宜，乃改試文行孰先論。』公曰：『祇此亦可以見二三子於文行中所存之心也。』三人俱獲解，送鹿鳴筵。前三日，公率郡僚各賦送三秀才應舉詩，公首唱五言古調詩，并序曰：『益部去帝鄉四千里，平昔英俊，怠於進趨，况更賊亂之餘，例乏資生之計，鄉老之薦，聲響久絶。今年華陽邑大夫以三進士爲請，試官誦其文，閭里稱其行，又嘉其迹忘遐闊，心戀明聖，有以彰遠人。既又吾君德澤流被於無窮也。近世取鹿鳴之什，以饗貢士，斯筵之啓，殆若是乎？舉送官老不勝酒，亦醉且喜，因歌詩以將之，衆君子辭學先鳴，請爲賡歌之詩云。』公詩見本集。是歲，仍奏給三人驛券赴京，兩川士子，目爲盛事，方奮起家榮鄉之志。《東都事略》卷四十五《張咏傳》：初，蜀士知向學，而不樂仕宦。咏察郡人張及、李畋、張逵者，皆有學行，爲鄉里所服。遂延奬加禮，敦勉就舉，而三人者悉登科。於是，蜀之學者知勸，文風日振。

張尚書咏在蜀時，米斗三十六文，絹匹三百文。公計兵食外，盡令輸絹。米之餘者，〔二〕許城中貧民買之，歲凡若干，貧民頗不樂。公曰：『他日當知矣。』今米斗三百，絹匹三貫，富人納貴絹，而貧人食賤米，皆以當時價，於官無所損益，而貧富乃均矣。此張公之惠，故蜀之人懷思之不能已也。

【校證】

〔一〕盡令輸絹，米之餘者：《類説》卷二十二『富人納貴絹』條引《東齋記事》作『盡令輸米，絹之餘者』。

張尚書再任蜀〔一〕，承甲午、庚子年後〔二〕，户口凋喪。久之，乃諭僧司〔三〕，令作大會，集四路僧，以觀民心，與其登耗〔四〕。是時，洊〔五〕更亂離，人家稍復生業，公大喜。文潞公守成都〔六〕，僧司因用張公故事〔七〕，請作大會，公許之。四路州軍人衆，悉來觀看，填溢坊巷，有踐踏至死者，客店求宿，一夜千錢。自張公至是，四五十年間，蕃滋〔八〕不啻數千百倍。地不加廣而人衆如此，取之又日益多，可不慮哉。初，人家門前，各以闊狹管認僧衆茶湯。其一僧遺袈裟、笠子而去。行茶者至，衆皆以爲聖僧羅漢，争分袈裟、笠子無孑遺者。頃之，僧還，乃登厠來。衆大笑，復集錢市袈裟、笠子償之。至今傳之爲笑。

【校證】

〔一〕張咏第一次帥蜀乃淳化五年九月至咸平元年；第二次在咸平六年至景德三年七月。『再』在此爲『兩次』意。

〔二〕甲午：乃宋太宗淳化五年。淳化四年二月王小波、李順在蜀中作亂，占領成都，淳化五年五月方平。庚子：宋真宗咸平三年正月，王均率衆占領成都，自立爲皇帝，十月王均死，蜀平。

〔三〕僧司：即僧正司。宋代州府管理佛教事務的機構，置僧正、副僧正、僧判。據高雄義堅《宋代佛教史研究》，州僧正司的主要職責是掌理管内寺院僧尼的薄籍、寺額的下賜、主持的任命、得度受戒游行的保明下付等。

〔四〕登耗：增減。《洺水集》卷七：『户口之登耗』。《帝學》卷四：『邇英閣讀真宗《正説養民篇》，見歷代户口登耗之數。』

〔五〕洊：古同『薦』，再；屢次，接連之意。

〔六〕文潞公：即文彦博。慶曆四年十二月至慶曆七年三月知益州。《長編》卷一百五十三：『（慶曆四年十二月）甲辰，龍圖閣直學士、吏部員外郎、知秦州文彦博爲樞密直學士、知益州，代蔣堂也。』《長編》卷一百六十：『（慶曆七年三月乙未）知益州、樞密直學士、户部郎中文彦博爲右諫議大夫、樞密副使。』

〔七〕故事：先例，老規矩。《鐵圍山叢談》卷二：『國朝故事，天子誕節，則宰臣率文武百僚班紫宸殿下拜舞稱慶。』

〔八〕蕃滋：繁殖增益。畢仲游《代歐陽考功撰西陽宫記》：『天下太平，人物蕃滋而財不足。』

田元均密諫況〔一〕，寬厚明辨，其治成都最爲有聲。〔二〕有訴訟，其懦弱不能自伸者，必委曲問之，莫不盡得其情，故決遣未嘗少誤。蜀人謂之『照天蠟燭』〔三〕。

【校證】

〔一〕田元均密諫況：即田況，字元均。慶曆八年至皇祐二年知益州，權益、梓、利、夔路兵馬鈐轄。

〔二〕《二程文集》卷九《蜀守記》：『成都人稱近時鎮蜀之善者，莫如田元均、文潞公。語不善者，必曰蔣堂、程戡。故謠言曰：彦博虧田況，程戡勝蔣堂。言最善之中，田更優，不善之中，程猶差勝也。』

〔三〕《類説》卷二十二、《天中記》卷三十四引《東齋記事》，『照天蠟燭』後有『又謂之不錯事尚書』八字。《吕氏雜記》卷下：『田宣簡公況爲三司使時，人目爲照天蠟燭，以其明見物情也。』

蜀州江有硬堰，漢州江有軟堰，皆唐章仇公兼瓊〔一〕所作也。鮮于惟幾，蜀州人，爲漢州軍事判官，更爲硬堰。一夕，水暴至，蕩然無孑遺者。蓋蜀州江來遠，水勢緩，故爲硬堰。硬堰者，皆巨木大石。漢州江來近，水聲湍悍，猛暴難制，故爲軟堰。軟堰者，以粗茭細石，各有所宜也。自惟幾改制，甫畢工而壞，前人之作，豈可輕變之哉。惟幾名亨多學，能棋又善醫，其爲人自强，人謂之鮮于第一。

【校證】

〔一〕章仇公兼瓊：即章仇兼瓊，潁川人。開元二十七年至天寶五年五月任職於蜀地，任劍南節度兼四川采訪制置使，興大南市，創新津通濟堰，溉眉、蜀二郡田，人懷其惠，立廟於堰南，號寅德公祠。復引萬年池水以溉成都田畝，在蜀八年，澤流萬世。（《（雍正）四川通志》卷六）

文潞公任成都府日，米價騰貴，因就諸城門相近寺院，凡十八處，減價糶賣，仍不限其數，張榜通衢。翌日，米價遂減。前此，或限升斗以糶，或抑市井價直，適足以增其氣焰，而終不能平其價。大抵臨事當須有術也如此〔一〕。

【校證】

〔一〕《救荒活民書》卷三『文彦博減價糶米』條，文末有『臣謂此非特能止騰涌，亦以陳易新之法也』句。

蜀人正月二日、三日上塚，知府亦爲之出城置會〔一〕。是時，薛公奎〔二〕以是日〔三〕會於大東門外。有戍卒扣鄭龍腦家求富貴，鄭即以銀匙筯一把與之，既出，隨以告人。至第二巷尾，卒〔四〕升屋放火殺傷人。相次都監〔五〕至，捕者益多。卒自知不免，即下就擒。都監往白薛公，公指揮祇於擒獲處令人斬却〔六〕。民以爲神斷。不然，妄相攀引，旬月間未能了得，又安其徒黨反側之心也。

【校證】

〔一〕《歲華紀麗譜》：『（正月）二日，出東郊，早宴移忠寺（舊名碑樓院），晚宴大慈寺。』

田况《成都遨樂詩·二日出城》：『初歲二之日，言出東城闉。緹騎隘重乳，淤車坌行塵。原野信滋腴，景物争光新。青疇隱遥壖，弱柳垂芳津。隱卒具威械，祭墦列重茵。俗尚各有時，孝思情則均。歸途喧鼓鐃，聚觀無富貧。坤隅地力狹，百業常苦辛。設微行樂事，何由裕斯民。守侯其勉旃，亦足彰吾仁。』

陸游《劍南詩稿》卷九《正月二日晨出大東門是日府公宴移忠院》：『成都春事

早，開歲已喧妍。爁尾傳杯後，遨頭出郭前。争門金騕褭，滿野繡輜軿。白髮花邊醉，何妨似少年。』

范成大有《初三日出東郊碑樓院》詩，自注云：『故事，祭東君，因宴此院，蜀人皆以是日拜掃。』詩云：『遠柳新晴暝紫煙，小江吹凍舞清漣。紅塵一哄人歸後，跕跕饑鳶蹙紙錢。』

〔二〕薛公奎：即薛奎，天聖四年三月至六年三月知益州。《長編》卷一百四：『（天聖四年三月）己卯，徙知秦州、右諫議大夫、集賢院學士薛奎知益州，加樞密直學士。』《長編》卷一百六：『（天聖六年三月）辛酉，以樞密直學士、右諫議大夫、知益州薛奎爲龍圖閣直學士、權三司使公事，右諫議大夫、權御史中丞程琳爲樞密直學士、知益州。』

〔三〕是日：《類苑》卷二十二引《東齋記事》作『二日』。

〔四〕卒：四庫本原作『客店』，此據《類苑》卷二十二引《東齋記事》改。

〔五〕都監：官名。宋於諸路、州、府，皆置兵馬都監，省稱『都監』。《文獻通考》卷五十九《兵馬都監（州都監附）》條：『宋朝兵馬都監，有路，分掌本路禁旅、屯戍、邊防、訓練之政令，以肅清所部。建炎三年，以要郡守臣帶本路兵馬都監，武臣一員充副都監。紹興三年，罷守臣兼兵職，而副都監如故。州都監則以大小使臣充，掌本城屯駐、兵甲、訓練、差使之事，兼在城巡檢。資淺者爲監押，或雜用文臣，其後止用武臣。』

〔六〕斬却：《類苑》卷二十二、《五朝名臣言行録》卷五引《東齋記事》，均作『喫却』。

薛長孺〔一〕爲漢州通判〔二〕，戍卒閉營門，放火殺人，謀殺知州、兵馬監押。有來告者，知州、監押皆不敢出。長孺挺身叩營，諭之曰：『汝輩皆有父母妻子，何作此事〔三〕。元不預謀者〔四〕，各作一邊。』於是不敢動，惟首〔五〕謀者八人突門而出，散於諸縣村野，捕獲。是時，非長孺則一城之人盡遭塗炭矣。鈐轄司〔六〕不敢聞，遂不及賞。長孺乃簡肅公之侄，質厚人也，臨事乃敢決如此。

【校證】

〔一〕薛長孺：生平詳見歐陽修《尚書駕部員外郎致仕薛君墓志銘并序》：『尚書駕部員外郎致仕薛君，諱長孺，字元卿，絳州正平人也。贈太傅諱温瑜之曾孫。殿中丞、贈太師諱化光之孫。右班殿直、贈左驍衛大將軍諱睦之子。尚書户部侍郎、贈司空簡肅公兄之子。薛爲絳大族，簡肅公爲時名臣，君爲薛氏良子弟，少用簡肅公蔭，補郊社齋郎，將作監主簿，太常寺太祝，大理評事，衛尉，大理寺丞，太子右贊善大夫，殿中丞，國子博士，尚書虞部、比部、駕部三員外郎。歷知趙州臨城縣，通判漢、湖、滑三州，知彭州，坐斷獄降監陽武縣税。會簡肅公夫人薨，葬於絳州，即起君知州事以辦葬。歲滿，通判成都府，未行，遂以疾致仕，居於許州之郾城。嘉祐六年七月丙午以卒，享年六十有一。君在漢州，州兵數百殺其軍校，燒營以爲亂。君挺身徒步，自壞垣入其營中，以禍福語亂卒曰：「叛者立左，脅從者立右。」於是數百人者，皆趨立於右，獨叛者十三人亡去，州遂無事。明年，蜀大饑，今韓丞相安撫兩川，獨漢人不甚殍，賜詔書獎諭。其在絳也，曰：「絳，吾鄉里也。長老乃吾父師，子弟猶吾子弟也。」爲立學置學官以教之，爲政有惠愛，絳人大悦。君爲人謹默淳質，平居似不能言，而其臨事如此。』（《歐陽文忠公集》卷三十四）

〔二〕通判：官名。宋初懲五代藩鎮之弊，乾德初，下湖南，始置諸州通判，命刑部郎中賈玭等充。建隆四年，詔知府公事并須長吏、通判簽議連書，方許行下。時大郡置二員。餘置一員。州不及萬户不置，武臣知州，小郡亦特置焉。其廣南小州，有試秩通判兼知州者，職掌倅貳郡政，凡兵民、錢穀、户口、賦役、獄訟聽斷之事，可否裁决，與守臣通簽書施行。所部官有善否及職事修廢，得刺舉以聞。元祐元年，詔知州係帥臣，其將下公事不許通判同管。元符元年，詔通判、幕職官，令日赴長官廳議事及都廳簽書文檄。（《宋史》卷一百六十七）

〔三〕何作此事：《類苑》卷十三引《東齋記事》、《自警編》卷七均作『何故作此事』。

〔四〕元不預謀者：《類苑》卷十三引《東齋記事》、《自警編》卷七均作『然不與謀者』。

〔五〕首：《類苑》卷十三引《東齋記事》、《自警編》卷七均作『本』。

〔六〕鈐轄司：官署名。掌總治軍旅屯戍、營防守禦之政令。凡將兵隸屬官訓練、教閱、賞罰之事，皆掌之。守臣帶提舉兵馬巡檢、都監及提轄兵甲者，掌統治軍旅、訓練教閱，以督捕盜賊而肅清治境。凡諸營名籍、賞罰之事，皆掌之。（《宋史》卷一百六十七）

廣安軍俗信巫，疾病不加醫藥。康定中，大疫，壽安縣太君王氏〔一〕家婢疫染〔二〕相枕藉，它〔三〕婢畏不敢近，且欲召巫以治之。王氏不許，親爲煮藥致食饍。左右争勸止之，則曰：『平居用其力，至病則不省〔四〕視，後當誰使者。』王氏之子黎洵、錞〔五〕，嘗與予同舉太學，爲予言之。僔、侁〔六〕即其孫也。

【校證】

〔一〕王氏：乃贈金紫光禄大夫黎德穎之妻，黎洵、黎錞之母，先封壽安縣太君，後贈太原郡夫人。（吕陶《朝議大夫黎公墓志》）

〔二〕染：《金罍子》卷十一引《東齋記事》無「染」字。

〔三〕它：《金罍子》卷十一引《東齋記事》作「他」字。

〔四〕省：《金罍子》卷十一引《東齋記事》作「顧」字。

〔五〕黎洵：黎錞之仲兄，皇祐進士。生平不詳。

黎錞：生平詳見吕陶所作《朝議大夫黎君墓志》，其文云：「《春秋》事出於史，而法與義生於筆削，雖游夏不敢措辭其間。及夫微言寂絶，大旨畔散，傳注解詁之家坌并而起，各持其説，以誇异騁高於人。蓋自左丘明而下，五傳殊歸，歷漢、晋及唐之盛，而秘府所藏至六十餘家、千餘卷。嗟乎，《春秋》之難知，而學者之難論亦已甚矣！渠江黎希聲，專經而通道，常謂《春秋》緣舊史之文，假聖師之筆，行王者之事，其文坦易，其法簡嚴，思之不必太深，求之不必太過，則有得。乃探索藴奥，敷暢厥旨，著《春秋經解》十卷，大率以經爲主，不汩於异家曲説之紛紜，傳諸士林，信之深，從之衆。熙寧初，丞相韓魏公上其書於朝，謂可置文館，翰林王禹玉輩援之甚力。會貢舉更制，《春秋》不爲科，議乃寢，公亦浩然有歸意，遂老於蜀。今天子嚮儒重道，謂一經不可輒廢，爲置博士，用以取人，則公之亡久矣。嗚呼，道之難明也有至是乎！徇一時之好惡，而經術用舍繫焉，亦儒者之不幸矣！此所以古之人著書立説，或藏之山巖屋壁，或投之煨爐，而不欲傳於後世，蓋有謂也。按黎氏之先出北正，其後子孫散處四方。建隆中，有曰嵩者，初自雲安徙居潼洄，今爲廣安人。嵩生元祐，元祐生德穎，乃公考也，纍贈金紫光禄大夫；妣王氏，贈太原郡夫人。公諱錞，字希聲。幼務學，既冠，與仲兄洵游京師。當時儒宗石守道、孫明復皆美其才，韓忠獻公召置門下，譽望益顯。第慶曆六年進士，調利州節度推官，以父憂罷。終制，除成德軍觀察推官，監延州折博務，轉大理寺丞，改殿中丞，知閬州南部縣。以母喪去職。服除，監在京鑄鎢務，遷太常博士、屯田員外郎。歐陽文忠公、吴長文薦爲學官，得國子監直講。是時太學生凡千數，諸博士講解，先日撰口義，升座徐讀而退，無復辨析旨要。公獨不然，置經於前，按文釋義，聽者樂聞其説，咸宗向之。公凡守雅、蜀、眉、簡四郡，皆先德後刑，務存治體，不汲汲簿書期會，君子喜其勸，小人畏其懲，有古循吏之風。在唐安，乘歲饑，募民完堤堰，兩得其利，不殍而稔。此治狀尤炳然者。元豐七年，以朝請大夫致仕。哲宗即位，加朝議。元祐八年五月二十九日卒，享年七十九。紹聖四年十二月十日，葬於渠江縣敦義鄉書臺里書臺山下。公娶安氏，再娶周氏，封仙居、壽安，皆縣君。一男傃，太廟齋郎，早卒。女四人：長適朝議大夫蒲宗閔，次適朝奉大夫楊忞，次早夭，次又適宗閔。孫男二人：暹、昪，皆郊社齋郎。公善學，知原本，窮經立言，雖皓首不倦。六卿薦於朝，將用，已而棄不録，然能以教於鄉。其臨政必重民，所至有可紀，舒而廓之，豈特沾滲四郡乎？世所謂鄉先生、良二千石，公無愧也。銘曰：言可以垂世，屈伸存乎時。或布於廊廟雍泮，震發斯文之光輝；或委之重巖餘燼，來者莫得而知。志可以澤物，廣狹繫乎用。或彌塞海宇，鼓舞萬靈之動；或踧踖遐陋，敝耗米鹽之冗。名在彼孰先，義在我孰重？欲識公懷，銘於高塚。』（《净德集》卷二十二）

〔六〕儔、侁：即黎儔、黎侁，乃黎錞或黎洵之子。王象之《輿地紀勝》卷一百六十五載：『錞，字希聲，渠江人。任直講日，英宗以蜀士問，歐陽修對曰：文行蘇洵，經術黎錞。帝大悦。初，眉山蘇洵與公俱客京師，僦居北鄰。蘇公二子軾、轍及公二子儔、侁皆在。二公父子俱受知於歐陽公，時望歸之。』但吕陶《朝議大夫黎君墓志》却載：『公娶安氏，再娶周氏，封仙居、壽安，皆縣君。一男傃，太廟齋郎，早卒。女四人。』吕陶所作黎錞墓志銘記其祇有一男，名傃，當確。而范鎮此條所記『儔、侁即其孫也』，也可以理解爲是黎錞之仲兄黎洵之子。但不知《輿地紀勝》所據爲何。《（嘉靖）四川總志》載：『黎侁、黎儔俱嘉定進士。』按照該志進士録排名年號順序，『嘉定』有誤，應爲『嘉祐』。

蜀有孫太古知微〔一〕，善畫山水、仙官、星辰、人物。其性高介。不娶，隱於大面山，時時往來導江〔二〕、青城〔三〕。故二邑人家至今多藏孫畫，亦藏〔四〕畫於成都。今壽寧院〔五〕十一曜〔六〕

絶精妙，有先君題記在焉。又有李懷袞〔七〕者，成都人，亦善山水，又能爲水石翎毛。其常所居及寢處，皆置土筆，雖夜中酒醒、睡覺得意時，急起，畫於地或被上，遲明模寫之，則優於平居所爲也。又有趙昌〔八〕者，漢州人，善畫花。每晨朝露下時，繞欄檻諦玩，手中調采色寫之，自號寫生趙昌。人謂：『趙昌畫染成，不布采色，驗之者以手捫摸，不爲采色所隱，乃真趙昌畫也。』其爲生菜、折枝、果實尤妙。三人者，平生至意精思，一發於畫，故其畫爲工，而能名於世。又有王有者，漢州卒也。州將每令趙昌畫，則遣有服事供應。久之，其畫遂亞於昌。其爲人亦精潔，有巧思，非卒之流輩也。

【校證】

〔一〕《宋朝名畫評》卷一：孫知微，字太古，彭山人。知書，能語《論》，通老學，善雜畫。初師沙門令宗，凡牧伯所至，必與之相款，高談劇辯，皆出人意。蜀中寺觀多有親筆，畫釋老事迹則不茹葷食，在於山野，經時方成。寓居青城白侯壩趙村，愛其水竹深茂，以助其興。

《宣和畫譜》卷四：孫知微，字太古，眉陽人也。世本田家，天機穎悟，善畫，初非學而能。清净寡慾，飄飄然真神仙中人。不茹婦人所饌食，有密以驗之者，皆不可逃所知。喜畫道釋，用筆放逸，不蹈襲前人筆墨畦畛。嘗於成都壽寧院壁圖《九曜》，落墨已，乃令童仁益輩設色。侍從中有持水晶瓶者，因增以蓮花。知微既見，謂瓶所以鎮天下之水，吾得之道經，今增以花，失之遠矣。故知知微之妙，豈俗畫所能到也。蜀人尤加禮之，得畫則珍藏十襲。知微多客寓寺觀，精黄老、瞿曇之學，故畫道釋益工，而蜀中寺觀尤多筆迹焉。今御府所藏三十有七：天蓬像二，天地水三官像六，九曜像三，填星像一，亢星像一，火星像一，十一曜像一，歲星像一，五星像一，星官像二，伏羲像一，長壽仙像一，葛仙翁像一，寫孫先生像一，維摩像一，文殊降靈圖一，智公真一，過海天王圖一，行道天王圖一，游行天王圖一，羅漢像一，衲衣僧一，掃象圖一，戰沙虎圖一，虎鬥牛圖一，牛虎圖一，寫李八百妹産黄庭經像一，寫彭祖女禮北斗像一。

〔二〕導江：古縣名。唐武德二年改灌寧縣置，治今四川省都江堰市東，屬彭州。貞觀中又改名灌寧縣。開元中復改導江縣。北宋太平興國三年屬永康軍，熙寧五年復屬彭州。元至元十三年廢，入灌州。

〔三〕青城：古縣名。唐開元十八年改清城縣置，治今四川省都江堰市東南，屬蜀州。宋先後屬永安軍、蜀州、永康軍。元至元十三年廢，入灌州。

〔四〕藏：《類苑》卷五十一引《東齋記事》作『嘗』。

〔五〕壽寧院：成都大聖慈寺之一院。宋人侯溥有《壽寧院記》：『佛以静爲樂，故凡塔廟皆潔精謹嚴，屏遠俗紛。獨成都大聖慈寺據闤闠之腹，商列賈次，茶爐藥榜、逢占筵專、倡優雜戲之類坌然其中，以游觀之多而知一方之樂也，以施予之多而知民生之給也，以興葺之多而知太平之久也。此固壽寧院荒蕪於昔而盛於今歟。何謂之盛？院莫大乎繼承，而僧患夫寡。今有文皇仁廟之灑翰，章聖之文章，以恩歲祴一人，師徒綿綿，日營日修，是故書有完藏，象有宏宇，入其門而柱石潔然，及其中霤而草木修然。其爲殊尤絶勝而得之天人者，有石盈尺，而塔之形影皜焉發乎蒼穹之表，此得之天也。有孫知微之筆，鬼神恐其暴形，日星恐其運行，林木恐其發生，濤浪恐其奔鳴，瘠者爲僧，僂者爲道，趨翔者爲衣冠之士，此得之人者。其爲生者，有温江四夫之田，始於張忠定公咏之所畀，而成於馬正惠公知節之所奏，此其所爲日盛也。初，淳化寇竊之後，院爲廢田，吏民植碑乎其中，以頌上德。於是内臣王繼恩領招安而忠定作鎮，乃議蒐擇名行僧，使筦是碑，而得僧希白，遂奏求賜今院名。白，華陽人也，姓羅氏。其教外通吾儒經，善草隸，有詩行於時。安文惠王元傑始封益，見而器之，貽之以詩，奏授師名文鑑。凡院之所繇盛，皆文鑑爲之也。獨完藏經成於其孫文蘊大師重巽，而藏經之堂繼成於重復之手。巽、復皆言行謹厚人也。復今爲都僧正，而求予記，因書其本末云。熙寧元年記。」

〔六〕十一曜：據《元始天尊説十一曜大消灾神咒經》，十一曜指太陽、太陰、木星、火星、金星、水星、土星、羅睺、計都、紫氣、月孛十一星。

〔七〕《圖畫見聞志》卷四：『李懷袞，蜀郡人，工畫山水、花竹、翎毛。』梅堯臣有《薛九宅觀雕狐圖》詩贊其畫，云：『蜀中處士李懷袞，手畫皂雕擒赤狐。猛爪入頰嘴迸血，短尾僂悚窮蹄鋪。雕争怒力狐争死，二物形意無纖殊。一禽一獸固已别，硬羽軟毛非筆模。入君此室見此圖，如在原野從馳驅。』

〔八〕《圖畫見聞志》卷四：趙昌，字昌之，廣漢人，工畫花果，其名最著。然則生意未許全株，折枝多從定本。惟於傅彩，曠代無雙。古所謂失於妙而後精者也。昌兼畫草蟲，皆云盡善。苟圖禽石，咸謂非精。昌家富，晚年復自購己畫，故近世尤爲難得。

黄筌〔一〕、黄居寀〔二〕，蜀之名畫手也，尤善爲翎毛。其家多養鷹鶻，觀其神俊以模寫之，故得其妙。其後，子孫有棄其畫業，而事田獵飛放者，既多養鷹鶻，則買鼠或捕鼠以飼之。又其後世有捕鼠爲業者，其所置習不可不慎。人家置博奕之具者，子孫無不爲博奕。藏書者，子孫無不讀書。置習豈可以不慎哉！予嘗爲梅聖俞〔三〕言，聖俞作詩以記其事〔四〕。

【校證】

〔一〕此條《永樂大典》卷八百二十二引《東齋記事》作：『黄筌、黄居寀、居寶，蜀之名畫手也，尤善爲毛翎。其家多養鷹鶻，觀其神俊以橫寫之，故得其真。後，子孫有棄其畫業，而事田臘飛放者，既多養鷹鶻，則買鼠以飼之，又其後世，有捕鼠爲業者，其所置習不可不慎。人家置博奕之具者，子孫無不爲博奕。藏書者，子孫無不讀書。置習豈可以不慎哉！予嘗爲梅聖俞言，聖俞作詩以紀其事。』

《益州名畫録》卷上：黄筌者，成都人也。幼有畫性，長負奇能。刁處士入蜀，授而教之竹石花雀。又學孫位畫龍水松石墨竹，李升畫山水竹樹，皆曲盡其妙。筌早與孔嵩同師，嵩但守師法，别無新意；筌既兼宗孫、李，學力因是博贍，損益刁格，遂超師之藝。後唐莊宗同光年，孟令公到府，厚禮見重。建元之後，授翰林待詔、權院事，賜紫金魚袋。至少主廣政甲辰歲，淮南通聘，信幣中有生鶴數隻，蜀主命筌寫鶴於偏殿之壁。警露者、啄苔者、理毛者、整羽者、唳天者、翹足者，精彩態體，更愈於生，往往生鶴立於畫側。蜀主嘆賞，遂目爲六鶴殿焉。尋加至内供奉、朝儀大夫、檢校少府少監、上柱國。先是，蜀人未曾得見生鶴，皆傳薛少保畫鶴爲奇。筌寫此鶴之後，貴族豪家，竟將厚禮請畫鶴圖，少保自此聲漸減矣。廣政癸丑歲，新構八卦殿，又命筌於四壁畫四時花竹兔雉鳥雀。其年冬，五坊使於此殿前呈雄武軍進者白鷹，誤認殿上畫雉爲生，掣臂數四，蜀王嘆异久之，遂命翰林學士歐陽炯撰《壁畫奇异記》以旌之。筌有《春山圖》《秋山圖》《山家晚景圖》《山家早景圖》《山家雨景圖》《山家雪景圖》《山居詩意圖》《瀟湘圖》《八壽圖》。今石牛廟畫《龍水》一堵，見存。

〔二〕《益州名畫録》卷中：黄居寀，字伯鸞，筌少子也。畫藝敏贍，不讓於父。蜀之四主崇奢，宫殿、宛囿、池亭，世罕其比。居寀父子入内供奉迨四十年，殿庭墻壁，門幃屏障，圖畫之數不可紀録。授翰林待詔、將仕郎、試太子議郎，賜金魚袋。淮南通好之日，居寀與父同手畫《四時花雀圖》《青城山圖》《峨眉山圖》《春山圖》《秋山圖》，用答國信。使命將發，《秋山》全未及畫，蜀王令取在庫《秋山圖》入用，居寀與父奉命别畫，經月方畢工，更愈於前者，翰林學士徐光溥進《秋山圖歌》以紀之。廣政甲子歲，蜀王令居寀往葛仙山修蓋仙化，回至彭州，棲真南軒，畫《水石》一堵，自未至酉而畢，敏而復妙者也，今見存。居寀有《四時野景圖》《湖灘水石圖》《春田放牧圖》。當時卿相及好事者，得居寀父子圖障卷簇，家藏户寶，爲稀世之珍。今衙廳餘《理毛》《啄苔鶴》兩堵，《水石》兩堵，《龍門圖》一堵，武侯廟《龍水》一堵，并居寀筆，見存。聖朝剋蜀之後，居寀赴京，頗爲翰長陶尚書穀殊禮相見。因收得名畫數件，請居寀驗之。其中《秋山》一圖，是故主答淮南國信者，畫絹縫之内，自有銜名。陶公云：『此是淮王所遺。』看之，果符其説。聖朝授翰林待詔、朝請大夫、寺丞、上柱國，賜紫金魚袋。淳化四年，充成都府一路送衣襖使。時齒六十一，於聖興寺新禪院畫《龍水》一堵，《天臺山圖》一堵，《水石》兩堵，工夫雖少，大體宛存。

〔三〕梅聖俞：即梅堯臣，字聖俞，宣州宣城人，侍讀學士詢從子也。工爲詩，以深遠古淡爲意，間出奇巧，初未爲人所知。用詢蔭爲河南主簿，錢惟演留守西京，特嗟賞之，爲忘年交，引與酬倡，一府盡傾。歐陽修與爲詩友，自以爲不及。堯臣益刻厲，精思苦學，繇是知名於時。宋興，以詩名家爲世所傳如堯臣者，蓋少也。嘗語人曰：『凡詩，意新語工，得前人所未道者，斯爲善矣。必能狀難寫之景如在目前，含不盡之意見於言外，然後爲至也。』世以爲知言。歷德興縣令，知建德襄城縣，監湖州税，簽書忠武、鎮安判官，監永豐倉。大臣屢薦宜在館閣，召試，賜進士出身，爲國子監直講，纍遷尚書都官員外郎。預修《唐書》，成，未奏而卒，録其子一人。寶元、嘉祐中，仁宗有事郊廟，堯臣預祭，輒獻歌詩，又嘗上書言兵。注《孫子》十三篇，撰《唐載記》二十六卷、《毛詩小傳》二十卷、《宛陵先生集》四十卷。堯臣家貧，喜飲酒，賢士大夫多從之游，時載酒過門。善談笑，與物無忤，詼嘲刺譏托於詩，晚益工。有人得西南夷布弓衣，其織文乃堯臣詩也，名重於時如此。（《宋史》卷四百四十三）

《東都事略》卷一百十五亦有傳。歐陽修作《梅聖俞墓志銘》，收入《歐陽文忠公集》卷三十三。

〔四〕梅堯臣《白鷴圖》詩，題下注云：『得黄荃事於景仁。』詩云：『雙睛射空眼角聳，筋爪入節韝縧垂。翅排霜刀毛綴甲，雪色愁突秋雲披。當時始得不知價，朝發海東夕九嶷。世爲奇俊玩不足，奪質移神歸畫師。而今推尚深堂上，燕雀屏絶寧來窺。畫師黄荃出西蜀，成都范君能具知。范云荃筆不取次，自養鷹鸇觀所宜。毰毛植立各有態，剜奇剔怪乃肯爲。尋常飼鷹多捕鼠，捕鼠往往驅其兒。其兒長大好飛走，其孫賣鼠迭又衰。范君語此亦有味，欲戒近習無他移。』

蜀有朝日蓮〔一〕，蔓生，其花似蓮而色白，其大如錢。人家以盆貯水而植之，朝生於東，夕沉於西，隨日出没，可以測候時刻。又有虞美人草〔二〕，唱《虞美人曲》〔三〕則動摇如舞狀，以應拍節，唱他曲則不然。予熙寧乙卯還鄉，見朝日蓮，日出則出，日没則没，無東西也。虞美人草，唱他曲亦動，此傳者過爾。

【校證】

〔一〕朝日蓮：宋祁《益部方物略記》『朝日蓮』條：素花碧葉，浮秀波面，日中則向，日入還斂。花色或黄或白，葉浮水上，翠厚而澤，形如菱花差大。開則隨日所在，日入輒斂，而自藏於葉下，若葵藿傾太陽之比。

王灼《朝日蓮賦序》云：『朝日蓮似蓮而小，花之外有四萼，隨日出没。』其賦云：『蓮之種夥矣，仙峰十丈，禁池千葉。花之駢、幹之接、斗之披、珠之結，留大家之嚴蹕，下衆靈之絳節。蕩漢女之輕槳，開吴娃之笑頰。雖含芬吐秀，雲布星列，曾未睹夫殊絶者也。相彼小芳，亦其族徒。寄清泠之赤水，涵微眇之寸軀。氣奪蘭茝，色比瓊琚。金蘂中峙，緑萼外郛。恍朝夕之异變，顯晦隨於日車。若夫日升暘轂，至於曲阿，則花舒萼開，亭亭浮波，迎風窈窕，照影婆娑。日回女紀，頓於連石，則花斂萼閉，苒苒而没。煙水四瞑，杳無遺迹。初疑宓妃，容與洛濱；又似曹娥，銜冤自沉。仰止子陵，江瀨之曲；忽悲靈均，葬於魚腹。曉而望之，晡而察之，未有不同日之起伏也。吾意夫川後河伯之倫，發奇露珍，以警世瞶。懼夜半有負走者，復收拾於貝闕珠宫。不然，握權執機，真有化工也。顧天壤之内，恢詭譎怪，糾錯不同，鉅者林林，細者叢叢，豈耳目之能窮哉！惟其妙用莫詰，動静相時。利欲昏醉，人或反之，身隕名滅，此花所嗤。識諸座右，以當箴詩。』（《頤堂先生文集》卷一）

張咏《朝日蓮》詩，云：『少得方爲貴，根莖豈异蓮。高低全賴水，舒卷自知天。已任群芳妬，難妨後笑偏。向明終有待，呈艶不争先。愛重頻移席，徵求苦費

錢。蘭蓀鐃酷烈，桃杏媿奢妍。應瑞花中絶，標名世上傳。須栽禁池内，用表太平年。』（《乖崖集》卷四）

〔二〕虞美人草：《全芳備祖》後集卷十一『虞美人草』條引《草木記》：雅州名山縣，出虞美人草，花葉兩兩相對，人或近之，則向人而俯，如爲唱《虞美人曲》，則此草應拍而舞，他曲則否。

陸佃《增修埤雅廣要》卷三十『舞仙草』條引《益州草木記》：出雅州，獨莖，三葉，葉如决明，一葉在莖端，兩葉居莖之半，相對。人或觸之，抵掌謳歌動葉應拍而舞，即虞美人草也。

宋祁《娛美人草贊》：翠莖纖柔，稚葉相當，逼而歌之，或合或張。自注：蜀人舊傳虞美人草，予謂虞當作娛。今世所傳《虞美人曲》下音俚調，非楚虞姬所爲也。意其草纖柔，爲歌氣所動，故其葉至小者，或若動摇，美人以爲娛樂耳。（《景文集》卷四十七）

〔三〕《虞美人曲》：《碧鷄漫志》卷四：虞美人，脞説稱起於項籍《虞兮之歌》。予謂後世以此命名可也，曲起於當時，非也。曾子宣夫人魏氏作《虞美人草行》，有云：『三軍散盡旌旗倒，玉帳佳人坐中老。香魂夜逐劍光飛，青血化爲原上草。芳菲寂寞寄寒枝，舊曲聞來似斂眉。』又云：『當時遺事久成空，慷慨尊前爲誰舞。』亦有就曲志其事者，世以爲工，其詞云：『帳前草草軍情變，月下旌旗亂。褫衣推枕愴離情，遠風吹下楚歌聲，正三更。撫騅欲上重相顧，豔態花無主。手中蓮鍔凜秋霜，九泉歸去是仙鄉，恨茫茫。』黄載萬追和之，壓倒前輩矣。其詞云：『世間離恨何時了，不爲英雄少。楚歌聲起伯圖休，一似水東流。葛荒葵老蕪城暮，玉貌知何處。至今荒草解婆娑，祇有當年魂魄未消磨。』按《益州草木記》，雅州名山縣，出虞美人草，如鷄冠花。葉兩兩相對，爲唱《虞美人曲》，應拍而舞，他曲則否。《賈氏談録》，褒斜山谷中有虞美人草，狀如鷄冠，大葉相對。或唱《虞美人》，則兩葉如人拊掌之狀，頗中節拍。《酉陽雜俎》云：『舞草出雅州，獨莖三葉，葉如决明，一葉在莖端，兩葉居莖之半，相對。人或近之歌，及抵掌謳曲，葉動如舞。』《益部方物圖贊》改『虞』作『娱』，云：今世所傳《虞美人曲》，下音俚調，非楚虞姬作，意其草纖柔，爲歌氣所動，故其莖至小者，或若動摇，美人以爲娱耳。《筆談》云：『高郵桑景舒性知音，舊聞虞美人草，遇人唱《虞美人曲》，枝葉皆動，他曲不然。試之，如所傳，詳其曲，皆吴音也。他日取琴，試用吴音制一曲，對草鼓之，枝葉亦動，乃目曰《虞美人操》。其聲調與舊曲始末不相近，而草輒應之者，律法同管也。今盛行江湖間，人亦莫知其如何爲吴音。』《東齋記事》云：『虞美人草，唱他曲亦動，傳者過矣。』予考六家説，各有异同。《方物圖贊》最穿鑿，無所稽據。舊曲固非虞姬作，若便謂下音俚調，嘻其甚矣。亦聞蜀中數處有此草，予皆未之見，恐種族异，則所感歌亦异。然舊曲三，其一屬中吕調，其一中吕宫，近世轉入黄鍾宫，此草應拍而舞，應舊曲乎、新曲乎。桑氏吴音，合舊曲乎、新曲乎，恨無可問者。又不知吴草與蜀産有無同類也。

蜀江有鹹泉，有能相度泉脉者，卓竹江心，謂之卓筒井〔一〕，大率近年不啻千百井矣。每筒日産鹽數百斤，其少者亦不下百十斤。兩蜀鹽價不賤，信乎食口之衆。

【校證】

〔一〕卓筒井：蜀地的一種鹽井。蘇軾《蜀鹽説》：『蜀去海遠，取鹽於井。陵州井最古，淯井、富順監亦久矣。惟邛州蒲江縣井，乃祥符中民王鸞所開，利入至厚。自慶曆、皇祐以來，蜀始創「筒井」，用圜刃鑿山如碗大，深者至數十丈，以巨竹去節，牝牡相銜爲井，以隔横入淡水，則鹹泉自上。又以竹之差小者出入井中爲桶，無底而竅其上，懸熟皮數寸，出入水中，氣自呼吸而啓閉之，一筒致水數。凡筒水皆用機械，利之所在，人無不智。《後漢書》有「水鞴」。此法惟蜀中鐵冶用之，大略似鹽井取水筒。』《天工開物》卷上《井鹽》條：『凡滇、蜀兩省，遠離海濱，舟車艱通，形勢高上，其鹹脉即韞藏地中。凡蜀中石山去河不遠者，多可造井取鹽。鹽井周圓不過數寸，其上口一小盂覆之有餘，深必十丈以外乃得鹵信。故造井功費甚難。其器冶鐵錐。如碓嘴形，其尖使極剛利，向石山舂鑿成孔。其身破竹纒繩，夾懸此錐。每舂深入數尺，則又以竹接其身使引而長。初入丈許，或以足踏碓，稍如舂米形。太深則用手捧持頓下。所舂石成碎粉，隨以長竹接引，懸鐵盞挖之而上。大抵深者半載，淺者月餘，乃得一井成就。蓋井中空潤，則鹵氣游散，不克結鹽故也。井及泉後，擇美竹長丈者，鑿净其中節，留底不去。其喉下安消息，吸水入筩，用長絙繫自沉下，其中水滿。井上懸桔槔、轆盧諸具，制盤駕牛。牛拽盤轉，轆盧絞絙，汲水而上。入於釜中煎煉，祇用中釜，不用牢盆。頃刻結鹽，色成至白。西川有火井，事奇甚。其井居然冷水絶無火氣，但以長竹剖開去節合縫漆布，一頭插入井底，其上曲接，以口緊對釜臍，注鹵水釜中。祇見火意烘烘，水即滚沸。啓竹而視之，絶無半點焦炎意。未見火形而用火神，此世間大奇事也。凡川滇鹽井逃課掩蓋至易，不可窮詰。』

蜀之産茶凡八處，雅州之蒙頂〔一〕、蜀州之味江〔二〕、邛州之火井〔三〕、嘉州之中峰、彭州之堋口〔四〕、漢州之楊村〔五〕、綿州之獸目〔六〕、利州之羅村。然蒙頂爲最佳也。其生最晚，常在春夏之交。其芽長二寸許，其色白，味甘美，而其性温暖，非他茶之比。蒙頂者，《書》所謂『蔡蒙旅平』〔七〕者也。李景初〔八〕與予書言：『方茶之生，雲霧覆其上，若有神物護持之。』其次羅村，茶色緑，而味亦甘美。

【校證】

〔一〕此條《永樂大典》卷八百四引《東齋記事》作：『蜀中數處蜀茶，雅州蒙頂最佳，其生最晚，在春夏之交，其地即《書》所謂「蔡蒙旅平」者也。方茶之生，雲霧覆其上，若有神物護持之。』

《通鑑前編》卷一：『蒙山在今雅州名山縣東，謂之蒙頂山，雲霧常蒙其頂上。』

《續談助》卷五：『始，蜀茶得名蒙頂也。元和以前，束帛不能易一斤先春蒙頂。是以蒙頂前後之人，競栽茶以規厚利。不數十年間，遂斯安草市，歲出千萬斤。雖非蒙頂亦希顔之徒。今真蒙頂有鷹嘴牙白茶，供堂亦未嘗得其上者，其難得也如此。』

《太平寰宇記》卷七十七：『《九州記》云，蒙山者，沐也，言雨露常蒙，因以爲名。山頂受全陽氣，其茶芳香。按《茶譜》云，山有五嶺，有茶園，中嶺曰上清峰，所謂蒙嶺茶也。爲天下之稱。』

〔二〕蜀州味江鎮，産茶，有茶市。《太平寰宇記》卷七十五：『按《茶經》云，青城縣有散茶、末茶尤好。又《茶譜》云：蜀州晉源、洞口、横源、味江、青城，其横源雀舌、鳥嘴、麥顆，蓋取其嫩芽所造，以其芽似之也。又有片甲者，即是早春黄芽，其葉相抱如片甲也。蟬翼者，其葉嫩薄如蟬翼也，皆散茶之最上也。』

〔三〕《太平寰宇記》卷七十五：『臨邛數邑，茶有火前、火後、嫩緑黄等號。又有火番餅，每餅重四十兩，入西番、黨項，重之如中國名山者，其味甘苦。』

《（嘉慶）邛州直隸州志》卷二十三引《茶經》：『臨邛有火前、火後、嫩緑黄等名。又有火番餅，重四十兩，俗名鍋焙茶，又名邢業茶，以邢姓製造得名也。』

《（雍正）四川通志》卷三十八引《元豐九域志》云：『臨邛有火井茶場。邛州貢茶，造茶爲餅二兩，印龍鳳形於上，飾以金箔，每八餅爲一觔，入貢俗名磚茶』

楊藩有《火井茶》詩：『地接蒙山味豈殊，火前火後亦同呼。相如應有清泉渴，會瀹萌芽一試無。』（《（嘉慶）邛州直隸州志》卷四十四）

〔四〕《長編》卷二百八十二：『熙寧十年四月，知彭州吕陶言：「據本州堋口鎮茶場申，六日之間，買到茶八百八十六斤，計本錢一百六貫三百二十文，隨日出賣，收到息錢三十一貫八百九十六文，别無見在。」堋口茶園三百餘户，凡五千人齎茶赴場。』由此可見彭州堋口茶園、茶市的規模。

《（嘉慶）彭縣志》卷二十五：『邑境西北山多，産茶。彭門山内外及小魚洞，茶坪種植尤多。按《茶譜》云：彭縣有蒲村、堋口、灌口，其園名仙崖、石花等，其茶餅小而布嫩芽如六出花者尤妙。又《茶經》云：茶出彭州九隴縣馬鞍山至德寺，堋口鎮與襄州茶同味。』

〔五〕《蜀中廣記》卷七十二：『通直郎、知綿竹縣事魏良忠爲楊村茶官。』《宋會要輯稿》職官四三：『楊村茶，每駝一百一貫九百七十三文。』

〔六〕《蜀中廣記》卷六十五：『綿州彰明縣茶色緑。白樂天詩云：渴嘗一盞緑昌明。今彰明即唐昌明也。《彰明志》：治北有獸目山，出茶，品格亦高，謂之獸目茶。山下有百滙龍潭。』

〔七〕文見《尚書·禹貢》。孔穎達《尚書正義》卷六引《地理志》云：『蒙山，在蜀郡青衣縣。應劭云，順帝改曰漢嘉縣。蔡山不知所在，《論語》云，季氏旅於泰山。是祭山曰旅也。平者，言其治水畢，猶上既藝也。』

蜀之蚊蚋〔一〕惟漢州爲最著，瀕水處蛙聲亦爲多。唐相房公琯〔二〕作西湖〔三〕，無蚊蚋及蛙聲。《周禮》：『蟈氏掌去鼃黽，焚牡鞠，以灰灑之則死；以其煙被之，則凡水蟲無聲。』〔四〕殆用此術。然不載蚊蚋之禁如何，而同歷數百年，其術不衰。予熙寧乙卯宿西湖，〔五〕雖無蛙聲，然有蚊蚋。或云近始有，或云誤傳。

【校證】

〔一〕蚊蚋：《説文解字》卷十三上：『秦、晋謂之蚋，楚謂之蚊』。

〔二〕房公琯：即房琯，字次律，河南人。琯少好學，風度沈整，以廕補弘文生。與吕向偕隱陸渾山，十年不諧際人事。開元中，作《封禪書》，説宰相張説，説奇之，奏爲校書郎。舉任縣令科，授盧氏令。拜監察御史，坐訊獄非是，貶睦州司户參軍。復爲縣，所至上德化，興長利，以治最顯。天寶五載，試給事中，封漳南縣男。時玄宗有逸志，數巡幸，廣温泉爲華清宫，環宫所置百司區署。以琯資機算，詔總經度驪山，疏巖剔藪，爲天子游觀。未畢，坐善李適之、韋堅，斥爲宜春太守。歷琅邪、鄴、扶風三郡，頻遷憲部侍郎。十五載，帝狩蜀，琯馳至普安上謁，帝喜甚，即拜文部尚書、同中書門下平章事，從至成都，賜一子官。俄與韋見素、崔涣奉册靈武，見肅宗，具言上皇所以傳付意，因道當時利病，篩索虜情，辭吐華暢，帝爲改容。琯既有重名，帝傾意待之，機務一二與琯參决，諸將相莫敢望。後罷爲太子少師。從帝還都，封清河郡公。乾元元年，出琯爲邠州刺史，逐秩、武等，因下詔陳其比周狀，喻敕中外。始，邠以武將領刺史，故綱目廢弛，即治府爲營，吏攘民居相淆讙。琯至，一切革之，人以便安，政聲流聞。召拜太子賓客，遷禮部尚書，爲晋、漢二州刺史。寶應二年，召拜刑部尚書，道病卒，贈太尉。（《新唐書》卷一百三十九）

〔三〕西湖：乃房琯任漢州刺史時在漢州城西北角所鑿之官池，又名房公湖。《方輿勝覽》卷五十四：『（漢州）房公湖，又名西湖。』杜甫游該湖，寫下《舟前小鵝兒》詩，自注云：『漢州城西北角官池作。』盧元昌注云：『官池乃房琯罷困後，歷漢州刺史時所鑿，琯死後，名爲房公湖。』唐人嚴公弼有詩《題漢州西湖》云：『西湖創置自房公，心匠縱横造化同。』房琯也有《題漢州西湖》詩，云：『高流纏峻隅，城下緬丘墟。决渠信浩蕩，潭島成江湖。結宇依迴渚，水中信可居。三伏氣不蒸，四達暑自徂。同人千里駕，鄰國五馬車。月出共登舟，風生隨所如。舉麾指極浦，欲極更盤紆。繚繞各殊致，夜盡情有餘。遭亂意不開，即理還暫祛。安得長晤語，使我憂更除。』

〔四〕文見《周禮·秋官司寇》。鄭玄注云：『牡蘜，蘜不華者。齊魯之間謂蛙爲蟈。黽，耿黽也。蟈與耿黽尤怒鳴，爲聒人耳去之。杜子春云，假令風從東方來，則於水東面爲煙，令煙西行，被之水上。』（《周禮疏》卷三十七）

〔五〕熙寧乙卯：乃熙寧八年，范鎮此年攜子歸蜀，次年返京。范鎮《峨眉壽聖院寫真贊》序云：『余既致仕之六年，熙寧八年，自京師還成都。遂游峨眉，極登覽之勝。』《晋原太平院留題序》：『熙寧八年三月游青城，間四日趨峨眉。』《事類備要》前集卷四十二：『范景仁鎮喜爲詩，年六十三致仕，一朝思鄉里，遂徑行入蜀，故人李才元知梓州，景仁枉道過之。歸至成都，日散財於親舊之貧者。遂游峨嵋、青城山，下巫峽、出荆門，凡期歲，乃還京師，作詩凡二百五篇。』可見，范鎮所宿之西湖即漢州之西湖。趙抃有《宿房公湖偶成》詩（《趙清獻公文集》卷五）。王之望《房公湖》詩序云：『余兩過漢，宿房公湖上。』（王之望《漢濱集》卷二）可見，在宋代漢州的西湖即房公湖旁應有供來往官員的住宿之處。

東齋記事卷五

英宗皇帝未生，〔一〕濮安懿王〔二〕夢二龍戲日傍，俄與日俱墜。以衣承之，大纔寸許，將納於佩囊，忽失所在，久乃見於雲中。一龍人言曰：『我非汝所有。』生之夕，又見黄龍數四出入卧内。豈不神异哉。

【校證】

〔一〕此條亦見《永樂大典》卷一萬三千一百三十九引《東齋記事》，文與四庫本同。

〔二〕濮安懿王：即濮安懿王趙允讓，字益之，商王元份子也。天資渾厚，外莊内寬，喜愠不見於色。始爲右千牛衛將軍。周王祐薨，真宗以緑車旄節迎養於禁中。仁宗生，用簫韶部樂送還邸。官衛州刺史。仁宗即位，授汝州防禦使，纍拜寧江軍節度使。上建睦親宅，命知大宗正寺。宗子有好學，勉進之以善，若不率教，則勸戒之，至不變，始正其罪，故人莫不畏服焉。慶曆四年，封汝南郡王，拜同平章事，改判大宗正司。嘉祐四年薨，年六十五，贈太尉、中書令，追封濮王，謚『安懿』。仁宗在位久無子，乃以王第十三子宗實爲皇子。仁宗崩，皇子即位，是爲英宗。（《宋史》卷二百四十五）

仁皇朝，原國公承炳〔一〕，冬至侍宴於崇政殿，仁皇數以酒屬之，不敢辭，遂醉。即廷中賜輦，親視其升，勑御士送還邸。明日，遣内人問起居，以輩行呼，而不名之。公好老氏之學，一夕，夢青衣執雉扇前導，悟而告家人曰：『吾數盡矣。』具冠帶，將朝而卒。

【校證】

〔一〕原國公承炳：宗室，生平不詳。《宋會要輯稿》禮四一：『皇祐四年十月承炳爲衛州防禦使。』《摛文堂集》卷十四《宗室故右監門衛大將軍贈懷州防禦使追封河内侯墓志銘》：『河内侯諱叔佾，字子儀，同州觀察使馮翊侯克晛之子，寧國軍節度使原國公承炳之孫，宣德軍節度、使同中書門下平章事兼侍中、樂平郡王德雍之曾孫也。』

有堂吏〔一〕嘗夢火山軍〔二〕姓劉人作狀元。閲火山軍解文〔三〕，無姓劉人。明年，劉煇〔四〕作狀元。煇能作賦，有聲場屋，人不以行許之。歷江寧、河中簽判，卒。

【校證】

〔一〕堂吏：《事物紀原》卷十『堂後官』條引《宋朝會要》：堂吏，自唐至五代率從京百司抽補。開寶六年五月七日，以武德縣尉姜宣義等充堂後官。太祖知堂吏擅中書事，權多爲奸贓，故令吏部選授堂吏，用士人自此始也。太平興國九年五月，以將作監丞李元吉、丁佐爲堂後官，京官任堂吏自此始也。十二月，以王渾、綦佩爲贊善，充職朝官之任堂吏自此始也。神宗元豐五年行官制，除堂後官之名於門下省，中書省置録事而已。《通典》曰：『唐武德中，始於諸州調左吏，遂促年限優以次序，有至上縣尉者。』』

〔二〕火山軍：《太平寰宇記》卷五十河東道『火山軍』條：『火山軍在嵐州火山下，皇朝平晋復置，控臨邊境，仍以火山爲名。火山在軍東四十里。』《武經總要》前集卷十七：『火山軍本嵐州地，東控契丹界，西接藏牙三族，最爲極邊。僞漢劉崇置雄勇鎮，居河上。本朝太宗平晋陽，始建軍於鎮西三十里，改今名。』《宋朝事實》卷十八：『火山軍，太平興國七年，以嵐州雄勇鎮置軍，治平四年置火山縣，熙寧四年縣廢。』

〔三〕解文：推薦人才的文件。

〔四〕劉煇：生平詳見楊傑《故劉之道狀元墓志銘》：之道，諱煇，信州鉛山人也。少防父母，恥家世湮汨，慷慨去鄉里，卓然有自立之志。從師學問，八年有成，一試冠國胄，再試冠天府士，天下以是知名。嘉祐四年春，仁宗皇帝試禮部貢士於崇政殿，又擢之道爲第一。先是，皇祐、至和間，場屋文章以搜奇抉怪、雕鏤相尚，廬陵歐陽公深所疾之。及嘉祐二年知貢舉，則力革其弊，時之道亦嘗被黜。至是，歐陽公預殿廷考校官，得程文一篇，更相激賞，以奏天子。天子稱善，乃啓其封，即之道之所爲也。由是場屋傳誦，辭格一變。議者既推歐陽公有力於斯文，而又服之道能精敏於變也。釋褐，授大理評事，簽書河中府節度判官事。迎侍祖夫人赴官，夫人以生於南方，不習風土，間或不懌。之道曰：『乃某自立志在顯親，不幸少失怙恃，追養不逮。尚幸祖母康寧，得以承其志。今反志意不懌，豈子孫之心也哉！』遽白府請解官侍親，府爲具奏，詔移建康簽書節度判官事，所以便其養也。未幾，改著作佐郎。七年，夫人卒，之道號慕盡哀，以適孫自陳，乞解官承重服。時府尹龍圖王公贄重惜其去，而固留之，之道固不從。公即遣使者謂之道曰：『按著令凡適孫爲祖父母承重者，蓋其嫡子無同母弟以承其重者也。今君雖於祖父爲嫡孫，而聞先君有同母二弟，已自服喪，奈何遽以解官而承重服乎？』使者及門，之道方伏廬哀號，徐扶杖而起，謂使曰：『輝聞支子不祭，祭必告於宗子，所以重正嫡而尊祖考也。後雖未能盡蹈典禮，而喪事敢不勉乎？況國朝封爵令文，諸王公侯伯子男皆子孫承嫡者傳襲，若無嫡子及有罪疾，則立嫡孫，無嫡孫則立次嫡子之同母弟。且貴賤雖殊，正嫡之義則一也。豈有處貴者之後，則封爵先於嫡孫？在凶喪之際，則重服止諸叔父耶？爲我重謝龍圖公，毋固留也。』公以其事奏朝廷，朝廷下禮官議，以爲然，乃聽其去。有國以來，嫡孫有諸叔而承重者，自之道始也。扶靈歸於鄉里，哀慕盡節，州閭稱其孝。

會數世族人有貧而不能爲生者，乃買田數百畝以聚之，晨昏歲月饗給周足，縣大夫爲易其地名曰『義榮社』。之道居喪，未嘗一造郡縣，四方士人從學者甚衆。乃擇山溪勝處建館舍以處之，日講誦乎其間。縣大夫又名其館舍曰『義榮齋』，皆所以厚風俗也。服除，赴闕，道繇真州，以治平二年春三月十有三日感疾而卒，享年三十有六。祖諱某，父諱某，皆隱德不仕。之道性和易，接人必盡誠。不尚矯飾，士樂與之交。供備庫使白君文質，以其子妻之。男一人，女三人，皆幼。

馮當世參政〔一〕之父式〔二〕，爲左侍禁以終。當世幼時，取其所讀書，題其後曰：『將仕郎〔三〕、守將作監丞、通判荆南軍府事、借緋馮京。』式既没十一年，當世狀元及第，爲荆南通判。視其所題，無一字差者。是所謂知子者矣。奇中如此。唐王珪〔四〕母李氏嘗謂人曰：『吾兒必貴，但未知所與游者何如人？』异日，房玄齡、杜如晦到其家，李驚喜曰：『二客公輔才，汝貴不疑。』〔五〕自孟母擇鄰之後，無復有賢德之母光於史牒。珪母乃以交之賢，卜其子之貴。噫！知子莫若父，未聞有母之知子也。异乎哉。

【校證】

〔一〕馮當世參政：即馮京，字當世，鄂州江夏人。少儁邁不群，舉進士，自鄉舉、禮部以至廷試，皆第一。出守將作監丞、通判荆南軍府事。還，直集賢院、判吏部南曹，同修起居注。試知制誥。避婦父富弼當國嫌，拜龍圖閣待制、知揚州。改江寧府，以翰林侍讀學士召還，糾察在京刑獄。爲翰林學士、知開封府。出安撫陝西，請城古渭，通西羌唃氏，畀木征官，以斷夏人右臂。除端明殿學士、知太原府。神宗立，復爲翰林學士，改御史中丞。王安石爲政，京論其更張失當，累數千百言，安石指爲邪説，請黜之。帝以爲可用，擢樞密副使。進參知政事。數與安石論辨，又薦劉攽、蘇軾掌外制。安石令保甲養馬，京謂必不可行。會選人鄭俠上書言時政，薦京可相，吕惠卿因是譖京與俠通，罷知亳州。未幾，以資政殿學士知渭州。茂州夷叛，徙知成都府。復召京知樞密院。頃之，以觀文殿學士知河陽。哲宗即位，拜保寧軍節度使、知大名府，又改鎮彰德。以中太一宫使兼侍講，改宣徽南院使，拜太子少師，致仕。紹聖元年，薨，年七十四。帝臨奠于第，贈司徒，謚曰『文簡』。（《宋史》卷三百一十七）

《東都事略》卷八十一、《名臣碑傳琬琰集》下卷十六亦有傳。彭汝礪作《宋故宣徽南院使檢校司空太子太保致仕上柱國始平郡開國公食邑八千七百户食實封二千七百户贈司徒謚文簡馮公墓志銘》，收入《新中國出土墓志·河南（壹）》。

〔二〕彭汝礪《馮京墓志銘》：『考式，蜀公，左侍禁。贈太師、中書令兼尚書令。』『蜀公知書，善教子，然於公尤力。心知公异日必貴。嘗取公所誦書，題官次服色於後。及公被命，視所書無一字异。崇公死，蜀公寓鄂州，遂爲江夏人。』《東都事略》卷八十一《馮京傳》：『父式爲左侍禁以終。京幼儁邁不群，式常取其所讀書，題其後云：將作監丞，通判荆南軍府事馮京。式既没十一年，京舉進士。自卿選至廷對，俱策名第一，爲將作監丞，通判荆南，如式之言。時人謂式爲知子。』馮京皇祐元年進士及第，由『式既没十一年，京舉進士』，可推知，馮式亡於寶元二年。

〔三〕『將仕郎』誤，馮京從未任『將仕郎』職。彭汝礪《馮京墓志銘》：『蜀公知書，善教子，然於公尤力。心知公异日必貴。嘗取公所誦書，題官次服色於後。及公被命，視所書無一字异。』蜀公即馮京之父馮式。《墓志銘》衹書題『官次服色』，并未説明所題具體爲何，但明言『所書無一字异』。而范鎮此條明言其父所題爲『將仕郎、守將作監丞、通判荆南軍府事、借緋』，官次、服色皆明確具體，亦言『無一字差』。考《東都事略·馮京傳》《名臣碑傳琬琰集·馮文簡公京傳》《馮京墓志銘》《宋史·馮京傳》均衹記載馮京『除將作監丞，通判荆南府』事，未見其作『將仕郎』。又《東都事略》卷八十一《馮京傳》所記其父所題爲『將作監丞，通判荆南軍府事』，亦言『如式之言』。可見，范鎮本條所記馮父所記『將仕郎』不確，疑衍。

〔四〕王珪：字叔玠。祖僧辯，梁太尉、尚書令。父顗，北齊樂陵郡太守。世居郿。性沈澹，志量隱正，恬於所遇，交不苟合。隋開皇十三年，召入秘書内省，讎定群書，爲太常治禮郎。季父頍，通儒有鑒裁，尤所器許。頍坐漢王諒反，誅，珪亡命南山十餘年。高祖入關，李綱薦署世子府諮議參軍事。建成爲皇太子，授中舍人，遷中允，禮遇良厚。太子與秦王有隙，帝責珪不能輔導，流嶲州。太子已誅，太宗召爲諫議大夫。珪推誠納善，每存規益，帝益任之。封永寧縣男、黄門侍郎，遷侍中。進封郡公。坐漏禁近語，左除同州刺史。帝念名臣，俄召拜禮部尚書兼魏王泰師。十三年，病，帝遣公主就第省視，復遣民部尚書唐儉增損藥膳。卒，年六十九。帝素服哭別次。詔魏王率百官臨哭，贈吏部尚書，謚曰『懿』。（《新唐書》卷九十八）《舊唐書》卷七十亦有傳。

〔五〕此事亦見《新唐書》卷九十八《王珪傳》：（王珪）始隱居時，與房玄齡、杜如晦善。母李嘗曰：『兒必貴，然未知所與游者何如人，而試與偕來會。』玄齡等過其家，李闚，大驚，敕具酒食，歡盡日。喜曰：『二客公輔才，汝貴不疑。』

孫夢得參政，初名貫，字道卿。嘗語予曰：『某舉進士過長安，夢見持一大文卷者〔一〕，問之，云：來年春榜〔二〕。索而視之，不可。問其有孫貫否？曰：無，惟第三人有孫忭。既悟，遂改名忭〔三〕，因字夢得。又數日，至華陰，與數同人詣金天帝廟乞靈，且求夢。夜中夢明窗下草制詔，諸人相慶曰：他日爲知制誥、翰林學士矣。雖未以爲信。然乃陰自喜。明年，第三人及第〔四〕。』其後，爲集賢院〔五〕、知制誥，如其夢云。又言：『某初得此夢，甚喜，及纔作翰林學士，頗嫌之矣。』人心是無厭也。是時，夢得已爲參知政事，俸禄差厚，其與學士亦不甚相遠，但清優不如學士，而勞責過之。

【校證】

〔一〕夢見持一大文卷者：《類苑》卷四十七、《事類備要》前集卷三十七、《事文類聚》前集卷二十七引《東齋記事》，『夢』字後均有『登塔』二字。

〔二〕春榜：進士試的榜單。因於春季發布，故稱爲春榜。《三洞群仙録》卷十四引《括异志》：『方出天門，遇放明年進士春榜，觀者駢道，以故稽留。』

〔三〕孫忭：當爲『孫抃』。《類苑》卷四十七、《事類備要》前集卷三十七、《事文類聚》前集卷二十七引《東齋記事》，均作『孫抃』。《東都事略》《隆平集》《宋史》孫夢得本傳均作『孫抃』。

〔四〕《隆平集》卷八《孫抃傳》：『（孫抃）天聖六年，登進士甲科。』

〔五〕集賢院：前當有『直』字。《類苑》卷四十七引《東齋記事》、《職官分紀》卷七均有『直』字。

魚諫議周詢知安州，〔一〕一日，宴于園中，園吏〔二〕見大蛇垂欄楯〔三〕上，就視之，乃周詢醉而假寐也。于壽〔四〕亦嘗言：『周詢於相法〔五〕爲蛇形〔六〕。』蔡君謨知福州，以疾不視事者纍日，每夜中即夢登鼓角樓〔七〕憑鼓而睡。通判有怪鼓角將〔八〕纍日不打三更者，因對：『數夜有大蛇盤據鼓上，不敢近。』君謨既愈，與通判言所夢，正與鼓角將所説同，人遂以君謨爲蛇精。

【校證】

〔一〕此條據《類苑》卷四十七《蛇精》條、《事文類聚》後集卷三十三《身本蛇精》條、《説郛》本并。四庫本原爲兩條，其中『魚諫議……爲蛇形』句收入《補遺》；『蔡君謨……以君謨爲蛇精』句收入卷五。因兩事均與『蛇精』有關，且《類苑》《事文類聚》引《東齋記事》均爲一條，且分别題名《蛇精》和《身本蛇精》；又《説郛》本亦爲一條。可見原係一條爲確，從《類苑》《事文類聚》《説郛》本。

魚諫議周詢：即魚周詢，字裕之，開封雍丘人。早孤，好學。舉進士中第，爲大理評事，歷知南華、分宜、静海三縣，遷太常博士、通判漢州。以尚書屯田員外郎知真州，徙提點荆湖南路刑獄。求便郡，知安州，徙蔡州，召爲侍御史。陝西用兵，科斂煩數，命安撫京西路，還賜緋衣銀魚。爲開封府判官，又使陝西刺民兵，判三司理欠、憑由司。進起居舍人、知諫院，固辭，乃以尚書户部員外郎兼侍御史知雜事，爲三司鹽鐵副使。遷吏部員外郎，擢天章閣待制、知成德軍，徙河北都轉運使，拜右諫議大夫、權御史中丞。知恩州張得一誅，坐失舉，出知永興軍；數日，改知成德軍，未行，卒。帝嗟悼之，特贈尚書工部侍郎。周詢性和易，聞見該洽，明吏事。在安州時，園吏見大蛇垂闌楯，即視之，乃周詢醉而假寐，世傳其异。（《宋史》卷三百二）

〔二〕『一日，宴于園中，園吏』，據《事文類聚》《事類備要》引《東齋記事》、《説郛》本改。四庫本原作『一日之園，管園吏』。

〔三〕欄楯：欄杆。縱曰欄，横曰楯。《阿彌陀經》：『七重欄楯，七重羅網。』

〔四〕于壽：守山閣本作『子壽』。

〔五〕相法：根據體貌判斷禍福吉凶的方法。

〔六〕蛇形：《類苑》卷四十七、《事文類聚》後集卷三十三、《事類備要》别集卷八十九、《淵鑒類函》卷四百三十九引《東齋記事》均作『蛇形』。《説郛》本、四庫本、守山閣本均作『蛇精』。

〔七〕鼓角樓：韋慶復《鳳翔鼓角樓記》：『自聖人觀象立制，則重門擊柝，以待暴客。故天下都邑，大崇建之。凡千乘之君，其外者郛，其内者城。郛之門，所以苞納州聚。城之門，所以嚴護師長。故諸侯國多以内城門於中軍爲最近，率皆樓於斯，飾於斯，建鼓角於斯。』

李磎《泗州重修鼓角樓記》：『烈而悲者，角之聲；讙而壯者，鼓之聲。烈與悲似義，讙與壯似勇。夫軍以義集，以勇進。故軍城例樓鼓角於正門，以嚴暮警夜。二物用固均，然凡發語雖先鼓，及奏而角先鳴者，蓋欲勇生於義云。』

〔八〕鼓角將：《資治通鑑補》卷二百三十四：鼓角將，掌軍中鼓角者也。

曾魯公生日〔一〕，放生以蜆、蛤之類，以爲人所不放，而活物之命多也。一日，夢被甲者數百人前訴。既寤〔二〕而問其家，乃有惠蛤蜊數籠者，即遣人放之。是夜，復夢被甲者來謝。

【校證】

〔一〕《類苑》卷四十六、《樂善録》卷四收此條作源於《東軒筆録》；《事文類聚》後集卷三十五、《事類備要》別集卷八十七收此條作源於《東軒録》。唯《類説》卷二十二引此條，作出自《東齋記事》。上述各書引用此條文字均與本條同。《東軒筆録》，也作《東軒録》，北宋魏泰著，所記以仁宗、神宗兩朝事居多。但明刻本《東軒筆録》已無此條。關於本條是否原屬《東齋記事》待考，暫置於此。

生日：《夢林玄解》卷十六、《事類備要》別集卷八十七、《事文類聚》後集卷三十五均作『好』字。

〔二〕寤：《永樂大典》卷八千五百六十九引《東齋記事》作『悟』。

李景初自蜀浮江而下，〔一〕至荆湖間，家人市一巨鼈，而景初未知也。夜中夢皂衣姥告乞命，怪，問家人。家人曰：『此必所買鼈也。』即遣放之。亦復夢皂衣姥來謝。然則太史公記宋元事〔二〕若有之矣。古者，君子遠庖厨，聞其聲，不忍食其肉。雖然，天地間生此所以養人，但不暴天物則可矣。沈文通〔三〕以龍圖侍講知杭州〔四〕，州人好食蝦蟇〔五〕，文通一切禁之。終二年，人不敢食，蝦蟇亦不生。及文通代去，其禁遂弛，而復生如故。此物理之不可致詰者也。〔六〕

【校證】

〔一〕此條見《永樂大典》卷八千五百六十九引《東齋記事》，文小异。

〔二〕此事詳見《史記》卷一百二十八《龜策列傳》：宋元王二年，江使神龜使於河，至於泉陽，漁者豫且舉綱得而囚之，置之籠中。夜半，龜來見夢於宋元王曰：『我爲江使於河，而幕綱當吾路。泉陽豫且得我，我不能去。身在患中，莫可告語。王有德義，故來告訴。』元王惕然而悟。乃召博士衛平而問之曰：『今寡人夢見一丈夫，延頸而長頭，衣玄繡之衣而乘輜車，來見夢於寡人曰：「我爲江使於河，而幕綱當吾路。泉陽豫且得我，我不能去。身在患中，莫可告語。王有德義，故來告訴。』是何物也？』衛平乃援式而起，仰天而視月之光，觀斗所指，定日處鄉。規矩爲輔，副以權衡。四維已定，八卦相望。視其吉凶，介蟲先見。乃對元王曰：『今昔壬子，宿在牽牛。河水大會，鬼神相謀。漢正南北，江河固期，南風新至，江使先來。白雲壅漢，萬物盡留。斗柄指日，使者當囚。玄服而乘輜車，其名爲龜。王急使人問而求之。』王曰：『善。』

於是王乃使人馳而往問泉陽令曰：『漁者幾何家？名誰爲豫且？豫且得龜，見夢於王，王故使我求之。』泉陽令乃使吏案籍視圖，水上漁者五十五家，上流之廬，名爲豫且。泉陽令曰：『諾。』乃與使者馳而問豫且曰：『今昔汝漁何得？』豫且曰：『夜半時舉網得龜。』使者曰：『今龜安在？』曰：『在籠中。』使者曰：『王知子得龜，故使我求之。』豫且曰：『諾。』即係龜而出之籠中，獻使者。

使者載行，出於泉陽之門。正晝無見，風雨晦冥。雲蓋其上，五采青黄；雷雨并起，風將而行。入於端門，見於東箱。身如流水，潤澤有光。望見元王，延頸而前，三步而止，縮頸而却，復其故處。元王見而怪之，問衛平曰：『龜見寡人，延頸而前，以何望也？縮頸而復，是何當也？』衛平對曰：『龜在患中，而終昔囚，王有德義，使人活之。今延頸而前，以當謝也，縮頸而却，欲亟去也。』元王曰：『善哉！神至如此乎，不可久留；趣駕送龜，勿令失期。』衛平對曰：『龜者是天下之寶也，先得此龜者爲天子，且十言十當，十戰十勝。生於深淵，長於黄土。知天之道，明於上古。游三千歲，不出其域。安平静正，動不用力。壽蔽天地，莫知其極。與物變化，四時變色。居而自匿，伏而不食。春倉夏黄，秋白冬黑。明於陰陽，審於刑德。先知利害，察於禍福。以言而當，以戰而勝，王能寶之，諸侯盡服。王勿遣也，以安社稷。』

元王曰：『龜甚神靈，降於上天，陷於深淵。在患難中，以我爲賢。德厚而忠信，故來告寡人。寡人若不遣也，是漁者也。漁者利其肉，寡人貪其力，下爲不仁，上爲無德。君臣無禮，何從有福？寡人不忍，奈何勿遣！』

衛平對曰：『不然。臣聞盛德不報，重寄不歸；天與不受，天奪之寶。今龜周流天下，還復其所，上至蒼天，下薄泥塗。還徧九州，未嘗愧辱，無所稽留。今至泉陽，漁者辱而囚之。王雖遣之，江河必怒，務求報仇。自以爲侵，因神與謀。淫雨不霽，水不可治。若爲枯旱，風而揚埃，蝗蟲暴生，百姓失時。王行仁義，其罰必來。此無佗故，其祟在龜。後雖悔之，豈有及哉！王勿遣也。』

元王慨然而嘆曰：『夫逆人之使，絶人之謀，是不暴乎？取人之有，以自爲寶，是不强乎？寡人聞之，暴得者必暴亡，强取者必後無功。桀紂暴强，身死國亡。今我聽子，是無仁義之名而有暴强之道。江河爲湯武，我爲桀紂。未見其利，恐離其咎。寡人狐疑，安事此寶，趣駕送龜，勿令久留。』

衛平對曰：『不然，王其無患。天地之間，纍石爲山。高而不壞，地得爲安。故云物或危而顧安，或輕而不可遷；人或忠信而不如誕謾，或醜惡而宜大官，或美好佳麗而爲衆人患。非神聖人，莫能盡言。春秋冬夏，或暑或寒。寒暑不和，賊氣相奸。同歲异節，其時使然。故令春生夏長，秋收冬藏。或爲仁義，或爲暴强。暴强有鄉，仁義有時。萬物盡然，不可勝治。大王聽臣，臣請悉言之。天出五色，以辨白黑。地生五穀，以知善惡。人民莫知辨也，與禽獸相若。穀居而穴處，不知田作。天下禍亂，陰陽相錯。悤悤疾疾，通而不相擇。妖孽數見，傳爲單薄。聖人別其生，使無相獲。禽獸有牝牡，置之山原；鳥有雌雄，布之林澤；有介之蟲，置之溪谷。故牧人民，爲之城郭，内經閭術，外爲阡陌。夫妻男女，賦之田宅，列其室屋。爲之圖籍，別其名族。立官置吏，勸以爵禄。衣以桑麻，養以五穀。耕之櫌之，鉏之耨之。口得所嗜，目得所美，身受其利。以是觀之，非强不至。故曰田者不强，囷倉不盈；商賈不强，不得其贏；婦女不强，布帛不精；官御不强，其勢不成；大將不强，卒不使令；侯王不强，没世無名。故云强者，事之始也，分之理也，物之紀也。所求於强，無不有也。王以爲不然，王獨不聞玉櫝隻雉，出於昆山；明月之珠，出於四海；鑴石拌蚌，傳賣於市；聖人得之，以爲大寶。大寶所在，乃爲天子。今王自以爲暴，不如拌蚌於海也；自以爲强，不過鑴石於昆山也。取者無咎，寶者無患。今龜使來抵網，而遭漁者得之，見夢自言，是國之寶也，王何憂焉。』

元王曰：『不然。寡人聞之，諫者福也，諛者賊也。人主聽諛，是愚惑也。雖然，禍不妄至，福不徒來。天地合氣，以生百財。陰陽有分，不離四時，十有二月，日至爲期。聖人徹焉，身乃無災。明王用之，人莫敢欺。故云福之至也，人自生之；禍之至也，人自成之。禍與福同，刑與德雙。聖人察之，以知吉凶。桀紂之時，與天争功，擁遏鬼神，使不得通。是固已無道矣，諛臣有衆。桀有諛臣，名曰趙梁。教爲無道，勸以貪狼。繫湯夏臺，殺關龍逢。左右恐死，偷諛於傍。國危於纍卵，皆曰無傷。稱樂萬歲，或曰未央。蔽其耳目，與之詐狂。湯卒伐桀，身死國亡。聽其諛臣，身獨受殃。春秋著之，至今不忘。紂有諛臣，名爲左强。誇而目巧，教爲象郎。將至於天，又有玉床。犀玉之器，象箸而羹。聖人剖其心，壯士斬其胻。箕子恐死，被發佯狂。殺周太子歷，囚文王昌。投之石室，將以昔至明。陰兢活之，與之俱亡。入於周地，得太公望。興卒聚兵，與紂相攻。文王病死，載尸以行。太子發代將，號爲武王。戰於牧野，破之華山之陽。紂不勝，敗而還走，圍之象郎。自殺宣室，身死不葬。頭懸車軫，四馬曳行。寡人念其如此，腸如涫湯。是人皆富有天下而貴至天子，然而大傲。欲無厭時，舉事而喜高，貪很而驕。不用忠信，聽其諛臣，而爲天下笑。今寡人之邦，居諸侯之間，曾不如秋毫。舉事不當，又安亡逃！』

衛平對曰：『不然。河雖神賢，不如昆侖之山；江之源理，不如四海，而人尚奪取其寶，諸侯争之，兵革爲起。小國見亡，大國危殆，殺人父兄，虜人妻子，殘國滅廟，以争此寶。戰攻分争，是暴强也。故云取之以暴强而治以文理，無逆四時，必親賢士；與陰陽化，鬼神爲使；通於天地，與之爲友。諸侯賓服，民衆殷喜。邦家安寧，與世更始。湯武行之，乃取天子；春秋著之，以爲經紀。王不自稱湯武，而自比桀紂。桀紂爲暴强也，固以爲常。桀爲瓦室，紂爲象郎。徵絲灼之，務以費氓。賦斂無度，殺戮無方。殺人六畜，以韋爲囊。囊盛其血，與人縣而射之，與天帝争强。逆亂四時，先百鬼嘗。諫者輒死，諛者在傍。聖人伏匿，百姓莫行。天數枯旱，國多妖祥。螟蟲歲生，五穀不成。民不安其處，鬼神不享。飄風日起，正晝晦冥。日月并蝕，滅息無光。列星奔亂，皆絶紀綱。以是觀之，安得久長！雖無湯武，時固當亡。故湯伐桀，武王剋紂，其時使然。乃爲天子，子孫續世；終身無咎，後世稱之，至今不已。是皆當時而行，見事而强，乃能成其帝王。今龜，大寶也，爲聖人使，傳之賢王。不用手足，雷電將之；風雨送之，流水行之。侯王有德，乃得當之。今王有德而當此寶，恐不敢受；王若遣之，宋必有咎。後雖悔之，亦無及已。』

元王大悦而喜。於是元王向日而謝，再拜而受。擇日齋戒，甲乙最良。乃刑白雉，及與驪羊；以血灌龜，於壇中央。以刀剥之，身全不傷。脯酒禮之，横其腹腸。荆支卜之，必制其創。理達於理，文相錯迎。使工占之，所言盡當。邦福重寶，聞於傍鄉。殺牛取革，被鄭之桐。草木畢分，化爲甲兵。戰勝攻取，莫如元王。元王之時，衛平相宋，宋國最强，龜之力也。

故云神至能見夢於元王，而不能自出漁者之籠。身能十言盡當，不能通使於河，還報於江。賢能令人戰勝攻取，不能自解於刀鋒，免剥刺之患。聖能先知亟見，而不能令衛平無言。言事百全，至身而攣；當時不利，又焉事賢！賢者有恒常，士有適然。是故明有所不見，聽有所不聞；人雖賢，不能左畫方，右畫圓；日月之明，而時蔽於浮雲。羿名善射，不如雄渠、蠭門；禹名爲辯智，而不能勝鬼神。地柱折，天故毋椽，又奈何責人於全？孔子聞之曰：『神龜知吉凶，而骨直空枯。日爲德而君於天下，辱於三足之烏。月爲刑而相佐，見食於蝦蟆。蝟辱於鵲，騰蛇之神而殆於即且。竹外有節理，中直空虚；松柏爲百木長，而守門閭。日辰不全，故有孤虚。黄金有疵，白玉有瑕。事有所疾，亦有所徐。物有所拘，亦有所據。罔有所數，亦有所疏。人有所貴，亦有所不如。何可而適乎？物安可全乎？天尚不全，故世爲屋，不成三瓦而陳之，以應之天。天下有階，物不全乃生也。』

〔三〕沈文通：即沈遘，字文通，杭州錢塘人。以祖蔭補郊社齋郎，舉進士第一，大臣疑已在仕者不得爲第一，乃以爲第二。其後，遂以爲故事。除大理評事，通判江寧府。召試直集賢院，擢修起居注。改右正言、知制誥。出知越、杭二州。英宗即位，遷龍圖閣直學士，知開封府。爲人明敏，通達世務。其治杭也，以嚴見憚，及治開封亦然。每晨起視事，日中則廷無留人。出與親舊往還，從容談笑，以示有餘。士大夫交稱其能，以爲且大用矣。拜翰林學士，遭母喪，未除而卒，年四十。（《東都事略》卷七十六）

《宋史》卷三百三十一亦有傳。王安石作《内翰沈公墓志銘》，收入《臨川先生文集》卷九十三。

〔四〕《東都事略》卷七十六《沈遘傳》：『（沈遘）舉進士，除大理評事，通判江寧府，召試直集賢院，擢修起居注，改右正言，知制誥。出知越、杭二州。』王安石《内翰沈公墓志銘》：『（沈遘）始以同修居注，召試知制誥。及爲制誥，遂以文學稱天下。金部君坐免歸，求知越州，又移知杭州。』《（乾道）臨安志》卷三：『嘉祐七年八月，甲申，以起居舍人、知制誥沈遘爲尚書禮部郎中，知杭州。』由此可見，沈文通并非以龍圖侍講知杭州的。《東都事略》卷七十六《沈遘傳》：『英宗即位遷龍圖閣直學士，知開封府。』《内翰沈公墓志銘》：『英宗即位，召還，句當三班院，兼提舉兵吏司封官告院，兼判集賢院，延見勞問甚悉。居一月，權發遣開封府事。公初至，開封指以相告曰：「此杭州沈公也。」及攝事，人吏皆屏息。既而以知審官院，遂以龍圖閣直學士權知開封府。』其爲龍圖閣直學士的具體時間爲治平二年七月。『辛巳，知制誥沈遘爲龍圖閣直學士、權知開封府。』（《長編》卷二百五）可見，沈文通任龍圖侍講是在知杭州任結束之後的治平二年七月，故范鎮本條『以龍圖侍講知杭州』與史實不符，誤。

〔五〕蝦蟇：蛙也。《重修廣韵》卷二：蛙，蝦蟇屬也。

〔六〕此事亦見《墨客揮犀》卷七：浙人喜食蛙。沈文通在錢塘日，切禁之。自是池沼之蛙遂不復生。文通去州，人食蛙如故，而蛙亦盛。人因謂，天生是物將以資人食也，食蛙益甚。

致詰：《永樂大典》卷八千五百六十九引《東齋記事》作『致結』。致詰，推究之意。《鐵圍山叢談》卷四：『夫鬼神之事，有不可致詰者。』

三司副使陳洎〔一〕既卒，數下語〔二〕處其家事。今三司使薛公向〔三〕，洎大勑舉轉京官，居處密邇，因謂其子：『下語時，幸一相報。』一日，二更後來報薛。薛因往，才至廳上，洎即云：『薛殿丞在廳上，請入來。』薛遂入，謂之曰：『以副使平生，且將享遐壽，至大位，何爲止此？』洎曰：『有罰，惟犯上帝與不孝則然。』薛因謂曰：『公平生未嘗有犯上帝與不孝事，何爲有罰？』曰：『上帝則不犯，然三世不葬矣。』所憑而下語者，小婢纔十二歲耳。〔四〕

【校證】

〔一〕《兩宋名賢小集》卷八：『陳洎，字亞之，彭城人。曾知懷州審刑院。寶元間爲屯田員外郎。慶曆五年，轉吏部員外郎，加直史館，遷度支副使，尋調鹽鐵。皇祐元年，以副使行河，還，卒。』《長編》卷一百六十：『（慶曆七年正月）壬午，降度支副使、吏部員外郎陳洎知濠州。』《長編》卷一百六十五：『（慶曆八年十一月）癸丑，鹽鐵副使、吏部員外郎陳洎。』可見，陳洎任三司副使從慶曆五年始，至皇祐元年卒。

〔二〕下語：謂鬼神借活人之口爲它代言。《睽車志》卷四：『不數日，泳之妻病日寖加劇，一夕爲鬼所憑，下語云：「我李貫也，爾先爲吾妻，酷妬特甚，三婢懷妊，皆手殺之。」』

〔三〕薛公向：即薛向，字師正，京兆長安人。以蔭爲太廟齋郎，調永壽簿，稍遷監在京摧貨務，知鄜州。河北置糴便糧草司以任向，又以爲提點河北刑獄，兼糴便事。入爲開封府判官、三司度支判官、陝西轉運副使兼制置解鹽。又以向提舉買馬監牧。坐嘗夜至靈寶縣，向先驅入驛，與應靈縣令崔令孫争舍，驚迫令孫至死，降知汝州。頃之，復以爲陝西轉運副使。後貶知絳州，再貶信州，移鳳翔府，又改潞州。王安石執政，以向爲江淮等路發運使，領均輸之職。兼領廣南、福建坑冶市易，拜天章閣待制、權三司使，遷右諫議大夫。王韶開洮河，費不貲，向悉力營辦，遷龍圖閣直學士，以樞密直學士、給事中、知定州遷工部侍郎。入見，論兵於上前，遂拜同知樞密院事。向知民不便蓄馬令，議欲改。諫官舒亶劾奏向論事反覆，無大臣體，罷知潁州，改隋州。卒，年六十六。（《東都事略》卷八十二）

《宋史》卷三百二十八亦有傳。

據《長編》卷二百二十六：『（熙寧四年九月）丁酉，天章閣待制、權發遣三司使薛向權三司使。』《長編》卷二百五十：『（熙寧七年二月）丁丑，三司使、龍圖閣學士、右諫議大夫薛向爲給事中、樞密直學士，知定州。』可見，薛向任三司使是在熙寧四年九月至熙寧七年六月間。

〔四〕此事亦見江休復《嘉祐雜志》：沈文通説，故三司副使陳洎卒後，婢子附語，亦云：坐不葬父母，嘗得爲貴神，今謫作賤鬼，足脛皆生長毛云。

《談苑》卷三對此記之頗詳：『陳靖爲吏部員外郎，曉三命。自言，官高壽長。一旦卒，附婢子語。平生最厚薛向，嚮往見之。婢子冠帶而出，語言動作真靖也。向問吏部平生自知命，何乃至此？答云：某甚有官壽，皆如術數。但以不葬父母，乃被兇折。既而泣下。向欲質以一事，乃問以陰中善惡之報。靖言，世間所傳皆不誣也。祇如《張退傳》，官職壽康人所仰望，然酆都造獄，明年三月成矣，不可不戒也。向密記其説，明年車駕游池，宣召張士遜。士遜至，向適於稠人中望見之，以爲士遜精健如此，語乃妄言耳。明日，聞士遜薨矣。』按：『陳靖』當爲『陳洎』之訛。

嘉祐末，一婦人牽羊，羊有三口，其二近耳，亦能食物。以青布幕之，得錢則褰以示人。〔一〕

【校證】

〔一〕劉敞《公是集》卷一《奇羊賦并序》亦載此事，其文云：『今年有貨藥於市者，牽一羊有三口，觀者异之，或謂物有同類而殊名，六合内毛羽鱗介不可勝紀也。其罕見者，人則怪之，此儻自一物而未必羊也。爲作賦訂其意。』劉敞自注『庚子作』，此賦當作於嘉祐五年。其賦云：『伊造化之播物兮，猶巧冶之曲變。雖轇轕而紛錯兮，亦同形而相嬗。何茲羊之瑰异兮，邈獨違於天理。孰祖胄之自出兮，不屬毛而離里。察飲齕其如衆兮，駭形貌之特詭。咢兮運頤，粲兮嚼齒，剛外柔中，名祥實毀。安芻拳之近禍兮，衆樞機以便已。彼率然之救首兮，雖謝害而弗如。蚘爭利而自傷兮，愧厥貪之有餘。揆四氣之平分兮，察五緯之盈虛。萬物莫能兩大兮，是曷德而至於。斯體離明之炎上兮，曾何視之不遠。象兑説之引吉兮，又奚很之甚反。抑神靈所不化兮，宜茲世之或鮮。儻殊方之异稟兮，固非吾人之能辨。或曰：士之怪羵羊兮，殆季孫之所嘗。得無將聖之玄覽兮，夫孰鑒其肝鬲。或曰：羊之神獬豸兮，自堯時而來覲。蔑庭堅之明允兮，尚焉辞夫枉直。試刑之而不嗥兮，諒以判夫群惑。誠存之而勿論兮，慕哲人之遺則。』

魚逆水而上，鳥向風而立，取其鱗羽之順也。有時微風不知所從來，觀鳥之所向則可知矣。〔一〕

【校證】

〔一〕《類説》卷二十二引《東齋記事》，將此條定名爲《徵風》，其文爲：有徵風知來，觀鳥所向則可知矣。按：『有時微風不知所從來，觀鳥之所向則可知矣』句，從文意來看，與常識相悖。在微風的情况下，鳥并不需要一定和風的方嚮一致，纔可以達成『鱗羽之順』的結果。且觀察微風的方嚮不具有明確的意義。《類説》卷二十二引《東齋記事》，將此條定名爲《徵風》，其文云：『有徵風知來，觀鳥所向則可知矣。』『徵風』乃中國古代『五音候風』法之一種，《靈臺秘苑》卷五云：『徵風，屬火，事之象，占以徵日，有風，如奔馬摇炎火，如縛堯聲，發屋折木，在三日内，火灾，吏憂，自行外有急事，妖言入舍。其日風從宫來，寺舍有哭泣、焰火。商來，兵急，人君出，輔相灾，邊兵鬬。角來，大灾，土功起，將有大旱、火。徵來，焰火起，人君憂。羽來，寶物出，多震雷，有使命。』正是因爲古人認爲『徵風，屬火，事之象』，且與『焰火起，人君憂』有關，故産生了各種判斷徵風的方式。同時《武經總要》後集卷十七云：徵風『風勢如奔馬，火焱掣裂者』，故通過觀察鳥在這種强風下飛翔的方嚮來判斷徵風的來嚮。《類説》所引爲確，『微風』當爲『徵風』。

蜀有鯯魚〔一〕，善緣木，有聲如啼兒。孟子所謂『緣木求魚』者，以其不可得也，是亦未聞者矣。

【校證】

〔一〕鯯魚：今所謂娃娃魚也。宋祁《鯯魚贊并序》：『出西山溪谷及雅江，狀似鯢，四足，能緣木，其聲如兒啼，蜀人食之。贊曰：有足若鯢，大首長尾。其啼如嬰，緣木弗墜。』

王崇班濡〔一〕嘗言：『治平中，京師有兩鮭魚〔二〕墮於木上。』此爲异矣。

【校證】

〔一〕王崇班濡：即王濡，生平不詳。

崇班：官名，即内殿崇班，宋代武臣階官。宋太宗淳化二年置，七品。神宗元豐改制，改爲正八品。徽宗政和二年，重定武臣階官名，改爲修武郎。

〔二〕鮭魚：河豚也。郭璞注《山海經》，云：『今名鯸鮐爲鮭魚。』章炳麟按：『今所在皆稱河豚，廣東香山謂之鮭泡。』

江湖間，築池塘養魚苗，一年而賣魚。插竹其間，以定分數，而爲價直之高下。竹直而不倚者爲十分，稍欹側爲九分，以至於四五分者。歲入之利，多者數千緡，其少者亦不減數十百千。

京師大水時，城西民家油坊爲水所壞。水定後，甕中得魚千餘斤，與油價相當。

宋君垂〔一〕嘗言：『嘉陵江上見二鶻〔二〕，擲卵相上下以接之。蓋習其飛也，其胎教之意乎。』白子儀〔三〕言亦然。又言：『翅羽未成，則躍出巢穴，往往墜崖下死。蓋其天性俊勇。』予應之曰：『是亦躁進之類也。』〔四〕予今歲在錦城，立秋後一二日，親見此種物，盤空搶地，作得意狀。蓋非搏擊，則不能躁進，勢相因矣。

【校證】

〔一〕此條『予今歲在錦城……勢相因矣』句，據《蜀中廣記》卷五十九引《東齋記事》補。詳察此句文意，前後顯係一整體，原爲一條。今補之。

宋君垂：生平不詳。《明一統志》卷七十一：『宋垂範，眉山人，景德間進士，知潭州。有惠政，後掛冠歸。趙抃詩以贈之，云：休官鎮浮俗，眉壽冠同年。恬養八十歲，苦吟三百篇。』宋垂範任著作佐郎，胡宿曾爲其作制書。（胡宿《文恭集》卷十二）疑本條所記之『宋君垂』乃『宋君垂範』，佚『範』字。原因有二，其一宋垂範乃眉山人，見本條所記之事的可能性大；其二與范鎮乃同時代人，且爲同鄉，與其相識并言及蜀中事的可能性大。待考。

〔二〕鵰：《類説》卷二十二、《山堂肆考》卷二百十二、《琴堂諭俗編》卷上、《蜀中廣記》卷五十九、《佘山詩話》卷下引《東齋記事》，均作『鶻』。

〔三〕白子儀，生平不可考。與范鎮友善，《東齋記事》多記其説。宋人蒲積中《歲時雜詠》收録其詩歌有：《季冬立春後有雪呈諸公》《次韵和柳之寒食二首》《端午書事》《初伏後偶書呈抑之》《西歸中秋夜宿三泉寄仙芝公南》《除夜呈抑之》。

〔四〕唐人馮贄《雲仙雜記》卷十二『鶻擲卵』條就記有此事，文云：『嘉陵江上見二鶻，擲卵相上下以接之。蓋習其飛也，其胎教之意乎。又翅羽未成，躍出巢穴，往往墮崖而死。其天性俊勇，是亦躁進之類。』

白子儀言：『歸、峽間多虎，能役使鬼。一日，昏夜叩人門，作人言，出應之，攫之而去。人言者乃鬼也。既食人，又能攝其魂而役使之，或見其形，或聞其聲，皆强魂〔一〕也。』

【校證】

〔一〕强魂：厲鬼也。《夷堅支志》戊卷三『金山廟巫』條：『妻子彷徨無計，但拊尸泣。守暉忽奮身起，傍人驚散，謂爲强魂所驅。』《夷堅丁志》卷五『句容人』條：『明日，尉熊若訥始至，蓋强魂附尸，欲爲厲。』

白子儀爲予言：『吉州有捕猿者，殺其母，皮之，并其子賣於龍泉蕭氏。其子號呼，數日不食，蕭百端求其所嗜，飼之，乃食。又待旬月，示以母皮，跳躑大呼，又不食，數日而斃。其

天性也如此，况於人乎。蕭嘗舉進士，失其名〔一〕，爲作《孝猿傳》。」〔二〕

【校證】

〔一〕《（同治）遂州縣志》卷十八：「按《景泰志》云，蕭名世基，字處厚，世京從兄也。出范文正公《東齊記事》，范公之記，雖不載其名，而本邑傳聞實世基耳。」

〔二〕《齊東野語》卷十二、《甕牖閑評》卷七、《類説》卷二十二引《東齋記事》，文小异，均無「白子儀爲予言」六字。

予嘗於朝天嶺〔一〕見猴數百千，連手而下，飲於嘉陵江。既飲，復相接而上，周匝而後已。最大者二，其一居前，其一居後，若部將領然。甚小則母拖持而下。彼中言曰：「每盗人麥禾，則以蔓纏其身，以插其莖稈。人有得其藏者，謂之『胡孫倉』，可以致富。蓋麥禾果實無不有者。」

【校證】

〔一〕朝天嶺：《方輿勝覽》卷六十六《利州東路》：「朝天嶺，在州北五十里。路徑絶險，其後即朝天程，舊路在朝天峽，棧閣遂開，此道人甚便之。」范祖禹有《過朝天嶺》詩二首：其一：「夜上朝天曉不極，舉頭唯見蒼蒼色。

回看初日半輪明，下視嘉陵千丈黑。」其二：「地拆天開此險成，飄蕭毛髮壯心驚。人間行路難如此，嘆息何時險阻平。」（《范太史集》卷一）

宋祁《朝天嶺》詩：「天嶺循歸道，征旗面早暾。灘聲逢石怒，山氣附林昏。轂轉如禽哢，塵交作馬痕。萋萋芳草意，無乃爲王孫。」（《景文集》卷九）

文同《過朝天嶺》詩：「雙壁相參萬木深，馬前猿鳥亦難尋。雲容杳杳斷鴻意，風色蕭蕭行客心。山若畫屏隨峽勢，水如衣帶轉巖陰。生平來往成何事，且倚鈎欄擁鼻吟。」（《丹淵集》卷十六）

〔二〕而：《永樂大典》卷七千五百十八引《東齋記事》作「其」字。

鐵碪〔一〕以鍛金銀，雖百十年不壞；以椎皂莢〔二〕，則一夕破碎。鞭〔三〕以箠馬，則愈久而愈潤澤堅韌；以擊貓，則隨節折裂矣。

【校證】

〔一〕此條據《類苑》卷五十九「皂莢壞鐵」條引《東齋記事》并。四庫本原爲相鄰的兩條，且後句在前。但考前後兩句文意及句式，顯係一整體。又《類苑》《類説》所引也爲一條。故從《類苑》。劉跂《暇日録》亦有此條，作：「鐵碪鍛金銀，百十年不壞；以椎皂角則一夕破碎。鞭以箠馬，愈久愈潤，以擊杖，隨即折裂。』

鐵碪：即鐵砧。捶、砸或切東西的時候，墊在底下的鐵製器具。

〔二〕皂莢：爲豆科皂莢屬植物，皂莢的果實，可入藥。

〔三〕鞭：四庫本作『卬竹鞭』。

王右軍《帖》〔一〕嘗言：『獨活無風則不動，石脾入水則乾，出水則濕。』〔二〕出水則濕，可以見矣。入水則乾，何以驗之乎。〔三〕

【校證】

〔一〕此《帖》即王羲之《石脾帖》。

〔二〕『獨活無風則不動』當作『獨活有風不動，無風獨搖』。『獨活無風則不動』句，陳鬱《藏一話腴》甲集卷上、賀復徵《文章辨體彙選》卷二百七十七引王羲之《石脾帖》均作『獨活有風不動，無風獨搖』，周煇《清波雜志》卷四引王羲之《石脾帖》作『獨活無風則搖，有風不動』。上述文獻所引帖文，文雖小异，其意乃同。嚴可均《全晉文》卷二十六王羲之《雜帖》：『石脾入水即乾，出水便濕；獨活有風不動，無風自搖。』考其文意，帖文所記獨活的動靜與風的關係是與常識相反的，這從下一句

『石脾入水則乾，出水則濕』所表達之意是一致的，然四庫本『獨活無風則不動』句則没有此意。

獨活：中藥名。爲傘形科當歸屬植物，重齒當歸的干燥根。具有祛風濕、止痛、解表的功效。主治風寒濕痹、風寒挾濕表證、少陰頭痛、皮膚瘙癢。

石脾：含有大量礦物質的鹹水蒸發後凝結成的石狀物質。孫思邈《千金翼方》卷四：『石脾，味甘，無毒，主胃寒，益氣，令人有子。一名胃石，一名膏石，一名消石，生隱蕃山谷石間。黑如大豆，有赤文，色微黃而輕，薄如碁子，采無時。』

〔三〕張鳳翼《處實堂集》續集卷五：『昔人謂，石脾入水則乾，出水則濕。夫出水而濡，物性然也。入水之乾，從何辨之。明理者可爲捧腹。』

歸州〔一〕民家，自漢王昭君嫁异域〔二〕，生女者無妍醜必灸其面，至今其俗猶然。〔三〕

【校證】

〔一〕歸州：《太平寰宇記》卷一百四十八：『唐武德二年置歸州』。宋初下轄秭歸、巴東、興山三縣。王昭君乃西漢南郡秭歸人。

〔二〕蔡邕《琴操》卷下：王昭君者，齊國王襄女也。昭君年十七時，顔色皎潔，聞於國中。襄見昭君端正閑麗，未嘗窺看門户，以其有异於人，求之皆不與。獻於孝元帝。以地遠，既不幸納，叨備後宮。積五六年，昭君心有怨曠，僞不飾其形容。元帝每曆後宮，疏略不過其處。後單于遣使者朝賀，元帝陳設倡樂，乃令後宮妝出。昭君怨恚日久，不得侍列，乃更修飾，善妝盛服，形容光暉而出。俱列坐，元帝謂使者曰：『單于何所願樂？』對曰：『珍奇怪物，皆悉自備。唯婦人醜陋，不如中國。』帝乃問後宮，欲以一女賜單于，誰能行者起。於是昭君喟然越席而前曰：『妾幸得備在後宮，粗醜卑陋，不合陛下之心，誠願得行。』時單于使者在旁，帝大驚，悔之不得復止。良久，太息曰：『朕已誤矣！』遂以與之。昭君至匈奴，單于大悦，以爲漢與我厚，縱酒作樂。遣使者報漢，送白璧一雙，駿馬十匹，胡地珠寶之類。昭君恨帝始不見遇，心思不樂，心念鄉土，乃作《怨曠思惟歌》，曰：『秋木萋萋，其葉萎黄，有鳥爰止，集於苞桑。養育毛羽，形容生光，既得升雲，獲侍帷房。離宮絶曠，身體摧藏，志念幽沉，不得頡頏。雖得餧食，心有徘徨，我獨伊何，改往變常。翩翩之燕，遠集西羌，高山峨峨，河水泱泱，父兮母兮，道里悠長，嗚呼哀哉，憂心惻傷。』昭君有子曰世違，單于死，子世違繼立。凡爲胡者，父死妻母。昭君問世違曰：『汝爲漢也，爲胡也？』世違曰：『欲爲胡耳。』昭君乃吞藥自殺。單于舉葬之。胡中多白草，而此塚獨青。

〔三〕此事亦見邵博《聞見後録》卷二十六：『歸州有昭君村，村人生女無美惡，皆灸其面。』孫紹遠《聲畫集》卷一《題李伯時畫昭君圖并序》：『昭君，南郡人。今秭歸縣有昭君村，村人生女，必灼艾，灸其面，慮以色選故也。』白居易《白氏長慶集》卷十一《過昭君村》有『至今村女面，燒灼成瘢痕』的詩句，看來唐代就有其俗。

契丹之先，有一男子乘白馬，一女子駕灰牛，相遇於遼水之上，遂爲夫婦。生八男子，則前史所謂迭爲君長者也。〔一〕此事得於趙志忠〔二〕，志忠嘗爲契丹史官，必其真也。前史雖載八男子，而不及白馬、灰牛事。契丹祀天，至今用灰牛、白馬。予嘗書其事於《實録·契丹傳》，王禹玉恐其非實，删去之〔三〕。予在陳州時〔四〕，志忠知扶溝縣，嘗以書問其八男子迭相君長時爲中原何代。志忠亦不能答，而云：『約是秦漢時。』恐非也。

【校證】

〔一〕《東都事略》卷一百二十三：初，契丹之先，有一男子乘白馬，一女子駕灰牛，相遇於遼水之上，遂爲夫婦，生八男子。一男子即達呼哩氏也。八子爲八部，一曰達爾紥，二曰伊斯琿，三曰舍琿，四曰諾爾威，五曰頗摩，六曰納古濟，七曰濟勒勤，八曰實衮。部之長號大人，常推一人爲王，得建旗鼓。

羅日褧《咸賓録·北虜志》卷一：古昔，相傳契丹之先，有男子乘白馬浮土河而下，復有一婦人乘小車駕灰色牛浮潢河而下，遇於木葉山，顧合流之水，與爲夫婦，此其始祖也。是生八子，各居分地，爲八部落。死則立遺像於木葉山，祭之，必刑白馬，殺灰牛，用其始來之物也。舉兵亦然。後有一主，曰廼呵特，一髑髏在穹廬中，覆之以氈，人不得見，國有大事，則殺白馬、灰牛以祭，始變人形，出視事已，即入穹廬，復爲髑髏。因國人竊視之，遂失所在。復有號曰喎呵，戴野豬頭，披豬皮，居穹廬，有事則出，退後隱入穹廬如故。後因妻竊其皮，莫知所如。又一主曰晝里昏呵，惟養羊二十口，日食十九，留其一，次日復滿二十口。事極怪异，其實不可得而詰也。

〔二〕趙志忠：生卒不詳，其事迹散見多書。《歸田録》卷二：『有趙志忠者，本華人也。自幼陷虜，爲人明敏，在虜中舉進士，至顯官。既而脱身歸國，能述虜中君臣、世次、山川、風物甚詳。』《直齋書録解題》卷五：『趙志忠者，遼中書舍人，得罪於宗真，挺身來歸。』《孫公談圃》卷中：『趙志忠自契丹歸明，官至正郎，嘗求差遣，不報。在都堂厲聲曰：「天下祇有閻羅大王至公，若教不公似志忠底，已死了三二十個。」志忠歸中國時，上書及得契丹文字甚多。蓋志忠嘗爲契丹史官也。』《文獻通考》著録其著作有《虜廷雜記》十卷、《陰山雜録》十六卷、《契丹録》一卷。

〔三〕《長編》卷一百九十九：『（嘉祐八年十二月）庚辰，命翰林學士王珪、賈黯、范鎮撰《仁宗實録》。』陳振孫《直齋書録解題》卷四：『《仁宗實録》，熙寧二年七月書成。』刪削之事即發生在此次修《仁宗實録》的過程中。

〔四〕《長編》卷二百七：『治平三年，春正月壬申，翰林學士、給事中、知制誥范鎮爲翰林侍讀學士、集賢殿修撰，知陳州。』蘇軾《范景仁墓志銘》：『神宗即位，遷禮部侍郎，召還。』可知，范鎮在治平三年至熙寧元年知陳州，前後三年。

張文裕〔一〕言：『契丹嘗云，其北，室韋〔二〕人，皆三眼，見二眼者，則驚怪之。』又言：『有牛蹄突厥〔三〕，今永寧軍庫中有突厥脚二，皆牛蹄也。』然前史書《室韋》《突厥傳》，并不載之。

【校證】

〔一〕張文裕：即張掞，字文裕，齊州曆城人。父藴，咸平初，監淄州兵。契丹入寇，游騎至淄、青間，州人將棄城，藴拔刀遮止於門，力治守備，游騎爲之引去。郡守愧，始謀掠爲己功，反陷以罪，藴受而不校。掞幼篤孝，藴病，刲股肉以療。舉進士，知益都縣。當督賦租，置里胥弗用，而民皆以時入。石介獻《息民論》，請以益都爲天下法。丁内艱，時隆寒，徒跣舉柩，叩首流血，與兄揆廬墓左。明道中，京東饑，盗起，以御史中丞范諷薦，知萊州掖縣。民訴旱於州，拒之，揆自薦奏聞，詔除登、萊税。通判永興軍，爲集賢校理，四遷爲龍圖閣直學士、知成德軍。宦者閻士良爲鈐轄，多撓帥權，用危法中軍校，揆直之，而劾士良。英宗登極，朝廷使來告，士良辭疾居家，宴客自若，奏抵其罪。入判太常、司農寺，纍官户部侍郎致仕。熙寧七年，卒，年八十。揆忠篤誠慤，既老益康寧。少從劉潛、李冠游，及其死，率里人葬之，置田贍其孥。事揆如父，理家必諮而行，爲鄉黨矜式。（《宋史》卷三三三）

〔二〕《舊唐書》卷一百九十九下：室韋者，契丹之别類也。居筿越河北，其國在京師東北七千里。東至黑水靺鞨，西至突厥，南接契丹，北至於海。其國無君長，有大首領十七人，并號『莫賀弗』，世管攝之，而附於突厥。兵器有角弓楛矢，尤善射，時聚弋獵，事畢而散。其人土著，無賦斂。或爲小室，以皮覆上，相聚而居，至數十百家。剡木爲犂，不加金刃，人牽以種，不解用牛。夏多霧雨，冬多霜霰。畜宜犬豕，豢養而啖之，其皮用以爲韋，男子女人通以爲服。被發左衽，其家富者項著五色雜珠。婚嫁之法，男先就女舍，三年役力，因得親迎其婦。役日已滿，女家分其財物，夫婦同車而載，鼓舞共歸。武德中，獻方物。貞觀三年，遣使貢豐貂，自此朝貢不絶。又云：室韋，我唐有九部焉。所謂嶺西室韋、山北室韋、黄頭室韋、大如者室韋、小如者室韋、婆萵室韋、訥北室韋、駱駝室韋，并在柳城郡之東北，近者三千五百里，遠者六千二百里。今室韋最西與回紇接界者，烏素固部落，當俱輪泊之西南。次東有移塞没部落。次東又有塞曷支部落，此部落有良馬，人户亦多，居啜河之南，其河彼俗謂之燕支河。次又有和解部落，次東又有烏羅護部落，又有那禮部落。又東北有山北室韋，又北有小如者室韋，又北有婆萵室韋，東又有嶺西室韋，又東南至黄頭室韋，此部落兵强，人户亦多，東北與達姤接。嶺西室韋北又有訥北支室韋，此部落較小。烏羅護之東北二百餘里，那河之北有古烏丸之遺人，今亦自稱烏丸國。武德、貞觀中，亦遣使來朝貢。其北大山之北有大室韋部落，其部落傍望建河居。其河源出突厥東北界俱輪泊，屈曲東流，經西室韋界，又東經大室韋界，又東經蒙兀室韋之北，落俎室韋之南，又東流與那河、忽汗河合，又東經南黑水靺鞨之北，北黑水靺鞨之南，東流注於海。烏丸東南三百里，又有東室韋部落，在篠越河之北。其河東南流，與那河合。開元、天寶間，比年或間歲入貢。大曆中，亦頻遣使來貢。貞元八年閏十二月，室韋都督和解熱素等一十人來朝。太和五年至八年，凡三遣使來。九年十二月，室韋大都督阿成等三十人來朝。開成、會昌中，亦遣使來朝貢不絶。

《宋史》卷四百九十：回鶻本匈奴之别裔，在天德西北娑陵水上。後魏號鐵勒，唐初號特勒，後稱回紇。其君長曰可汗，自貞觀以後朝貢不絶。至德初，出兵助國討平安、史之亂，故纍朝恩禮最重。然而恃功横恣，朝廷雖患其邀求無厭，然頗姑息聽從之。元和中，改爲回鶻。會昌中，其國衰亂，其相馺職者擁外甥將龐勒西奔安西。既而回鶻爲幽州張仲武所破，龐勒乃自稱可汗，居甘、沙、西州，無復昔時之盛矣。歷梁、後唐、晋、漢、周，皆遣使朝貢。後唐同光中，册其國王仁美爲英義可汗。仁美卒，其弟仁裕立，册爲順化可汗。晋天福中，又改爲奉化可汗。仁裕卒，子景瓊立。先是，唐朝繼以公主下嫁，故回鶻世稱中朝爲舅，中朝每賜答詔亦曰外甥。五代之後皆因之。建隆二年，景瓊遣使朝獻。三年，阿都督等四十二人以方物來貢。乾德二年，遣使貢玉百團、琥珀四十斤，犛牛尾、貂鼠等。三年，遣使趙黨誓等四十七人以團玉、琥珀、紅白犛牛尾爲貢。開寶中，纍遣使貢方物，其宰相鞠仙越亦貢馬。太平興國二年冬，遣殿直張璨齎詔諭甘、沙州回鶻可汗外甥，賜以器幣，招致名馬美玉，以備車騎琮璜之用。五年，甘、沙州回鶻可汗夜落紇密禮遏遣使裴溢的等四人，以橐駝、名馬、珊瑚、琥珀來獻。雍熙元年四月，西州回鶻與婆羅門僧永世、波斯外道阿里烟同入貢。四年，合羅川回鶻第四族首領遣使朝貢。端拱二年九月，回鶻都督石仁政、麽囉王子、邈拿王子、越黜黄水州巡檢四族并居賀蘭山下，無所統屬，諸部入貢多由其地。麽囉王子自云，向爲靈州馮暉阻絶，由是不通貢奉，今有内附意。各以錦袍銀帶賜之。咸平四年，可汗王禄勝遣使曹萬通以玉勒名馬、獨峰無峰橐駝、賓鐵劍甲、琉璃器來貢。萬通自言任本國樞密使，本國東至黄河，西至雪山，有小郡數百，甲馬甚精習，願朝廷命使統領，使得縛繼遷以獻。因降詔禄勝曰：『賊遷凶悖，人神所棄。卿世濟忠烈，義篤舅甥，繼上奏封，備陳方略，且欲大舉精甲，就覆殘妖，拓土西陲，獻俘北闕。可汗功業，其可勝言！嘉嘆所深，不忘朕意。今更不遣使臣，一切委卿統制。』特授萬通左神武軍大將軍，優賜禄勝器服。景德元年，夜落紇遣使來貢。四年，又遣尼法仙等來朝，獻馬。仍許法仙游五臺山。又遣僧翟入奏，來獻馬，欲於京城建佛寺祝聖壽，求賜名額，不許。大中詳符元年，夏州萬子等軍主領族兵趨回鶻，回鶻設伏要路，示弱不與鬥，俟其過，奮起擊之，剿戮殆盡。其生擒者，回鶻驅坐於野，悉以所獲資糧示之，曰：『爾輩狐鼠，規求小利，我則不然。』遂盡焚而殺之，唯萬子軍主挺身走。鎮戎軍以聞，上曰：『回鶻嘗殺繼遷，世爲仇敵。』甘州使至，亦言德明侵軼之狀，意頗輕視之。量其兵勢，德明未易敵也。』其年，夜落紇、寶物公主及没孤公主、娑温宰相各遣使來貢。東封禮成，以可汗王進奉使姚進爲寧遠將軍，寶物公主進奉曹進爲安化郎將，賜以袍笏。又賜夜落紇介胄。三年，又遣左温宰相、何居録越樞密使、翟符守榮等來貢。是年，龜茲國王可汗遣使李延福、副使安福、監使翟進來進香藥、花蕊布、名馬、獨峰駝、大尾羊、玉鞍勒、琥珀、碖石等。四年，翟符守榮等三十人請從祀汾陰。其年，夜落紇遣使貢方物，秦州回鶻安密獻玉帶於道左。禮成，以翟符守榮爲左神武軍大將軍，安殿民爲保順郎將，餘皆賜冠帶器幣。其年，夜落紇遣使言，敗趙德明立功首領請加恩賞。詔給司戈、司階、郎將告敕十道，使得承制補署。六年，龜茲進奉使李延慶等三十六人對於長春殿，獻名馬、弓箭、鞍勒、團玉、香藥等，優詔答之。先是，甘州數與夏州接戰，夜落紇貢奉多爲夏州鈔奪。及宗哥族感悦朝廷恩化，乃遣人援送其使，故頻年得至京師。既而唃廝羅欲娶可汗女而無聘財，可汗不許，因爲仇敵。五年，秦州遣指揮使楊知進、譯者郭敏送進奉使至甘州，會宗哥怨隙阻歸路，遂留知進等不敢遣。八年，敏方得還。可汗王夜落隔上表言寶物公主疾死，以西凉人蘇守信劫亂，不時奏聞；又謝恩賜寶鈿、銀匣、曆日及安撫詔書，仍乞慰諭宗哥，使開朝貢之路。九年，楊知進亦至。遂遣郭敏賜宗哥詔書并甘州可汗器幣。其年，使來朝貢，言夜落隔卒，九宰相諸部落奉夜落隔歸化爲可汗王領國事。天禧二年，夜落隔歸化遣都督安信等來朝。四年，又遣使同龜茲國可汗王智海使來獻大尾羊。初，回鶻西奔，族種散處。故甘州有可汗王，西州有克韓王，新復州有黑韓王，皆其後焉。天聖元年五月，甘州夜落隔通順遣使阿葛之、王文貴來貢方物。六月，詔甘州回紇外甥可汗王夜落隔通順特封歸忠保順可汗王。二年五月，遣使都督習信等十四人來貢馬及黄湖綿、細白氎。三年四月，可汗王、公主及宰相撒温訛進馬、乳香。賜銀器、金帶、衣著、暈錦旋襴有差。

五年八月，遣使安萬東等一十四人來貢方物。六年二月，遣人貢方物。熙寧元年入貢，求買金字《大般若經》，以墨本賜之。六年復來，補其首領五人爲軍主，歲給彩二十匹。神宗問其國種落生齒幾何，曰三十餘萬；壯可用者幾何，曰二十萬。明年，敕李憲擇使聘阿里骨，使諭回鶻令發兵深入夏境。憲以命殿直皇甫旦。旦往，不得前而妄奏功狀，詔逮旦赴御史獄抵罪。然回鶻使不常來，宣和中，間因入貢散而之陝西諸州，公爲貿易，至留久不歸。朝廷慮其習知邊事，且往來皆經夏國，於播傳非便，乃立法禁之。

〔三〕《新五代史》卷七十四：牛蹄突厥，人身牛足，其地尤寒，水曰葫蘆河，夏秋冰厚二尺，春冬冰徹底，常燒器銷冰，乃得飲。東北至韈劫子，其人髦首，披布爲衣，不鞍而騎，大弓長箭，尤善射，遇人輒殺而生食其肉。契丹等國皆畏之，契丹五騎遇一韈劫子，則皆散走。其國三面皆室韋，一曰室韋，二曰黄頭室韋，三曰獸室韋。其地多銅鐵金銀，其人工巧，銅鐵諸器皆精好，善織毛錦，地尤寒，馬溺至地成冰堆。

蕭慶〔一〕嘗言：『契丹牛馬有熟時，有不熟時，一如南朝養蠶也。』予問其故，曰：『有雪而纔露出草一寸許時，如此則牛馬大熟〔二〕。若無雪或有雪而没却草，則不熟。』蓋契丹視此爲豐凶。

【校證】

〔一〕蕭慶：范鎮使契丹時，任接伴使。《長編》卷一百八十：『（至和二年八月）辛丑，起居舍人、直秘閣、知諫院范鎮爲契丹國母正旦使。』《類苑》卷七十八引《東齋記事》：『予嘗使契丹，接伴使蕭慶者，謂予言。』

〔二〕『有雪而纔露出草一寸許時，如此則牛馬大熟』句，《類苑》卷七十八引《東齋記事》，作『有雪而少露出草一寸許，如此時牛馬大熟』。《類説》卷二十二、《遼史拾遺》卷二十四、《遼史紀事本末》卷三十三引《東齋記事》均作『有雪而露出草一寸許，此時牛馬大熟』。《韵府群玉》卷十七、《佩文韵府》卷九十四引《東齋記事》、《古今譚概》卷三十五均作『有雪而露草寸許，牛馬大熟』。《格致鏡原》卷四引《東齋記事》作『有雪而露草寸許，則牛馬大熟』。以上他書引用此句，前半句均無『纔……時』之意。又詳品此句文意，前後形成一種因果關係，『有雪而纔露出草一寸許時』，指的是一個時間節點，是後半句『如此』這一代詞的指代内容，但一時間點與『牛馬大熟』不能形成因果關係。而據上他書所引此句均表示一種狀態，指下雪的程度，而非時間，則能够和『牛馬大熟』形成合理的因果關係。疑四庫本『纔』『時』二字衍，從《類説》所引，作『有雪而露出草一寸許』。後半句四庫本雖與他書引文文字略有差异，但文意一致，與前半句邏輯連貫，且無其他佐證，故從四庫本。綜上，此句似改爲『有雪而露出草一寸許，如此則牛馬大熟』爲妥。

戎、瀘〔一〕戎人謂掃地爲窣没坤〔二〕。坤，地也。窣没，掃也。

【校證】

〔一〕戎：即戎州，南朝梁大同十年置，治所在僰道縣。隋大業三年改爲犍爲郡。唐武德元年改爲戎州，移治南溪縣。貞觀四年置都督府，州復移治僰道縣。天寶元年改爲南溪郡，乾元元年復改爲戎州。轄境相當今四川宜賓、南溪、雷波、金陽等市縣以南，直至雲南東川、宜良、個舊及貴州威信、水城、普安、興義一帶。長慶中移治南溪縣。會昌二年復徙治僰道縣。次年金沙江大水，移治今宜賓市西北六里舊州壩。北宋政和四年改爲叙州。

瀘：即瀘州，南朝梁大同中置，治所在江陽縣，取瀘水爲名。隋大業三年改爲瀘川郡。唐武德元年復爲瀘州，天寶元年改爲瀘川郡，乾元元年又改爲瀘州。轄境相當於今四川沱江下游及長寧河、永寧河、赤水河流域。南宋淳祐三年遷治州東長江北岸神臂崖城。景定二年改爲江安州。

〔二〕窣没坤：據楊琳《『窣没坤·僕鑒·獨力』非音譯詞辨正》一文，『窣没』即見於

《禮記》的『卹勿』，其本字是『彗拂』，屬於同義連文。『坤』與格曼僜語的kut音義相關，寫作『坤』是記録者的諧譯，同時也表明『坤』表示大地恐怕也有詞義上的依據，而非來自八卦中的象徵。

東齋記事補遺

錢俶〔一〕進寶帶〔二〕，太祖曰：『朕有三條帶，與此不同。』俶請宣示，上曰：『汴河〔三〕一條，惠民河〔四〕一條，五丈河〔五〕一條。』俶大媿服。〔六〕

【校證】

〔一〕錢俶：字文德，臨安人。名上字犯宣祖諱，止稱俶。祖曰鏐，因唐末黄巢之亂，據有吴越之地。昭宗授以杭、越節制，封彭城王。梁、唐封爲吴越國王，謚曰『武肅』。父元瓘，謚曰『文穆王』。子佐嗣。佐卒，以弟倧繼。倧爲牙校胡進思所廢。俶時鎮浙東，遂度江襲位。漢授以東南面兵馬都元帥，錫以金印、玉册，仍領鎮海、鎮東節度使。至周，以天下兵馬都元帥處之。宋興，改大元帥。自太祖受命，俶貢奉有加。開寶六年，封其妻孫氏爲賢德順穆夫人，遣幕吏黄夷簡入貢。宋太祖討江南，以爲升州東面招討制置使。江南平，俶與妻子來朝。太祖對於崇德殿，待以優禮。又以俶妻爲吴越國王妃。太平興國三年，復來朝，遂以國歸有司。太宗改封俶淮海國王，以禮賢宅賜之。錢氏傳五主，共八十四年。俶以天下既平，求去元帥之稱，從之，改漢南國王。雍熙四年，出爲武勝軍節度使，徙國南陽。既又辭國號，改封許王。端拱元年，徙封鄧王。俶以天成四年八月二十四日生，至是年八月二十四日薨，年六十。册封秦國王，謚曰『忠懿』。（《東都事略》卷二十四）

〔二〕寶帶：《類苑》卷一、《海録碎事》卷十引《東齋記事》、《説郛》本均作『寶犀帶』。

《長編》卷十七：『（開寶九年二月）己未，吴越王俶及其子鎮海、鎮東節度使惟、濬等入見崇德殿，宴長春殿。先是，車駕幸禮賢宅，案視供帳之具。及至，即詔俶居之。寵賚甚厚，俶所貢奉亦增倍於前也。庚申，大宴大明殿。後四日，召俶、惟濬宴射苑中。又三日，幸禮賢宅。』李燾注云：『俶在太祖朝止一入覲。』可知，本條所記之事就發生在開寶九年二月。

〔三〕宋太祖朝多次對汴河進行治理。《長編》卷二：『（建隆二年三月）於京城之西，夾汴河造斗門，自滎陽鑿渠百餘里。』《長編》卷三：『（建隆三年九月丙子）詔黄、汴河兩岸，每歲委所在長吏課民多栽榆柳，以防河决。』

〔四〕惠民河：原名閔河。《長編》卷五：『（乾德二年二月癸丑）命右神武統軍陳承昭帥丁夫數千鑿渠，自長社引潩水至京，合閔河。潩水出密之大隗山，歷許田，會春夏霖雨則大溢害稼。及渠成，民無水患，閔河之漕益通流焉。』《長編》卷十三：（開寶五年正月壬寅）『浚閔河。』《長編》卷十四：『（開寶六年三月壬午）以閔河爲惠民河。』《長編》卷十六：『（開寶八年十二月）庚子，上臨惠民河觀軍人築堰。』可見，太祖朝一直對惠民河進行治理，以方便漕運。

〔五〕太祖朝一直在疏浚五丈河以通航。《長編》卷二：『（建隆二年二月）壬申，命給事中范陽劉載往定陶督曹、單丁夫三萬，浚五丈渠（衎案：《宋史》作五丈河。），自都城北歷曹、濟及鄆，以通東方之漕。上因謂侍臣曰：「煩民奉己之事，朕必不爲也。開導溝洫以濟京邑，蓋不獲已耳。」』《長編》卷二：『（建隆二年三月）初，五丈河泥淤，不利行舟，詔右監門衛將軍陳承昭於京城之西，夾汴河造斗門，自滎陽鑿渠百餘里，引京、索二水通城壕入斗門，架流於汴，東匯於五丈河，以便東北漕運。甲辰，新水門成，上臨視焉。』《長編》卷十四：『（開寶六年三月壬午）以五丈河爲廣濟河。』

〔六〕此條《類説》卷二十二、《海録碎事》卷十、《談苑》卷四均作引自《東齋記事》。《説郛》本亦有此條。另《類苑》卷一、《玉海》卷八十六也録此事，但未注出處。《類苑》卷一、《説郛》本文末還有『其規模豈不宏遠哉』八字。

仁宗皇帝將祫饗，〔一〕韓持國爲禮官，建言：『皇后廟孝章、淑德、章懷神主，不當合食於太廟〔二〕。』下待制以上議〔三〕。議者凡十餘人，孫夢得、武平仲〔四〕、楊侍講〔五〕、向龍圖〔六〕、劉原甫〔七〕、王景彝、何聖從以爲當食太廟。〔八〕歐陽永叔、楊叔〔九〕、子華〔十〕、長文〔十一〕、唐子方〔十二〕、包希仁〔十三〕、錢資元〔十四〕、盧公彥〔十五〕以爲當從持國論，〔十六〕卒爲二議以上。朝廷以爲日迫，且依舊合食，須後別議。而武平仲當草詔，其辭太主其所議。自後亦不復議。皇后別廟者，以其不可入太廟也，合食而入太廟，又何必爲別廟哉！然其論議之難合也若是。

【校證】

〔一〕此條見於《類苑》卷十八『皇后合食太廟』條引《東齋記事》。『祫饗』作『祫享』。

〔二〕『皇后廟孝章、淑德、章懷神主』句有漏缺，應爲『皇后廟孝惠、孝章、淑德、章懷神主』。《長編》卷一百九十：『（嘉祐四年八月乙酉）禮官張洞、韓維言：國朝每遇禘祫，奉別廟四后之主，合食太廟。』《皇朝編年備要》卷十六：『禮官張洞、韓維請以孝惠、孝章、淑德、章懷四后享於別廟，不升合食。』《長編》卷一百九十：『（嘉祐四年八月丁亥）仁宗詔曰：『孝惠、孝章、淑德、章懷皇后祫饗且依舊，須大禮畢，別加討論。』可見，韓持國建言『不當合食於太廟』的『四后』分別是：孝惠、孝章、淑德、章懷皇后。

〔三〕此事詳見《長編》卷一百九十：（嘉祐四年八月乙酉）禮官張洞、韓維言：『國朝每遇禘祫，奉别廟四后之主合食太廟。據唐《郊祀志》載，禘祫祝文，自獻祖至肅宗凡十一帝，所配皆一后，其間惟睿宗二后，蓋昭成，明皇之母也。又《續曲臺禮》有别廟皇后合食之文，蓋未有本室，遇祫饗即祔祖姑之下，所以大順中以三太后配列禘祭，博士商盈孫以誤認《曲臺禮》意，當時不能改正，議者譏其非禮。臣等伏思每室既有定配，則餘后於禮不當升祔，遂從别廟之祭，而禘祫之日復來參列，與《郊祀志》《曲臺禮》相戾。今親行盛禮，義當革正。其皇后廟，伏請依奉慈廟例遣官致祭。』詔待制以上議。

〔四〕武平仲：字毅父。舉進士。元祐中，入館選，即出爲京西路提點刑獄，坐黨籍，謫知韶州。又責惠州别駕，英州安置。徙單州團練副使，饒州居住。徽宗即位，召還爲户部員外郎，遷金部郎中，出使陝西，帥鄜延、環慶。奉祀而卒。平仲有史學，著《續世説》，行于世。（《東都事略》卷九十四）

《宋史》卷三百四十四亦有傳。

〔五〕楊侍講：即楊安國，字君倚，密州安丘人。父光輔，居馬耆山，學者多從受經，州守王博文薦爲太學助教。孫奭知兖州，又薦爲太常寺奉禮郎，州學講書。既而奭與馮元薦安國爲國子監直講，并召光輔至。仁宗命説《尚書》，光輔曰：『堯、舜之事，遠而未易行，願講《無逸》一篇。』時年七十餘矣，而論説明暢。帝悦，欲留爲學官，固辭，以國子監丞老於家。安國《五經》及第，爲枝江縣尉，後遷大理寺丞。光輔教授兗州，請監兗州酒稅，徙監益州糧料院，入爲國子監直講。景祐初，置崇政殿説書，安國以國子博士預選。久之，進天章閣侍講、直龍圖閣，遂爲天章閣待制、龍圖閣直學士，皆兼侍講。進翰林侍講學士，歷判尚書刑部、太常寺，糾察在京刑獄，纍遷給事中。年七十餘，卒，贈尚書禮部侍郎。（《宋史》卷二百九十四）

〔六〕向龍圖：即向傳式，向敏中第二子。《長編》卷一百六十四：『（慶曆八年六月）乙丑，户部副使、刑部郎中向傳式爲太常少卿，直昭文館，知亳州。』《宋史》卷二百八十二《向敏中傳》：『傳式，龍圖閣直學士。』《歷代名臣奏議》卷一百七十五：『向傳式自南京移知江寧府，既是優安近便之任，乃轉傳式龍圖閣直學士。』

〔七〕劉原甫：即劉敞，字原父，臨江新喻人。舉慶曆進士，廷試第一。編排官王堯臣，其内兄也，以親嫌自列，乃以爲第二。通判蔡州，直集賢院，判尚書考功。權度支判官，徙三司使。同修起居注。未一月，擢知制誥。奉使契丹，使還，求知揚州。徙鄆州。嘉祐袷享，群臣上尊號，宰相請撰表。敞説止不得，乃上疏曰：『陛下不受徽號且二十年。今復加數字，不足盡聖德，而前美并棄，誠可惜也。今歲以來，頗有災异，正當寅畏天命，深自挹損，豈可於此時迺以虚名爲累。』帝覽奏，顧侍臣曰：『我意本謂當爾。』遂不受。知永興軍，拜翰林侍讀學士。召還，判三班院。積苦眩

瞀，屢予告。疾少間，復求外，以爲汝州，旋改集賢院學士、判南京御史臺。熙寧元年，卒，年五十。（《宋史》卷三百一十九）

《東都事略》卷七十六亦有傳。歐陽修作《集賢院學士劉公墓志銘》，收入《歐陽文忠公集》卷三十五。

〔八〕諸人所議，詳見《長編》卷一百九十：翰林學士承旨孫抃、學士胡宿、侍讀學士李昭述、侍講學士向傳式、知制誥劉敞、王疇、天章閣待制何郯等議，曰：『《春秋傳》曰：「大祫者何？合祭也。」「未毀廟之主，皆升合食於太祖。」且以國朝事宗廟百有餘年，至祫之日，别廟后主皆升合食，遵用以爲典制，非無據也。此聖祖神宗參用歷代之法，因時施宜，以貽子孫者也，未易輕改。況大中祥符五年已曾定議，一時禮官著約中之論，而先帝有恭依之詔。且行之已久，祝嘏宗史既執守以爲常，一旦輕議損益，恐神靈不安，亦未必當先帝意也。議者乃謂四后之主於合食則貴有所屈，於别饗則尊得以伸。然則不疑於黜遠四后，而獨豐於昵者乎？他年有司攝事，故四后皆預合食。今陛下甫欲躬齋戒奉祖禰，而四后見黜，不亦疑於以禮之煩也，而不能事其先妣乎？受命之君，以議禮制典爲急；繼體之君，以承志遵法爲美。先帝議之制之，陛下承之遵之，臣曰可矣。宗廟之祭至重，苟未能盡祖宗之意，則莫若守其舊禮。疑文偏説未可盡據。《傳》曰：「祭從先祖。」又曰：「有其舉之，莫敢廢也。」

此之謂也。臣等以謂如其故便。』

〔九〕楊叔：當爲『陽叔』，即陳升之。字陽叔，建州建陽人。舉進士，爲校書郎、知南安縣，徙知漢陽軍，爲監察御史。因諫張堯佐拜官事，改侍御史知雜事，拜天章閣待制、河北都轉運使、知瀛州，遷龍圖閣直學士、知真定府。召知諫院。四年，遷樞密直學士、知開封府，改右諫議大夫，拜樞密副使。臺諫官唐介、吕誨、趙抃、王陶言升之交結宦者以圖柄任，升之遂家居求罷。仁宗手詔召出之，介等復闔門待罪，仁宗乃兩罷之。升之以資政殿學士知定州，徙太原府。治平二年，爲陝西安撫使，復拜樞密副使。以母老丐便郡，除觀文殿學士、尚書左丞，知越州。徙大名府，遂拜知樞密院事，與王安石同制置三司條例司。熙寧二年，拜禮部尚書、同中書門下平章事、集賢殿大學士。以母喪去位。終制，拜同平章事、樞密使。以足疾求罷，拜鎮江軍節度使、同平章事，判揚州，封秀國公。請老，以故官致仕，卒，年六十九，贈太保、中書令。謚曰『成肅』。（《東都事略》卷八十）

〔十〕子華：即韓絳。《宋史》卷三百一十五：『韓絳，字子華。』

〔十一〕長文：即吴奎。《宋史》卷三百一十六：『吴奎，字長文。』

〔十二〕唐子方：即唐介。《宋史》卷三百一十六：『唐介，字子方。』

〔十三〕包希仁：即包拯。《宋史》卷三百一十六：『包拯，字希仁。』

〔十四〕錢資元：即錢象先，字資元，蘇州人。進士高第，呂夷簡薦爲國子監直講，歷權大理少卿，度支判官，河北、江東轉運使，召兼天章閣侍講。詳定一路敕成，當進勳爵，仁宗以象先母老，欲慰之，獨賜紫章服。進侍制、知審刑院，加龍圖閣直學士，出知蔡州。象先長於經術，侍邇英十餘年，有所顧問，必依經以對，反復諷諭，遂及當世之務，帝禮遇甚渥。故事，講讀官分日迭進，象先已得蔡，帝猶諭之曰：『大夫行有日矣，宜講徹一編。』於是同列罷進者浹日。徙知河南府、陳州，復兼侍講、知審刑院。復知許、潁、陳三州，以吏部侍郎致仕。卒，年八十一。（《宋史》卷三百三十）

〔十五〕盧公彦：即盧士宗，字公彦，濰州昌樂人。舉《五經》，歷審刑院詳議、編敕删定官，提點江西刑獄。侍講楊安國以經術薦之，仁宗御延和殿，詔講官悉升殿聽其講《易》。明日，復命講《泰卦》，又召經筵官及僕射賈昌朝聽之。授天章閣侍講，賜三品服，加直龍圖閣、天章閣待制，判流内銓。李參、郭申錫有决河訟，詔士宗劾之。士宗言兩人皆爲時用，有罪當驗問，不宜逮鞫。於是但黜申錫爲州。進龍圖閣直學士、知審刑院、通進銀臺司。仁宗神主祔廟，禮院請以太祖、太宗爲一世，而增一室以備天子事七世之禮。詔兩制與禮官考議，孫抃等欲如之。士宗以爲不可。出知青州，入辭，英宗曰：『學士忠純之操，朕所素知，豈當久處外。』命再對，及見，論知人安民之要，勸帝守祖宗法。御史言其罕通吏事，且衰病，改沂州。熙寧初，以禮部侍郎致仕，卒，年七十一。（《宋史》卷三百三十）

〔十六〕議論詳見《長編》卷一百九十：翰林學士歐陽修、吴奎、樞密直學士陳旭、包拯、權御史中丞韓絳、知制誥范鎮、天章閣待制錢象先、唐介、盧士宗議曰：『古者宗廟之制，皆一帝一后，後世以有子貴者，始著并祔之文，其不當祔者，則又有别廟禘祫。有司攝事，乃以别廟之后列於配后之下，絶席而坐，非惟於古無文，於今爲不可者，又有四焉：淑德皇后，太宗之元配也，列於元德之下，章懷皇后，真宗之元配也，列於章懿之下，其位序先後不倫，一也。升祔之后，統以帝樂，别廟諸后，則以本室樂章自隨，二也。升祔之后，同牢而祭，牲器祝册亦統於帝，别廟諸后乃從專饗，三也。升祔之后，聯席而坐，别廟諸后，位乃柜絶，匹也。號爲合食，反絶席而坐，牲牢、祭器、樂章、祝册皆自别而不同，又位序顛錯，殊非嚴事之意。伏況章獻、章懿皇后在奉慈廟未升祔時，每遇禘祫，不從合食，祇於本廟致饗，所以申其尊者，最爲得禮也。若四后各祭於其廟，則其尊自申，而於禮文無參差不齊之失，又有章獻、章懿之明證。而議者以爲國朝行之已久，重於改作，則是失禮之舉，無復是正也。向者有司攝事，失於講求，而今行親饗之禮，禮官舉職而改正，乃理之當然也。臣等請從禮官議。』久之，不能决。

張尚書守蜀，〔一〕人心大安，及代去，留一卷實封與僧正〔二〕，云：『俟十年觀此。』後十年，公薨於陳州。訃至，開所留文字，乃公畫像，衣兔褐〔三〕，係草縚〔四〕，自爲贊曰：『乖則違俗，崖不利物。乖崖之名，聊以表德。』遂畫像於府治及寺觀中〔五〕。

【校證】

〔一〕此條見於《類説》卷二十二、《施注蘇詩》卷三十一引《東齋記事》。《事類備要》前集卷五十六、《事文類聚》前集卷五十一等亦記此事，文小异，未注出處。

〔二〕僧正：《湘山野録》卷上作『僧文鑒大師』，而《類苑》卷九引《湘山野録》卻作『僧正希白』。《事類備要》前集卷五十六、《五朝名臣言行録》卷三、《事文類聚》前集卷五十一亦均作『僧正希白』。《施注蘇詩》卷三十一引《東齋記事》亦作『僧正希白』。

僧正：《大宋僧史略》卷中：僧曹創立，浄衆日齊。所樹官方，終循佛教。所言僧正者何？正，政也。自正正人，克敷政令，故云也。蓋以比丘無法，如馬無轡勒，牛無貫繩，漸染俗風，將乖雅則，故設有德望者，以法而繩之，令歸於正，故曰僧正也。此僞秦僧契爲始也。東晋遷都，蔑聞此職。至宋世，乃立沙門都，又以尼寶賢爲僧正。文帝、孝武皆崇重之。次有號法主者，如釋道猷，生公之弟子也。文帝問慧觀曰：『頓悟義誰習之？』答曰：『道猷。』遂召入。至孝武即位，敕住新安寺，爲鎮寺法主。又敕法瑗爲湘宫寺法主。詳其各寺同名，疑非統正之任。又升明中，以法持爲僧正。大明中，以道温爲都邑僧正。永明中，敕長干寺玄暢同法獻爲僧主，分任南北兩岸。暢後被敕往三吴，使糾繩二衆。齊末以法悦爲僧主，住正覺寺。梁祖歸心佛教，深入玄樞，慎選德人，以充僧首，則法超爲都邑僧正。普通六年，敕法雲爲大僧正，吏力備足，又慧令亦充此職焉。所云僧主者，猶僧官也，蓋偏地小正小統之名也。如闍那崛多，此言志德，北印度人，周朝譙王宇文儉鎮蜀，請以同行，至彼任益州僧主，住龍淵寺焉。南朝慧基，姓偶，錢塘人，依求那三藏，於蔡州受戒。後化行越土，尋敕爲僧主，掌任十城，東土僧主之始也。歷觀諸朝，多是諸侯立僧正也。梁雖大國，亦用此名，但加大字以别之。今天下每州置一員，擇德行才能者充之，不然則闕矣。

〔三〕兔褐：黄黑色。以其色似褐兔，故名。

〔四〕條草縚：《類苑》卷九引《湘山野録》、《事類備要》前集卷五十六、《事文類聚》前集卷五十一、《五朝名臣言行録》卷三均作『繫條草裹』。

〔五〕此事詳見《五朝名臣言行録》卷三：初，蜀新亂，張尚書至公宇，襲舊制，周列更鋪凡數百所，公即日命罷之，人心大安。及代去，留一卷實封文字，與僧正希白，且云：『候十年觀此。』後十年，公薨於陳州。訃至，蜀人罷市號慟。希白爲公設大會齋，請知府淩策諫議發開所留文字。乃公畫像，衣兔褐，繫條草屨。自爲贊曰：『乖則違俗，崖不利物。乖崖之名，聊以表德。』因號『乖崖公』。遂畫於天慶觀仙游閣。又九曜院皆畫公像，府衙之東南隅，又有祠堂，皆後人思公而爲之也。

《湘山野録》卷上也記此事，文頗异，録於此，其文云：張乖崖成都還日，臨行封一紙軸付僧文鑒大師者，上題云：『請於乙卯歲五月二十一日開。』後至祥符八年，當其歲也。時淩侍郎策知成都，文鑒至是日，持見淩公曰：『先尚書向以此囑某，已若干年，不知何物也。乞公開之。』洎開，乃所畫野服攜笻，黄短褐，一小真也。淩公奇之，於大慈寺閣龕以祠焉。蓋公祥符七年甲寅五月二十一日薨，開真之日，當小祥也。公以劍外鐵緡輜重設質劑之法，一交一緡，以三年一界换之。始祥符辛亥，今熙寧丙辰，六十六年，計已二十二界矣，雖極智者不可改。

曹太尉瑋知秦州，〔一〕西番内寇〔二〕。當是時，公方灼灸〔三〕，纔數壯〔四〕，猝起應敵，指揮號令。及事定，灸〔五〕瘡愈，瘢大數寸，蓋用氣力使然也。曹公在邊，蕃部有過惡者，皆平定之。每以餞將官爲名出郊，而兵馬次序以食品爲節，若曰：『下某食。』即某隊發。比至水飯〔六〕，則捷報至矣。大帥料敵當〔七〕如此。

【校證】

〔一〕此條見於《類苑》卷五十五、《五朝名臣言行録》卷三引《東齋記事》。

〔二〕西番：《類苑》卷五十五、《五朝名臣言行録》卷三引《東齋記事》作『立遵』。《夢溪筆談》卷二十五：祥符九年，立遵與唃厮囉引衆十萬寇邊，入古渭州。知秦州曹瑋攻敗之，立遵歸乃死。

〔三〕炙：《五朝名臣言行録》卷三引《東齋記事》作『炙』字。底本輯自《類苑》，漏『當』字，據補。

〔四〕壯：《類苑》卷四十九『艾謂之一壯』條：『醫用艾一灼謂之一壯，以壯人爲法也。其言若干壯，人當依此數，老幼羸弱量力減之。』

〔五〕灸：《類苑》卷五十五、《五朝名臣言行録》卷三引《東齋記事》均作『久之』。

〔六〕水飯：即稀飯、粥。《東京夢華録》卷二：『自州橋南去，當街水飯、爊肉、乾脯。』喬松年《蘿藦亭札記》卷七：『今宴客，進看將畢，必啜粥以終其事。《東齋記事》謂，曹瑋發兵以宴客食品爲節，下某食則某隊發，至水飯則捷報至。是宋時宴客亦以水飯終事。水飯，即粥之類。』

〔七〕《類苑》卷五十五、《五朝名臣言行録》卷三引《東齋記事》，『敵』後有『當』字。底本輯自《類苑》，漏『當』字，據補。

毬路金帶，〔一〕俗謂之笏頭帶，非二府文臣不得賜。武臣而得賜者，惟張耆〔二〕爲樞密使、李用和〔三〕以元舅、王貽永〔四〕爲駙馬都尉、李昭亮〔五〕亦以戚里，四人者皆兼侍中，出於特恩。

【校證】

〔一〕此條見於《類苑》卷二十六『賜毬露金帶』條引《東軒記事》（按：當爲《東齋記事》之訛）。亦見《錦繡萬花谷》卷十四引《東齋記事》，文略异。

〔二〕張耆：字元弼，開封人。年十一，給事真宗藩邸。及即位，授西頭供奉官，纍擢至節度使。大中祥符九年，除宣徽南院使，兼樞密副使。天禧元年，罷。天聖三年，自淮南節度使，加同平章事，充樞密使。初名旻，七年改鎮山南東道，賜名曰耆。明道元年，進右僕射兼侍中、河中尹。纍封至徐國公，以太子太師致仕。卒，年七十五，贈太師兼侍中，謚『榮僖』。（《隆平集》卷十）

《東都事略》卷五十、《宋史》卷二百九十亦有傳。

〔三〕李用和：字審禮，章懿皇后母弟。少窮困，劉美得之於民間，奏以三班奉職。章懿薨，除禮賓副使，纍擢慶州觀察使，遷永清軍留後，爲真定府定州路副都總管。舊制，公使錢正任以上許私用，而用和悉以爲軍費，不留于家。慶曆二年，拜建武軍節度使，殿前副都指揮使，以老拜宣徽北院使，改鎮彰信，加同平章事，進南院使，兼侍中，卒年六十二。贈太師、中書令，追封隴西郡王，謚曰『恭僖』。（《東都事略》卷一百十九）《隆平集》卷十一、《宋史》卷四百六十四亦有傳。宋祁作《李郡王墓志銘》，收入《景文集》卷五十八。

〔四〕王貽永：字季長，王溥之孫。咸平中，尚鄭國公主，授右衛將軍、駙馬都尉。從封泰山，領高州刺史，再遷右監門衛大將軍、獎州團練使。求外補，得知單州。拜洺州團練使、徙徐州。河決滑州，徐大水，貽永作堤城南以禦之。改衛州團練使，進懷州防禦使，知澶、定二州，徙成德軍。會有告曹訥變者，貽永奏治之。遷耀州觀察使，復知澶州。歷彰化、武定軍節度使、觀察留後，拜安德軍節度使。出知天雄軍，徙保寧軍節度使、知鄆州。復徙定州，又徙成德軍。擢同知樞密院事，改副使，加宣徽南院使，進樞密院使。久之，拜同中書門下平章事，遂加兼侍中。徙節鎮海，以疾求罷，手詔撫諭，遣上醫診視。帝臨問，頒尚方珍藥，手取糜粥食之。貽永自言寵禄過盛，願罷樞筦，解使相還第。帝冀其愈也，乃聽罷侍中，徙彰德節度使，同平章事、樞密使如故。疾稍間，入見，命其子道卿掖登垂拱殿。仍賜五日一朝，遇朝參起居，許休於殿側。至和初，復以疾辭，拜尚書右僕射、檢校太師兼侍中、景靈宫使。卒，贈太師、中書令，謚『康靖』。（《宋史》卷四百六十四）

〔五〕李昭亮：字晦之，明德太后兄繼隆子。原名昭慶，避章獻太后祖諱，故改名昭亮。

補供奉官。父繼隆北征，昭亮尚幼，遣持詔軍中，問方略及營陣衆寡之勢，還奏稱旨。纍擢至西上閤門使。仁宗即位，遷東上。自是，屢領邊任管軍。慶曆八年，除宣徽北院使，加南院、知定州。以疾，願還爲景陵宫使，改昭德軍節度使。卒，年七十一，贈中書令，謚『良信』。（《隆平集》卷九）

《東都事略》卷二十、《宋史》卷四百六十四亦有傳。

范文正鎮青社，[一]會河朔艱食。時青賦[二]在博州置場收納，民大患輦置之苦，而河朔斛價不甚翔踴，公止戒民本州納價，每斗三鍰，給鈔與之。俾簽幙者輓金往幹，曰：『博守席君夷亮，余嘗薦論，又足下之婦翁也。攜書就彼坐倉，以倍價招之，事必可集。齎巨榜數十道，介其境則張之。郡中不肯假廩，寄僧舍可也。』簽幙稟教行，及至，則皆如公料。村斛時爲厚價所誘，貿者山積，不五日遂足，而博斛亦衍。斛金尚餘數千緡，按等差給還，青民因立像祠焉。

【校證】

〔一〕此條見於《類苑》卷二十二、《五朝名臣言行録》卷七引《東齋記事》。亦見《湘山野録》卷三、《仕學規範》卷二十引《皇朝名臣四科事實》、《太上感應篇》卷十八。

青社：即青州。范仲淹知青州在皇祐三年春至皇祐四年正月。樓鑰《范文正公年譜》：（皇祐）三年辛卯，年六十三歲。是歲，公以户部侍郎知青州，淄、濰等州安撫使。四年壬辰，年六十四，春正月戊午，徙知潁州。

〔二〕青賦：《類苑》卷第二十二、《湘山野録》卷三、《仕學規範》卷二十、《五朝名臣言行録》卷七、《太上感應篇》卷十八均作『青之輿賦』。

王安簡公〔一〕奏：『河北，朝廷根本，而雄州河北咽喉。先朝用才如何承矩〔二〕，護邊纍年，官止諸司使領刺史〔三〕。李允則〔四〕凡二十年，亦不過引進使〔五〕。今用人太輕，而賞典過厚，非制敵之術。』〔六〕公爲御史中丞，嘗留百官班，以廷争張堯佐事。仁皇急遣使爲止之，〔七〕罷堯佐宣徽、景靈二使。〔八〕

【校證】

〔一〕此條據《類苑》卷十七『王安簡公條』引《東齋記事》。

王安簡公：即王舉正，字伯中。幼嗜學，厚重寡言，化基器愛之。補校書郎，復舉進士，知伊闕、任城二縣。召爲館閣校勘，纍擢知制誥。宰相陳堯佐，舉正婦翁也，遂換龍圖閣待制。堯佐罷，復知制誥，遷翰林學士。康定二年，拜右諫議大夫。參知政事吕夷簡以宰相判樞密院，舉正以爲判名太重，改兼樞密使。會御史臺舉其友婿李徽之爲御史，舉正以親嫌，格不行。徽之訟舉正内不能制其悍妻，不可以謀國事。慶曆三年，罷爲資政殿學士、禮部侍郎、知許州。徙知應天府，拜御史中丞。張堯佐授宣徽、節度、群牧、景靈四使，舉正言：『堯佐，庸人，緣妃家一日而領四使，賢士大夫無所勸。』不報。因退朝，留百官班廷議，仁宗遣中使諭止之。尋罷堯佐宣徽、景靈二使。居半年，堯佐復除宣徽使，舉正二上疏論之。狄青爲樞密使，力争不能得，因請解言職。遂除觀文殿學士、禮部尚書、知河南府。入兼侍讀，以太子少傅致仕，卒，年七十，贈太子太保，謚曰『安簡』。（《東都事略》卷三十七）

《隆平集》卷六、《宋史》卷二百六十六亦有傳。

〔二〕何承矩：字正則。從其父何繼筠討劉崇，除閑廏副使。太平興國中，監兵泉州，以功遷閑廄使，知河陽，徙潭州。居六年，除淄州刺史，僉書滄州事。時契丹數入邊，承矩請屯兵於順安寨，西闗易河，溝口引水，東西三百餘里，南北五七十里，築隄瀦水，以助要害。太祖用其策，屬霖潦爲患，議者多以爲非。承矩援漢魏至唐故事以折之。詔以承矩爲河北制置屯田使，民遂獲萑蒲魚蛤之利，而稻田歲入亦助邊餉。自是高陽并海以抵順安，絶敵人奔衝之虞。又言順安至西山不遠百里，亦多川源，願因而廣之，用息外患，朝廷雖嘉之，未及行也。自滄徙雄州，契丹萬騎夜逼城堞，遲明承矩出戰，獲其酋所謂鐵林相公者。敵始引去，復徙滄州。真宗即位，知雄州。嘗上疏請和戎，爲息民之利。進英州團練使，知澶州，契丹修好。真宗益善其有謀，又命知雄州，拜本州團練使。時敵使初至，承矩以爲待之之禮宜得中庶，可久也。真宗嘉納久之，徙齊州，卒，年六十一，贈相州防禦使。（《東都事略》卷二十九）

《隆平集》卷十六、《宋史》卷二百七十三亦有傳。

〔三〕官止諸司使領刺史：四庫本作『官止諸司使又刺史』，誤。據《類苑》卷十七引《東齋記事》改。《長編》卷一百七十：『御史中丞王舉正言，何承矩守邊，纍年官止遥郡刺史。』按，據《長編》《宋史·何承矩傳》，太平興國三年，何承矩還閑廄使，後爲崇儀使。雍熙年間，入爲六宅使。端拱元年，領潘州刺史。淳化四年爲制置河北緣邊屯田使，擢爲西上閤門使、知滄州。後知雄州。咸平三年，拜引進使。故，《類苑》所引爲確。

〔四〕李允則：字垂範。以父任爲濟州衙内指揮使。謙溥卒，任左班殿直。少以才略聞。太平興國七年，初置静戎軍，榷場特命允則領之。自是屢奉使諸路，知潭、滄、雄、鎮、潞州，而雄州嘗再莅焉。除寧州防禦使，卒年七十六。（《隆平集》卷十六）

《東都事略》卷二十九、《宋史》卷三百二十四亦有傳。

〔五〕《長編》卷八十六：『（大中祥符九年三月）乙卯，以四方館使、獎州刺史李允則，爲引進使，領叙州團練使，依前知雄州，兼本州部署。』

〔六〕王舉正所上之言亦見《長編》卷一百七十：御史中丞王舉正言：『河北，朝廷根本，而雄州又河北咽喉。先朝用人，如何承矩守邊纍年，官止遥郡刺史。李允則幾二十年，亦不過引進使。今所用未盡得人，而剋日待遷，使後有功者何勸。且言在許州、應天府，六年更轉運使十六人，轉運使所使，察官吏能否與民疾苦，而數易如此，豈能究宣朝廷德澤乎？』

〔七〕此事詳見《長編》卷一百六十九：『（皇祐二年十一月）己未，三司使、户部侍郎張堯佐爲宣徽南院使、淮康節度使、景靈宫使，資政殿學士、尚書左丞王舉正本官兼御史中丞。庚申，又加張堯佐同群牧制置使。』甲子，舉正遂告謝上殿，力言擢用堯佐不當。其疏曰：『臣伏睹張堯佐優异之恩，無有其比，竊以堯佐素乏材能，徒以賫緣后宫，僥倖驟進。國家計府，須材以辦經費，堯佐猥尸其職，中外咸謂非據。近者臺諫繼有論列，陛下雖罷其使任，而復加崇寵，轉踰於前。并授四使，又賜二子科名，賢愚一詞，無不嗟駭。夫爵賞名數，天下之公器，不當以后宫緍戚、庸常之材，過授寵渥，使忠臣義士無所激勸。且堯佐居職，物論紛紜，固當引分辭避，而宴然恃賴，曾無一言自陳，叨竊居位，日覬大用。及异恩既出，復托以假告，未即祗受，其意尚若不足，繼有邀求。不虔君命，莫甚於此者。昔漢元帝時，馮野王以昭儀之兄，在位多舉其行能。帝曰：「吾用野王，後世必謂我私后宫戚屬。」本朝太宗皇帝孫妃之父，止授南班散秩，蓋保全后宫戚屬，不令事勢僭盛，以取顛覆。伏望陛下遠鑑前古美事，近守太宗皇帝聖範，追取堯佐新命，除與一郡，以息中外之議。伏以陛下自臨御已來，孜孜勤政，無有失德，今忽行此事，有損聖明。若濫賞必行，則朝綱威柄，由此遂紊，四方駭任人之失，三鄙萌輕國之心。臣方叨司憲，適睹除命，事干國體，不敢緘默。望聖慈開納，速降指揮。或臣言之不行，即乞罷臣憲司，出補遠郡。』疏入不報。戊辰，朝退，舉正留百官班廷諍，復率殿中侍御史張擇行、唐介及諫官包拯、陳旭、吴奎於上前極言，且於殿廡切責宰相。上聞之，遣中使諭旨，百官乃退。

〔八〕罷堯佐宣徽、景靈二使：四庫本原作『罷堯佐官充景靈宫使』，誤。《類苑》卷十七、《職官分紀》卷十四引《東齋記事》均作『罷堯佐宣徽、景靈二使』。據《長編》卷一百六十九：『（皇祐二年十一月）己巳，詔：『近臺諫官累乞罷張堯佐三司使，及言親連宫掖，不可用爲執政之臣，若優與官爵，於禮差使，遂除宣徽使、淮康節度使。兼已指揮自今后妃之家，毋得除兩府職任。今臺諫官重有章疏，其言反覆，及進對之際，失於喧譁。在法當黜，朝廷特示含容，其令中書取戒厲，自今臺諫官相率上殿，并先申中書取旨。』『是日，堯佐亦奏辭宣徽使、景靈宫使，乃詔學士院貼麻處分。』故，『罷堯佐宣徽、景靈二使』爲確。

太宗時，〔一〕馬元方爲三司判官〔二〕，建言：『方春民乏絶時，豫給緡錢貸之〔三〕，至夏秋輸絹於官。』〔四〕預買絹、紬，蓋始於此。

【校證】

〔一〕此條亦見於《長編》卷四十四、《類苑》卷二十一、《類説》卷二十二、《續演繁露》卷二引《東齋記事》。

〔二〕《長編》卷四十四：『（咸平二年五月）丁酉，以殿中丞鄄城馬元方權户部判官，從户部使陳恕所奏也。』可見，馬元方任三司判官在真宗咸平二年，而非太宗朝。

馬元方：字景山，濮州鄄城人。父應圖，嘗知頓丘縣，太宗攻幽州，應圖部芻糧，没虜中。元方去髮爲浮屠，間行求父尸，不得，訴於朝。上哀之，爲官其兄元吉。元方，淳化三年進士及第，爲韋城縣主簿，改大理寺評事、知萬年縣。諸將討李繼遷，關輔轉餉踰瀚海，多失亡，獨元方所部全十九。以勞，遷本寺丞，爲御史臺推勘官，遷殿中丞。户部使陳恕奏爲判官，元方言：『方春民貧，請預貸庫錢，至夏秋，令以絹輸官。』行之，公私果便，因下其法諸路。知徐州，改太常博士、梓州路轉運使。後知鄆州，量括牧地數千頃。爲京東轉運副使，遷轉運使。按部至濮州，被酒毆知州蔣信，降知宿州，下詔切責之。徙滑州，爲京西轉運使，知應天府，纍遷太常少卿。擢右諫議大夫、權三司使公事，衆論不以爲允。真宗謂宰臣曰：『元方在三司，何多謗也？』王旦曰：『元方盡心營職，然其性卞急，且不納僚屬議，而醜言詆之，所以賈怨。』帝曰：『僚屬顧不有賢俊邪！』歲餘，以煩苛罷。進給事中、權知開封府。以樞密直學士知并州，留再任，賜白金五百兩，詔中書諭以委屬之意。官至兵部侍郎，卒。（《宋史》卷三百一）

〔三〕豫給緡錢貸之：吴曾《能改齋漫録》卷十二引《東齋記事》作『豫給庫錢貸之』。但王安石《司封郎中張君式墓志銘》引《東齋記事》、《長編》卷四十四引《東齋記》（《東齋記事》异稱）、《續演繁露》卷二《預買》條引《東齋記》、《類苑》卷二十一《預買紬絹》條、《宋通鑑長編紀事本末》卷二十一引《東齋記事》均作『預給庫錢貸之』。王明清《揮麈後録》卷二引《東齋記事》作『預給官錢貸之』。《長編》卷四十四宋真宗咸平二年五月丁酉條、盧憲《（嘉定）鎮江志》卷五《和買》條均作『預給庫錢』、潘自牧《記纂淵海》卷十八《馬元方》條作『預貸庫錢』。『豫』『預』同爲事前之意。

據以上宋人徵引《東齋記事》此條文獻均作『庫錢』，唯《揮麈後録》作『官錢』；宋代記載此内容之其他文獻也均作『庫錢』。似四庫本此條『緡錢』改爲『庫錢』爲佳。綜上，『豫給緡錢貸之』改爲『預給庫錢貸之』爲妥。

〔四〕此言乃馬元方於真宗咸平年間建言。《長編》卷四十四：（宋真宗咸平二年五月）丁酉，以殿中丞鄄城馬元方權户部判官，從户部使陳恕所奏也。元方嘗建言：『方春民力乏絶，請預給庫錢，約至夏秋，令輸絹於官。』公私便之。朝廷因下其法，諸道今預買絹，蓋始此。《皇朝編年備要》卷七：『河北轉運使李士衡言本路諸軍歲給帛七十萬，當春時民多匱乏，常假貸於豪右方納租賦，又償逋負，以故工機之利愈薄，設官預給庫錢，俾及期輸送，民既獲利，官用亦足，詔從之，仍令優與其直，其後遂推其法於天下。先是，咸平間，户部判官馬元方亦嘗有請。』《宋史》卷三百九十三《林大中傳》：『蓋自咸平馬元方建言，於春預支本錢濟其乏絶，至夏秋使之輸納。』

契丹有馮見善者，〔一〕予〔二〕接伴勸酒，見善曰：『勸酒當以其量，若不以量，如徭役而不分户等高下也。』以此知契丹徭役亦以户等，中國可不量户等役人耶？大户小户必以此出也。〔三〕

【校證】

〔一〕此條亦見《類説》卷二十二、《類苑》卷七十八引《東齋記事》。

〔二〕予：四庫本原作『於』。《類説》引作『予』，《類苑》引作『予嘗接伴勸契丹酒，有馮見善者謂予曰』。從《類説》改。

〔三〕中國可不量户等役人耶？大户小户必以此出也：《類苑》引作『何以中國而不量户等役人邪』，《類説》引作『中國不量户等役人耶』。

張文孝公觀，〔一〕性沈静，未嘗行草書。自咏詩云：『保心如止水，篤行見真書。』〔二〕人以爲着題。

【校證】

〔一〕此條見於《類説》卷二十二引《東齋記事》。

張文孝公觀：即張觀，字思政，絳州人。大中祥符七年中，服勤詞學科擢高第。初名正觀，御去正字；釋褐，將作監丞，通判解州，纍擢知制誥、翰林學士、權御史中丞。寶元元年，同知樞密院事。康定元年，罷爲資政殿學士。又除御史中丞，以父高年，請便郡，進觀文殿學士，知許州。遷尚書左丞，丁父憂，哀毁過甚。既練而卒，年六十六，贈吏部尚書，謚『文孝』。子仲莊、仲和、仲成。京東路舊止通安邑鹽，而瀕海禁私煮。觀知鄆州兼京東西路安撫使，請弛其禁，歲免黥配者不可勝計。其爲人寬厚長者，而吏事非其所長。知開封府，問犯夜者有見人否，人皆哂之。平生未嘗草書，因自爲詩曰：『保心如止水，爲行見真書。』性至孝，爲秘書郎，而父居業猶爲幕職官，請以官回授其父。真宗嘉其請，擢居業京官，官至太府卿。太宗嘗以飛白『清』字賜觀，旌其潔白。任中執法，薦文彦博爲御史，文彦博致位宰相焉。（《隆平集》卷十）

《宋史》卷二百七十六亦有傳。

〔二〕篤行：《類説》卷二十二引《東齋記事》、《吟窗雜録》卷三十四上、《詩話總龜》卷十三引《桂苑雜録》、《避暑録話》卷下均作『爲行』。

歐陽永叔每誇政事〔一〕，不誇文章，蔡君謨不誇書，吕濟叔〔二〕不誇棋，何公南不誇飲酒〔三〕，司馬君實不誇清節〔四〕，大抵不足則誇也。

【校證】

〔一〕此條見於《類説》卷二十二引《東齋記事》。

〔二〕吕濟叔：字大卿。據《（紹定）吴郡志》卷六，至和初，吕濟叔大卿守吴郡。

〔三〕何公南不誇飲酒：四庫本作『何公不誇飲酒』。《説郛》本作『何公南、李公素不誇飲酒』。《雙橋隨筆》卷一引『范蜀公語』作『柯公南、李公素不誇飲酒』。

〔四〕清節：《類説》卷二十二引《東齋記事》作『清絶』。明人郭良翰《問奇類林》卷十

七、何良俊《語林》卷十八、彭大翼《山堂肆考》卷一百十七《喜談政事》條均作『清絶』，但均未注明出處，唯言『世言』或『一説』，意爲此語乃常言，爲世所知。清人潘永因《宋稗類鈔》卷二十三收録此條，作『清約』，周召《雙橋隨筆》卷一引『范蜀公語』，也作『清約』。綜上，從現存材料來看，此句宋、明作『清絶』，四庫館臣所見本作『清節』，有清人作『清約』。考三詞文意，『清絶』乃清雅至極之意；『清節』指高潔的節操；『清約』乃清廉節儉之意。蘇轍《潁濱遺老傳》：『司馬君實既以清德雅望專任朝政。』可見，司馬君實當時即以『清德雅望』而爲世人所推重。故『清絶』比『清節』更能概括之。

劉隨待制〔一〕爲成都通判〔二〕，嚴明通達，人謂之『水晶燈籠』〔三〕。

【校證】

〔一〕此條見於《類説》卷二十二引《東齋記事》。

劉隨待制：即劉隨，字仲豫，開封考城人。以進士及第，爲永康軍判官。後改大理寺丞，爲詳斷官。晁迥薦通判益州，吕夷簡安撫川峽，又言其材，以太常博士改右正言。數月，坐嘗爲開封府發解巡捕官，而不察舉人，私以策辭相授，降監濟州稅，稍徙通判晉州。還朝，遷右司諫，爲三司户部判官。前後所論甚衆。帝既益習天下事，而太后猶未歸政，隨請軍國常務，專稟帝旨，又諫太后不宜數幸外家，太后不悦。會隨請外，出知濟州，改起居郎。久之，遷尚書刑部員外郎，入兼侍御史知雜事。未幾，權同判吏部流内銓，改三司鹽鐵副使。使契丹，以病足痺，辭不能拜。及還，爲有司劾奏，奪一官，出知信州，徙宜州，再遷工部郎中、知應天府。召爲户部副使，改天章閣待制，不旬日卒。隨與孔道輔、曹修古同時爲言事官，皆以清直聞。隨臨事明鋭敢行，在蜀，人號爲『水晶燈籠』。（《宋史》卷二百九十七）

宋庠作《宋故朝請大夫尚書工部郎中充天章閣待制上輕車都尉賜紫金魚袋彭城劉府君墓志銘》，收入《宋元憲集》卷三十四。

〔二〕劉隨通判成都約在天禧二年閏四月至四年七月庚戌之間。《劉府君墓志銘》：『服除，改大理丞參主詳斷。時宫保文元晁公以重德處辭，禁朝夕獻納，雅知君風力强毅，手疏稱薦。因是出通判益州。』《宋史》卷二百九十七《劉隨傳》：『後改大理寺丞，爲詳斷官。李溥以贓敗，事連權貴，有司希旨，不窮治。隨請再劾之，卒抵溥罪。晁迥薦通判益州。吕夷簡安撫川峽，又言其材，以太常博士改右正言。』據以上材料可知，劉隨是在大理寺丞位上由晁迥推薦而任益州通判的。據《長編》卷九十二，天禧二年閏四月戊申，劉隨仍在大理寺詳斷官任上。《長編》卷九十三，天禧三年三月，晁迥以老疾求解近職。故劉隨通判益州當在天禧二年閏四月至天禧三年三月之間始。《長編》卷九十六，天禧四年七月庚戌，吕夷簡推薦劉隨之才，任太常博士。

〔三〕水晶燈籠：《江湖小集》卷三十九《琉璃砲燈（有魚）》：『體制先天太極圖，燈籠真是水晶無。（張中廉知洋州，人號『水晶燈籠』。）遠看玉兔光中魄，近得驪龍頷下珠。一焰空明疑火燧，寸波静定即冰壺。游魚且作沉潛計，鱗甲成時入五湖。』

胡旦作大硯，〔一〕可數尺，鑱其旁曰：『宋胡旦作《漢春秋》〔二〕硯。』遺命埋塚中。

【校證】

〔一〕此條見於《類説》卷二十二引《東齋記事》。《輿地紀勝》卷八十三亦記此事，文略异，云：胡旦，國朝鄧城人也。天聖二年進士，冠天下，後歷知制誥、秘書監，以文章名世。初，琢大硯方五六尺，既而埋之，且刻曰：『胡旦修《漢春秋》硯。』

〔二〕《宋通鑑長編紀事本末》卷十七《胡旦兩漢春秋》條：大中祥符三年十二月丁巳，初，胡旦編兩漢事爲《春秋》，言於太宗，願給借館吏繕寫。太宗語侍臣曰：『吕不韋《春秋》，皆門下名賢所作，尚懸千金咸陽市，曰：「有能增損一字者與之。」如聞旦所撰，止用其家書，褒貶出於胸臆，豈得容易流傳耶？俟其工畢，且令史館參校以聞。』旦懼，遂止。於是旦通判襄州，書成凡百卷。知州謝侕又爲言，乃詔官給筆札，録本以進。天聖二年，始上之。仁宗天聖二年二月辛酉，襄州上將作監致仕胡旦上所撰《兩漢春秋》。上因問旦更歷及著書本末，宰臣王欽若對曰：『旦詞學精博，舉進士第一，再知制誥。然不矜細行，數敗官。今已退居。嘗謂三代之後，獨漢得正統。因四百年行事立褒貶，以擬《春秋》。』上稱嘆之。癸亥，命旦爲秘書監，仍録其子彬爲將作監主簿。

史中暉之母張氏能知人，〔一〕觀其所爲而知其貴賤貧富。文潞公、張杲卿〔二〕、高敏之〔三〕、吕公初〔四〕舉進士時，皆館其家，極禮待之，言：『潞公、杲卿、敏之大貴，公初有名而不達。』後皆如其言。中暉，名炤，爲光禄卿。公初終於大理寺丞、國子監直講。

【校證】

〔一〕此條用《類苑》卷四十八『史炤母張氏』條引《東齋記事》。四庫本《東齋記事·補遺》原作：『史中暉之母張氏能知人，觀其所爲而知其貴賤貧富。文潞公、張杲卿、高敏之初舉進士時，皆館其家，張氏極禮待之，言：「潞公、杲卿、敏之大貴，且有名」。及達，皆如其言。中暉，名炤，爲光禄卿。』兩相比較，四庫本顯係從《類苑》

所引删改而成，而《類苑》所引比四庫本文句更順暢，且完整。故從《類苑》所引。《宋史》卷三百一十三《文彦博傳》亦記有此事，云：文彦博「少與張昪、高若訥，從潁昌史炤學，炤母异之，曰：『貴人也。』待之甚厚。」

史中暉：即史炤，字中暉，潁昌人。嘉祐中提舉常平，爲光禄卿，熙寧四年知邢州、熙寧六年知恩州、熙寧八年知潞州。

〔二〕張杲卿：即張昪，字杲卿，韓城人。舉進士，爲楚丘主簿。纍官度支員外郎。夏竦經略陝西，薦其才，换六宅使、涇原秦鳳安撫都監。未幾，以母老，求歸故官，得知絳州，改京西轉運使。知鄧州，又以母辭，或指爲避事，范仲淹言於朝曰：『張昪豈避事者？』乃許歸養。歷户部判官、開封府推官，至知雜御史。以天章閣待制知慶州，改龍圖閣直學士、知秦州。嘉祐三年，擢樞密副使，遷參知政事、樞密使。英宗立，請老，帝曰：『太尉勤勞王家，詎可遽去？』但命五日一至院，進見無蹈舞。昪請不已，始賜告，令養疾，遂以彰信軍節度使、同中書門下平章事判許州，改鎮河陽三城。拜太子太師致仕。熙寧十年，薨，年八十六。贈司徒兼侍中，謚曰『康節』。（《宋史》卷三百一十八）

《東都事略》卷七十一亦有傳。

〔三〕高敏之：即高若訥，字敏之，并州人。十歲喪父，寓家衛州，因居焉。天聖二年，登進士第，纍擢天章閣待制、權御史中丞。慶曆七年，樞密副使。皇祐元年，參知政事。三年，樞密使。五年，罷除觀文殿學士，兼翰林侍讀學士，同群牧制置使，判都省。卒，年五十九，贈右僕射，謚『文莊』。（《隆平集》卷十一）《東都事略》卷六十三、《宋史》卷二百八十八亦有傳。

〔四〕呂公初：生平不詳。《穆參軍集》卷二《送呂公初序》：爲善汲汲於報，報未至，則更而去之，末哉。學者能顯窮一致，蹈道自樂而不變，庶幾君子之志者邪。與其達而安，不若困而固之之難也。公初生於儒門庭聞道爲名進士，十五年僅然獲一第。後數歲，始選得州參軍，日趨走塵土，職下賤事，充充乎貌顏未常爲可憐之意。予知其道固於內，外物不得間而入也。不然，豈免誹怨呻呼駴躍發於中而表之也歟。居職踰年，以家艱去之蘇，予重其別，先行以告曰：『慎無中廢，則豐報且將及，豈惟寬裕於賤用哉。』

予與邵不疑、〔一〕于元、于彭年飲於建隆觀〔二〕衛道士處。是日，有報杜祁公〔三〕拜相。彭年曰：『百日宰相。』其後，杜丞相百日果罷〔四〕。彭年，名壽。深於術數，又善相。

【校證】

〔一〕此條用《職官分紀》卷三『百日宰相』條引《東齋記事》。四庫本作『于彭年深於術數。一日，有報杜祁公作相者，彭年曰：「百日宰相。」後如其言，彭年，名壽。』《職官分紀》所引比四庫本更加完整，故從《職官分紀》所引。《類説》卷二十二引《東齋記事》亦有此條，文略簡。

〔二〕《宋朝事實》卷七：建隆初，太祖遣使詣真源祠老子，于京城修建隆觀，觀在閶闔門外，周世宗建，曰太清觀。帝命重修，賜今名。自是齋修率就是觀。

〔三〕杜祁公：即杜衍。衍字世昌，越州人。大中祥符元年登進士第，纍擢天章閣待制、樞密直學士、御史中丞、龍圖閣學士。康定元年，同知樞密院事，改副使，出爲河東宣撫使。慶曆三年，樞密使。四年，拜相，兼樞密使。五年，罷。明年，願還印綬，以太子少師致仕。故相一上章得請，以三少致仕，皆非故事，議者以爲賈昌朝疾之故也。謝事十餘年，纍遷至太子太師、祁國公，卒，年八十，贈司徒兼侍中。謚『文獻』。（《隆平集》卷五）

《東都事略》卷五十六、《宋史》卷三百一十亦有傳。歐陽修作《杜祁公衍墓志銘》，收入《歐陽文忠公集》卷三十一。

〔四〕杜衍任宰相在慶曆四年九月甲申至慶曆五年正月丙戌。《長編》卷一百五十二：

『（慶曆四年九月）甲申，樞密使、吏部侍郎杜衍，依前官平章事兼樞密使。』《長編》卷一百五十四：『（慶曆五年正月）丙戌，工部侍郎、平章事兼樞密使杜衍，罷爲尚書左丞，知兗州。』

周式〔一〕贊薛簡肅所業《庭松詩》，云：『花前嫫母陋〔二〕，雪裏屈原醒。』公大稱之。

【校證】

〔一〕此條見於《類説》卷二十二引《東齋記事》。

周式：《類説》引作『有式』，四庫本改爲『周式』，確。《雲齋廣録》卷三『周式』條：周式，成都進士。周式有才調，尤工於詩。嘗有《春》詩，云：『珠簾繡户遲遲日，柳絮梨花寂寂春。』時刑部尚書王拱辰入蜀，見留題其詩於廉讓驛，甚愛之。及式謁見，以此詩爲獻。拱辰曰：『予以爲晏丞相之詩，乃子之佳句乎。』甚延譽之。式後得四門助教。

〔二〕陋：似當作『醜』字。四庫本、守山閣本均作『陋』字。《類説》卷二十二《庭松詩》條引《東齋記事》也作『范前嫫母陋』。（術按，『范前』應爲『花前』之訛。）但宋人陳應行《吟窗雜録》卷三十四下、清人厲鶚《宋詩紀事》卷三十一引《歷代吟譜》却均載周式《庭松詩》此句爲『花前嫫母醜』。『陋』也有醜義，但《荀子》卷十九楊倞注云：『嫫母，醜女，黄帝時人。』《淮南子》卷十六許慎注云：『嫫母，古之醜女而行貞正。』王充《論衡》第二十四也有『使醜如嫫母』的説法。《文選》卷四十二李善注云：『嫫母，醜女也』。可見，在形容嫫母的容貌時，多用『醜』字，而非『陋』字。疑周式原詩即爲『花前嫫母醜』。

王質知蔡州，〔一〕毁吴元濟〔二〕廟，立狄仁傑、李愬像，號『雙廟』。〔三〕

【校證】

〔一〕此條見於《類説》卷二十二『雙廟』條引《東齋記事》。

王質：生平詳見歐陽修《尚書度支郎中天章閣待制王公神道碑銘并序》和范仲淹《尚書度支郎中充天章閣待制知陝州軍府事王公墓志銘》，分别收入《歐陽文忠公集》卷二十一和《范文正公文集》卷一十二。

〔二〕吴元濟：吴少陽長子。初爲試協律郎、兼監察御史、攝蔡州刺史。及父死，據蔡州而叛，前後三十餘年，李愬平之，生擒元濟。至京，斬之於獨柳，時年三十五。《舊唐書》卷一百四十五有傳。

〔三〕此條亦見於《長編》卷一百十八：質嘗知蔡州。州人歲時祠吳元濟廟，質曰：『安有逆醜而廟食於民者。』毀之，爲更立狄仁傑、李愬像而祠之。蔡人至今號『雙廟』。范仲淹《尚書度支郎中充天章閣待制知陝州軍府事王公墓志銘》：蔡俗舊祠吳元濟，公曰：『豈有逆醜而當廟食耶？吾爲州長，不能正民之視聽，俾民何從哉！狄梁公、李太尉皆唐之忠烈，又德加蔡人，胡爲不祠？』命工徹元濟廟，建二公之祠，率吏民拜祭，蔡人從之，於今號爲『雙廟』。

故老能道蜀時事，〔一〕云：『天兵伐蜀，蜀主大懼。合廷臣謀〔二〕所以拒天兵者，費鐵嘴越班而對。衆謂鐵嘴不獨有口才，兼有膽勇。諦聽之，乃云：「是臣則斷定不敢。」於是衆笑而退。』

【校證】

〔一〕此條亦見於《類説》卷二十二、《類苑》卷六十六引《東齋記事》。『故老能道蜀時事』句前，《類苑》卷六十六引《東齋記事》有『予舉進士時』五字。

〔二〕合廷臣謀：《類説》卷二十二引《東齋記事》作『召廷臣募』。

人未采，〔一〕則一切蟲不敢近；人采，則蟲鳥蝙蝠之類無不殘傷者。故采荔枝者，日中而采之。

【校證】

〔一〕此條用《類説》卷二十二『荔枝熟』條引《東齋記事》。四庫本《補遺》作『荔枝熟，人未采，則百蟲不敢近；人纔采，則百鳥蝙蝠之類無不殘傷。故采荔枝者，日中而采之。』『荔枝熟』三字顯係將《類説》該條的題名誤入正文，而對條目内容也有删改，故從《類説》原文。

成都十邑，〔一〕惟新繁税平。初定税時，有姓趙者，相地肥瘠，以爲税入輕重之數。至今人謂之『趙均平』。

【校證】

〔一〕此條見於《類説》卷二十三『趙均平』條引《東齋記事》。

據《太平寰宇記》卷七十二，『成都十邑』指成都、華陽、郫縣、新都、温江、新繁、雙流、犀浦、廣都、靈池。

世傳，〔一〕棘能辟霜，蓬能辟〔二〕沙，物理相感也。有蓬生處則砂〔三〕不聚；花果以棘圍之則茂〔四〕。

【校證】

〔一〕此條據《類説》卷二十三『物理相感』條引《東齋記事》改。四庫本《補遺》作『世言：棘能辟霜，蓬能碎砂，物理相感也。有蓬生處則砂不聚；花果以棘圍之則茂。』

〔二〕辟：《樹藝篇》卷一、《韵府群玉》卷六引《東齋記事》均作『碎』字。但據後文『砂不聚』之文意，『辟』字更符合文意。

〔三〕砂：據《樹藝篇》卷一引《東齋記事》、四庫本《補遺》補。

〔四〕郭橐駝《種樹書》卷下：『棘能辟霜，花果以棘圍之即茂。』

世言〔一〕，疥〔二〕有五德：不上面，仁也；喜傳於人，義也；令人兩〔三〕手指擦，禮也；生指罅骨節間，智也；癢必以時，信也。予嘗患此，自十一歲至於十九歲方愈。今六十有六，復患，知五德爲最詳，故録之。

【校證】

〔一〕此條亦見於《類苑》卷五十九、《類説》卷二十二引《東齋記事》。

〔二〕疥：是一種傳染性皮膚病，非常刺癢，是疥蟲寄生而引起的。通常稱『疥瘡』，亦稱『疥癬』。

〔三〕兩：《類苑》卷五十九、《類説》卷二十二引《東齋記事》均作『叉』。

太祖欲開惠民、五丈二河，〔一〕以便運載，吏督治有承昭〔二〕者，江南人，諳水利，使董其役。承昭先〔三〕以緪都量〔四〕河勢長短，計其廣深，次量鍤〔五〕之闊狹，以鍤纍尺，以尺纍丈，定一夫自早達暮，合運若干鍤，計鑿若干土，總其都數〔六〕，合用若干夫，以目奏上。太祖嘆曰：『不如所料，當斬於河。』至訖役，止衍九夫。上嘉之。又令督諸軍子弟濬池於朱明門外，以習水戰〔七〕。後以防禦使從征太原，晋人嬰城堅拒，遂議攻討，以革内壯士蒙之，爲洞而入。雖力攻不陷，師已老，上深憫之，且將視其洞〔八〕，攜藥劑、果餌慰撫士卒。時李漢瓊〔九〕爲攻城總管，挽御衣以諫曰：『孤壘之危，何啻纍卵；矢石如雨，陛下宜以社稷自重。』遂罷其幸，止行頒賚而已。既不剋，又欲增兵，承昭奏曰：『陛下有不語兵千餘在左右，胡不用之？』上不寤。承昭以馬策指汾，太祖遂曉，大笑曰：『從何取土？』承昭乞紉布囊括土〔十〕，投上流以塞之，不設板築，可成巨防。用其策，投土將半，水起一尋，城中危蹙，會大暑，復晋人間道求契丹援兵適至，遂議班師。

【校證】

〔一〕此條整理本《輯遺》收，作輯自《類苑》卷二十二。考《類苑》卷二十二『承昭』條，文末并未注明出處。按《類苑》的文獻來源著録體例，大部分條目在末尾注明來源，如連續幾個條目來自同一文獻，則在最末一條的末尾注『并』加文獻名。還有少量條目則未注明出處。而《類苑》本條文末并未注明出處，其後的條目所標注出處也無『并』字。而宋僧文瑩《玉壺清話》卷三收録此條。此條是否屬於《東齋記事》存疑，今姑從整理本，待詳考。

〔二〕承昭：《玉壺清話》卷三作『陳承昭』。陳承昭，江表人。始事李景爲保義軍節度，周世宗征淮南，景以承昭爲濠、泗、楚、海水陸都應援使。世宗既拔泗州，引兵東下，命太祖領甲士數千爲先鋒，遇承昭於淮上，擊敗之，追至山陽北，太祖親禽承昭以獻。世宗釋之，授右監門衛上將軍，賜錦袍、銀帶，改右領軍衛上將軍，分司西京。宋初入朝，太祖以承昭習知水利，督治惠民、五丈二河以通漕運，都人利之。建隆二年，河成，賜錢三十萬。承昭言其婿王仁表在南唐，帝爲致書於李景，令遣歸闕，歷左右神武統軍。四年春，大發近甸丁壯數萬，修畿内河堤，命承昭董其役。又令督諸軍子弟數千，鑿池於朱明門外，以習水戰。從征太原，承昭獻計請壅汾水灌城，城危甚，會班師，功不克就。乾德五年，遷右龍武軍統軍。開寶二年，卒，年七

十四。贈太子太師，中使護喪。大中祥符元年，録其孫宗義爲三班借職。（《宋史》卷二百六十一）

〔三〕先：整理本引《類苑》作『宣』字。據《玉壺清話》卷三改。

〔四〕都量：疑爲『度量』。

〔五〕鍤：即鐵鍬，掘土的工具。

〔六〕都數：總數。

〔七〕《長編》卷四：（乾德元年四月）庚寅，出内府錢，募諸軍子弟數千人，鑿池於朱明門外，引蔡水注之。造樓船百艘，選卒號水虎捷，習戰池中，命右神武統軍陳承昭董其役。

〔八〕且將視其洞：《玉壺清話》卷三作『且將親幸其洞』。

〔九〕李漢瓊：河南洛陽人。曾祖裕，祁州刺史。漢瓊體質魁岸，有膂力。晋末，補西班衛士，遷内殿直。周顯德中，從征淮南，先登，遷龍旗直副都知，改左射指揮使。宋初，再遷鐵騎第二軍都校，領饒州刺史，遷控鶴左廂都校、領瀘州刺史，改澄州團練使，轉虎捷左廂都指揮使、領融州防禦使，遷侍衛馬軍都虞候、領洮州觀察使。王師征江南，命領行營騎軍兼戰櫂左廂都指揮使。江南平，以功領振武軍節度。太平興國二年，出爲彰德軍節度。四年，太宗親征太原，改攻城都部署。漢瓊與牛思進主攻城南偏，漢瓊先登，矢集其腦，并中指，傷甚猶力疾戰。上召至幄殿，賜良藥以慰勞之。先是，攻城者以牛革冒木上，士卒蒙之而進，謂之洞子。上欲幸其中，以勞士卒，漢瓊極諫，以爲矢石之下，非萬乘之尊所宜輕往，上乃止。太原平，改鎮州兵馬鈐轄。契丹數萬騎寇中山，漢瓊與戰于滿城，大敗之，逐至遂城，俘斬萬計，加檢校太尉。車駕幸大名，漢瓊上謁，陳邊事稱旨，命爲滄州都部署，加賜戰馬、金甲、寶劍、戎具以寵之。六年，以病還京，賜白金萬兩，月餘卒，年五十五，贈中書令。（《宋史》卷二百六十）

〔十〕承昭乞紉布囊括土：《玉壺清話》卷三作『承昭云紉布囊括其口』。

太宗居晉邸，〔一〕知客押衙陳從信〔二〕者心計精敏，掌官帑，輪指節以代運籌，絲忽無差。開寶初，有司秋奏〔三〕：『倉儲止盡明年二月〔四〕。』太宗因語之〔五〕。從信曰：『但令起程，即計往復日數，以糧券并支，可以責其必歸之限，運至陳留，即預關主司，戒運徒先候於倉，無淹留之弊，每運可減二十日。楚泗至京，舊限八十日，一歲止三運，每運出淹留虛程二十日，歲自可漕一運。』〔六〕太宗以白太祖，遂立爲永制。一歲，晉邸歲終籌攢年費，何啻數百萬計，惟失五百金，屢籌不出。一蒼頭偶記之：晉王一日登府樓，遙觀尋種〔七〕者，賞嘆精捷，令某府庫取金五百與之，時從信不在，後失告之。

【校證】

〔一〕此條整理本收入《輯遺》，作輯自《類苑》卷二十二。考《類苑》卷二十二『陳從信』條，文末并未注明出處。文瑩《玉壺清話》卷八有此條。『後失告之』後有『魏丕爲作坊使，舊制，床子弩止七百步。上令丕增至千步，求規於信。信令懸弩於架，以重墜其兩端，弩勢負取所墜之物較之，但於二分中增一分，以墜新弩，則自可千步矣。如其制造，後果不差。』此條是否屬於《東齋記事》存疑，今姑從整理本，待詳考。

〔二〕陳從信：字思齊，亳州永城人。恭謹强力，心計精敏。太宗在晋邸，令典財用，王宫事無大小悉委焉。纍官右知客押衙。開寶三年秋，三司言：『倉儲月給止及明年二月，請分屯諸軍盡率民船，以資江、淮漕運。』太祖大怒，責之曰：『國無九年之蓄曰不足，爾不素計而使倉儲垂盡，乃請屯兵括民船以運，是可卒致乎？今設汝安用，苟有所闕，當罪汝以謝衆！』三司使楚昭輔懼，詣太宗求寬釋，使得盡力。太宗既許，召從信問之，對曰：『從信嘗游楚、泗，知糧運之患。良以舟人之食，日歷郡縣勘給，是以凝滯。若自發舟計日往復并支，可以責其程限。又楚、泗運米于舟，至京復輦入倉，宜宿備運卒，令即時出納，如此，每運可减數十日。楚、泗至京千里，舊八十日一運，一歲三運；若去淹留之虚日，則歲可增一運焉。今三司欲籍民舟，若不許，則無以責辦，許之，則冬中京師薪炭殆絶矣。不若募舟之堅者漕糧，其損敗者任載薪炭，則公私俱濟。今市米騰貴，官價斗錢七十，賈者失利，無敢致於京師，雖居商厚儲亦匿而不糶，是以米益貴，民將餓殍。若聽民自便，即四方奔湊，米多而價自賤矣。』太宗明日具奏，太祖可之，其事果集焉。太宗即位，遷東上閤門使，充樞密都承旨。會八作副使綦廷珪，因疾假滿不落籍，愈日不朝參，即入班中，宣徽使潘美、王仁贍并坐奪奉一季，從信與閤門使商鳳責授閑廄使、閤門祇候，餘抵罪有差。太平興國三年，改左衛將軍，復爲樞密都承旨。太宗征并、汾，以爲大内副部署。七年，坐秦王廷美事，以本官罷。明年，分使三部，以從信爲度支使，賜第于浚儀寶積坊，加右衛大將軍。九年，卒，年七十三，贈太尉。（《宋史》卷二百七十六）

〔三〕開寶初，有司秋奏：《太宗皇帝實録》卷三十一作『開寶二年秋有司言』；《長編》卷十三作『（開寶五年七月甲申）三司言』；《宋史》卷二百七十六《陳從信傳》作『開寶三年秋三司言』；《玉壺清話》卷八作『開寶初有司秋奏』。按，《長編》卷十三，『三司言』後有『上大怒，召權判三司楚昭輔切責之』。《長編》卷十二：『（開寶四年五月丁酉）上使軍器庫使楚昭輔校左藏庫金帛，數日而畢，條對稱旨。上嘉其心計，授左驍衛大將軍、權判三司。』《宋史》卷二百五十七《楚昭輔傳》：『開寶四年，帝以其能心計，拜左驍衛大將軍，權判三司。』可見，『開寶初』有誤，《長編》

所記『開寶五年』爲確。

〔四〕據《長編》卷十三，三司所奏之言爲：『倉儲月給止及明年二月，請分屯諸軍，盡率民船以資江、淮漕運。』

〔五〕太宗因語之：《玉壺清話》卷八作『太宗因詰之』；《太宗皇帝實録》作『太祖大怒切責計司』；《長編》卷十三作『上大怒，召權判三司楚昭輔切責之』，此『上』，指宋太祖。《宋史》卷二百七十六《陳從信傳》作『太祖大怒，責之』。可見，『太宗因語之』有誤，當爲『太祖因詰之』。

〔六〕《長編》載從信之言頗詳，其言曰：『從信嘗游楚、泗間，見糧運停阻之由，良以舟人日食，旋於所歷州縣勘給，故多凝滯。若自起發即計日并支，往復皆然，可以責其程限。又楚、泗間運米入船，至京師輦米入倉，宜各宿備運卒，皆令即時出納。如此，每運可減數十日。楚、泗至京千里，舊定八十日一運，一歲三運。今若去淹留之虚日，則歲可增一運矣。又聞三司欲籍民船，若不許，則無以責辦，若盡取用之，則冬中京師薪炭殆絶，不若募其船之堅實者令運糧，其損敗者任民載樵薪，則公私俱濟。今市中米貴，官乃定價斗錢七十，商賈聞之，以其不獲利，無敢載至京師者，雖富人儲物，亦隱匿不糶，是以米益貴，而貧民將憂其餒殍也。』

〔七〕種：《玉壺清話》卷八作『橦』。按，『橦』指旗杆、桅杆等。『尋橦』乃一種攀爬杆子的娛樂活動。從後文『賞嘆精捷』也可看出。『橦』爲確。唐人王建《尋橦歌》中對此種活動進行了生動的描寫，其文云：『人間百戲皆可學，尋橦不比諸餘樂。重梳短髻下金鈿，紅帽青巾各一邊。身輕足捷勝男子，繞竿四面争先緣。習多倚附欺竿滑，上下蹁躚皆著襪。翻身摇頭欲落地，却住把腰初似歇。大竿百夫擎不起，裊裊半在青雲裏。纖腰女兒不動容，戴行直舞一曲終。回頭但覺人眼見，矜難恐畏天無風。險中更險何曾失，山鼠懸頭猿挂膝。小垂一手當舞盤，斜慘雙蛾看落日。斯須改變曲解新，貴欲歡他平地人。散時滿面生顔色，行步依前無氣力。』

錢若水爲同州推官，〔一〕知州性褊急，數以胸臆决事，不當。若水固争不能得，輒曰：『當陪奉〔二〕贖銅耳。』已而，果朝廷及上司所駁，州官皆以贖論。知州愧謝，已而復然，前後如比數矣。有富民家小女奴逃亡，不知所之，奴父母訟於州，命録事參軍鞠之。録事嘗貸錢於富民，不獲，乃劾富民父子數人共殺女奴，棄尸水中，遂失其尸。或爲元謀，或從而加罪，皆應死〔三〕。富民不勝榜楚〔四〕，自誣服。具上，州官審覆，無反异，皆以爲得實。若水獨疑之，留其獄，數日不决。録事詣若水聽事，詬之曰：『若受富民錢，欲出其死罪邪。』若水笑謝曰：『今數人當死，豈可不少留〔五〕，熟觀其獄詞邪。』留之且旬日，知州屢趣〔六〕之，不能得，上下皆怪之。若水一旦詣州，屏人言曰：『若水所以留其獄者，密使人訪求女奴，今得之矣。』知州驚曰：『安在？』若水因密使人送女奴於知州所，知州乃垂簾，引女奴父母問曰：『汝今見汝女，識之乎？』對曰：『安有不識也。』因從簾中推出示之，父母泣曰：『是也。』乃引富民父子，悉破械縱之。其人號泣不肯去，曰：『微使君之賜，則某滅族矣。』知州曰：『推官之賜也，非我也。』其人趣詣若水廳事，若水閉門拒之，曰：『知州自求得之，我何與焉。』其人不得入，繞垣而哭，傾家貲以飯僧〔七〕，爲若水祈福。知州以若水雪冤死者數人，欲爲之奏論其功，若水固辭，曰：『若水但求獄事正，人不冤死耳，論功非其本心也，且朝廷若以此爲若水功，當置録事於何地邪。』知州嘆服曰：『如此尤不可及矣。』録事詣若水，叩頭愧謝。若水曰：『獄情難知，偶有過誤，何謝也。』於是遠近翕然稱之。未幾，太宗聞之，驟加進擢，自幕職半歲中爲知制誥，二年中爲樞密副使〔八〕。

【校證】

〔一〕此條整理本收入《輯遺》，作『輯自《類苑》卷二二。司馬光《涑水記聞》卷二并見』。考《類苑》卷二十二『錢若水』條，文末并未注明出處，其後的『周諫議』『薛簡肅』『范文正』條亦未注明出處，但確屬《東齋記事》之文，而最後一條『文潞公』末尾作引自『《東齋記事》』，但無『并』字，疑脱。由此可見，《類苑》將『錢若水』條歸入《東齋記事》。《涑水記聞》卷二有此條，但并未説明其引自《東齋記事》。宋人桂萬榮《棠陰比事》卷上、鄭克《折獄龜鑒》卷二、朱熹《五朝名臣言行録》卷二、祝穆《事文類聚》卷二十二均作引自《涑水記聞》。此條是否屬於《東齋記事》存疑，今姑從整理本，待詳考。

錢若水：字淡成，河南人也。十歲能屬文，入華山，陳摶一見，以爲有仙風道骨。舉進士爲同州推官，有富民失女奴，其父母訟于州，鞫于有司。獄吏嘗有貸于富民，不獲，乃劾富民父子數人共殺女奴，棄之水中，遂失其尸而誣以罪，皆應死。若水疑之，密使人訪求女奴，得之，乃引以示女奴之父母，皆泣曰：是也。富民父子賴以得免。郡太守欲薦之，若水固辭，且曰：『朝廷以此爲若水功，當置獄吏者於何地？』太守嘆服。太宗聞之，遂召用，擢秘書丞、直史館，半歲中超遷知制誥、翰林學士。至道初，拜右諫議大夫、同知樞密院事。真宗即位，加户部侍郎。以親年高，求解機政，乃罷爲集賢院學士，修《太祖實録》。拜鄧州觀察使、知并州，以疾召還，卒，謚曰『宣靖』。（《名賢氏族言行類稿》卷十七）

《東都事略》卷三十五、《隆平集》卷九、《宋史》卷二百六十六亦有傳。

〔二〕陪奉：《涑水記聞》卷二作『奉陪』，《長編》卷三十一作『陪俸』。

〔三〕從而加罪，皆應死：《涑水記聞》卷二作『從而加功，罪皆應死』；《長編》卷三十一作『從而加害，罪皆應死』。

〔四〕榜楚：笞也，擊打。《新唐書》卷一百一十七：『劉思禮謀反，項上變事，后命武懿宗雜訊，因諷囚引近臣高閥生平所牾者凡三十六姓，捕繫詔獄，榜楚百慘，以成其獄，同日論死，天下冤之。』

〔五〕留：據《涑水記聞》卷二補。

〔六〕趣：同『促』，催促。

〔七〕飯僧：即齋僧。指設齋食供養僧衆，兼指入寺供養或延僧至俗家供養。依受供養僧侣之數目多寡，又有五百僧齋、千僧齋、萬僧齋之别。齋僧且須依僧次延請。《禪苑清規》卷十『齋僧儀』條：『齋僧之法，以敬爲宗，但依僧次延迎，不得妄生輕重。』又齋僧之功德大、小，亦視受供養僧侣之善惡、持戒與否及果位階次而不同。據《普賢經》記載，大臣、婆羅門、居士、長者、宰官等，應供養持大乘者，以齋僧作爲懺悔法之一。《梵網經》卷下謂，父母、兄弟、和尚、阿闍梨等亡滅之日及三七日乃至七七日，應讀誦講説大乘經律、設齋會以祈福。齋僧始設之原意在於表明信心、歸依，後漸融入祝賀、報恩、追善之目的，而使齋僧更加普遍化。我國唐代僧齋法會極爲盛行，於大歷七年、貞元年間、咸通十二年等，皆曾舉行萬僧齋。此外，印度、日本皆盛行齋會，千僧齋、萬僧齋等盛大之法會亦多。又於錫蘭，佛教徒延僧應供之儀式，稱爲齋僧法會。施主齋僧須親往寺廟迎請僧衆至家，從比丘受三歸五戒，然後將食物送至比丘手中，食畢，復送日用品供養。後比丘爲其全家誦經祝福并説法，贊頌其布施功德，然後由施主送比丘回寺。（《佛學大辭典》『齋僧』條）

〔八〕淳化元年十月，錢若水從『幕職』升至京官。《長編》卷三十一：『（淳化元年）冬十月乙己，以同州觀察推官錢若水，爲秘書丞直史館。』淳化二年爲知制誥。《東都事略》卷三十五《錢若水傳》：『半歲中，超遷知制誥、翰林學士。』《容齋四筆》卷十二『祖宗用人』條：『錢若水自同州推官入直史館，逾年擢知制誥。』《宋史》卷二百六十六《錢若水傳》：『歲餘，遷右正言、知制誥。』由此可以推知錢若水在淳化二年知制誥，但具體日期不詳。淳化四年五月爲翰林學士。《皇朝編年備要》卷四：『（淳化四年）夏五月，以張洎、錢若水爲翰林學士。』至道元年正月除同知樞密院。《東都事略》《名臣碑傳琬琰集》《宋史》錢若水本傳，均作其至道初同知樞密院事。而《翰苑群書》卷十記載時間更爲具體，云：『至道元年正月，錢若水除同知樞密院。』《宋史》卷五亦載：『（至道元年正月）戊辰，以翰林學士錢若水爲右諫議大夫，同知樞密院事。』綜上所述，『自幕職半歲中爲知制誥，二年中爲樞密副使』有誤。而《容齋四筆》卷第十二『祖宗用人』條，則表述準確，其文云：『錢若水自同州推官入直史館，逾年擢知制誥，二年除翰林學士，遂以諫議同知密院，首尾五年。』

太宗時，[一]王嗣宗[二]以秘書丞知橫州[三]。上嘗遣武德卒潛察遠方事[四]，嗣宗執而杖之，械送闕下。因奏曰：「陛下不委任天下賢俊，而猥信此輩以爲耳目，切爲陛下不取。」上大怒，命械送嗣宗詣京師。既至，上怒解，喜嗣宗直節，遷太常博士、通判澶州。後知州事，有狐王廟，巫祝假之，以惑百姓，歷年甚久，舉州信重，前後長史皆先謁奠乃敢視事。嗣宗毁其廟，熏其穴，得狐數十頭，盡殺之。[五]

【校證】

〔一〕此條輯自《類苑》卷十七引《東齋記事》。《涑水記聞》卷三亦有此文。

〔二〕王嗣宗：字希阮，汾州人。開寶八年，登進士第甲科。是年，初置司寇參軍，即以授嗣宗。纍擢至御史中丞，改耀州觀察使。大中祥符七年，樞密副使。八年，求罷除大同軍節度使，知許州。又改感德、静難二鎮，以左屯衛上將軍致仕。卒，年七十八，贈侍中。揚楚間有窄家神廟，民有疾不服藥而祠之。并州有龍王廟，郡人敬信。邠州靈應公廟，傍有群狐居之，民以祈水旱疾病。嗣宗爲發運使，知并、汾州，毁二廟，燻狐穴，淫祀遂息。嗣宗所至，御下嚴峻，頗陵慢士人。在朝廷，力詆大臣，嘗厚結王旦之弟，求知於旦。旦惡其爲人，不答。故於上前屢言中書不法事，雖無實，上亦優容之。平時忿宋白、郭贄、邢昺七十不請老，亦言於上。及其晚年，疾甚，雖

求退，章一上而已，猶欲得郡，而朝廷特授以環衛官致仕，頗悒悒不自釋，爲衆所哈。（《隆平集》卷十）

《東都事略》卷四十三、《宋史》卷二百八十七亦有傳。

〔三〕知横州：當爲『知汀州』。《長編》卷二十二：『（太平興國六年十一月）甲辰，改武德司爲皇城司，上嘗遣武德卒，潛察遠方事，有至汀州者，知州王嗣宗執而杖之。』《太平治迹統類》卷三：『（太平興國六年）十一月甲辰，上嘗遣武德卒潛察遠方事，有至汀州者，知州王嗣宗執而杖之。』《東都事略》卷四十三：『太宗時，通判睦州，徙汀州。太宗遣武德軍卒察遠方事，嗣宗執而杖之。』

〔四〕上嘗遣武德卒潛察遠方事：整理本輯《類苑》作『上遣武德辛之嶺南詗察民間事』。按《長編》卷二十二、《太平治迹統類》卷三、《東都事略》卷四十三、《宋史》卷二百八十七均作『上嘗遣武德卒潛察遠方事』。

武德：即武德司。據《長編》卷二十二：『（太平興國六年十月）甲辰，改武德司爲皇城司。』

〔五〕此事亦見《長編》卷七十五：（大中祥符四年春正月）陝西提點刑獄司言，邠、寧、環、慶副都部署陳興，縱所部禁兵爲劫盜，又釋不誅。辛巳，徙知永興軍府，王嗣宗代之。邠州城東有靈應公廟，傍有山穴，群狐處焉。妖巫挾之爲人禍福，風俗尤信向，水旱疾疫悉禱之，民語爲之諱狐。及嗣宗至，燻而逐之，盡塞其穴，淫祀遂息。

《呂氏雜記》卷下：王嗣宗真宗朝守邠土，舊有狐王廟，相傳能與人爲禍福。州人畏事之，歲時祭祀祈禱不敢少怠，至不敢道胡字。嗣宗至郡，集諸邑獵户，得百餘人，以甲兵圍其廟，薰灌其穴，殺百餘狐。或云有大狐從白光中逸去，其妖遂息。後人有復爲立廟者，則寂然無靈矣。

河東忠烈宣勇鄉兵，〔一〕結社買馬，以填廣鋭禁軍〔二〕。陝西振武亦然。其後宣毅義勇，官助其價，使買馬高大〔三〕，亦以外填廣鋭〔四〕。大中祥符七年，以歸義軍〔五〕留後曹賢順爲節度，又以其弟賢惠檢校刑部尚書、知瓜州〔六〕。至天聖元年閏九月，始遣人貢方物來謝〔七〕。遠人去來疎數，於中國無所輕重，有道亦任之而已。

【校證】

〔一〕此條輯自《類苑》卷七十五引《東齋記事》。

《山堂考索》後集卷四十一：『祥符二年，詔河北强壯，自今每歲十月至正月，召集教閲，習以爲常，河東曰廣鋭神虎，河北曰忠烈宣勇。』

〔二〕廣鋭禁軍：《宋史》卷一百八十七『廣鋭』：屬侍衛司。本河州忠烈宣勇能結社買馬者，馬死則市補，官助其直。至道元年立。咸平以後選振武兵增之，老疾者以親屬代。景德二年詔，非親屬願代者聽。大中祥符五年，以其退兵爲帶甲剩員。

〔三〕高大：《宋會要輯稿》兵二二引《東齋記事》作『爲社』。

〔四〕《長編》卷一百五十六：（慶曆五年七月）甲午，樞密院言：『咸平初，陝西振武鄉兵許結社買馬，以升填廣鋭軍。往歲，河東已嘗如此例，今河東諸軍闕馬，又廣鋭指揮人數不足，欲聽本路宣毅義勇鄉軍結社買馬，官助其價，以升填廣鋭之闕。』從之。

〔五〕歸義軍：唐宣宗大中五年至宋仁宗景祐三年以河西地區敦煌爲中心的地方政權。由張議潮推翻當時吐蕃貴族對沙州長達六十年的統治後所建，一度統治了河西地區十一個州，後來收縮後則主要割據瓜州、沙州兩州，歷經張氏、曹氏兩個氏族統治時期。

〔六〕《長編》卷八十二：（大中祥符七年四月）甲子，以歸義軍留後曹賢順爲歸義節度使，弟賢惠知瓜州。於是，賢順遣使入貢，言其父宗壽既卒，以其母及國人之請求嗣位，詔予之，仍賜以金字藏經及茶藥等，亦從所請也。

〔七〕《長編》卷一百一：（天聖元年閏九月癸丑）歸義節度使曹賢順遣使來貢方物，謝大中祥符七年旌節之賜也。

楊文公知舉於都堂，〔一〕簾下大笑，真宗知之，既開院上殿，怪問：『貢舉中何得多笑？』

對曰：『舉人有上請堯、舜是幾時事，臣對以有疑時不要使。以故同官俱笑。』真宗亦爲之笑。〔二〕

【校證】

〔一〕此條輯自《類苑》卷六十六引《東齋記事》。《夷堅支志》己卷六引《東齋記事》亦載此文，文略簡。

〔二〕《珍席放談》卷下：楊文公入省，校試天下士。既出，真廟問云：『聞卿都堂簾中哄笑，何故？』對曰：『有舉人上請堯舜是幾事？臣答以有疑時不要使。因此，同僚皆以爲笑。』上爲之動容。范蜀公嘗書于簡。在南唐時已著斯事矣。侍郎楊鑾乃國相湯悦之妹婿，問悦曰：『堯舜不知幾件事？』答云：『如此疑事，不要使。』噫！荒唐之流多矣，何獨此子耶。

《桯史》卷九：歐陽文忠知貢舉，省闈故事，士子有疑，許上請。文忠方以復古道自任，將明告之，以崇雅黜浮，期以丕變文格。蓋至日昃，猶有喋喋弗去者，過晡稍閒矣。方與諸公酌酒賦詩，士又有扣簾，梅聖俞怒曰：『瀆則不告，當勿對。』文忠不可，竟出應，鵠袍環立觀所問。士忽前曰：『諸生欲用堯、舜字，而疑其爲一事或二事，惟先生幸教之。』觀者哄然笑。文忠不動色，徐曰：『似此疑事誠恐其誤，但不必用可也。』内外又一笑。它日每爲學者言，必蹙頞及之，一時傳以爲雅謔。余按《東齋記事》，指爲楊文公，而徒問其爲幾時人，歲遠傳疑，未知孰是。然是舉也，實得東坡先生，識者謂不啻足爲詞場刷恥矣，彼士何嗤。

王文正公旦，〔一〕相真宗僅〔二〕二十年，時值四夷〔三〕納款，海内無事，天書薦降，祥瑞沓臻，而大駕封岱祠汾，皆爲儀衛使扈蹕〔四〕。處士魏野獻詩曰：『太平宰相年年出，君在中書十四秋。西祀東封俱已畢，可能來伴赤松游。』世傳王公嘗記前世爲僧，與唐房太尉事〔五〕頗相類，及將捐館〔六〕，遺命剔發，以僧服斂。家人不欲，止以緇褐〔七〕一襲納諸棺。〔八〕然公風骨清峭，項微結喉，有僧相。人皆謂其寒薄，獨一善相者目之曰：『公名位俱極，但禄氣不豐耳。』故旦雖位極一品，而飲啗全少，家亦不畜聲伎。晚年移疾在告，真宗嘗密賚白金五十兩〔九〕，旦表謝曰：『已恨〔十〕多藏，况無用處。』竟不之受，其清苦如此。〔十一〕

【校證】

〔一〕此條輯自《類苑》卷十二引《東齋記事》。亦見《青箱雜記》卷一，但别爲兩條。

〔二〕僅：《類説》卷四『魏野獻詩』引《青箱雜記》作『近』。

〔三〕夷：《青箱雜記》卷一作『方』。

〔四〕《宋史》卷二百八十二《王旦傳》：（王旦）大中祥符初，爲天書儀仗使，從封泰山，爲大禮使，進中書侍郎兼刑部尚書。受詔撰《封祀壇頌》，加兵部尚書。四年，祀汾陰，又爲大禮使，遷右僕射、昭文館大學士。仍撰《祠壇頌》，將復進秩，懇辭得免，止加功臣。俄兼門下侍郎、玉清昭應宫使。五年，爲玉清奉聖像大禮使。景靈宫建，又爲朝修使。七年，刻天書，兼刻玉使，選御廏三馬賜之。玉清昭應宫成，拜司空。京師賜酺，旦以慘恤不赴會，帝賜詩導意焉。《國史》成，遷司空。旦爲天書使，每有大禮，輒奉天書以行，恒邑邑不樂。

〔五〕『房太尉事』見《明皇雜録》卷上：開元中，房琯之宰盧氏也，邢真和璞自泰山來，房琯虚心禮敬，因與攜手閑步，不覺行數十里。至夏谷村遇一廢佛堂，松竹森映。和璞坐松下，以杖叩地，令侍者掘，深數尺，得一瓶，瓶中皆是婁師德與永公書。和璞笑謂曰：『省此乎？』房遂灑然。方記其爲僧時，永公即房之前身也。和璞謂房曰：『君殁之時，必因食魚鱠；既殁之後，當以梓木爲棺，然不得殁於君之私第，不處公館，不處元壇佛寺，不處親友之家。』其後譴於閬州，寄居州之紫極宫。卧疾數日，使君忽具鱠邀房於郡齋，房亦欣然命駕，食竟而歸，暴卒。州主命攢櫝於宫中，棺得梓木爲之。

〔六〕捐館：指抛棄居所。比喻死亡、去世。《珍席放談》卷下：文忠還政，優游自適，十年方捐館，壽八十。

〔七〕緇褐：指僧人之服。《唐故章敬寺百巖禪師碑銘并序》：『（百巖禪師）服緇褐，志在《楞伽》，行在曹溪。』

〔八〕《佛祖統紀》卷四十四：（天禧元年）九月，宰相王旦薨。先一日囑翰學楊億曰：『吾深厭勞生，願來世爲僧，宴坐林間，觀心爲樂。幸爲我請大德施戒，剃鬚髮，著三衣火葬。勿以金寶置棺内。』億與諸孤議曰：『公，三公也，斂贈公衮豈可加於僧體。』但以三衣置柩中，不藏寶玉。

〔九〕五十兩：《青箱雜記》卷一、《長編》卷九十、歐陽修《王文正公旦全德元老之碑》均作『五千兩』。

〔十〕恨：《文正王公遺事》、《長編》卷九十均作『懼』。

〔十一〕此事亦見《文正王公遺事》：公疾革，上臨視，賜白金五十兩。召楊文公於床前作讓表。公覽，乃自書四句曰：『已懼多藏，况無用處。見謀散施，以息灾殃。』是冬，公薨。文公嘆曰：『精爽不亂如此。』文公因對上前語及，上令内司賓取元草視之。後榮國夫人謁章獻太后，語曰：『上見公表，泣下久之。』《長編》卷九十：（天禧元年九月）己酉，太尉、玉清昭應宫使王旦卒。前數日，車駕幸其第，留賜白金五千兩。旦命家人還獻，作奏畢，自益四句云：『已懼多藏，况無所用，見欲散施，以息咎殃。』亟令輿置内闥。有詔不許，及門，旦已卒。旦與楊億素厚善，病革，延至卧内，托以後事，請撰遺表，且言：『忝爲宰相，據上公之列，不可以將盡之言爲宗親求官，止當叙平生遭遇，願日親庶政，進用賢士，少減焦勞之意。』仍戒子弟云：『我家世名清德，當務儉素，保守門風。不得恃相輔家事泰侈，勿厚葬，無以金玉置柩中。』時年六十一。上遽臨哭之，廢朝三日，優詔贈太師、尚書令，別次發哀。

李文定公爲參知政事，〔一〕時仁宗爲皇太子，文定兼賓客。一日，召對滋福殿，欲相之，固辭。俄而太子出，謝曰：『蒙恩以賓客爲宰相。』真宗顧謂曰：『尚可辭耶?』乃拜吏部侍郎，兼太子少傅〔二〕、同中書門下平章事〔三〕。久之，與丁謂争事，罷〔四〕。天下之人皆以亮直許之。

【校證】

〔一〕此條輯自《類苑》卷十引《東齋記事》。亦見《職官分紀》卷二十七、《翰苑新書集》前集卷二十九引《東齋記事》、《錦繡萬花谷》後集卷十一。

〔二〕少傅：《職官分紀》卷二十七、《翰苑新書集》前集卷二十九引《東齋記事》及《錦繡萬花谷》後集卷十一均作『太傅』。但據《東都事略·李迪傳》《宋史·李迪傳》

《長編》卷九十六『天禧四年七月癸亥』條，『少傅』確。

〔三〕《長編》卷九十二：（天禧二年八月壬子）以參知政事李迪兼太子賓客。上初欲授迪太子太傅，迪辭以太宗時未嘗立保傅，乃止兼賓客，而詔皇太子禮賓客如師傅。《長編》卷九十六：（天禧四年七月）癸亥，上對參知政事李迪、兵部尚書馮拯、翰林學士錢惟演於滋福殿。寇準罷，上欲相迪，迪固辭，於是又以屬迪。有頃，皇太子出拜上前，曰：『蒙恩用賓客爲相，敢以謝。』上顧謂迪曰：『尚復何辭耶？』丙寅，以禮部侍郎、參知政事李迪爲吏部侍郎、兼太子少傅、平章事。

〔四〕李迪與丁謂相争之事詳見《長編》卷九十六：自寇準貶斥，丁謂浸擅權，至除吏不以聞。李迪憤懣，嘗慨然語同列曰：『迪起布衣，十餘年位宰相，有以報國，死且不恨，安能附權臣爲自安計乎！』及議兼職時，迪已帶少傅，欲得中書侍郎、尚書，謂執不可，遂草熟狀，謂加門下侍郎、兼少師，迪加中書侍郎、兼左丞，曹利用加檢校太師，馮拯加檢校太尉，并兼少保；任中正加右丞，錢惟演加兵部侍郎，王曾加户部侍郎，并兼賓客；玉清昭應宫副使、工部尚書林特，樞密直學士、右諫議大夫張士遜，先兼太子賓客，并改詹事；翰林學士、户部員外郎晏殊先兼舍人，改左庶子；餘官悉如故。故事，兩省侍郎無兼左右丞者，而迪舊人亦當遷尚書，謂專意抑迪，迪不能堪，變色而起。丙寅，晨朝待漏，謂又欲以特爲樞密副使，仍領賓客。迪曰：『特去歲遷右丞，今年改尚書，入東宫，皆非公選，物議未息，况已奏除詹事，何可改也。』因訢謂，引手板欲擊謂，謂走得免。同列極意和解，不聽，遂入對於長春殿。内臣自禁中奉制書置榻前，上曰：『此卿等兼東宫官制書也。』迪進曰：『臣請不受此命。』因斥謂奸邪弄權，中外無不畏懼，臣願與謂同下憲司置對。且言：『昨林特子在任，非理決罰人致死，其家詣闕訴冤，寢而不理。蓋謂所黨庇，人不敢言。』又曰：『寇準無罪罷斥，朱能事不當顯戮，東宫官不當增置。又錢惟演亦謂之姻家。臣願與謂、惟演俱罷政柄，望陛下别擇賢才爲輔弼。』又曰：『曹利用、馮拯亦相朋黨。』利用進曰：『以片文隻字遭逢聖世，臣不如迪。奮空拳，捐軀命，入不測之敵，迪不如臣也。』上顧謂曰：『中書有不當事耶？』謂曰：『願以詢臣同列。』乃問任中正、王曾，皆曰：『中書供職外，亦無曠闕事。』頃之，謂、迪等先退，獨留樞密使副議之。上怒甚，初欲付御史臺，利用、拯曰：『大臣下獄，不惟深駭物聽，况丁謂本無紛競之意，而與李迪置對，亦未合事宜。』上曰：『曲直未分，安得不辨！』既而意稍解，乃曰：『朕當即有處分。』惟演進曰：『臣與謂姻親，忽加排斥，願退就班列。』上慰諭久之，乃命學士劉筠草制，各降秩一級，罷相，謂知河南府，迪知鄆州。制書猶未出，丁卯，迪請對於承明殿，又請見太子於内東門，其所言蓋不傳。而謂陰圖復入，惟演亦恐謂出則己失援，白上欲留之，并請留迪，因言：

『契丹使將至，宰相絶班，馮拯舊臣，過中書甚便。若別用人，則恐生事。』上可之。

天聖中，〔一〕新羅人來朝貢，因往國子監市書。是時，直講李畋監書庫，遺畋松子髮之類數種，曰：『生芻一束，其人如玉。』〔二〕畋答以：『某有官守，不敢當。』復還之，曰：『中心藏之，何日忘之。』〔三〕於是，使者起而折旋〔四〕，道『不敢』者三。新羅，箕子之國，至今敦禮義，有古風焉。〔五〕

【校證】

〔一〕此條輯自《類苑》卷七十八引《東齋記事》。亦見《宋會要輯稿》『蕃夷七』引《東齋記事》。

〔二〕生芻一束，其人如玉：語出《詩經・白駒》，全詩爲：『皎皎白駒，食我場苗。縶之維之，以永今朝。所謂伊人，於焉逍遥？皎皎白駒，食我場藿。縶之維之，以永今夕。所謂伊人，於焉嘉客？皎皎白駒，賁然來思。爾公爾侯，逸豫無期？慎爾優游，勉爾遁思。皎皎白駒，在彼空谷。生芻一束，其人如玉。毋金玉爾音，而有遐心。』

〔三〕中心藏之，何日忘之：語出《詩經・隰桑》，全詩爲：『隰桑有阿，其葉有難。既見君子，其樂如何。隰桑有阿，其葉有沃。既見君子，雲何不樂。隰桑有阿，其葉有幽。既見君子，德音孔膠。心乎愛矣，遐不謂矣？中心藏之，何日忘之！』

〔四〕折旋：曲行，古代行禮時的動作。《韓詩外傳》卷一：『立則磬折，拱則抱鼓，行步中規，折旋中矩。』《顔氏家訓·風操》：『失教之家，閽寺無禮……黄門侍郎裴之禮號善爲士大夫，有如此輩，對賓杖之，其門生僮僕，接於他人，折旋俯仰，辭色應對，莫不肅敬，與主無别也。』《朱子語類》卷一百五：『折旋是直去了復横去，如曲尺相似。其横轉處欲其方如中矩也。』

〔五〕《太平寰宇記》卷一百七十二：朝鮮，周封箕子之國，昔武王釋箕子之囚，箕子不忍食周粟，走之朝鮮，武王聞之，因以朝鮮封之，太傅箕子教以禮義田蠶，作八條之教，無門户之閉而人不爲盜。

《文昌雜録》卷四：元豐三年，高麗國遣使柳洪，副樸寅亮朝貢，且獻日本國車一乘。洪云：『諸侯不貢車服，誠知非禮，本國所以上進者，欲中朝見日本工拙爾。』朝廷爲留之，高麗本箕子之國，其知禮如此。

袁州仰山神祠，〔一〕自唐以來威靈頗著，幅員千里之内，事之甚謹。柔毛〔二〕之獻，歲時相繼，故動以數百羊爲群。祖擇之〔三〕向以太常博士知宜春〔四〕，公帑不甚豐，遇厨饌將匱，致奠於神，啓其故。命衙校持盃校〔五〕，執群羊，卜之，得吉告即已。一禱必驅數十頭歸，垂盡，復禱，竟亦無他。

【校證】

〔一〕此條輯自《類苑》卷六十九引《東齋記事》。

仰山神祠：《太平寰宇記》卷一百九：仰山祠，在州南。廟居東北六十里，昔有古廟，地曰瀨，近龍潭。古老相傳，昔有邑人徐璠，在縣東十里浦村，從揚州行船，還至彭蠡湖大孤石，見一人稱蕭大分，一人稱蕭陸雲，居宜春縣仰山石橋南，求與同載，徐璠許之。至浦村東一百步，告别而去，期後相尋，至石必大呼，叔季相見；往來既數，宴會之次，大分告曰：『君欲雨即爲雨，晴亦如之。』徐璠因言，欲得田土，信宿之間，發大水推山蕩竹，俄而平高就下，出田五頃，今浦村西徐田是也。璠怪之，默識其處，乃見二龍。自此遂絶，石橋亦斷。後亢陽潔齋，祈禱必應。

〔二〕柔毛：《儀禮》卷十六鄭玄注：羊曰柔毛。

〔三〕祖擇之：即祖無擇，字擇之，上蔡人。進士高第。歷知南康軍、海州，提點淮南廣東刑獄、廣南轉運使，入直集賢院。出知袁州。同修起居注、知制誥，加龍圖閣直學士、權知開封府，進學士，知鄭、杭二州。神宗立，知通進銀臺司。謫忠正軍節度副

使。尋復光禄卿、秘書監、集賢院學士，主管西京御史臺，移知信陽軍，卒。（《宋史》卷三百三十一）

《東都事略》卷七十六亦有傳。范純仁作《宋故中大夫充集賢院學士知信陽軍兼管内勸農使柱國鄴郡開國公食邑三千三百户食實封四百户賜紫金魚袋祖公墓志銘并序》，見《宋代墓志輯釋》。

〔四〕《龍學文集》卷十《堵田仰山新廟題名》：自廣南東路轉運使、以太常博士、直集賢院，移知袁州。皇祐五年六月五日到任，至和二年十二月十三日尚書比部郎中翁及替，罷。

〔五〕《演繁露》卷三『卜教』條：後世問卜於神，有器名盃珓者。以兩蚌殼，投空擲地，觀其俯仰，以斷休咎。自有此制後，後人不專用蛤殼矣。或以竹，或以木，略斲削，使如蛤形，而中分爲二。有仰有俯，故亦名盃珓。盃者，言蛤殼中空，可以受盛，其狀如盃也。珓者，本合爲教，言神所告教現於此之俯仰也。後人見其質之爲木也，則書以爲校字。

梅公儀知滑州，〔一〕夜中河決，即部官吏兵卒走河上疊掃，掃不足，拆官私屋楗〔二〕塞。俄有一白鬚翁，載一船秸稈，中流而下，佐助填疊，遂定。平曉，不知白鬚翁所在，以爲神也。州民請爲公儀立頌功德碑，朝廷止降詔以襃奬。

【校證】

〔一〕此條輯自《類苑》卷六十九引《東齋記事》。亦見李昌齡《太上感應篇》卷六：『梅公儀嘗知滑州，夜報河决，公即躬率官屬分役兵夫，夜趨河上隨處堤塞。正窘急間，明見一白鬚老人載一舟稭稈，往來佐助，意其豪民，心大喜之，及水定，天亦曉，命吏請之，則白鬚老人不復見矣。此皆神靈衛之者也。』

梅公儀：即梅摯，字公儀，成都新繁人。進士，起家大理評事、知藍田上元縣，徙知昭州，通判蘇州。慶曆中，擢殿中侍御史。徙開封府推官，遷判官。以户部員外郎兼侍御史知雜事、權判大理寺。爲户部副使。會宴契丹使紫宸殿，三司副使當坐殿東廡下。同列有謂曲宴例坐殿上，而大宴當止殿門外爾。因不即坐，與劉湜、陳洎趨出。降知海州，徙蘇州，入爲度支副使。擢天章閣待制、陝西都轉運使。還判吏部流内銓，進龍圖閣學士、知滑州。州歲備河，調丁壯伐灘葦，摯以疲民，奏用州兵代之。河大漲，將决，夜率官屬督工徒完堤，水不爲患，詔奬其勞。勾當三班院、同知貢舉。請知杭州，帝賜詩寵行。纍遷右諫議大夫，徙江寧府，又徙河中。卒。（《宋史》卷二百九十八）

《東都事略》卷七十五亦有傳。

〔二〕楗：堵塞決水口所下的竹木草石。《樂府詩集》卷八十四：『是時，東郡以故薪柴少，而下淇園之竹以爲楗。』

魏侍郎瓘初知廣州，〔一〕忽子城一角頽，執得一古磚，磚面範四大字云：『委於鬼工。』蓋合而成魏也。感其事，大築子城〔二〕。纔罷，詔還，除仲待制簡〔三〕代之。未幾，儂智高寇廣，其城〔四〕一擊而摧，獨子城堅完，民逃於中，獲生者甚衆。賊退，帥謫筠州〔五〕。朝廷以公有前知之備，加諫議，再知廣〔六〕。二年召還。公築城之效，自論久不報，有感懷詩曰：『羸羸霜髪一衰翁，蹤迹年來類斷蓬。萬里遠歸雙闕下，一身閑在衆人中。螭頭賜對恩雖厚，雉堞論功事已空。淮上有山歸未得，獨揮清涕向〔七〕春風。』文潞公采詩進呈，加龍圖閣〔八〕，尹京〔九〕。魏詩甚精處，《五羊書事》曰：『誰言嶺外無霜雪，何事秋來亦滿頭。』

【校證】

〔一〕此條整理本收入《輯遺》，作『輯自《類苑》卷二十二』。考《類苑》卷二十二『魏侍郎』條，文末并未注明出處，其後的『周諫議』『薛簡肅』『范文正』條亦未注明出處，但確屬《東齋記事》之文，而最後一條『文潞公』末尾作引自《東齋記事》，但無『并』字，疑脱。由此可見，《類苑》將此條歸入《東齋記事》。《湘山野録》卷中亦有此條。

魏侍郎瓘：即魏瓘，字用之。父羽奏補秘書省校書郎、監廣積倉，知開封府倉曹參軍。持法精審，明吏事。上元起彩山，闕前張燈，與宦者護作，宦者挾氣，視瓘年少，輒誅索侵擾。瓘密以聞，詔杖宦者遣之。瓘門人魏綱上疏詆天書，流海島，瓘亦坐是停官。復監鄧州税、鄂州茶，以大理寺丞知衡山縣，通判壽州，歷知循、隨、安州，提點廣南西路刑獄。召權度支判官。尋以罪降知洪州，徙梓州路轉運使，還知蔡州、潭州，爲京西轉運使，江、淮制置發運使，自主客郎中遷太常少卿，知廣州。築州城環五里，疏東江門，鑿東西澳爲水閘，以時啓閉焉。拜右諫議大夫，再任臨江軍判官。史沆性險詖，嘗爲瓘所劾免。會廣州封送貢餘椰子煎等餉京師，輒邀留之，飛奏指以爲珍貨，詔遣内侍發驗無有，沆坐不實廢，瓘亦降知鄂州。未逾年，復爲陜西轉運使，徙河北。以給事中知開封府，政事嚴明，吏民憚之。後降知越州。儂智高寇廣東、西，獨廣州城堅守不能下。於是論築城功，遷工部侍郎、集賢院學士，復知廣州，兼廣東經略安撫使，給禁卒五千，聽以便宜從事。屬狄青已破賊，召還，糾察在京刑獄。議者請開六塔河，塞商胡北流，宰相主其説，命瓘按視，還奏以爲不可塞。下溪州蠻彭士羲叛，將發兵討除。進龍圖閣直學士、知荆南。徙澶州、滑州。又

徙鄧州，不行，請老，以吏部侍郎致仕，卒。（《宋史》卷三百三）

〔二〕《長編》卷一百五十五：『（慶曆五年五月壬戌，魏瓘）知曹州，任中師請修廣州子城，仍請置巡海軍兩指揮，從之。景祐間，中師嘗知廣州，以州獨有子城而廢久不修，恐緩急無以禦盗。於是，太常少卿魏瓘實知廣州，遂城之，環五里。』慶曆七年七月壬辰，魏瓘左降，知鄂州。

〔三〕仲待制簡：即仲簡，字畏之，揚州江都人。以貧，傭書楊億門下，億教以詩賦，遂舉進士。歷通判鄭州、河南府推官。改秘書省著作佐郎、知蕪湖縣，通判楚州，纍遷尚書都官員外郎。改侍御史、安撫京東，遷知真州，入爲三司度支判官。經制陝西糧草，就遷兵部員外郎、直史館、知陝州。徙江東轉運使，除侍御史知雜事，爲三司鹽鐵副使、工部郎中。奉使陝西，多任喜怒，以馬箠擊軍士流血，仁宗面詰之，不能對，出爲河東轉運使。逾年，復爲鹽鐵副使，再遷兵部，擢天章閣待制、知廣州。儂智高犯邕州，沿江而下，人告急，簡輒囚之，仍榜於道，敢妄言惑衆者斬，以是人不復爲避賊計。比智高至，始令民入城，民争道，競以金帛遺閽者，相蹂踐至死者甚多，其不得入者，皆附賊。賊既去，以其能守城，徙知荆南。既而言者論之，遂落職，又降刑部郎中、知筠州。復爲兵部郎中，徙洪州，卒。（《宋史》卷三百四）

按：慶曆七年七月壬辰，魏瓘降知廣州，改知鄂州，同月『辛丑，新淮南江浙荆湖制置發運使、刑部郎中、直龍圖閣王居白爲天章閣待制、知廣州。初，命司農少卿辛若渝代魏瓘，加若渝右諫議大夫，御史何郯等言，若渝雖號清謹，然年已七十，才力非長，不宜使知廣州。遂改命居白。』（《長編》卷一百六十一）由此可知，代魏瓘知廣州的是王居白，而非仲簡。范鎮此條記載有誤。仲簡知廣州的具體時間不詳。

〔四〕城：《湘山野録》卷中作『外城』。

〔五〕《長編》卷一百七十二：（皇祐四年六月）甲申，徙知廣州、兵部郎中、天章閣待制仲簡知荆南。朝廷但以簡能守城，故有是命，不知廣人怨之深也。《長編》卷一百七十三：（皇祐四年十月己卯）兵部郎中、天章閣待制仲簡落職，知筠州。

〔六〕《長編》卷一百七十二：（皇祐四年六月）丙戌，知越州、給事中魏瓘爲工部侍郎、集賢院學士、知廣州。

〔七〕向：《湘山野録》卷中、《詩話總龜》卷二十五均作『灑』。

〔八〕《長編》卷一百八十二：（嘉祐元年五月）乙巳，工部侍郎、集賢院學士魏瓘爲龍圖閣直學士、知荆南。

〔九〕尹京：《詩話總龜》卷二十五作『尹天府』，《錦繡萬花谷》卷六引《古今詩話》作『尹應天府』。按，蘇軾《陳公弼傳》：皇祐元年『瓘除龍圖閣學士、知開封府』，可見此處『尹京』乃任京城開封府尹，而非『尹應天府』。『尹京』爲確。

虞部員外郎張著通判潭州，〔二〕春時祀於南岳，舊制：設位於壇，敷席於地，列籩簋牲醴之品。當設席之際，著往往〔二〕以一足指畫。祀罷還府，墜馬，折足而卒。三司副使李壽朋奉敕祭西太一宫。李平生不能食素，是日五鼓奉祀，遂茹葷而往，方升殿，暴得疾，口鼻流血，左右扶下殿，已卒矣。〔三〕噫！然也慢神而速咎邪，何誅責之遽也，可畏哉！

【校證】

〔一〕此條輯自《類苑》卷六十九引《東齋記事》，亦見《樂善録》卷二。

〔二〕《樂善録》卷二無『往往』二字。

〔三〕此事亦見《東軒筆録》卷五：『太一宫舊在京城西蘇村，謂之西太一。熙寧初，百官奏太一臨中國，主天下康阜，詔作宫於京城之東南隅，謂之中太乙。方厠事，命三司副使李壽朋往蘇村祭告。是日，壽朋飲酒食肉而入，俄得疾於殿上，扶歸齋廳，七竅流血，肩輿上道，未及國門而卒。』《長編》卷二百二十四：『（熙寧四年六月壬戌）鹽鐵副使、工部郎中、直史館李壽朋疏俊任俠，不憚繁劇，祠西太乙，飲酒茹葷，暴中風，卒。上遣中使撫其家，賜銀三百兩。』

嘉祐中，〔一〕修睦親宅神御殿。〔二〕歐永叔〔三〕言：『祖宗廟貌，非人臣私家所宜有者。』〔四〕劉貢父亦謂爲然〔五〕。詔下兩制、臺諫官、禮官議。而引漢韋元成議《春秋》之義：『父不祭於支庶之室，君不祭於臣僕之家，王不祭於下土諸侯。』〔六〕遂罷郡國廟。於是罷修神御殿。〔七〕

【校證】

〔一〕此條輯自《類苑》卷三十三引《東齋記事》。

〔二〕《長編》卷一百十七：『（景祐二年九月）初，諸王邸散居都城，過從有禁，非朝謁從祠不得會見。己酉，詔即玉清昭應宫舊地建宫，合十位聚居，賜名睦親宅，命三司使程琳總其事，入内都都知閻文應等典領工作。』《長編》卷一百六十三：『（慶曆八年二月）丁酉，自萬壽觀迎宣祖、太祖御容，奉安於睦親宅。』

〔三〕歐永叔：整理本補作『歐陽永叔』。《清波雜志》卷二作『歐陽文忠公』。《長編》卷一百八十七作『歐陽修』。

〔四〕《長編》卷一百八十：（至和二年四月乙丑）歐陽修奏疏言：『睦親神御殿，於禮不宜作，其事甚明。别無禮典講求，乞更不下太常，便行寢罷。』

《長編》卷一百八十七：初，翰林學士歐陽修言，神御非人臣私家所宜有，若援廣親宅例，當得興置，則是沿襲非禮之禮。詔送兩制及臺諫、禮官詳定，而言漢用

《春秋》之義，罷郡國廟，今睦親、廣親宅所建神御殿不合典禮，悉宜罷。

〔五〕劉貢父：當爲劉原父。其言見《公是集》卷三十一《上仁宗論睦親宅不當建神御殿》：臣伏見古之正禮，諸侯不祖。天子公廟，不可設于私家。所以明正統，尊一人也。今睦親宅興建神御殿，不合王制，不應經義。竊聞聖慈以天寒人勞，權罷役徒。臣謂：『若于禮當作，則不可以人勞之故而止。何則？祖宗至尊也，役徒至賤也。恤至賤之衆而輟至尊之廟，非所以爲名也。若禮本不當作，則不如遂止之耳，何以權罷哉。伏乞令禮官詳議其事，使下不爽于名，上不愆于禮。』

〔六〕韋元成：即韋玄成。其議《春秋》事，詳見《漢書》卷七十三《韋玄成傳》：初，高祖時，令諸侯王都皆立太上皇廟。至惠帝尊高帝廟爲太祖廟，景帝尊孝文廟爲太宗廟，行所嘗幸郡國各立太祖、太宗廟。至宣帝本始二年，復尊孝武廟爲世宗廟，行所巡狩亦立焉。凡祖宗廟在郡國六十八，合百六十七所。而京師自高祖下至宣帝，與太上皇、悼皇考各自居陵旁立廟，并爲百七十六。又園中各有寢、便殿，日祭於寢，月祭於廟，時祭於便殿。寢，日四上食；廟，歲二十五祠；便殿，歲四祠。又有一游衣冠。而昭靈后、武哀王、昭哀后、孝文太后、孝昭太后、衛思后、戾太子、戾后各有寢園，與諸帝合，凡三十所。一歲祠，上食二萬四千四百五十五，用衛士四萬五千一百二十九人，祝宰樂人萬二千一百四十七人，養犧牲卒不在數中。至元帝時，貢禹奏言：『古者天子七廟，今孝惠、孝景廟皆親盡，宜毀。及郡國廟不應古禮，宜正定。』天子是其議，未及施行而禹卒。光永四年，乃下詔先議罷郡國廟，曰：『朕聞明王之御世也，遭時爲法，因事制宜。往者天下初定，遠方未賓，因嘗所親以立宗廟，蓋建威銷萌，一民之至權也。今賴天地之靈，宗廟之福，四方同軌，蠻貊貢職，久遵而不定，令疏遠卑賤共承尊祀，殆非皇天祖宗之意，朕甚懼焉。傳不云乎？「吾不與祭，如不祭。」其與將軍、列侯、中二千石、二千石、諸大夫、博士、議郎議。』丞相玄成、御史大夫鄭弘、太子太傅嚴彭祖、少府歐陽地餘、諫大夫尹更始等七十人皆曰：『臣聞祭，非自外至者也，繇中出，生於心也。故唯聖人爲能饗帝，孝子爲能饗親。立廟京師之居，躬親承事，四海之内各以其職來助祭，尊親之大義，五帝、三王所共，不易之道也。《詩》云：「有來雍雍，至止肅肅，相維辟公，天子穆穆。」《春秋》之義，父不祭於支庶之宅，君不祭於臣僕之家，王不祭於下土諸侯。臣等愚以爲宗廟在郡國，宜無修，臣請勿復修。』奏可。因罷昭靈后、武哀王、昭哀后、衛思后、戾太子、戾后園，皆不奉祠，裁置吏卒守焉。

〔七〕《長編》卷一百八十七：『（嘉祐三年四月）乙丑，罷修睦親宅祖宗神御殿。』

寇萊公嘗知鄧州，〔一〕鄧人至今廟祀之。熙寧中，侍讀學士陳和叔〔二〕知州〔三〕，下令閉廟，不得修祀。一日，陳方食，夾子忽就楪〔四〕失之，已而乃見在萊公祠〔五〕外土偶手中。陳大怖駭，立榜示百姓，依舊祭享。

【校證】

〔一〕此條輯自《類苑》卷六十九。亦見《續墨客揮犀》卷八。

《太宗皇帝實録》卷七十八：『（至道二年）閏七月，己巳，朔，以給事中寇準知鄧州。』

〔二〕陳和叔：即陳繹，字和叔，開封人。中進士第，爲館閣校勘、集賢校理，刊定《前漢書》，居母喪，詔即家讎校。英宗臨政淵嘿，繹獻五箴，曰主斷、明微、廣度、省變、稽古。同判刑部，獄訟有情法相忤者，讞之。或言刑曹唯知正是否，不當有所輕重。繹曰：『持法者貴審允，心知失刑，惡得坐視？』由是多所平反。帝稱其文學，以爲實録檢討官。神宗立，爲陝西轉運副使，入直舍人院、修起居注、知制誥，拜翰林學士，以侍講學士知鄧州。繹不能肅閨門，子與婦一夕俱殞於卒伍之手，傲然無慚色。召知通進、銀臺司，帝語輔臣曰：『繹論事不避權貴。』命權開封府。時獄有小疑，輒從中覆；至繹，特聽便宜處决。久之，還翰林，仍領府。治司農吏盜庫錢獄未竟，中書檢正張諤判寺事，懼失察，以帖詰稽留，繹遣吏示以成牘。言者論其徇宰屬、縱有罪，出知滁州。郊祀恩，復知制誥，言者再論之，得秘書監、集賢院學士。元豐初，知廣州。庫有檀香佛像，繹以木易之。事覺，有司當爲官物有剩利。帝曰：『是以事佛麗重典矣。』時繹已加龍圖閣待制、知江寧府，乃貶建昌軍，奪其職。後復太中大夫以卒，年六十八。（《宋史》卷三百二十九）

〔三〕《長編》卷二百四十六：（熙寧六年八月）庚辰，翰林學士陳繹爲翰林侍讀學士、知鄧州。繹以疾自請也。

〔四〕就楪：《續墨客揮犀》卷八無此二字。『楪』古同『碟』，指盛食物的小盤。

〔五〕鄧州萊公祠興建始末，詳見《公是集》卷四十九《萊公祠堂碑辭》：上元年，相國萊公以讒死南方，有詔歸葬雒陽，道出江陵。江陵之人，德公之相天下，又哀其死，相率迎柩公安，哭以過喪。大家賻奠，小家斬竹，揭錢幣獻之。已獻，因投諸路旁，竹皆更生，蒽菁成林，邦人神之，號曰：相公竹云。遂私作祠堂，以爲公歸。水旱疾疫，於是請命，罔不響答。後二十餘歲，南郡太守乃告縣，更作公廟，以遂百姓之思。昔者召伯聽訟，甘棠勿伐。鄒子吹律，陰谷生黍。全而封殖，孰與斷而蕃育爲之，而榮孰與感之，而生惟萊公相天下，生能使一物不失其所，死能使枯槁復息，以昭其仁，以顯其神，黔首戴之子孫不忘，可謂靈矣。乃作哀歌，刻之廟碑。辭曰：『孰作祠堂，江陵之人。云孰享之，萊公之神。孰毀萊公，朝廷不知。孰譖萊公，死而不歸。公歸無所，于汝信處。取彼譖人，投畀豺虎。赫赫萊公，爲天子忠。公今既死，誰相天子。西有昆夷，北有玁狁。公乎不存，鰥寡尤蠢。繊繊之竹，昔惟枯莖。公惠我民，速哉青青。誰謂公遠，我瞻在堂。顧我人斯，亦孔之明。誰謂公遠，我瞻在竹。顧我人斯，亦孔之育。世勿我摧，萊公之依。於斯萬年，不遐有違。』

予嘗使契丹，〔一〕接伴使蕭慶者謂予言：『達怛人不粒食，家養牝牛一二，飲其乳，亦不食肉，煮汁而飲之。腸如筋〔二〕，雖中箭不死。』〔三〕

【校證】

〔一〕此條輯自《類苑》卷七十八引《東齋記事》。亦見《類説》卷二十二，文略异。《長編》卷一百八十一：（至和二年八月）辛丑，起居舍人、直秘閣、知諫院范鎮爲契丹國母正旦使，内殿承制、閤門祗候王光祖副之。

〔二〕腸如筋：《類説》卷二十二作『腹如筋』。

〔三〕《蒙韃備録》：韃人地饒，水草宜羊馬。其爲生涯，止是飲馬乳以塞饑。渴凡一牝馬之乳，可飽三人，出入止飲馬乳。或宰羊爲糧。故彼國中有一馬者，必有六七羊。謂如有百馬者，必有六七百羊群也。如出征於中國，食羊盡，則射兔鹿野豕爲食。故屯數十萬之師，不舉煙火。近年以來，掠中國之人爲奴婢，必米食而後飽。故乃掠米麥而於札寨處亦煮粥而食。彼國亦有一二處出黑黍米，彼亦煮爲解粥。

天禧初，[一]薛簡肅公爲江淮發運使，辭王文正公[二]。王無他語，但云：『東南民力竭矣。』薛退而謂人曰：『真宰相之言也。』

【校證】

〔一〕此條輯自《長編》卷九十李燾自注引《東齋記事》，亦見於《職官分紀》卷三、《翰苑新書》前集卷三引《東齋記事》。《類苑》卷九、《錦繡萬花谷》卷十三、《五朝名臣言行録》卷二均作引自《湘山野録》，考今本《湘山野録》無此條。

〔二〕《東都事略》卷五十三《薛奎傳》：『天禧元年，河北蝗，命奎安撫，改淮南轉運副使，遷江淮發運使。』《長編》卷九十：『奎除淮南轉運乃天禧元年十二月……除發運又在二月』。可知，薛奎遷江淮發運使在天禧二年二月。但據《長編》卷九十：『（天禧元年九月）己酉，太尉、玉清昭應宫使王旦卒。』綜上，王旦卒後數月，薛奎方除江淮發運使。故其不可能除江淮發運使後向其辭行。又據《長編》卷九十：『（天禧元年九月）癸卯，給事中、參知政事王曾罷爲禮部侍郎。』可見，天禧元年十二月至二年二月間，王曾已非宰相，故此處薛奎所辭之王文正公也不可能是王曾。恐范鎮記載有誤。

洪州别駕王蒙正除名，[一]配廣南編管，永不録用[二]。初，其父婢霍撾登聞鼓，訴蒙正誣其所生爲异姓，以規取財産。及置獄益州鞫之，并得蒙正嘗與霍私通事，故再貶之。其女嫁劉從德[三]，詔：『自今不得入内，及它子孫不得與皇族爲婚姻。』初，劉美[四]爲嘉州都監，蒙正欲嫁女與其子從德，蒙正父有才智，獨不肯。蒙正固請之，一日，以婚書告家廟，父大慟曰：『吾世爲民，未嘗有通婚戚里者，今而後必破吾家矣。』

【校證】

〔一〕此條輯自《長編》卷一百二十，李燾據《東齋記事》而成。

〔二〕據《長編》卷一百二十，此事發生在景祐四年二月壬子。

〔三〕劉從德：字復本。父劉美卒，年十四，自殿直遷至供備庫副使。太后臨朝，從德以崇儀使真拜恩州刺史，改和州，又遷蔡州團練使，出知衛州，改恩州兵馬都總管，知相州。從德妻，嘉州王蒙正女也。蒙正家豪右，以厚賂結納至郎官，爲郡守。既而從德病，召還，道卒，年二十四。贈保寧軍節度使，封榮國公，謚『康懷』。（《宋史》

卷四百六十三)

〔四〕劉美:字世濟,并州人。初事真宗於藩邸,以謹力被親信,即位,補三班奉職,再遷右侍禁。咸平中,傅潛失律流房州,擇美監軍,及徙潛潁州,又爲自京至陳、潁巡檢。大中祥符二年,護屯兵於漢州,歷遷供奉官,徒嘉州。召還,改内殿崇班,提點在京倉場、東西八作司,以舉職聞,遷洛苑副使。八年,預修大内,以勞改南作坊使、同勾當皇城司。天禧初,遷洛苑使,領勤州刺史,與周懷政聯職。三年,授龍神衛四廂都指揮使,領昭州防禦使,改侍衛馬軍都虞候。五年,加武勝軍節度觀察留後。卒,年六十。廢朝三日,贈太尉、昭德軍節度。(《宋史》卷四百六十三)

知滑州,〔一〕端明殿學士、禮部侍郎張方平爲户部侍郎、知益州。方平初以父老不得迎侍辭。上曰:『久知此條貫不便,但以祖宗故事不欲更變,因卿行便,可迎侍。去,當令中書罷此條貫。』方平惶恐奏:『祖宗著令,安可以臣故輕議更變也。』〔二〕

【校證】

〔一〕《長編》原作『知滑州』,誤,應爲『知滑州』。蘇軾《張文定公墓志銘》:『以公爲禮部侍郎,知滑州,改户部侍郎,移鎮西蜀。』《東都事略》卷七十四《張方平傳》:

『以禮部侍郎知滑州，徙益州。』據李燾自注，此事發生在至和元年七月甲戌，但張方平十一月方到成都。

〔二〕此條輯自《長編》卷一百七十六，李燾據《東齋記事》而成。

賈直孺黯嘗言：〔一〕襄州居喪時，家中若有人呼侍中〔二〕云。一日，爲其父尋葬地，有人前引曰：『侍中村。』其後，居京城之西，鄰婦心恙，逾墻言爲其夫所苦，我來告賈侍中。直孺益自信。未幾，爲侍讀學士、給事中，卒於城西第〔三〕。其偶然乎？將鬼告之乎？果告之，鬼亦然〔四〕戲謔矣。

【校證】

〔一〕此條輯自《永樂大典》卷三千五百七十九『侍中村』條引《東齋記事》。亦見《類苑》卷四十五『賈直孺』條，但《類苑》未注出處。

賈直孺黯：即賈黯，字直孺，南陽人。舉進士第一，爲將作監丞，通判襄州。還朝，以著作佐郎直集賢院。上書稱薦范仲淹、富弼、韓琦之賢，仁宗深重之。遷同修起居注，擢知制誥。出知陳州，移許州，又知襄州。父疾，請解官就養，未報。乃棄官而歸，責郢州，未赴而父卒。服除，亦不復責也。嘉祐中，入翰林爲學士，知開

封。遷給事中，權御史中丞。以疾乞郡，除翰林侍讀學士，知陳州。卒，年四十四。（《東都事略》卷七十六）

《隆平集》卷十四、《宋史》卷三百二亦有傳。王珪作《賈黯墓志銘》，收入《華陽集》卷五十四。

〔二〕《宋史》卷一百六十一《職官志》：侍中，掌佐天子議大政，審中外出納之事。大祭祀則版奏中嚴外辦，導輿輅，詔升降之節；皇帝齋則請就齋室。大朝會則承旨宣制、告成禮，祭祀亦如之。册後則奉寶以授司徒。國朝以秩高罕除。知建隆至熙寧，真拜侍中纔五人，雖有用他官兼領，而實不任其事。官制行，以左僕射兼門下侍郎行侍中職，别置侍郎以佐之。南渡後，置左、右丞相，省侍中不置。

〔三〕《長編》卷二百四：『（治平二年二月丁巳）翰林學士、中書舍人賈黯爲給事中、權御史中丞。』《長編》卷二百六：『（治平二年九月）丙子，給事中、權御史中丞賈黯爲翰林院侍讀學士、知陳州，從所乞也。』王珪《賈黯墓志銘》：『治平二年十月戊子，翰林侍讀學士長樂賈君卒於京師。』

〔四〕然：《類苑》卷四十五『賈直孺』條作『善』。

太祖時，〔一〕雷德驤〔二〕判大理寺，因奏事，問以《律》：『奴從良賜主姓，如何？或以爲文

誤，是否？』」對曰：『不然，蓋慮後世或通婚姻故也。』」太祖拱手莊色曰：『是也。』」乃詔昪日如衩衣〔三〕不得奏事。〔四〕

【校證】

〔一〕此條輯自《職官分紀》卷一十九引《東齋記事》。

〔二〕雷德驤：字善行，同州郃陽人。周廣順三年舉進士，解褐磁州軍事判官。召爲右拾遺，充三司判官，賜緋魚。顯德中，入受詔均定隨州諸縣民田屋税，稱爲平允。宋初，拜殿中侍御史，改屯田員外郎、判大理寺。趙普出鎮河陽。召德驤爲秘書丞，俄分判御史臺三院事，又兼判吏部南曹。開寶七年，同知貢舉。太祖崩，以德驤爲吴越國告哀使。還，遷户部員外郎兼御史知雜事，改職方員外郎，充陝西、河北轉運使。歷禮部、户部郎中，入爲度支判官。太平興國四年，車駕征太原，爲太原西路轉運使。六年，同知京朝官考課，俄遷兵部郎中。七年，以公纍降本曹員外郎、出知懷州，未幾，復舊官，又命爲兩浙轉運使。俄遷右諫議大夫。雍熙二年，征歸朝，同知京朝官考課。端拱初，遷户部侍郎。會趙普再入相，宣制之日，德驤方立班，不覺墜笏，遽上疏，乞歸田里。太宗召見，安諭之，賜白金三千兩，罷知考課，止以本官奉朝請。淳化三年，卒，年七十五。（《宋史》卷二百七十八）

〔三〕衩衣：兩側開衩的長衣。古人用以稱男子便服，始於唐。

〔四〕此事亦見《東軒筆録》卷一：雷德驤判大理寺，因便殿奏事，太祖方燕服，見之，因問曰：『古者以官奴婢賜臣下，遂與本家姓，其意安在？』德驤曰：『古人制貴賤之分，使不可瀆，恐後世譜諜不明，有以奴主爲婚者。』太祖大喜，曰：『卿深得古人立法意。』由是嘆重久之。自後，每德驤奏事，雖在燕處，爲御袍帶以見。

蔡子直識英宗皇帝於藩邸，〔一〕爲最舊，既即位久之，以樞密直學士知秦州，英宗上仙不及見。一日夢宣召賜對，又賜茶，既而辭出。因留之〔二〕，曰：『祇住此，更毋得去。』寤而記憶乃靈駕發引日，因大慟哭，遂得疾，日中而卒，其幽冥之感有如此焉。

【校證】

〔一〕本條輯自《職官分紀》卷一十五引《東齋記事》。亦見《類説》卷二十二引《東齋記事》、《類苑》卷四十五『蔡子直』條。

蔡子直：即蔡抗，字子直。中進士，調太平州推官。聞父疾，委官去。稍遷睦親宅講書。再遷太常博士、通判秦州，爲秘閣校理，乞知蘇州。徙廣東轉運使。英宗立，召爲三司判官。以史館修撰同知諫院。爲知制誥，遷龍圖閣直學士、知定州。帝不豫，趣命爲太子詹事，未至而神宗立，改樞密直學士、知秦州。過闕，帝見之，悲慟不自勝，曰：『先帝疾大漸，猶不忘卿。』遂赴鎮。居數日，夢英宗召語，眷如平生，欲退復留。覺爲家人言，感念歔欷。及靈駕發引之旦，東望號慟，見僚佐于便室，驟得疾卒，年六十。特贈禮部侍郎。（《宋史》卷三百二十八）

〔二〕因留之：《類苑》及《天中記》均作『固留之』，考其文意，『固』爲確。

東齋記事續輯

《東齋雜記》〔一〕：治平間，〔二〕以館中書多蠹，更以黄紙寫。又知易白以黄者，往往以避蠹之故，非專爲君命而然。〔三〕

【校證】

〔一〕《長編》卷一百八十五：『范鎮《雜記》稱，至忠嘗爲契丹史官。』此條全文見本書卷五第二十四條。可見《東齋記事》亦有稱《東齋雜記》者。

〔二〕此條輯自《野客叢書》卷八引《東齋雜記》。亦見顧起元《説略》卷二十二引《東齋雜記》，文略异，其文云：『《東齋雜記》：治平間，以館中書多蠹，更以黄紙寫。乃知古人易白以黄，往往以避蠹之故，非專爲君命而用黄也。今則遂爲定制矣。』

〔三〕《事物紀原》卷二『黄勑』條：唐高宗上元三年，以制勑施行，既爲永式。用白紙多爲蟲蛀，自今已後，尚書省頒下諸州、諸縣并用黄紙。勑用黄紙，自高宗始也。

太宗好文，〔一〕每進士及第，賜聞喜宴，常作詩賜之，纍朝因以爲故事。〔二〕仁宗在位四十二年，賜詩尤多，然不必盡上所作〔三〕。景祐元年，賜詩，末句〔四〕云：『寒儒逢景運，報國合如何？』論者以謂質厚宏壯，真詔旨也。〔五〕

【校證】

〔一〕此條輯自《類苑》卷五引《東齋筆録》。亦見於《談苑》卷四、《中山詩話》，均未注明出處。按，《類苑》卷五引《東齋筆録》多條，且其中本條之外的諸條已確出自范鎮《東齋記事》一書。又曹學佺在《蜀中廣記》卷六十也有『范鎮《東齋筆録》』的記載。可見，《東齋記事》亦有作《東齋筆録》者。

〔二〕《事物紀原》卷三『賜宴』條：『開寶八年，賜新及第進士王嗣宗等錢百千，令宴樂。太平興國二年正月七日，太宗親試吕蒙正以下，并賜及第，仍賜宴開寶寺，兼降御製詩二首賜之。此賜宴及詩之始也。唐制，禮部放榜後勅下之日，醵錢於曲江，爲聞喜宴，近代多於名園、佛廟，至是官爲供帳，爲盛集焉。景德二年，始賜宴於瓊林苑，自此爲定制。』按，李肇《國史補》云：『曲江大會，此爲下第舉人，其筵席簡率，比之幕天席地。爾來漸加侈靡，皆爲上列所據，向之下第舉人不復預矣。』《摭言》曰：『曲江游賞，雖云自神龍已來，然盛於開元之末，今瓊林賜宴，亦唐曲江、杏園之事爾。』

《庚溪詩話》卷上：『太宗皇帝既輔藝祖皇帝創業垂統，暨登寶位，尤留意斯文。每進士及第，賜聞喜宴，必製詩賜之。其後累朝遵爲故事。』

〔三〕《中山詩話》『作』前有『自』字。

〔四〕末句：《中山詩話》作『落句』。兩者意同，均指律詩的尾聯。

〔五〕《庚溪詩話》卷上：仁宗皇帝當持盈守成之世，尤以斯文爲急，每進士聞喜宴，必以詩賜之。景祐元年所賜詩，末句曰：『寒儒逢景運，報國合如何？』言宏大而有激勵，真詔旨也。

《東齋筆録》〔一〕：秦州徐二翁，名守信〔二〕。日持一箒，以掃堂殿，未嘗與人言。有問則不對而走，忽發一言則應禍福。吕參政惠卿既除喪，將赴闕，便道訪二翁。拜而問之，翁驚走，吕追之。忽回顧，曰：『善守，善守。』吕意謂善守富貴。及還朝，除知建州。徐禧、沈括新敗，懇辭不行，又乞與兩府，同上殿，神宗怒，落職知單州，即單守之應也。

【校證】

〔一〕此條輯自《三洞群仙録》卷十六引《東齋筆録》。

〔二〕徐二翁：《戒庵老人漫筆》卷一引《徐神翁語録》：神翁姓徐，名太更，名守信，泰州海陵人。居冲真坊樂真橋之側。嘉祐初，執役天慶觀，持箒灑掃十數年，人無識者，止呼爲徐二翁。蔣公之奇號爲神翁。《搜神秘覽》卷中「徐神翁」條：泰州天慶觀有傭人徐翁者，常持箕箒掃諸殿庭間，口誦《度人經》。衣破布衣，或跣足，或穿繩屨。夜廬宿不擇穢净，苟能容身而已。既久，稍稍有异事。故目之爲神翁焉。觀中，無儲蓄。翁語其徒曰：『當爲汝求化。』即寢於殿中，既覺，曰：『晚即來矣。』已而，村氓纍纍負米而至。人莫不异之。常有施白金者，置於床笫，盗闞翁之出，即發關而入，復見毅然而坐，悚懼不敢摇手爲非，疾往視之，復在殿中矣。人常緘香及以姓名、年月、生時詢求灾福，然多書《度人經》一言至二言、三言，始莫能曉，久而遂通。有拜者，或答之。有弃之而走者，或自拜於人。接引話論，或循理而應，或抵詈毁叱，不問貴賤。元豐末，士子應詔詣求讖焉，翁書字，大抵皆從火。既而有文闈之灾，四方企慕無問遠邇，皆來訊卜。變异悉多，不可具載，人多繪其像，勤以供事，亦不知其終，果何人也。

景祐中，〔一〕羌人叛〔二〕，西方用兵，朝廷永〔三〕草澤遺逸士多獻方略，自衒鬻，率皆得官〔四〕。其下材無能，往往過望，亦有挾持頡頏〔五〕，觖望〔六〕不服者。嘗有人題關西驛舍，爲詩曰：『孤星熒熒照寒野，漢馬蕭蕭五陵下。廟堂不肯用奇謀，天子徒勞聘賢者。萬里危機入燕薊，八方殺氣衝靈夏。逢時還似不逢時，已矣吾生真苟且。」

【校證】

〔一〕此條輯自《增修詩話總龜》卷一甲集引《東齋録》。按，《詩話總龜》前有《集一百家詩話總目》，其中有「范内翰《東齋録》」。可見《東齋録》即《東齋記事》。亦見《中山詩話》，文略簡。

〔二〕《長編》卷一百十四：（景祐元年正月）趙元昊始寇府州。

〔三〕永：《中山詩話》作「詔」，確。

〔四〕《長編》卷一百二十六：（康定元年正月）乙酉，詔：「陝西州軍，有勇敢智謀之士，識西賊情僞與山川要害，攻取方略者，悉詣所在自陳，敦遣赴京師。」

《長編》卷一百二十七：（康定元年四月乙丑）詔陝西安撫、部署、鈐轄、轉運使、提點刑獄、知州、通判，各察訪所部吏民習知邊事及有武幹者，令安撫或轉運司召問其能否以聞。

《長編》卷一百二十八：（康定元年九月乙未）詔開封府曉諭進邊事人，所陳方略有可行者，與恩澤外；其無可采，已行告示并給盤纏錢令逐便者，自今無得復著接駕進狀，希望恩澤。十月己丑，命翰林學士王居正、知制誥王拱辰、天章閣待制高若訥於國子監考試方略舉人，侍御史張禹錫彌封卷首。十月甲辰，以獻方略人滕希仲爲涇縣尉，雷子元試校書郎，成鋭太廟齋郎，李遵等十人爲郊社齋郎，張恂等十人諸州司士參軍，王嘉麟三班借職，韓傑下班殿侍差使，李頎等三十八人諸州文學。嘗經南省下第而不願就文學者，免將來文解；不合格者，賜錢十千罷歸。仍自今毋得邀車駕獻文字。

〔五〕頡頏：謂奇怪之言辭。《解嘲》：『是故，鄒衍以頡頏而取世資。』

〔六〕觖望：謂所願不滿而生怨。《重修廣韵》卷五：『觖望，怨望也。』

景祐中，〔一〕華州張源〔二〕作絶句，云：『太公年登八十餘，文王一見便同車。如今若向江邊釣，也被官中配看魚。』吟此詩畢，入夏州。其後，元昊反〔三〕，關中有兵者六七年不解源作是詩以叛去，亦足爲戒。〔四〕

【校證】

〔一〕此條輯自《增修詩話總龜》卷二引《東齋録》。

〔二〕張源：《西清詩話》卷下、《容齋三筆》卷十一《記張元事》作『張元』。

〔三〕《長編》卷一百二十二：（寶元元年十二月）丙寅，鄜延路都鈐轄司言趙元昊反。

〔四〕此事詳見《耆舊續聞》卷六：華山狂子張元，天聖間坐纍終身，嘗作《雪》詩，云：『七星仗劍攪天池，倒卷銀河落地機。戰退玉龍三百萬，斷鱗殘甲滿天飛。』又《鷹》詩，云：『有心待搦月中兔，更向白雲頭上飛。』其詩怪譎多類此。韓魏公在鄜延日，元以策於公，不用，後流落竄西夏，教元昊爲邊患。及公撫陜右，書生姚嗣宗獻詩，云：『踏破賀蘭石，掃空西海塵。布衣能辦此，可惜作窮鱗。』公曰：『此人若不收拾，又一張元矣。』遂表薦官之。又嘗題詩於關中驛舍，云：『欲掛衣冠神武門，先尋水竹渭南村。却將舊斬樓蘭劍，買得黄牛教子孫。』東坡見而志之，後聞乃嗣宗詩。又有詩云：『崆峒山叟笑不語，静聽松風飽晝眠。』皆豪語也。

亦見《容齋三筆》卷十一《記張元事》：自古夷狄之臣來入中國者，必爲人用。由餘入秦，穆公以霸，金日磾仕漢，脱武帝五柞之厄。唐世尤多，執失思力、阿史那社爾、李臨淮、高仙芝、渾瑊、李懷光、蛺跌光顔、朱邪克用，皆立大功名，不可殫紀。然亦在朝廷所以御之，否則爲郭藥師矣。儻使中國英俊，翻致力於异域，忌壯士以資敵國者，固亦多有。賈季在狄，晋六卿以爲難日至；桓温不能留王猛，使爲苻堅用；唐莊宗不能知韓延徽，使爲阿保機用；皆是也。西夏曩霄之叛，其謀皆出於華州士人張元與吴昊，而其事本末，國史不書。比得田晝承君集，實紀其事云：『張元、吴昊、姚嗣宗，皆關中人，負氣倜儻，有縱横才，相與友善。嘗薄游塞上，觀覘山川風俗，有經略西鄙意。姚題詩崆峒山寺壁，在兩界間，云：「南粤干戈未息肩，五原金鼓又轟天。崆峒山叟笑無語，飽聽松聲春晝眠。」范文正公巡邊，見之大驚。又有「踏破賀蘭石，掃清西海塵」之句。張爲《鸚䳇》詩，卒章曰：「好著金籠收拾取，莫教飛去别人家。」吴亦有詩。將謁韓、范二帥，恥自屈，不肯往，乃礱大石，刻詩其上，使壯夫拽之於通衢，三人從後哭之，欲以鼓動二帥。既而果召與相見，躊躇未用間，張、吴徑走西夏。范公以急騎追之，不及，乃表姚入幕府。張、吴既至夏國，夏人倚爲謀主，以抗朝廷，連兵十餘年，西方至爲疲弊，職此二人爲之。時二人家屬羈縻隨州，間使諜者矯中國詔釋之，人未有知者。後乃聞西人臨境，作樂迎此二家而去，自是邊帥始待士矣。姚又有述懷詩曰：「大開雙白眼，祇見一青天。」張有《雪》詩曰：「五丁仗劍决雲霓，直取銀河下帝畿。戰死玉龍三十萬，敗鱗風卷滿天飛。」吴詩獨不傳。觀此數聯，可想見其人非池中物也。』承君所記如此。予謂張、吴在夏國，然後舉事，不應韓、范作帥日尚猶在關中，豈非記其歲時先後不審乎？姚、張詩，《筆談》諸書，頗亦紀載。張、吴之名，正與羌酋二字同，蓋非偶然也。

《聞見近録》：張元，許州人也，客于長葛間，以俠自任。縣河有蛟，長數丈，每飲水轉橋下，則人爲之斷行。一日，蛟方枕大石而飲，元自橋上負大石中蛟，蜿轉而死，血流數里。又嘗與客飲驛中，一客邂逅至，主人者延之，元初不識知也，客乃

〔四〕《長編》卷一百十：（天聖九年十一月）侍御史曹修古，殿中侍御史郭勸、楊偕，推直官段少連交章論列，太后怒，下其章中書。大臣請黜修古知衢州，餘以次貶。太后以爲責輕。丁酉，降修古爲工部員外郎、同判杭州；勸、偕爲太常博士，勸監濰州税，偕監舒州税；少連爲秘書丞，監漣水軍税。修古尋改知興化軍。

〔五〕此事亦見《皇朝編年備要》卷九：修古鯁直，有風節，當太后臨朝，權倖用事，人人顧望畏忌而修古遇事輒言，無所回撓。尋卒于官，貧不能歸葬，賓佐賻錢五十萬，季女泣，白其母曰：『奈何以是纍吾先人也。』卒拒不納。上思其忠，贈右諫議大夫，賜其家錢二十萬。修古無子，官其婿劉勳。

《黄氏日鈔》卷四十五：曹修古女，建安人。修古博學，以直氣聞。明道初，言事觸罪，自御史知雜降工部員外郎、知興化軍。卒，妻孥窮空，無以歸。吏民思之，醉錢三十萬，拜醊堂下。家人未及言，女哭曰：『我先君處朝爲聞人，以清節自立，不幸天不與年，終于貶所。今臨財苟得，尚何面目哭泣幃中，幸持歸，無爲先君纍也。』吏民聞之慚，罷。

〔六〕僅：《稗史彙編》作『覲』。據《宋史》卷二百九十七《曹修古傳》載：『修古無子，以兄子覲爲後。覲知封州，儂智高亂，死之。』可見，『覲』爲確。

《宋史》卷四百四十六：曹覲，字仲賓，曹修禮子也。叔修古卒，無子，天章閤待制杜杞爲言於朝，授覲建州司户參軍，爲修古後。皇祐中，以太子中舍知封州。儂智高叛，攻陷邕管，趨廣州。行至封州，州人未嘗知兵，士卒纔百人，不任戰鬥，又無城隍以守，或勸覲遁去，覲正色叱之曰：『吾守臣也，有死而已，敢言避賊者斬。』麾都監陳曄引兵迎擊賊，封川令率鄉丁、弓手繼進。賊衆數百倍，曄兵敗走，鄉丁亦潰。覲率從卒决戰不勝，被執。賊戒勿殺，捽使拜，且誘之曰：『從我，得美官，付汝兵柄，以女妻汝。』覲不肯拜，且駡曰：『人臣惟北面拜天子，我豈從爾苟生邪！速殺我，幸矣。』賊猶惜不殺，徙置舟中，覲不食者兩日，探懷中印章授其從卒曰：『我且死，若求間道以此上官。』賊知其無降意，害之。至死詬賊聲不絶，投尸江中，時年三十五。事聞，贈太常少卿，録其子四人，妻劉避賊死於林峒，追封彭城郡君，加賜冠帔。又贈修古尚書工部侍郎，封修古妻陳潁川郡君。當智高之反，乘嶺南無備，州縣吏往往望風竄匿，故賊所嚮輒下，獨覲與孔宗旦、趙師旦能以死守。後田瑜安撫廣南，乃爲覲立廟封州。

范文正治杭州，〔一〕二浙阻饑〔二〕，穀價方踴，斗錢百二十。公遂增至斗百八十，衆不知所爲，公仍命多出榜沿江具述杭饑及米價所增之數。於是，商賈聞之，晨夜争進，唯恐後且虞，後者繼來，米既輻凑〔三〕，遂減價，還至百二十。〔四〕包孝肅公守廬州〔五〕，歲饑，亦不限米價，而商賈載至者遂多，不日米賤。

【校證】

〔一〕此條輯自《能改齋漫録》卷二『增穀價』條引『范蜀公《記》』。亦見《救荒活民書》卷二。

范仲淹皇祐元年至皇祐三年知杭州。

〔二〕阻饑：始見於《尚書·舜典》『帝曰：棄，黎民阻飢，汝后稷，播時百穀。』孔安國云：『阻，難也。衆人之難在於饑。』

〔三〕輻湊：本義爲車輻會聚於轂。後引申爲人物的聚集和稠密之意。賈誼《治安策》：『諸侯之君，不敢有异心，輻湊并進，而歸命天子。』

〔四〕《牧津》卷四十一：范文正公仲淹知杭州，二浙阻饑，穀價方踴，斗許百二十錢。公增至百八十，仍多出榜文，具述杭饑及米價所增之數。於是，商賈聞之，晨夕争先，惟恐後且虞。後者繼來，米既輻輳，價亦隨減。凡一切發粟存餉之政爲術甚備。吴俗素喜競渡，好爲佛事。仲淹乃縱民競渡，與僚佐日出宴于湖上，自春至夏，居民空巷出游。又召諸佛寺主首諭之曰：『歲饑，工價至賤，可大興土木之役。』於是，工作鼎興。又新倉廒吏舍，日役千夫。監司劾奏杭州不恤荒政，宴游興造，蕩耗民力。仲淹乃條議所以如此，皆欲發有餘之財以惠貧者，使工技服力之人皆得仰食于公私，不至轉徙填壑。荒政之施，莫此爲大。是歲惟杭饑而不害。

〔五〕包拯守廬州在皇祐五年至至和二年十二月。

附録一　范鎮生平資料

范景仁傳

司馬光

范景仁，名鎮，益州華陽人。少舉進士，善文賦，場屋師之。爲人和易修敕，參知政事薛簡肅公、端明殿學士宋景文公，皆器重之。補國子監生及貢院奏名皆第一，故事，殿廷唱第，過三人，則爲奏名之首者，必執聲自陳以祈恩，雖考校在下，天子必擢寘上列，以吴春卿、歐陽永叔之耿介，猶不免從衆，景仁獨不然，左右與并立者，屢趣之使自陳，景仁不應，至七十九人始唱名及之，景仁出拜，退就列，訖無一言，衆皆服其安恬，自是始以自陳爲恥，舊風遂絶。

釋褐新安主簿，到官數旬，時宋宣獻公留守西京，不欲使與下吏共勞辱，召置國子監，使教諸生，秩滿，又薦於朝爲東監直講，未幾，宋景文公奏同修《唐書》，及用參知政事王公薦，召試學士院，詩用彩霓字，學士以沈約《郊居賦》『雌霓連蜷』，讀『霓』爲入聲，謂景仁爲失韵，由是除館閣校勘，殊不知約賦但取聲律便美，非霓不可讀爲平聲也，當時有學者皆爲景仁憤鬱，而景仁處之晏然，不自辨。爲校勘四年，乃遷校理，丞相龐公薦景仁有美才，不汲汲於進取，詔除直秘閣，未幾以起居舍人知諫院。

仁宗性寬仁，言事競爲激訐以采名，或緣愛憎，汙人以帷箔不可明之事，景仁獨引大體，自非關朝廷安危，係生民利病，皆闊略不言。陳恭公爲相，嬖妾張氏笞殺婢，御史劾奏，欲去之不能得，乃誣之，云私其女，景仁上言：『朝廷設臺諫官，使之除讒慝也，審如御史所言，則執中可斬，如其不然，御史亦可斬。』御史怒，共劾景仁，以爲阿附宰相，景仁不顧，力爲辨其不然，深救當時之弊，識者韙之。

仁宗即位三十五年，未有繼嗣，嘉祐初，暴得疾，旬日不知人，中外大小之臣，無不寒心而畏避嫌疑，相倚仗莫敢發言，景仁獨奮曰：『天下事尚有大於此者乎？捨此不言，顧爲抉擿細微以塞職，是真負國，吾不忍也。』即上言：『太祖捨其子而立太宗；周王既薨，真宗取宗室子養之宮中。陛下宜爲宗廟社稷計，早擇宗室賢者，優其禮數，試之以政，與圖天下之事，以係天下人心。』章纍上，寢不報，景仁因闔門家居，自求誅譴，執政或諭以奈何效幹名希進之人，景仁上執政書言：『繼嗣不定將有急兵，鎮義當死朝廷之刑，不可死亂兵之下，此乃鎮擇死之時，尚何暇顧幹名希進之嫌，而不爲去就之決哉！』又奏稱：『臣竊原大臣之意，恐行之而事有變，故畏避而爲容身之計也。萬一兵起，大臣家中族首領顧不可保，其爲身計亦已疏矣。就使事有中變，而死陛下之職，與其死於亂兵，不猶愈乎？乞陛下以臣此章示大臣使其自擇死所。』聞者爲之股栗，尋除兼侍御史知雜事，景仁固辭不受，乞解言職，就散地，執政復諭以上之不豫，諸大臣亦嘗建此策，今奸言已入，爲之甚難，景仁復上執政書云：『但當論事之是非，不當問其難易，况事早則濟，緩則不及，此聖賢所以貴機會也。諸公謂今日難於前日，安知他日不難於今日乎？謂今日奸言已入，不可弭，他日可弭乎？』凡見上，面陳者三，奏章者十有七，朝廷不能奪，乃罷諫職，改集賢殿修撰，頃之，拜知制誥，遷翰林學士。

英宗即位，中書奏請追尊濮安懿王，事下兩制議，以爲宜稱皇伯，高官大國，極其尊榮，大忤執政意，更下尚書省，集百官議之，意朝士必有迎合者，既而臺諫争上言：『爲人後者爲之子，不得顧私親。今陛下既爲仁宗後，若復推尊濮王，是貳統也，殆非所以報仁宗之盛德。』衆議鼎沸，執政欲緩其事，乃下詔罷百官集議，曰：『當令禮官，檢詳典禮以聞。』景仁時判太常寺，即具列爲人後之禮，及漢魏以來論議得失，悉奏之，與兩制臺諫議合，執政怒召景仁，詰責之，曰：『詔書曰當令檢詳，奈何遽列上邪？』景仁曰：『有司得詔書，不敢稽留，即以聞，乃其職也，奈何更以爲罪乎？』會宰相遷官，景仁當草制，坐失於考按，不合故事，加侍讀學士出知陳州。

今上即位，復召還翰林，王介甫參知政事，置三司條例司，變更祖宗法令，專以聚斂爲務，斥逐忠直，引進奸佞，景仁上疏，極論其不可，朝廷不報，景仁時年六十三，因上言：『既不用臣言，臣無顔復居位食禄，願聽臣致仕。』章纍上，語益切直，介甫大怒，自草制書，極口醜詆，使以本官户部侍郎致仕，凡所應得恩例，悉不之與，於是當時在位者，皆自愧，景仁名益重於天下，介甫雖詆之深，人更以爲榮焉。

景仁既退居，有園第在京師，專以讀書賦詩自娱，客至無貴賤，皆野服見，不復報謝，故人或爲具召之，雖權貴不拒也，不召則不往見之，或時乘興出游，則無遠近皆往。嘗乘籃輿歸蜀，與親舊樂飲，賑施其貧者，周覽江山，窮其勝賞，期年然後返，年益老而視聽聰明，支體尤堅强。嗚呼！曏使景仁枉道希世以得富貴，蒙屈辱，任憂患，豈有今日之樂耶？則景仁所失甚少，所得殊多矣。《詩》云：『愷悌君子，神所勞矣。』又曰：『樂衹君子，遐不眉壽。』景仁有焉。

客有問今世之勇於迂叟者，叟曰：『有范景仁者，其爲勇，人莫之敵。』客曰：『景仁長僅五尺，循循如不勝衣，奚其勇？』叟曰：『何哉？而所謂勇者而以瞋目裂眥，髪上指冠，力曳九牛，氣陵三軍者爲勇乎？是特匹夫之勇耳，勇於外者也，若景仁，勇於内者也。自唐宣宗以來，不欲聞人言立嗣，萬一有言之者，輒切齒疾之，與倍畔無异，而景仁獨唱言之，十餘章不已，視身與宗族如鴻毛，後人見景仁無恙而繼爲之者，則有矣，然景仁者，冒不測之淵，無勇者能之乎？人之情，孰不畏天子與執政，親愛之至隆者，孰若父子，執政欲尊天子之父，而景仁引古義以争之，無勇者能之乎？禄與位皆人所貪，或老且病，前無可冀，猶戀戀不能捨去，况景仁身已通顯，有聲望，視公相無跬步之遠，以言不行，年六十三即拂衣歸，終身不復起，無勇者能之乎？』

凡人有所不能，而人或能之，無不服焉，如吕獻可之先見，范景仁之勇決，皆余所不及也，余心誠服之，故作《范景仁傳》。（司馬光《温國文正公文集》卷六十七）

范景仁墓志銘

蘇　軾

熙寧、元豐間，士大夫論天下賢者，必曰君實、景仁。其道德風流，足以師表當世。其議論可否，足以榮辱天下。二公蓋相得歡甚，皆自以爲莫及，曰：『吾與子生同志，死當同傳。』而天下之人亦無敢優劣之者。二公既約更相爲傳，而後死者則志其墓。故君實爲《景仁傳》，其略曰：『吕獻可之先見，景仁之勇決，皆予所不及也。』軾幸得游二公間，知其平生爲詳，蓋其用捨大節，皆不謀而同。如仁宗時，論立皇嗣，英宗時，論濮安懿王稱號，神宗時，論新法。其言若出一人，相先後如左右手。故君實嘗謂人曰：『吾與景仁兄弟也，但姓不同耳。』然至於論鐘律，則反復相非，終身不能相一。君子是以知二公非苟同者。君實之没，軾既狀其行事以授景仁，景仁志其墓，而軾表其墓道。今景仁之墓，其子孫皆以爲君實既没，非子誰當志之，且吾先君子之益友也，其可以辭？

公姓范氏，諱鎮，字景仁。其先自長安徙蜀，六世祖隆，始葬成都之華陽。曾祖諱昌祐，妣索氏。祖諱璲，妣張氏。纍世皆不仕。考諱度，贈開府儀同三司。妣李氏，贈榮國太夫人；龐氏，贈昌國太夫人。開府以文藝節行，爲蜀守張咏所知。有子三人。長曰鎡，終隴城令。次曰鍇，終衛尉寺丞。公其季也。四歲而孤，從二兄爲學。薛奎守蜀，道遇鎡，求士可客者，鎡以公對。公時年十八，奎與語，奇之，曰：『大范恐不壽，其季廊廟人也。』還朝與公俱。或問奎入蜀所得，曰：『得一偉人，當以文學名於世。』時故相宋庠與弟祁名重一時，見公稱之，祁與爲布衣交。由是名動場屋，舉進士，爲禮部第一。故事，殿廷唱第過三人，則禮部第一人者必越次抗聲自陳，因擢置上第。公不肯自言，至第七十九人乃出拜，退就列，無一言。廷中皆异之。

釋褐爲新安主簿。宋綬留守西京，召置國子監，使教諸生。秩滿，又薦諸朝，爲東宫直講。用參知政事王舉正薦，召試學士院，除館閣校勘，充編修《唐書》官。當遷校理。宰相龐籍言公有异材，恬於進取，特除直祕閣，爲開封府推官，擢起居舍人，知諫院兼管勾國子監。

上疏論民力困弊，請約祖宗以來官吏兵數，酌取其中爲定制，以今賦入之數十七爲經費，而儲其三以備水旱非常。又言：『古者冢宰制國用，唐以宰相兼鹽鐵轉運，或判户部度支，今中書主民，樞密主兵，三司主財，各不相知，故財已匱而樞密益兵無窮，民已困而三司取財不已，請使中書、樞密通知兵民財利大計，與三司同制國用。』葬温成皇后。太常議禮，前謂之園，後謂之園陵。宰相劉沆前爲監護使，後爲園陵使。公言：『嘗聞法吏舞法矣，未聞禮官舞禮也。請詰問前後議异同狀。』又請罷焚瘞錦繡珠玉以紓國用，從之。時有敕，凡内降不如律令者，令中書、樞密院及所屬執奏。未及一月，而内臣無故改官者，一日至五六人。公乞正大臣被詔故違不執奏之罪。石全斌以護温成葬，除觀察使。凡治葬事者，皆遷兩官。公言章獻、章懿、章惠三太后之葬，推恩皆無此比，乞追還全斌等告敕。文彦博、富弼入相，百官郊迎，時兩制不得詣宰相居第，百官不得間見。公言隆之以虚禮，不若開之以至誠，乞罷郊迎而除謁禁，以通天下之情。議减任子及每歲取士，皆公發之。又乞令宗室屬疎者補外官。仁宗曰：『卿言是也，顧恐天下謂朕不能睦族耳。』公曰：『陛下甄别其賢者顯用之，不没其能，乃所以睦族也。』雖不行，至熙寧初，卒如公言。

仁宗性寬容，言事者務訐以爲名。或誣人陰私。公獨引大體，略細故。時陳執中爲相。公嘗論其無學術，非宰相器。及執中嬖妾笞殺婢，御史劾奏，欲逐去之。公言：『今陰陽不和，財匱民困，盜賊滋熾，獄犴充斥，執中當任其咎。閨門之私，非所以責宰相。』識者韙之。

仁宗即位三十五年，未有繼嗣。嘉祐初得疾，中外危恐，不知所爲。公獨奮曰：『天下事尚有大於此者乎？』即上疏曰：『太祖捨其子而立太宗，此天下之大公也。周王既薨，真宗取宗室子養之宫中，此天下之大慮也。願陛下以太祖之心，行真宗故事，擇宗室賢者，异其禮物，而試之政事，以係天下心。』章纍上，不報。因闔門請罪。

會有星變，其占爲急兵。公言：『國本未立，若變起倉卒，禍不可以前料，兵孰急於此者乎？今陛下得臣疏，不以留中而付中書，是欲使大臣奉行也。臣兩至中書，大臣皆設辭以拒臣，是陛下欲爲宗廟社稷計，而大臣不欲也。臣竊原其意，特恐行之而陛下中變耳。中變之禍不過於死，而國本不立，萬一有如天象所告急兵之憂，則其禍豈獨一死而已哉。夫中變之禍，死而無愧，急兵之憂，死且有罪，願以此示大臣，使自擇而審處焉。』聞者爲之股栗。

除兼侍御史知雜事。公以言不從，固辭不受。執政謂公，上之不豫，大臣嘗建此策矣，今間言已入，爲之甚難。公復移書執政曰：『事當論其是非，不當問其難易。速則濟，緩則不及，此聖賢所以貴機會也。諸公言今日難於前日，安知他日不難於今日乎？』凡見上，面陳者三。公泣，上亦泣，曰：『朕知卿忠，卿言是也。當更俟三二年。』凡章十九上，待罪百餘日，須髮爲白，朝廷不能奪。

乃罷知諫院，改集賢殿修撰，判流内銓，修起居注，除知制誥。公雖罷言職，而無歲不言儲嗣事。以仁宗春秋益高，每因事及之，冀以感動上心。及爲知制誥，正謝上殿，面論之曰：『陛下許臣今復三年矣，願早定大計。』明年又因祫享獻賦以諷。其後，韓琦卒定策立英宗。遷翰林學士充史館修撰，改右諫議大夫。

英宗即位，遷給事中，充仁宗山陵禮儀使。坐誤遷宰臣官，改翰林侍讀學士，復爲翰林學士。中書奏請追尊濮安懿王，下兩制議，以爲宜稱皇伯，高官大國，極其尊榮，非執政意，更下尚書省集議。已而臺諫争言其不可，乃下詔罷議，令禮官檢詳典禮以聞。公時判太常寺，率禮官上言：『漢宣帝於昭帝爲孫，光武於平帝爲祖，則其父容可以稱皇考，然議者猶非之，謂其以小宗而合大宗之統也，今陛下既考仁宗，又考濮安懿王，則其失非特漢宣、光武之比矣。凡稱帝若皇若皇考，立寢廟，論昭穆，皆非是。』於是具列儀禮及漢儒論議、魏明帝詔爲五篇奏之。以翰林侍讀學士出知陳州。陳饑，公至三日，發庫廩三萬貫石以貸，不及奏，監司繩之急，公上書自劾，詔原之。是歲大熟，所貸悉還，陳人至今思之。

神宗即位，遷禮部侍郎，召還，復爲翰林學士兼侍讀、群牧使、勾當三班院、知通進銀臺司。公言：『故事，門下封駁制敕，省審章奏，糾舉違滯，著於所授敕，其後刊去，故職寖廢，請復之，使知所守。』從之。糾察在京刑獄。

王安石爲政，始變更法令，改常平爲青苗法。公上疏曰：『常平之法，始于漢之盛時，視穀貴賤發斂，以便農末，最爲近古，不可改。而青苗行於唐之衰亂，不足法。且陛下疾富民之多取而少取之，此正百步與五十步之間耳。今有二人坐市貿易，一人下其直以相傾奪，則人皆知惡之，其可以朝廷而行市道之所惡乎！』疏三上，不報。

邇英閤進讀，與吕惠卿争論上前，因論舊法預買紬絹亦青苗之比。公曰：『預買亦敝法也。若陛下躬節儉，府庫有餘，當并預買去之，奈何更以爲比乎？』韓琦上疏，極論新法之害，安石使送條例司疏駁之。諫官李常乞罷青苗錢，安石令常分析，公皆封還其詔。詔五下，公執如初。

司馬光除樞密副使。光以所言不行，不敢就職，詔許辭免，公再封還之。上知公不可奪，以詔直付光，不由門下。公奏：『由臣不才，使陛下廢法，有司失職，乞解銀臺司。』許之。會有詔舉諫官，公以軾應詔，而御史知雜謝景温彈奏軾罪。公又舉孔文仲爲賢良。文仲對策，極論新法之害。安石怒，罷文仲歸故官。公上疏争之，不報。

時年六十三。即上言，臣言不行，無顔復立於朝，請致仕。疏五上，最後指言安石以喜怒賞罰事曰：『陛下有納諫之資，大臣進拒諫之計，陛下有愛民之性，大臣用殘民之術。』安石大怒，自草制極口詆公，落翰林學士，以本官致仕。聞者皆爲公懼。公上表謝，其略曰：『雖曰乞身而去，敢忘憂國之心。』又曰：『望陛下集群議爲耳目，以除壅蔽之奸，任老成爲腹心，以養和平之福。』天下聞而壯之。安石雖詆之深，人更以爲榮焉。

公既退居，專以讀書賦詩自娱。客至，輒置酒盡歡。或勸公稱疾杜門。公曰：『死生禍福，天也。吾其如天何！』同天節乞隨班上壽，許之。遂著爲令。久之歸蜀。與親舊樂，賑施其貧者，朞年而後還。軾得罪，下御史臺獄，索公與軾往來書疏文字甚急。公猶上書救軾不已。朝廷有大事，輒言之。

官制行，改正議大夫。今上即位，遷光禄大夫。初，英宗即位，祔仁宗主而遷僖祖。及神宗即位，復還僖祖而遷順祖。公上言：『太祖起宋州有天下，與漢高祖同，僖祖不當復還。乞下百官議。』不報。及上即位，公又言乞遷僖祖，正太祖東嚮之位。時年幾八十矣。

韓維上言：『公在仁宗朝，首開建儲之議，其後大臣繼有論奏，先帝追録其言，存没皆推恩，而鎮未嘗以語人，人亦莫爲言者，雖顔子不伐善，介之推不言禄，不能過也。』悉以公十九疏上之，拜端明殿學士。特詔長子清平縣令百揆改宣德郎。且起公兼侍讀、提舉中太一宫。詔語有曰：『西伯善養，二老來歸。漢室卑詞，四臣入侍。爲我强起，無或憚勤。』公固辭不起。天下益高之。

改提舉嵩山崇福宫。公仲兄之孫祖禹，爲著作郎，謁告省公于許。因復賜詔，及龍茶一合，存問甚厚。數月，復告老，進銀青光禄大夫，再致仕。

初，仁宗命李照改定大樂，下王朴樂三律。皇祐中，又使胡瑗等考正，公與司馬光皆與。公上疏，論律尺之法。又與光往復論難，凡數萬言，自以爲獨得於心。元豐三年，神宗詔公與劉几定樂。公曰：『定樂當先正律。』上曰：『然。雖有師曠之聰，不以六律，不能正五音。』公作律尺、龠、合、升、斗、豆、區、鬴、斛，欲圖上之。又乞訪求真黍以定黄鍾，而劉几即用李照樂，加用四清聲而奏樂成。詔罷局，賜賚有加。公謝曰：『此劉几樂也，臣何與焉。』及提舉崇福宫，欲造樂獻之，自以爲嫌，乃先請致仕。既得謝，請太府銅爲之，逾年乃成。比李照樂下一律有奇。二聖御延和殿，召執政同觀，賜詔嘉獎，以樂下太常，詔三省、侍從、臺閣之臣皆往觀焉。

時公已屬疾，樂奏三日而薨。實元祐三年閏十二月癸卯朔，享年八十一。訃聞，輟視朝一日，贈右金紫光禄大夫，謚曰『忠文』。公雖以上壽貴顯，考終於家，無所憾者，而士大夫惜其以道德事明主，閲三世，皆以剛方難合，故雖用而不盡。及上即位，求人如不及，厚禮以起公，而公已老，無意於世矣。故聞其喪，哭之皆哀。

公清明坦夷，表裏洞達，遇人以誠，恭儉慎默，口不言人過。及臨大節，决大議，色和而語壯，常欲繼之以死，雖在萬乘前無所屈。篤於行義，奏補先族人而後子孫，鄉人有不克婚葬者，輒爲主之，客其家者常十餘人，雖僦居陋巷，席地而坐，飲食必均。

兄鎡卒于隴城，無子，聞其有遺腹子在外，公時未仕，徒步求之兩蜀間，二年乃得之，曰：『吾兄异於人，體有四乳，是兒亦必然。』已而果然。名之曰百常。以公蔭，今爲承議郎。公少受學於鄉先生龎直温。直温之子昉卒於京師，公娶其女爲孫婦，養其妻子終身。

其學本於六經仁義，口不道佛老申韓异端之説。其文清麗簡遠，學者以爲師法。凡三入翰林，知嘉祐二年、六年、八年及治平二年貢舉，門生滿天下，貴顯者不可勝數。

詔修《唐書》《仁宗實録》《玉牒》《日曆》《類篇》。凡朝廷有大述作、大議論，未嘗不與。契丹、高麗皆知誦公文賦。少時嘗賦《長嘯却胡騎》，及奉使契丹，虜相目曰：『此長嘯公也。』其後兄子百禄亦使虜，虜首問公安否。有文集一百卷、《諫垣集》十卷、《内制集》三十卷、《外制集》十卷、《正言》三卷、《樂書》三卷、《國朝韵對》三卷、《國朝事始》一卷、《東齋記事》十卷、《刀筆》八卷。

積勳柱國，纍封蜀郡開國公，食邑加至二千六百户，實封五百户。娶張氏，追封清河郡君。再娶李氏，封長安郡君。子男五人。長曰燕孫，未名而卒。次百揆，宣德郎監中岳廟。次百嘉，承務郎，先公一年卒。次百歲，太康主簿，先公六年卒。次百慮，承務郎。女一人，嘗適左司諫吴安詩，復歸以卒。孫男十人。祖直，襄州司户參軍。祖朴，長社主簿。祖野、祖平，假承務郎。祖封，右承奉郎。祖耕，承務郎。祖淳、祖舒、祖京、祖恩。孫女六人，曾孫女三人。

公晚家于許，許人愛而敬之。其薨也，里人皆出涕。以元祐四年八月己未，葬于汝之襄城縣汝安鄉推賢里，夫人李氏祔。

公始以詩賦爲名進士，及爲館閣侍從，以文學稱。雖屢諫争及論儲嗣事，朝廷信其忠，然事頗秘，世亦未盡知也。其後議濮安懿王稱號，守禮不回，而名益重。及論熙寧新法，與王安石、吕惠卿辨論，至廢黜不用，然後天下翕然師尊之。無貴賤賢愚，謂之景仁而不敢名，有爲不義，必畏公知之。

公既得謝，軾往賀之曰：『公雖退而名益重矣。』公愀然不樂，曰：『君子言聽計從，消患於未萌，使天下陰受其賜，無智名，無勇功，吾獨不得爲此，命也夫。使天下受其害，而吾享其名，吾何心哉。』軾以是愧公。

銘曰：

凡物之生，莫纍於名。人顧趨之，以纍爲榮。神人無名，欲知者希。人顧憂之，以希爲悲。熙寧以來，孰擅茲器。嗟嗟先生，名所不置。君實在洛，公在潁昌。皆欲忘民，民不汝忘。君實既來，遁歸于洛。縶而維之，莫之勝脱。爲天相君，爲君牧民。道遠年徂，卒狗以身。公獨堅卧，三詔不起。遂解天刑，竟以樂死。世皆謂公，貴身賤名。孰知其功，聖人之清。貪夫以廉，懦夫以立。不尸其功，無喪無得。君實之用，出而時施。如彼水火，寧除渴飢。公雖不用，亦相其行。如彼山川，出雲相望。公維蜀人，乃葬于汝。子孫不忘，尚告來者。（蘇軾《蘇文忠公全集》卷三十九）

端明殿學士銀青光禄大夫致仕上柱國蜀郡開國公食邑二千六百户食實封五百户贈右金紫光禄大夫謚忠文范公神道碑

韓　維

元祐三年閏十二月癸卯，端明殿學士、銀青光禄大夫致仕范公薨于潁昌府私第之正寢。訃聞，輟視朝一日，贈右金紫光禄大夫，謚曰『忠文』。公諱鎮，字景仁。其先長安人，六世祖始葬成都之華陽。皇考諱度，贈開府儀同三司，妣李氏，贈榮國太夫人；龐氏，贈昌國太夫人。

開府以文行，爲蜀守張咏所知。有子三人，公其季也。薛奎守蜀，召置門下，公時年十八。奎與語，大奇之。還朝，或問奎入蜀所得，曰：『得一士，异時當以文學、節行爲世名臣。』故相宋庠與弟祁一見公，稱之，祁與爲布衣交。舉進士，禮部奏名第一。前此，殿廷唱第，過三人，則禮部第一者必抗聲祈恩，必擢上第。公得乙科，拜勅而還，初無一言。自是，士人始以自陳爲恥。釋褐爲新安主簿。宋綬留守西京，召入國子監，使教諸生。秩滿，表爲通監直講，用參知政事王舉正薦，召試學士院，除館閣校勘，充編修《唐書》官。宰相龐籍言公有异材，不求進取，特除直秘閣，爲開封府推官，擢拜起居舍人、知諫院，兼管勾國子監。上疏論：『民力困弊，請約官吏兵之數，酌取其中，歲爲常，度以賦入十七給其用，儲其三以備非常。』又言：『古者冢宰制國用，唐以宰相兼鹽鐵轉運使，或判户部度支。今中書主民，樞密主兵，三司主財，各不相知，故財已匱而樞密益兵無窮，民已困而三司取財不已。請使中書、樞密通知兵民財利，與三司同制國用。』温成皇后葬，太常議禮，前謂之園，後謂之陵。宰相劉沆前爲監護使，後爲園陵使。公言：『嘗聞法吏舞法矣，未聞禮官舞禮也。請詰前後异議狀。』時有詔凡由内降不如律令者，令所屬執奏，未及一月而内臣無故改官者五六人，公乞正大臣不奉詔之罪。石全斌以護温成葬，除觀察使，凡護葬事者皆遷内官。公言：『章獻、章懿、章惠三太后之葬推恩皆無此比，乞追還全斌等誥勅。』文彦博、富弼入相，詔百官郊迎。時，兩制不得詣宰相私第，百官不得聞見。公言：『隆之以虚禮，不若待之以至誠，乞罷郊迎而除謁禁。』奏減任子及令宗室屬疎者補外，雖不即行，至熙寧初，卒如公議。

仁宗性寬仁，言事者多務訐直，或誣人陰私。公獨引大體，略細故。御史劾奏宰相陳執中嬖妾笞殺婢，欲以逐執中而未得也。又繼言執中有禽獸行，以必其言之行。公獨論今陰陽不和，百姓困窮，執中當任其咎。御史乃以不可名之大惡加宰相，即朝廷聽之，非所以重國體厚風化也。群御史怒，共劾公阿附宰相。公挺然不顧以排衆論，識者謂，嬖妾笞殺婢，執中實使笞之，於法爲輕，所言大惡，理難驗白，不可以空言疑罪謫宰相，公所言深得諫臣之體。

仁宗即位三十五年未有繼嗣。嘉祐初不豫，中外惴恐。公獨奮曰：『天下事有大于此乎？』即上疏曰：『太祖捨其子而立弟，此天下之大公也。周王薨，真宗取宗室子養之宫中，國家之大慮也。願陛下以太祖、真宗故事，擇宗室賢者，异其禮秩，而試養宫中，以係天下心。』章十九上，其言危切，聞者莫不股栗。因闔門待罪。會除御史知雜事，公以言不從，不受，乃罷知諫院，改集賢殿修撰，判刑獄，同修起居注，除知制誥。

其後，英宗進位皇嗣，纂承大統，實自公發之。遷翰林學士，充史館修撰，除右諫議大夫。英宗即位，遷給事中，充大行皇帝山陵禮儀使。坐誤遷宰相官，除翰林侍讀學士。未幾，復入翰林。中書奏，追尊濮安懿王。下兩府議，以爲宜稱皇伯，非執政意，令理官撿詳典故以聞。公時判太常寺，率禮官上言：凡稱帝號，及若皇考，立寢廟，論昭穆，皆非是。於是，具列儀制及漢儒論議奏之。

以翰林侍讀學士出知陳州。會歲饑，公至，發庫廩三萬貫石以貸，陳人德之。神宗即位，遷禮部侍郎，召還，復爲翰林學士兼侍讀、群牧使、勾當三班院。《實録》書成，遷户部侍郎，知通進銀臺司。公言：『故事，門下封駁制勅，省審章奏，糾舉違滯，著於所授勅，其後旋刊去，職司寖廢，請復舊制。』從之。糾察在京刑獄。

王安石始變更法令，改常平爲青苗。公上疏曰：『常平之法，始于漢之盛時，視穀貴賤發斂，以及于宋最爲近古，不可改。且陛下疾富民多取而行之，亦與五十步笑百步何异？今有兩人坐市貿易，一人故下其直以相傾奪，則人皆知惡之，奈何經國計而行市道之所惡乎？』疏三上，不報。至與安石互争論于上前，韓琦上書論新法非便，安石令送條例司，駁其議。諫官李常乞罷青苗錢法，詔命常分析，公皆封還其詔。詔五下，公執如初。司馬光除樞密副使，光以言不用不肯就職。上疏辭免，公再封還之。上知公不可奪，以詔自内出不由門下。公自劾由臣不才使陛下廢法，實臣失職，乞解銀臺司，許之。詔舉諫官，公以蘇軾應詔，而御史知雜謝景温彈奏軾罪，舉孔文仲應賢良。文仲對策言新法之害，安石怒，罷遣還里。公上疏争之，不報。時公年六十三矣。即上疏曰：『言不行，無顔復立聖朝，請致仕。』疏五上，最後言安石以喜怒賞罰曰：『陛下有納諫之資，大臣進拒諫之計，陛下有愛民之性，大臣用殘民之法。』安石大怒，自草制，極口詆公。落翰林學士，以原官致仕。議者不以少公而罪安石焉。

公既罷歸，惟讀書賦詩自娱。客至，輒置酒盡歡。或勸其謝客杜門。公曰：『死生禍福，天也。吾其如天何！』

官制行，改正議大夫。今上即位，遷光禄大夫。韓維上言：『公在仁宗朝，首開建儲之議，顧命大臣繼有論奏。先帝追録其言，存没皆褒贈，公未嘗以語人，人亦莫爲言者，雖顔子無伐善，介之推不言禄，不能過也。』悉以其十九疏上之，拜端明殿學士。特詔長子清平縣令百揆改承務郎。且起公兼侍讀、提舉中太一宫。公固辭不起，改提舉嵩山崇福宫。數月復告老，進銀青光禄大夫致仕。

元豐三年，神宗詔公與劉几定樂。公曰：『定樂當先正律。』乞訪求真黍以定黄鍾律，几即用李照樂，加四清聲而奏樂成。詔罷局，賜賚有加。公謝曰：『此劉几功也，臣何與焉。』及致仕，請太府銅造鍾、律、斛等器，上之，比李照樂下一律有奇。時二聖御延和殿同觀，賜詔嘉獎，命付太常〔〕。會公薨，不果行〔〕。享年八十一〔〕。

公清直夷坦，遇人以誠，恭儉寡言，終日危坐，未嘗跛倚。平生不道人過失，及在上前論議，争大體，决是非，色温而詞確，不少回屈。蔭補先族人而後子弟，鄉有不克婚葬者，輒爲主之。兄鎡卒無子，聞其有遺腹子在外，求之二年乃得，曰：『吾兄异于人者四乳，是兒亦必然。』已而果然，名曰百常。以公蔭，今爲承議郎。少受學于鄉先生龐直温，直温之子卒於京師，公娶其女爲孫婦，養其妻子終身。其學本於六經，口不道佛老申韓之説，其爲文章温潤簡潔如其爲人，與修《唐書》《仁宗實録》《玉牒》《日曆》《類篇》。契丹、高麗皆知誦公文賦，少時嘗賦《長嘯却胡騎》，及奉使契丹，敵相謂曰：『此長嘯公也。』

有文集一百卷、《諫垣集》十卷、《内制集》三十卷、《外制集》十卷、《正書》三卷、《樂書》三卷、《國朝韵對》三卷、《國朝事始》一卷、《東齋記事》十卷、《刀筆》八卷。

積勲至柱國，纍封蜀郡開國公。娶張氏，追封清河郡君。再娶李氏，封長安郡君。子男五人。長曰燕，孫未名而卒。次百揆，今爲左奉議郎、通判汝州。次百嘉，承務郎。次百歲，太康主簿。并先公卒。次百慮，承務郎。女一人，嘗適右司諫吴安詩而卒。孫男十人，孫女六人，曾孫女三人。

公晚家于潁昌府，其薨也，遂葬于汝州之襄城縣汝安鄉推賢里，以夫人李氏祔。實元祐四年八月己未也。

予少誦公之文章，以爲師長，慕公之行義，以爲友。晚同里巷出，并輿燕同席周旋游處，且幾十年。然後，又知文章之美，行義之高，特公之餘事。於其銘也，略其細而著其尤章章者云。

銘曰：

□自天降衷□斯德之充。又溥以文，君子之風。疇其若兹，范姓蜀公。公生下國，懷道而東。振藻天庭，其文加雄。不矜其詞，允蹈以躬。乃陞諫垣，啓帝之聰。乃踐翰林，爲時所宗。言人之難，舉國之重。不爲威屈，不以利動。樂有未正，禮有未中。公以爲憂，或糾或諷。委位遺榮，曾不旋顧。晚非其好，謝事而去。清池華屋，來燕來處。銜觴賦詩，笑傲仰俯。逍遥以終。無愧無懼，我銘其德，以表新墓。後有仕者，視公爲矩。（韓維《南陽集》卷三十）

東都事略·范鎮傳

王　稱

范鎮，字景仁，成都華陽人也。薛奎守蜀還朝，或問奎入蜀所得，曰：『得一偉人，當以文學名於世。』謂鎮也。舉進士，禮部奏名第一。故事，殿廷唱第過三人，則禮部第一人者，必越次抗聲自陳，因擢置上第。鎮不肯自言，至第七十九人乃出拜，退就列，無一言，廷中皆异之。釋褐爲新安簿，王舉正薦召試，擢館閣校勘。宰相龐籍言鎮有异材，不汲汲於進取，特除直秘閣、開封府推官，擢起居舍人、知諫院。上疏論：『民田困弊，請約祖宗以來官吏兵數，酌取其中爲定制，以今賦入之數什七爲經費，而儲其三以備水旱非常。』又言：『古者冢宰制國用，唐以宰相兼鹽鐵轉運或判户部度支。今中書主民，樞密主兵，三司主財，各不相知。故財已匱，而樞密益兵無窮；民已困，而三司取財不已。請使中書、樞密通知兵民財利大計，與三司同制國用。』

顧元曰：『彼何人斯？』元厲聲曰：『皮裹骨頭肉人斯。』應聲以鐵鞭擊之而死，主人塗千金之藥，久之能蘇。元每夜游山林，則吹鐵笛而行，聲聞數里，群盗皆避。元纍舉進士不第，又爲縣宰笞之，乃逃詣元昊，將行，過項羽廟，乃竭囊沽酒，對羽極飲，酹酒泥像。又歌秦皇草昧劉項起吞并之詞，悲歌纍日，大慟而遁。及元昊叛，露布有『朕欲親臨渭水，直據長安』之語，元所作也。後鄜延被圍，元實在兵中，于城外寺中題曰：『太師、尚書令兼中書令張元從大駕至此。』其跛扈如此。昊雖强黠，亦元導之也。

梅聖俞於范希文席上賦《河豚魚》詩，〔一〕云：『春洲生荻芽，春岸飛楊花。河豚於此時，貴不數魚蝦。』〔二〕河豚出春暮，游水上，食柳絮而肥，南人多與荻〔三〕芽爲羮而食之。故知者謂：『祇破題兩句，已道盡河豚好處。』聖俞平生苦於吟咏，以閑爲意。故其詩，思極艱。此詩於尊俎笑談間，〔四〕頃刻而成，遂爲絶唱。

【校證】

〔一〕此條輯自《增修詩話總龜》卷六引《東齋録》。亦見《六一居士詩話》；《類苑》作引自《劉貢父詩話》。

〔二〕此詩全文見《宛陵先生集》卷五《范饒州坐中客語食河豚魚》：『春洲生荻芽，春岸飛楊花。河豚當是時，貴不數魚鰕。其狀已可怪，其毒亦莫加。忿腹若封豕，怒目猶吴蛙。庖煎苟失所，入喉爲鏌鋣。若此喪軀體，何須資齒牙。持問南方人，黨護復矜誇。皆言美無度，誰謂死如麻。我語不能屈，自思空咄嗟。退之來潮陽，始憚餐籠蛇。子厚居柳州，而甘食蝦蟇。二物雖可憎，性命無舛差。斯味曾不比，中藏禍無涯。甚美惡亦稱，此言誠可嘉。』

〔三〕荻：多年生草本植物，生在水邊，葉子長形，似蘆葦，秋天開紫花，莖可以編席箔。

〔四〕此詩於尊俎笑談間：《六一居士詩話》作『此詩作於罇俎之間，筆力雄贍』。

宋師敗於好水川。〔一〕時張元題詩界上，曰：『夏竦何曾聳，韓琦未是奇。滿川龍虎輦，猶自説兵機。』〔二〕

【校證】

〔一〕此條輯自《遼詩話》卷下引《東齋録》。亦見《遼史紀事本末》卷二十五引《東齋録》，云：『時張元題詩界上，曰：夏竦何曾聳，韓琦未是奇。滿川龍虎舉，猶自説兵機。』

宋師敗於好水川事詳見《長編》卷一百三十一：（慶曆元年二月）己丑，琦亟趨鎮戎軍，盡出其兵，又募敢勇凡萬八千人，使福將以擊賊。涇原駐泊都監桑懌爲先鋒，鈐轄朱觀、涇州都監武英繼之，行營都監王珪、參軍事耿傅皆從。琦面授福等方略，令并兵自懷遠城趨德勝寨至羊牧隆城，出賊之後；諸寨相距僅四十里，道近且易，芻糧足供，度勢未可戰，則據險設伏，待其歸然後邀擊之。福等就道，琦亦至城外重戒之。翌日，福自新壕外分輕騎數千趨懷遠城、捺龍川遇鎮戎軍西路都巡檢常鼎、同巡檢内侍劉肅，與賊兵一溜戰於張家堡南，斬首數百。賊棄馬羊槖駝佯北，懌引騎追之，福亦分兵自將踵其後。薄暮，福、懌合軍屯好水川，朱觀、武英爲一軍屯龍落川，隔山相距五里，約明日會兵，不使賊得逸去。邏者傳賊兵少，故福等輕之。路益遠，芻糧不繼，人馬已乏食三日。福等不知賊之誘也，悉力逐之，癸巳，至龍竿城北，遇賊大軍循川行，出六盤山下，距羊牧隆城五里，結陣以抗官軍。諸將乃知墮賊計，勢不可留，因前接戰。懌馳犯其鋒，福陣未成列，賊縱鐵騎衝突，自辰至午，陣動，衆傳山，欲據勝地，賊發伏自山背下擊，士卒多墮崖塹相覆壓，懌、肅戰死。賊分兵數千斷官兵後，福力戰，身被十餘矢。有小校劉進者勸福自免，福曰：『吾爲大將，兵敗，以死報國耳！』揮四刃鐵簡，挺身决鬥，槍中左頰，絶其喉而死。福子懷亮亦死之。

〔二〕周煇《清波雜志》卷二：韓魏公領四路招討駐延安，忽夜有攜匕首至卧内者，乃夏人所遣也。公語之：『汝取我首去。』其人曰：『不忍，得諫議金帶足矣。』明日，公不治此事。俄有守陴者，以元帶來納，留之。或曰：『初不治此事爲得體，卒受其帶，則墮奸人計中矣。』公嘆非所及。元豐間，亦有守邊者，一夕失城門鎖，亦不究治，但亟令易而大之。繼有得元鎖來歸者，乃曰：『初不失也。』使持往合關鍵，蹉跌不相入，較以納帶似得之。豈大賢千慮，未免一失乎？延安刺客乃張元所遣，元本華陰布衣，使氣自負，嘗再以詩幹魏公，公不納，遂投西夏而用事。迨王師失律於好水川，元題詩於界上僧寺，云：『夏竦何曾聳，韓琦未是奇。滿川龍虎輦，猶自説兵機。』其不遜如此。

丁謂作參政，〔一〕或率楊文公賀之。公曰：『此常選〔二〕耳，何足道哉？』

【校證】

〔一〕此條輯自《事類備要》後集卷十五引《東齋筆記》。按，《長編》卷一百七十六：『范鎮《東齋筆記》』。《西湖游覽志餘》卷二十四：『范蜀公《東齋筆記》』。可見，《東齋筆記》乃《東齋記事》的异稱。《群書通要》戊集卷四引此條作源自《東齋日記》。另，《國老談苑》卷二也收有此條，文略异，云：『楊億在翰林，丁謂初參政事，億列賀焉。語同列曰：「骰子選爾，何多尚哉。」未幾，辭親逃歸陽翟别墅。』

〔二〕常選：《國老談苑》卷二、《記纂淵海》卷八十八、《錦繡萬花谷》後集卷九均作『骰子選』。

江南有紅鹽橄欖，〔一〕樹高，以紅鹽〔二〕塗其樹而子自落。〔三〕

【校證】

〔一〕此條輯自王十朋《東坡詩集注》卷十。亦見《古今鹽略》卷三、《藝林滙考》卷二引《東齋記》。《能改齋漫録》卷十五亦云：『范景仁言，橄欖木高大難采，以鹽擦木身，則其實自落。』

紅鹽橄欖：即用紅鹽加工而成的橄欖。《東坡集》卷十三《橄欖》：『紛紛青子落紅鹽，正味森森苦且嚴。待得微甘回齒頰，已輸崖蜜十分甜。』

〔二〕《北户録》卷二『紅鹽』條：『恩州有鹽場，出紅鹽，色如絳雪，驗之即由煎時染成，差可愛也。』《耆舊續聞》卷二：『世祇疑紅鹽二字，以爲别有故事，不知此即《本草》論鹽有數種，北海青，南海赤，橄欖生於南海，故用紅鹽也。又《太平廣記》云：「交河之間，平磧中掘數尺，有末鹽紅紫，色鮮味甘。」本朝建炎間亦有貢紅鹽者。紅鹽字雅宜用之。』

〔三〕《耆舊續聞》卷二：徐師川云：『東坡《橄欖》詩云「紛紛青子落紅鹽」，蓋北人相傳以爲橄欖樹高難取，南人用鹽擦，則其子自落。今南人取橄欖雖不然，然猶有此語也，東坡遂用其事。正如南海子魚出於莆田通應王祠前者味最勝，詩人遂云「通印子魚猶帶骨」，又云「子魚俎上通三印」，蓋亦傳者之訛也。』

杜祁公衍七十歲，〔一〕一日請老，自尚書左丞知兖州，除太子少師致仕。故事：曾爲宰相，未有以三少〔二〕致仕者。又兩制以上須兩章乃可。祁公一章即聽，蓋當時宰相不喜之也。〔三〕予爲翰林學士，雖獲罪，猶五章始得報。〔四〕

【校證】

〔一〕此條輯自《宋會要輯稿》職官七十七引《東齋記事》。亦見汪應辰《石林燕語辨》卷五引范蜀公《東齋記事》，其文頗簡，云：『兩制以上致仕，須兩章乃從，非臣寮皆然也。』

〔二〕三少：指太子少師、少保、少傅。

〔三〕《長編》卷一百六十：『（慶曆七年正月）戊子，尚書左丞，知兖州杜衍爲太子少師致仕。衍年方七十，正旦日上表，願還印綬。宰相賈昌朝素不喜，遽從其請。議者謂，衍故宰相，一上表即得謝，且位三少，皆非故事。蓋昌朝抑之也。』

皇祐年間，杜祁除『三師』。《長編》卷一百六十七：『（皇祐元年七月壬寅）太子少師致仕杜衍爲太子太保。』《長編》卷一百六十九：『（皇祐二年九月）丙申，詔太子太保致仕杜衍太子太傅致仕。』《長編》卷一百七十五：『（皇祐五年閏七月）壬子，太子太傅致仕杜衍爲太子太師。』

〔四〕《石林燕語辨》卷五：故事，臣僚告老，一章即從。仁宗時，始命一章不允，兩章而後從，所以示優禮也。熙寧末，范景仁以薦蘇子瞻、孔經甫不從，曰：『臣無顔可見班列。』乃乞致仕，章四上，不報。最後第五章，并論青苗法，於是，始以本官致仕。神宗初，未嘗怒也。景仁既得謝，猶居京師者三年。時王禹玉爲執政，與景仁久同翰林。景仁每從容過之，道舊樂飲終日，自不以爲嫌。當權者亦不之責。元祐初，熙寧、元豐所廢舊臣，自司馬温公以下，皆畢集於朝，獨景仁屢召不至，世尤以爲高云。

范鎮致仕事詳見《長編》卷二百十六：（熙寧三年十月乙卯）詔翰林學士、户部侍郎兼侍讀、集賢殿修撰范鎮落翰林學士，依前户部侍郎致仕。先是，鎮奏乞致仕曰：『臣近舉蘇軾諫官，蒙御史劾奏；又舉孔文仲應制科，蒙下流内銓，告諭令歸本任。職臣之故，上纍聖德，下纍賢才，臣無面顔復齒班列，望除臣致仕，仍不轉官，以贖軾販鹽誣妄之罪，及文仲對策切直之過。』不報。又奏：『軾治平中父死京師，先帝賜之絹百匹、銀百兩，辭不受，而請贈父官。先帝嘉其意，贈其父光禄寺丞，又敕諸路應副人船。是時，韓琦亦與之銀三百兩，歐陽修與二百兩，皆辭不受。軾之風節，亦可概見矣。今言者以爲多差人船販私鹽，是厚誣也。軾有古今之學，文章高于時，又敢言朝廷得失，臣所以舉充諫官。今反爲軾之纍，臣豈得默默不爲一言！又文仲對策，中外皆言其切直，設有過當，亦由小官疏外，不識忌諱。且以直言求之，而以直言罪之，是罔天下忠直而納之罪罟，豈不爲聖明之纍乎？陛下聰明睿智，欲爲堯、舜、湯、文之所爲，而乃拒忠諫，惡直言，臣竊惜之。乞明辨軾之無過，恕文仲之直言，除臣致仕。』最後奏曰：『臣請致仕，已四上章，歷日彌旬，未聞可報。緣臣所懷，有可去者二：臣言青苗不見聽，一可去；薦蘇軾、孔文仲不見用，二可去。負二可去，重之以多病早衰，其可以已乎！今有人言，獻忠與獻佞孰是？必曰獻忠是。納諫與拒諫孰是？必曰納諫是。蘇軾、孔文仲可謂獻忠矣，陛下拒而不納，是必有獻佞以誤陛下者，不可不察也。若李定避持服，遂不認母，是壞人倫、逆天理也，而欲以爲御史，御史臺爲之罷陳薦，舍人院爲之罷宋敏求、李大臨、蘇頌，諫院罷胡宗愈。王韶上書肆意欺罔，以興造邊事，敗則置而不問，反爲之罪帥臣李師中。及御史一言蘇軾，下七路掊摭其過。孔文仲則遣之歸任。以此二人況彼二人，以此事理觀彼事理，孰是孰非，孰得孰失，陛下聰明之主，其可以逃聖鑒乎？惟審思而熟計之。朝廷所恃者賞罰，而賞罰如此，如天下何！如宗廟社稷何！至于言青苗，則曰有見效者，豈非歲得緡錢數十百萬？緡錢數十百萬，非出于天，非出于地，非出于建議者之家，一出于民。民猶魚也，財猶水也，水深則魚活，財足則民有生意。養民而盡其財，譬猶養魚而欲竭其水也。今之官但能多散青苗、急其期會者，則有自知縣擢爲轉運判官、提點刑獄，急進僥倖之人，豈復顧陛下百姓乎？陛下有納諫之資，大臣進拒諫之計；陛下有愛民之性，大臣用殘民之術。臣職獻替，而無一言，則負陛下多矣！臣知言入觸大臣之怒，罪在不測。然臣嘗以忠事仁祖，仁祖不賜之死，纔聽解言職而已；以禮事英宗，英宗不加之罪，纔令補畿郡而已。所不以事仁祖、英宗之心而事陛下，是臣自棄于此世也。臣爲此章欲上而中止者數矣，既而自謂曰：今而後歸伏田閭，雖有忠言嘉謀，不得復聞朝廷矣！惟陛下裁赦，早除臣致仕。』王安石見之，大怒，持其書至手戰。馮京謂安石曰：『何必爾。』安石命直舍人院蔡延慶草制，不稱意，更命王益柔，而安石又自竄改其辭曰：『鎮頃居諫省，以朋比見攻；晚寘翰林，以阿諛受斥。而每托論議之公，欲濟傾邪之惡。

乃至厚誣先帝，以蓋其附下罔上之醜；力引小人，而狃于敗常亂俗之奸。稽用典刑，誠宜竄殛；宥之田里，姑示寬容。』凡所應得恩例，悉不之與。聞者皆爲鎮懼，鎮上表謝，其略曰：『雖曰乞身而去，敢忘憂國之心！』又曰：『望陛下集群議爲耳目，以除壅蔽之奸；任老臣爲腹心，以養和平之福。』天下聞而壯之。安石雖詆之深，人更以爲榮焉。

李文定公在場屋有盛名，〔一〕景德二年預省試，主司皆欲得之，以置高第。已而乃不在選。主司意其失考，取所試卷覆視之，則以賦落韵而黜也，遂奏乞特取之。王魏公時爲相，從其請。〔二〕既廷試，遂爲第一。〔三〕

【校證】

〔一〕此條輯自《石林燕語》卷八，未言出處。但汪應辰《石林燕語辨》卷八考辨此條云：『此説見范蜀公《東齋記事》。』

〔二〕景德二年，乃畢文簡、寇萊公爲相，而王魏公旦時爲參知政事。按，從宋太宗至道元年始，參知政事一職地位進一步提升，被稱爲『副相』。故范鎮在此云『王魏公時爲相』。

〔三〕此條所記之事詳見《長編》卷五十九：（景德二年三月）甲寅，上御崇政殿親試禮部奏名舉人，得進士李迪以下二百四十六人，第爲五等，第一、第二、第三等賜及第，第四、第五等同出身。又得特奏名五舉以上一百十一人，第爲三等，并賜同進士、三傳、學究出身。翌日，試諸科，得九經以下五百七十人，第爲三等，并賜本科及第、出身、同出身。又得特奏名諸科三禮以下七十五人，第爲三等，賜同學究出身，授試銜官。上謂宰相曰：『昨親閲考官所定試卷，意其入末等者過多，即别令詳考，往往合格。比緣臨試多士，糊名校覆，務於精當，而考官不諭朕意，過抑等第，欲自明絶私，甚無謂也。迪所試最優。李諮亦有可觀，聞其幼年，母爲父所棄，歸舅族，諮日夕號泣，求還其母，乃至絶葷茹素以禱祈；又能刻苦爲學，自取名級，亦可嘉也。』以迪爲將作監丞，諮及夏侯麟爲大理評事，通判諸州。進士第一等爲試校書郎、知令録，餘爲判司、簿尉。迪，濮州人；諮，新喻人也。先是，迪與賈邊皆有聲場屋，及禮部奏名，而兩人皆不與，考官取其文觀之，迪賦落韵，邊論《當仁不讓於師》，以師爲衆，與注疏异，特奏令就御試。參知政事王旦議落韵者，失於不詳審耳；捨注疏而立异論，輒不可許，恐士子從今放蕩無所準的。遂取迪而黜邊。當時朝論，大率如此。

王文康公、薛簡肅公俱嘗鎮蜀，[一]而皆有名。章獻時，同爲執政。一日，奏事已，因語蜀事。文康曰：『臣在蜀時，有告戍卒反，乃執而斬之於營門，遂無事。』簡肅曰：『臣在蜀時，亦有告戍卒反者，叱出之，亦無事。』[二]

【校證】

〔一〕此條輯自《五朝名臣言行録》卷五引《東齋記事》。但《五朝名臣言行録》卷四重收此條，且與《類苑》卷九均作源自《湘山野録》。《自警編》卷七亦見，未注出處。

王文康公：即王曙。其鎮蜀在大中祥符八年十月至天禧二年十月。《長編》卷八十五：『（大中祥符八年十月）壬午，以右諫議大夫、權知開封府王曙守本官，加樞密直學士，知益州。』《長編》卷九十二：『（天禧二年十月）二寅，召知益州，樞密直學士、右諫議大夫王曙爲給事中，兼太子賓客，職如故。』

薛簡肅公：即薛奎。天聖四年三月至六年三月知益州。《長編》卷一百四：『（天聖四年三月）己卯，徙知秦州、右諫議大夫、集賢院學士薛奎知益州，加樞密直學士。』《長編》卷一百六：『（天聖六年三月）辛酉，以樞密直學士、右諫議大夫、知益州薛奎爲龍圖閣直學士、權三司使公事，右諫議大夫、權御史中丞程琳爲樞密直學士、知益州。』

〔二〕此事亦見《東都事略》卷五十三《薛奎傳》：奎與王晦叔俱嘗守蜀，而皆有名。至是，同爲執政，一日奏事已，因語蜀事。晦叔曰：『臣在蜀時，有告戍卒反，執而斬之於營門，遂無事。』奎曰：『臣在蜀亦有告戍卒反者，叱出之，亦無事。』

至和初，〔一〕京師疫，太醫進方，有用犀者，内出二株解之，其一株乃通天犀〔二〕。内侍李舜舉〔三〕謂以爲御所服帶，〔四〕上謂曰：『豈重於服御而不以療民乎？』命工碎之。〔五〕

【校證】

〔一〕此條輯自《類苑》卷四引《東齋記事》。

〔二〕通天犀：《抱朴子·内篇》卷十七：通天犀角有一赤理如綖，有自本徹末，以角盛米置群鷄中，鷄欲啄之，未至數寸，即驚却退。故南人或名通天犀爲駭鷄犀。以此犀角著穀積上，百鳥不敢集。大霧重露之夜，以置中庭，終不沾濡也。此犀獸在深山中，晦冥之夕，其光正赫然如炬火也。以其角爲導，毒藥爲湯，以此道攪之，皆生白沫涌起，則了無復毒勢也。以攪無毒物，則無沫起也。故以是知之者也。若行异域有蠱毒之鄉，每於他家飲食，則常先以犀攪之也。人有爲毒箭所中欲死，以此犀文刺瘡中，其瘡即沫出而愈也。通天犀所以能煞毒者，其爲獸專食百草之有毒者，及衆木有刺棘者，不妄食柔滑之草木也。歲一解角於山中石間，人或得之，則須刻木色理形狀，令如其角以代之，犀不能覺，後年輒更解角著其處也。他犀亦辟惡解毒耳，然不能如通天者之妙也。

〔三〕李舜舉：《長編》卷一百七十六、《皇朝編年備要》卷十五、《宋通鑑長編紀事本末》卷三十均作『李舜卿』。

〔四〕内侍李舜舉謂以爲御所服帶：《長編》卷一百七十六、《宋通鑑長編紀事本末》卷三十均作『内侍李舜卿請留供帝服御』；《皇朝編年備要》卷十五作『内侍李舜卿請留供服御』；《增修埤雅廣要》卷三十一作『内侍請留以爲御帶』。

〔五〕此事亦見《長編》卷一百七十六：（至和元年）正月辛未，詔京師大寒，民多凍餒死者，有司爲瘞埋之。壬申，碎通天犀，和藥以療民疾。時京師大疫，令太醫進方，内出犀牛角二本，析而觀之，其一通天犀也。内侍李舜卿請留供帝服御，帝曰：『吾豈貴异物而賤百姓哉。』立命碎之。

將作監致仕、〔一〕贈太子少師吴懷德卒。樞密副使奎〔二〕父也，贈太子少師。懷德少貧賤不羈，及奎貴，尚與市井小人飲博無所擇，然遇奎甚嚴，不以貴故有所寬假也。奎居喪毁瘠，廬於墓側，終喪不飲酒食肉，歲時潔嚴祭祀，不徇俗爲浮屠事〔三〕。

【校證】

〔一〕此條輯自《長編》卷二百三『治平元年十一月戊子』條引《東齋記事》。將作監致仕：當爲太常丞致仕。《長編》卷一百九十：『（嘉祐四年九月）甲辰，贈翰林學士吴奎祖文祐爲太子中允，祖母李氏爲安邱縣太君。初，奎將欲葬其祖，乃與父太常丞致仕懷德共請以袷享恩授一命，而奎又請納所遷官，詔許之。』王安石作有《樞密副使吴奎父太常丞致仕制》。

〔二〕吴奎拜樞密副使在嘉祐七年三月乙卯。《長編》卷一百九十六：『（嘉祐七年三月乙卯）翰林學士、右司郎中、知制誥、權知開封府吴奎爲右諫議大夫、樞密副使。』

〔三〕《宋史》卷三百一十六《吴奎傳》：『治平中，丁父憂，居喪毁瘠，廬於墓側，歲時潔嚴祭祀，不爲浮屠事。』

故事：〔一〕州郡之獄有疑及情可憫者，雖許上請，而法寺多舉駁，則官吏當不應奏之罪。故皆移情就法，不以上請。燕肅判刑部，奏：『天聖三年，天下斷大辟二千四百三十六，豈無法疑、情可憫者？而州郡無所奏讞〔二〕，蓋畏罪也。請自今奏而不應奏者，不科以罪。』〔三〕自是左讞〔四〕者，歲不減千人，皆情可憫、法疑者，無不貸免。自天聖四年，距今蓋五十年，貸免無慮數萬人〔五〕。古所謂仁人之言，肅有之矣。

【校證】

〔一〕此條輯自李元綱《厚德録》卷二引《東齋記事》。按，在《厚德録》卷二中，本條與四庫本《東齋記事》卷三『張職方其知江陰軍』條、『王章惠公隨』條次第排列。本條及『張職方其知江陰軍』條後均無條目來源注文，但在『王章惠公隨』條後注『出范蜀公《東齋記事》』。考《厚德録》文獻來源著録體例，連續排列且源自同一文獻者，將文獻出處標於最末一條的文尾。故李元綱在《厚德録》中將此條歸於《東齋記事》。趙善璙《自警編》卷八亦見此文，但未注出處。

〔二〕奏讞：指對獄案提出處理意見，報請朝廷評議定案。《容齋三筆》卷十六：『州郡疑獄許奏讞，蓋朝廷之深恩。』

〔三〕此事詳見《長編》卷一百四：（天聖四年正月乙卯）判刑部燕肅上奏曰：『唐大理卿胡演進月囚帳，太宗曰：「其間有可矜者，豈宜一以律斷。」因詔，凡大辟罪，令尚書、九卿讞之。又詔，凡决死刑，京師五覆奏，諸州三覆奏。自是，全活甚衆。貞觀四年斷死罪二十九，開元二十五年纔五十八。今天下生齒未加於唐，而天聖三年斷大辟二千四百三十六，視唐幾至百倍。京師大辟雖一覆奏，而州郡之獄有疑及情可憫者，至上請，而法寺多所舉駁，官吏率得不應奏之罪。故皆增飾事狀，移情就法，大失朝廷欽恤之意。望準唐故事，天下死罪皆得一覆奏。議者必曰待報淹延。臣則以爲漢律皆以季秋論囚，又唐自立春至秋分不決死罪，未聞淹延以害漢、唐之治也。』下其章中書，王曾以謂天下皆一覆奏，則必死之人，徒充滿狴犴而久不得決，請獄疑若情可矜者聽上請。壬午，詔曰：『朕念生齒之繁，抵冒者衆，法有高下，情有輕重，而有司巧避微文，一切致之重辟，豈稱朕好生之志哉！其令天下死罪情理可矜及刑名疑慮者，具案以聞，有司毋得舉駮。』

〔四〕左讞：《自警編》卷八、《文獻通考》卷一百七十、《言行龜鑑》卷七均作『奏讞』。

〔五〕《文獻通考》卷一百七十：『其後雖法不應奏，吏當坐罪者，審刑院貼奏草，率以恩釋，著爲例，名曰貼放。於是，吏無所牽制，請讞者率多爲減死，賴以生者，蓋莫勝數焉。』

蜀之魚家，〔一〕養鸕鷀十數者，日得魚可數十斤。以繩約其吭〔二〕，纔通小魚，大魚則不可食。時呼而取出之，乃復遣去。甚馴狎，指顧如人意。有得魚而不以歸者，則押群者啄而使歸，比之放鷹鶻，無馳走之勞，得利又差厚。

【校證】

〔一〕此條輯自《苕溪漁隱叢話》前集卷十二引《東齋記事》。亦見《靖康緗素雜記》卷五

（文句略异，《全宋筆記》本據此輯佚。）、《（道光）遵義府志》卷十七引《東齋記事》。

〔二〕吭：喉嚨。

劉從德卒，〔一〕録姻戚厢僕七十餘人〔二〕。尚書刑部員外郎、知雜事曹修古〔三〕言其恩太濫。章憲怒，降工部員外郎，通判杭州。改知興化軍。〔四〕卒，無子。修古廉潔，家貧，有以致棺斂者。其女慟哭，曰：『奈何以是纍吾父邪。』〔五〕不受。人以爲非此父不生此女也。其從子僅知封州，拒儂智高力戰死。〔六〕

【校證】

〔一〕此條輯自《説郛》本《東齋記事》，亦見王圻《稗史彙編》卷四十六《曹修古女侄》條。但陶宗儀在此條末小注云『此條今本未見』。但不知陶氏將此條收入所據之本爲何。

〔二〕厢僕：《稗史彙編》作『厮僕』。厮僕乃指僕人，厢僕當是形近而誤。《長編》卷一百十：（天聖九年十一月）初，蔡州團練使、知相州劉從德以病召還，道卒，年四十二，贈保寧節度使，封榮國公，謚『康懷』。太后悲憐之尤甚，録内外姻戚門人及僮隸幾八十人。從德姊婿龍圖閣直學士馬季良、母越國夫人、錢氏兄惟演子集賢校理曖及妻父王蒙正皆緣遺奏，各遷兩官。屯田員外郎戴融嘗佐從德衡州，爲度支判官。

〔三〕曹修古：《宋史》卷二百九十七：曹修古，字述之，建州建安人。進士起家，纍遷秘書丞、同判饒州。宋綬薦其材，召還，以太常博士爲監察御史。上四事，曰行法令、審故事、惜材力、辨忠邪，辭甚切至。又奏：『唐貞觀中，嘗下詔令致仕官班本品見任上，欲其知恥而勇退也。比有年餘八十，尚任班行，心力既衰，官事何補。請下有司，敕文武官年及七十，上書自言，特與遷官致仕，仍從貞觀舊制，即宿德勳賢，自如故事。』因著爲令。修古嘗偕三院御史十二人晨朝，將至朝堂，黄門二人行馬不避，呵者止之，反爲所罵。修古奏：『前史稱，御史臺尊則天子尊。故事，三院同行與知雜事同，今黄門侮慢若此，請付所司劾治。』帝聞，立命笞之。晏殊以笏擊人折齒。修古奏：『殊身任輔弼，百僚所法，而忿躁亡大臣體。古者，三公不按吏，先朝陳恕於中書榜人，即時罷黜。請正典刑，以允公議。』司天監主簿苗舜臣等嘗言，土宿留參，太白晝見，詔日官同考定。及奏，以謂土宿留參。順不相犯；太白晝見，日未過午。舜臣等坐妄言災變被罰。修古奏言：『日官所定，希旨悦上，未足爲信。今罰舜臣等，其事甚小，然恐人人自此畏避，佞媚取容，以災爲福，天變不告，所損至大。』禁中以翡翠羽爲服玩，詔市於南越。修古以謂重傷物命，且真宗時嘗禁采狨毛，故事未遠。命罷之。時頗崇建塔廟，議營金閣，費不可勝計，修古極陳其不可。久之，出知歙州，徙南劍州，復爲開封府判官。歷殿中侍御史，擢尚書刑部員外郎、知雜司事、權同判吏部流内銓。未逾月，會太后兄子劉從德死，録其姻戚至於廝役幾八十人，龍圖閣直學士馬季良、集賢校理錢暖皆緣遺奏超授官秩，修古與楊偕、郭勸、段少連交章論列。太后怒，下其章中書。大臣請黜修古知衢州，餘以次貶。太后以爲責輕，命皆削一官，以修古爲工部員外郎、同判杭州，未行，改知興化軍。會赦復官，卒。修古立朝，慷慨有風節。當太后臨朝，權幸用事，人人顧望畏忌，而修古遇事輒言，無所回撓。既没，人多惜之。家貧，不能歸葬，賓佐賻錢五十萬。委女泣白其母曰：『奈何以是纍吾先人也。』卒拒不納。太后崩，帝思修古忠，特贈右諫議大夫，賜其家錢二十萬，録其婿劉勳爲試將作監主簿。修古無子，以兄子覲爲後。覲知封州，儂智高亂，死之，見《忠義傳》。弟修睦，性廉介自立，與修古同時舉進士，有聲鄉里，纍官尚書都官員外郎、知邵武軍。御史中丞杜衍薦以爲侍御史。歲餘，改司封員外郎，出知壽州，徙泉州。坐失舉，奪一官罷去。後以知吉州，不行，上書請老，不聽，分司南京，未幾致仕，年五十一。章得象表其高，詔還所奪官，卒。曹氏自修古以直諒聞，其女子亦能不纍於利，至覲，又能死其官，而修睦亦恬於仕進，不待老而歸，世以是賢之。

葬温成皇后，太常議禮，前謂之園，後謂之陵，宰相劉沆前爲監護使，後爲園陵使。鎮曰：『常聞法吏舞法矣，未聞禮官舞禮也。請詰問前後議禮异同狀。』時有敕，凡内降不如律令者，令中書、樞密院及所屬執奏。未及一月，而内臣無故改官者，一日至五六人。鎮乞正大臣被詔故違不執奏之罪。石全斌以護温成葬除觀察使，凡治葬事者，皆遷兩官。鎮言：『章獻、章懿、章惠三后之葬，推恩皆無此比，乞追還全斌等告敕。』

時陳執中爲相，鎮嘗論其無學術，非宰相器，及執中嬖妾笞殺婢，御史劾奏，欲逐去之。鎮言：『今陰陽不和，財匱民困，盜賊滋熾，獄犴充斥，執中當任其咎。閨門之私，非所以責宰相。』識者韙之。

文彦博、富弼入相，百官郊迎。時兩制不得詣宰相居第，百官不得間見。鎮言：『隆之以虚禮，不若開之以至誠。乞罷郊迎而除謁禁，以通天下之情。』議減任子及每歲取士，皆鎮發之。又乞令宗室屬疎者補外官，仁宗曰：『卿言是也，顧恐天下謂朕不能睦族耳。』鎮曰：『陛下甄別其賢者，用顯之，不没其能，乃所以睦族也。』雖不行，至熙寧初卒如其言。

仁宗即位三十五年，未有繼嗣，至和中得疾，中外危恐，不知所爲。鎮曰：『天下事尚有大於此者乎？』即上疏曰：『方今祖宗後裔蕃衍盛大，信厚篤實，陛下按其尤賢者，優其禮數，試之以政，與圖天下之事，以係天下之心。异時誕育皇嗣，復遣還邸，則真宗皇帝時故事是也。初周王既薨，真宗取宗室子養之宫中者，此天下之大慮也。太祖捨其子而立太宗者，天下之大公也，宗廟社稷之至計也。臣願陛下以太祖爲心，行真宗故事，斷於聖心，以幸天下，臣不勝大願。』章纍上，不報。因闔門請罪。會有星變，其占爲急兵，鎮言：『國本未立，若變起倉卒，禍不可以前料，兵孰急於此者乎？今陛下得臣疏，不以留中，而付中書，是欲使大臣奉行也。臣兩至中書，大臣皆設辭以拒臣，是陛下欲爲宗廟社稷計而大臣不欲也。臣竊原其意，特恐行之而陛下中變耳。中變之禍，不過於死，而國本不立，萬一有如天象所告，急兵之憂，死且有罪。願以此示大臣，使自擇死所。』

除兼侍御史知雜事。鎮以言不從，固辭不受。執政謂鎮：『上之不豫，大臣嘗建此策矣。今閑言已入，爲之甚難。』鎮復移書執政曰：『事當論其是非，不當問其難易。速則濟。緩則不及。此聖賢所以貴機會也。諸公言今日難於前日。安知他日不難於今日乎？』凡見仁宗面陳者三，鎮泣，仁宗亦泣，曰：『朕知卿忠，卿言是也。當更俟三二年。』章十九上，待罪百餘日，須髮爲白。罷知諫院，改集賢殿修撰、修起居注，除知制誥。鎮雖罷言職，而無歲不言儲嗣事。及爲知制誥，正謝奏曰：『陛下許臣，今復三年矣，願早定大計。』其後，韓琦卒定策立英宗。

遷翰林學士。英宗即位，中書奏請追尊濮安懿王，下兩制議。以爲宜稱皇伯，高官大國，極其尊榮。非執政意，更下尚書省集議。已而臺諫争言其不可，乃下詔罷議，令禮官撿詳典禮以聞。鎮時判太常寺，上言：『漢宣帝於昭帝爲孫，光武於平帝爲祖，則其父容可稱皇考，然議者猶非之，謂其以小宗而合大宗之統也。今陛下既考仁宗，又考濮安懿王，則其失非特漢宣、光武之比矣。凡稱帝若皇考，立寢廟，論昭穆，皆非是。』以侍讀學士出知陳州。

神宗即位，復還翰林兼侍讀，知通進銀臺司。王安石爲政，變更法令，改常平爲青苗法。鎮上疏曰：『常平之法，始於漢之盛時，視穀貴賤，發斂以便農末，最爲近古，不可改。而青苗行於唐之衰亂，不足法。且陛下疾富民之多取而少取之，此正百步與五十步之間耳。今有二人坐市貿易，一人下其直以相傾奪，則人皆知惡之，其可以朝廷而行市道之所惡乎？』疏三上，不報。會韓琦上疏極論新法之害，安石使送條例司疏駁之。諫官李常乞罷青苗錢，安石令常分析。鎮皆封還其詔。詔五下，鎮執如初。司馬光除樞密副使，光以所言不行不敢就職，詔許辭免，鎮再封還之。神宗知其不可奪，以詔直付光。鎮奏曰：『臣不才，使陛下廢法，有司失職，乞解銀臺司。』許之。會有詔舉諫官，鎮以蘇軾應詔，而御史謝景温彈奏軾，罷。鎮又舉孔文仲爲賢良。文仲對策，極論新法之害，安石怒，罷文仲歸故官。鎮皆上疏争之，不報。

時年六十三，即上言：『臣言不行，無顔復立於朝，請致仕。』疏五上，最後指言安石曰：『臣言青苗不見聽，一可去。薦蘇軾、孔文仲不見用，二可去。今有人言獻忠與獻佞孰是？必曰獻忠是。納諫與拒諫孰是？必曰納諫是。蘇軾與孔文仲可謂獻忠矣。陛下拒而不納，是必有獻佞以誤陛下者，不可不察也。若李定避持服，遂不忍母，是壞人倫逆天理也，而欲以爲御史，御史臺爲之罷陳薦，舍人院爲之罷宋敏求、李大臨、蘇頌，諫院爲之罷胡宗愈。王韶上書肆意欺罔，以興造邊事，事敗，則置而不問，反爲之罪師臣李師中。及御史一言蘇軾，則下七路掎摭其過；孔文仲則遣之歸任。以此二人況彼二人，以此事理觀彼事理，孰是孰非，孰得孰失，陛下聰明之主，其可以逃聖鑒乎？言青苗則曰有見效者，豈非歲得緡錢什百萬。緡錢什百萬，非出於天，非出於地，非出於建議者之家，一出於民。民猶魚也，財猶水也，水深則魚活，財足則民有生意。養民而盡其財，譬猶養魚而竭其水也。陛下有納諫之資，大臣進拒諫之計，陛下有愛民之性，大臣用殘民之術。臣職獻替而無一言，則負陛下矣。臣知言又觸大臣之怒，罪在不測。雖然，臣嘗以忠事仁祖，仁祖不賜之死，纔聽解言職而已。以禮事英宗，英宗不加之罪，纔令補畿郡而已。所不以事仁祖、英宗之心而事陛下，是臣自棄於此世也。』

安石怒，落翰林學士，以户部侍郎致仕。鎮上表謝，其略曰：『雖曰乞身而去，敢忘憂國之心？』又曰：『望陛下集群議爲耳目，以除壅蔽之奸；任老成爲腹心，以養和平之福。』天下聞而壯之。官制行，改正議大夫。哲宗即位，遷光禄大夫。

英宗登極，祔仁宗主而遷僖祖，及神宗即位，復還僖祖而遷順祖。鎮上言：『太祖起宋州，有天下，與漢高祖同，禧祖不當復還。』乞下百官議，不報。及哲宗即位，鎮又言乞遷僖祖，正太祖東嚮之位。時年幾八十矣。韓維上言：『鎮在仁宗朝，首開建儲之議，而鎮未嘗以語人，雖顔子不伐善、介子推不言禄，不能過也。』悉以鎮十九疏上之。拜端明殿學士，且召鎮兼侍讀、提舉中太一宫。固辭，改提舉崇福宫。數月，告老，以銀青光禄大夫致仕。

初，仁宗命李照改定大樂，下王朴樂三律。皇祐中，又使胡瑗等考正。鎮與司馬光皆上疏論律尺之法，又與光往復論難，凡數萬言。後神宗詔鎮與劉几定樂，鎮曰：『定樂當先正律。』神宗曰：『然。雖有師曠之聰，不以六律，不能正五音。』鎮作律尺、龠合、升斗、豆區、鬴斛，欲圖上之，又乞訪求真黍，以定黄鐘。而劉几即用李照樂，加用四清聲而奏樂成。詔罷局，賜賚有加。鎮謝曰：『此劉几樂也，臣何與焉。』及致仕，請太府銅爲之，逾年乃成，比李照樂下一律有奇。哲宗御延和殿，召執政同觀，賜詔嘉獎。以樂下太常，樂奏三日而鎮卒，年八十一。贈金紫光禄大夫，謚曰『忠文』。有文集、《正言》《樂書》《國朝韵對》《國朝事始》《東齋記事》，凡百餘卷。鎮清明坦夷，表裏洞達，遇人以誠，口不言人過。及臨大節，决大義，色和而語壯。爲文清麗簡遠，少時嘗賦《長嘯却胡騎》，流傳契丹，契丹謂鎮爲『長嘯公』云。猶子百禄、從孫祖禹。（王稱《東都事略》卷七十七）

宋史·范鎮傳

范鎮字景仁，成都華陽人。薛奎守蜀，一見愛之，館於府舍，俾與子弟講學。鎮益自謙退，每步行趨府門，踰年，人不知其爲帥客也。及還朝，載以俱。有問奎入蜀何所得，曰：『得一偉人，當以文學名世。』宋庠兄弟見其文，自謂弗及，與爲布衣交。

舉進士，禮部奏名第一。故事，殿廷唱第過三人，則首禮部選者，必越次抗聲自陳，率得置上列。吳育、歐陽修號稱耿介，亦從衆。鎮獨不然，同列屢趣之，不爲動。至第七十九人，乃隨呼出應，退就列，無一言，廷中皆异之。自是舊風遂革。調新安主簿，西京留守宋綬延置國子監，薦爲東監直講。召試學士院，當得館閣校理，主司妄以爲失韵，補校勘。人爲忿鬱，而鎮處之晏如。經四年，當遷，宰相龐籍言：『鎮有异材，不汲汲於進取。』超授直秘閣，判吏部南曹、開封府推官。擢起居舍人、知諫院。上疏論：『民力困敝，請約祖宗以來官吏兵數，酌取其中爲定制，以今賦入之數什七爲經費，儲其三以備水旱非常。』又言：『周以冢宰制國用，唐以宰相判鹽鐵、度支。今中書主民，樞密主兵，三司主財，各不相知。財已匱，樞密益兵無窮；民已困，三司取財不已。請使二府通知兵民大計，與三司同制國用。』

契丹使至，虛聲示强，大臣益募兵以塞責，歲費百千萬。鎮言：『備契丹莫若寬三晋之民，備靈夏莫若寬秦民，備西南莫若寬越、蜀之民，備天下莫若寬天下之民。夫兵所以衛民而反殘民，臣恐异日之憂不在四夷，而在冗兵與窮民也。』

商人輸粟河北，取償京師，而榷貨不即予鈔，久而鬻之，十纔得其六。或建議出内帑錢，稍增價與市，歲可得羨息五十萬。鎮謂：『外府内帑，均爲有司。今使外府滯商人，而内帑乘急以牟利，至傷國體。』仁宗遽止之。

葬温成后，太常議禮，前謂之園，後謂之陵，宰相劉沆前爲監護使，後爲園陵使。鎮曰：『嘗聞法吏舞法矣，未聞禮官舞禮也。請詰前後議禮异同狀。』集賢校理刁約論壙中物侈麗，吴充、鞠真卿争論禮，并補外，皆上章留之。石全斌護葬，轉觀察使，他吏悉優遷兩官。鎮言：『章獻、章懿、章惠三后之葬，推恩皆無此比。乞追還全斌等告敕。』副都知任守忠、鄧保吉同日除官，内臣無故改官者又五六人。時有敕，凡内降非準律令者，并許執奏。曾未一月，大臣輒廢不行。鎮乞正中書、樞密之罪，以示天下。

帝天性寬仁，言事者競爲激訐，至污人以帷箔不可明之事。鎮獨務引大體，非關朝廷安危、生民利疚，則闊略不言。陳執中爲相，鎮論其無學術，非宰相器。及嬖妾笞殺婢，御史劾奏，欲逐去之。鎮言：『今陰陽不和，財匱民困，盗賊滋熾，獄犴充斥，執中當任其咎。御史捨大責細，暴揚燕私，若用此爲進退，是因一婢逐宰相，非所以明等級，辨堂陛。』識者韙之。

文彦博、富弼入相，詔百官郊迎。鎮曰：『隆之以虚禮，不若推之以至誠。陛下用兩人爲相，舉朝皆謂得人。然近制，兩制不得詣宰相居第，百官不得間見，是不推之以誠也。願罷郊迎，除謁禁，則於御臣之術爲兩得矣。』議减任子及每歲取士，皆自鎮發之。又乞令宗室疏屬補外官，帝曰：『卿言是也。顧恐天下謂朕不能睦族耳。』鎮曰：『陛下甄别其賢者用之，不没其能，乃所以睦族也。』雖不行，至熙寧初，卒如其言。

帝在位三十五年，未有繼嗣。嘉祐初，暴得疾，中外大小之臣，無不寒心，莫敢先言者。鎮獨奮曰：『天下事尚有大於此者乎？』即拜疏曰：『置諫官者，爲宗廟社稷計。諫官而不以宗廟社稷計事陛下，是愛死嗜利之人，臣不爲也。方陛下不豫，海内皇皇莫知所爲，陛下獨以祖宗後裔爲念，是爲宗廟之慮，至深且明也。昔太祖捨其子而立太宗，天下之大公也。真宗以周王薨，養宗子於宫中，天下之大慮也。願以太祖之心，行真宗故事，拔近屬之尤賢者，優其禮秩，置之左右，與圖天下事，以繫億兆人心。』

疏奏，文彦博使客問何所言，以實告，客曰：『如是，何不與執政謀？』鎮曰：『自分必死，故敢言。若謀於執政，或以爲不可，豈得中輟乎？』章纍上，不報。執政諭之曰：『奈何效希名干進之人。』鎮貽以書曰：『比天象見變，當有急兵，鎮義當死職，不可死亂兵之下。此乃鎮擇死之時，尚何顧希名干進之嫌哉？』又言：『陛下得臣疏，不以留中而付中書，是欲使大臣奉行也。臣兩至中書，大臣皆設辭拒臣，是陛下欲爲宗廟社稷計，而大臣不欲也。臣竊原大臣畏避之意，恐行之而陛下中變耳。中變之禍，不過一死。國本不立，萬一有如天象所告急兵之變，死且有罪，其爲計亦已疏矣。願以臣章示大臣，使其自擇死所。』聞者股栗。

除兼侍御史知雜事，鎮以言不從，固辭。執政諭鎮曰：『今間言已入，爲之甚難。』鎮復書執政曰：『事當論其是非，不當問其難易。諸公謂今日難於前日，安知异日不難於今日乎？』凡見上面陳者三，言益懇切。鎮泣，帝亦泣，曰：『朕知卿忠，卿言是也，當更俟三二年。』章十九上，待命百餘日，鬚髮爲白。朝廷知不能奪，乃罷知諫院，改集賢殿修撰，糾察在京刑獄，同修起居注，遂知制誥。鎮雖解言職，無歲不申前議。見帝春秋益高，每因事及之，冀以感動帝意。至是，因入謝，首言：『陛下許臣，今復三年矣，願早定大計。』又因祫享，獻賦以諷。其後韓琦遂定策立英宗。

遷翰林學士。中書議追尊濮王，兩制、臺諫與之异，詔禮官檢詳典禮。鎮判太常寺，率其屬言：『漢宣帝於昭帝爲孫，光武於平帝爲祖，其父容可稱皇考，議者猶非之，謂其以小宗合大宗之統也。今陛下既以仁宗爲考，又加於濮王，則其失非特漢二帝比。凡稱帝若考，若寢廟，皆非是。』執政怒，召鎮責曰：『方令檢詳，何遽列上！』鎮曰：『有司得詔，不敢稽留，即以聞，乃其職也。奈何更以爲罪乎？』會草制，誤遷宰相官，改侍讀學士。

明年，還翰林，出知陳州。陳方饑，視事三日，擅發錢粟以貸。監司繩之急，即自劾，詔原之。是歲大熟，所貸悉還。神宗即位，復爲翰林學士兼侍讀、知通進銀臺司。故事，門下封駁制旨，省審章奏，糾擿違滯，皆著所授敕，後乃刊去。鎮始請復之，使知所守。

王安石改常平爲青苗，鎮言：『常平之法，起於漢盛時，視穀貴賤發斂，以便農末，最爲近古，不可改。而青苗行於唐之衰世，不足法。且陛下疾富民之多取而少取之，此正百步、五十步之間耳。今有兩人坐市貿易，一人故下其直以相傾，則人皆知惡之，可以朝廷而行市道之所惡乎？』吕惠卿在邇英言：『今預買紬絹，亦青苗之比。』鎮曰：『預買，亦敝法也。若府庫有餘，當并去之，豈應援以爲比。』韓琦極論新法之害，送條例司疏駁，李常乞罷青苗錢，詔令分析，鎮皆封還。詔五下，鎮執如初。

司馬光辭樞密副使，詔許之，鎮再封還。帝以詔直付光，不由門下。鎮奏曰：『由臣不才，使陛下廢法，有司失職，乞解銀臺司。』

舉蘇軾諫官，御史謝景温奏罷之；舉孔文仲制科，文仲對策，論新法不便，罷歸故官。鎮皆力争之，不報。即上疏曰：『臣言不行，無顔復立於朝，請謝事。臣言青苗不見聽，一宜去；薦蘇軾、孔文仲不見用，二宜去。李定避持服，遂不認母，壞人倫，逆天理，而欲以爲御史，御史臺爲之罷陳薦，舍人院爲之罷宋敏求、吕大臨、蘇頌，諫院爲之罷胡宗愈。王韶上書肆意欺罔，以興造邊事，事敗，則置而不問，反爲之罪帥臣李師中。及御史一言蘇軾，則下七路掎摭其過；孔文仲則遣之歸任。以此二人況彼二人，事理孰是孰非，孰得孰失，其能逃聖鑒乎？言青苗有見效者，不過歲得什百萬緡錢，緡錢什百萬，非出於天，非出於地，非出於建議者之家，蓋一出於民耳。民猶魚也，財猶水也，養民而盡其財，譬猶養魚而竭其水也。』

疏五上，其後指安石用喜怒爲賞罰，曰：『陛下有納諫之資，大臣進拒諫之計；陛下有愛民之性，大臣用殘民之術。臣知言入觸大臣之怒，罪且不測。然臣職獻替而無一言，則負陛下矣。』疏入，安石大怒，持其疏至手顫，自草制極詆之。以户部侍郎致仕，凡所得恩典，悉不與。鎮表謝，略曰：『願陛下集群議爲耳目，以除壅蔽之奸；任老成爲腹心，以養和平之福。』天下聞而壯之。安石雖詆之深切，人更以爲榮。既退，蘇軾往賀曰：『公雖退，而名益重矣！』

鎮愀然曰：『君子言聽計從，消患於未萌，使天下陰受其賜，無智名，無勇功；吾獨不得爲此，使天下受其害而吾享其名，吾何心哉！』日與賓客賦詩飲酒，或勸使稱疾杜門，鎮曰：『死生禍福，天也，吾其如天何！』同天節乞隨班上壽，許之，遂爲令。軾得罪，下臺獄，索與鎮往來書文甚急，猶上書論救。久之，徙居許。

哲宗立，韓維言：『鎮在仁宗時，首啓建儲之議，未嘗以語人，人亦莫爲言者。』具以十九疏上之。拜端明殿學士，起提舉中太一宫兼侍讀，且欲以爲門下侍郎。鎮雅不欲起，從孫祖禹亦勸止之，遂固辭，改提舉崇福宫。祖禹謁告歸省，詔賜以龍茶，存勞甚渥。復告老，以銀青光禄大夫再致仕，纍封蜀郡公。

鎮於樂尤注意，自謂得古法，獨主房庶以律生尺之説。司馬光謂不然，往復論難，凡數萬言。初，仁宗命李照改定大樂，下王朴樂三律。皇祐中，又詔胡瑗等考正。神宗時詔鎮與劉几定之。鎮曰：『定樂當先正律。』神宗曰：『然，雖有師曠之聰，不以六律不能正五音。』鎮作律尺、龠合、升斗、豆區、斛，欲圖上之，又乞訪求真黍，以定黄鍾。而劉几即用李照樂，加用四清聲而奏樂成。詔罷局，賜賚有加。鎮曰：『此劉几樂也，臣何與焉。』至是，乃請太府銅爲之，逾年而成，比李照樂下一律有奇。帝及太皇太后御延和殿，召執政同閲視，賜詔嘉奬。下之太常，詔三省、侍從、臺閣之臣，皆往觀焉。鎮時已屬疾，樂奏三日而薨，年八十一。贈金紫光禄大夫，謚曰『忠文』。

鎮平生與司馬光相得甚歡，議論如出一口，且約生則互爲傳，死則作銘。光生爲鎮傳，服其勇決；鎮復銘光墓云：『熙寧奸朋淫縱，險詖憸猾，賴神宗洞察于中。』其辭陗峻。光子康屬蘇軾書之，軾曰：『軾不辭書，懼非三家福。』乃易他銘。

鎮清白坦夷，遇人必以誠，恭儉慎默，口不言人過。臨大節，決大議，色和而語壯，常欲繼之以死，雖在萬乘前，無所屈。篤於行義，奏補先族人而後子孫，鄉人有不克婚葬者，輒爲主之。兄鎡，卒于隴城，無子，聞其有遺腹子在外，鎮時未仕，徒步求之兩蜀間，二年乃得之，曰：『吾兄昇於人，體有四乳，是兒亦必然。』已而果然，名曰百常。少受學於鄉先生龐直温，直温子昉卒于京師，鎮娶其女爲孫婦，養其妻子終身。

其學本六經，口不道佛、老、申、韓之說。契丹、高麗皆傳誦其文。少時賦《長嘯却胡騎》，晚使遼，人相目曰：此『長嘯公』也。兄子百禄亦使遼，遼人首問鎮安否。（《宋史》卷三百三十七）

附録二　歷代主要著録

（一）（宋）晁公武《郡齋讀書志》卷三下著録之《東齋記事》

《東齋記》十卷，右皇朝范鎮景仁元豐中撰。《序》言，既謝事，日於東齋燕坐，追憶在朝時交游言語與夫俚俗傳説，因纂集成一編。崇、觀間，以其及國朝故事禁之。

（二）（宋）陳振孫《直齋書録解題》卷十一著録之《東齋記事》

《東齋記事》十卷，翰林學士蜀郡范鎮景仁撰。

（三）（宋）尤袤《遂初堂書目》著録之《東齋記事》

《東齋記事》

（四）（元）馬端臨《文獻通考》卷二百十六《經籍考》著録之《東齋記事》

《東齋記》十卷，鼂氏曰：皇朝范鎮景仁撰。元豐中《序》言，既謝事，日於東齋燕坐，追憶在朝時交游言語與夫俚俗傳記，因纂集成一篇。崇、觀間，以其及國朝故事禁之。

（五）（元）脱脱《宋史》卷二百三《藝文志》著録之《東齋記事》
范鎮《東齋記事》十二卷。

（六）（明）柯維騏《宋史新編》卷四十八著録之《東齋記事》
范鎮《東齋記事》十二卷。

（七）（明）楊士奇《文淵閣書目》卷二著録之《東齋記事》
范蜀公《東齋記事》一部一册。

（八）（明）陶宗儀《説郛》卷三十一著録之《東齋記事》
《東齋記事》十卷。宋范鎮，蜀人。

（九）（清）丁仁《八千卷樓書目》卷十四著録之《東齋記事》
《東齋記事》六卷，宋范鎮撰，守山閣本。

（十）（清）嵇璜《續通志》卷一百六十《藝文略》著録之《東齋記事》
《東齋記事》六卷，宋范鎮撰。

（十一）（清）永瑢《四庫全書總目》卷一百四十著録之《東齋記事》

《東齋記事》六卷，永樂大典本。

（十二）（清）周中孚《鄭堂讀書記》卷六十四著録之《東齋記事》

《東齋記事》五卷，《補遺》一卷（墨海金壺本）。宋范鎮撰。鎮字景仁，華陽人。舉進士，官至翰林學士，以户部侍郎致仕，卒，謚『忠文』。《四庫全書》著録，《讀書志》《書録解題》《通考》俱作十卷。《宋志》傳記類作十二卷。晁、馬兩家又皆無『事』字，原本久佚，無從考其書名，卷數孰是。明《文淵閣書目》尚載其一册，故猶散見于《永樂大典》中。今館臣即據以録出，分爲五卷，又取江少虞《事實類苑》、曾慥《類説》所引，續爲《補遺》一卷。是書成于元豐中，前有自序稱：『予既謝事，日於所居之東齋，返憶館閣中及在侍從時交游語言與夫里俗傳説，因纂集之，目爲《東齋記事》，其蜀之人士與其風物爲最詳者，亦耳目之熟也。』今觀其書所述，多祖宗善政。時方行新法，故有魚藻之意。晁氏稱，崇、觀間以其及國朝故事，禁之。蓋蔡京惡其與王介甫异議耳，非景仁有所誹謗及君父也。惟于鬼神夢卜之事，率收録而不遺，雖取其有戒于人，究不免裨官之習矣。張若雲從文瀾閣本寫出校梓冠以提要一篇。

（十三）《中國叢書綜録》史部·雜史類著録之《東齋記事》

《東齋記事》五卷，《補遺》一卷。（宋）范鎮撰

四庫全書·子部小説家類

墨海金壺（嘉慶本、景嘉慶本）·子部

守山閣叢書（道光本、鴻文書局景道光本、博古齋景道光本）·子部

叢書集成初編·文學類

附録三　各版本序跋

四庫本提要

臣等謹案，《東齋記事》六卷，宋范鎮撰。鎮字景仁，華陽人，仕履事迹具《宋史》本傳。是書據其自序，乃元豐中作，《宋藝文志》作十二卷，《文獻通考》作十卷，舊本久佚，未能考其孰是。今采輯《永樂大典》所收，以類編次，厘爲五卷，又江少虞《事實類苑》、曾慥《類説》亦多引之，今删除重複，續爲《補遺》一卷。雖未必鎮之完書，然以《宋志》及《通志》所載卷數計之，幾於得其强半矣。王得臣《麈史》載是書爲鎮退居時作，故所記蜀事較夥。晁公武《讀書志》稱崇、觀間以其多及先朝故事禁之。今觀其書，多宋代祖宗美政，無所謂誹訕君父、得罪名教之語。特以所記之諸事，皆與熙寧新法隱然相反，殆有雜事之屬臣寓意於其間。故鎮入黨籍，而是書亦與蘇、黄文字同時禁絶，迨南渡以後，黨禁既解，其書復行。是禁之特惡其异議耳，非真得罪於朝廷也。今所存諸條，句下如『張繪注曰：京板作張綸』之類，凡有數處，是當時刊本且不一而足矣。鎮與司馬光相善，惟論樂不合，此書所記尚斷斷相争，而於胡瑗、阮逸詞氣尤不能平，蓋始終自執所見者。他如記蔡襄爲蛇精之類，頗涉語怪，記室韋人三眼、突厥人牛蹄之類，亦極妄誕，皆不免稗官之習。故《通考》列之小説家。然核其大綱，終非《碧雲騢》《東軒筆録》諸書所能并論也。乾隆四十六年九月恭校上。

墨海金壺本序跋（《東齋記事》五卷，《補遺》一卷）

宋范鎮撰。鎮字景仁，華陽人，舉進士，官至翰林學士，以户部侍郎致仕，卒謚『忠文』。《四庫全書》著録，《讀書志》《書録解題》《通考》俱作十卷，《宋志》傳記類作十二卷，晁、馬兩家又皆無『事』字，原本久佚，無從考。其書名、卷數孰是，明《文淵閣書目》尚載其一册，故猶散見于《永樂大典》中。今館臣即據以録出，分爲五卷。又段江少虞《事實類苑》、曾慥《類説》所引續爲《補遺》一卷。是書成于元豐中，前有自序稱『予既謝事，日於所居之東齋，返憶館閣中及在侍從時交游語言，與夫里俗傳説，因纂集之，目爲《東齋記事》。其蜀之人士與其風物爲最詳者，亦耳目之熟也。』今觀其書，所述多祖宗善政，時方行新法，故有魚藻之意。晁氏稱，崇、觀閒，以其及國朝故事禁之，蓋蔡京惡其與王介甫异議耳，非景仁有所誹謗及君父也。惟于鬼神夢卜之事，率收録而不遺。雖取其有戒于人，究不免裨官之習矣。張若雲從文瀾閣本寫出校梓，冠以提要一篇。（周中孚《鄭堂讀書記》卷六十四）

引用書目

（宋）章定：《名賢氏族言行類稿》，文淵閣四庫全書本
（元）脱脱等：《宋史》，中華書局，一九八五年版
（宋）李燾《續資治通鑑長編》，中華書局，二〇〇四年版
（宋）王稱：《東都事略》，文淵閣四庫全書本
（宋）曾鞏：《隆平集》，文淵閣四庫全書本
（宋）杜大珪：《名臣碑傳琬琰集》，宋刻元明遞修本
（宋）徐鉉：《徐公文集》，四部叢刊景黄丕烈校宋本
（宋）江少虞：《新雕皇朝類苑》，日本元和七年活字印本
（宋）彭百川：《太平治迹統類》，文淵閣四庫全書本
（漢）班固，（唐）顔師古注：《漢書》，中華書局，二〇一二年版
（宋）張方平：《樂全集》，宋刻本
（宋）歐陽修：《歐陽文忠公集》，四部叢刊景元本
（宋）范仲淹：《范文正公文集》，四部叢刊景明翻元刊本

（宋）孔平仲：《談苑》，民國景明寶顔堂秘笈本
（宋）曾慥：《類説》，文淵閣四庫全書本
（元）陶宗儀：《説郛》，中國書店，一九八六年版
（宋）祝穆：《事文類聚》，文淵閣四庫全書本
（宋）李攸：《宋朝事實》，武英殿聚珍版叢書本
（明）解縉：《永樂大典》，明寫本
（宋）孫覿：《鴻慶居士集》，文淵閣四庫全書本
（宋）洪邁：《容齋隨筆》，中華書局，二〇〇五年版
（宋）黄震：《古今紀要》，文淵閣四庫全書本
（宋）魏野：《東觀集》，宋紹定元年嚴陵郡齋刻本
（宋）王闢之：《澠水燕談録》，中華書局，一九九七年版
（宋）宋敏求：《春明退朝録》，中華書局，一九八〇年版
（宋）高承：《事物紀原》，中華書局，一九八九年版
（宋）龐元英：《文昌雜録》，中華書局，一九五八年版
（宋）費衮：《梁溪漫志》，上海古籍出版社，一九八五年版
（宋）陳騤：《南宋館閣録》，文淵閣四庫全書本

（清）徐松輯：《宋會要輯稿》，上海古籍出版社，二〇一四年版
（宋）杜綰：《雲林石譜》，中華書局，二〇一二年版
（宋）孫逢吉：《職官分紀》，中華書局，一九八八年版
（宋）佚名：《翰苑新書集》，文淵閣四庫全書本
（宋）謝維新：《古今合璧事類備要》，北京圖書館出版社，二〇〇六年版
（宋）吕祖謙：《宋文鑒》，中華書局，二〇一八年版
（宋）劉敞：《公是集》，武英殿聚珍版叢書本
（宋）陳田夫：《南岳總勝集》，宋刻本
（元）馬端臨：《文獻通考》，清浙江書局本
（宋）司馬光：《涑水記聞》，中華書局，一九八九年版
（宋）王珪：《華陽集》，文淵閣四庫全書本
（宋）余靖：《武溪集》，文淵閣四庫全書本
（宋）志磐：《佛祖統紀》，大正新修大藏經本
（宋）莊綽：《鷄肋編》，中華書局，一九九七年版
（宋）黄震：《黄氏日鈔》，國家圖書館出版社，二〇〇五年版
（宋）趙汝愚：《諸臣奏議》，上海古籍出版社，一九九九年版

（宋）陳均：《皇朝編年綱目備要》，中華書局，二〇〇七年版
（宋）李昉：《太平廣記》，中華書局，二〇一三年版
（唐）李德裕：《李文饒集》，四部叢刊景明本
（宋）梅堯臣：《宛陵先生文集》，北京圖書館出版社，二〇〇四年版
（宋）胡仔：《苕溪漁隱叢話》，人民文學出版社，一九六二年版
（清）武億：《安陽縣金石録》，清嘉慶二十四年刻本
（宋）孟元老：《東京夢華録》，文淵閣四庫全書本
（宋）陳元靚：《歲時廣記》，中華書局，二〇二〇年版
（宋）阮閱：《詩話總龜》，人民文學出版社，一九八七年版
（宋）林駉：《源流至論》，文淵閣四庫全書本
（清）陸心源：《宋史翼》，中華書局，一九九一年版
（宋）歐陽修：《新五代史》，中華書局，二〇一五年版
（宋）朱熹：《三朝名臣言行録》，北京圖書館出版社，二〇〇三年版
《國語》，上海古籍出版社，一九七八年版
《左傳》，上海古籍出版社，二〇一六年版
《宋本周禮疏》，國家圖書館出版社，二〇一九年版

（宋）宋祁：《景文集》，武英殿聚珍版叢書本
（唐）魏徵：《隋書》，中華書局，二〇一八年版
（宋）王益之：《歷代職源撮要》，民國適園叢書本
（宋）竇儀：《刑統》，中華書局，一九八四年版
（宋）趙抃：《趙清獻公文集》，北京圖書館出版社，二〇〇四年版
（宋）王應麟：《玉海》，上海書店，一九八七年版
（宋）佚名：《錦繡萬花谷》，北京圖書館出版社，二〇〇三年版
（宋）魏慶之：《詩人玉屑》，中華書局，二〇〇七年版
（宋）洪遵：《翰苑群書》，文淵閣四庫全書本
（宋）吕中：《大事記講義》，文淵閣四庫全書本
（漢）司馬遷：《史記》，中華書局，二〇一四年版
（宋）張鎡：《仕學規範》，北京圖書館出版社，二〇〇三年版
（明）鄧球：《閒適劇談》，明萬曆鄧雲臺刻本
（宋）沈括：《夢溪筆談》，中華書局，二〇一五年版
（宋）朱熹：《伊洛淵源録》，廣陵書社，二〇二〇年版
（宋）邵伯温：《邵氏聞見録》，中華書局，一九八三年版

（宋）晁公武：《郡齋讀書志》，四部叢刊三編景宋淳祐本
（宋）釋文瑩：《湘山野録》，中華書局，一九九七年版
（宋）陳振孫：《直齋書録解題》，上海古籍出版社，二〇一五年版
（宋）樓鑰：《攻媿先生文集》，北京圖書館出版社，二〇一五年版
（宋）楊仲良：《宋通鑑長編紀事本末》，宛委別藏本
（宋）王君玉：《國老談苑》，明歷代小史本
（宋）宋敏求：《長安志》，文淵閣四庫全書本
（宋）趙善璙：《自警編》，北京圖書館出版社，二〇〇六年版
（宋）佘懋學：《仁獄類編》，明萬曆直方堂刻本
（宋）徐自明：《宋宰輔編年録》，民國敬鄉樓叢書本
（宋）劉攽：《彭城集》，武英殿聚珍版叢書本
（宋）陳鵠：《耆舊續聞》，知不足齋叢書本
（宋）潘自牧：《記纂淵海》，北京圖書館出版社，二〇〇四年版
（宋）朱翌：《猗覺寮雜記》，清知不足齋叢書本
（宋）王安石：《臨川先生文集》，四部叢刊景明嘉靖本
（清）黄叔璥：《南臺舊聞》，清刻本

（宋）范祖禹：《帝學》，文淵閣四庫全書本
（宋）黄休復：《益州名畫録》，清函海本
（宋）黄庭堅：《山谷别集》，文淵閣四庫全書本
（宋）袁説友等：《成都文類》，中華書局，二〇一一年版
（晋）常璩：《華陽國志》，四部叢刊景明鈔本
（清）彭遵泗：《蜀故》，清乾隆刻補修本
（明）楊慎：《全蜀藝文志》，綫裝書局，二〇〇三年版
（清）錢謙益注：《錢注杜詩》，清康熙刻本
（後晋）劉昫等：《舊唐書》，中華書局，一九七五年版
（宋）施元之注：《施注蘇詩》，廣陵書社，二〇二〇年版
（劉宋）范曄：《後漢書》，中華書局，二〇〇〇年版
（梁）釋慧皎：《高僧傳》，大正新修大藏經本
（宋）祝穆：《方輿勝覽》，中華書局，二〇〇三年版
（宋）蔡襄：《端明集》，宋刻本
（宋）皇甫謐：《高士傳》，明古今逸史本
（宋）陳葆光：《三洞群仙録》，明正統道藏本

（唐）李吉甫：《元和郡縣志》，武英殿聚珍版叢書本
（明）曹學佺：《蜀中廣記》，上海古籍出版社，二〇二〇年版
（宋）洪邁：《夷堅志》，中華書局，二〇〇六年版
（宋）胡宿：《文恭集》，武英殿聚珍版叢書本
（清）黄廷桂：《（雍正）四川通志》，文淵閣四庫全書本
（宋）陸游：《劍南詩稿》，北京圖書館出版社，二〇〇三年版
（明）劉大謨、楊慎：《（嘉靖）四川總志》，嘉靖刻本
（宋）吕陶：《净德集》，武英殿聚珍版叢書本
（宋）劉道醇：《宋朝名畫評》，文淵閣四庫全書本
（宋）佚名：《宣和畫譜》，人民美術出版社，二〇一六年版
（宋）郭若虚：《圖畫見聞志》，人民美術出版社，二〇一六年版
（宋）宋祁：《益部方物略記》，學津討原本
（宋）王灼：《頤堂先生文集》，宋乾道王撫幹宅刻本
（宋）張詠：《張乖崖集》，中華書局，二〇〇〇年版
（宋）陳景沂：《全芳備祖》，浙江古籍出版社，二〇一四年版
（宋）王灼：《碧鷄漫志》，知不足齋叢書本

（宋）樂史：《太平寰宇記》，中華書局，二〇〇八年版
（宋）歐陽修、宋祁：《新唐書》，中華書局，一九七五年版
（宋）計有功：《唐詩紀事》，上海古籍出版社，二〇〇八年版
（宋）曾公亮：《武經總要》，商務印書館，二〇一七年版
（宋）楊傑：《無爲集》，南宋刻本
（宋）李昉：《文苑英華》，中華書局，一九六六年版
（宋）江休復：《嘉祐雜志》，文淵閣四庫全書本
（唐）馮贄：《雲仙雜記》，四部叢刊續編景明本
（宋）范祖禹：《范太史集》，文淵閣四庫全書本
（宋）文同：《丹淵集》，四部叢刊景明汲古閣刊本
（明）羅日褧：《咸賓録》，明萬曆十九年刻本
（宋）釋文瑩：《玉壺清話》，中華書局，一九九七年版
（宋）吕希哲：《吕氏雜記》，清指海本
（宋）章如愚：《山堂考索》，中華書局，一九九二年版
（宋）岳珂《桯史》，中華書局，一九八一年版
（宋）王素《文正王公遺事》，百川學海本

（宋）龐元英：《文昌雜録》，中華書局，一九五八年版
（宋）祖無擇：《龍學文集》，文淵閣四庫全書本
（宋）魏泰：《東軒筆録》，中華書局，一九九七年版
（宋）周煇：《清波雜志》，北京圖書館出版社，二〇〇四年版
（宋）孟珙：《蒙韃備録》，古今説海本
（宋）陳巖肖：《庚溪詩話》，百川學海本
（宋）汪應辰：《石林燕語辨》，儒學警悟本
（宋）李元綱：《厚德録》，百川學海本
（宋）朱熹：《五朝名臣言行録》，四部叢刊景宋本
（晉）葛洪：《抱朴子》，四部叢刊景明本
（宋）陸佃撰，（明）牛衷增輯：《增修埤雅廣要》，明萬曆三十八年孫弘範刻本
（元）張光祖：《言行龜鑑》，文淵閣四庫全書本
（宋）黄朝英：《靖康緗素雜記》，中華書局，二〇一四年版
（清）黄樂之、鄭珍：《（道光）遵義府志》，清道光刻本
（宋）吴曾：《能改齋漫録》，上海古籍出版社，一九七九年版
（宋）董煟：《救荒活民書》，墨海金壺本

（漢）孔安國傳，（唐）孔穎達正義：《尚書正義》，上海古籍出版社，二〇〇八年版

（明）祁承㸁：《牧津》，明天啓四年刻本